마하바라따
महाभारत

마하바라따

4

3장 숲
버리지 못하고 떠나는 자들

새물결

महाभारत

옮긴이 박경숙

이 책을 싼스끄리뜨에서 옮기고 주해를 두어 길을 안내한 박경숙은 동아대학교를 졸업하고 1991년에 인도의 뿌네 대학에 유학해 빠알리어 전공으로 석사 학위를 받았다.

빠알리어와 싼스끄리뜨어를 통해 인류 문화의 뿌리에 자리 잡고 있는 인도 문화와 문학을 공부하는 것을 업으로 삼은 옮긴이는 이후 같은 대학의 대학원에서 싼스끄리뜨어 석사 학위를 받은 뒤 『인도의 신들 — 베다, 이띠하사, 빠알리어 비교 연구』로 박사학위를 받았다.

옮긴 책으로는 『샤꾼딸라』와 『메가두따』가 있으며, 현재 싼스끄리뜨·빠알리 연구소 소장으로 있다.

마하바라따 4권 버리지 못하고 떠나는 자들(3장 숲)

옮긴이 | 박경숙

펴낸이 | 홍미옥

펴낸곳 | 새물결 출판사

1판 1쇄 2012년 9월 15일

등록 서울 제15-52호(1989.11.9)

주소 서울특별시 마포구 서교동 475-1 2층 우편번호 121-896

전화 (편집부) 3141-8696 (영업부) 3141-8697 팩스 3141-1778

e-mail: saemulgyul@gmail.com

ISBN 978-89-5559-323-5(04890)

ISBN 978-89-5559-319-8(세트)

마하바라따

일러두기

1. 이 책은 뿌네의 반다르까 동양학 연구소에서 편찬한 보리(BORI)본을 원전으로 삼아 옮겼으며, 이야기의 흐름상 필요한 경우에는 다른 이본의 이야기들을 삽입하고 주에 따로 표시해 두었다.

2. 이 책은 전부 18장으로 구성되어 있지만 각 장의 분량이 동일하지 않아 몇몇 장은 2~3권으로 분권된다. 이와 관련해 각 장의 권수 표시와 부제는 편집부에서 따로 작성한 것이다.

3. 국립국어원의 표기법과 다른 싼스끄리뜨어 표기법에 대해서는 1권 부록 3의 〈번역과 표기 원칙〉에 정리해 두었다.

4. 원어 병기는 본문이 너무 복잡해지지 않도록 가급적 피했으며, 필요한 경우에는 주에 따로 (싼스끄리뜨어가 아니라) 알파벳 표기법에 따라 병기해 두었다.

5. 책을 표시하는 『 』 등의 현대적 약물들의 경우 본문에는 사용하지 않고 옮긴이의 주해에서만 사용했다.

6. 본문 중의 고딕체는 '유가'와 '시간' 등 이 책에서 독특하게 사용되고 있는 추상화된 개념들을 가리키기 위해, 그리고 굵은 글씨는 본문에 삽입되어 있는 노래를 표시하기 위해 사용되었다.

숲 속의 가르침들

1

자나메자야가 말했다.

"훌륭한 브라만이시여, 이렇듯 사악한 드르따라슈트라의 아들들과 그들의 책사들에게 주사위 노름에서 속임수로 진 내 선조, 꾸루의 후손인 성난 쁘르타의 아들들은 적개심 가득한 그들의 모진 말을 듣고 어떻게 했습니까? 인드라의 위력을 지녔던 쁘르타의 아들들, 느닷없이 권력을 앗기고 몹시 고통스러웠을 그분들은 어떻게 숲을 돌아다녔습니까? 혹독한 재앙이 닥친 그들의 뒤는 누가 따랐습니까? 숭고한 그분들은 대체 무엇을 먹고 어떤 일을 했습니까? 참으로 뛰어난 브라만이시여, 적을 처단하는 숭고한 저 영웅들은 숲에서 열두 해를 어떻게 보냈답니까? 또 모든 여인들 중에서도 가장 뛰어난 여인, 언제나 진실만을 말하고 남편들께 헌신적인 다복한 왕비드라우빠디께서는 그런 고생을 해서는 안 되는 분일진대 거친 숲에서 어떻게 지내셨답니까? 고행이 재산인 분이시여, 이 모든 것을 하나도 빠짐 없이 다 들려주십시오. 빛으로 충만한 그분들의 행적을 듣고 싶습니 다. 지혜로운 분이시여, 이야기해주십시오. 내 호기심은 크고도 크 답니다."

와이샴빠야나가 말했다.

"사악한 드르따라슈트라의 아들들과 그들의 책사들에게 주사위 노름에서 이렇듯 속임수로 진 쁘르타의 아들들은 코끼리의 도시 하스띠나뿌라를 떠났지요. 무기를 든 그분들은 와르다마나 성문을 빠져나 와 끄르슈나아와 함께 북쪽을 향해 길을 떠났습니다. 인드라세나를 비롯한 열 넷을 헤아리는 사람들이 시종과 아내를 대동하고 빠른 수 레로 그분들을 따랐지요. 그분들이 떠나는 것을 알게 된 사람들은 슬 퍼 탄식하며 비슈마와 위두라, 드로나와 가우따마 끄르빠를 수없이 비 난했답니다. 그리고 그들은 함께 모여 서로에게 거리낌 없이 말했습 니다.

'이 왕조는 이제 없소. 우리도, 우리 가정도 모두 없는 것이오. 못 된 두료다나가 샤꾸니와 까르나와 두샤사나를 등에 업고 있는 한 이 왕국은 없단 말이오. 왕조가 없다면 윤리도, 법도 없는 것이오. 악인 이 악인과 손을 맞잡고 있는 이 왕국 어디에 행복이 있겠소? 어른을 거스르는 두료다나는 윤리도 좋은 동지도 모두 버렸소. 그는 재물에 눈이 멀고 거만하기 그지없으며 비천하고 천성이 잔인하다오. 두료 다나가 왕으로 있는 한 이 땅은 온전치 않소. 우리도 빤다와들이 가 는 곳으로 모두 떠나는 것이 좋겠소. 그분들은 자비롭고 숭고하며 감각을 절제하고 적을 다스리오. 겸손하고 명예로우며 바른 법을 행하는 분들이시오.'"

이어지는 와이샴빠야나의 이야기는 이러하다.

이렇게 말한 뒤 그들은 모두 함께 빤다와들을 뒤따랐다. 그들 모두는 두 손 모으고 꾼띠와 마드리의 아들들에게 말했다.

'축복을! 고통을 함께할 우리를 버리고 어디로 가시는 것입니까? 당신들이 가는 길을 우리도 따르겠습니다. 무자비한 적에게 당신들이 부당하게 패했다는 소식을 듣고 우리 모두는 무참히 무너져 내렸습니다. 제발 우리를 버리지 마십시오. 우리는 당신들을 따르고 사랑하는 동지들입니다. 항상 당신들이 잘되기를 바라며 당신들께 마음을 바치고 있습니다. 패왕이 다스리는 이 왕국에서 우리가 모두 패망하지 않도록 해주십시오. 뚝심 좋은 분들이시여, 선인 또는 악인과 맺어 생기는 이로움과 해로움에 대해 우리가 하는 말에 귀 기울여보십시오. 향이 옷과 물과 깨를 덮는 것처럼, 땅이 꽃을 만나면 향기를 뿜어내는 것처럼 덕 있는 사람들과의 만남 또한 그와 같답니다. 어리석은 사람과 함께하는 것은 마음을 옭아매는 혼돈의 근원이며, 어진 사람과 날마다 함께하는 것은 덕의 근원입니다. 그러기에 평온을 구하는 자라면 지혜롭고 나이 들고 정직한 사람들, 수행하는 사람들, 어진 사람들과 만나야 하는 것입니다. 그래서 사람들은 세 가지 덕목을 갖춘 사람들, 즉 태생과 지식과 행실을 갖춘 사람들에게 의지해야 하는 것이랍니다. 이들과 함께하는 것은 실로 경전을 암송하는 것보다 더 막중한 일입니다. 비록 의식을 행하지 않더라도 공덕 있는 어진 사람들과 함께한다면 공덕을 얻을 것이요, 같은 이치로 나쁜 사람들과 어울린다면 죄악을 짓는 것입니다. 어질지 못한 사람들을 마주하고 그들과 접촉하며, 이야기하고 함께 앉아 있음으로써 덕행 있는 사람들은 자기 자신의 질을 떨어뜨리고, 바라는 일을 이룰 수가 없습니다. 인간의 의식은 비천한 자와 접촉하면 비천해지고 중간 사람과 접촉하면 중간이 되며, 훌륭한 사람들과 접촉하면 자기 자신도 뛰어난 사람이 되는 것입니다. 다르마, 아르타, 까마의 근원이라고 세상에 회자되는 덕목들, 바른 거동을 함으로써 이 세상에서 얻어지는 것들, 베다에서 말하고 성현들이 칭송하는 모든 덕목을 당신들은 따로따로 또는 다 같이 갖추고 있습니다. 우리는 우리 자신의 이로움을 위해 덕을 갖춘 분들 곁에 머물고 싶습니다.'

유디슈티라가 말했다.

'비록 우리가 갖추고 있지는 못해도 브라만을 위시한 만백성이 사랑과 자비심으로 우리의 덕을 칭송해주니 우리는 참으로 복이 많은 사람들이오. 그래서 나와 내 형제들이 당신들 모두에게 청하오. 우리를 향한 정과 동정심에 못 이겨 일을 그르치지 마시오. 비슈마 할아버지와 왕, 위두라, 우리 어머니 그리고 우리의 벗과 동지들이 대부분 여기 이 코끼리의 도시에 계시오. 그러니 우리가 잘되기를 바라거든 당신들 모두 함께 설움과 비탄에 빠져 있는 그분들을 정성껏 보살펴주시오. 이제 돌아들 가시오. 너무 멀리들 왔습니다. 내 친지들을 당신들께 맡기겠소. 당신들의 애정 어린 마음을 그분들에게 돌려주시오. 이것이 내가 가슴속에 품고 있는 최선의 일이고 그러한 선행이야말로 나를 만족시키고 또한 존중해주는 것이오.'

와이샴빠야나가 말했다.

"백성들은 다르마의 왕의 이 같은 말을 듣고 '대왕 마마'를 외쳐대며 서럽게 울부짖었지요. 쁘르타의 아들이 갖춘 덕을 곰곰히 생각하며 빤다와들을 만난 그들은 못내 비통해하다 상심하여 내키지 않는 발길을 돌렸답니다. 백성들이 다 돌아가자 빤다와들은 수레에 올라 강가 강변, 쁘라마나라는 커다란 반얀 나무가 있는 곳을 향해 떠났습니다. 저물녘 반얀 나무가 있는 곳에 이른 영웅 빤다와들은 강가 강의 성수에 몸을 적시고 그곳에서 밤을 지새웠답니다. 침통해 있던 그들은 그날 밤 단지 강가 강의 물만 마셨을 뿐이랍니다. 성화聖火를 모시거나 모시지 않거나 빤다와들을 아끼는 몇몇 브라만들이 제자 또는 친족들과 함께 거기까지 따라와 밤을 함께 보냈습니다. 초월적 지혜를 설하는 브라만들에 둘러싸인 왕은 몹시 빛났다고 합니다. 아름답기도 하고 두렵기도 한 시각이 되자 브라만들은 성화를 밝히고 브라흐마를 앞세운 구절을 암송하며 서로 이야기를 나누었답니다. 백조들의 다정한 음성을 가진 빼어난 브라만들은 꾸루족 최고의 왕을 위로하며 온밤을 새웠습니다."

2

이어지는 와이샴빠야나의 이야기는 이러하다.

밤이 지나고 날이 밝아오자 탁발로 삶을 지탱하는 브라만들은 숲으로 떠날 채비를 하는, 오점 없이 거동하는 빤다와들 앞에 섰다. 꾼띠의 아들, 유디슈티라 왕이 그들에게 말했다.

'우리에겐 아무것도 남아 있지 않습니다. 왕국도 명예도 다 빼앗겼습니다. 비탄에 빠져 우리는 숲으로 떠납니다. 열매와 나무뿌리와 날고기를 먹고 살 것입니다. 더욱이 숲엔 호랑이와 뱀 등 수많은 위험이 도사리고 있습니다. 필시 그곳엔 모진 고난이 있을 것입니다. 브라만들의 곤궁함에는 신들도 괴로워하지요. 그 고난을 어찌 내가 감당할 수 있겠습니까? 그러니 브라만들이여, 제발 원하는 곳으로 돌아가주십시오.'

브라만들이 말했다.

'왕이시여, 당신이 어디로 가든 우린 그곳으로 가겠습니다. 당신께 헌신하고 바른 법을 보는 우리를 제발 버리지 마십시오. 신들도 자기에게 헌신하는 사람은 어여삐 여긴답니다. 특히나 거동 바른 브라만은 더욱 그러하지요.'

유디슈티라가 말했다.

'나 또한 언제나 브라만들에게 온 마음을 바치고 있습니다. 그러나 나와 함께하는 자들의 고통이 마치 나를 짓누르는 것 같답니다. 숲에서 열매와 나무뿌리와 사슴을 잡아먹고 살아야 하는 내 형제들은 모두 서러움으로 탄식하며 정신을 잃을 지경입니다. 드라우빠디가 끌려왔던 일과 왕국을 잃은 일 때문에 그들은 괴로움으로 비통해하고 있습니다. 난 더 이상 그들에게 짐을 지우고 싶지 않습니다.'

브라만들이 말했다.

'왕이시여, 우리들을 부양해야 할 걱정은 마십시오. 우리는 스스로 숲에 있는 것들을 주우며 당신을 따를 것입니다. 명상과 주문으로 당신을 이롭게 함과 동시에 유익한 이야기들로 숲 속 생활을 즐겁게 해줄 것입니다.'

유디슈티라가 말했다.

'그러할 것입니다. 의심할 바가 없지요. 나는 브라만들과 함께 즐거운 시간을 보낼 것입니다. 허나 누추한 내 모양새가 나를 초라하게 만드는군요. 어찌 스스로 음식 날라오는 브라만들을 보고만 있을 수가 있겠습니까? 나를 향한 헌신적인 마음 때문에 고생해서는 안 되는 분들이 고통당하는 꼴을 어찌 보고 있겠습니까? 아아! 망할 놈의 드르따라슈트라의 아들들이여!'

이어지는 와이샴빠야나의 이야기는 이러하다.

이렇게 말을 마친 왕은 서러워 땅에 털썩 주저앉았다. 자신의 마음을 잘 챙기는 학덕 높은 브라만, 상키야와 요가 철학†에 뛰어난 샤우나까가 다가와 말했다.

샹키야와 요가 철학_ 뿌루샤(정신)와 쁘라끄르띠(물질)를 바탕으로 하는 이원론 철학이다. 이 철학에서는 무(無)에서 생성되는 것은 없다고 믿는다. 뿌루샤는 활동하지 않으며 그저 바라볼 뿐이다. 쁘라끄르띠는 궁극의 실재를 이루는 물로, 이는 다시 사뜨와, 라자스 그리고 따마스 등 이 세상을 이루는 세 가지 성질 또는 구나로 이루어져 있다. 요가는 상키야 이론의 실천 또는 응용이라고 보면 될 것이다.

'어리석은 자에게 슬퍼할 일은 날마다 수천 가지에 이르며 두려워할 일 또한 수백 가지에 이릅니다. 그러나 지혜로운 자에게는 그런 일들이 찾아오지 않습니다. 당신처럼 사려 깊은 이는 무수한 잘못으로 바른 사고를 방해하는 일, 영예를 죽이는 그런 일에 자신을 내몰지 않는답니다. 대왕이시여, 전통을 익히고 학문을 공부하여 얻어진, 옳지 않는 것에 대처하는 여덟 가지 지혜†가 당신을 감싸고 있습니다. 당신 같은 사람은 재물에 어려움이 있어도, 난관에 부딪쳐도, 또 친지가 어려움을 만나도 몸과 마음이 고통 때문에 무너지지 않는 법입니다. 예전에 고결하신 자나까가 자신을 다스리기 위해 읊었다는 시를 암송할 터이니 잘 들어보십시오.

이 세상은 마음과 몸에서 일어나는
온갖 고통으로 가득하다네.
따로 또는 함께 오는 이 고통을
무슨 수로 잠재울지 들어 보게.

질병과 원치 않은 것을 만나는 것
지나치게 애쓰는 것 그리고 원하는 것을 보내는 것

여덟 가지 지혜_ 요가에서 말하는 여덟 가지 지혜는 다음과 같다. 첫째 야마(절제), 둘째 니야마(억제), 셋째 아사나(자세를 바로 하는 것), 넷째 쁘라나야마(호흡의 조절), 다섯째 쁘라띠야하라(감각을 거두어들이는 것), 여섯째 다라나(생각을 잡아두는 것), 일곱째 디야나(명상), 여덟째 사마디(완전한 몰입).

이것은 몸에 나타나는
고통의 네 가지 원인이라네.

몸에 오는 질병과 마음에 오는 질병은
두 가지 행위로써 치유할 수 있다네.
즉각 손을 쓰는 것 그리고
지속적으로 무시하는 것이라네.

그래서 분별력 있는 의사는
기분 좋은 이야기로 또는
마음에 드는 선물로
환자의 마음의 병을 먼저 잠재운다네.

달구어진 쇠막대가 항아리의 물을 데우듯
마음에 든 병은 육신을 괴롭히기 때문이라네.
물로 불을 꺼야 하듯
마음의 병은 통찰로 치유해야 한다네.

이리하여 마음의 고통이 잠잠해지면
육신도 따라 편안해지는 것이라네.
마음의 병의 뿌리는 정이라네
중생들은 정에 얽매이고 그로 인해 괴로워한다네.

괴로움의 뿌리는 정이요
두려움 또한 정에서 일어난다네.
이렇게 슬픔도 기쁨도 그리고 애씀도
모두 정에서 비롯된다네.

갈애渴愛도 감각적 욕망도
모두 정에서 비롯된다네.
이 둘 모두 궁극의 선에 걸림돌이 되지만
갈애를 더욱 큰 걸림돌이라 일컫는다네.

나무 틈새에서 붙은 불이
송두리째 나무를 태우듯
갈애의 흠은 아무리 작아도
진리를 추구하는 자를 멸하게 한다네.

단지 버렸다 하여 버린 사람이 되지는 않네.
엮인 것의 잘못을 보는 사람
적개심을 버린 사람
소유하지 않는 사람이 버린 사람이라네.

그러니 자신의 육신에서 비롯되는 정을
통찰로써 거두어들이고
자기편과 벗과 자기가 모아둔 재산에 대한

애착을 거두어야 하네.

바른 지식을 구비하고 학문이 뛰어나며
자신을 살피는 빼어난 이들에게
정은 달라붙지 못한다네.
마치 연잎 위의 물방울처럼.

애착에 휩쓸리는 사람은
욕망에 사로잡히고
그에게는 갈망이 일지.
그 갈망에서 탐착이 생기는 것이라네.

탐착은 무엇보다 나빠
언제나 인간의 마음을 뒤흔든다네.
그것은 또한 도리 아닌 일로 가득하여
결국은 더없이 나쁜 일에 엮이고 만다네.

우둔한 자는 이를 놓지 못하네.
사람은 나이가 들어도 탐착은 줄지 않네.
이는 질병이니
이 탐착을 버리는 자는 평온을 얻는다네.

탐착은 시작도 끝도 없다네.

한 번 일어난 탐착은 인간의 육신에 스며들어
근원을 알 수 없는 불길처럼
이를 파괴하고 만다네.

연료에서 인 불이 연료를 태우듯
마음을 다잡지 않는 사람은
자신이 갖고 태어난 탐욕으로 인해
멸하고 만다네.

죽음 있는 자가 언제나 죽음을 두려워하듯
재물 가진 자는 왕을 두려워하고
물과 불과 도둑을 두려워하네.
그는 자신의 친지마저 두려워한다네.

허공에 놓인 고기, 새가 먹듯
땅 위에 놓인 고기, 짐승이 먹듯
물에 있는 고기, 물짐승이 먹듯
재물 가진 자는 모두가 먹으려든다네.

재물은 어떤 이에게 재앙이 된다네.
재물의 권능에서 놓여나지 못한 이는
영예를 구하지 못한다네. 이런고로
들어오는 재물은 모두 마음에 미혹을 더할 뿐이라네.

인색함과 자만심과
두려움과 근심은 모두
재물에서 생긴다네.
지혜로운 이는 몸 가진 자들의 이러한 고뇌를 안다네.

재물을 얻고 지키는 괴로움
줄어들고 사라지고 쓰는 괴로움에 힘겨워하네.
그런데도 사람들은 재물 때문에
삶을 희생시킨다네.

재물 있는 자는 버리기 괴롭고
그를 지키는 것 또한 즐겁지 아니하네.
어렵사리 벌어들인 재물 사라진다 해서
근심할 일 아니라네.

만족할 줄 모르는 자 어리석은 자이며
지혜로운 자 만족을 안다네.
재물에의 갈증은 끝이 없으나
만족함은 지복이라네.
그래서 지혜로운 자는 만족함을
유일한 재물로 본다네.

젊음도 아름다움도 삶도 재물을 모음도
권력도 그리고 사랑하는 사람과 함께 있는 것도
다 무상한 것, 그래서 지혜로운 자는
어느 것에도 매이지 않는다네.

모은 것을 버려야 하네.
재물에서 오는 성가심 어느 누가 감내할 수 있으리?
재물을 모은 자에게
자유는 더 이상 보이지 않네.

그래서 바른길을 가는 자는
재물에 무심한 자를 칭송하는 것이라네.
진흙을 닦아내는 것보다
아예 접하지 않음이 낫지 않겠는가?

유디슈티라여, 이치가 이와 같으니 재물을 갈망함은 옳지 않습니다. 법다이 행동하려거든 물욕에서 벗어나야 하는 것이랍니다.'

유디슈티라가 말했다.

'내가 재물을 모으려는 것은 향락을 즐기려 함이 아닙니다. 단지 브라만들을 조금이라도 편히 모시기 위함일 뿐 탐심에서가 아니랍니다. 브라만이시여, 가정생활을 꾸려가는 위치[*]에 있는 나 같은 사람이 어찌 자기를 믿고 따르는 사람들을 부양하고 지키는 일을 하지 않을 수가 있겠습니까? 우리는 만 생명과 나누어 먹어야 한다는 가르침을 받아 왔습니다. 그래서 가정생활을 꾸려가는 사람이라면 자기 자신을 위해 음식을 만들지 않는 수행자들에게 공양을 올려야 하는 것입니다. 어진 사람의 가정에서는 방에 깔 마른풀과 쉼터 그리고 목을 축일 물과 환대할 말이 부족해서는 안 되는 것 아닌가요? 병든 자에게는 몸을 누일 침상을, 지친 자에게는 앉을 의자를, 목마른 자에게는 마실 물을 그리고 배고픈 자에게는 음식을 베풀어야 합니다. 자기 집에 길손이 찾아오면 반가운 눈길을 보내고 따뜻한 마음을 바쳐야 하며, 다정한 말을 나누고 일어서서 맞아야 하며 의례에 따라 대접해야 합니다. 이것은 우리가 갖추어야 할 도리이기도 하지요. 아그니호뜨라†를 행하지 않거나 소를 소홀히 대하거나 친지와 길손과 혈족, 아내, 자식, 하인들을 잘 대하지 않으면 그에 대한 대가를 치르게 될 것입니다. 자신만을 위해 음식을 만들어서는 안 되며, 신들과 조상들과 손님들에게 바치지 않으려면 쓸데없이 짐승을 죽여서도 안 됩니다. 또 그들에게 바치지 않고서는 음식을 먹어서도 안 되지요. 아침저녁으로 개와 개를 먹는 이들과 새들을 위해 음식을 뿌리며 위쉬와데와 의식†을 행해야 합니다. 손님을 대접하고 남은 음식을

~꾸려가는 위치_ 브라만 계급 사람들이 거쳐야 하는 인생의 네 단계 중 가르하스티야로, 결혼을 하고 가정생활을 이어가는 단계.

아그니호뜨라_ 새벽과 황혼녘에 불에 지내는 일상의 제사로 주로 주문과 함께 기이(정제된 우유 기름)를 타는 불에 뿌리면서 행한다. 일반적인 브라만이나 크샤뜨리야들에게는 필수적인 제사였으나 혹독한 고행의 서약을 세운 브라만이나 크샤뜨리야는 이 제사를 지내지 않기도 했다. 성스러운 불을 줄곧 모시며 그에 제물을 바치는 행위 그 자체를 말하기도 한다.

위쉬와데와 의식_ 음식을 먹기 전 일부를 떼어 땅에 놓아둠으로써 그곳을 지나는 모든 생명들 또는 떠도는 혼귀들이 먹을 수 있도록 하는 의식.

먹는 것은 불로의 음식을 먹는 것과 같으며, 제사 때 신들에게 바치고 남은 음식을 먹는 것, 조상들에게 제사 지내고 남은 음식을 먹는 것이야말로 불로영생의 음식이 된답니다. 가정생활을 영위하는 자로서 이러한 규범을 지키는 것은 참으로 바른길을 가는 것이라고 여겨지는데 브라만께서는 어찌 생각하시는지요?'

샤우나까가 말했다.

'아아, 참으로 안타까운 일입니다. 세상이 뒤바뀐 것이 아니고 무엇이리까? 선인들이 부끄러이 여기는 것을 악인들은 흡족해하고 있습니다. 지혜가 어두운 자들은 미혹과 욕정과 감각의 노예가 되어 자기 아랫도리와 배 속을 채우기 위해 거창하게 음식을 만든답니다. 그것을 자각하고 있는 사람이라도 마치 사방으로 날뛰는 말에 끌려가는 의식 잃은 마부처럼 게걸스런 감각에 끌려가고 말지요. 여섯 감각 기관이 각자의 대상을 접하게 되면 미리 내재된 욕망에서 생긴 마음은 각자의 특정한 대상을 통해 분명히 드러나게 되는 것입니다. 인간의 마음이 모든 감각의 대상을 향해 쏠리게 되면 안에서 욕망이 일고, 그러면 대상에 반응하게 됩니다. 그러면 불에 혹해 불 속에 뛰어든 불나방처럼 내재된 욕망의 위력과 함께한, 감각 대상의 쾌락이라는 화살에 꿰뚫린 인간은 결국 탐욕의 불길에 빠지고 마는 것이지요. 인간들의 주인이시여, 그때부터 그는 몸의 움직임과 음식에 빠져들게 되고 거대한 혼돈의 수렁에 빠져 결국 자기 자신을 알아차리지 못하고 마는 것이랍니다. 이렇듯 무릇 중생은 쉼 없이 굴러가는 바퀴처럼 무지와 업과 탐착으로 인해 수없는 생을 고통의 바다에 빠져 태에서 태로 전전하는 것입니다. 브라흐마의 상태에서 잡초에 이르기까지 물에서, 뭍에서 그리고 허공에서 태어남이 거듭된답니다.

이것이 지혜가 부족한 자들이 하는 짓입니다. 이제 바른길에서 최상의 것을 찾았을 때 좋아하고, 놓여남을 기뻐하는 지혜로운 사람들은 어찌하는지 들어보십시오. 베다에서는 "의례를 행하라. 그리고 그것을 버려라"라고 가르칩니다. 따라서 어떤 다르마도 자신을 내세우며 행해서는 안 되는 것입니다. 신에게 제사 지내는 것, 베다를 공부하는 것, 보시, 수행, 진실, 용서, 감각을 절제하는 것 그리고 무욕이 바른길을 가는 데 필요한 여덟 가지 조건이라 하지요. 처음의 넷은 조상들의 세계에 이르는 데 필요한 것입니다. 자신을 내세우며 그것들을 행해서는 안 됩니다. 해야 하는 일이기 때문에 해야만 하는 것입니다. 나머지 넷은 신들의 세계를 얻으려던 성현들이 지켜왔던 일입니다. 이 여덟 가지야말로 마음이 깨끗한 사람이 반드시 따라가야 하는 일이지요. 고통의 바다를 이겨내려는 사람들은 의지를 바로 세우고, 바르게 감각을 절제하며, 서약을 곧게 세우고, 바르게 어른들을 모시며, 맑은 음식을 먹고, 거동을 바로 하며, 부지런하게 베다를 공부하고, 자기에게 주어진 의무를 바로 행하며, 마음을 바르게 써야 합니다. 요가의 힘을 지닌 루드라, 사드야, 아디띠야, 와수들, 아쉰윈 같은 신들도 애착과 미움을 버림으로써 그런 권위를 얻어 만물을 다스리지요. 꾼띠의 아들 바라따여, 당신도 그러한 평정심을 일구고 수행을 통해 일을 이루고 요가†를 이루십시오. 당신은 아버지

요가_ 여기서 말하는 요가는 서로 상반되는 것에 대한 개념을 버림으로써 모든 사물을 조화롭게 바라보는 것을 말한다.

와 어머니에 관한 일 그리고 의례와 의식에 관한 일은 잘 이루어냈습니다. 이제 브라만을 부양하는 것을 수행을 통해 이루어보도록 하십시오. 한번 일을 이루어낸 사람은 수행을 통해 원하는 것은 뭐든 다 할 수 있습니다. 그러니 수행을 하시어 마음속에 품은 뜻을 다 이루도록 하십시오.'

3

와이샴빠야나가 말했다.

"샤우나까의 말을 들은 꾼띠의 아들 유디슈티라는 왕사에게 가서 아우들이 있는 가운데 이렇게 말을 꺼냈습니다. '베다에 정통한 브라만들이 숲으로 떠나려는 나를 따르려고 합니다. 그러나 그들을 보살피기에는 너무나 많은 걸림돌들이 있습니다. 그들을 버릴 수도, 또한 그들을 잘 보살필 힘도 내게는 없습니다. 내가 무엇을 어떻게 해야 할지 알려주십시오.'

다르마를 지키는 사람 중에서도 가장 뛰어난 다움미야 왕사는 무엇이 바른길인지 잠시 생각해본 뒤 유디슈티라에게 이렇게 말했지요.

'아주 오랜 옛날 생명들이 태어났을 때 그들은 배고픔에 시달렸습니다. 그러자 태양은 마치 아비처럼 자비심으로 그들을 대했답니다. 북쪽으로 간 태양은 자신의 빛살로 열의 진액을 끌어 올린 다음 다시 남쪽으로 돌아와 땅으로 스며들어 머물러 있었지요. 이렇게 그가 땅이 되어 있는 동안 식물의 왕*은 하늘에서 열을 모으고 물로 약초를 만들었습니다. 이렇게 땅으로 간 태양은 달의 열기에 젖어 여섯 가지 맛을 내는 약초, 희생제에도 쓰이는 약초를 주었답니다. 이리하여 그는 지상의 모든 생명의 먹이가 되었던 것입니다. 이렇게 살아 있는 것들의 음식은 태양이 준 것이며 태양은 모든 생명을 이어주셨습니다. 그는 만 생명의 아버지이니 그에게 귀의하십시오. 혈통이 순수하고 행적이 뛰어난 모든 숭고한 왕들은 고행으로 만백성을 구했지요. 비마, 까르따위르야, 와인야, 나후샤는 고행과 요가와 깊은 명상으로 자기 백성을 재앙에서 건져냈답니다. 덕 높은 바라따여, 당신도 행위를 맑힘으로써 고행에 마음을 쏟고 다르마에 따라 브라만들을 부양하십시오.'

시기적절한 다움미야의 말을 듣고 순수한 마음을 지닌 다르마의 왕은 혹독한 고행을 시작했습니다. 꽃과 불 없는 제물을 바치며 태양을 숭배했지요. 고결한 그분은 강가의 물을 만진 뒤 공기만 마시고 감각을 절제하며 호흡을 살피는 요가 수행을 했답니다."

자나메자야가 말했다.

"브라만들을 부양하기 위해 뚝심 좋은 꾸루 유디슈티라 왕은 그토록 위용 넘치는 태양을 어떤 식으로 만족시켰답니까?"

와이샴빠야나가 말했다.

"왕이시여, 마음을 정갈히 하고 내가 하는 말을 집중하여 잘 들으

식물의 왕_ '달(月)'을 가리킨다.

십시오. 왕 중의 왕이시여, 잠시 짬을 내시면 남김없이 다 이야기해 드리지요. 고고한 분이시여, 다움미야가 숭고한 쁘르타의 아들을 위해 어떻게 태양의 백여덟 가지 이름을 읊었는지 들어보십시오."

와이삼빠야나가 말한 태양의 백여덟 가지 이름은 이러하다.

'수르야, 아르야만, 바가, 뜨와슈트르, 뿌샨, 아르까, 사위뜨르, 라위, 가바스띠마뜨, 아자, 깔라, 므르뜌, 다뜨르, 쁘라바까라, 쁘르티위, 아빠스, 떼자스, 까, 와유, 빠라야나, 소마, 브르하스빠띠, 슈끄라, 부다, 앙가라까, 인드라, 위와쉬와뜨, 디쁘땅수, 슈찌, 사우리, 사나이쉬짜라, 브라흐마, 위슈누, 루드라, 스깐다, 와이쉬라와나, 야마, 와이듀따, 자타라, 아인다나, 떼자삼빠띠, 다르마드와자, 베다까르뜨르, 웨당가, 베다와하나, 끄르따, 뜨레따, 드와빠라, 깔리, 사르와마라쉬라야, 깔라, 까슈타, 무후르따스, 빡샤스, 마사스, 르뚜스, 상와뜨사라까라, 아쉬와타, 깔라짜끄라, 위바와수, 뿌루샤, 사쉬와따, 요긴, 위야끄따위약따, 사나따나, 로까드약샤, 쁘라자드약쇼, 위쉬와까르만, 따모누다, 와루나, 사가라, 앙수, 지무따, 지와나, 아리한, 부따쉬라야, 부따빠띠, 사르와부따니쉐위따, 마니, 수와르나, 부따디, 까마다, 사르와또무카, 자야, 위샬라, 와라다, 쉬그라가, 쁘라나다라나, 단완따리, 두마께뚜, 아디데와, 아디띠야, 드와다샤뜨만, 아라윈닥샤, 삐뜨르, 마뜨르, 삐띠미하, 스와르가드와라, 쁘라자드와라, 목샤드와라, 뜨리위슈타빠, 데하까르뜨르, 쁘라샨따뜨만, 위쉬와뜨만, 위슈와또무카, 짜라짜라뜨만, 슉스마뜨만, 와뿌샨위따가 추앙받아 마땅한 고결한 태양의 상서로운 백여덟 가지 이름이다. 이 이름들은 고결한 인드라도 암송하곤 했다. 이것을 인드라가 나라다에게, 나라다가 다시 다움미야에게 전해주었다. 그리고 다움미야가 이를 유디슈티라에게 전해주었고 태양의 이름을 얻은 그는 모든 것을 이루게 되었다.

신과 조상과 약샤들의 숭앙을 받으시는 분
아수라와 밤에 다니는 이와 싯다들의 추앙을 받으시는 분
순금과 불처럼 빛나시는 분
빛을 만드는 그분의 이름을 그대 또한 염하라.

마음을 한곳에 모으고
태양이 솟을 때 이를 암송하는 자
막대한 재물과 수많은 자손을 얻으리.
전생을 기억하고 수승한 기억력과 지혜를 얻으리.

마음을 한곳에 모으고
순수한 마음으로 명예로운 이 이름 암송하는 자
불덩이 같은 슬픔의 바다에서 헤어나리.
마음속에 품은 소망 이루리.'

이어지는 와이샴빠야나의 이야기는 이러하다.

그러자 흡족해진 태양이 불처럼 활활 타는 몸으로 빤두의 아들 앞에 나타났다.

'왕이여, 그대가 바라는 모든 것을 얻게 되리라. 나는 일곱에 다섯을 더한 해 동안 그대에게 음식을 줄 것이다. 열매와 나무뿌리, 고기 그리고 찬간에서 만들어 먹을 수 있는 채소, 이 네 가지 음식을 다함없이 즐길 수 있으리라. 이와 함께 온갖 재물도 함께하리니.' †

태양은 이 말을 남기고 모습을 감추었다. 이 같은 축복을 받은 꾼띠의 아들, 패함 없는 유디슈티라는 강물 속에서 나와 다움미야의 발에 이마를 대고 절한 뒤 형제들을 껴안았다. 그리고 위력 넘치는 빤두의 아들은 드라우빠디를 만나 함께 찬간으로 가서 그녀가 보는 가운데 직접 음식을 만들기 시작했다. 숲의 네 가지 음식이 준비되었다. 한 번 요리된 음식은 불어나기 시작했다. 줄지 않는 그 음식으로 그는 브라만들을 시중들었다. 브라만들이 음식을 먹은 다음에는 아우들에게도 먹였으며, 남은 음식을 자기가 먹었다. 유디슈티라가 먹

~재물도 함께하리라_ 봄베이의 찌뜨라샬라소 본에는 아래 이야기가 덧붙여져 있다. 유디슈티라가 다움미야 왕사의 조언에 따라 강물에 들어가 혹독한 고행을 하자 그의 고행에 흡족해한 태양신이 유디슈티라 앞에 나타나 청동 그릇을 전해주었다고 한다. 태양신은 드라우빠디가 그 그릇을 갖고 있는 한, 그리고 안에 있는 것들을 남김없이 먹어버리지 않는 한 음식이 끊이지 않으리라고 했다고 한다.

은 뒤 나머지는 드라우빠디가 먹었다. 태양에게서 이러한 축복을 얻은 위력의 왕은 태양처럼 빛났으며 브라만들의 소망을 들어주었다.

희생제를 염두에 두고 있던 빤다와들은 날과 별과 달이 조화로운 때를 잡아 왕사를 앞세워 의식과 주문을 곁들여 제사를 지냈다. 그리고 브라만들에게 둘러싸인 그들은 다움미야와 함께 길일에 그곳을 떠나 깜먀까 숲으로 갔다.

5

이어지는 와이샴빠야나의 이야기는 이러하다.

빤다와들이 숲으로 떠난 뒤 마음의 눈을 눈으로 가진 드르따라슈트라 왕은 몹시 괴로웠다. 몸을 편히 하고 앉은 암비까의 아들은 지혜 깊은 위두라에게 말했다.

'그대는 바르가와† 처럼 순수한 지혜를 가졌지.
그대는 오묘한 최상의 다르마를 알고 있다.
그대는 꾸루의 모든 후손을 공평한 눈으로 보지.
그러니 말하라, 무엇이 그들에게 또 내게 옳은 일인지.

바르가와_ 브르구의 후손인 빠라슈라마.

이러할 때 위두라여 우리는 무엇을 해야 하는가?
어찌하면 백성들이 우리에게 마음을 바칠 것인가?
말하라, 그들이 우리를 송두리째 뒤엎지 않도록.
우리는 그들의 패망도 바라지 않는구나.'

위두라가 말했다.

'왕이시여, 인생의 세 가지 목적[*]은 다르마에 뿌리를 둡니다.
이 왕국도 다르마가 뿌리를 이루고 있습니다.
대왕이시여, 힘이 닿는 데까지 다르마에 따라 사시옵소서.
모든 자식들과 꾼띠의 아들들을 지켜주소서.

수발라의 아들 샤꾸니을 앞세운 사악한 자들에게
다르마가 회당에서 뒤흔들렸습니다.
꾼띠의 아들을 주사위 노름에 불러내
당신의 아들이 진실한 그를 패하게 했습니다.

왕이시여, 당신은 이렇게 잘못 인도되었으나
여전히 저는 나머지 부분을 구할 묘안을 헤아려봅니다.
꾸루의 후예여, 당신의 아들이 죄를 벗고

세 가지 목적_ 다르마, 아르타, 까마.

36

이 세상에 뿌리를 든든히 내리고 바로 설 수 있는 길이 있습니다.

당신이 당신 자신의 영역 밖에서 취했던 것
그 모든 것을 빤두의 아들에게 돌려주소서.
왕이 된 자가 자기 가진 것에 만족하고
타인의 것을 탐하지 않는 것은 최상의 다르마입니다.

이것이 당신이 해야 할 가장 우선된 일입니다.
그들의 마음을 사고 샤꾸니를 무시하소서.
당신의 아들들 중에 행여 남아 있는 자가 있거든
어서 서둘러 이 일을 시행하소서.

왕이시여, 이 일을 시행하지 않는다면
꾸루는 필시 멸하고 말 것입니다.
성난 비마세나와 아르주나가 전장에서
그들의 적을 남겨두지 않을 것입니다.

그들의 용사가 무기에 달통한 왼손잡이 아르주나이고
그에게는 세상 최고의 간디와 활이 있습니다.
그들의 용사가 완력의 장사 비마라면
세상에 얻지 못할 것이 어디 있겠나이까?

오래전 저는 당신의 아들이 갓 태어나자마자

무엇이 당신께 이로운 일인지 말씀드렸습니다.
"아들을 버리소서, 가문을 망칠 것입니다" 라고.
그러나 왕이시여, 당신은 그렇게 하지 못하셨습니다.
왕이시여, 이번에도 같은 충언을 따르지 않으시면
훗날 후회하게 될 것입니다.

만약 당신의 아들이 빤다와들과 함께
왕국의 한쪽을 다스리는 데 동의한다면
설혹 당신의 아들과 그의 지지자들을 설득시키지 못해도
그들과의 이 유쾌한 동맹을 후회하지 않을 것입니다.
이에 어긋난 일이 일어나지 않도록 당신의 아들을 다잡으십시오.
빤두의 아들을 왕국의 대군주로 만드십시오.

왕이시여, 적 없는 그는 애착을 놓은 사람입니다
그는 바른 법에 따라 세상을 다스릴 것입니다.
그러면 왕이시여, 땅을 지키는 모든 왕들은
마치 와이샤들처럼 즉시 우리를 섬길 것입니다.

왕이시여, 두료다나와 샤꾸니와 마부의 아들까르나이
기쁜 마음으로 빤두의 아들들을 받들게 하소서.
두샤사나가 비마세나와 드루빠다의 딸에게
회당 한가운데서 용서를 구하게 하소서.

당신이 몸소 유디슈티라를 위로하고
그를 존중하며 왕으로 앉히소서.
당신의 물음에 어찌 다른 식으로 대답하리요.
왕이여, 제 말대로 하신다면 당신의 의무를 다한 것입니다.'

드르따라슈트라가 말했다.

'위두라여, 빤다와들과 나에게
회당에서도 그대는 같은 말을 했다.
그들에게는 이롭고 내 자식들에게는 이롭지 않다.
내 마음은 어느 것도 받아들일 수 없구나.

그러한 단정은 어디서 비롯된 것이더냐?
오로지 그들 빤다와들을 위한 것 아니더냐?
생각건대 그런 연유로 내 아들들을 이롭게 하지 않는 것이다.
어찌 빤다와들을 위해 내 아들들을 버릴 것이냐?

그들도 내 아들임은 의심의 여지가 없다.
그래도 두료다나는 내 몸에서 나온 자식이 아니더냐?
평정심을 가지려는 사람치고 어느 누가
"타인을 위해 내 몸 버렸노라"라고 말하겠느냐?

위두라여, 그대는 내게 모든 것을 뒤집어 말했다.

그대의 도를 넘은 교만함을 나는 견딜 것이다.
이제 그대가 가고자 하는 곳으로 가거라, 아니면 머물든지!
아무리 좋은 대접에도 단정치 못한 여인은 떠나지 않더냐.'

와이샴빠야나가 말했다.
"왕이여, 말을 마친 드르따라슈트라는 느닷없이 일어나 내실로
들어가버렸습니다. 위두라는 '이게 아니다!' 라고 탄식하며 빤다와
들이 있는 곳으로 발길을 재촉했답니다."

6

이어지는 와이샴빠야나의 이야기는 이러하다.

뚝심 좋은 바라따의 후예 빤다와들은 추종자들과 함께 살 만한
숲을 찾아 강가 강변을 지나 꾸룩쉐뜨라로 향했다. 사라스와띠, 드르
샤드와뜨 그리고 야무나 강에 몸을 적신 그들은 숲과 숲을 떠돌며 끊
임없이 서쪽을 향해 갔다. 그렇게 가던 중 사라스와띠 강변의 평평한
모래밭 건너에 펼쳐져 있는, 수행자들이 좋아하는 깜먀가 숲을 보았
다. 영웅들은 들짐승과 새들이 가득 찬 그 숲에서 수행자들의 환대와
위안을 받으며 지내게 되었다. 위두라는 빤다와들을 그리는 마음으
로 수레 하나만을 끌고 모든 것이 풍성한 깜먀가 숲에 이르렀다.

날랜 말이 끄는 수레로
숲에 이른 위두라는
한적한 숲에서 다르마의 왕이 드라우빠디와 형제들과
브라만들과 함께 앉아 있는 것을 보았다네.

진실된 왕이 먼발치서 위두라가 얼마나
빠르게, 가까이 다가오고 있는지 보았다네.
그리고 그는 아우 비마에게 말했다네.
'위두라는 우리를 만나 무슨 말을 하시려는가?

수발라의 아들들의 전갈을 갖고 온 것일까?
다시 한 번 주사위 노름에 나를 부르는 것일까?
치졸한 샤꾸니가 우리랑 다시 겨루어
우리의 무기를 따려는 것일까?

비마여, 누구라도 내게 노름하자 청하면
나는 그 청을 물리칠 수 없으리라.
간디와 활이 위태롭다면
우리가 왕국을 얻는 것도 위태로울 것이거늘.'

그리고 빤두의 후손들 모두 일어나
위두라를 맞았다네.

그는 아자미다유디슈티라에게 경의를 표하고
평소와 다름없이 빤두의 아들들과 만났다네.

위두라가 충분히 휴식 취한 뒤
뚝심 좋은 사내들은 그가 온 까닭 물었네.
암비까의 아들 드르따라슈트라와 있었던 일을
그는 그들에게 숨김없이 모두 말해주었네.

위두라가 말했다.

'유디슈티라여, 나를 보살펴주시는 드르따라슈트라께서
나를 불러 내게 예를 갖추며 물으셨습니다.
"이런 상황에서 어느 한쪽 편을 들지 말고
그들과 내 아들들에게 바람직한 일이 무엇인지 말하라."

나는 까우라와들에게 무엇이 이로운지
무엇이 드르따라슈트라께 이롭고 바른지 말씀드렸습니다.
그러나 내 말은 그분의 마음을 적시지 못했으며
나는 더 나은 말을 생각하기 어려웠습니다.

빤두의 후손이여, 난 최상의 방책을 일러드렸으나
암비까의 아들은 내 말을 새겨듣지 않으셨습니다.
병든 자가 몸에 좋은 음식을 받아들이지 않듯

그분은 내 말을 받아들이지 않으셨습니다.

방정치 못한 여인이 학인의 집에 가지 않는 것처럼
유디슈티라여, 그분은 바른길로 가지 않을 것입니다.
젊은 여인이 환갑 된 남편을 꺼리듯
바라따의 황소는 내 말을 꺼렸습니다.

왕이시여, 까우라와의 패망은 불 보듯 빤한 일입니다.
드르따라슈트라께서는 좋은 말을 듣지 않습니다.
연잎 위에 뿌린 물처럼
내 말은 그분의 귀에 머물지 않습니다.

드르따라슈트라께서는 노해서 내게 말씀하셨습니다.
"바라따여, 그대의 신념이 머무는 그곳으로 가라.
더 이상 그대를 이 땅과 도성을 지킬
내 동지로 두고 싶지 않구나."

왕이시여, 나는 드르따라슈트라께 버림받은 뒤
당신들께 조언하러 서둘러 이곳으로 왔습니다.
회당에서 내가 했던 말 모두를
다시 할 터이니 부디 새겨들으십시오.

적에게 아무리 혹독한 핍박을 받아도

작은 불씨를 일으키는 마음으로
인내해서 가만히 때가 오기를 기다리는
자신 있는 사람이 온 세상을 다스리는 법입니다.

왕이시여, 자신의 풍요를 동지들에게 나누어주는 사람은
어려움이 닥치면 동지들이 그에게 풍요를 나누어준답니다.
이것이 바로 동지를 모으는 법이며
동지를 얻는 자가 세상을 얻는답니다.

빤두의 아들이여, 불평 없이 진실을 최고로 여기고
음식을 동지와 함께 공평히 나누며
그들에게 자신을 앞세우지 않아야 합니다.
이러한 태도가 왕을 번성케 할 것입니다.'

유디슈티라가 말했다.

'당신이 말씀하신 대로 행하겠습니다.
당신의 빼어난 지혜를 깨어 있는 마음으로 따르겠습니다.
때와 장소에 어울리는 말씀이 있거든 더 일러주십시오.
온전히 말씀대로 행하겠습니다.'

7

와이샴빠야나가 말했다.

"바라따의 왕이시여, 위두라가 빤디외들이 있는 아쉬람으로 떠나버리자 영리한 드르따라슈트라는 후회하기 시작했습니다. 회당의 문까지 온 왕은 위두라에 대한 생각으로 마음이 혼미해져 왕들이 보는 가운데 정신을 잃고 쓰러져버렸답니다. 의식을 회복한 왕은 바닥에서 일어나 곁을 지키고 있던 산자야에게 말했습니다.

'그는 내 형제요, 벗이요, 다르마의 화신이니라. 그를 생각하니 가슴이 미어지는구나. 세상의 이치를 꿰뚫어 알고 있는 내 아우를 어서 가서 데려오너라.'

이렇게 말한 왕은 애절하게 탄식했답니다. 위두라를 회상하며 후회로 애태우던 왕은 아우를 향한 정으로 산자야에게 재차 말했습니다.

'산자야여, 어서 가거라. 가서 어처구니없는 내 분노에 그리 모질게 당하고서도 내 아우 위두라가 아직 살아 있는지 알아보아라. 내 아우가 내게 잘못한 것은 눈곱만큼도 없느니라. 그는 사려 깊고 지혜가 출중하다. 그런 대지혜인이 어찌 나한테 그런 푸대접을 받을 수가 있겠느냐? 산자야여, 그 지혜인이 삶을 놓아서는 안 된다. 어서 가서 그를 데려오너라.'"

이어지는 와이샴빠야나의 이야기는 이러하다.

왕의 말을 받잡은 산자야는 '그리하겠나이다' 라고 말한 뒤 서둘러 깜마까 숲으로 떠났다. 그는 곧 빤다와들이 머물고 있는 숲에 이르러 루루 사슴 가죽을 두른 유디슈티라를 보았다. 위두라와 수천의 브라만들에게 둘러싸여 아우들의 비호 아래 있는 그의 모습은 신들에게 둘러싸인 인드라의 모습 같았다. 그는 유디슈티라에게 다가가 법도에 맞게 절한 뒤 비마와 아르주나와 쌍둥이에게도 각각 그들에 맞는 예를 표했다. 왕이 그의 안부를 물은 뒤 산자야는 편히 앉아 자기가 온 까닭을 말했다.

'크샤뜨야, 암비까의 아들 드르따라슈트라 대왕께서는 당신을 그리워하십니다. 어서 가서 왕을 뵙고 그분을 살려주십시오. 명예를 주는 분이시여, 최고의 사내이자 꾸루의 후예인 빤다와들의 허락을 얻으시어 사자왕의 명을 받들어 그분께 가시는 것이 옳을 것입니다.'

친지들이 애지중지하는 사려 깊은 위두라는 그러한 말을 듣고 유디슈티라의 허락을 얻어 다시 코끼리의 도성으로 돌아갔다. 위용 넘치는 드르따라슈트라가 대지혜인에게 말했다.

'무고한 내 형제여, 다르마를 아는 이여, 천행으로 그대가 돌아왔구나. 다행히도 나를 아직 기억하고 있었구나. 황소 같은 바라따여, 그대로 인해 밤에도 낮에도 잠을 이룰 수가 없을 때 나는 나 자신의 몸을 몹시 낯설게 보았느니라.'

왕은 위두라를 자기 품에 안고 머리 냄새를 맡으며 '내가 화나서 지껄인 말을 용서해다오' 라고 말했다.

위두라가 말했다.

'왕이시여, 용서했습니다. 당신은 제 웃어른이십니다. 소인은 당신을 뵙기 위해 서둘러 돌아왔습니다. 범 같은 분이시여, 바른 생각을 가진 사람이라면 괴로움에 처해 있는 사람에게 더 마음이 쓰이는 법입니다. 왕이시여, 달리 생각 마시옵소서. 빤두의 아들들처럼 당신의 아들들 또한 내게 소중하기는 마찬가지입니다. 다만 빤다와들이 어려운 상황이라 그쪽으로 마음이 쏠리는 것뿐입니다.'

와이샴빠야나가 말했다.
"서로에게 이렇게 사과한 빛나는 두 형제 위두라와 드르따라슈트라는 더할 나위 없는 기쁨을 느꼈답니다."

8

이어지는 와이샴빠야나의 이야기는 이러하다.

드르따라슈트라의 아들, 마음씨 고약한 왕자는 위두라가 돌아왔으며 왕이 그에게 사과했다는 소식을 듣자 속이 부글부글 끓어올랐다. 왕자는 수발라의 아들과 까르나 그리고 두샤사나를 불러오게 했다. 어둠 속을 헤매고 있는 그가 말했다.
'드르따라슈트라의 총애를 받고 있는 책사, 빤두의 아들들에게 헌신하는 그들의 박학다식한 동지 위두라가 돌아왔소. 위두라가 빤두의 아들들을 데려오게 하려고 하고 있소. 그가 왕의 마음을 돌려놓기 전에 그대들도 나를 위해 생각 좀 해보시오. 만약 쁘르타의 아들들이 다시 돌아오는 것을 본다면 난 생명 잃은 몸뚱이처럼 꿈쩍 못하고 말라버릴 것이오. 차라리 독을 마시거나 목을 매달거나 무기로 나 스스로를 찔러 죽이거나 불길에 뛰어들고 말지 그들이 여기서 활개치고 다니는 꼴은 못 보겠소.'

샤꾸니가 말했다.

'백성의 주인인 왕이시여, 어찌 그리 유치한 생각을 하시는 겁니까? 그들은 내기에 져서 이곳을 떠났습니다. 그런 일은 일어나지 않을 것입니다. 뚝심 좋은 바라따여, 빤두의 아들들은 모두 약속은 지키는 사람들입니다. 그들은 왕의 제안을 받아들이지 않을 것입니다. 만에 하나 왕의 말씀을 받들어 조건을 어기고 도성으로 돌아온다 해도 내가 다시 내기를 하면 되지 않습니까? 또 우리들은 중립을 지키는 척하며 왕의 말씀을 충실히 따르면서도 본심은 숨기고 빤다와들의 결정적인 약점을 찾아내면 될 것입니다.'

두샤사나가 말했다.

'대단히 현명하신 외숙부의 말씀은 틀린 게 하나도 없습니다. 무슨 말씀이든 그것이 제겐 참으로 크나큰 길잡이가 되지요.'

까르나가 말했다.

'두료다나여, 우리는 모두 당신의 일이 성사되기만을 바라는 사람들입니다. 지금은 우리 모두 한마음이 되는 것이 가장 중요한 일이지요.'

이어지는 와이샴빠야나의 이야기는 이러하다.

까르나가 이같이 말하자 두료다나 왕자는 탐탁지 않은 표정으로 고개를 돌려버렸다. 그것을 눈치챈 까르나는 두 눈을 부릅뜨고 불같이 성을 내며 벌떡 일어나 두샤사나와 샤꾸니에게 말했다.

'왕의 자손들이여, 내 말을 들어보시오. 우리는 모두 종의 손이 되어 왕을 기쁘게 하려 합니다. 그러나 우리 중 어느 누구도 안일하게 그의 총애를 받을 수는 없습니다. 그렇다면 무기를 들고 갑옷을 입고 수레에 올라 빤다와들이 숲에 있는 동안 그들을 처단해야 합니다. 빤다와들이 잠잠해지고, 알지 못할 길로 떠나면 드르따라슈트라의 아들들에게도 우리들에게도 더 이상의 골칫거리가 없을 것입니다. 그들이 풀 죽어 있는 한, 패배감으로 탄식하는 한, 동지 없이 지내는 한 우리는 그들을 다룰 수 있습니다. 이것이 내 생각입니다.'

그 말을 듣고 모두 거듭 경의를 표하며 '좋소'라고 마부의 아들에게 화답했다. 그들은 각자의 수레에 올라타 빤다와들을 격퇴하려는 굳은 결심으로 떠났다. 한편 그들이 빤다와들을 향해 떠났음을 천상의 눈으로 본 맑은 영혼의 위야사는 곧 그들 앞에 모습을 드러냈다. 온 세상이 우러르는 성자는 그들을 멈춰 세웠다. 그러고는 마음의 눈으로 보는 왕 드르따라슈트라 앞에 나타나 말했다.

위야사가 말했다.

'대지혜인 드르따라슈트라여, 내 말을 들으라. 모든 까우라와들에게 가장 이로운 이야기를 하리라. 완력 좋은 왕이여, 빤다와들이 두료다나 추종자들의 계략에 빠져 숲으로 떠난 것은 참으로 탐탁치 않은 일이다. 바라따여, 열세 해를 채우고 나면 성난 빤다와들은 자기들이 당했던 고통을 생각하고 까우라와들에게 독을 내뿜을 것이다. 사악하고 못난 그대의 아들은 어찌하여 그처럼 쉼 없는 분노로 빤다와들을 미워하며 왕국 때문에 그들을 죽이려 하는 것인가? 어리석은 그대의 아들을 즉각 멈추게 하고 마음을 가라앉히도록 하라. 지금 숲에 있는 빤다와들을 죽이려 하다간 오히려 제 놈이 목숨을 잃게 될 것이다. 사려 깊은 위두라의 말을 따르고 비슈마와 내 말을 따르고 끄르빠와 드로나의 말을 따르도록 하라. 대지혜인이여, 친지와 싸우는 것은 비난받을 짓이다. 바라따의 후예여, 불명예스럽고 도리가 아닌 그런 짓은 삼가라. 바라따여, 만약 그대로 둔다면 빤다와들을 향한 그의 질시는 반드시 재앙을 부를 것이다. 왕이여, 오히려 우둔한 그대의 아들더러 조력자들 없이 홀로 숲에 가게 해 빤다와들과 함께 지내보라고 말해보라. 빤다와들과 함께 지내다보면 서로 정이 들 것이다. 인간의 왕이여, 그러면 그대의 아들에겐 참으로 다행스런 일이 아니겠는가? 하긴 사람의 타고난 천성은 죽을 때까지 변하지 않는다는 말도 있긴 하지. 대왕이여, 비슈마와 드로나, 위두라는 어찌들 생각하고 계시는가? 또 그대는 어떤 생각을 하고 있는가? 문제가

걷잡을 수 없게 되기 전에 해야 할 일을 하는 것이 도리일 것이다.'

10

드르따라슈트라가 말했다.

'성자시여, 저 또한 노름하는 것이 탐탁지 않았습니다. 그러나 수행자시여, 운명의 힘에 밀려 그리하고 만 것 같습니다. 비슈마도, 위두라도, 드로나도, 간다리도 모두 그것을 마땅히 여기지 않았습니다. 그것은 순전히 혼돈이었습니다. 성자시여, 저는 마음 잃은 두료다나를 버릴 수가 없습니다. 수행인이시여, 제가 비록 알고 있다 해도 아들에게 쏠리는 정 때문에 그를 버릴 수가 없답니다.'

위야사가 말했다.

'위찌뜨라위르야의 아들이여, 왕이여, 그대가 말한 것은 사실이다. 분명히 아들은 무엇보다 우선이며 아들보다 우선인 것은 없지. 인드라도 수라비의 눈물을 보고 다른 어떤 것도 아들보다 더 값지지는 않다는 것을 깨달았다고 한다. 왕이여, 여기서 인드라와 수라비 사이에 있었던 참으로 대단한 이야기를 들려주리라.

왕이여, 오랜 옛날 천상 세계에 있던 모든 소들의 어머니 수라비가 울고 있었다고 한다. 인드라는 동정심을 느끼며 수라비에게 물었다.'

이어지는 위야사의 이야기는 이러하다.

인드라가 말했다.

'어여쁜 이여, 어찌하여 이처럼 울고 있는 것이오? 행여 천인들에게 별일이 있는 것은 아닌지요, 인간이나 소에게 사소하지 않은 무슨 일이 벌어진 것은 아니겠지요?'

수라비가 말했다.

'신들의 제왕이시여, 신들에게는 아무 일도 없습니다. 단지 나는 아들 때문에 울고 있는 것뿐이랍니다. 인드라여, 허약한 내 어린 아들에게 쟁기질을 시키며 채찍질해대는 저 끔찍한 농부를 보십시오. 하늘의 왕이시여, 저토록 지친 몸으로 또다시 얻어맞는 아들 모습을 보니 가엾은 생각에 마음이 찢어질 듯합니다. 한 녀석은 무거운 짐을 지고도 끄떡없는데, 다른 녀석은 목숨이 위태로울 만큼 쇠약해져서 핏줄이 다 보일 지경입니다. 그 녀석이 끊임없이 채찍으로 얻어맞고 찢기고 있습니다. 인드라여, 저것 보십시오. 저 녀석은 어떤 짐도 나를 수 없지 않나요? 저 녀석 때문에 한없이 마음 아프고 고통스러워 이렇게 울고 있는 것이랍니다. 저 녀석이 가여워 내 눈에서 이렇게 눈물이 흐르는 것입니다.'

인드라가 말했다.

'어여쁜 이여, 그대에게는 그처럼 고통받는 아들이 수천 명이나 있소. 그런데도 어찌 이 한 명의 아들이 고통받는 것에 그리 마음을 쓰는 것이오? 저 녀석은 단지 고통받는 여럿 중의 한 명일 뿐이지 않소?'

수라비가 말했다.

'나는 수천 명의 자식을 가졌고, 또한 모든 자식은 내게 똑같습니다. 샤끄라인드라여, 그런데도 나는 더 고통받는 자식에게 더 마음이 쓰이는 것뿐이랍니다.'

위야사가 말했다.

'꾸루의 후예여, 수라비의 말을 들은 인드라는 몹시 놀라며 자식이 자기 자신의 생명보다 더 소중한 것이라고 생각했다. 그래서 성스러운 인드라는 고통받는 소가 있는 땅에 느닷없는 폭우를 쏟아부어 농부가 쟁기질을 할 수 없게 만들었지. 왕이여, 수라비가 말했듯이 그대에게도 모든 아들들이 똑같을 것이다. 또한 어려움에 처한 아들에게 더욱 가여운 마음이 들겠지. 그대가 내 아들이듯 빤두 또한 내 아들이며, 사려 깊은 위두라도 마찬가지이다. 나는 아들을 향한 정 때문에 이런 말을 하는 것이다. 세상을 다스리는 군주여, 그대에게는 백한 명의 자식이 있으나 빤두에게는 겨우 다섯의 아들이 있을 뿐인데 그들이 몹시 힘들고 고통스러운 상태에 있구나. 그 녀석들이 어떻게 목숨을 부지하고 어떻게 살아갈지, 또 어찌 번성할지 걱정이구나. 왕이여, 이처럼 불행에 처한 쁘르타의 아들들을 보니 내 마음이 아리는구나. 왕이여, 까우라와들이 살기를 바라거든 그대의 아들 두료다나가 빤다와들과 잘 지내도록 만들거라.'

11

드르따라슈트라가 말했다.

'대지혜인 수행자께서 말씀하신 대로입니다. 모든 왕들도 다 알고 있듯 저도 그것을 알고 있습니다. 꾸루를 위한 최선의 일이 무엇인지 비슈마 님도 위두라도 드로나도 모두 님이 말씀하신 것과 같은 말을 했습니다. 저를 가엾이 여기시거든, 까우라와들에게 동정심을 느끼시거든 제발 이런 말씀을 저의 못난 아들 두료다나에게 해주십시오.'

위야사가 말했다.

'왕이여, 저기 성스러운 마이뜨레야 선인께서 그대를 보러 오고 계신다. 빤다와 형제들과 함께 여행하셨지. 왕이여, 그분이 꾸루 가문에 평온을 가져다줄 말씀을 그대의 아들에게 해주시는 것이 좋겠다. 왕이여, 그분이 무슨 말씀을 하시든 의심 말고 그대로 행해야 한다. 제대로 그렇게 하지 않으면 그분은 격노해 그대의 아들에게 저주를 내릴 것이다.'

이어지는 와이샴빠야나의 이야기는 이러하다.

위야사는 말을 마친 후 떠났고 그 자리에 마이뜨레야가 모습을 드러냈다. 왕은 아들들과 함께 그를 경배했다. 아르갸 등 격식에 맞는 모든 것을 바치고, 황소 같은 수행자가 충분히 휴식을 취한 다음 암비까의 아들 드르따라슈트라 왕이 겸손하게 말했다.

'꾸루의 숲에서 오시는 길에 아무 탈 없으셨습니까? 다섯 빤다와들은 별고 없습니까? 뚝심 좋은 영웅들은 형편대로 살 만한 마음의 준비가 되어 있었습니까? 형제들을 향한 정은 변함이 없었습니까?'

마이뜨레야가 말했다.

'성지를 순례하던 중 꾸루의 숲에 들렀다가 우연히 깜먀가 숲에 머물고 있는 다르마의 왕 유디슈티라를 만났지요. 머리가 헝클어지고 사슴 가죽을 두른 그는 고행의 숲에 있었소. 왕이여, 수많은 수행자들이 고결한 그를 만나기 위해 그곳을 찾아들고 있었소. 대왕이여, 나는 그곳에서 당신의 아들들이 노름으로 몹시 위험스런 재앙을 부르고 있다는 말을 들었소. 나는 까우라와들이 걱정되어 이렇게 찾아왔지요. 왕이여, 나는 늘 당신에게 이상하리만치 깊은 정을 느끼고 있기 때문이오. 백성의 주인인 왕이여, 당신과 비슈마가 살아 있는데도 자손들이 서로 싸우는 것은 이해할 수 없는 일이오. 왕이여, 당신 자신은 그러한 싸움과 반목의 중심 기둥이오. 헌데 어이하여 다가올 무서운 재앙을 구경만 하시는 게요? 꾸루의 후예여, 당신의 회당에서 있었던 일은 마치 도둑 떼가 한 짓과 다를 게 없었소. 왕이여, 수행자들 사이에서 당신은 이미 빛을 잃었소.'

이어지는 와이샴빠야나의 이야기는 이러하다.

그 뒤 성스러운 마이뜨레야 선인은 성나 있는 두료다나에게 돌아서서 타이르듯 부드럽게 말했다.

'완력 좋은 최고의 웅변가 두료다나 대지혜인이여, 그대를 위한 내 충언을 잘 들으시오. 빤다와들에게 적개심을 갖지 마시오. 당신 자신을 위해, 빤다와들과 꾸루들을 위해, 그리고 온 세상을 위해 이로운 일을 하시오. 저 범 같은 사내들은 모두 영웅이오. 그들은 모두 뛰어난 용사이며 만 마리의 코끼리와 같은 힘을 지니고 있소. 그들의 몸뚱이는 금강처럼 단단하며 무엇보다 서약에 충실하고 자존심 강한 사내들이오. 그들은 또 신들의 적을 처단하지요. 히딤바, 바까, 끼르미라 등 마음대로 모습을 바꾸는 위력적인 락샤사들을 죽였소. 고결한 그들이 이곳을 떠나 한밤에 돌아다닐 때 끼르미라 락샤사는 꿈쩍 않는 산처럼 그들 앞을 가로막고 섰었소. 장사 중의 장사 비마는 희생제에 쓰이는 짐승처럼 그를 엮어 호랑이가 먹이를 잡듯 완력으로 가볍게 락샤사를 죽여버렸다오. 왕이여, 그들이 세상 정복에 나섰을 때 코끼리 만 마리와 힘을 겨룰 수 있던 대궁수 자라산다가 전투에서 어떻게 비마에게 당했는지 보시오. 그들은 끄르슈나를 동지로 두었고 드루빠다의 아들드르슈타듐나을 처남으로 두었소. 늙음과 죽음 있는 어느 인간이 전장에서 그들과 마주설 수 있겠소? 뚝심 좋은 바라따여, 그대와 빤다와들은 화평을 맺어야 하오. 왕이여, 내 말을 들으시오. 죽음의 구렁텅이에 빠지지 않도록 하시오.'

마이뜨레야가 이렇게 말하는 동안 두료다나는 코끼리 몸통 같은 자기 허벅지를 툭툭 건드렸다. 그는 싱긋 웃고 나서 땅바닥을 발로 슬슬 긁어댔다. 우매한 그는 아무 말도 없이 고개만 푹 숙이고 서 있었다. 두료다나가 말을 듣지 않고 마룻바닥만 긁어대는 것을 본 마이뜨레야는 화가 치솟았다. 분노의 불길에 휩싸인 빼어난 성자 마이뜨레야는 운명이 부추긴 듯 그에게 저주를 내리기로 작심했다. 분노로 온몸이 붉게 충혈된 마이뜨레야는 물을 만진 뒤 마음이 더럽혀진 드르따라슈트라의 아들에게 저주를 내렸다.

'나를 가벼이 여기고 내 말을 따르지 않은 대가로 곧 그 자만심의 결실을 보게 되리라. 그대가 저지른 짓으로 말미암아 큰 전쟁이 일어날 것이며 그 전쟁에서 괴력의 비마는 철퇴로 그대의 허벅지를 부러뜨리게 되리라.'

성자의 저주를 들은 이 땅의 주인 드르따라슈트라는 수행자에게 매달렸다. '제발 그런 일이 일어나지 않게 해주소서.'

마이뜨레야가 말했다.

'왕이여, 어떤 식으로든 당신의 아들이 빤다와들과 화평을 맺으면 저주는 효력이 없을 것이오. 그러나 그리하지 않는다면 그러한 일은 일어나고 말 것이오.'

두료다나의 아비는 수치스러워하며 물었다.

'끄르미라 락샤사는 비마에게 어떻게 당했습니까?'

마이뜨레야가 말했다.

'말해줄 생각이 없소. 당신은 시기심이 가득하고 당신의 아들은 내 말을 듣지 않기 때문이오. 내가 이곳에서 떠난 뒤 당신의 위두라가 모든 것을 다 말해줄 것이오.'

말을 마친 마이뜨레야는 왔던 곳으로 돌아갔다. 끄르미라 락샤사가 비마에게 죽임을 당했다는 말에 동요를 느낀 두료다나도 자리를 떴다.

비마가 끼르미라를 처단하다

12

드르따라슈트라가 물었다.

'집사여, 끼르미라의 죽음에 관한 이야기를 듣고 싶구나. 그 락샤사와 비마가 어떻게 만났는지 말해보아라.'

위두라가 말했다.

'초인적인 비마의 행적에 대한 이야기를 들어보십시오. 빤다와들과 함께 있을 때 저는 이 이야기를 수차례 들었습니다. 왕 중의 왕이시여, 주사위 노름에서 패한 빤다와들은 이곳을 떠나 사흘 밤낮을 걸어 깜마까라는 숲에 이르렀다 합니다. 밤이나 한밤중 또는 괴기스러운 밤이 절반쯤 지난 시간에는 음험한 살인귀들이 돌아다녀 수행자들과 숲 속 생활자들은 그들을 피해 숲을 떠난다고 합니다.'

이어지는 위두라의 이야기는 이러하다.

바로 그 시간에 빤다와들은 숲에 이르렀다. 그때 그들은 타는 듯한 두 눈을 가진 락샤사가 횃불을 들고 서 있는 것을 보았다. 그는 팔을 길게 뻗으며 무시무시한 얼굴로 꾸루의 후예들이 가는 길을 가로막고 서 있었다. 눈은 충혈되어 있었고 여덟 개나 되는 독니로는 입술을 질근질근 씹고 있었으며, 활활 타는 머리털은 거꾸로 서 있었다. 그런 락샤사의 모습은 마치 태양 빛에 반사되거나 번개를 담고 있는 구름, 또는 아래에서 두루미 떼가 날고 있는 우기의 구름 떼 같았다. 락샤사는 마법을 쓰며 비 담은 구름 소리 같은 괴성을 고래고래 질러댔다. 나무에 평화롭게 앉아 있던 새들은 그 소리에 놀라 사방으로 흩어졌고 뭍과 물에 사는 짐승들도 놀라 울부짖었다. 사슴, 코끼리, 물소, 곰이 울부짖는 소리에 공포에 떨며 어디론가 뛰어가는 소리에 온 숲이 떠나갈 듯 술렁거렸다. 커다란 덩굴들은 락샤사의 허벅지가 일으키는 바람에 흔들리지 않으려고 붉은 잎사귀 팔로 나무를 부여잡았다. 그때 무서운 바람이 불어왔다. 하늘이 먼지로 뒤덮여 흡사 별이 사라진 듯했다. 마치 걷잡을 수 없는 슬픔의 힘이 다섯 감각 기관[*]을 덮치듯 다섯 빤다와들 앞에 정체를 알 수 없는 거대한 적이 나타났다. 검은 사슴 가죽을 두른 빤다와들이 멀리서 모습을 드러내자 락샤사는 거대한 마이나까 산처럼 숲의 통로에 버티고 서서 앞을 가로막았다. 그가 가까이 다가오자 연꽃 눈의 끄르슈나아는 한 번

다섯 감각 기관_ 다섯 감각 기관은 앞서 나온 여섯 감각 기관과 다른 개념으로 단순히 눈, 코, 귀, 입, 피부를 가리킨다.

도 본 적 없는 그의 모습에 몹시 놀라 눈을 질끈 감아버렸다. 두샤사
나의 손에 흐트러졌던 머리가 다섯 빤다와들 사이에서 흔들거리는
모습은 마치 강물이 다섯 개의 산에 이리저리 부딪치는 것 같았다.
그녀는 정신을 잃었고, 다섯 감각 기관이 즐거운 느낌에 달라붙듯
다섯 빤다와들은 쓰러진 그녀를 붙잡았다.

그러는 사이 다움미야는 락샤사를 물리치기 위해 빤다와들이 보
고 있는 가운데 여러 가지 주문을 정확하게 외우며 그가 펼쳐둔 마법
을 흩트려놓았다. 마법이 힘을 잃자 제 맘대로 모습을 바꾸는 괴력의
락샤사는 성난 눈을 부릅뜨고 죽음의 현신처럼 그들 앞에 우뚝 섰다.
지혜 깊은 유디슈티라 왕이 그에게 물었다.

'너는 누구이며 또 누구에게 속해 있느냐? 우리가 그대를 위해
해줄 수 있는 일이 무엇인지 말해보아라.'

락샤사가 다르마의 왕 유디슈티라의 말에 답했다.

'나는 바까의 아우이며 끼르미라라는 이름으로 잘 알려져 있다.
이 텅 빈 깜마까 숲에서 아주 편하게 살고 있지. 나는 인간을 잡아먹
고 산다. 내 먹을거리가 되어 찾아온 너희들은 누구냐? 너희들을 잡
아 실컷 먹어야겠구나!'

사악한 그의 말을 들은 유디슈티라는 자기들의 가문과 내력을 모
두 말해주었다.

'나는 빤두의 아들, 다르마의 왕 유디슈티라이다. 내 이름은 익히
들어봤으리라. 나는 왕국을 뺏기고 비마세나와 아르주나를 위시한
나의 모든 형제들과 함께 숲에 기거하려고 한다. 그래서 네가 살고
있는 이 무서운 숲에 이르게 되었구나.'

끼르미라가 말했다.

'천행이로구나. 참으로 신이 내리신 선물이다. 오래도록 이때를 기다려왔노라. 나는 오직 비마를 죽이기 위해 언제나 무기를 쳐들고 있었다. 그놈을 찾으러 온 세상을 떠돌아도 만날 수 없었거늘 내 형 바까를 죽인 놈, 내가 오래도록 바라던 놈이 제 발로 걸어 들어왔으니 천행이 아니고 무엇이겠느냐? 왕이여, 비마는 제 놈 심장에는 용기가 없기에 웨뜨라끼야 숲에서 브라만으로 변장하고 마법을 써서 내 형을 죽였다. 천하가 공노할 그놈은 숲을 떠돌던 내 친애하는 벗 히딤바를 죽이고, 그의 누이를 데려가기도 했다. 어리석은 그놈이 이제 내 차지인 이 깊은 숲에 제 발로 찾아와 우리가 돌아다니는 이 시각, 한밤중에 나다니고 있구나. 내 오늘 오래도록 품어온 복수심을 풀어야겠다. 철철 넘치는 그놈의 피를 바까에게 바치리. 형과 벗에게 진 빚을 오늘에야 갚는구나. 락샤사들에게 가시와도 같은 비마를 죽이고 우리는 영원한 평화를 얻으리라. 예전에 바까는 비마에게 당했지만 유디슈티라여, 오늘 그대가 보는 앞에서 그놈은 내 맛난 먹이가 될 것이다. 몸뚱이 큰 늑대 배를 죽여 그놈을 먹고 소화시켜버려야겠다. 아가스띠야 성자가 대아수라를 먹어치우듯 말이다.'

그의 말을 듣고 진실을 말하는 고결한 유디슈티라는 성을 내며 락샤사를 크게 꾸짖었다.

'그리되지는 않을 것이다!'

한편 그러는 사이 괴력의 비마는 하늘을 찌를 듯 거대한 나무를 재빨리 뽑아 나뭇잎들을 다 떨어뜨렸다. 승리의 아르주나 또한 눈 깜짝할 사이에 인드라의 벼락을 짓누를 만한 간디와 활을 집어 들었다.

64

비마는 아르주나를 멈추게 하고 흉측한 모습의 락샤사에게 돌진하며 외쳤다.

'게 섰거라!'

빤두의 아들 비마는 허리춤을 단단히 쥔 다음 두 손을 불끈 쥐고 입술을 질끈 깨물었다. 그는 나무를 무기 삼아 락샤사를 향해 날쌔게 돌진했다. 그는 인드라가 벼락을 치듯 야마의 지팡이 같은 나무둥치를 락샤사의 머리에 날쌔게 내리꽂았다. 그러나 락샤사는 그 공격에 꿈쩍도 하지 않았다. 그는 비마를 향해 불타는 벼락 같은 횃불을 던졌다. 그러나 싸움꾼 중의 싸움꾼 비마는 자기에게 날아온 횃불을 왼발로 받아 다시 락샤사에게 던져버렸다. 그러자 끼르미라가 느닷없이 나무를 뽑아 들더니 지팡이 휘두르는 죽음의 신 야마처럼 빤두의 아들과 무서운 나무 싸움을 시작했다. 그들의 나무 싸움은 마치 왕권을 차지하려는 왈리와 수그리와*의 싸움 같았다. 남아나는 나무가 없었다. 둘의 머리에 부딪친 나무는 산산조각 나고 말았다. 마치 붉은 연꽃이 두 마리의 취한 코끼리 머리에 부딪쳐 부서지는 형상이었다. 큰 숲에 있던 수많은 나무들이 마치 갈대처럼 뽑혀 나갔고, 넝마처럼 숲 속에 흩어졌다. 최고의 락샤사와 최고의 인간이 벌이는 나무 싸움은 오래도록 지속되었다. 싸움이 끝나자 성난 락샤사는 다시 거대한 바위를 집어 들어 앞에 서 있는 비마에게 날렸다. 비마가 비틀

왈리와 수그리와_ 『라마야나』에 등장하는 원숭이 형제로 왕권을 두고 싸우다 라마의 도움으로 동생인 수그리와가 승리를 거둔다. 왕위에 오른 수그리와는 참모이던 원숭이 하누만과 함께 『라마야나』에서 중요한 역할을 하며 후대에까지 숭앙받는 인물이 된다.

거렸다. 비마가 바위에 맞아 주춤거리는 사이 락샤사는 마치 라후가 태양을 집어삼키듯 두 팔을 펴 꽉 껴안았다. 거대한 두 마리 황소가 싸우듯 둘은 서로를 껴안고 끌어당겼다. 싸움은 무섭고 소름 끼쳤다. 도도한 두 마리 호랑이처럼 그들은 손톱과 이빨로 서로를 할퀴고 물어뜯었다. 두료다나를 향한 울분으로 주체 못할 만큼 힘이 넘치는 늑대 배는 드라우빠디가 보고 있다고 생각하자 더욱 기가 승승해졌다. 이마가 터져 나온 취한 코끼리가 다른 코끼리를 덮치듯 비마는 용서하지 않으려는 듯 락샤사를 팔로 붙잡았다. 락샤사도 그를 맞잡았으나 장사 중의 장사 비마는 힘으로 그를 내던져버렸다.

두 장사가 싸우다 팔로 서로를 짓누르며 내는 소리는 음산하게 윙윙대는 대나무 소리처럼 으스스했다. 늑대 배는 이제 그를 내리누르며 허리를 붙잡고 폭풍이 나무를 흔들어대듯 세차게 흔들었다. 비마의 세찬 공격을 받은 락샤사의 몸은 휘청거렸고 숨을 헐떡거리면서도 빤두의 아들을 계속 끌어당겼다. 그가 지쳐 있다는 것을 안 늑대 배는 노끈으로 짐승을 묶듯 두 팔로 그를 칭칭 휘감고 찢어진 북 같은 괴성을 지르며 락샤사 주변을 빙빙 돌며 그를 혼란시키고 정신없게 만들었다. 그가 혼절했다는 것을 눈치챈 빤두의 후손은 락샤사를 잽싸게 끌어당겨 희생제의 짐승 다루듯 두 팔로 붙들고는 공중에서 빙빙 돌려버렸다. 늑대 배는 무릎으로 그의 허리를 짓누르고는 두 손으로 목을 조였다. 온몸의 힘을 잃고 눈을 회번덕거리는 락샤사를 땅에 내리꽂으며 비마가 말했다.

'이 되먹지 못한 놈아, 네놈은 더 이상 바까와 히딤바 때문에 흐르는 눈물을 닦지 못하겠구나. 이미 야마의 거처에 다 오지 않았느

냐?'

인간의 영웅은 성난 눈을 부릅뜨고
락샤사에게 그렇게 말한 뒤
옷과 장신구들이 흐트러지고
생명 떠나 멍한 락샤사를 놓아주었네.

그가 검은 구름 떼 같은 락샤사를 죽이자
왕의 자손들은 끄르슈나아를 앞세우고
비마의 영웅적인 행위를 칭송하며
유쾌히 드와이따 숲으로 떠났다네.

위두라가 이어 말했다.

'대왕이시여, 이렇게 해서 비마는 유디슈티라의 명에 따라 락샤
사 끄르미라를 죽인 것입니다. 꾸루의 후손이시여, 숲을 위험에서 벗
어나게 한, 다르마를 꿰뚫은 불패의 왕은 드라우빠디와 함께 그곳에
서 지냈답니다. 이렇게 황소 같은 바라따의 후손들은 모두 드라우빠
디의 마음을 달래고, 유쾌하고 다정한 마음으로 늑대 배를 치켜세워
주었습니다. 힘센 비마의 팔에 눌려 락샤사가 죽자 영웅들은 걸림돌
이 사라진 숲에 마음 놓고 들어갈 수 있었던 것이랍니다. 소인이 숲
에 갔을 때 비마의 위력에 죽은 저 끔찍하고 사악한 자의 시체가 큰
숲에 버려져 있는 것을 보았습니다. 바라따여, 소인은 비마의 이런
영웅적인 행위에 대해 브라만들이 이야기하고 있는 것을 들었답니

다.'

락샤사 끼르미라의 죽음에 관한 이야기를 들은 드르따라슈트라 왕은 깊은 생각에 잠겨 안절부절못했다.

산사람

13

와이샴빠야나가 말했다.

"빤다와들이 쫓겨나 어려움에 처해 있다는 소식을 들은 보자족들은 우르슈니족, 안다까족들과 함께 그들을 보러 큰 숲으로 왔답니다. 빤짤라 왕국의 처남들과 쩨디 왕 드르슈타께뚜, 온 세상에 명성 자자한 대용사 께까야 형제들은 쁘르타의 아들들이 머무는 숲에 와서 격분하고 통분해했습니다. 그들은 드르따라슈트라의 아들들을 비난하며 '우리가 할 수 있는 일이 무엇입니까?' 라고 물었지요. 와이수데와끄르슈나를 필두로 한 모든 황소 같은 크샤뜨리야들이 다르마의 왕 유디슈티라를 에워싸고 앉자 와아수데와가 이렇게 말했답니다.

'땅은 두료다나와 까르나와 사악한 샤꾸니 그리고 두샤사나의 피를 마시게 될 것이오. 그러면 우리 모두 다르마의 왕 유디슈티라를 왕위에 등극시킬 것이오. 나쁜 꾀를 쓰는 자는 죽어 마땅하오. 이것이야말로 영원한 다르마가 아니겠소?'"

이어지는 와이샴빠야나의 이야기는 이러하다.

끄르슈나가 빤다와들에게 기운 감정으로 세상 만물을 태울 듯하자 아르주나는 그를 말리려 했다. 께샤와끄르슈나의 분노를 본 아르주나는 진실로 명예롭고 숭고한 그분의 전생을 이야기했다. 뿌루샤[*]이시며 잴 수 없는 분, 쁘라자빠띠보다 더 높으시며 세상을 보호하시고, 진실의 화신이며 끝없는 빛을 지닌 지혜로운 위슈누이셨던 끄르슈나에 관한 이야기였다.

아르주나가 말했다.

'끄르슈나여, 당신은 만 년 동안이나 간다마 산을 방랑하던 옛 수행자로서 밤이 되어서야 집에 돌아오곤 하셨습니다. 끄르슈나여, 뿌슈까라 지역에서 당신은 만천 년 동안 물만 마시고 사셨지요. 마두를 처단하신 분이여, 바다리 지역에서는 백 년 동안 한 발로 서서 두 손을 치켜든 채 공기만 마시며 사셨습니다. 사라스와띠 강변에서 당신은 웃옷을 벗고 뼈만 앙상히 남은 모습으로 열두 해 동안 희생제를 올리셨습니다. 끄르슈나여, 공덕 많은 사람들이 모이는 쁘라바사 성지에 오셔서는 신들의 시간으로 천 년 동안 넘치는 빛으로 한 발로

뿌루샤_ 『르그베다』에 등장하는 거인으로, 자신의 몸을 희생시켜 세상을 창조했다는 태초의 인간. 이후에는 단순히 '사람'이라는 뜻으로 쓰이게 되었다.

서는 수행을 하시었습니다.

당신은 모든 생명의 영혼이며 시작이며 끝입니다. 끄르슈나여, 당신은 고행의 보고寶庫이며 영원한 희생제입니다. 끄르슈나여, 당신은 아수라 나라까 바우마를 죽이고 그의 보석 귀걸이 두 개를 빼앗았으며, 아쉬와메다 희생제를 맨 처음 지내신 분입니다. 세상을 위한 황소 같은 분이시여, 그러한 일들을 하신 뒤 당신은 세상을 얻고, 함께 몰려온 다이띠야*와 다나와*들을 모두 처단하셨습니다. 완력 넘치는 끄르슈나여, 그런 뒤 당신은 온 세상의 통치를 샤찌의 남편인드라에게 건네주고 당신 자신은 인간 세상에서 몸을 나투셨습니다.

당신은 소마, 수르야, 다르마, 다뜨리, 야마, 아날라, 와유, 꾸베라, 루드라, 깔라와 캄, 쁘르티위와 디샤이십니다.* 당신은 창조된 분이 아니시며 살아 있고 아니 살아 있는 것들의 스승이자 주인이십니다. 빛으로 충만하신 끄르슈나여, 짜이뜨라라타 숲에서 뚜라야나 등의 제사를 지낼 때 당신은 모두에게 막대한 금화를 나눠주셨습니다.

야다와족의 기쁨이시여, 당신은 또 아디띠의 아들이 되어서는 인드라의 아우인 위슈누로 알려졌지요. 적을 태우는 끄르슈나여, 아이가 되어서 당신은 당신의 위력으로 하늘과 땅과 창공을 세 발자국으로 점령하셨습니다.*

다이띠야_ 아수라들로서 디띠의 아들들.
다나와_ 아수라들로서 다누의 아들들.
~쁘르티위와 디샤이십니다_ '깔라'는 시간, '캄'은 하늘, '쁘르티위'는 땅, '디샤'는 방향을 뜻한다.

만물의 혼이시여, 최고의 천상 세계에 이르러 당신은 태양의 자리에 머물렀으며 당신의 빛으로 태양마저 누르셨습니다. 마우라와 와 빠샤를 처단하고 아수라 니순다와 니라까를 죽이셨습니다. 그리하여 다시 쁘라그조띠샤†로 가는 길의 위험을 없애주셨지요. 자루띠에서는 아후띠를 죽이고, 끄란타, 쉬슈빨라와 그의 추종자 비마세나, 쉬비 왕, 그리고 샤따단완을 처단했습니다.

비 담은 구름 소리를 내는 태양처럼 빛나는 수레를 타고 보자족의 루끄미나를 이겨 아내루끄미니를 얻으셨습니다. 분노로 인드라듐나를 처단하셨으며, 야다와 까쉐루마뜨를 죽이셨습니다. 사우바의 왕 샬와를 죽이고 그의 도시인 사우바를 무너뜨리셨습니다. 이라와띠 강변 전투에서는 까르따위르야와 맞먹는 보자를 죽이고, 고빠띠와 딸라께뚜를 처단하셨습니다.

자나르다나끄르슈나†여, 공덕 많은 선인들이 즐겨 찾는 보가와띠†와 같은 드와라까에 거처를 정하시고, 결국은 그곳 드와라까를 바닷속으로 데려가실 것입니다.

~발자국으로 점령하셨습니다_ 대아수라 발리와 위슈누에 관한 와마나(난쟁이) 신화. 대아수라인 발리가 덕과 지혜로 삼계를 지배하자 세상을 빼앗길 위기에 빠진 신들을 구하기 위해 위슈누는 난쟁이로 변장하고, 남의 청을 거절한 적이 없는 발리에게 세 발자국 디딜 만큼의 땅을 보시할 것을 요구한다. 발리가 승낙하자 위슈누는 첫 번째 발자국으로는 땅을, 두 번째 발자국으로는 하늘을 덮어버린다. 더 이상 발 디딜 공간이 없어지자 발리는 자기 머리를 대주었다. 위슈누가 그의 머리를 밟자 발리는 지하 세계로 떨어져 버렸고 위슈누는 신들에게 세상을 돌려주었다.

쁘라그조띠샤_ 지금의 아쌈 지역.

자나르다나_ '사람의 아픔을 없애주는 이'라는 뜻.

보가와띠_ 뱀들이 산다는 아름다운 지하 세계.

마두를 처단한 분이시여, 당신께는 성 내는 마음도 시기하는 마음도 거짓도 없습니다. 끄르슈나여, 당신께는 잔인함이라고는 없습니다. 어찌 왜곡된 생각이 있겠습니까? 적을 태우는 분이시여, 당신은 스스로의 빛으로 활활 타오르시며, 당신이 앉아 계신 곳에 선인들이 모여듭니다. 당신은 그들의 마음이십니다. 끄르슈나여, 모두들 당신께 자신의 안전을 청합니다. 마두를 처단한 분이시여, 세기말에 당신은 모든 생명을 거둬들이고 세상을 당신 안에 세우실 것입니다. 적을 태우는 분이시여, 그 뒤 당신만이 세상에 존재하실 것입니다. 빛으로 충만한 신이시여, 예전에도 이루지 못했던 것들, 이후에도 이루지 못할 것들을 당신은 어릴 적에 다 이루셨습니다. 연꽃 눈의 끄르슈나여, 당신은 발라라마를 동지 삼아 브라흐마와 함께 와이라자 †에 머무십니다.'

와이샴빠야나가 말했다.

"끄르슈나의 다른 한쪽과도 같은 빤두의 아들이 이렇게 이야기한 뒤 침묵을 지키자 이번에는 끄르슈나가 그에게 말했습니다.

'아르주나여, 그대는 나의 것이며 나는 그대의 것이다. 내가 가진 것 또한 그대의 것이다. 그대를 미워하는 자는 나를 미워하고 그대를 따르는 자는 나를 따른다. 감히 넘볼 수 없는 이여, 그대는 나라이며 나는 하리 나라야나이지. 우리는 나라와 나라야나, 저 세상에서 이 세상으로 온 선인들이다. 쁘르타의 아들이여, 바라따의 후예여, 그

와이라자_ 브라흐마의 궁.

대는 나와 다르지 않으며 나는 그대와 다르지 않다. 뚝심 좋은 바라따여, 누구도 우리의 다른 점을 찾아낼 수 없으리.'"

이어지는 와이샴빠야나의 이야기는 이러하다.

끄르슈나가 말을 마치고 모든 용맹스런 왕들이 모여 두료다나를 향한 분노로 들끓고 있을 때 오라비 드르슈타듐나를 비롯한 영웅들에게 둘러싸여 있던 드라우빠디는 야다와들 사이에 앉아 있던 연꽃눈의 끄르슈나에게 귀의하려는 마음으로 다가와 말했다.

'태초에 인간들을 만들기 시작했을 때 당신은 오직 한 분의 쁘라자빠띠였으며 당신이 모든 생명을 만들었노라고 아시따 데왈라가 말하더이다. 마두를 처단한 분이시여, 감히 범접하기 어려운 분이시여, 자마다그니의 아들은 당신이 위슈누며 제사며 제사장이며 제사의 화현이라고 했나이다. 선인들은 당신이 인내와 진실이라 했고, 까샤빠는 당신이 진실에서 태어나신 제사라 하더이다. 나라다는 또 당신이야말로 신들의 신이며 사드야와 신들과 와수들의 주인이라 했나이다. 당신의 품에 세상을 품으신 세상의 주인이라 하더이다. 권능하신 분이시여, 당신은 머리로 하늘을 채우시고, 발로 땅을 채우십니다. 당신의 배는 세상을 담습니다. 당신은 독존하신 인간이시며, 당신은 영원토록 존재하는 분이십니다.

타는 듯한 앎의 빛으로 자신을 태우고, 그 빛으로 자신을 태어나게 했으며 자신의 혼을 비추신 당신은 가장 뛰어난 선인 중의 선인이십니다. 지고한 분이시여, 당신은 전투에선 끝끝내 물러나지 않는 공덕 많은 선인왕들, 모든 다르마를 성취한 그들이 이르고자 하는 궁극의 목표이십니다. 당신은 세상의 주인이시고 세상을 감싸주시며, 스스로 태어나신 영구한 존재이십니다. 세상의 수호신이시자 세상 그 자체이시며 별자리이시며 시방十方이시며 별이자 달이자 태양이십니다. 만물은 당신 안에 존재합니다. 완력 넘치는 분이시여, 생명 있는 자들의 죽음도 천인들의 영생도 세상 만물의 일도 모두 당신께 달려 있습니다. 마두를 처단한 분이시여, 저는 이제 만물의 주인이시며 성스러운 인간이신 당신을 믿고 의지하는 마음으로 당신께 저의 비통함을 말씀드리고자 하나이다.

권능하신 끄르슈나여, 저는 빤다와들의 아내이며 당신의 벗 드르슈타듐나의 누이입니다. 그런 제가 어찌 두샤사나에게 회당으로 끌려 나와야 했습니까? 그자들은 어찌 달거리하는 몸으로 피 묻은 홑옷만 걸친 채 절통해하는 저를 꾸루들의 모임에 끌어냈단 말입니까? 마두를 처단한 분이시여, 회당에 모인 왕들 앞에서 피 묻어 더러워진 저를 쳐다보며 사악한 드르따라슈트라의 아들들은 마음껏 웃어댔습니다. 빤두의 아들들과 빤짤라들과 우르슈니들이 살아 눈을 뻔히 뜨고 있는데도 그들은 저를 종으로 만들어놓고 즐기려 했습니다. 제가 비슈마와 드르따라슈트라의 정당한 며느리 끄르슈나아인데도 말입니다.

명예로운 정비인 제가 능멸당하는 꼴을 보고만 있는 빤다와들, 전투에 나서면 괴력을 발휘하는 저 빼어난 사내들을 어찌 비난하지 않을 수 있겠습니까? 아아, 수치스러운 비마의 힘이여! 쓸모없는 아르주나의 활 솜씨여! 끄르슈나여, 그들은 제가 야비한 그놈들에게 당하고 있는 꼴을 보고만 있더이다. 아무리 힘없는 남편이라도 아내를 보호해야 하는 것은 영원히 지켜야 할 다르마이며, 성현들께서도 따르셨던 길이 아니던가요? 아내가 보호받아야 백성이 보호받을 수 있으며, 백성이 보호받아야 자신도 보호받을 수 있는 것입니다. 남편이 아내로 인해 다시 태어난다 해서 아내를 자야라 부릅니다. 아내 또한 남편이 자기 태 안에서 태어나는 자라는 것을 명심해 남편을 보살펴야 하지요. 빤다와들은 어느 누가 도움을 청해 와도 이를 거절하는 법이 없었습니다. 그런 그들이 도움을 애걸하는 저는 모른 척했습니다.

이들 다섯 빤다와들에게서 저는 힘이 넘치는 다섯 아들을 낳았습니다. 유디슈티라에게서 쁘라띠윈디야를, 늑대 배에게서 수따소마를, 아르주나에게서 슈루따끼르띠를, 나꿀라에게서 샤따니까를 그리고 막내인 사하데와에게서 슈루따까르만을 낳았지요. 끄르슈나여, 제가 이 아들들을 보살필 수 있도록 도와주소서. 당신의 아들 쁘라듐나처럼 이들도 모두 뛰어난 용사들이랍니다. 이들은 모두 궁술이 뛰어나고 전투에서 물러서는 법이 없습니다. 그들이 왜 약해빠진 드르따라슈트라의 아들들을 견뎌야 하는 것입니까? 왕국을 부당하게 빼앗기고 우리 모두는 종이 되었으며 저는 달거리 중에 홑옷 입고 회당으로 끌려 나오는 수모를 당해야 했습니다.

마두를 처단한 분이시여, 비록 활줄이 걸려 있어도 간디와 활은 아르주나와 비마와 당신 말고는 누구도 들어 올릴 수 없습니다. 끄르슈나여, 두료다나가 버젓이 살아 숨 쉬고 있는 이 순간에도 비마의 힘은 무력하기 그지없고 아르주나의 간디와 활은 아무짝에도 쓸모

없군요.

마두를 처단한 분이시여, 오래전 그놈은 규율에 맞춰 살며 아직 공부도 마치지 않았던 어린 빤다와들을 연약한 어머니와 함께 왕국에서 내쫓은 놈이지요. 비마의 음식에 머리끝이 솟을 만큼 치명적인 성성한 뱀독을 집어넣은 놈도 그놈입니다. 가장 빼어난 인간이시며 완력 넘치는 자나르다나여, 때가 오지 않았음인지 비마는 끄떡없이 음식을 소화시켜 목숨을 보존했지요. 끄르슈나여, 강가 강변의 쁘라마나꼬티에서 두료다나는 또 아무것도 모르고 곤히 자던 늑대 배를 꽁꽁 묶어 강물 속에 집어 던지고는 떠나버렸지요. 완력 넘치는 괴력의 장사 꾼띠의 아들은 잠에서 깨어 사슬을 끊고 뭍으로 나왔습니다. 끄르슈나여, 그놈은 자고 있는 비마의 온몸을 독뱀들이 물게 했으나 적을 처단하는 그는 죽지 않았지요. 꾼띠의 아들은 깨어나 그들을 한꺼번에 짓뭉개고, 두료다나가 총애하는 마부를 손등으로 처치해버렸습니다.

그놈은 또 와라나와따에서 어머니와 함께 자고 있던 빤다와들을 죽이려고 불을 지른 놈입니다. 누가 그런 악독한 짓을 저지르겠습니까? 불길에 휩싸여 위험한 지경에 처해 있던 꾼띠는 두려워 울며 "아아, 큰일이로구나! 어찌 이 불길을 빠져나갈 수 있단 말인가? 남편 없는 나는 아이들과 함께 죽는 수밖에 없겠구나!"라고 빤다와들에게 말했습니다. 그때 바람의 위력을 가진 늑대 배, 누구도 힘을 따를 수 없는 완력 좋은 비마가 어머니와 형제들을 위로하며 "내가 위나따의 아들 가루다처럼 하늘로 뛰어올라 이 위험에서 구하겠습니다"라고 했답니다. 그런 뒤 이 장사는 조금도 망설이지 않고 어머니를 왼쪽 허벅지에, 유디슈티라를 오른쪽 허벅지에, 양 어깨에는 쌍둥이를, 등에는 아르주나를 업고 바람처럼 하늘로 뛰어올라 어머니와 형제들을 불구덩이에서 구했습니다.

한밤중에 어머니와 함께 그곳을 빠져나간 명예로운 그들은 히딤바가 살고 있던 깊은 산속으로 갔지요. 피로에 지친 그들이 모두 어머니와 함께 잠에 곯아떨어졌을 때 락샤사 여인 히딤바아가 그들에게 왔습니다. 어여쁜 그녀는 자고 있던 비마의 발을 자기 무릎에 올려두고 부드러운 손길로 그를 어루만졌습니다. 진실을 힘으로 삼고 영혼의 깊이를 재기 어려운 장사 비마는 일어나 "순결한 여인이여, 무엇을 바라는 것이오?"라고 물었답니다. 그들의 대화를 듣고 천박한 락샤사, 무서운 형상을 한 무시무시한 히딤바가 와서 "누구랑 지껄이는 것이냐? 히딤바아여, 그놈을 데려오너라. 잔치를 벌이자꾸나. 지체하지 말거라"라고 고함을 질렀답니다.[*] 그러나 명예로운 그녀는 그들에게 가슴으로 가여움을 느꼈답니다. 순결한 저 여인은 전혀 그를 데려가고 싶지가 않았습니다. 그러자 성난 살인귀 락샤사는 고래고래 고함을 무시무시하게 질러대며 비마가 있는 곳으로 달려왔습니다. 괴력을 지닌 성난 락샤사는 전속력으로 달려와 인드라의 벼락 같은 강한 주먹으로 비마의 손을 움켜쥐었습니다. 락샤사의 손에 손을 잡힌 완력 넘치는 늑대 배는 분노가 충천했지요. 모든 무기

~**고함을 질렀답니다**_ 1장 621~637쪽의 이야기와 다른데 앞뒤의 이야기가 약간씩 다른 것은 여러 사람이 구술했던 구전문학의 특성이라고 할 수 있다. 『마하바라따』는 이야기들을 걸르지 않고 그대로 전하기 때문에 때로는 앞뒤가 완전히 상충되는 내용이 나오기도 한다.

사용법에 능통한 비마와 히딤바의 놀랍고도 무서운 싸움은 마치 인드라와 우르뜨라†의 싸움 같았답니다. 히딤바를 죽인 비마는 히딤바아를 앞세우고 형제들과 함께 그곳을 떠났지요. 히딤바아는 비마에게 가토뜨까짜를 낳아줬답니다.

명예로운 일행은 브라만 행색을 하고 어머니와 함께 에까짜끄라 마을을 향해 길을 재촉했습니다. 그 여행에는 그들에게 이로움을 주는 다정한 위야사가 함께했지요. 서약에 엄격한 빤다와들은 에까짜끄라에 이르렀답니다. 그곳에서도 그들은 히딤바와 맞먹는 무서운 괴력의 살인귀 바까를 만났습니다. 싸움꾼 중에서도 가장 뛰어난 싸움꾼 비마는 저 무시무시한 락샤사를 처단해버리고는 다른 모든 형제들과 함께 드루빠다의 성으로 향했습니다. 당신이 비슈마까의 딸 루끄미니를 얻었듯이 그곳에서 왼손잡이 궁수 아르주나는 저를 차지했지요. 끄르슈나여, 그 낭군 고르기 장에서 아르주나는 다른 사람들에게는 너무나 어려운 큰일을 해냈답니다.

이처럼 우리는 너무나 많은 어려움을 겪고, 크나큰 고통을 당했습니다. 우리는 어머니 없이 다움미야 성자의 인도를 받으며 여기까지 오게 되었답니다. 끄르슈나여, 사자처럼 용맹스런 빤다와들은 다른 모두를 제압하는 힘을 갖고 있음에도 어이하여 하찮은 놈들에게 제가 능멸당하고 있는 꼴을 보고만 있었답니까? 빤다와들은 허약하디 허약한 까우라와들에게 괴롭힘을 당하고만 있더이다. 악독한 그놈의 야비한 짓을 오래도록 그저 보고만 있더이다.

우르뜨라_ 비와 구름을 가로막고 있었다는 거대한 뱀.

저는 귀한 가문에서 마치 하늘 사람처럼 태어나 빤다와들의 총애 받는 아내가 되었으며, 고결한 빤두의 며느리가 되었습니다. 끄르슈 나여, 저는 이런 자격을 갖추고도 인드라와 같은 빤다와들이 보고 있 는 가운데서 머리채를 잡히는 능멸을 당했나이다.'

순하게 말하는 드라우빠디는 이렇게 말을 마친 뒤 연꽃 같은 보 드라운 손으로 얼굴을 가렸다. 설움에서 솟구치는 빤짤라 왕국의 공 주의 눈물은 그녀의 처지지 않은 풍만한 양 가슴, 상서로움의 상징인 아름다운 그녀의 가슴에 떨어져 내렸다. 하염없이 한숨을 내쉬며 눈 물을 닦으려던 성난 드라우빠디는 눈물에 목이 잠겨 다시 말했다.

'마두를 처단한 분이시여, 저 비천한 놈들에게 제가 그리도 모진 능멸을 당하는데도 그저 쳐다만 보고 있다면 제게는 남편도 자식도 형제도 아버지도 그리고 당신도 친척도 없는 것입니다. 까르나가 비 웃고 있는 한 제 고통은 절대로 사그라지지 않을 것입니다.'

그러자 영웅들 사이에 앉아 있던 끄르슈나가 말했다.

'빛나는 여인이여, 지금 그대를 분노케 하는 자들의 아낙들도 언 젠가 그대처럼 울 날이 있을 것이오. 그들도 아르주나의 화살에 덮여 피의 비를 뿌리고, 목숨을 버린 채 땅에 얼굴을 묻고 앉아 있는 남편 들 위에 눈물을 뿌릴 것이오. 빤다와들을 위한 일이라면 나는 무엇이 건 할 것이오. 울지 마시오. 그대에게 맹세하겠소. 그대는 다시 왕의 아내가 될 것이오. 하늘이 주저앉고 히말라야가 무너지고 땅이 갈라 지고, 바닷물이 다 마른다고 해도 끄르슈나여, 내 맹세는 거짓되지 않을 것이오.'

드르슈타듐나가 말했다.

82

'나는 드로나를 죽일 것이며, 쉬칸딘은 할아버지비슈마를 죽일 것이다. 비마세나는 두료다나를, 다난자야는 까르나를 죽일 것이다. 어여쁘게 웃는 누이여, 발라라마와 끄르슈나가 도와준다면 우리는 누구에게도 당하지 않으리라. 우르뜨라를 죽인 이인드라도 전투에서는 우리를 이기지 못할 것이다. 어찌 드르따라슈트라의 아들들이 우리를 넘겨볼 수 있겠느냐?'

와이샴빠야나가 말했다.

"그의 말이 끝나자 영웅들은 와아수데와끄르슈나를 바라보았답니다. 그들 한가운데서 완력 넘치는 와아수데와는 이렇게 말했지요."

14

와아수데와가 말했다.

'이 땅을 지키는 왕이시여, 내†가 만약 드와라까에 있었더라면 당신은 이런 재앙을 당하지 않아도 되었을 것입니다. 암비까의 아들 드르따라슈트라 왕이나 두료다나가 나를 초대하지 않았더라도 나는

~왕이시여, 내_ 여기서는 존대와 하대를 구분하지 않고 옮겼다. 유디슈티라가 나이는 많지만 끄르슈나는 신 또는 신격화되어 있는 인물이기 때문에 유디슈티라와 끄르슈나는 서로 존중하는 대등한 관계에 있다.

그 노름판에 갔을 것입니다. 그랬더라면 노름의 폐단을 지적하고 비슈마와 드로나와 끄르빠를 일깨워 노름을 그만두게 할 수 있었을 것입니다. 당신을 대신해 나는 위찌뜨라위르야의 아들 드르따라슈트라에게 "꾸루의 후손이여, 위력의 왕이여, 당신의 아들이 노름해서 좋을 게 뭐 있겠소?"라고 말해 이를 못하게 말렸을 것입니다. 나는 당신이 당한 이 일에 대한 모든 단점을 설명했을 것입니다. 예전에 위라세나의 아들 날라가 어떻게 왕국을 잃었는지에 대해서도 이야기했을 것입니다. 또 어떻게 인간들이 노름으로 인해 생각지도 못한 파멸을 맞는지, 어떻게 노름에 빠져 그것을 계속하게 되는지 있는 그대로 말했을 것입니다.

여자와 노름과 술과 사냥은 욕망에서 생긴 네 가지 악이라 이릅니다. 왕이시여, 이것들은 인간이 지닌 뛰어난 빛을 잃게 만들고 맙니다. 그래서 학문을 아는 사람들은 이 넷이 모두 악을 섬긴다고 생각했으며, 현자들은 그중에서도 노름을 특히 더 경계해야 한다고 보았지요. 노름은 하루 만에 전 재산을 날리게 하고, 뻔히 재앙에 빠지게 하며, 맛보지도 못한 재산을 앗기게 해 결국은 상스런 말만이 오가게 만듭니다. 완력 넘치는 꾸루의 후예여, 나는 이 모든 것에 대한 이야기와 노름에 집착하는 것이 얼마나 쓴 결과를 가져오는지에 대해 암비까의 아들 앞에서 모두 말했을 것입니다. 꾸루의 기쁨이시여, 내가 이렇게 말해 그가 내 조언을 받아들였더라면 꾸루들의 다르마는 손상당하지 않았을 것입니다. 왕 중의 왕이시여, 최상의 바라따여, 그가 부드럽고 적절한 내 조언을 듣지 않았더라면 나는 강제로라도 그를 막았을 것입니다. 또한 회당에 모여 있던 다른 사람들, 이른

바 동지를 가장한 적들 그리고 노름꾼들에게 본때를 보여주었을 것입니다. 그러나 불행히도 꾸루의 후예여, 나는 그때 당신의 왕국과 멀리 떨어진 곳에 있었습니다. 그 때문에 당신들 모두가 노름으로 인해 이런 고통을 당하게 되었지요.

최상의 꾸루, 빤두의 자손이여, 드와라까에 돌아와서야 나는 유유다나를 통해 당신에게 닥친 재앙을 들었습니다. 왕 중의 왕이시여, 그 말을 듣고 나는 마음이 산란해져 서둘러 당신을 보러 왔답니다. 뚝심 좋은 바라따여, 아우들과 함께 고생하는 당신을 보니 우리 모두 참으로 괴롭습니다!'

사우바의 왕 샬와를 처단하다

15

유디슈티라가 말했다.

'우르슈니의 후예시여, 당신은 어찌 그곳에 계시지 않으셨습니까? 끄르슈나여, 어디에 계셨습니까? 무엇을 하셨습니까?'

끄르슈나가 말했다.

'뚝심 좋은 바라따여, 나는 샬와의 도시 사우바에 그를 처단하러 갔었습니다. 빼어난 분이시여, 내가 왜 그곳에 가게 됐는지 그 까닭을 말씀드리지요.

나는 예전에 다마고샤의 아들 쉬슈빨라 왕을 처단했지요. 그는 완력과 힘이 넘치는 명성 자자한 용사였습니다. 최상의 바라따여, 그러나 사악한 그자는 당신의 라자수야 희생제에서 내가 최고의 대접을 받자 그것을 견디지 못하고 분통을 터뜨렸지요. 바라따여, 샬와는 그가 죽었다는 소식을 듣고는 불 같은 분노에 휩싸였답니다. 그래서 그는 내가 당신과 함께 있는 줄 모르고 텅 비어 있던 드와라까에 쳐들어왔습니다. 왕이시여, 우르슈니의 젊고 뛰어난 용사들이 그와 싸웠지요. 악독한 샬와는 마음먹은 대로 움직이는 수레 사우바를 타고 와서 우르슈니의 수많은 젊은 용사들을 죽이고 드와라까 도성의 뜰을 있는 대로 짓밟았답니다. 완력 넘치는 분이시여, 그는 이렇게 소리쳤다고 합니다.

"와수데와의 못난 아들, 우르슈니의 망나니 와아수데와는 어디 갔느냐? 싸우려고 안달복달하는 그놈의 거만함을 내가 전투에서 짓뭉개놓으리라! 아나르따[*]놈들이여, 사실대로 말하라. 그놈이 있는 곳이면 어디든 가리라! 깡사와 께쉰을 죽인 그 살인마 놈을 죽이고 나도 돌아가겠다. 그놈을 죽이지 않고는 절대로 물러서지 않을 것이다. 내 무기를 들고 맹세하노라! 그놈은 어디 있느냐? 그놈은 대체 어디 있는 것이냐?"

이렇게 떠들어대며 사우바의 왕은 나와 싸우기 위해 사방을 뛰어다니며 발광을 했다지요.

"쉬슈빨라를 죽인 그놈에 대한 나의 분노가 오늘 천박한 악행을 일삼는 천하에 못된 그놈을 야마의 처소로 보내주리라. 저 악독한 놈이 내 형제 쉬슈빨라를 구렁텅이에 빠뜨렸으니 내 손으로 그놈을 이 땅에서 없애고 말리라. 내 형제는 젊었고 왕이었다. 그 영웅은 싸우다 죽은 것이 아니라 방심하고 있을 때 당한 것이다. 내가 끄르슈나

아나르따_ 끄르슈나가 지냈던 드와라까(혹은 드와라와띠)는 아나르따 왕국의 수도였다.

를 죽이리라!"

꾸루의 후예시여, 그는 이렇게 지껄이며 나를 능멸하고는 마음먹은 대로 움직이는 수레 사우바에 오르더랍니다. 대왕이시여, 나는 돌아와 그 사악한 망나니 마르띠까와따 샬와 왕이 한 짓에 대해 다 들었지요. 내 눈은 분노로 충혈되었습니다. 나는 모든 것을 잘 살펴본 뒤 그를 없애야겠다고 마음을 정했지요. 꾸루의 후손이시여, 아나르따를 짓밟은 일이나 나를 모욕한 일, 그리고 못된 짓을 일삼는 그의 행위에 분개한 나는 그를 처단하러 사우바를 향해 갔습니다.

이 땅의 왕이시여, 여기저기 돌아다니다가 나는 바다 한가운데 떠 있는 섬에서 그를 찾아냈습니다. 나는 바다에서 나온 내 빤짜잔야 소라고둥을 불어 이미 싸울 태세를 갖추고 있던 샬와에게 싸움을 청했지요. 그곳에서 나는 오래도록 다나와들과 싸워 결국 그들을 모두 땅에 쓰러뜨렸습니다. 이것이 내가 했던 일이며, 바로 이 일 때문에 하스띠나뿌라에서 부당한 노름이 벌어지고 있다는 말을 듣고도 바로 오지 못했던 것입니다.'

16

유디슈티라가 말했다.

'완력 넘치는 와아수데와여, 사우바 왕의 죽음에 관해 더 자세히 말씀해주십시오. 고결한 분이시여, 이 정도의 이야기로는 내 궁금증

이 채워지지 않습니다.'

끄르슈나가 말했다.

'완력 넘치는 최상의 바라따여, 슈루따쉬라와스의 아들 쉬슈빨라가 내게 죽었다는 소식을 들은 샬와는 드와라까로 쳐들어왔지요. 빤두의 후손이여, 망나니 샬와는 성을 사방으로 에워싸고 공중에서도 진을 쳤답니다. 모든 태세가 갖추어지자 왕은 도성을 공격했고 곧 격전이 시작됐지요.'

이어지는 끄르슈나의 이야기는 이러하다.

도성은 깃발, 둥근 성문, 원반, 철봉, 여러 가지 기구를 마련하고, 구덩이들을 파 사방에 방어 태세를 갖췄다. 곡식 창고, 적을 살필 수 있는 높은 망루, 활 모양의 문과 작은 불구덩이, 횃불이 준비되고, 북과 피리 따위의 악기들, 연료, 말먹이, 노포, 쟁기, 대포, 돌멩이, 막대기, 도끼, 철 방패, 불, 철봉과 뿔로 만든 무기가 무기학 문헌에 따라 모두 마련되었다. 이와 같은 여러 가지 물품들 이외에도 도성에는 어떤 적이라도 맞아 싸울 수 있는, 전쟁터에서 이미 기량을 인정받은 가다, 삼바, 우다와 등 각 가문의 영웅들이 있었다. 그들은 기병과 보병의 호위를 받으며, 해자와 높은 성벽이 둘러쳐져 있는 견고한 성을 지켰다. 우그라세나와 우다와 등은 태만을 방지하기 위해 누구도 술을 마셔서는 안 된다는 엄명을 온 성내에 내렸다.

조금이라도 느슨해지면 샬와가 그 틈을 타 공격해 올 것이라고 생각한 우르슈니와 안다까들은 모두 정신을 바짝 차리고 있었다. 관원들은 서둘러 아나르따의 춤꾼과 노래꾼과 광대들을 도시 외곽 지역으로 내쫓았으며, 강에 놓인 다리는 모두 파괴했다. 배를 멈추게 하고, 참호들에는 바닥부터 대못질을 해두었다. 우물과 호수들에서는 물을 빼버리고 도성으로 이어지는 백 리 길은 울퉁불퉁 험하게 만들어두었다.

도시는 울퉁불퉁하고 오르기 힘들어 자연히 보호되었다. 또한 드와라까는 자연이 특별한 전투 장비를 갖춰놓은 듯한 난공불락의 천연 요새이기도 했다.

이처럼 철저히 방비하고 방어하며 온갖 무기로 전투 태세를 갖춘 도시는 마치 인드라의 성과 같았다. 샬와가 쳐들어올 무렵 우르슈니와 안다까의 도시는 허가 없이는 어느 누구도 들어갈 수도, 또 나갈 수도 없었다. 골목이건 사거리이건 모든 거리는 코끼리와 말을 탄 군사들이 지켰다. 군사들에게는 정규적으로 지급되는 녹 말고도 상여금이 지급되었으며, 무수한 무기와 옷이 선물로 보급되었다. 녹을 받고 불평하는 자도, 녹을 과하게 받은 자도 없었다. 모두 평등한 대접을 받았으며, 용맹스럽지 않은 자는 물론 아무도 없었다. 이렇듯 드와라까는 아후까 왕이 막대한 재물을 들여 잘 지키고 있었다.

17

이어지는 와아수데와의 이야기는 이러하다.

사우바의 군주 샬와는 보병, 기병, 코끼리로 이루어진 군대를 이끌고 도성으로 진군해 왔다. 병사는 네 개의 부대로 나뉘어 샬와 왕의 명에 따라 우물 근처의 평지를 골랐다. 군대는 화장터와 신전, 모래 언덕, 사람들에게 숭앙받는 성수聖樹들을 뺀 모든 곳에 진을 쳤다. 소부대로 나뉜 군대는 여러 길에 배치되었다. 이렇게 해서 아홉 개의 산자락이 샬와 진영으로 뒤덮였다고 한다. 무기를 든 모든 병사들은 각자의 무기 사용법에 능숙했다.

전차와 코끼리와 말이 사방을 꽉 채웠고 보병들이 치켜든 깃발은 창공을 메웠다. 잘 먹은 군사들은 힘이 넘치고 흥에 겨운 얼굴이었으며 모두들 영웅 같았다. 다채로운 깃발과 갑옷, 온갖 전차와 활이 넘쳐났고 병사들은 새들의 왕 가루다처럼 전력을 다해 드와라까를 공격했다.

샬와 왕의 군대가 공격해 오는 것을 본 짜루데슈나, 삼바 그리고 대용사 쁘라듐나 같은 우르슈니의 젊은 왕자들은 모두 나와 그들과 맞서 싸웠다. 그들은 갑옷을 입고 전차에 올라 형형색색의 깃발과 장신구를 휘날리며 수없이 많은 샬와 왕의 빼어난 군사들의 공격을 맞받아쳤다. 활을 집어 든 삼바는 샬와의 책사이자 군사 대장인 쉐마우룻디의 공격을 가뿐히 받아냈다.

잠바와띠의 아들 삼바는 마치 천 개의 눈을 가진 인드라가 비를 뿌리듯 적의 군사 대장에게 무시무시한 화살 비를 퍼부었다. 그러나 쉐마우룻디는 놀라운 화살 비를 다 받아냈으며, 히말라야의 산처럼 꿈쩍도 하지 않았다. 쉐마우룻디는 곧 마법을 써서 더 큰 화살 망을 삼바를 향해 날렸다. 마법을 마법으로 퇴치한 삼바는 다시 그의 전차를 향해 수천 개의 화살을 날렸다. 그러자 쉐마우룻디는 삼바의 화살에 짓눌려 날랜 말을 타고 후퇴했다. 삼바는 화살로 그를 꿰뚫었다.

용감무쌍한 샬와의 군사 대장이 후퇴하자 웨가와뜨라는 괴력의 락샤사가 끄르슈나의 아들 삼바를 공격해 왔다. 우르슈니의 영웅 삼바는 우뚝 서서 락샤사의 공격을 견뎌냈다. 진실을 힘으로 삼은 영웅 삼바는 웨가와뜨를 향해 잽싸게 철퇴를 날려 물리쳤다. 뿌리 썩은 거목이 바람에 흔들려 쓰러지듯 웨가와뜨는 그의 철퇴에 맞아 땅에 쓰러졌다. 대아수라 영웅이 철퇴에 맞고 쓰러지자 끄르슈나의 아들 삼바는 적진 한가운데로 들어가 싸웠다.

대용사이자 대궁수로 알려진 위윈드야라는 다나와는 짜루데슈나를 맞아 싸웠다. 오래전 인드라와 우르뜨라의 싸움 같은 격렬한 전투가 둘 사이에 벌어졌다. 성난 그들은 서로를 향해 화살을 쏘고 사자 같은 함성을 질러댔다. 그러자 루끄미니의 아들 쁘라듐나은 주문과 함께 불과 태양의 위력을 지닌 화살, 적을 파멸시킬 화살을 날렸다. 그 성난 영웅 끄르슈나의 아들은 위윈드야를 고함쳐 부르며 화살을 쏴 그가 죽음에 이르게 했다.

위윈드야가 죽고 군대가 힘을 잃은 것을 본 샬와는 마음먹은 대로 움직이는 사우바 수레를 타고 돌아왔다. 그가 사우바 수레를 땅에 매는 것을 보고 드와라까 진영의 모든 병사들 사이에 대혼란이 일었다. 그러자 쁘라듐나는 자신이 직접 나서 군사들을 진정시키고 야다와 일족에게 말했다.

'야다와 일족들이여, 모두들 제 위치를 사수하고 내가 어떻게 사우바와 그 왕을 멈춰 세우는지 보라! 나는 마치 뱀 같은 내 쇠 화살을 쏘아 지금 당장 그를 무력으로 멈추게 하리라! 모두들 숨을 고르고 두려워 마라. 오늘 저 악독한 사우바의 왕은 사우바와 함께 파멸에 이를 것이다'

흥분한 쁘라듐나가 이렇게 말하자 그의 병사들은 제자리를 사수하고 신나게 싸웠다.

18

이어지는 와아수데와의 이야기는 이러하다.

야다와들에게 이렇게 말한 뒤 루끄미니의 아들은 금 수레에 올라탔다. 철 안장 씌운 회색 말들이 이끄는 수레는 아가리 쩍 벌린 악어 깃발을 휘날리고 있었다. 위력 넘치는 용사는 하늘로 치솟을 듯한 말을 타고 적진을 향해 돌진했다. 손목 보호대와 손가락 보호대를 찬그는 화살집과 칼을 쥐고 활줄을 튕기며 화살을 쏘았다. 그는 이 손저 손으로 번개처럼 활을 바꿔가며 다이띠야들과 모든 사우바 진영을 혼란스럽게 했다. 전장에 서면 적들의 원수가 되는 그가 화살을 날리고 다시 화살을 재는 동안 그런 흐름의 틈을 볼 수 있는 사람은 아무도 없었다.

그의 얼굴빛은 변함이 없었네.
그의 사지도 흔들림이 없었네.
놀랍도록 아름답게 메워지는
사자 같은 그의 포효를 사람들은 들었다네.

아가리 쩍 벌리고 황금 기둥에 펄럭이는
악어 깃발은 물짐승들의 공포라네.
샬와 군 진영 앞에 두려움 심으며
수레 위에 밝게 빛나며 휘날렸네.

적을 괴롭히는 쁘라듐나는 이제 잽싸게 돌진해 자기와 싸울 태세를 갖춘 샬와를 덮쳤다. 그러나 성난 샬와는 대전투에서 영웅 쁘라듐나의 공격을 받고도 꿈쩍하지 않았다. 적의 도성을 정복한 샬와, 분노를 들이킨 그는 마음먹은 대로 움직이는 수레에서 내려와 쁘라듐나와 격투를 벌였다. 샬와와 우르슈니의 영웅 간에 무시무시한 격전이 벌어졌다. 사람들은 한데 모여 마치 발리와 인드라의 싸움 같은 그들의 싸움을 지켜보았다.

그의 전차는 깃대와 깃발과 굴대와 화살집을 갖추고 금으로 장식된 마법의 전차였다. 영예로운 대용사는 그 빼어난 전차에 올라 쁘라듐나를 향해 화살을 날렸다고 한다. 그러자 쁘라듐나는 샬와를 향해 완력으로 날쌔게 화살 비를 쏟아부었고, 샬와는 혼절한 듯했다. 사우바의 왕은 싸움에서 그에게 공격당한 것을 참을 수 없어 하며 불처럼 타오르는 화살을 끄르슈나의 아들에게 쏘았다.

쁘라듐나는 샬와가 쏜 화살에 맞았다. 그도 잽싸게 화살을 날려 적의 급소를 꿰뚫었다. 쁘라듐나가 쏜 화살은 그의 갑옷을 꿰뚫고 심장을 찢었다. 샬와는 혼절했다. 자기들의 영웅 샬와 왕이 의식을 잃자 뛰어난 다나와들이 모두 몰려나와 땅을 찢어놓을 듯했다. 사우바의 주인이 땅에 쓰러지자 샬와의 군대는 통곡의 도가니가 되고 말았다.

그러자 그 대용사는 느닷없이 다시 정신을 차리고 일어나더니 쁘라듐나를 향해 화살을 쏘았다. 전장에 서 있던 완력 넘치는 쁘라듐나가 그 화살에 맞았다. 화살은 그의 가슴뼈를 꿰뚫었고 영웅은 마차에 주저앉고 말았다. 루끄미니의 아들 쁘라듐나를 맞춘 샬와는 사자처럼 포효했다. 그 소리가 온 땅을 메웠다. 끄르슈나의 아들 쁘라듐나가 혼절해 있을 때 샬와는 도저히 막아낼 수 없는 화살을 잽싸게 다시 날렸다. 수많은 화살에 맞은 쁘라듐나는 의식을 잃고 전장에 미동도 없이 앉아 있었다.

19

이어지는 와이수데와의 이야기는 이러하다.

장사 중의 장사 쁘라듐나가 샬와의 화살에 무너지자 우르슈니들은 희망을 잃고 사기도 떨어졌다. 쁘라듐나가 쓰러지자 우르슈니와 안다까들은 슬퍼 통곡하고 적군은 환호했다. 쁘라듐나가 혼절한 것을 본 경험 많은 전차 몰이꾼 다루끼는 날랜 전차에 그를 싣고 후퇴했다. 전차가 그리 멀리 가지 않아 적들의 전차를 내모는 용사 쁘라듐나는 정신이 들어 활을 들고 전차 몰이꾼에게 말했다.

'전차 몰이꾼의 아들이여, 무슨 생각을 품고 있는 것인가? 무슨 연유로 전차를 되돌린 것인가? 이것은 전장에서의 우르슈니 용사의 규율이 아니다. 전차 몰이꾼의 아들이여, 그대는 혹시 대전투에서 샬와를 보고 정신을 잃었던 것은 아니더냐? 아니면 격전을 보고 기가 죽은 것이냐? 내게 사실대로 고하라!'

전차 몰이꾼이 말했다.

'자나르다나끄르슈나의 아들이여, 저는 정신을 잃지도 두려움에 사로잡히지도 않았습니다. 끄르슈나의 후손이시여, 그러나 저는 샬와가 당신께 너무 버겁다고 생각했습니다. 영웅이시여, 그래서 저는 서서히 후퇴했던 것입니다. 악운의 위력은 대단한 것이랍니다. 말을 모는 영웅이 전투에서 정신을 잃으면 전차 몰이꾼은 그를 지켜야 합니다. 당신이 언제나 저를 보살피듯 저도 당신을 지켜야 한답니다. 전차 탄 용사를 언제나 지켜야 한다는 생각으로 저는 후퇴했습니다. 완력 좋은 용사여, 당신은 혼자이나 다나와들은 수도 없이 많습니다. 루끄미니의 아들이시여, 이 전투가 대등하지 못하다는 생각으로 저는 후퇴했던 것입니다.'

이어지는 와아수데와의 이야기는 이러하다.

전차 몰이꾼이 이렇게 말하자 악어 깃발을 상징으로 달고 있는 쁘라듐나는 그에게 다시 말했다.

'전차를 돌려라. 다루까의 아들이여, 다시는 이런 짓 마라. 전차 몰이꾼의 아들이여, 내가 살아 있는 한 전장에서 후퇴는 없다. 우르슈니 가문에서 태어난 자는 어느 누구도 싸움터를 떠나지 않는다. 또 그들은 쓰러진 적이나 항복한 자를 죽이지 않는다. 여인이나 노인 또는 아이를 죽이는 법도 없으며, 수레를 잃은 자, 도망가는 자 또는 칼이나 무기가 망가진 자도 죽이지 않는다. 다루끼여, 그대는 전차 몰이꾼의 가문에서 태어나 전차 몰이꾼으로서 잘 훈련받았으니 우르슈니 가문이 전쟁을 대하는 태도도 잘 알고 있으리라. 전차 몰이꾼의 아들이여, 그대는 전쟁이 한창일 때 우르슈니족의 행적을 모두 알고 있을 터이니 어떤 일이 있어도 다시는 후퇴해서는 안 된다.

만약 내가 등에 활을 맞아 두려워하며 전장에서 물러서 도망친다면 범접키 어려운 가다의 형 끄르슈나께서는 내게 뭐라 말씀하시겠느냐? 께샤와 끄르슈나의 술 취한 형, 검은 옷 입은 완력의 발라데와께서 돌아오시면 또 뭐라 말씀하시겠느냐? 전차 몰이꾼의 아들이여, 사자 같은 사내, 대궁수 쉬니의 손자 사띠야끼는 뭐라 말할 것이며, 전쟁의 승리자 삼바, 넘보기 어려운 짜루데슈나, 가다, 사라나는 또 뭐라 말하겠느냐? 전차 몰이꾼이여, 완력 넘치는 아끄루라는 뭐라 말하겠느냐? 영웅이라 알려져 있고 언제나 사내다운 자긍심으로 충천해 있던 내게 모여든 우르슈니 영웅의 여인들은 뭐라 말하겠느냐?

그들은 "쁘라듐나가 겁먹었구나. 그래서 대전투를 버리고 도망치는구나. 이 얼마나 안쓰러운 일인가?"라고 말할 것이다. "잘했다"

라고 말하지 않을 것이다. 전차 몰이꾼의 아들이여, 나 또는 나와 같은 사람들에게 안쓰럽다는 말은 죽음보다 더한 조롱이다. 다시는 후퇴하지 마라. 마두를 처단하신 하리끄르슈나께서는 바라따의 사자, 무량한 빛을 지닌 쁘르타 아들유디슈티라의 희생제에 가시면서 내게 당신의 짐을 넘겨주셨다.

전차 몰이꾼의 아들이여, 나는 영웅 끄르따와르만이 막 떠나려고 할 때 "멈추시오 샬와는 내가 막을 것이오"라고 하면서 그를 막아 세웠다. 그러자 그 흐르디까의 아들은 나를 존중해 멈춰 섰던 것이다. 지금 전쟁터를 버리고 간다면 내가 그 대용사에게 무슨 말을 할 수 있겠느냐? 범접할 수 없는 분, 소라고둥과 원반과 철퇴를 휘두르는 완력 넘치는 그분, 연꽃 눈을 가진 그분이 오셨을 때 내가 무슨 말을 할 수 있겠느냐? 또한 사띠야끼와 발라데와 그리고 언제나 나를 지켜보고 있는 다른 안다까와 우르슈니들에게 내가 무슨 말을 하겠느냐? 전차 몰이꾼의 아들이여, 만약 전쟁을 버리고 그대에게 이런 식으로 끌려가다 등에 화살을 맞아야 한다면 나는 결코 목숨을 보존하지 않으리라.

다루까의 아들이여, 지금 당장 전차를 돌리거라. 어떤 재앙이 닥쳐도 다시는 이런 짓을 하지 마라. 전차 몰이꾼의 아들이여, 나는 결코 내 목숨에 연연하지 않을 것이다. 두려움으로 전장에서 후퇴하거나 등에 화살을 맞는 일은 없을 것이다. 전차 몰이꾼의 아들이여, 그대가 언제 나를 두려움에 떠는 자라고 알았더냐? 겁쟁이처럼 전장을 버리고 도망친 자라고 언제 알았더란 말이냐? 다루까의 아들이여, 내가 싸우고 싶어 하는 한 그대는 전장을 버려서는 안 된다. 전장으

로 돌아가자.'

20

이어지는 와아수데와의 이야기는 이러하다.

　전장에서 이런 말을 들은 전차 몰이꾼의 아들은 쁘라듐나에게 부드럽고 다정한 말로 황망히 말했다.

　'루끄미니의 아들이시여, 전장으로 말을 몰 때 제겐 두려움이 없습니다. 우르슈니들은 말씀하시는 것과 한 치도 다르지 않게 싸운다는 것도 알고 있습니다. 그러나 말을 몰아 삶을 이어가는 전차 몰이꾼들이 기억해야 할 것은 어떤 경우에도 말을 끄는 용사를 지켜야 한다는 것입니다. 영웅이시여, 당신은 샬와의 화살에 맞아 몹시 고통스러운 상태에 계셨습니다. 몸이 몹시 상하셨지요. 저는 그래서 후퇴했던 것입니다. 끄르슈나의 아들, 최고의 사뜨와따여, 이제 당신이 의식을 되찾으셨으니 이제 말을 모는 제 솜씨를 보십시오. 저는 다루까를 아비로 하여 태어났고 그에게서 제대로 배웠습니다. 이제 두려움 없이 샬와와의 대전투에 뛰어들겠습니다.'

　이렇게 말한 뒤 그는 말에 고삐를 단단히 조이고 전속력으로 전장을 향해 내달렸다. 채찍과 고삐로 인도되는 빼어난 말들은 여러 모양의 원을 그리기도 하고, 앞으로 나갔다 뒤로 물러서기도 했으며 왼쪽과 오른쪽으로 또는 사방으로 달리는 등 현란한 솜씨를 선보이며 하늘 높이 뛰어오르는 듯했다. 다루끼의 능수능란한 솜씨를 아는 말들이 발굽으로 땅을 디딜 때면 마치 불이 타오르는 듯했다. 그는 어렵지 않게 샬와의 군대를 왼편으로 한 바퀴 빙 돌았다. 기적 같은 일이었다.

쁘라듐나가 왼편을 에워싸자 이에 발끈한 사우바의 왕은 마부를 향해 날쌔게 화살 세 개를 쏘았다. 그러나 다루까의 아들은 개의치 않고 길 잘든 말들을 계속 몰아갔다. 그러자 사우바의 왕은 끄르슈나와 루끄미니의 영웅적인 아들을 향해 또다시 온갖 화살 세례를 퍼부었다. 적의 영웅을 처단하는 루끄미니의 아들은 날랜 솜씨를 펼쳐 보였다. 그는 웃으며 날카로운 화살로 샬와의 화살들을 막아냈다. 자신의 화살이 쁘라듐나에게 저지당하는 것을 본 사우바의 왕은 무서운 아수라의 주문을 걸어 화살을 날렸다. 다이띠야 날탄[*]이 쓰인 것을 안 대장사 쁘라듐나는 브라흐마 날탄을 써서 그것을 중간에서 몰아내고 다른 많은 화살을 쏘았다. 피를 들이키는 그 화살들은 적의 날탄을 순식간에 몰아내고 그의 머리와 가슴과 얼굴에 떨어졌다. 그는 정신을 잃고 쓰러졌다. 천박한 샬와가 화살에 맞고 쓰러지자 루끄미니의 아들은 적을 처단할 또 하나의 화살을 활에 메겼다.

뚝심 좋은 모든 다샤르하들이 경탄해 마지않는
불처럼 태양처럼 빛나는 화살을

다이띠야 날탄_ 아수라의 주문.

활줄에 거는 광경을 보고
창공에선 '아이고, 아이고' 비통해하기 시작했네.

그러자 인드라와 풍요의 주인꾸베라을 비롯한 모든 신들은 나라다와 위력 넘치는 바람을 보냈다. 그들은 루끄미니의 아들에게 가서 천인들의 말을 전했다.

'영웅이여, 무슨 일이 있어도 그대는 샬와 왕을 죽여서는 안 되오. 화살을 거두시오. 그는 당신이 죽일 인물이 아니오. 전장에선 어떤 인간도 이 화살에 살아남지 못하오. 창조주께선 오직 완력 넘치는 데와끼의 아들 끄르슈나만이 전장에서 그를 죽게 하라 정하시었소. 그분의 뜻이 헛되이 되어선 아니 되오.'

그러자 쁘라듐나는 흔쾌히 빼어난 그 화살을 자신의 훌륭한 활에서 거두어 화살집에 집어넣었다. 그러자 쁘라듐나의 화살에 짓눌린 샬와는 몹시 혼란스러워하며 일어나 군대를 거두고는 황망히 후퇴해버렸다. 잔혹한 그는 우르슈니들에게 당한 뒤 드와라까를 버리고 사우바에 올라 하늘길로 떠났다.

21

와아수데와가 말했다.
'왕이시여, 나는 샬와가 떠난 뒤에야 아나르따의 도성으로 돌아왔지요. 그때서야 당신의 라자수야 희생제가 끝났기 때문입니다. 대왕이시여, 돌아온 나는 드와라까가 몹시 침체되어 있다는 느낌을 받았습니다. 베다를 공부하는 소리도, 제사 지낼 때 나는 와샤트 소리도 들리지 않았으며, 아름다운 여인들이 치장하는 것도 볼 수 없었지요. 드와라까의 뜰은 모두 황폐하게 변해 있었습니다. 나는 의아해하며 흐르디까의 아들 끄르따와르만에게 그 까닭을 물었습니다.

"범 같은 사내여, 우르슈니 도성에 있는 사내들도 여인들도 모두 매우 이상해 보이는구나. 무슨 일이 있었던 것이냐? 그 까닭을 듣고 싶구나."

꾸루의 후손이여, 내 말을 들은 흐르디까의 아들은 도성이 샬와에게 공격당했던 풀려난 사실을 상세히 일러주었습니다. 훌륭한 왕이시여, 나는 그의 이야기를 빠짐없이 들은 뒤 샬와 왕을 처단하기로 작정했답니다. 그래서 나는 백성들과 아후까 왕, 아버지 와수데와를 비롯한 우르슈니의 모든 영웅들을 위로하며 말했지요.

"야다와의 황소들이여, 정신을 바짝 차리고 있으시오. 내 말을 잘 들으시오. 나는 지금 샬와 왕을 처단하러 갑니다. 또한 그를 죽이기 전에는 드와라까로 돌아오지 않겠소. 사우바 성과 샬와를 파멸시킨 뒤 당신들을 다시 만나게 될 것이오. 적이 두려움에 떨도록 북을 높이 울리시오!"

뚝심 좋은 바라따여, 늘 그래 왔던 것처럼 내 말에 고무된 영웅들은 모두들 기뻐하며 가서 적을 처단하라고 말했답니다. 마음이 흡족해진 영웅들은 나를 축복해주며 작별을 고했습니다. 왕이시여, 훌륭한 브라만들의 축원을 받은 나는 아후까에게 머리 숙여 절한 뒤 내

멋진 소라고등 빤짜잔야를 불며 사인야와 수그리와가 매어진 마차를 몰고 지축을 울리듯 행진했답니다. 범 같은 사내여, 나는 승리로 빛나는 네 가지 병력*의 거대한 군사들에 에워싸여 행진했습니다.

나는 수많은 나라를 지나고 숲이 우거진 산을 넘었으며, 못과 강을 건너 그가 머물던 마르띠까와따에 이르렀습니다. 범 같은 사내여, 그곳에서 샬와가 사우바를 타고 근방으로 떠났다는 소식을 들은 나는 곧바로 그의 뒤를 쫓아갔지요. 적의 처단자여, 샬와는 파도가 출렁이는 깊은 바다 가운데에서 수레에 앉아 있었습니다. 유디슈티라여, 그 사악한 놈은 멀리서 내가 오고 있는 것을 보고 싱긋 웃으며 내게 거듭 싸움을 걸었지요. 나는 뿔로 만든 내 활 샤르앙가에 수많은 화살을 놓아 그의 급소를 향해 쏘았으나 화살은 그놈에게 미치지 못했답니다. 그래서 잔뜩 성이 난 나는, 왕이시여, 악행을 일삼는 그 비열한 다이띠야가 도저히 가까이 다가 올 수 없는 수천 줄기의 화살비를 쏟아부었답니다. 바라따여, 그는 내 병사들과 마부와 말을 향해 화살을 쏴댔지만 우리는 개의치 않고 싸웠지요. 그러자 전투에서 샬와를 따르던 영웅들도 나를 향해 수백 수천 개의 매끈한 화살을 쏴댔답니다. 영웅이시여, 아수라들은 급소를 찾아내는 화살로 내 말과 전차와 나의 다아루까*를 덮어버렸습니다. 말과 전차와 다아루까처럼 나와 내 군사들도 화살에 덮여 보이지 않았답니다.

꾸루의 후예여, 나도 그에게 신령스런 주문을 건 수천 수만 개의

네 가지 병력_ 기마병, 코끼리병, 보병, 마차병.
다아루까_ 끄르슈나의 전차 몰이꾼. 그 역시 다루까의 아들이다.

화살을 화살집에서 꺼내 쏴댔지만 나도 내 병사들도 과녁을 찾을 수가 없었답니다. 그의 사우바 마차가 수천 자에 이르도록 하늘에 걸려 있었기 때문이지요. 그러자 구경꾼들은 모두 마치 경기장 울타리에 서 있는 것처럼 사자 같은 함성을 지르고 손뼉을 치며 나를 응원하기 시작했습니다. 그에 힘입어 그 대전투에서 화살은 내 활을 빠져나가 마치 피에 굶주린 메뚜기 떼처럼 다나와들의 몸에 파고들어 갔지요.

그러자 사우바 진영 한가운데서는 날카로운 내 뿔 활에 맞아 바다로 떨어져 내리며 "아이고 아이고" 하는 통곡 소리가 높아져갔습니다. 어깨에서 팔이 떨어져 나간 다나와들은 몸통만 남아 고통스런 소리를 내지르며 끊임없이 바다로 떨어졌답니다. 나는 곧 바다에서 태어난 내 빤짜잔야 소라고둥, 마치 소젖과 자스민과 달과 연꽃 줄기와 은 같은 색을 지닌 그것을 숨으로 가득 채웠습니다.

그 전투에서 그들이 떨어져 내리는 것을 보고 사우바의 주인 샬와는 내게 현란한 마법 싸움을 걸었지요. 그는 내게 쇠막대, 철퇴, 장창, 삼지창, 철봉, 도끼, 투창, 횃불을 쉼 없이 날려댔습니다. 나는 내 마법으로 반격해 그것들을 파괴해버렸지요. 마법이 파괴되자 그는 산봉우리를 들어 올려 싸웠습니다. 그러자 바라따여, 날이 한순간은 어두워졌다가 다른 순간엔 밝아졌으며, 궂었다가 맑아지고 추웠다가 다시 더워지곤 했답니다.

적은 이렇게 마법을 쓰며 나를 공격했으나 그 모든 것을 나는 주문으로 그리고 마법으로 파괴시켰고 적당한 때를 보아 사방을 화살로 덮어버렸지요. 꾼띠의 아들이여, 하늘엔 백 개의 태양이 빛나고 있는 것 같았습니다. 대왕이시여, 또한 백 개의 달과 수천수만 개의 별이 있는 것 같기도 했지요. 낮과 밤과 방향을 알 수 없었습니다. 혼란스러워진 나는 지혜의 화살을 겨누었답니다. 그것은 그의 화살들을 솜털처럼 날려버렸지요. 왕 중의 왕이시여, 주변이 밝아지는 것을 보고 내가 적에게 싸움을 걸자 싸움은 다시 소름 돋을 만큼 치열해졌답니다.'

22

와아수데와가 말했다.
'왕들의 대적大敵 샬와는 나와의 싸움 중에 다시 하늘로 솟구쳐 올랐습니다.

승리에만 마음 뺏긴 생각 어두운 샬와
백 갈래 난 창을, 거대한 철퇴를
불타는 삼지창을, 공이를, 칼을
나를 향해 분노로 쏟아부었네.

활개 치며 하늘에서 쏟아지는 그것들을
날쌔게 나는 화살로 막아내었네.
그것들을 두 갈래, 세 갈래 부숴버렸네.
그러자 허공에서 고함 소리 울렸다네.

샬와는 수백 수천 개의 화살을 쏴 다루끼와 말과 전차를 흩어지게 만들어버렸습니다. 그러자 다루끼는 비틀거리며 내게 말했답니다.

"영웅이시여, 샬와의 화살이 짓누르고 있으니 여기서 멈춰야겠습니다."

나는 전차 몰이꾼의 침통한 말을 듣고 그를 바라보았습니다. 그리고 그가 화살에 짓이겨져 있다는 것을 알게 됐지요. 빤두의 빼어난 자손이시여, 그는 가슴, 머리, 몸통, 양팔 할 것 없이 어느 한구석도 화살에 맞지 않은 곳이 없었습니다. 우기의 엄청난 비로 인해 산에서 쏟아지는 구리처럼 화살 비에 짓눌린 그에게서는 엄청난 피가 쏟아졌지요. 완력 넘치는 분이시여, 내가 전차 몰이꾼을 봤을 때 그래도 그는 여전히 고삐를 쥐고 있었습니다. 그러나 그는 전장에서 사그라져가는 중이었답니다. 나는 샬와의 화살에 시달리는 그를 곧추세웠습니다.

바라따여, 그때 드와라까에서 한 사람이 급히 전차 가까이 왔답니다. 영웅이시여, 아후까를 섬기는 그는 목이 메어 아후까의 말을 침통하게 전했지요. 유디슈티라여, 그가 뭐라 했는지 한 번 들어보십시오.

"영웅이시여, 드와라까의 군주 아후까께서 당신께 이렇게 말씀하셨습니다. 끄르슈나여, 당신 부친의 벗이 하는 말을 들으시오. 범접키 어려운 우르슈니의 후손이여, 당신이 멈춰 있던 사이 샬와는 드와라까에 와서 슈라의 아들†을 무력으로 죽였소. 자나르다나여, 싸

106

움을 멈추고 돌아오는 것이 좋겠소. 드와라까를 지키시오. 그것이 당신이 해야 할 가장 큰일이오."

그의 말을 듣고 나는 참으로 기가 막혔지요. 나는 무엇을 어떻게 해야 할지 또는 말아야 할지 결정을 내릴 수가 없었습니다. 영웅이시여, 나는 그처럼 가슴 아픈 말을 들었을 때 마음으로 사띠야끼와 발라데와 그리고 대용사 쁘라듐나를 원망했답니다. 꾸루의 후예여, 사우바의 군주를 처단하러 오면서 그들에게 드와라까와 부친을 지켜달라고 청했기 때문이지요. 적을 처단하는 완력 넘치는 발라데와는 살아 있는 것인지, 루끄미니의 아들과 사띠야끼와 영웅 짜루데슈나 그리고 삼바를 비롯한 다른 사람들은 또 살아 있는 것인지? 그런 생각들이 내 마음을 몹시 괴롭혔습니다. 범 같은 사내여, 그들이 살아 있었더라면 제아무리 번갯불을 부리는 신인드라이라도 슈라의 아들을 죽일 수는 없었기 때문입니다. 와수데와가 죽은 것이 분명하다면 발라데와를 비롯한 그들도 모두 목숨을 잃은 것이 분명하다고 나는 확신했답니다.

대왕이시여, 나는 거듭해서 그들이 전멸당했다는 사실을 떠올리며 다시 주춤주춤 샬와를 공격했습니다. 대왕이시여, 그때 나는 와수데와가 사우바에서 떨어져 내리는 것을 보았답니다. 영웅이시여, 나는 혼란에 사로잡혔습니다. 인간들의 주인이시여, 공덕이 다한 야야띠가 하늘에서 땅으로 떨어져 내리듯 그렇게 떨어져 내리는 사람은 분명히 내 부친이었습니다. 머리 수건이 헤쳐지고 처져 내린 채, 옷

슈라의 아들 _ 끄르슈나의 아버지 와수데와.

이 흐트러지고 머리는 산발인 채 마치 공덕이 다해 떨어지는 행성처럼 떨어져 내리는 그를 보았습니다.

꾼띠의 아들이여, 빼어난 내 활 샤르앙가는 손에서 떨어지고, 나는 혼란스러워 전차 뒤편에 주저앉았답니다. 바라따여, 넋을 잃고 죽은 듯 마차에 주저앉아 있는 나를 보고 내 모든 병사들이 울부짖었습니다. 마치 추락하는 새처럼 팔은 늘어지고, 다리는 축 처진 채 떨어지는 내 부친의 모습을 보았지요. 삼지창과 긴 칼로 무장한 다나와 영웅들은 추락하는 그를 사정없이 때리며 내 마음을 뒤흔들어놓았습니다.

그러나 그 대학살 속에서
나는 곧 의식을 회복했습니다.
그곳엔 사우바도 적도 샬와도 없었지요.
나이 든 내 아비도 보지 못했습니다.

그러자 내 마음속에 "이것은 마법이다"라는 확신이 섰고, 그것을 깨달은 나는 다시 수백 개의 화살을 날렸답니다.'

23

와수데와가 말했다.

'최상의 바라따여, 나는 빛나는 활을 쥐고 사우바에 있는, 신을 미워하는 자들의 머리를 화살로 잘라버렸지요. 나는 독뱀처럼 생긴, 높이 날며 모양 좋고 불타는 화살을 내 샤르앙가 활에 재고 샬와 왕을 향해 쏘았습니다. 꾸루의 번성을 가져오는 이여, 그러자 사우바는 마법에 숨어 모습을 감춰버렸답니다. 나는 당황하지 않을 수 없었지요. 대왕이시여, 머리를 산발한 흉측한 모습의 다나와들은 서 있는 나를 향해 고함을 질러댔습니다. 내가 재빨리 소리를 찾아 그들을 죽이기 위해 날탄을 날리자 그 소리는 곧 잦아들었지요. 고함을 지르던 다나와들은 소리에 반격하는 불타는 태양 같은 화살에 맞아 모두 목숨을 잃었답니다.

대왕이시여, 소리가 잦아들자 다른 쪽에서 또 다른 소리가 들렸습니다. 나는 그곳에도 화살을 날렸지요. 바라따여, 이처럼 열 방향에서, 옆에서, 위에서 아수라들은 소리를 질러댔고 나는 그 소리를 잠재웠습니다. 영웅이시여, 그때 쁘라그조띠샤에 갔던 사우바, 마음먹은 대로 움직여 다니는 그 마차가 느닷없이 나타나 다시 내 눈을 현혹했답니다. 그러자 세상의 종말을 가져올 것 같은 원숭이 모양을 한 다나와가 느닷없이 거대한 바위 비를 뿌리며 나를 덮쳐왔습니다. 왕 중의 왕이시여, 사방에서 산더미 같은 그 바위 비를 얻어맞은 나는 마치 산에 에워싸인 개미 둑 같았답니다. 왕이시여, 말과 마부와 깃발과 함께 그 산에 에워싸인 나는 결국 아무에게도 보이지 않게 되어버렸습니다. 그러자 내 병사들인 우르슈니의 영웅들은 당황해 사방으로 달렸습니다. 백성의 주인이시여, 이처럼 내가 보이지 않게 되자 하늘과 땅과 허공이, 실로 온 세상이 통곡했답니다. 왕이시여, 내 동지들은 마음을 잃고 울고 통곡하며 비통함과 절통함으로 사방을 메웠습니다. 적은 환호로, 적이 아닌 자는 슬픔으로 사방 천지를 메웠다고 나는 그날을 승리로 장식한 뒤에 들었답니다.

결국 나는 내가 가장 좋아하는 무기, 어떤 바위도 깨뜨릴 수 있는 내 벼락 무기를 치켜들어 모든 산을 부수었습니다. 대왕이시여, 산의 무게에 짓눌려 내 말들은 호흡이 느려지고 정신을 잃은 채 떨고 있었습니다. 구름 떼에 가려져 있던 태양이 다시 나타나듯 내가 나타나는 것을 본 내 친지들은 모두들 생기를 되찾았답니다.

왕이시여, 두 손 모아 절하며 전차 몰이꾼이 내게 이렇게 말했지요.

"우르슈니의 후예시여, 사우바 군주 샬와를 눈여겨보심이 좋을 것입니다. 끄르슈나여, 그를 가볍게 대하는 것은 이만하면 되었습니다. 이제 최선을 다하는 것이 옳은 줄 압니다. 샬와에게서 유약함도 친근함도 거두어들이십시오. 완력 넘치는 께샤와여, 샬와를 처단하십시오. 그를 살려두지 마십시오. 적을 처단하는 영웅이시여, 전력을 다해 적을 죽이십시오. 강한 사람은 아무리 적이 약해도 그를 가벼이 여기지 않아야 합니다. 그가 당신의 발 깔개 아래 기어 다녀도 이러할진대, 전쟁에 나섰다면 일러 무엇하겠습니까? 범 같은 사내시여, 권능한 분이시여, 온갖 노력 다 기울여 그를 죽이십시오. 최상의 우르슈니여, 더 이상 시간이 흘러가지 않게 하십시오. 그는 부드럽게 다루거나 다정하게 다루어서 될 인물이 아닙니다. 영웅이시여, 당신과 싸우는 자는 드와라까를 파괴한 자입니다."

꾼띠의 아들이여, 나는 마부에게서 이런 말을 듣고 그의 말이 사실임을 인정하고, 샬와 왕을 죽이고 사우바를 떨어뜨리기로 작정했답니다. 나는 다루까의 아들에게 "잠시만 기다리라"라고 말하고는 내가 가장 아끼는 불 날탄을 택했습니다. 그것은 망가지지도 멈추지도 않는 날탄으로 신령스럽고 무섭도록 위력적이며 빛이 형형해 전투에서 약샤와 락샤사와 다나와와 대적하는 왕들을 한 줌의 재로 만들어버린답니다. 그것은 뾰족 끝을 가진 흠 없는 원반이며 시간이자 종말이며 야마 같은 것이랍니다. 나는 적의 종말을 가져오는 비견할 데 없는 이 날탄을 향해 주문을 외웠지요.

"이제 그대의 위력으로 사우바와 여기 있는 나의 적들을 처단하라!"

이렇게 말한 뒤 내 완력으로 그를 향해 그것을 무섭게 휘둘렀습니다. 그것은 수다르샤나†의 모습을 하고 하늘을 날았지요. 그때 그것은 마치 한 유가를 끝내며 무섭게 빛나는 태양과 같았답니다. 나는 빛을 잃은 사우바의 도시에 가서 그것을 높이 치켜들고 톱으로 나무를 자르듯 그 도시를 두 동강 내버렸습니다. 수다르샤나의 위력에 두 동강 난 사우바는 쉬와 신이 추락시킨 세 도시†처럼 떨어져 내렸답니다. 사우바가 추락하자 원반은 다시 내게 돌아왔지요. 나는 그것을 다시 한 번 전력을 다해 치켜들며 "이제 샬와를 향해 돌진하라!"라고

수다르샤나_ 끄르슈나(또는 위슈누)가 들고 다니는 원반(바퀴) 모양의 무기.
세 도시_ 금, 은, 청동으로 만들어져 허공에 있던 난공불락의 세 도시로, 브라흐마의 축복을 받은 세 명의 아수라가 각각 다스리며 세상을 괴롭혔다. 쉬와 신은 신들의 청을 받아들여 알맞은 때를 기다리다 자신의 무기인 삼지창으로 세 도시를 파괴했다.

말했습니다. 그 대전투에서 샬와가 막 무거운 철퇴를 휘두르려 하자 원반은 잽싸게 그를 두 동강 내버리고 무서운 빛을 뿜어냈답니다.

영웅이 쓰러지자 모든 다나와들은 내가 쏜 화살에 넋을 잃고 통곡하며 사방으로 흩어졌습니다. 나는 사우바 가까이 가서 내 전차를 세우고 소라고둥을 불어 동지들을 환호하게 했지요. 메루 산의 봉우리처럼 높다란 그 도시가 무너지고, 망루와 성문이 불길에 휩싸인 것을 본 여인들은 도망쳐버렸답니다.

이렇게 해서 나는 전투에서 샬와를 죽이고 사우바를 떨어뜨린 뒤 드와라까로 돌아와 벗들의 환대를 받았습니다. 왕이시여, 이런 연유로 난 하스띠나뿌라에 갈 수가 없었던 것입니다. 적의 영웅을 처단하는 분이시여, 내가 그곳에 갔더라면 두료다나는 살아남지 못했겠지요.'

와이샴빠야나가 말했다.

"완력 넘치는 최상의 인간, 마두를 처단한 그분은 이렇게 말을 마치고 빤다와들에게 작별한 뒤 떠날 채비를 했습니다. 완력 넘치는 영웅이 다르마의 왕에게 절하자 유디슈티라 왕과 비마도 그의 머리 냄새를 맡았답니다. 끄르슈나는 수바드라와 아비만유를 황금 마차에 태웠습니다. 끄르슈나는 유디슈티라를 위로한 뒤 빤다와들의 배웅을 받으며 사인야와 수그리와 말이 이끄는 태양 빛의 마차를 타고 드와라까를 향해 떠났답니다. 끄르슈나가 떠난 뒤 쁘르샤따의 아들 드르슈타듐나도 드라우빠디의 아들들을 데리고 자기 왕국으로 떠났지요. 그에 따라 쩨디 왕 드르슈타께뚜도 누이와 함께 아름다운 그의 도시 슕띠마띠로 떠났으며, 까이께야도 빛이 넘치는 유디슈티라의 허락을 받고 빤다와들과 작별을 고했습니다. 유디슈티라가 끊임없이 돌아가라고 했으나 브라만들과 유디슈티라의 왕국에 머물던 백성들은 빤다와들을 떠나려 하지 않았답니다. 왕 중의 왕이시여, 뚝심 좋은 바라따여, 깜먀까 숲에서 빤다와들을 에워싼 군중은 참으로 하나의 거대한 집단 같았답니다. 그러나 고결한 유디슈티라는 브라만들에게 예를 갖춘 뒤 그들이 돌아갈 수 있도록 때를 맞춰 마차를 준비하도록 했습니다."

24

와이샴빠야나가 말했다.

"다샤르하의 군주끄르슈나가 돌아가자
유디슈티라와 비마세나 그리고 아르주나
쌍둥이와 끄르슈나아 그리고 그들의 왕사는
준마가 이끄는 값진 마차에 올랐다네.

영웅들은 모두 함께 숲으로 떠났네.
그들 모습 마치 쉬와 신과 같았다네.
떠나며 그들은 금과 금화와 옷과 가축을

발성과 어휘와 주문 아는 이들[*]에게 나눠주었다네.

활 메고 갑옷 입고 구리 화살 들고
무장한 스무 명의 시종들이 그들을 앞장서고
활줄과 화살과 여러 가지 기구 모두 모아
그들 뒤를 따랐다네.

마부 인드라세나,
왕비 옷 모두 모아
왕비의 시녀, 몸종, 장신구도
모두 모아 그들 뒤를 따랐다네.

활기에 찬 백성들, 꾸루의 수장에게 다가와
그의 오른쪽을 한 바퀴 돌았네.
브라만들, 꾸루 숲에 사는 모든 수장들
그에게 다가와 유쾌하게 예를 올렸다네.

아우들과 함께 다르마의 왕
웃으며 그들에게 맞절하고,
고결한 저 군주 그곳에 서서
꾸루 숲에 운집한 백성들을 둘러보았다네.

∼아는 이들_ 베다에 능한 브라만들.

114

고결한 꾸루의 황소
그들에게 아들 향한 아비의 정 느꼈네.
바라따의 수장에게 그들은
아비를 대하는 아들과 같았다네.

구름 떼처럼 모여든 대군중
꾸루의 영웅을 에워싸고 탄식했네.
'아아! 주인이시여, 아아! 다르마시여!'
부끄러운 그들의 눈물, 얼굴을 적셨다네.

'꾸루의 수장이요 백성의 군주께서
아들 버린 아비처럼 우리를 떠나시네.
도성 사람, 마을 사람 모두 버리고
다르마의 왕이여, 어디로 가시나이까?

모질어라 두료다나, 잔혹한 생각 품고
죄 많은 샤꾸니, 까르나와 함께
왕 중의 왕이시여, 저 죄인들
항상 다르마와 함께하는 당신의 불행 바란답니다.

혼돈 없이 거동하는 고결한 분이시여
견줄 데 없이 위대한 신의 도시 같은 이 도시

인드라쁘라스타, 당신께서 스스로 세우셨거늘
다르마의 왕이시여, 이곳 버리고 어디로 가시나이까?
고결한 마야께서 당신 위해 지으신
신들의 회당 같은 견줄 데 없는 이 회당
신들의 마법인 듯 신들이 지키시거늘
다르마의 왕이시여, 이곳 버리고 어디로 가시나이까?'

이치와 재물과 세상사를 아는 기개 높은
아르주나, 모여든 군중에게 소리 높여 외쳤네.
'숲에 자리하고 머무시며 우리의 왕은
적들의 영예 앗아 오실 것이오.

이치와 재물 아는 브라만을 비롯한 고행자들이여
따로 또는 함께 오시어
우리에게 축복 내려주소서.
재물을 이룰 최상의 법을 일러주소서.'

아르주나의 말을 들은 브라만들
그리고 모든 계급 사람들이 모두 함께
기쁜 마음으로 다르마 지키는 빼어난 분을
오른쪽으로 한 바퀴 돌아 걸었다네.

그들은 유디슈티라에게, 늑대 배에게

아르주나에게, 드라우빠디에게, 쌍둥이에게
작별을 고하고 유디슈티라의 허락받아
자기들이 떠나왔던 왕국으로 되돌아갔다네."

25

이어지는 와이샴빠야나의 이야기는 이러하다.

그들이 떠나자 고결한 꾼띠의 아들, 진리의 바다 같은 유디슈티라는 형제들 모두에게 말했다.

'우리는 열두 해 동안 인적 없는 숲 속에서 살아야 한다. 그러니 사슴과 새들이 많은 큰 숲을 찾아보도록 하자. 산열매와 꽃이 무성하고 아름다운 숲, 상서롭고 공덕 많은 사람들이 운집해 있는 숲을 찾아보도록 하자. 그런 곳에서 우리는 다가오는 모든 가을을 유쾌하게 보낼 수 있을 것이다.'

이 말을 들은 아르주나는 제자가 스승을 대하듯 기개 높은 웃어른 다르마의 왕에게 경의를 표하며 말했다.

아르주나가 말했다.

'당신은 대선인들과 어른들을 온 마음으로 받들고 계십니다. 인간 세상에 당신이 모르는 것은 아무것도 없습니다. 뚝심 좋은 바라따여, 당신은 언제나 브라만들과 드와이빠야나를 비롯한 성자들을 받들고 신들과 브라흐마와 간다르와와 압싸라스의 세계를 거침없이 주유하는 나라다 대고행자를 온 마음으로 섬기셨습니다. 이 땅의 군주시여, 당신은 브라만의 위용이 어느 정도인지, 또 그들의 길이 어떤 것인지도 모두 분명히 알고 계십니다. 왕이시여, 우리에게 영화를 가져다줄 곳은 당신만이 알고 계십니다. 대왕이시여, 당신이 좋은 곳이라면 어디라도 좋습니다. 드와이따와나라는 호수가 있는 곳에는 공덕 많은 사람들이 운집하고 꽃과 열매가 많으며, 아름답고 수많은 새들이 모여 삽니다. 당신이 좋으시다면 열두 해를 그곳에서 지내는 것이 좋겠습니다. 행여 달리 마음에 둔 곳이 있으십니까?'

유디슈티라가 말했다.

'쁘르타의 아들이여, 나도 그리 생각했다. 성스럽고 명예로운 드와이따와나 대호수로 가자.'

와이샴빠야나가 말했다.

"그 뒤 다르마의 길을 가는 모든 빤다와들은 많은 브라만들과 함께 성스런 드와이따와나 호수로 떠났습니다. 불을 모시는 브라만들이 있는가 하면 아니 모시는 브라만들도 있었고, 베다를 공부하거나 탁발 생활을 하는 사람들, 주문을 외우거나 숲 속에서 생활하는 사람들도 있었습니다. 고행자들과 계행 청정하고 서약에 엄격한 수백 명의 브라만들이 이처럼 유디슈티라를 에워싸고 있었답니다. 이렇게 많은 브라만들과 함께 뚝심 좋은 바라따 빤다와들은 성스럽고 아름다운 드와이따와나에 이르렀습니다.

여름이 끝나갈 무렵 왕국의 군주
샬라, 딸라, 망고, 마두까, 니빠
까담바, 사르자, 아르주나, 자스민
꽃들이 무성한 큰 숲을 보았네.

그 숲, 큰 나무 꼭대기
공작새, 앵무새, 짜꼬라 새
뻐꾸기 떼, 사랑스레
지저귀고 있었네.

왕국의 군주, 그 숲에서
거대한 코끼리들 큰 무리 짓고
이마 터진 취한 코끼리, 산 같은 그들이
암코끼리 떼와 어우러져 있는 것을 보았다네.

아름다운 보가와띠 가까이 이르러 왕은
싯다†와 선인과 다르마 지키는 사람들을
나무껍질 옷 입고 머리 묶은 기상 높은 사람들을
숲에 사는 온갖 사람들을 보았다네.

법다운 이 중에 가장 법다운 이

싯다_ 기적에 능하다는 반신족.

왕이 수레에서 내려와
무량 빛의 인드라 천상에 들어가듯
형제들과 사람들과 숲에 들어갔네.

천상의 시인들, 싯다들, 숲 속 생활자들
사자 같은 왕 중의 왕을 보러
진실한 그를 보러 모여들었네.
기상 높은 그를 그들이 에워싸고 섰네.

왕은 모든 싯다들에게 예를 다하고
왕처럼, 신처럼 돌아서서
다르마 지키는 빼어난 왕, 빼어난 브라만들과 함께
두 손 단정히 모으고 숲으로 들어갔네.

공덕 많은 고결한 왕
법 뛰어난 고행자들, 영접받은 아버지처럼
꽃이 흐드러진 큰 나무뿌리에
걸터앉았네.

비마도 끄르슈나아도 다난자야도
쌍둥이도 왕을 따르는 시종들도
타고 있던 수레에서 모두 내려
바라따의 수장을 에워싸고 섰다네.

덩굴에 휘감긴 거대한 나무
높은 산이 코끼리 떼와 함께하듯
그곳에 거처 정한 최고의 다섯 명의 궁수
고결한 빤다와들과 함께했네."

26

이어지는 와이샴빠야나의 이야기는 이러하다.

'안락한 생활에 익숙했던 빼어난 왕자들
지금은 곤경에 처해 숲에 이르렀네.
사라스와띠 강변 샬라 나무숲
인드라 같은 그들이 짐을 풀었네.

위용 넘치는 꾸루의 황소
그 숲에서 가장 좋은 나무뿌리와 열매로
모든 방랑 수행자들, 명상 수행자들,
함께 온 빼어난 브라만들을 기쁘게 했네.

빤다와들 큰 숲에 머물고 있을 때

꾸루의 어버이 다움미야 왕사
풍요로운 모든 빛 지닌 그가
첫 열매로 조상께 제를 올렸네.

왕국에서 쫓겨나 그곳에 살던 그들에게
오래된 선인 마르깐데야
날카롭고 풍요로운 빛을 지닌 그가
영예로운 빤다와의 손님 되어 찾아왔네.

모든 이치 꿰뚫어 아는 고결하신 분
무량한 빛 지니신 그분, 수행자들 가운데서
끄르슈나아, 유디슈티라, 비마세나, 아르주나 보고
마음으로 라마를 회상하며 미소 지었네.

다르마의 왕, 맥 빠진 듯 물었네.
'여기 모든 수행자들 부끄러워합니다.
당신은 어이하여 나와 수행자들 바라보며
기쁜 듯 웃으시나요?'

마르깐데야가 말했다.

'친애하는 이여, 기뻐하는 것도 웃는 것도 아니오.
흥겨움의 거만에 빠진 것도 아니오.

오늘 그대의 역경을 보고
진실한 서약의 라마, 다샤라타 아들을 기억했을 뿐이오.

그 왕 또한 락슈마나와 함께
부친의 명에 따라 숲에 살았지요.
쁘르타의 아들이여, 나는 예전에 활을 들고
르샤무까 숲을 방랑하는 그를 만난 적이 있었소.

고결한 그는 마야를 제압하고 나무찌를 죽인
천 개의 눈을 가진 인드라를 닮았지요.
다샤라타 아들 무고했으나 부친의 명에 따라
숲에 사는 것이 자기 도리라 생각했다오.

그도 또한 인드라의 위력 지녔고
전장에서 그 큰 기개 꺾을 자 아무도 없었으나
쾌락을 멀리하고 숲에서 살았다오.
그러니 "위력 있다"라고 생각하여 도리 아닌 일 해서는 아니 되오.

나바가, 바기라타 그리고 다른 왕들도
바다로 에워싸인 이 땅을 정복하고
친애하는 이여, 정의로 세상을 얻었다오.
그러니 "위력 있다"라고 생각하여 도리 아닌 일 해서는 아니 되오.

엄격하게 서약 지켰던 까쉬와 까루샤의 왕
그 왕이 왕국도 재물도 모두 버리자
모두들 그더러 미친개라 했으나 그는 진실했소.
그러니 "위력 있다"라고 생각하여 도리 아닌 일 해서는 아니 되오.

쁘르타의 아들이여, 일곱 성자는
태초에 조물주가 세우신 법을
어김없이 지키며 하늘을 빛냈다오.
그러니 "위력 있다"라고 생각하여 도리 아닌 일 해서는 아니 되오

인간의 왕이여, 보시오
엄니 가진 코끼리는 산봉우리처럼 거대하지만
조물주의 명에 복종하며 산다오.
그러니 "위력 있다"라고 생각하여 도리 아닌 일 해서는 아니 되오.

인간의 왕이여 만물을 보시오.
태어나는 그때부터 모두들
조물주의 율법을 거스르지 않고 따라간다오.
그러니 "위력 있다"라고 생각하여 도리 아닌 일 해서는 아니 되오.

진리를 따르고 다르마를 따르는 일에
바른 거동과 겸양지덕에 그대는 만물을 앞지르지요.
쁘르타의 아들이여, 그대 또한

태양의 명예와 위력으로 빛난다오.

기개 높은 이여, 그대는 약속에 따라
험난한 숲에서 살아가고 있소
당신도 자신의 위력으로
꾸루의 아들들에게서 쟁취한 영광으로 빛날 것이오.'

와이샴빠야나가 말했다.
"대선인은 수행자들 가운데 앉아 동지들과 함께 있는 그에게 이
렇게 말한 뒤 다움미야와 쁘르타의 아들들에게 작별을 고하고 북쪽
을 향해 떠났답니다."

27

이어지는 와이샴빠야나의 이야기는 이러하다.

고결한 빤다와들이 드와이따와나에 머물자 큰 숲은 모여든 브라
만들로 꽉 찼다. 브라흐마를 암송하는 소리가 끊임없이 들려오는 드
와이따와나의 호수는 마치 브라흐마의 세계처럼 성스러웠다. 사방
에서 르그베다, 야주르베다, 사마베다와 운율 섞은 산문이 소리 높여
암송되어 가슴을 적셨다. 빤다와들의 활줄 튕기는 소리, 지혜로운 성

자들의 브라흐마 찬가 소리가 숲 속에 가득했으며, 이렇게 크샤뜨리야와 브라만의 힘이 합해지자 숲은 더욱 빛났다.

그러던 어느 황혼녘 선인들과 함께 앉아 있던 꾼띠의 아들 유디슈티라, 다르마의 왕에게 바까 달비야가 말했다.

'쁘르타의 아들이여, 보시오. 빼어난 꾸루여, 브라만과 수행자들로 가득 찬 드와이따와나 숲의 사방에서 제사 불이 활활 타고 있소. 당신이 지키는 이 성스런 숲에 브르구와 앙기라스, 와시슈타, 까샤빠, 복 많은 아가스띠야 그리고 서약에 철저한 아뜨리의 후예들, 온 세상 최고의 브라만들이 다르마를 행하며 당신과 함께하고 있습니다. 쁘르타의 아들이여, 꾸루의 후손이여, 형제들과 함께 내가 하는 말을 잘 들어보시오.

꾼띠의 아들이여, 브라만의 힘과 크샤뜨리야의 힘이 합해지고, 또 크샤뜨리야의 힘이 브라만의 힘과 합해지면 마치 불과 바람이 함께해 온 숲을 태우듯 그 힘은 서로를 일으켜 세우고 어떤 적도 다 태울 수가 있답니다.

이 세상을 또 저세상을 얻고자 하는 왕
브라만 없기를 바라서는 안 되네.
다르마와 아르타를 갖춘 브라만은 혼돈을 물리치고
그런 브라만을 얻는 왕은 적을 물리친다네.

백성을 보살피는 일로 최상의 다르마를 추구하며 살았던 발리는 이 세상에서 그저 브라만 말고는 아무것도 몰랐다오.

위로짜나 아수라의 아들밝리, 안락함에 부족함이 없었네.
그의 영예로움 다함이 없었지.
브라만의 도움으로 그는 온 세상을 얻었다네.
그러나 그들에게 잘못하여 파멸당하고 말았다네.

브라만 없는 크샤뜨리야를
이 땅은 오래도록 섬기지 않는다네.
그러나 바다를 띠로 두른 이 땅은
뛰어난 브라만이 가르치는 사람에게 고개 숙인다네.

전장에서 몰이 막대 없이 코끼리를 제대로 다스릴 수 없듯이 브라만이 없으면 크샤뜨리야는 힘이 줄어들지요. 비견할 데 없는 브라만의 시각과 크샤뜨리야의 견줄 데 없는 힘이 함께하면 이 세상은 평화로워질 것이오. 큰불이 바람의 도움으로 숲을 태우듯 브라만의 도움으로 크샤뜨리야는 적을 태우지요. 갖지 못한 것을 얻기 위해, 얻은 것은 더욱 늘리기 위해 현명한 사람은 브라만의 지혜로운 조언대로 행해야 한다오.

얻지 못한 것을 얻고 얻은 것을 늘리려면
그리고 필요한 것을 차지하려면
명예롭고 베다에 능하며 많이 들은 브라만과
언제나 함께해야 한다네.

유디슈티라여, 당신은 언제나 브라만들에게 최고의 예를 갖추고 있지요. 그래서 온 세상에 빛을 비추고 명예가 드높은 것입니다.'

바까 달비야가 유디슈티라를 칭송하자 모두들 그에게 경의를 표하며 다시 한 번 기뻐했다. 드와이빠야나, 나라다, 자마다그니의 아들 빠라슈라마, 쁘르투쉬라와스, 인드라듐나, 발루끼, 끄르따쩨따스, 샤하르샤빠드, 까르나쉬라와스, 문자, 라와나쉬와, 까샤빠, 하리따, 스투나까르나, 아그니웨샤, 샤우나까, 르따와끄, 브르하다쉬와, 르따와수, 우르드와레따스, 우르샤미뜨라, 수호뜨라, 호뜨라와하나 등과 서약을 엄격히 지키는 다른 수많은 브라만들도 그 선인이 적의 도시를 격퇴시킬 유디슈티라에게 이렇게 말할 때 다 함께 그에게 경의를 표했다.

28

이어지는 와이샴빠야나의 이야기는 이러하다.

숲 속에서 지내던 쁘르타의 아들들은 어느 날 저녁 끄르슈나아와 함께 앉아 있다가 괴롭고 서글픈 심정으로 이야기를 나누었다. 사랑스럽고 아름다우며 슬기롭고 헌신적인 끄르슈나아가 유디슈티라에게 말했다.

'왕이시여, 잔악하고 사악한 드르따라슈트라의 아들은 분명히 우리의 이 고통에 대해 조금도 잘못했다고 느끼지 않을 것입니다. 사슴 가죽을 둘러 당신과 형제들과 나를 까닭 없이 왕국에서 내쫓아놓고도 마음씨 고약하고 악독한 그놈은 아무 말도 하지 않았습니다. 양심의 가책을 느끼지도 않는 것 같습니다. 최상의 다르마를 따르는 당신에게 이렇게 못된 짓을 저지르고도 끄떡 않는 것을 보면 그놈의 심장은 쇠로 만들어졌나 봅니다. 안락한 생활만 해온 당신께 이런 가당치도 않은 고통을 맛보게 하고 있습니다. 천하에 악독한 그놈은 자기와 뜻이 맞는 놈들과 함께 우리를 이런 구렁텅이에 몰아넣고 즐기고 있겠지요. 당신이 사슴 가죽을 두르고 숲으로 떠나올 때 눈물을 흘리지 않은 자는 오직 두료다나와 까르나와 사악한 샤꾸니와 못된 망나니 아우 두샤사나 넷뿐이었습니다. 훌륭하신 꾸루여, 다른 모든 까우라와들은 몹시 괴로워했고 눈에 눈물이 가득했지요.

대왕이시여, 예전의 침상을 생각하고 지금의 이것을 보니, 늘 안락하기만 하시던 분이, 해서는 안 될 고생을 하고 계시는 것을 보니 가슴이 미어집니다. 상아와 보석 박힌 빛나는 회당의 왕좌에 계실 당신이 꾸샤 풀방석에 앉아 계시는 것을 보니 설움을 주체하기 어렵습니다. 왕이시여, 회당에서 늘 왕들에게 둘러싸여 앉아 계시던 것을 보아왔으나 지금은 그런 모습 볼 수가 없으니 어찌 제 마음이 평온을 찾을 수 있으리까? 바라따의 후예시여, 온몸에 전단향 바르고 태양빛처럼 빛나던 당신이 먼지를 둘러쓰고 계시는 모습을 보니 제 마음 안타깝기 그지없습니다. 대왕이시여, 예전에 값지고 새하얀 비단옷 입으시던 당신을 보다가 이제 나무껍질 옷 입으신 당신을 봐야만 하는군요!

모두가 부러워하는 맛좋은 음식을 날라와 수천의 브라만들에게 황금 그릇으로 바치지 않으셨던가요? 힘 있는 왕이시여, 기운을 돋우는 그런 음식을 수행자들에게도, 집 없는 사람들에게도, 평범한 가장의 집에도 날라다 주었었지요. 그런 당신의 모습을 볼 수 없으니 어찌 제 마음이 평화로우리까?

대왕이시여, 빛나는 귀걸이를 하고 있던 젊은 요리사들이 당신과 형제들을 위해 음식을 만들었었습니다. 그들은 귀하고 맛좋으며 잘 요리된 음식을 당신께 바쳤었지요. 그러나 지금은 숲에서 숲의 음식으로 살아가고 있습니다. 인간의 왕이시여, 고생과는 어울리지 않는 그들을 보면 제 마음이 편치 않습니다.

비마세나도 숲 속 생활이 참으로 고달플 것입니다. 그러나 침묵을 지키며 가만히 앉아 있습니다. 때가 되어도 당신의 분노는 치솟지 않는 것입니까? 모든 일을 스스로 이뤄온 비마세나를 보시고도, 고생이라곤 해본 적이 없는 그를 보시고도 어찌 화가 나지 않으시는 것입니까? 온갖 종류의 근사한 수레를 타고, 갖은 값진 옷을 입던 그가 숲 속 생활을 하는 것을 보고도 어찌 화가 나지 않는 것입니까? 모든 꾸루들을 한 번에 처단할 수 있는 천하제일의 용사 늑대 배가 모든 것을 참고 견디며 당신의 처분만 기다리고 있습니다.

대왕이시여, 수많은 팔을 가진 아르주나[*]와 견줄 만한 두 팔의

아르주나_ 천 개의 팔을 가졌다는 하이하야 왕국의 전설적인 왕.

아르주나, 날랜 그의 활 솜씨는 시간과 종말의 신 같고, 그가 무기 다루는 솜씨에 모든 왕들이 꿇어 엎드렸었습니다. 그리하여 그는 그 왕들이 당신의 라자수야 희생제에서 브라만을 섬기게 했었지요. 이처럼 신과 다나와들에게도 존중받던 범 같은 사내가 침묵을 지키며 가만히 앉아 있습니다. 어찌하여 당신의 분노는 치솟지 않는 것입니까? 바라따의 후예시여, 안락함이 어울리는 그를 보고서도, 고생이 어울리지 않는 그의 모습을 보고서도 분노가 치솟지 않는 당신을 보면 저는 견딜 수가 없습니다. 신이건 인간이건 뱀이건 마차 하나면 모두 물리치던 그가 숲에서 사는 것을 보고도 어찌 화가 나지 않으시는 것입니까? 적을 태우는 분이시여, 아르주나는 온갖 무력으로 마차와 말과 코끼리에 둘러싸여 있던 다른 나라의 왕들에게 공물을 바치도록 하지 않았던가요? 한 번 활을 튕겨 오백 개의 화살을 날릴 수 있는 그가 숲에서 사는 것을 보고도 어찌 화가 나지 않으시는 것입니까?

반짝이는 검은 피부에 풍채 좋은 젊은 용사, 전장에 서면 누구보다 칼 잘 쓰는 나꿀라가 숲에 있는 것을 보고서도 어찌 화가 나지 않으시는 것입니까? 잘생긴 용사 마드리의 아들 사하데와가 숲에 있는데도 어찌 화가 나지 않으시는 것입니까?

드루빠다 가문에서 태어나 고결하신 빤두의 며느리가 된 제가 숲에 사는 것을 보고서도 어찌 화가 나지 않으시는 것입니까? 훌륭하신 바라따여, 당신께는 분명 분노가 남아 있지 않은 것 같습니다. 형제들과 제가 이런 꼴이 되어 있음에도 당신의 마음은 동요하지 않습니다. 분노가 없고 도전하지 않는 크샤뜨리야는 없는 법이라고 세상 사람들은 말하지요. 그러나 오늘 저는 당신에게서 크샤뜨리야의 본성이 거역되고 있는 것을 봅니다. 쁘르타의 아들이여, 때가 되어도 자기 힘을 보여주지 않는 크샤뜨리야는 언제고 만물이 가벼이 여기는 법입니다. 어떤 경우에도 적에게 인내하는 것을 보이지 마십시오. 의심의 여지없이 적은 힘으로 눌러야 합니다. 물론 참아야 할 때 참지 못하는 크샤뜨리야도 사람들의 갈채를 받지는 못하지요. 만 생명이 사랑하지 않는 자들에겐 이 세상에서도 저 세상에서도 파멸만이 있을 것입니다.'

29

드라우빠디가 이어 말했다.

'이와 관련해 사람들은 쁘라흘라다와 위로짜나의 아들 발리 사이의 대화를 인용하곤 하지요.

어느 날 발리는 다르마의 전통을 꿰뚫어 알고 있던 아수라의 왕이자 다이띠야의 왕, 대지혜인이셨던 할아버지 쁘라흘라다에게 물었습니다.

"할아버지, 인내와 힘 중 어느 것이 우선하는 것입니까? 저는 잘 모르겠습니다. 제 물음에 사실대로 답해주십시오. 다르마를 아는 분이시여, 둘 중 어느 것이 또렷하게 우선하는 것입니까? 말씀해주십시오. 모든 것을 할아버지가 이르시는 그대로 행할 것입니다."

모든 것을 알고 있던 사려 깊은 할아버지는 그렇게 묻는 손자에게 모든 것을 말해주었습니다.'

쁘라홀라다가 말했다.

'힘이 늘 우선이 되어서도 안 되지만 인내가 언제나 옳은 것도 아니란다. 손자여, 이 둘을 반드시 알아야 한다. 늘 참기만 한다면 좋지 않은 일을 무수히 당하게 될 게다. 종들은 말을 거스르고 바깥 사람들 또한 그러할 것이다. 모든 사람들이 뜻을 받들지 않을 것이니 늘 참기만 하는 것은 피해야 한다고 성현들께서 말씀하신 것이다. 종들은 말을 거스르고, 무수한 잘못을 저지를 것이며, 생각 짧은 그들은 주지 않은 것도 뺏으려 들 것이다. 탈것과 옷과 장신구며 침구와 의자와 먹고 마시는 것과 주인이 즐기는 모든 것을 마음대로 가져갈 것이다. 어떤 사람에게 선물을 갖다주라는 명을 받으면 생각 없는 종들은 주인의 명에 따라 줘야 할 사람에게 선물을 주는 것이 아니라 자기 마음 내키는 대로 갖다줄 것이다. 종들은 주인을 제대로 존중하지 않으리니, 이 세상에서 멸시당하는 것은 죽는 것보다 못하다고 하지 않더냐? 손자여, 인내만 하는 자에게는 종들과 하인들뿐만 아니라 자식과 바깥 사람들도 거친 말을 서슴지 않으리라. 그들은 인내하는 자를 욕보이고 마침내는 그의 아내까지 요구하게 된단다. 아내 또한 생각 없이 자기 마음 내키는 대로 행동하게 되지. 기어오르려고 하는 종들에게 주인이 최소한의 벌을 내리지 않으면 그들은 망가져 온갖 못된 짓을 일삼게 된단다. 이런 것들 말고도 인내만 하는 자들이 당해야 하는 일은 수없이 많단다. 위로짜나의 아들이여, 이제 참을성 없이 힘만을 내세우는 자들의 결점을 알려주도록 하마.

마땅한 것과 마땅치 않은 것을 가리지 않고 언제나 안절부절못해 성을 내며 자기 힘을 이용해 온갖 벌을 내리는 사람은 곧 자기 힘만 믿고 동지들과 다투게 되어 자신은 물론 친지들까지도 세상 사람들의 미움을 받게 되는 것이란다. 타인을 모욕함으로써 재물을 잃고 비난받으며 존중받지 못할 뿐만 아니라 고통과 탐욕과 미움과 적을 늘리게 되느니라. 다시 말해, 화가 난다고 사람들에게 온갖 벌을 내리게 되면 그는 곧 부를 잃고 심지어 목숨과 자기 사람들도 잃어버리게 되는 것이다. 동지를 향해서나 적을 향해 똑같이 화를 내는 사람을, 사람들은 마치 자기 집에 들어온 뱀처럼 기피하게 되지. 사람들이 기피한다면 어찌 세상살이가 순조로울 수 있겠느냐? 틈만 보이면 사람들은 그를 해하려 할 게다.

이런 까닭에 언제나 힘을 과시하는 것도 피해야 하지만 항상 유순하기만 해서도 안 되는 것이다. 부드러울 때 부드럽고 거칠 때는 거칠게 행동하는 자만이 이 세상에서도 저세상에서도 행복할 수 있을 것이다.

지금부터는 참아야 할 때를 자세히 일러줄 터이니 들어보거라. 성현들께서는 참아야 할 때는 반드시 참아야 한다고 하셨느니라. 이전에 자기에게 은혜를 베푼 사람이 그리 크지 않은 잘못을 범하거든 이전의 은혜를 생각하여 그가 비록 잘못했더라도 눈감아주어야 하느니라. 무지해서 저지른 잘못은 용서해줘야 한다. 사람이 언제나 지혜로울 수는 없기 때문이다. 고의로 잘못을 저지르고도 모르고 한 일이라고 말한다면 그 위선은 참으로 잘못된 일이다. 아무리 사소해도 이를 눈감고 지나가서는 안 된다. 모든 사람에게 한 번의 잘못은 용서해야 하지만 두 번째에도 똑같은 잘못을 저지른다면 그것이 아무리 사소한 것이라고 해도 벌을 내려야 한다. 잘 모르고 저지른 잘못은 그것이 정말로 모르고 저지른 것인지를 잘 살펴보고 용서해야 한다. 부드러운 사람은 부드러움으로 다스릴 수 있으며 부드러움으로 거친 사람도 다스릴 수 있느니라. 부드러움으로 다스리지 못할 일은 세상에 없다. 그래서 부드러움보다 강한 것은 없다고 하는 것이다. 언제나 때와 장소를 가리고 강한 것과 약한 것을 살펴 행동하도록 하여라. 때와 장소가 맞지 않으면 어떤 것도 이룰 수 없다. 그러니 때와 장소를 기다리거라. 세상 사람이 두려워 잘못을 용서해야 하는 경우도 있다. 이런 여러 가지 경우를 참아야 할 때라고 말하는 것이다. 이런 경우를 제외하고는 힘을 사용함이 옳다고들 말한단다.'

드라우빠디가 이어 말했다.

'인간의 주인이시여, 지금이야말로 적대적이고 탐욕스런 드르따라슈트라의 아들들에게 당신의 힘을 보여줄 때라고 생각됩니다. 언제까지 우리를 해치려는 꾸루들을 참을 수는 없습니다. 힘을 보여줘야 할 때가 오면 일어서 보여주는 것이 마땅할 것입니다. 부드럽기만 하면 업신여김을 당할 것이며 지나치게 힘만 사용하면 사람들은 그를 기피할 것입니다. 때가 왔을 때 이 둘을 제대로 잘 알고 쓰는 자가 참된 왕일 것입니다.'

30

유디슈티라가 말했다.

'성냄은 인간을 망하게도 하고 흥하게도 하지요. 사려 깊은 여인이여, 번성과 고난 모두 성냄이 뿌리임을 알아야 합니다. 아름답고 복 많은 여인이여, 분노를 다스리는 자는 언제나 성할 것이요, 분노를 다스리지 못하는 자의 거친 분노는 자신을 파멸로 이끌 뿐이라오. 실로 우리는 성냄이 모든 살아 있는 것들의 파멸의 근원임을 알 수 있다오. 이를 알고서도 나 같은 사람이 어찌 세상을 파멸로 이끄는 성냄에 의탁하리요? 성내는 자는 죄를 짓고, 성내는 자는 어른들을 해칩니다. 성내는 자는 심지어 자기보다 뛰어난 사람도 거친 말로 모욕하지요. 성내는 자는 해야 할 말과 하지 말아야 할 말을 구별하지 못합니다. 성내는 자에게는 하지 못할 말도 하지 말아야 할 일도 없다오. 성냄으로 인해 해치지 말아야 할 사람을 해치기도 하고, 죽어 마땅한 사람을 성냄으로 인해 존중하기도 합니다. 성냄으로 인해 심지어 자기 자신을 죽음의 구렁텅이에 몰아넣기도 하지요. 이 모든 결점을 보고 지혜로운 사람은 이생이나 내생에 바라는 바를 얻기 위해 화를 삭이는 것이라오. 이리하여 현자들은 모두 성냄을 피하셨소. 일이 이러하건대 생각 있는 사람들이 피하는 화를 왜 내가 내야 하겠소? 드라우빠디여, 이 모든 것을 다 살펴봤기 때문에 내게는 분노의 불길이 솟지 않는 것이오. 성내는 사람을 향해 성내지 않는 사람은 큰 위험에서 자신과 타인을 구합니다. 그런 사람이야말로 자신과 타인에게 가장 좋은 의사라 할 수 있지요.

힘없는 자가 박해받았다 해서 어리석게도 자기보다 강한 자에게 화를 내면 자신을 파멸로 이끌게 됩니다. 이런 식으로 자기 자신을 다스리지 못하고 파멸로 이끄는 자에게 좋은 세상이 올 리가 없소. 드루빠다의 딸이여, 그래서 약한 자는 언제나 화를 삭여야 한다고 말하는 것이오. 이와 마찬가지로 많이 아는 지혜로운 사람이라면 아무리 괴롭힘을 당해도 성내지 않기 때문에 오히려 자신을 괴롭히는 사람을 파멸로 이끌고, 자신은 더 좋은 세상을 얻는 것이지요. 이것을 알아 강한 사람도 약한 사람도 아무리 곤란한 일이 있어도 언제나 인내해야 한다고 말하지요. 끄르슈나아여, 참된 마음을 지닌 성현들은 언제나 분노를 이기는 사람을 칭송했소. 승리는 인내하는 자에게 올 것이며 인내는 언제나 좋은 것이라 했지요. 진실은 거짓보다 한 수 위이며, 자비는 잔인함보다 강한 것이오.

이렇게 숱한 잘못이 있기에 성현들은 성내는 것을 피하지요. 아무리 두료다나를 처단하는 일이라지만 나 같은 사람이 무엇 때문에 그런 잘못을 저지르겠소? 멀리 내다보는 현자들이 힘 있다고 말하는 사람은 성내지 않는 사람임에는 의심의 여지가 없소. 진실을 보는 박학한 사람들은 솟구치는 분노를 지혜로써 삭이는 자가 참으로 힘 있는 자라고 말하지요. 엉덩이 풍만한 여인이여, 성내는 자는 사물을 있는 그대로 보지 못한다오. 성내는 사람은 또 자기 할 일과 한계도 보지 못하지요. 성내는 자는 해쳐서는 안 될 사람을 해치기도 하고, 거친 말로 어른들을 모욕하기도 합니다. 그래서 참으로 힘이 필요하다고 생각할 때는 화를 거둬들여야 하는 것이지요. 힘 있는 자가 갖추어야 할 것은 늘 깨어 있는 마음과 참된 분심, 용기와 신속한 행동이오. 분노에 휩싸이게 되면 이렇게 갖추어야 할 것들을 얻지 못하고 말지요. 화를 버린 뒤에야 사람들은 바른 힘을 키울 수 있답니다. 사려 깊은 아내여, 정작 때가 되면 성내는 자는 힘을 당해낼 수 없게 된다오. 배움이 없는 사람은 항상 성냄이 바로 힘이라고 오인하지요. 그러나 그 동력은 인간을 파멸시키기 위해 존재해왔던 것이라오.

그래서 바른 삶은 추구하는 사람은 항상 성냄을 피해야 하는 것이오. 차라리 스와다르마 †를 버릴지언정 분노에는 휩싸이지 말아야 한다는 것은 더 말할 필요가 없소. 결점 없는 여인이여, 생각 없고 분별력 없는 사람이나 저지르는 그런 짓을 어찌 나 같은 사람이 해야 한단 말이오? 만약 사람들 중에 땅처럼 묵묵히 견디는 자가 없다면 사람들 사이에 평화는 없을 것이오. 싸움은 분노가 뿌리이기 때문이오. 짓눌린 자가 짓누르고, 스승이 때렸다 해서 맞받아친다면 만물은 파멸을 맞고 악이 판을 치겠지요. 욕지거리를 들은 사람은 곧바로 맞욕을 퍼붓고, 때리면 맞때리며, 상처 입은 자는 상처를 주려 하고, 아버지가 아들을 때리면 아들도 아버지를 맞때리고, 남편은 아내, 아내는 남편을 때리게 되면, 아름다운 끄르슈나여, 이렇게 모든 사람이 이런 식으로 화를 내게 되면 더 이상 태어나는 자가 없을 것이오. 생명의 태어남은 평화를 뿌리로 삼고 있다는 것을 아시오.

드라우빠디여, 이런 식으로 분노는 모든 생명을 파멸로 이끌고

스와다르마_ 각 계급(카스트)이 반드시 지켜야 하는 임무 또는 의무. 즉 브라만은 학문과 수행을, 크샤뜨리야는 백성을 돌보고 나라를 지키는 일을, 와이샤는 상업과 농업을, 슈드라는 노동과 봉사를 해야 하는 의무.

그들은 곧 사멸하고 말 것이오. 이 세상에 대지처럼 인내하는 자가 있기에 생명이 태어나고 존재하기를 거듭하는 것이오. 아름다운 이여, 그래서 사람은 어떤 고난에도 참아야 한다고 하는 것이며, 바로 이 인내로 인해 생명이 태어나는 것이라고 하지요. 강한 사람에게서 수모를 당하거나 억압을 받거나 화를 당해도 성내지 않고 묵묵히 견디는 사람이 아는 사람이며 참으로 뛰어난 사람이지요. 그런 사람이 힘 있는 사람이며, 그런 사람에게 세상의 이치가 보일 것이오. 화 잘 내고 적게 아는 사람에게는 이생에도 내생에도 오직 파멸만이 있을 뿐이오. *끄르슈나*여, 이런 경우에 나는 언제나 인내로 유명했던 고결한 *까샤빠*가 암송했던 시를 인용하곤 하지요.

> 인내는 다르마요 인내는 희생제라네.
> 인내는 베다이며 인내는 배움이라네.
> 이를 아는 이는 모든 것을 인내함이 마땅하리.
> 인내는 브라흐마이며 인내는 진실이며
> 인내는 과거이며 인내는 미래라네.
> 인내는 고행이며 인내는 순결이며
> 인내는 세상을 지탱하는 힘이라네.
> 인내하는 자는 브라흐마를 아는 자가 얻는 세계를 얻을 것이며
> 인내하는 자는 수행자가 얻는 세계를 얻을 것이며
> 인내하는 자는 제사를 아는 자가 얻는 세계를 얻는다네.
> 인내는 힘 있는 자의 힘이며 인내는 고행자의 브라흐마이며
> 인내는 진실한 자의 진실이며 인내는 보시이며 명예라네.

이렇게 까샤빠께서는 늘 인내하는 자들을 위한 찬가를 부르시곤 했다오. 드라우빠디여, 당신도 이 찬가를 들었으니 인내 속에서 만족을 얻으시오. 그리고 화내지 마시오. 샨따누의 아들 비슈마 할아버지께서는 평정한 마음을 높이 살 것이며, 스승드로나과 위두라 집사도 그저 평정하라 말씀하실 것이오. 끄르빠와 산자야도 평정심을 말할 것이며, 소마닷따와 유유뜨수, 드로나의 아들도 모두 그럴 것이오. 우리 할아버지 위야사께서도 늘 평정하라 이르셨소. 평화를 향한 모두의 외침을 듣는다면 두료다나 왕이 스스로 왕국을 우리에게 돌려줄 것이라 생각하오. 그렇지 않으면 탐욕이 스스로를 파멸시킬 것이오. 지금은 모두에게 힘든 시간이오. 바라따가 겪어야 할 시련인지도 모르오. 빛나는 여인이여, 이것은 내가 오래도록, 언제나 생각해오던 것이오. 수요다나두료다나는 인내와는 맞지 않은 인물이오. 그러니 아무것도 얻을 수 없을 것이오. 그러나 나는 왕국을 얻기에 적임자이지요. 그래서 인내가 내게로 온 것이오. 이것이 자신을 다스리는 자들이 취할 거동이며 영원한 다르마라오. 나는 인내와 자비에 따라 살아갈 것이오.'

31

드라우빠디가 말했다.

'당신의 의식을 이토록 흐려놓으신 조물주와 창조주 두 분께 엎드려 절하옵니다. 당신의 할아버지와 아버지께서 가셨던 길을 따라가야 하거늘 당신의 뜻은 다른 곳에 있군요. 사람은 다르마와 자비로, 또는 인내나 곧은 마음만으로 영광을 얻을 수는 없습니다. 물론 관대함으로 얻을 수 있는 것도 아닙니다. 바라따의 후예여, 그럴 수 있었더라면 당신이나 당신의 기운 넘치는 형제들에게 가당치도 않는 이런 혹독한 고난이 어찌 일어날 수 있으리까? 바라따의 후예여, 당신이 다르마보다 더 귀하게 여기는 것은 아무것도 없다는 것을, 그것은 어쩌면 당신께 생명이라는 것을 그때도 지금도 그들이 모르지 않을 것입니다. 브라만들과 어른들과 신들도 모두 알고 있습니다. 당신은 비마세나도 아르주나도 마드리의 쌍둥이 아들도 그리고 나도 버릴 수 있겠지만 다르마는 버릴 수 없으실 겁니다.

왕은 다르마를 지키고, 왕이 지킨 다르마는 왕을 지킨다고 나는 들어왔습니다. 그러나 그것이 당신을 지켜주지는 않는 것 같군요. 범 같은 사내시여, 그림자가 사람을 따라다니듯 당신의 마음은 언제나 다르마에만 쏠려 있습니다. 당신은 당신과 동등한 사람도, 못난 사람도 소홀히 대한 적이 없습니다. 당신보다 우월한 사람은 말할 필요가 없겠지요. 온 세상을 얻은 뒤에도 당신은 머리를 치켜든 적이 없습니다. 쁘르타의 아들이여, 당신은 스와하✝와 스와다✝로, 그리고 숭배의 제사로 브라만과 신들과 조상들을 섬겨왔습니다. 바라따의 후예,

---

스와하_ 신을 섬기는 제사 때 내는 소리.
스와다_ 조상을 모시는 제사 때 내는 소리.

쁘르타의 아들이여, 당신은 브라만들과 성자들과 해탈을 향해 가는 사람들, 그리고 가정생활을 이끌어 가는 사람들이 바라는 모든 소망을 들어주셨지요. 숲 속 생활자들에게는 청동 그릇으로 음식을 보시했으며, 대궐에 있는 것은 무엇이든 브라만들에게 나눠주셨습니다. 왕이시여, 당신은 아침이건 저녁이건 맨 먼저 위쉬와데와†를 지내고, 다음에 손님들을 대접하고 종들에게 음식을 준 뒤 나머지를 당신이 드셨습니다. 일상적인 제사이건 동물 희생제이건 소망을 이루려는 제사이건 시기에 따른 제사이건 익힌 음식을 바치는 제사이건 당신은 하루도 빠짐없이 제사를 지냈지요. 인적 없는 깊은 숲, 다스유† 들이 들끓는 이곳, 당신의 왕국과 멀리 떨어져 있는 이곳에서도 당신은 자신이 해야 할 일을 잊은 적이 없습니다.

수많은 선물을 사제들에게 바치며 당신은 아쉬와메다, 라자수야, 뿐다리까†, 고사와† 등의 큰 희생제를 지냈습니다.

그리고 왕이시여, 그러한 당신이 어찌하여 평정심을 잃고 노름의 계략에 빠져서 진 뒤 왕국을 잃고 부를 빼앗기고 형제들을 잃고 결국 나까지 잃으셨습니까? 올곧고 부드러우시며 바른말을 쓰고 겸양지덕을 갖추셨으며 진실만을 내세우시는 분이 어찌 노름에 마음을 빼앗기고 중심을 잃으셨습니까? 당신의 고통과 우리에게 닥친 재앙 때문에 나는 너무나 괴로워 어찌할 바를 모르겠습니다. 세상일은 신의

위쉬와데와_ 떠도는 영혼이나 신을 위해 먹기 전에 음식을 조금씩 떼어 바치는 것.
다스유_ 원주민 또는 야만인으로 '도적 떼'라는 뜻도 있다.
뿐다리까_ 상세한 기원이나 목적이 잘 알려져 있지 않은 연꽃제.
고사와_ 소 희생제 또는 소마 희생제.

뜻에 달린 것이지 자기 마음대로 할 수 있는 것이 아니라는 말이 옛 이야기에도 있긴 하지요.

세상의 주인인 조물주께서는 씨가 되어 나오기도 전에 이미 중생들의 행과 불행, 즐거움과 고통을 정해두고 그들을 마음대로 움직이십니다. 인간들의 영웅이시여, 모든 중생들은 마치 나무로 만든 꼭두각시처럼 조물주의 손놀림에 따라 운명을 달리하는 것이지요. 바라따의 후손이시여, 신은 마치 드넓은 창공처럼 중생들의 마음을 차지하며 좋고 나쁜 것을 조절합니다. 우리는 끈에 묶인 새와 같아 주인의 손에 조종당할 뿐 우리 자신도 우리 주인이 아니랍니다. 우리는 언제나 신의 손아귀에 있을 뿐 타인의 주인도 자신의 주인도 되지 못한답니다. 실에 꿰인 보석이나 코뚜레에 꿰인 황소처럼 또는 강둑에서 무너져 물살에 쓸려 가는 나무처럼 우리는 철저하게 신의 명령에 순종하며 우리 자신을 모두 신에게 귀속시키는 것입니다. 우리 자신은 없이 신에게 스며들어 이 세상에 잠시 머무는 것뿐이지요. 우리 스스로는 어떤 것도 제대로 알지 못하며 자신을 통제하지도 못하고 그래서 자신의 행과 불행을 조절할 수도 없습니다. 신이 이끄는 대로 인간은 천국이건 지옥이건 가는 것이지요. 가녀린 풀잎이 세찬 바람에 흔들리듯 인간은 조물주 뜻대로 따라가는 것입니다. 신은 무릇 모든 중생들에게 깃들어 그들의 좋거나 나쁜 행위를 지켜보고 있지만 정작 누구도 신의 모습이 바로 "이런 것이다"라고 말할 수는 없지요. "밭"이라 불리는, 움직이는 우리 몸뚱이는 조물주의 도구일 뿐입니다. 이 도구로 조물주는 행과 불행의 열매를 맺는 행위를 하도록 하는 것이랍니다. 신이 우리 앞에 펼쳐놓은 대혼돈을 보십시오. 이 혼돈에 휩싸여 우리는 서로 싸우고 죽이는 것입니다. 베다의 시각으로 보는 수행자들은 사물을 특정한 시각으로 볼 것이고, 그런 뒤 마치 바람이 먼지를 일으키듯 이것을 또 다른 모습으로 보겠지요. 인간은 여러 가지 일을 온갖 방식으로 해석하고 신은 또 그들의 흥망성쇠를 마음대로 주무르고 있습니다. 유디슈티라여, 조물주께서는 자기가 만든 생물을 같은 종족을 이용해 서로 죽이게 만들고 계시답니다. 나무를 나무로 자르고 돌은 돌로 깨뜨리게 하며 쇠는 쇠로 자르게 하는 등 자신의 행동이나 생각과는 관계없이 모든 일들이 진행되고 있는 것이랍니다. 이렇듯 은혜로운 신, 스스로 태어나신 대할아버지 조물주께서는 자기가 만든 생명을 뗐다 붙였다 자기 마음대로 주무르며 마치 아이가 장난감을 갖고 놀듯 즐기시는 것이지요. 조물주께서는 자신이 만든 생물들에게 아버지나 어머니처럼 대하지는 않으시는 것 같습니다. 그는 보통사람처럼 언제나 성이 나서 중생들을 향해 행동하시는 것 같아 보입니다.

　나는 고결하고 단정하며 겸양한 사람들이 고생하는 것이나 못된 일만 골라 하는 사람들이 잘되는 모습을 보면 놀라움으로 주춤거린답니다. 쁘르타의 아들이여, 당신의 고난과 두료다나의 풍요로움을 보고 어찌 조물주의 편견을 탓하지 않으리까? 잔혹하고 탐욕스러우며 다르마를 거스르는 드르따라슈트라의 아들들에게 막대한 풍요를 누리게 하시고 조물주께서 얻는 것이 무엇이리요? 이뤄놓은 결과만 보고 행위자를 보지 않는 것은 조물주의 잘못이 아니고 무엇이리요? 저지른 일의 대가가 행위자에게 돌아가지 않는다면 힘만이 행위를 하게 하는 동기가 될 것입니다. 그래서 나는 힘없는 자들을 안타까이

여기는 것입니다.'

32

유디슈티라가 말했다.

'드라우빠디여, 당신의 매끄러운 말은 모두 옳기도 하고 마음을 즐겁게 해주기도 해서 우리 모두 잘 들었소. 허나 어찌 보면 당신의 말은 꼭 믿음 없는 자들이 주장하는 말 같기도 하구료. 왕비여, 난 꼭 결실이 드러나기를 바라며 행동하는 것은 아니오. 난 보시를 하지요. 그것이 내가 해야 할 일이라고 생각하기 때문이오. 나는 제사도 지냅니다. 그게 내 의무이기 때문이오. 엉덩이 풍만한 끄르슈나아여, 인간으로서, 가장으로서 해야 할 일이 있다면 결실이 있건 없건 내 힘이 미치는 데까지 하는 것이오. 끄르슈나아여, 나는 다르마에 따라 행동하지만 결실을 얻으려 하지는 않는다오. 전통적으로 내려오는 가르침을 거스르지 않고, 성현들의 거동을 본받아 다르마에 따라 행동하는 것은 타고난 내 성품이오. 다르마의 젖을 짜려 하는 사람은 제대로 된 결실을 얻을 수 없소. 신에 대한 신념이 부족해 의혹을 품는 사람도 다르마를 행하고도 결실을 제대로 얻을 수 없지요. 단지 논쟁하려는 생각으로 또는 혼란스럽다는 이유만으로 다르마를 의심하지 마시오. 쓸데없이 다르마를 의심하게 되면 내생에 짐승으로 태어난다오. 다르마나 성현들의 말을 의심하는 나약한 사람은 늙음과 죽음 없는 축복된 세상을 얻을 수 없소. 이는 슈드라가 베다를 알지 못하는 것과 같은 이치요. 명예로운 여인이여, 베다를 학습하는 사람, 다르마를 최고로 여기며 사는 사람, 혈통 좋은 가문에서 태어난 사람 그리고 다르마에 따라 행동하는 왕은 나이 든 어른이라 불러야 할 것이오. 마음이 흐려 경전을 거스르고 다르마를 의심하는 자는 슈드라나 도둑보다도 더 천박한 사람이라고 알아야 하오.

영혼의 깊이를 잴 수 없는 대고행자 마르깐데야 선인이 여기 오셨을 때 당신도 다르마를 따름으로써 죽음 없는 세상을 얻으신 그분을 당신 눈으로 직접 뵙지 않으셨소? 위야사, 와시슈타, 마이뜨레야, 나라다, 로마샤, 슈까를 비롯한 다른 여러 마음 맑은 선인들도 오직 다르마를 따름으로써 일을 이루셨소. 신성한 요가의 힘을 갖추신 그분들을 당신이 직접 보지 않았소? 저주를 내리고 축복을 주는 힘을 갖추신 그분들은 신보다도 뛰어난 분들이오. 죽음 없는 자들과 동등한 그분들, 경전을 눈앞에 환히 보셨던[*] 이분들은 처음부터 내게 언제나 다르마만을 따라야 한다고 말씀하셨지요.

그러니 복 많은 여인이여, 먼지에 눈이 가려 조물주나 다르마를 비난하지 마시오. 그들에게 의혹을 품지 마시오. 다르마를 의심하는 사람은 다른 어떤 기준도 찾지 못한다오. 그래서 끝내는 자기 자신을 기준으로 삼을 수밖에 없고, 자신보다 뛰어난 사람을 경멸하게 되는 것이오. 어리석은 그는 감각의 유희와 연결된 눈에 보이는 세상만 보

~**환히 보셨던**_ 베다라는 말의 어원은 '보고 아는 것'이다. 그래서 베다를 '보았다'라고 하고 그렇게 본 사람을 견자(見者)라고 한다.

고 다른 것은 모두 혼란 속으로 몰아넣고 만다오. 다르마를 의심하는 사람에게는 그 죄를 사할 방도가 없소. 아무리 살펴봐도 그런 가엾은 죄인이 얻을 수 있는 세상은 없다오. 기존의 모든 기준을 부정하고 베다와 학문을 비난하는 어리석은 사람은 욕망과 탐욕만 좇게 되어 결국 지옥에 떨어지고 말지요. 다복한 여인이여, 마음을 언제나 바르게 하고 의심 없이 다르마를 따르는 자는 저 세상에서 끝없는 영광을 누리게 된다오. 전통적인 기준을 무시하고 다르마를 따르지 않으며 경전을 거스르는 어리석은 자는 세세생생 평온을 구할 수 없다오. 끄르슈나아여, 깨인 자들이 지켜왔던 다르마, 모든 것을 알고 모든 것을 보았던 옛 선인들이 권유하신 다르마를 쓸데없이 의심하지 마시오. 드라우빠디여, 하늘 세계로 가고자 하는 사람에게는 다르마만이 유일한 배라오. 그것은 바다 저 너머를 건너려는 상인들이 타고 가는 배와 같다오. 순결한 여인이여, 만약 다르마를 따르는 사람들이 따라왔던 다르마가 아무런 결실도 가져다주지 못했다면 이 세상은 끝없는 어둠 속으로 가라앉고 말았을 것이오. 해탈을 얻지도 못했을 것이며 짐승처럼 살아갔을지도 모르오. 세상은 파멸되고 말았을 것이며 아무 소득도 얻지 못했겠지요. 고행이나 독신 수행, 제사와 베다 공부, 보시와 곧은 마음이 아무 결실을 가져다주지 못했다면 수세기에 걸쳐 다르마를 행하는 일 따위는 없었을 것이오. 행위가 아무런 결실도 주지 못한다면 끝없는 혼돈이 계속되지 않겠소?

성자, 신, 간다르와, 아수라, 락샤사, 위력적인 존재들이 대체 무엇 때문에 그렇게 열심히 다르마를 따르겠소? 조물주께서는 모두를 위해 최상의 것임이 확실할 때 반드시 그에 대한 보상을 해주신다는 것을 알고 언제나 다르마를 행했던 것이오. 끄르슈나아여, 그것이 영원한 다르마이기 때문이오. 다르마는 결실을 맺는 것이오 열매를 맺지 않을 때가 없소. 배움의 결실도, 고행의 결실도 다 있음을 당신도 보지 않소? 끄르슈나아여, 당신이 어떻게 태어났는지 들은 대로 설명해보시오. 그리고 위용 넘치는 드르슈타듐나†가 어떻게 태어났는지도 알고 있지 않소? 미소가 아름다운 여인이여, 이것이 가장 좋은 증거 아니오? 행위에는 결실이 뒤따른다는 것을 알기 때문에 지혜로운 사람은 작은 것에 만족할 줄 안다오. 그러나 어리석고 미련한 자들은 아무리 많이 가져도 만족하지 못하지요. 그들은 다르마에서 오는 결실을 즐기지 못하고 저승에서도 피난처나 공덕을 찾지 못한다오. 빛나는 여인이여, 선업이건 악업이건 반드시 결실이 있고 근원과 소멸이 있지요. 그러나 그 비밀은 모두 신들이 쥐고 있소. 이런 천상의 비밀은 신들이 꼭꼭 감싸는 신들의 마법이어서 우리 같은 중생은 도저히 알 길이 없지요. 고행으로 죄를 태우고, 엄격한 서약으로 허물어질 듯한 몸과 맑은 마음을 가진 브라만들은 그들의 이런 비밀을 보았다오. 결실이 드러나지 않는다고 해서 다르마를 의심해서도, 신들에게 의혹을 품어서도 안 되오. 부지런히 제사 지내고 시샘 없이 보시해야 하오. 모든 행위에 결실이 있다는 것은 영원한 진리요. 이것은 브라흐마가 까샤빠를 증인 삼아 아들에게 말했던 것이오. 그러니 끄르슈나아여, 안개가 걷히듯 당신의 의혹을 걷으시오 모든 것이 이러하다는 것을 알고 신을 믿지 못하는 마음을 버리시오. 만물의 주

드르슈타듐나_ 드라우빠디의 오라비.

인이신 조물주를 모욕하지 마시오. 그를 배우고 그에게 귀의하시오. 이제 그런 마음일랑 갖지 마시오. 끄르슈나아여, 헌신적인 인간은 최고신의 은총으로 영원한 생명을 얻는다오. 다시는 신을 모욕하는 말을 하지 마시오.'

33

드라우빠디가 말했다.

'쁘르타의 아들이여, 나는 다르마를 모욕하지도 비난하지도 않습니다. 내가 어찌 권능하신 생명의 주인을 업신여기겠습니까? 바라따의 후손이여, 내가 처한 상황이 하도 힘겨워 이런 말을 하는 것이라고 생각해주십시오. 그리고 넓은 마음으로 내 탄식을 다시 들어보십시오.

적을 괴롭히는 분이시여, 세상에 태어난 생명이라면 반드시 뭔가를 해야 합니다. 일하지 않고 살아가는 것은 생명이 없는 것들뿐이지요. 그 외엔 무엇이든 일을 합니다. 유디슈티라여, 어미 젖을 먹을 때부터 임종하는 자리에 누울 때까지 살아 움직이는 것들은 행동을 함으로써 뭔가를 얻습니다. 바라따의 황소여, 살아 있는 것들 중에서도 인간은 특히 이승에서도 저승에서도 일을 함으로써 삶의 방편을 찾습니다. 바라따여, 만물은 환생을 알고 있으며, 그들은 이 세상에 또렷이 드러나는 자신의 업의 결실을 먹고 삽니다. 조물주건 창조주건 살아 있는 것은 모두 물 위의 두루미처럼 누가 가르쳐주지 않아도 자기가 지은 업에 따라 움직인다고 알고 있습니다.

당신도 당신에게 주어진 본분을 충실히 수행하십시오. 일로 무장하십시오. 자신이 무엇을 해야 하는지 아는 사람은 실로 천 명 중에 한 명 있을까 말까 할 것입니다. 해야하는 일이 있음에도 사람들은 자기를 지키고 키우는 일에만 급급하지요. 그렇게 새로운 씨앗을 뿌리지 않고 먹어치우기만 한다면 저 히말라야도 언젠가는 사라져버릴 것입니다. 모든 사람이 자기가 해야 할 일을 다하지 않으면 멸하고 말 것입니다. 우리는 결실을 보지 못해도 일하는 사람을 봅니다. 이 세상에 행위 없이는 산다는 것 자체가 불가능하기 때문이지요.

이 세상 모든 것은 운명일 뿐이라고 믿는 사람도 또는 그저 기회만 바라고 있는 사람도 모두 온당치 않습니다. 일을 하는 자만이 칭송받을 수 있습니다. 운명에 자신을 내맡긴 채 안일하게 누워 지내는 아둔한 자는 굽지 않은 항아리가 물에서 녹아내리듯 곧 가라앉고 말 것입니다. 이와 마찬가지로 일을 할 수 있음에도 기회만 바라고 멍하게 앉아만 있다면 보살펴줄 이 없는 병자처럼 머지않아 멸하고 말겠지요.

어떤 사람이 자기도 모르게 어떤 일을 성취했다면 사람들은 그것을 그저 우연히 얻은 것이라고 말하겠지요. 어쨌든 그가 애쓰지 않았기 때문입니다. 쁘르타의 아들이여, 누군가 운이 좋아 뭔가를 얻었다면 사람들은 그것을 신이 정해준 운명이라고 결정지어버리지요. 그러나 자기가 직접 행동하고, 그런 행위의 결실로 뭔가를 얻는 것은 다른 사람의 눈에도 분명히 그 사람 자신의 능력으로 보인답니다. 본

능적으로 행동하는 사람이라면 별다른 원인이 없이도 저절로 일이 이루어지기도 하지요. 뛰어난 분이시여, 그것은 그 사람의 본성이 주는 결실이라고 보아야 합니다.

우연이건 필연이건 또는 저절로 굴러 들어온 것이건 일을 통해 얻은 것이건 지금 드러난 결실은 모두 전생의 업으로 인해 생긴 것들이지요. 권능하신 조물주께서 직접 인간들의 전생의 업이 맺은 결실을 하나하나 다 파악해서 각자가 지은 업에 따라 금생에 사람들에게 나누어주는 것이랍니다. 그래서 인간들이 하는 좋거나 나쁜 일들은 모두 조물주의 뜻에 따른 것이며 전생에 지은 업의 결실로 나타나는 것이라고 알아야 하는 것입니다. 인간의 육신은 조물주의 손을 대신해 일을 해주는 도구일 뿐이지요. 인간은 그분이 인간을 조정하는 대로 도리 없이 그 일을 할 수밖에 없답니다. 꾼띠의 아들이여, 위대하신 주인께서 정하신 일이 무엇이건 만물은 그 일을 할 수밖에 없는 것이지요.

사려 깊은 사람은 먼저 마음속으로 성취하고자 하는 일을 결정하고 그런 다음에 행위로 그 일을 이룹니다. 그래서 인간은 스스로가 행위의 결실을 가져오는 원인이 된다고 할 수 있지요. 뚝심 좋은 사내시여, 일의 종류를 다 열거할 수는 없습니다. 집이나 마을이나 모두 인간 때문에 이루어진 것들이지요. 깨에는 기름이, 소에는 우유가, 나무에는 불이 들어 있습니다. 생각하는 사람은 지혜롭게 생각해 그것이 잘 쓰일 수 있는 방법을 알아차려야 합니다. 그런 다음에 사람들은 일을 이룰 수 있도록 행동하고, 그것의 성취를 토대로 살아갑니다.

솜씨 좋은 사람이 일을 하면 좋은 결실을 맺어 "참으로 솜씨 좋다"라는 평을 받을 것이고, 그것은 분명히 다른 것과 구별될 것입니다. 인간이 스스로 성취를 이루는 행위의 주인이 되지 않는다면 제사와 보시의 결실도, 제자도 스승도 없을 것입니다. 자신이 일의 주체가 되어야만 성공을 거두어도 칭송받을 것이며, 실패한다면 비난받을 것입니다. 어찌 헛된 행위가 있으리까?

혹자는 모든 것이 우연일 뿐이라고 말하고, 다른 이는 모든 것이 운명이라고 말합니다. 또 인간의 노력만이 결실을 얻게 해준다고 말하는 사람들도 있지요. 이것을 세 가지 답이라고 말합니다. 그러나 우연이나 운명 또는 노력은 행위로 간주할 수 없다고 생각하는 사람들도 있습니다. 모든 일은 우연인지 운명인지 알 수가 없고, 우연히 생긴 일이건 운명적으로 생긴 일이건 그 일에는 행위의 연속성이 있다고 믿기 때문이지요. 어떤 것은 우연에서 비롯되고, 어떤 것은 운명으로 인해 생기며, 또 어떤 것은 사람의 노력에 의해 얻어지기도 합니다. 그래서 실상을 파악한 영리한 사람들은 인간은 이렇게 결실을 얻는 것이지 네 번째 원인이 있는 것은 아니라고 말한답니다.

그런데도 조물주는 중생들에게 바라거나 바라지 않는 결실을 줍니다. 만약 그가 그리하지 않는다면 불행한 중생도 없겠지요. 만약 전생의 업이라는 것이 없다면 인간이 뭔가를 바라고 일을 할 때마다 모든 것이 다 이루어지게 되겠지요.

이 세 가지가 어떤 일을 성사시키기도 하고 그르치기도 하는 문이라는 것을 제대로 보지 못하는 사람은 세상 또한 제대로 보지 못할 것입니다. 마누께서도 "자기에게 주어진 일을 해야 한다"라고 결정하셨지요. 시도하지 않는 사람은 패망할 수밖에 없기 때문입니다. 유디슈티라여, 자기에게 주어진 일을 수행하는 사람은 결실을 얻지만 나태한 자는 절대로 결실을 거둘 수가 없습니다. 결실을 맺을 수 없는 그럴싸한 이유가 있다면 그것을 개선할 방도를 찾아야지요. 왕 중의 왕이시여, 자기에게 주어진 일을 해가는 것은 빚을 갚는 것과 같답니다. 무력하게 드러누워 있는 사람에게는 풍요가 찾아들지 않는 법입니다. 그러나 부지런한 사람은 필시 풍요를 누릴 것입니다.

어떤 경우에도 확신을 버리지 않는 올곧고 활동적인 사람은 의심할 처지에 놓여 있을 때도 아무런 도움이 되지 않는 의심은 거두어버린답니다. 우리는 지금 아무런 도움도 되지 않는 상황에 처해 있습니다. 그러나 당신이 확신을 버리지 않고 일을 하려고 하면 그런 상황은 사라질 것입니다. 혹 일이 성사되지 않더라도 여전히 그것은 당신에게 대단한 것입니다. 늑대 배와 아르주나, 쌍둥이 형제에게도 마찬가지이지요. 다른 사람들이 한 일이 결실을 맺을 수도, 우리의 일이 결실을 맺을 수도 있겠지요. 일을 해보지도 않고 어찌 미리부터 그 결과를 점칠 수 있으리까? 농부는 쟁기로 땅을 갈아 씨를 뿌린 뒤에는 묵묵히 기다립니다. 다음 일은 비가 알아서 할 것입니다. 비가 그에게 은혜를 베풀지 않는다 해도 농부를 탓할 일은 아니지요. 그때는 "다른 사람이 하는 만큼 나도 했다"라고 생각하면 되는 것입니다. "결실을 얻지 못한다 해도 우리 잘못은 아니다"라고 생각하며 상황을 잘 살피는 지혜로운 사람은 그런 일로 자신을 책망하지 않는답니다.

바라따의 후예여, 일을 도모해도 이루어지지 않는다고 실망할 일은 아닙니다. 일에는 두 가지 결과가 있기 마련이지요. 성공이 있고 실패가 있는 법입니다. 일을 이루지 못하는 것은 또 다른 문제입니다. 일을 이루는 데는 여러 가지 요인이 합쳐져야 하기 때문입니다. 자질이 부족하다면 그만큼 결실도 적을 것이요 또는 아예 결실을 거두지 못할지도 모릅니다. 패함 없는 분이시여, 그러나 일을 시작하지 않는다면 결실도 자질도 볼 수 없답니다. 현명한 사람은 자기가 하는 일이 번성할 수 있도록 힘과 능력에 따라 때와 장소와 방법을 지혜로이 살펴 자기에게 이롭게 만들지요. 용기는 부지런히 일할 때는 스승이 되고, 일을 훈련할 때도 무엇보다 우선이 되는 요인이랍니다. 여러 가지 면에서 적이 자기보다 뛰어나다는 것을 알았을 때 지혜로운 사람은 온화한 방법으로 그의 마음을 사고 적절한 수단을 씁니다. 유디슈티라여, 그와 동시에 그는 적이 잘못되고 파멸하기를 바랍니다. 강이나 산이 적이라 해도 그러할 것이거늘 죽음의 법칙을 따라가는 인간이라면 더 말해 무엇하리까?

호기로운 사람은 언제나 적의 허점을 찾아냄으로써 자신은 물론 동지들의 빚도 갚아주는 것입니다. 바라따의 후예여, 어떤 경우에도 자기 자신을 폄하하지 말아야 합니다. 패배감에 젖은 사람에게 영광은 찾아오지 않는 법입니다. 바라따의 후예여, 세상에서의 성공은 이것을 토대로 찾아오는 것입니다. 일을 성사시키는 것에는 여러 가지가 있다고 합니다. 시간과 장소와 조건이 다르기 때문입니다.

언젠가 내 부친께서 어떤 브라만을 집에 모신 적이 있지요. 뚝심 좋은 바라따여, 그 브라만이 부친께 이 모든 이야기들을 들려주었답니다. 브르하스빠띠가 처음 언급했던 것을 아버지께서는 내 오라비 드르슈타듐나에게 전해주셨습니다. 유디슈티라 왕이시여, 나는 그들의 대화를 집에서 들었었지요. 그분은 심부름 온 내게 부드럽게 이야기해주셨고 나는 부친의 품에 앉아 귀 기울여 들었답니다.'

34

이어지는 와이샴빠야나의 이야기는 이러하다.

드라우빠디의 말을 듣고 분노 충천한 비마세나는 한숨을 쉬고 성을 내며 왕에게 다가가 말했다.

'왕이시여, 성현들이 가셨던 정당한 왕권의 길을 따라 걸으십시오. 왜 우리가 고행자들이 사는 이 숲, 다르마도 아르타도 까마도 없는 이곳에 살아야 합니까? 우리는 노름의 계략에 빠져 두료다나에게 왕국을 빼앗겼습니다. 합당하지도 바르지도 않았고 힘으로 빼앗긴 것도 아니었습니다. 마치 힘센 사자가 물어다놓은 고깃덩이를 약삭빠른 자칼이 몰래 뺏어 가듯 두료다나는 우리에게서 왕국을 뺏어 갔습니다. 왕이시여, 사소한 다르마를 지킨다는 명목으로 다르마와 까마의 근원인 아르타를 버리고 왜 이 숲에서 고생하시는 것입니까?

우리는 당신께 복종하다가 눈을 뻔히 뜬 채로 왕국을 빼앗겼습니다. 그 왕국은 간디와 활을 든 아르주나가 지키고 있어 인드라도 넘보지 못할 땅이었습니다. 팔 없는 자에게서 빌바 열매를 빼앗듯, 절

름발이에게서 소를 빼앗듯 우리가 이렇게 멀쩡히 살아 있는데도 순전히 당신 때문에 왕국을 빼앗기고 말았습니다. 당신은 다르마를 지킨다는 신념으로 가득 차 있어 우리의 이런 큰 고난을 좋아하시는 것 같습니다. 당신의 뜻에 따랐던 것이 결국은 동지들을 구렁텅이로 몰아넣고 적들은 좋아 날뛰게 하는 꼴이 되고 말았습니다. 바라따의 황소여, 당신의 뜻을 좇느라 어리석게도 드르따라슈트라의 아들들을 죽이지 못했던 것이 내 가슴을 치게 만듭니다.

왕이시여, 당신이 지금 살고 있는 이 짐승의 우리를 보십시오. 이곳은 약해빠진 자들이나 오는 곳이지 힘 가진 사람이 머물 곳이 아닙니다. 끄르슈나아도 아르주나도 아비만유도 스른자야도 그리고 나도 당신이 이렇게 지내는 것을 원치 않습니다. 마드리의 쌍둥이 아들도 마찬가지입니다. 당신은 언제나 다르마, 다르마를 외치며 서약을 지키다 몸을 쇠잔하게 만들어왔지요. 왕이시여, 행여 당신의 이 무력증이 당신을 내시처럼 살아가게 하는 것은 아닙니까? 모두를 파멸시키는 그런 무기력은 자기 것을 되찾을 능력이 없는 겁쟁이들이나 갖는 것입니다. 당신은 능력도 있고 혜안도 갖고 있습니다. 당신은 당신 안에 사내다움이 있음을 알고 있습니다. 왕이시여, 그런데도 당신은 자비에만 치우쳐 우리가 얼마나 고생하는지는 깨닫지 못하고 있습니다.

드르따라슈트라의 아들들은 우리가 봐주는 것도 모르고 힘이 없어 그러는 줄 알 것입니다. 그것은 싸우다 죽는 것보다 훨씬 괴로운 일입니다. 우리 모두가 몰살당하더라도 거기서 돌아서지 않고 정정당당하게 싸웠더라면 좋았을 것입니다. 저승에서는 필시 좋은 세상을 차지했을 것이기 때문입니다. 바라따의 황소여, 그놈들을 다 처단할 수 있었다면 더 좋았겠지요. 그랬다면 왕국은 물론 온 세상이 우리 것이 되었을 테니까요.

우리가 크샤뜨리야로서의 본분을 지켜야 한다면, 큰 명예를 얻기를 바란다면, 또한 적개심을 발산해야 한다면 전쟁에서 그렇게 해야 합니다. 우리가 한 일이 빼앗긴 왕국을 되찾기 위해서임을 안다면 세상은 우리를 칭송할 것이며 누구도 비난하지 않을 것입니다. 왕이시여, 우리 자신과 동지들을 구렁텅이에 빠뜨리는 다르마는 참된 다르마가 아닙니다. 그것은 재앙을 부르는 악입니다. 다르마를 지켜야 한다는 부담은 때로 사람을 나약하게도 만들지요. 슬픔과 기쁨이 죽은 자들을 떠나듯, 다르마와 아르타가 도가 부족한 사람을 버리듯 다르마와 아르타는 언제나 어떤 상황에서나 다르마만을 따르는 사람도 버리고 맙니다. 다르마를 지키기 위해 다르마를 따르는 사람에겐 언제나 고생이 뒤따릅니다. 그런 사람을 지혜롭다고는 할 수 없을 것입니다. 그런 사람은 장님이 태양 빛을 보지 못하듯 진정한 다르마의 의미를 안다고 할 수 없습니다.

오로지 아르타를 지키기 위해 아르타를 취하는 사람이라면 그는 아르타의 의미를 모르는 사람입니다. 그런 사람은 그저 숲을 지키는 하인배에 불과하다고 할 수 있을 것입니다. 다른 두 가지 목적[*]은 무시하고 오직 다르마와 아르타만 따르면 마치 브라만을 죽인 사람처럼 모든 이들에게 비난받거나 처단받습니다. 또 끊임없이 까마만을

두 가지 목적_다르마와 까마.

추구해 다른 두 가지를 돌보지 않는 사람은 동지가 멸하고, 다르마와 아르타가 줄어들게 됩니다. 다르마를 버리고, 아르타를 지키는 데도 관심이 없으면서 까마의 충족에만 급급한 사람은 까마의 끝이 오면 죽고 말 것입니다. 이는 물에 사는 물고기가 물이 마르면 죽는 것과 같은 이치입니다. 그래서 지혜로운 사람은 다르마와 아르타를 소홀히 하지 않습니다. 아라니 나무[*]가 불의 근원이듯 그 둘이 까마의 근원이기 때문입니다. 아르타는 다르마를 근본으로 삼고 있으며 다르마는 아르타가 있어야 제 몫을 해낼 수 있습니다. 이 둘은 마치 구름과 바다처럼 서로 의존하는 관계이지요.

좋은 것과 접촉했을 때 생기는 즐거움을 일컬어 까마라 하지요. 그것은 마음속에 존재하는 욕망이어서 눈에 보이는 유형의 것이 아닙니다. 왕이시여, 아르타를 추구하는 사람은 그것을 이루기 위해 수많은 다르마를 필요로 합니다. 또 까마를 추구하는 사람은 그것을 이루기 위해 막대한 아르타를 필요로 하지요. 그러나 까마로는 까마 이외의 다른 것을 생산해내지 못합니다. 그 자체가 산물이기 때문입니다. 재는 나무에서 얻지만 재에서는 아무것도 나오지 않는 것과 같은 이치입니다. 왕이시여, 바로 이런 것들이 새잡이가 새를 죽이듯 세상 만물을 상하게 하는 아다르마[*]의 모습이지요. 욕망과 탐욕에 끄달려 다르마의 행방을 보지 못하는 자는 세상 만물에게 파멸당해 마땅

아라니 나무_ 두 개의 나뭇가지를 비벼 불을 일으키며, 특히 희생제의 불을 일으킬 때 없어서는 안 되는 나무이다.
아다르마_ 다르마를 거스르는 것.

합니다. 그런 사람은 금생에도 내생에도 마음을 바로 쓰지 못하지요.

왕이시여, 물질을 모으는 것이 아르타라는 것을 당신은 분명히 알고 있습니다. 또 그것의 일반적인 상태와 변화된 모습도 알고 있습니다. 늙음과 죽음으로 인해 아르타를 잃게 되면 사람들은 괴로워하지요. 우리는 지금 그런 상태에 와 있습니다. 다섯 감각 기관과 마음 그리고 가슴으로 얻어진 즐거움을 까마라고 하지요. 나는 그런 까마야말로 우리의 행위로 얻을 수 있는 최고의 산물이라고 생각합니다.

이렇게 이 모두를 하나하나 곱씹어본다면 다르마에 지나치게 치중해서도 안 되고, 아르타에만 기운다거나 까마에만 빠져서도 안 되며, 이 모든 것을 다 적절히 따라야 함을 알 수 있지요. 아침엔 다르마를, 낮엔 아르타를 그리고 저녁이 되면 까마를 차례로 추구해야 한다고 경전은 가르치고 있습니다. 이러한 경전의 가르침은 인생의 초기에는 다르마를, 중년에 접어들어서는 아르타를, 노년이 되어서야 까마를 찾아야 한다는 것으로 이해할 수 있겠지요. 웅변가 중의 웅변가시여, 제때에 적절히 다르마, 아르타, 까마를 추구해 셋을 모두 잘 활용하는 사람이야말로 때를 아는 지혜로운 자라고 할 수 있습니다. 꾸루의 후예시여, 해탈인지 아니면 성공인지, 행복을 추구하는 사람에게 어떤 것이 더 나을 것인지 그 방법을 잘 정리해 틀을 잡고 그에 맞게 실천해야 할 것입니다. 그렇지 않고 어정쩡하게 이것도 저것도 아닌 상태로 있다면 삶이 병자처럼 괴로워질 것입니다.

당신은 다르마를 잘 이해하고 언제나 그것을 실천합니다. 동지들도 이를 알아 당신의 선행을 칭송하지요. 왕이시여, 보시하고 제사 지내고 성현들을 섬기는 것, 그리고 베다의 가르침을 따르고 올곧게 사는 것이 분명 최상의 선이기 때문에 이승과 저승에서 모두 결실을 얻을 수 있습니다. 범 같은 왕이시여, 그러나 다른 자질을 아무리 완전무결하게 갖추고 있어도 재물이 부족한 자는 이런 것들을 성취할 수 없답니다. 왕이시여, 이 세상은 다르마를 뿌리로 삼고 있지요. 다르마를 능가하는 것은 아무것도 없습니다. 왕이시여, 이 다르마는 큰 재물을 통해서만 성취할 수 있는 것입니다. 아르타는 구걸이나 무기력으로는 절대로 얻을 수 없는 것입니다. 그것은 오직 다르마를 향한 마음을 가질 때 가능한 것입니다. 구걸하는 것은 당신 몫이 아닙니다. 그것은 브라만들이 해서 이루는 것이지요. 뚝심 좋은 사내여, 그러니 당신은 힘과 기력으로 아르타를 이루려고 노력하소서. 구걸은 당신 같은 크샤뜨리야에게 정해진 율법이 아닙니다. 와이샤나 슈드라에게 정해진 일도 아니지요. 크샤뜨리야들의 율법은 육신의 힘을 이용하는 것입니다. 박학다식한 성현들께서는 드높은 기상이 다르마라고 말씀하셨습니다. 그러니 드높은 기상을 위해 나아가십시오. 당신의 마음이 낮은 곳으로 향하게 하지 마십시오.

왕 중의 왕이시여, 깨어나십시오. 영원한 다르마가 무엇인지 당신은 알고 있습니다. 당신은 지금 당신과 걸맞지 않는 미천한 짓을 하고 있습니다. 사람들은 그런 행위를 외면합니다. 왕이시여, 당신의 백성을 지켜 결실을 얻으면 누구도 당신을 비난하지 않을 것입니다. 이것은 조물주가 크샤뜨리야에게 정해주신 영원한 율법입니다. 쁘르타의 아들이여, 그것을 제대로 수행하지 못한다면 당신은 사람들의 비웃음을 살 것입니다. 사람들은 자신의 책무를 다하지 않는 자를 받아들이지 않기 때문입니다. 크샤뜨리야의 가슴을 만드소서. 늘

어지고 흐물거리는 마음을 버리소서. 꾼띠의 아들이여, 이 짐을 황소처럼 힘으로 지고 가소서. 어떤 왕도 다르마만으로는 세상을 얻거나 부귀영화를 누리지 못했습니다. 새잡이가 덫을 놓아 자기의 살 방도를 마련하듯 현명한 왕은 비천하고 탐욕스런 적에게 달콤한 말로 미끼를 놓아 왕국을 얻는 것입니다. 뚝심 좋은 빤다와여, 아수라들은 신들보다 힘이나 풍요로움이 훨씬 우세하던 신들의 형제였지만 신들의 책략에 당하지 않았습니까? 세상의 주인이시여, 모든 것은 이렇게 강한 자들의 것이라는 것을 아십시오. 완력 좋은 분이시여, 그러니 당신도 책략을 잘 써서 적을 해치우십시오.

어떤 궁수도 전투에서 아르주나보다 더 잘 싸우지 못합니다. 나보다 더 철퇴를 잘 쓰는 사람이 누가 있습니까? 빤두의 후손이여, 아무리 힘 있는 자라고 해도 자기의 참된 기질에 의지해 싸우는 법입니다. 정해진 기준이나 계획으로 싸우는 것이 아닙니다. 그러니 왕이시여, 당신 자신의 참된 기질에 의지하십시오. 참된 기질은 재물의 근원입니다. 재물의 근원이라고 말하는 다른 어느 것도 사실은 아니랍니다. 그런 것들은 겨울날의 나무 그늘처럼 곧 사라지고 맙니다. 농부가 씨를 뿌리는 것과 같은 이치로 재물을 늘리려는 사람은 재물을 쓸 줄 알아야 합니다. 꾼띠의 아들이여, 이 점을 의심하지 마십시오. 그러나 재산이 그만그만하거나 부족할 때는 함부로 소비해서는 안 되지요. 그것은 상처를 긁는 것과 같습니다.

인간의 제왕이시여, 이와 마찬가지로 작은 다르마를 버림으로써 더 큰 다르마를 얻는 사람을 현명한 사람이라고 할 수 있을 것입니다. 박학한 사람은 적의 동지들을 이간질해 적을 떠나게 한 뒤 그가 동지에게 버림받아 힘이 약해지면 제압합니다. 왕이시여, 아무리 힘 있는 사람이라도 싸움터에서는 자신의 참된 기질에 의지해 싸우는 수밖에 없습니다. 아무리 애쓰고 구슬러도 백성을 모두 자기 것으로 만들 수가 없는 것이지요. 벌들이 함께 모이면 꿀 훔치는 사람도 죽일 수 있듯이 아무리 힘이 없어도 서로 뭉치면 강한 적도 거뜬히 물리칠 수 있습니다. 빛으로 만물을 생장시키고 소멸시키는 태양처럼 당신도 만백성을 키우고 파괴하는 대왕이 되십시오. 왕이시여, 이것은 정해진 율법에 따라 우리 조상들께서 땅을 지키기 위해 행해왔던 아주 오래된 고행이라고 들었습니다.

당신의 이러한 고난을 지켜본 사람들은 태양에서 빛이 사라지고 달에서 우아함이 사라졌다고 생각한답니다. 사람들은 따로따로 또는 모여서 당신을 칭송하고 까우라와들을 비난합니다. 더 있습니다. 브라만들과 나이 든 어른들은 모이기만 하면 당신이 약속을 지키는 사람이라고 칭찬을 아끼지 않습니다. 당신은 혼돈 때문에, 불행한 상황 때문에, 탐욕 때문에 또는 두려움 때문에 거짓을 말한 적이 없습니다. 왕은 세상을 얻기 위해 무슨 짓을 저질러도 이후에 세상을 위해 일을 함으로써 그 죄를 소멸시키는 법입니다. 왕은 브라만들에게 소를 주고 수천의 마을을 줌으로써 달이 어둠을 몰아내듯 죄를 사함받게 됩니다. 유디슈티라여, 꾸루의 후손이여, 남녀노소를 막론하고 세상 방방곡곡에 있는 사람들이 당신을 칭송합니다. 두료다나에게 왕국은 개가죽 주머니에 우유를 담는 것과 마찬가지이며, 브라흐마가 천한 자의 입에 오르내리는 것과 같습니다. 도둑이 진실을 말하는 것과 같으며 여인들이 힘을 쓰는 것과 마찬가지입니다. 이는 여인들과 아이들까지도 마치 자신들이 외워야 할 공부인 양 되새김하는 말이랍니다.

그러니 장비를 다 갖춘 전차에 어서 오르시어 뛰어난 브라만들이 축원을 읊게 하시고, 승리를 위해 오늘 당장 하스띠나뿌라로 행군하십시오. 인드라가 마루뜨에게 둘러싸이듯 무기에 능숙한 무사들과 화살 맨 든든한 아우들을 데리고 독 품은 뱀처럼 행군하십시오. 위력 넘치는 꾼띠의 아들이여, 인드라가 아수라들에게서 영광을 되찾아 오듯, 당신의 빛으로 적을 누르고 드르따라슈트라의 아들들에게서 영광을 되찾아 오십시오. 죽음 있는 이 세상 어떤 인간도 독수리 깃발 꽂힌 독뱀 같은 간디와 활을 막아낼 수 없습니다. 바라따의 후예여, 세상 어떤 영웅도, 취한 코끼리도, 발 빠른 준마도 내 날랜 철퇴 앞에 마주설 수 없습니다. 꾼띠의 아들이여, 스른자야와 까이께야와 우르슈니의 황소 끄르슈나가 우리 편인데 어찌 왕국을 되찾지 못하리까?'

35

유디슈티라가 말했다.

'바라따의 후예여, 다 맞는 말이다.
네 말의 화살이 나를 쏘아 아프게 하는구나.
허나 나는 너를 나무랄 생각이 없다.

내 그릇된 정책이 이 고난 청한 것이니!

나는 드르따라슈트라의 아들에게서
왕국을 찾고 왕권을 찾으려 주사위를 던졌다.
그러나 수발라의 아들, 계략 쓰는 그 노름꾼이
두료다나 대신하여 주사위를 던졌지.

대단한 모사꾼, 산악 지역 출신 샤꾸니는
회당에서 노름 패를 던지고 또 던졌다.
속임수 모르는 내게 속임수로 패를 던졌지.
거기서 나는, 비마세나여, 그의 교활함을 보았단다.

홀과 짝이 모두 샤꾸니의 뜻대로
던져지는 것을 보고
나는 자신을 통제했어야 했지만
분노는 인간의 의지를 망치고 말더구나.

아우여, 사내다움이나 자만심이나 힘에 묶이면
사람은 스스로를 다스릴 수가 없단다.
비마세나여, 나는 네 말에 마음 상하지 않는다.
이것이 그저 우리의 운명이라 여기는 게지.

비마세나여, 드르따라슈트라의 아들 두료다나는

우리 땅을 탐하여 우리를 재앙에 몰아넣었지.
그리고 우리는 종이 되었다.
그때까지 드라우빠디는 우리의 마지막 피난처였지.

너도 알고 아르주나도 안다.
우리가 회당에 다시 노름하러 갔을 때
드르따라슈트라의 아들이 무엇을 내기로 걸고
내게 무슨 말을 했는지 모든 바라따들도 듣고 있었다.

"왕의 아들이여, 적 없이 태어난 자여
열두 해를 숲 속에서 원하는 대로 살 것이며
그런 뒤 한 해는 신분을 감추고
아우들과 함께 모두 사람들이 사는 곳에 사시오.

친애하는 이여, 그러다 바라따의 세작들이
당신들에 대해 듣고 신분이 드러나면
그만큼의 시간을 더 그런 식으로 지내야 하오.
쁘르타의 아들이여, 그렇게 결정하고 약속하시오.

그 시간 동안 발각되지 않고 지낸다면
왕이여, 내 사람들을 멍청하게 만든다면
이 꾸루의 회당에서 진실을 말하겠소.
바라따여, 다섯 강♯은 당신 것이 될 것이오.

우리가 당신께 패한다면 우리도
우리 형제도 모든 영화를 버리고
그만큼의 시간을 보낼 것이오.” 그 왕은 사전에
그렇게 하겠다고 꾸루들 가운데서 내게 약속했다.

그리고 그곳에서 참담한 노름이 시작되었지.
내가 졌고 우리 모두는 숲으로 떠나왔다.
이리하여 우리는 이런 누추한 모양으로
사방을 헤매고 숲을 헤매게 된 것이지.

두료다나, 마음 여전히 못 가라앉히고
더한 분노에 휩싸여갔다.
거기 모인 모든 꾸루들과
자기 수하들을 종용했구나.

선자들 앞에서 그리 약속하고도
어찌 왕국을 탐하여 약속을 저버리리.
다르마를 거스르고 세상을 주유하는 것은

다섯 강_ 지금의 편잡 지역을 가리키며, 편잡이라는 말은 인더스 강의 5개 지류가 흐르는 지방 즉 ‘다섯 개의 강이 흐르는 지방’이라는 뜻이다. 다섯 개의 강은 샤따드루, 위빠샤, 이라와띠, 짠드라바가 그리고 위따스따를 말한다.

기상 높은 이들에게는 죽음보다 더한 일이리.

비마여, 아르주나가 막지 않았더라면
너는 노름할 때 철퇴로 내 팔을 태웠을지도 모르지.
그때 그런 호기로운 일을 했더라면
이런 끔찍한 일 일어날 수 있었을까?

약조를 하기 전에
그런 호기로움 왜 말하지 않았더냐?
이제 때를 얻었으나 너무 늦고 말았구나.
어이 시간이 지나서야 내게 독설을 뱉는 것이냐?

비마세나여, 그래도 내 마음이 몹시 아프구나.
드라우빠디의 그런 치욕 보고서도
손을 쓸 수 없었던 것이, 비마여
독약을 마신 듯 내 마음을 태우는구나.

그러나 바라따의 영웅이여, 지금은 어찌할 수 없다.
꾸루의 영웅들 가운데서 나는 약속했다.
씨 뿌린 농부가 추수를 기다리듯
시간이 지나가기를 느긋하게 기다리자꾸나.

치욕당한 자는 먼저 그 모멸감이

꽃과 열매로 맺어지기를 기다리는 법이다
그 끔찍한 증오를 호기로움으로 이겨내는 자만이
영웅이 되어 살아 있는 자들의 세상을 누빌 것이다.

그는 이 세상 모든 영예 누릴 것이며
적은 그에게 고개 숙일 것이다.
동지는 넘치는 사랑으로 그를 섬기리.
신들이 인드라에 기대어 살듯 그들도 그에게 기대어 살리라.

내 맹세가 진실이었음을 기억하여라.
그리고 나는 죽음 없는 삶을 위해 다르마를 선택했다.
왕국과 자식과 명예와 재물을 모두 다 합해도
다르마 한 조각에 미치지 못할 것이다.'

36

비마세나가 말했다.

'왕이시여, 당신은 날개 달린 파멸자, 끝도 없고 젤 수도 없으며, 물결처럼 흘러 모든 것을 앗아가는 시간과 계약을 맺었습니다. 위대한 왕이시여, 당신은 시간에 묶인 죽음 있는 인간입니다. 어찌 거품의 본성, 결실의 본성을 지닌 시간이 기다린다고 믿으셨습니까? 꾼띠의 아들이여, 안자나 가루가 야금야금 바늘에게 갉아먹히듯 시시각각으로 생명이 줄어드는 인간을 시간이 어찌 하염없이 기다릴 수 있단 말입니까? 시간에 구애받지 않는 영원한 생명을 가진 사람이나 자기가 죽을 때를 아는 사람 또는 모든 것을 눈앞에 펼쳐놓은 듯이 훤히 들여다볼 수 있는 사람만이 기다릴 수 있을 것입니다. 왕이시여, 우리가 열세 해를 이곳에서 기다리는 동안 세월은 우리를 좀먹고 좀먹어 결국은 죽음으로 이끌고 갈 것입니다. 육신을 가진 자에게 죽음은 반드시 육신으로 찾아오지요. 죽음이 우리를 덮치기 전에 서둘러 왕국을 되찾읍시다. 적을 물리치지 못해 명성을 쌓지 못한 자는 이 땅에 짐만 지우는 것입니다. 그런 자는 노쇠한 소처럼 곧 쓰러지고 말겠지요. 기력도 없고 힘도 없는 사람은 적개심을 풀 길이 없습니다. 그의 삶은 무용한 것이며 태어남 자체도 무의미해지고 맙니다. 왕이시여, 전장에서 적을 무찌르면 당신의 손은 금을 뿌리고 명예는 하늘을 찌를 것입니다. 그러니 당신 손으로 얻은 풍요를 누리십시오. 적을 길들이는 왕이시여, 자기를 속인 적을 죽인 사람은 지옥을 가더라도 그 지옥은 그에게 천국이나 다름없을 것입니다.

분노의 불길은 불보다 뜨겁습니다. 너무나 뜨거워 나는 밤에도 낮에도 잠을 이룰 수가 없습니다. 여기 쁘르타의 아들, 명궁 중의 명궁 아르주나는 우리에 갇힌 사자처럼 괴로워하며 웅크리고 있습니다. 이 세상 모든 궁수들을 혼자서 제압할 수 있는 그가 거대한 코끼리처럼 속에서 뿜어져 나오는 불길을 억누르고 있답니다. 나꿀라와 사하데와와 영웅들을 낳으신 나이 든 어머니와 우리가 잘되기를 바라는 모든 사람들이 얼빠진 듯 멍하게 앉아만 있습니다.

당신의 모든 친지와 스른자야들은 당신이 잘되기만을 빌고 있는데, 나와 쁘라띠윈디야의 어미드라우빠디만 이렇게 성을 내고 있군요. 그러나 내가 무슨 말을 해도 그들 모두 기뻐할 것입니다. 재앙은 그들 모두를 덮쳤고 그들 모두 싸우고 싶어 하기 때문이지요. 왕이시여, 미천하고 힘없는 자가 왕국을 빼앗아 즐기는 것보다 더 괴로운 일은 없을 것입니다. 적을 괴롭히는 왕이시여, 자신의 덕을 해칠까봐 따뜻하고 자비로운 마음씨 때문에 당신은 이 괴로움을 참고 있습니다. 그러나 아무도 그런 당신을 칭송하지 않는답니다. 브라만처럼 유약하신 분이 어찌 크샤뜨리야로 태어나셨습니까? 공격적 성향을 가진 사람이 크샤뜨리야 여인의 태 안에 들지 않던가요? 당신은 마누가 정해주신 왕의 다르마를 들었을 것입니다. 크샤뜨리야는 거칠고 공격적 성향이 강할 것이며 고요함을 알지 못해야 한다고 했습니다. 범 같은 사내시여, 해야 할 일이 있거늘 어이하여 여기 뱀처럼 가만히 앉아만 계시는 겁니까? 생각이 있고 힘이 있으며, 많이 듣고, 좋은 혈통을 갖고 계시지 않습니까? 꾼띠의 아들이여, 당신은 한 줌의 풀로 히말라야를 감추려는 것처럼 우리를 감추려 하십니다. 당신은 세상에 너무나 명성이 자자해 아무도 모르게 숨어 지낼 수 없습니다. 쁘르타의 아들이여, 그것은 하늘을 다니는 태양이 숨을 수 없는 것과 같은 이치입니다. 꽃이 만발하고 잎을 틔운 물가의 거대한 샬라 나무 같고 또 흰 코끼리 같은 아르주나가 무슨 수로 숨어 다닐 수 있겠습니까? 쁘르타의 아들이여, 젊음 넘치는 이 사자 같은 형제, 나꿀라와 사하데와가 어찌 그리 다닐 수 있겠습니까? 쁘르타의 아들이여, 공덕 많고 명예로운 왕의 딸이자 영웅들의 어미인 명성 자자한 끄르슈나아가 어찌 숨어 다닐 수 있겠습니까? 왕이시여, 백성들은 어린아이부터 모두 나를 알고 있습니다. 나는 마치 메루 산처럼 숨기기 어려운 내 자신을 봅니다.

또한 우리는 수많은 왕과 왕자들을 자기 왕국에서 쫓아냈고 그들이 지금은 드르따라슈트라의 아들들에게 맹세했습니다. 그런 수모를 당한 왕들은 분명 가만히 있지 않고 드르따라슈트라의 아들 두료다나를 기쁘게 하기 위해 틀림없이 우리에게 복수하려 할 것입니다. 그들은 수많은 세작을 보내 우리를 찾아내려 할 것이고, 우리가 어디 있는지를 알아낸다면 우리는 더없이 큰 위험에 빠질 것입니다. 우리는 이미 이 숲에서 열세 달을 살았습니다. 그만큼의 해가 지난 것 같습니다. 소마 줄기가 소마를 대신할 수 있는 것처럼 달은 해로 대치될 수 있다고 성현들께서는 말씀하셨지요. 일이 이러하니 그렇게 해보심이 어떠할는지요? 왕이시여, 혹 그것이 죄가 된다 해도 많은 짐을 끄는 좋은 소를 잘 먹여 끌고 가듯 이 죄는 소멸될 것입니다. 왕이시여, 그러니 적을 처단하기로 마음을 정하십시오. 어떤 크샤뜨리야에게도 싸우는 것 외에 다른 다르마는 없기 때문입니다.'

37

이어지는 와이샴빠야나의 이야기는 이러하다.

꾼띠의 아들, 적을 태우는 범 같은 사내 유디슈티라는 비마세나의 말을 듣고 한숨을 쉬며 깊은 생각에 잠겼다. 그는 잠시 생각해본 뒤 자기가 해야 할 일을 결정하고는 주저하지 않고 비마세나에게 말했다.

'완력 넘치는 바라따의 후손이여, 네 말이 맞다. 말 잘하는 비마여, 그러나 내가 하는 다른 말도 새겨듣거라. 큰 잘못을 저지르게 되는 행동은 순전히 성급함 때문이란다. 바라따의 후손 비마세나여, 그런 행동은 상처만 가져올 뿐이다. 완력 넘치는 사내여, 잘 의논되고 잘 조절되며 잘 행해지고 잘 실천될 때 일은 성사되고 운명 또한 바른 쪽에 자리 잡게 되는 것이다. 순전한 조바심 때문에 또는 힘이 주는 거만함에 우쭐해져 네 스스로 이 일을 해야 한다고 생각한다면 이제 내 말을 들어보거라.

부리쉬라와스, 샬랴, 위력적인 잘라산다, 비슈마, 드로나, 까르나, 위력 넘치는 드로나의 아들 아쉬요타만, 두료다나를 앞세운 드르따라슈트라의 무적의 아들들은 모두 무기 다루는 것에 익숙한 데다 항상 전투 태세를 갖추고 있다. 우리에게 괴롭힘을 당했던 왕과 군주들은 모두 까우라와들에게 의지해 그쪽으로 갔고, 지금은 그들에게 애정을 갖게 되었다. 바라따의 후손이여, 그들은 두료다나를 중심으로 엮여 있고 우리를 위하지 않는다. 그들은 보물 창고를 채워놓고 있으며 군사들을 갖추고, 그것들을 지키기 위해 애쓰고 있다. 그들 모두는 아들과 책사와 시종들까지 까우라와의 군대이다. 그들은 잘 정비되어 있으며 모두 영화를 누리고 있다. 두료다나가 그 영웅들을 각별히 잘 대해주고 있어 전투에서 그들은 두료다나를 위해 목숨을 아끼지 않을 것이라는 것이 내 생각이다. 또한 비록 비슈마와 완력 넘치는 드로나 그리고 고결한 끄르빠의 태도가 그들에 대해서나 우리에 대해서나 다르지 않다고 해도 그분들이 왕의 녹을 받고 있다는 것은 명명백백하다. 바로 이 때문에 그분들은 아무리 버리기 어려운 목숨이라도 그를 위해 전장에 내놓을 것이라고 나는 생각한다. 천상의 무기를 다루는 데 달통한 모든 사람들, 다르마를 누구보다 잘 따르는 모든 사람들이 이러하니 인드라와 함께한 천인들이라 해도 그들을 이기지는 못할 것이다. 그곳에는 또 분노에 차 있고 사기충천하며, 모든 무기에 달통하고 감히 범접할 수 없는 대용사 까르나가 아무도 꿰뚫지 못하는 갑옷을 입고 버티고 있다. 이 모든 최고의 용사들을 전투에서 이기기 전에 동지 없이 너 혼자 두료다나를 처단할 수는 없는 일이다. 늑대 배여, 나는 모든 궁수들을 능가하는 마부 아들 까르나의 가뿐한 몸동작을 생각하면 잠을 이룰 수가 없구나.'

비마는 그 말을 알아들었으나 몹시 성나고 기가 막혀 아무 말도 하지 않았다.

이렇게 빤두의 아들인 두 용사가 언쟁을 벌이고 있을 때 사띠야와띠의 아들, 위대한 요기† 위야사가 찾아왔다. 그가 그곳에 이르자 빤다와들은 법도대로 그를 영접했다. 웅변가 중의 웅변가가 유디슈티라에게 말했다.

'완력 좋은 유디슈티라여, 그대의 심정을 나는 혜안으로 다 헤아리고 있다. 황소 같은 사내여, 그래서 서둘러 이곳에 왔구나. 바라따의 후손이여, 나는 규범에 나타난 근거를 들어 그대의 가슴속에 가득

위대한 요기_ 요가하는 사람.

차 있는 비슈마, 드로나, 끄르빠, 드로나의 아들에 대한 두려움을 없애주고자 한다. 내 말을 들은 뒤 다시 자신을 추스르고 행동을 다시 시작하라.'

이렇게 말한 뒤 언변의 달인 빠라샤라의 아들위야사은 유디슈티라를 한쪽으로 데리고 가서 의미심장하게 말했다.

'훌륭한 바라따여, 쁘르타의 아들 다난자야아르주나가 전투에서 적을 물리치는 바로 그때 그대는 더없는 번성을 맞이할 것이다. 그대가 내게 귀의해 나를 찾았으니 나는 그대에게 이룸의 화현이라는 쁘라띠 스므르띠라 진언을 전해주리라. 그것을 받도록 하라. 완력 좋은 아르주나가 그대에게서 이것을 받으면 일을 이룰 수 있을 것이다. 빤두의 아들이여, 그는 천상의 무기를 얻기 위해 대인드라와 루드라에게 가야 한다. 또한 와루나†와 풍요의 신꾸베라과 다르마의 왕†에게도 가야 한다. 그는 고행과 용맹함으로 신들을 볼 수 있을 것이다. 그는 무한한 빛을 지닌 옛 선인이며 나라야나의 변함없는 동지이고 신이며 영원한 위슈누의 한 조각이기 때문이다.

완력 넘치는 그가 인드라, 루드라 그리고 로까빨라†에게서 무기를 얻으면 위대한 일을 성취하게 될 것이다. 이 땅의 주인 꾼띠의 아들이여, 이제 이 숲을 떠나 그대들이 살 만한 다른 곳을 찾아보라. 한곳에 오래 머물면 사람들의 마음을 기쁘게 할 수 없다. 또한 평온한 고행자들을 방해할 수도 있지. 베다와 여섯 베당가에 능한 수많은 브

와루나_ 물의 신.
다르마의 왕_ 여기서는 유디슈티라의 아버지인 다르마의 신 야마를 말한다.
로까빨라_ 사방 혹은 팔방을 지키는 세상의 수호신들.

라만들을 부양하다 보면 짐승을 잡아먹고 약초와 식물을 망치게 될 것이다.'

자기에게 순수한 마음으로 귀의해 온 왕에게 이렇게 말한 뒤 요가의 정수를 꿰뚫어 보는 권능 지닌 성자는 비견할 수 없는 요가의 진언을 지혜로운 다르마의 왕에게 전해주었다. 꾼띠의 아들 유디슈티라를 보낸 뒤 사띠야와띠의 아들 위야사는 그 자리에서 모습을 감추었다.

고결한 유디슈티라는 그 브라흐만 진언을 마음에 새기고 시간이 날 때마다 지혜롭게 실행했다. 위야사의 말에 마음이 충만해진 그는 드와이따와나 숲에서 사라스와띠 강변에 있는 깜먀까라는 숲으로 자리를 옮겼다. 선인들이 신들의 인드라를 따르듯 음성학과 운율에 능한 고행자 브라만들이 그를 따랐다. 깜먀까에 이른 고결한 바라따의 황소들은 책사와 추종자들과 함께 다시 그곳에 자리를 잡았다. 무기 다루기에 달통한 기개 높은 용사들은 훌륭한 베다의 운율을 들으며 그곳에서 얼마간을 지냈다. 그들은 언제나 사냥을 나가 정화된 화살로 사슴을 잡고, 의례에 따라 조상과 신과 브라만들에게 제물을 올렸다.

38

와이샴빠야나가 말했다.

"얼마간의 시간이 흐른 뒤 다르마의 왕 유디슈티라는 수행자의 전언을 기억하고, 지혜롭기로 이름난 뚝심 좋은 바라따 아르주나를 따로 불러 말했습니다. 적을 다스리는 다르마의 왕은 먼저 아르주나의 손을 잡고 온화하게 웃으며 잠시 생각한 뒤 은밀히 말했지요.

'바라따의 후손이여, 비슈마와 드로나와 끄르빠와 드로나의 아들 아쉬와타만은 네 가지 무예의 기법을 다 갖추고 있구나. 그들은 브라흐마와 신들의 것, 그리고 아수라들 것까지 모든 무기를 어떻게 사용하고 거두어들이는지 완벽하게 알고 있다. 드르따라슈트라의 아들은 선물을 바치며 네 사람 모두를 만족시키고, 그들에게 스승으로서의 예를 갖추어 잘 섬기고 있으며 모든 병사들에게도 최고의 대우를 해주고 있다. 그런 우대를 받고 있기 때문에 그들은 때가 오면 자기들의 힘을 헛되이 쓰지 않을 것이다. 지금 온 세상은 두료다나의 휘하에 있는 듯하구나. 우리는 네게 모든 것을 의지하고 있다. 우리의 짐을 네가 모두 지고 있구나. 적을 다스리는 아우여, 나는 네가 할 일을 찾았고 이제 때가 되었다.

아우여, 나는 끄르슈나 드와이빠야나에게서 비밀스런 진언을 받았다. 그것을 잘 익히면 너는 온 세상을 볼 수 있게 될 것이다. 아우여, 이 브라흐만 진언을 익혀 온 마음으로 정신을 한곳에 모으고 신들의 은총을 구하거라. 바라따의 황소여, 혹독한 고행으로 자신을 묶어두어라. 활을 메고 갑옷 입고 칼을 찬 기운 성성한 수행자가 되어라. 북쪽을 향해 은밀히 길을 떠나거라. 다난자야여, 신들의 모든 무기가 인드라에게 있다. 우르뜨라를 두려워한 신들이 모든 힘을 모아 인드라에게 주었기 때문이다. 너는 한곳에 모여 있는 모든 무기를 얻게 될 것이다. 인드라에게 가거라. 그가 네게 그 무기들을 줄 것이다. 오늘 당장 몸을 정갈히 하고 인드라 신을 뵈러 길을 떠나거라.'"

이어지는 와이샴빠야나의 이야기는 이러하다.

권능의 다르마의 왕은 아르주나가 의례로 몸을 정갈히 하고 마음과 몸과 말을 절제하자 그에게 진언을 가르쳐주었다. 그런 뒤 맏형은 영웅 아우가 떠나도록 했다. 완력 좋은 사내 아르주나는 다르마 왕의 하명을 받고 간디와 활을 들고, 끝없이 화살이 나오는 화살집을 메고, 갑옷을 입고, 손목 보호대와 손가락 보호대를 차고 그리고 불에 제물을 바친 뒤 브라만들에게 금화를 바치며 축원을 받고는 인드라 신을 뵈러 떠날 채비를 마쳤다. 뚝심 좋은 사내는 드르따라슈트라의 아들들의 파멸을 향해 활을 들고 떠나며 한숨을 쉬고 하늘을 올려다보았다.

꾼띠의 아들이 활을 든 모습을 보고 브라만들과 싯다들 그리고 몸이 보이지 않는 생명들이 외쳤다.

'꾼띠의 아들이여, 당신은 곧 마음에 품은 뜻을 이룰 것이오!'

그들 모두의 마음을 갖고, 샬라 나무 같은 허벅지로 사자처럼 걷는 아르주나에게 끄르슈나아가 말했다.

'뚝심 좋은 사내여, 당신이 태어날 때 꾼띠께서 무엇을 소망하셨건 또 당신 자신이 무엇을 원하건 모든 것이 반드시 이루어질 것입니다. 우리가 다시는 크샤뜨리야 가문에서 태어나지 않기를 소망합니다. 전쟁을 삶의 방편으로 살아가지 않는 브라만들께 언제나 엎드려 절하옵니다. 필시 당신의 모든 형제들은 당신의 영웅적 행적을 두고 두고 칭송하며 뜬눈으로 밤을 지샐 것입니다. 쁘르타의 아들이여, 그래도 당신이 너무 오래 떠나계신다면 우리는 호강 속에서도, 재물 속에서도, 심지어 삶 속에서도 기쁨을 찾지 못할 것입니다. 쁘르타의 아들이여, 이제 우리 모두의 행과 불행, 삶과 죽음, 왕국과 권력이 당신에게 달려 있습니다. 빤두의 아들이여, 꾼띠의 아들이여, 이제 작별을 고합니다. 당신께 축복이 늘 함께하소서! 조물주와 창조주께 귀의하나이다. 부디 가는 길 무탈하소서. 바라따의 후손이여, 창공과 땅과 하늘과 당신이 가는 길에 도사린 다른 모든 생물들로부터 안전하소서.'

그런 뒤 기력 넘치는 빤두의 아들은 형제들과 다움미야 왕사를 오른쪽으로 한 바퀴 돈 뒤 멋진 활을 들고 길을 떠났다. 인드라의 요가로 힘과 기력을 얻은 그에게 만물이 길을 내주었다. 요가의 힘을 얻은 고결한 그는 마음의 빠르기로 마치 바람처럼 하루 만에 성산에 이르렀다. 그는 히말라야를 지나고 간다마다나 봉우리를 넘어 험난한 길을 주야장창 달렸다. 인드라낄라에 이른 아르주나는 허공에서 들려오는 '멈춰라!' 라는 말에 우뚝 멈춰 섰다. 왼손잡이 궁수는 나무 밑동에 있는 고행자, 브라흐마의 빛으로 타는 듯 빛나고, 머리가 헝클어져 있는 노랗고 비쩍 여원 고행자를 보았다. 아르주나가 멈춘 것을 본 대고행자가 말했다.

'젊은이여, 그대는 누구인가? 그대는 크샤뜨리야의 율법을 따르는 사람의 활을 메고 갑옷을 입고 화살을 들고, 칼을 찬 데다 손목 보호대까지 묶은 차림새로 이곳에 왔군. 이곳은 무기가 필요치 않은 곳이네. 여기는 분노와 기쁨을 다스리는 브라만 고행자들이 사는 고요한 땅이지. 여기는 활이 필요치 않고 어떤 전투도 없는 곳이라네. 젊은이여, 활을 거두게. 그대가 와야 할 끝에 이르렀네.'

이렇게 브라만은 무량한 힘을 지닌 아르주나를 마치 여타의 평범한 사람 대하듯 거듭 말했다. 그러나 그는 굳은 결심으로 우뚝 서 있는 아르주나를 움직이지는 못했다. 브라만은 흡족한 듯 웃으며 말했다.

'축복 있으라! 적을 괴롭히는 용사여, 소원을 골라보아라. 나는 인드라이다.'

꾸루의 후예, 영웅 아르주나는 두 손 모으고 절한 뒤 천 개의 눈을 가진 신 인드라에게 말했다.

'이것이 제 소망입니다. 이 소원을 들어주소서. 신이시여, 저는 지금 모든 무기를 어떻게 다루는지 님에게 배우고 싶나이다.'

대인드라는 흡족한 듯 웃으며 말했다.

'다난자야여, 지금 여기까지 와서 무기는 무엇에 쓰려느냐? 그대의 소망과 그대가 바라는 세상을 고르거라. 그대는 그대가 와야 할 끝에 이르렀느니라.'

다난자야가 천 개의 눈을 가진 신에게 대답했다.

'삼계의 주인이시여, 저는 세상도, 소망도, 신성도 또한 행복도 바라지 않습니다. 온갖 영광 또한 소망하지 않습니다. 만약 제가 황막한 곳에 형제들을 버려두고 적에게 복수하지 않는다면 저는 영원히 지속될 온 세상의 불명예를 뒤집어쓰게 될 것입니다.'

온 세상이 우러르는, 우르뜨라를 죽인 이인드라는 다정하고 부드러운 말로 빤두의 아들에게 말했다.

'아들아, 만약 네가 삼지창 든 삼계의 주인 쉬와를 뵙는다면 그때 천상의 모든 무기를 너에게 주겠노라. 지고하신 신을 친견하는 데 온 마음을 쓰거라. 꾼띠의 아들이여, 그를 친견한다면 너는 일을 성취하고 하늘을 얻으리라.'

이 말을 남긴 뒤 인드라는 사라졌다. 아르주나는 요가를 하며 그 자리에 서 있었다.

39

자나메자야가 말했다.

"성자시여, 모든 일을 늘 성성한 마음으로 대처하는 쁘르타의 아들이 어떻게 무기를 얻었는지 상세히 듣고 싶습니다. 훌륭하신 브라만이여, 저 범 같은 긴 팔의 사내 다난자야는 어떻게 그곳에 갔으며, 무엇을 하며 그곳에서 지냈답니까? 성자시여, 그는 또 어떻게 신들의 제왕 쉬와를 만족시켰답니까? 빼어난 브라만이시여, 은총을 내리시어 이런 이야기들을 들려주십시오. 당신은 신과 인간에 관한 모든 것을 알고 계십니다. 대지혜인이시여, 우리는 전투에서 져본 적이 없는 투사 중의 투사 아르주나가 그때 쉬와 신과 털이 곤두설 만큼 놀랍고 비견할 데 없는 전투를 벌였다고 들었습니다. 그 말을 듣고 사자 같은 사내 쁘르타의 영웅적인 아들들도 기막히고 기쁘고 너무 놀라 심장이 떨렸다고 합니다. 쁘르타의 아들이 무슨 일을 했건 빼지말고 다 말씀해주십시오. 나는 아르주나가 했다고 하는 어떤 사소한잘못도 들어본 적이 없기 때문입니다. 부디 그 영웅의 모든 행적을들려주십시오."

와이샴빠야나가 말했다.

"친애하는 왕이시여, 범 같은 꾸루의 후예여, 고결한 그분의 놀랄만한 천상의 이야기를 해드리지요. 순결하신 분이여, 신 중의 신, 세눈 가진 신 쉬와와 쁘르타의 아들이 몸과 몸이 맞닿았던 이야기를 해드릴 터이니 잘 들어보십시오.

유디슈티라의 명에 따라 위용 넘치는 그 사내는 신들의 제왕 인드라와 신 중의 신 샹까라쉬와를 친견하기 위해 떠났답니다. 힘이 넘치는 뚝심 좋은 사내, 완력 좋은 꾸루의 후예 아르주나는 천상의 활을 메고 칼을 찬 다음 일을 성취시키기 위해 히말라야의 북쪽 봉우리를 향해 갔습니다. 온 세상이 인정하는 대전사이자 인드라의 아들인그는 고행하겠다는 흔들림 없는 굳은 결심으로 가시가 무성한 숲, 무섭고 외딴 숲으로 빠르게 전진해 갔지요. 숲은 온갖 꽃과 과일이 무성하고 다양한 새들이 모여 살며, 온갖 짐승들이 들끓고 싯다와 하늘시인들이 즐겨 찾는 곳이었답니다.

꾼띠의 아들이 이르렀을 때 숲엔 인적이 없었답니다. 그때 하늘에서 소라고둥 소리와 북소리가 울렸습니다. 무수한 꽃비가 땅 위에뿌려지고, 구름 떼가 사방에서 그를 뒤덮었다고 합니다. 큰 산자락에자리 잡고 있는 헤쳐가기 어려운 수많은 숲을 지나 아르주나는 빛나는 히말라야의 산꼭대기에 도착해 그곳에서 머물렀답니다. 거기서 아르주나는 새소리 가득한, 꽃이 만발한 나무를 보았고 청록의 청금석 같은 소용돌이치는 강을 보았습니다. 두루미와 물오리 노랫소리, 백조 소리, 수뻐꾸기들과 왜가리와 공작이 우짖는 소리가 들려왔답니다. 일당백의 전사 아르주나는 아름다운 숲과 어우러진 성스럽고 서늘하며 맑은 물이 가득한 강을 보고 마음이 즐거워졌지요. 매서운 빛을 지닌 고결한 아르주나는 아름다운 그 숲을 즐기며 혹독한 고행에 전념했다고 합니다. 풀과 나무껍질 옷을 입고, 지팡이를 들고 사슴 가죽을 두른 그는 첫 달엔 세 밤이 온전히 지나고 나서야 열매를 먹었으며, 둘째 달엔 그 두 배인 여섯 밤이 지나서야 먹었고, 셋째 달엔 보름이 지나서야 땅에 떨어진 썩은 나뭇잎을 먹었답니다. 넷째 달이 오고 달이 차는 보름이 되자 완력 좋은 빤두의 후손은 그냥 공기만 마시며 기대는 곳 없이 팔을 치켜들고 발가락 끝으로 서서 고행했답니다. 빛을 가늠하기 어려운 고결한 그의 헝클어진 머리는 끊임없는 목욕재계로 인해 마치 번개와 연꽃처럼 빛이 났다고 합니다. 그래서 모든 대선인들이 삐나까[†]를 휘두르는 검푸른 목의 다복한 신쉬와에게 가서 엎드려 절하며 그의 은총을 구했습니다. 그들은 아르주나의 몸가짐에 대해 낱낱이 고하며 말했습니다.

'빛이 넘치는 쁘르타의 아들이 히말라야 산꼭대기에 들어앉아 하기 어려운 혹독한 고행을 하며 사방을 연기에 휩싸이게 하고 있습니다. 신들의 주인이시여, 우리들 누구도 그가 무엇을 하고자 하는지 알지 못합니다. 그가 우리 모두를 쇠잔해가게 하고 있습니다. 그를

삐나까_ 쉬와 신의 거대한 활 또는 삼지창.

막아주심이 좋겠습니다.'

대신이 말했다.

'흔쾌하고 성성한 마음으로 왔던 길로 어서 돌아가시오. 그가 마음속에 품은 뜻을 내가 압니다. 그는 하늘을 탐하지도, 주권이나 목숨을 바라지도 않습니다. 오늘 당장 그가 염원하는 것을 해줘야겠습니다.'

그 사냥꾼쉬와의 이야기를 듣고 진실을 말하는 선인들은 유쾌한 기분으로 자신들의 아쉬람으로 돌아갔답니다."

아르주나와 쉬와의 몸싸움

40

이어지는 와이샴빠야나의 이야기는 이러하다.

고결한 고행자들이 모두 떠난 뒤 삐나까를 손에 든 위대한 주인, 모든 악을 몰아내는 쉬와는 숲 속 사냥꾼 차림으로 변장했다. 그의 모습은 금빛 나무나 거대한 메루 산이 빛나는 것 같았다. 멋진 활과 독뱀 같은 화살을 준비한 쉬와는 산을 태우는 불처럼 무서운 빛을 내뿜으며 아르주나가 있는 곳을 향해 내려갔다. 같은 모양, 같은 차림새를 한 우마 여신†과 온갖 형태의 영령들도 흥겨워하며 사냥꾼이 입을 만한 여러 가지 옷을 입고 빛나는 신의 뒤를 따랐다. 사냥꾼 차

---

† 우마 여신_ 쉬와 신의 아내이자 빠르와띠라는 이름으로 더 잘 알려진 산(히말라야)의 딸.

림으로 변장하고 수천 명의 여인을 거느린 신은 놀랍도록 아름다웠다.

일순간에 모든 숲이 숨을 멈춘 듯했다. 계곡과 새도 소리를 죽였다. 고단함을 모르는 쁘르타의 아들 곁으로 다가간 쉬와는 디띠의 아들 아수라 무까의 놀라운 모습을 보았다. 무까는 멧돼지 모습으로 변장하고 아르주나를 덮쳐 죽이려던 참이었다. 아르주나는 자기를 죽이려는 멧돼지를 보고 간디와 활을 집어 들고 독뱀 같은 화살을 화살집에서 꺼냈다. 활에 화살을 걸자 활줄 튕기는 소리가 천지를 진동했다. 아르주나가 멧돼지를 향해 말했다.

'네 이놈, 난 누구도 해하려 하지 않았거늘 날 죽이려 하다니! 내가 먼저 너를 야마에게 보내주리라.'

무거운 활로 멧돼지를 겨누는 아르주나를 느닷없이 사냥꾼 차림의 쉬와가 막고 나섰다.

'검은 구름 같은 이놈에게 내가 먼저 활을 겨누었다.'

아르주나는 그의 말을 무시하고 활을 쏴 멧돼지를 맞혔다. 그와 동시에 형형한 빛을 뿜는 사냥꾼도 같은 과녁을 향해 불꽃 같고 불길 같은 화살을 날렸다. 산속의 번갯불과 번개처럼 양쪽에서 날아간 화살은 산처럼 거대한 무까의 몸에 동시에 박혔다. 불길을 내뿜는 뱀 같은 화살에 여기저기 꿰뚫린 무까는 죽어 락샤사 본래의 무서운 모습으로 다시 돌아왔다.

적을 퇴치한 아르주나는 사냥꾼 옷을 입은 금빛 나는 사람이 숱한 여인들에게 둘러싸여 있는 것을 보았다. 만족감에 젖어 있던 꾼띠의 아들은 웃으며 그에게 말했다.

'금빛 나는 이여, 인적 없는 숲을 여인들과 함께 다니는 당신은 누구요? 이 무시무시한 숲에서도 당신은 두려워하는 기색이 없소. 내가 겨눈 이 짐승을 향해 어찌 활을 쏘았소? 여기 이 락샤사는 내가 먼저 쏘았소. 욕심 때문에 그랬다거나 나를 업신여겨 그리했다면 내게 목숨을 구할 생각일랑 마시오. 당신이 지금 한 짓은 사냥꾼으로서의 도리가 아니오. 숲의 방랑자여, 그대의 목숨을 내놓아야겠소.'

이 말에 사냥꾼은 슬며시 웃으며 왼손잡이 빤두의 아들에게 부드럽게 대꾸했다.

'이것은 먼저 내 표적이었다. 그러니 내가 먼저다. 이놈은 내 화살을 맞고 죽었느니라. 자기 힘에 취해 남에게 허물을 씌우는 것은 좋은 습관이 아니니라. 어리석은 자여, 나를 모욕하다니, 그대의 목숨을 남겨두지 않으리라. 거기 서서 벼락같은 내 화살을 받아라. 그리고 힘껏 내게 대항해보라. 자, 화살을 날려라!'

두 사람은 무시무시한 소리를 계속 질러대며 독뱀 같은 화살을 날려 서로를 꿰뚫었다. 아르주나는 사냥꾼을 향해 화살 비를 날렸으며 쉬와는 기꺼운 마음으로 그것을 받았다. 삐나까를 휘두르는 신 쉬와는 잠시 동안 화살 비를 맞았다. 그러나 그는 우뚝 솟은 산처럼 상처 하나 없는 몸으로 끄떡도 하지 않고 서 있었다. 자신의 화살 비가 허망하게 스러지는 것을 본 아르주나가 놀라며 외쳤다.

'흠, 흠, 놀라운 일이로고. 히말라야 산봉우리에 사는 저 사람의 연약한 몸뚱이는 간디와 활에서 쏟아져 나오는 쇠 화살을 상처 하나 입지 않고 다 받아냈다. 대체 누구란 말인가? 이 산에 서른 명의 신들이 다 모인다고 하더니 그렇다면 저이는 신인가, 루드라인가, 약샤인가 아니면 신들의 제왕이란 말인가? 내 화살 비 수천 개를 다 받아낸 자가 삐나까를 든 신 말고 누가 있으리? 어떤 신이건 아니면 약샤건, 쉬와만 아니라면 날카로운 내 화살로 야마에게 보내주리라.'

이렇게 생각하자 힘이 솟은 아르주나는 태양이 빛을 쏘아대듯 치명타를 날리는 쇠 화살을 사냥꾼을 향해 쏘았다. 세상을 풍요롭게 하는 삼지창 든 신은 쏟아지는 돌의 비를 산이 받아내듯 그 모든 것을 흔쾌히 받아냈다. 한순간에 아르주나의 화살은 동이 나고 말았다. 화살이 동난 것을 본 아르주나는 놀라며 칸다와 숲을 태울 때 끝없이 화살이 나오는 화살집을 준 신 아그니를 생각했다.

'화살집에 화살이 떨어졌으니 이제 무엇을 날린단 말인가? 내가 쏜 화살을 다 집어삼켜버린 듯한 저 사람은 대체 누구란 말인가? 그렇다면 이제는 쇠꼬챙이 끝으로 코끼리를 찌르듯 저 사람을 활 끝으로 찔러 지팡이 든 신 야마에게 보내주리라.'

적의 처단자 꾼띠의 아들은 활 끝으로 그를 공격하기 시작했다. 그러나 사냥꾼은 그의 천상의 활마저 삼켜버렸다. 활을 잃은 아르주나는 칼을 들고 우뚝 섰다. 꾸루의 후예는 싸움을 끝내려는 생각으로 팔심을 다해 그에게 덤벼들었다. 산도 받아내기 어려운 날카로운 칼로 사냥꾼의 머리를 겨누었으나 칼은 그의 머리에 닿자마자 부러지고 말았다. 아르주나는 나무와 바위로 그에게 계속 싸움을 걸었으나 사냥꾼으로 변신한 거대한 몸집의 대신大神은 나무건 바위건 뭐든 다 받아냈다. 그러자 힘이 넘치는 쁘르타의 아들은 분노의 입김을 뿜어대며 사냥꾼 모습의 무적의 신을 향해 벼락같은 주먹을 날렸고 쉬와 또한 아르주나를 향해 인드라의 벼락같은 주먹을 날렸다. 빤두의 아들과 사냥꾼의 주먹싸움으로 인해 무시무시한 소리가 일었다. 인드라와 우르뜨라의 싸움 같은, 온몸의 털을 곤두서게 하는 섬뜩한 주먹싸움이 얼마간 계속되었다. 힘이 넘치는 아르주나가 사냥꾼의 가슴을 잡았다. 사냥꾼 또한 힘껏 그를 밀어붙였다. 거머쥔 팔과 가슴을 얼마나 밀어댔는지 둘 사이에선 숯을 피운 듯한 검은 연기가 모락모락 피어올랐다. 마침내 대신 쉬와가 아르주나를 거머쥐고 그의 사지를 힘으로 사정없이 눌러 그는 혼절할 지경에 이르고 말았다. 신 중의 신에게 사지와 옆구리를 눌린 아르주나는 마치 고깃덩이처럼 몸의 중심을 잃고 말았다. 숭고한 신에게 사지가 눌린 그는 숨을 쉴 수가 없었다. 그는 정신을 잃고 쓰러졌다. 쉬와는 매우 흡족해했다.

성스런 신이 말했다

'오, 오, 아르주나여, 견줄 데 없는 그대의 행적에 매우 흡족하구나. 장하다. 그대의 용기와 당당함을 당해낼 만한 크샤뜨리야는 세상에 없으리라. 순결한 이여, 그대의 힘과 기력은 이제 나와 같다. 기운 넘치는 황소 같은 사내여, 그대를 보는 내 마음 기쁘기 한량없구나. 큰 눈의 사내여, 내 그대에게 천상의 눈을 주겠노라. 그대는 오래된 선인이었다. 이제 전장에서 이 세상 어느 적도 그대를 물리칠 수 없으리라. 천상의 신들도 그대를 이길 수 없으리.'

이어지는 와이샴빠야나의 이야기는 이러하다.

그때서야 아르주나는 산에 머무는 대신 쉬와가 삼지창을 들고 빛을 뿜으며 아내와 함께 서 있는 것을 보았다. 적의 도시를 물리친 쁘르타의 아들은 땅에 무릎을 꿇고 머리 숙여 절한 다음 쉬와를 찬미했다.

아르주나가 말했다.

'해골을 손에 든 신이시여, 만물의 주인이시여, 바가†의 눈을 파괴하신 분이시여, 오 샹까라여, 저의 무례함을 용서하소서. 신들의 주인이시여, 저는 오로지 님을 만나려는 일념으로 님께서 좋아하시는 고행자들 최고의 거주지, 이 큰 산에 왔나이다. 만물의 우러름받는 분이시여, 용서를 구하나이다. 대신이시여, 저의 이 무례함이 죄가 되지 않게 하소서. 무지함 때문에 님과 격투를 벌였나이다. 님께 귀의하나니 굽어살피옵소서.'

이어지는 와이샴빠야나의 이야기는 이러하다.

그가 이렇게 말하자 빛이 넘치는 신, 소를 깃발로 삼은 쉬와가 웃으며 아르주나의 빛나는 팔을 잡아 일으킨 뒤 '용서하노라'라고 말했다.

바가_ 『와마나뿌라나』에 나오는 인물. 쉬와는 언젠가 브라흐마가 거짓말을 했음을 알고 그를 단죄하기 위해 브라흐마가 가진 네 개의 머리 중 하나를 뽑아버린다. 브라흐마는 분노하여 "뽑은 그 머리로 구걸하며 다니거라"라는 맞저주를 쉬와에게 내린다. 그러한 저주에 화가 난 쉬와는 온 세상을 분노의 불길로 태우고 다니다 곁에 있던 태양신 수르야의 손을 자르고 그가 피에 물들 때까지 빙빙 돌리며 혼절시킨다. 또한 곁에서 노려보던 수르야의 형제 바가의 눈도 뽑아버린다.

41

성스런 신이 말했다.

'그대는 오래된 성자 나라였느니라. 나라야나를 벗 삼아 그대는 수억 년의 시간 동안 바드리에서 혹독하게 고행했었다. 최상의 존재 그대와 위슈누에게는 누구도 범접할 수 없는 빛이 넘쳐나 그 빛이 세상을 지탱했었지. 인드라의 대관식에서 그대는 우기의 구름처럼 울리는 활을 들고 끄르슈나와 함께 악마들을 제압했었지. 쁘르타의 아들이여, 그것은 그대의 팔에 너무나 익숙한 간디와 활이었다. 뛰어난 사내여, 그대와 씨름하다 그것을 내가 신묘한 힘으로 삼켜버렸지. 다함없이 활을 쏟아내는 그 익숙한 두 개의 화살집을 다시 한 번 돌려주겠다. 진실을 힘으로 삼는 쁘르타의 아들이여, 그대를 보니 참으로 흡족하구나. 황소 같은 인간이여, 소원이 있거든 무엇이건 말해보거라. 영예를 주는 사내여, 죽음 있는 인간 세상에서 누구도 그대와 같지는 않으리라. 적을 제압하는 사내여, 천상에서도 그대와 같은 힘을 가진 크샤뜨리야는 아무도 없을 것이다.'

아르주나가 말했다.

'신이시여, 저를 어여삐 여기신다면 이 소원을 들어주소서. 권능하신 황소 깃발의 신이시여, 저는 브라흐마의 머리라고 부르는 무서운 천상의 무기 빠슈빠띠를 갖기 바라나이다. 무시무시한 괴력을 갖고 있어 한 유가를 끝낼 때의 끔찍한 불처럼 온 세상을 태울 수 있는 그 무기를 바라나이다. 그것으로 저는 전투에서 다나와들과 락샤사들을 태우고 귀신들과 삐샤짜와 간다르와와 뱀들을 태울 것입니다.

주문을 제대로 사용한다면 그 입에서는 수천 개의 삼지창과 무서운 철퇴, 독뱀 같은 화살이 쏟아질 것입니다. 그것으로 저는 비슈마, 드로나, 끄르빠 그리고 입이 험한 마부의 아들 까르나와 싸울 것입니다. 바가의 눈을 빼앗으신 성스런 신이시여, 이것이 제가 바라는 최상의 소원입니다. 님의 은총으로 그들과 겨룰 수 있도록 해주소서.'

성스런 신이 말했다.

'빤두의 아들이여, 내가 가장 아끼는 위대한 빠슈빠띠 날탄을 그대에게 주리라. 그 날탄은 유지하고 날리며 파괴하는 힘이 똑같다. 인드라도, 야마도, 약샤들의 왕 꾸베라도, 와루나도 그리고 바람의 신 와유도 이것을 쓰는 법은 알지 못한다. 인간이야 말해 무엇하겠느냐? 그러나 쁘르타의 아들이여, 이것은 무분별하게 인간을 향해 쏘아서는 안 되느니라. 힘이 약한 사람에게 날리면 이것은 온 세상을 태우고 말 것이다. 그래서 살아 있거나 아니 살아 있는 삼계의 모든 것을 파괴하고 말 것이다. 또한 이것은 마음으로도, 눈길로도, 말로도 그리고 활을 이용해서도 모두 날려 보낼 수 있는 무기이니라.'

이어지는 와이샴빠야나의 이야기는 이러하다.

그 말을 들은 쁘르타의 아들은 마음을 깨끗이 하고 정신을 한곳으로 모은 뒤 세상의 주인 앞으로 다가갔다. 신이 말했다.

'이제 배우라!'

그런 뒤 그는 최상의 빤다와에게 죽음의 화현 같은 그 날탄에 관해 그것이 되돌아오게 하는 법 등 모든 것을 가르쳐주었다. 예전에 우마 여신이 세 개의 눈을 가진 배우자쉬와를 섬겼던 것처럼 날탄은 고결한 그 영웅을 받들었다. 아르주나는 기쁜 마음으로 그것을 받아 들였다. 그러자 땅이 움직이고 산과 숲과 나무와 황야와 바다와 도시와 마을과 광산이 모두 흔들렸다. 그 순간 수천 개의 소라고둥과 북과 장구 등이 울리며 큰 소용돌이가 일었다. 그러고는 무섭게 타오르는 공포의 날탄이 형상화된 모습을 취하고 무량한 빛의 빤다와 곁에 자리 잡았다. 모든 신과 다나와들이 그 모습을 지켜보았다. 세 개의 눈을 가진 신 쉬와가 무량한 빛의 아르주나를 만지자 그의 몸에 있던 불순한 것들이 모두 사라졌다. 세 개의 눈을 가진 신이 아르주나를 보내며 말했다.

'이제 천상으로 가거라.'

쁘르타의 아들은 머리 숙여 절하며 합장한 채 그를 바라보았다.

천인들의 권능하신 주인
지혜를 구족한 산의 주인, 우마의 배우자 쉬와께서
디띠의 아들들과 삐샤짜들 처단할 위대한 활
간디와를 최고의 사내에게 건네주었네.

그러고는 새하얀 봉우리와 강과 동굴들이 있는 성산
대선인들과 새들이 머무는 그곳을 떠나
우마와 함께 하늘로 갔다네.
아르주나, 그의 모습 지켜보고 있었다네.

42

와이샴빠야나가 말했다.

"세상의 눈앞에서 태양이 사라지듯 삐나까를 휘두르는 황소 깃발의 신은 아르주나의 눈앞에서 사라져버렸습니다. 바라따의 후손이시여, 적의 영웅을 처단하는 아르주나는 기쁨을 감출 수 없었지요. 그는 '대신을 눈앞에서 직접 뵙다니 나는 복 많은 사람이다. 소원을 들어주시는 세 눈 가진 신을 직접 뵙고, 삐나까 휘두르는 그분을 내 손으로 직접 만졌으니 나는 신의 은총을 받았구나! 모든 일이 성취되었고, 적을 물리치려는 내 목적도 이루어졌구나!' 라고 생각하며 몹시 기뻐했답니다.

바로 그때 영예로운 물의 주인 와루나가 청금석 빛을 띤 모습으로 주변을 환히 밝히며 나타났습니다. 그는 물에 사는 생물, 뱀과 강과 호수, 다이띠야들과 사드야 그리고 천인들에 둘러싸여 있었답니다. 물에 사는 생물의 주인인 위력적인 와루나가 그곳에 온 것입니다. 그의 뒤를 이어 금빛으로 빛나는 몸, 눈부시게 아름다운 모습을 한 풍요의 신 꾸베라가 빛나는 하늘 마차를 타고 나타났지요. 약샤들에게 둘러싸인 그는 아르주나를 보기 위해 자신의 빛으로 창공을 밝히며 온 것입니다. 그의 뒤를 이어 위용 넘치는 영예로운 야마, 세상의 종말을 가져오는 그가 직접 그곳에 왔습니다. 몸이 있거나 없는 조상들과 함께 온 만물의 파괴자, 태양 위와쉬와뜨의 아들이자 다르마의 신인 그는 하늘 마차를 타고 삼계를 밝히며 그곳에 왔습니다. 상상할 수 없는 위력을 지닌 그는 손에 지팡이를 들고 있었으며 구햐까들과 간다르와, 빤나가[*]들을 빛나게 하는 말세 때의 태양 같았답니다. 다채롭게 빛나는 큰 산봉우리 가까이 온 그들은 그곳에서 고행에 전념하고 있는 아르주나를 보았지요. 뒤이어 곧 아이라와따의 머리에 탄 인드라가 아내 인드라니와 함께 여러 신들에게 둘러싸여 그곳에 왔습니다. 별들의 제왕인 달이 새하얀 빛을 우산처럼 그의 머리에 비춰주고 있어 그는 마치 흰 구름 위에 앉아 있는 것처럼 보였답니다. 간다르와, 선인, 수행자들의 찬가를 들으며 그는 솟아오르는 태양처럼 산꼭대기에 올랐습니다. 그때 남쪽에 앉아 있던, 다르마를 가장 잘 아는 지혜로운 야마가 비 담은 구름 같은 상서로운 목소리로 말했습니다."

이어지는 와이샴빠야나의 이야기는 이러하다.

야마가 말했다.

'아르주나, 오, 아르주나여, 우리를 보거라. 세상의 수호신들이 모두 왔느니라. 우리는 그대에게 천상의 눈을 주리라. 그대는 우리들을 볼 수 있는 그릇이 되기 때문이다. 그대는 무량한 혼을 지닌 위력

빤나가_ 『마하바라따』에 등장하는 뱀 관련 이름들은 아래와 같다. '사르빠'는 일반적인 뱀을, '둔두비'는 구렁이를, '나가'는 용처럼 거대한 뱀이나 뱀족을 가리킨다. '빤나가'는 사르빠와 나가의 중간(이무기?)을 가리킨다.

넘치던 옛 선인 나라이며, 브라흐마의 명에 따라 죽음 있는 인간이 되어 인드라를 빌어 태어났느니라. 그리하여 놀라운 힘과 기력을 갖추고 있는 것이다. 꾸루의 후예여, 그대는 바라드와자의 아들 드로나가 지키는, 불을 만지듯 뜨거운 크샤뜨리야들을 모두 물리치게 되리라. 또한 인간으로 태어난 기력 넘치는 다나와들과 니와따까와짜들도 모두 그대에게 정복될 것이다. 다난자야여, 온 세상에 빛을 보내는 신, 내 아버지 태양신의 한 조각을 받아 태어난 까르나, 놀라운 힘을 가진 그도 그대에게 죽임을 당하리라. 꾼띠의 아들이여, 지상에 내려온 신과 간다르와와 락샤사들의 부분 화신들도 전장에서 그대에게 패한 뒤 자기가 지은 업에 따라 사후 세계로 가게 되리라. 아르주나여, 이 세상에서 그대의 명예는 다함이 없을 것이다. 그대는 직접 현신한 대신과의 대전투에서 그를 흡족케 했다. 그대는 위슈누와 함께 이 땅의 짐을 덜어줄 것이다. 힘이 넘치는 용사여, 여기 이 무기, 거침없는 내 지팡이를 받아라. 이것으로 그대는 큰일을 해낼 것이다.'

쁘르타의 아들, 꾸루의 후예는 예를 갖추어 무기를 받아들었다. 그것을 사용하는 진언과 유지하고 날리며 돌아오게 하는 방법도 함께 받았다.

그러자 서쪽에 기거하는 물의 생물의 제왕, 검은 구름 같은 와루나가 이어 말했다.

'쁘르타의 아들이여, 그대는 크샤뜨리야의 율법을 굳게 지키는 최고의 크샤뜨리야이다. 그대의 크고 붉은 눈으로 나를 보라. 나는 물의 주인 와루나이니라. 여기, 아무도 피할 수 없는 와루나의 덫이 있다. 꾼띠의 아들이여, 이것을 그대에게 줄 터이니 이것의 비법과 돌아오게 하는 법을 함께 배우도록 하라. 영웅이여, 이 덫으로 나는 따라까 전투에서 기개 충천한 수천 명의 다이띠야들을 다스렸다. 기상 높은 용사여, 은총을 베풀어 그대에게 주는 것이니 어서 이것을 받아라. 이 덫을 펴면 야마도 피할 수 없을 것이다. 그대가 이 날탄으로 전장을 누비면 이 땅은 크샤뜨리야들이 없는 세상이 되리라.'

와루나와 야마가 자기들의 천상의 날탄을 아르주나에게 건네준 다음 까일라사 산에 기거하는 풍요의 신 꾸베라가 말했다.

'기력 넘치는 왼손잡이 용사, 까마득히 오래된 신이여, 그대는 셀 수 없는 오랜 세월을 언제나 우리와 함께 수행하곤 했었지. 자, 내게서도 날탄을 받아라. 이것은 기운과 힘과 빛을 몰아내는 사라짐의 날탄 안따르다나이다. 적의 처단자여, 이것은 적들을 잠들게 할 것이다.'

꾸루의 후예, 완력과 힘이 넘치는 아르주나는 예를 다해 꾸베라의 천상의 날탄을 받아들었다. 이제 의기충천한 쁘르타의 아들에게 신들의 제왕 인드라가 우기의 구름 같은 소리, 북이 울리는 듯한 소리로 다정하고 부드럽게 말했다.

'완력 넘치는 꾼띠의 아들이여, 그대는 오래된 신, 궁극의 목적을 이루어 직접 신의 길을 걸었었다. 적을 다스리는 이여, 이제 그대가 신들을 위해 수행해야 할 큰일이 있다. 하늘 세계로 올라가자. 빛나는 이여, 준비하도록 하라. 마딸리가 이끄는 마차가 그대를 위해 지상으로 올 것이다. 꾸루의 후예여, 그대가 하늘 세계로 오면 그때 천상의 무기들을 주리라.'

산봉우리에 운집한 세상의 수호신들을 본 꾼띠의 사려 깊은 아들 다난자야는 그저 놀랄 뿐이었다. 빛이 넘치는 아르주나는 모여든 세상의 수호신들을 위해 말로써 예를 다하고 물과 과일을 바치며 경의를 표했다. 신들 또한 다난자야에게 경의를 표한 뒤 생각과 소망의 빠르기로 자기들이 왔던 곳으로 돌아갔다. 이렇게 무기를 얻은 아르주나는 자신의 소망이 이루어지고 일이 순조롭게 되어가는 것에 마음이 뿌듯하고 기뻤다.

아르주나, 인드라의 천상 세계를 여행하다

43

와이샴빠야나가 말했다.

"왕들의 주인이시여, 세상의 수호신들이 떠나자 적을 괴롭히는 용사 쁘르타의 아들은 과연 신들의 제왕의 마차가 올 것인지 궁금해 하고 있었습니다. 사려 깊은 아르주나가 그런 걱정을 하고 있을 때 마침 마딸리가 끄는 빛나는 마차가 왔답니다. 마차는 하늘의 어둠을 걷어내고 구름을 가르며, 우기의 구름이 내는 번갯불 같은 소리로 허공을 채우며 나타났습니다. 솜털 구름 같고 산 같은 천상의 마차는 눈부시게 빛나는 천 마리의 바람 같은 말들이 끌고 있었고, 칼과 무서운 형상의 창들, 날카로운 철퇴, 천상의 위력을 지닌 날탄, 번쩍이는 번개와 번갯불, 수다르샤나와 쇠로 만든 둥근 무기들, 날카롭게 바람을 가르는 공작새와 구름 소리를 내는 무기들 그리고 거대한 몸집을 하고 독을 뿜어대는 무서운 뱀들을 싣고 있었습니다. 신묘한 마법 같은 마차는 눈으로 따라잡을 수 없을 만큼 빨랐답니다. 거기엔 푸른 연꽃처럼 짙고 금으로 장식한, 와이자얀띠라는 짙푸른 대나무 깃대가 빛을 뿜으며 꽂혀 있었습니다. 금으로 치장한 마부가 앉아 있는 것을 본 완력 넘치는 쁘르타의 아들은 그 마차가 천상의 것임을 알아차렸지요. 아르주나가 마차에 대해 생각하고 있을 때 마딸리는 머리 숙여 예를 표하며 그에게 말했습니다.

'인드라의 아들이여, 영예로운 인드라께서 그대를 보고 싶어 하오. 어서 인드라의 명예로운 마차에 오르시오. 천계 최고의 신인 그대의 부친이며 백 번의 희생제를 올린 그분께서는 서른세 명의 신들이 꾼띠의 아들을 봐야 한다고 하시었소. 여러 다른 신들과 선인들과 간다르와들과 압싸라스들에 둘러싸여 계신 인드라께서 몸소 그대를 보고자 기다리고 계시오. 인드라의 명에 따라 지상에서 신들의 세계로 갈 수 있도록 어서 마차에 오르시오. 그대는 무기를 얻어 곧 이곳으로 돌아오게 될 것이오.'

아르주나가 말했지요.

'마딸리여, 어서 이 훌륭한 마차에 오르시지요. 숱하게 보시를 하며 백 번의 라자수야 희생제와 아쉬와메다 희생제를 지낸 운 좋은 왕들도 오르기 어려운 마차가 아니던가요? 천인들과 다나와들도 이 훌륭한 마차에 쉬이 오를 수가 없지요. 어지간한 수행으로는 보기도 만지기도 어려운 이 대단한 천상의 마차를 어찌 탈 생각이나 해보겠습니까? 당신이 마차에 오른 뒤 말들이 진정되면 공덕 많은 자가 선자들의 길을 따르듯 제가 뒤이어 타지요.'"

이어지는 와이샴빠야나의 이야기는 이러하다.

아르주나의 말을 들은 인드라의 마부 마딸리는 지체 없이 마차에
올라 고삐를 쥐고 말들을 진정시켰다. 아르주나는 기쁜 마음으로 강
가의 성수에 목욕재계하고 의례에 따라 진언을 외웠다. 그런 뒤 꾼띠
의 아들은 제례 절차에 따라 조상들께 제사를 지내고 산의 제왕 만다
라에게도 작별을 고했다.

'산이시여, 당신은 언제나 법과 지계를 지키는 선한 사람들, 공덕
많은 수행자들 그리고 하늘을 구하는 사람들에게 의지처가 되어주
십니다. 당신의 은총으로 브라만, 크샤뜨리야, 와이샤들이 모든 고
통을 접고 신들과 함께 하늘로 가는 것입니다. 산의 제왕이시여, 위
대한 봉우리시여, 수행자들의 의지처여, 성소 중의 성소여, 저는 이
제 이곳을 떠나며 당신께 작별을 고합니다. 당신 곁에서 참으로 즐거
운 날들을 보냈습니다. 이곳에서 지내는 동안 저는 당신의 여러 산봉
우리들과 덩굴들과 강과 계곡과 성스러운 장소들을 숱하게 보아왔
습니다.'

이렇게 말을 마친 뒤 적을 처단하는 영웅 아르주나는 산에 작별
을 고하고 태양처럼 빛나는 천상의 마차에 올랐다. 사려 깊은 꾸루의
후예는 태양 같고 성스러우며 놀라운 일을 해내는 마차에 기쁜 마음
으로 훌쩍 뛰어올랐다.

마차는 지상을 걷는 죽음 있는 인간들에게 보이지 않는 길로 갔
다. 가는 도중 아르주나는 수천 대의 놀라운 하늘 마차를 보았다. 그
곳에는 태양도 달도 불도 비출 필요가 없었다. 모든 것은 자기의 공

덕으로 얻은 스스로의 빛으로 빛나고 있었다. 그곳에는 모든 것들이 별처럼 반짝이고 있었다. 별의 형태로 보이는 불빛들은 멀리서 빛나고 있어 작은 기름등잔처럼 보이지만 사실은 매우 큰 것들이었다. 빤두의 아들은 자기의 빛으로 자신의 거처를 밝히고 있는 아름답고 밝게 빛나는 온갖 불빛을 보았다. 그곳에서 그는 선인왕들, 싯다들, 전장에서 목숨을 잃은 영웅들, 고행으로 하늘을 얻은 자들이 수없이 모여 있는 것을 보았다. 태양과 불처럼 빛나는 수천 명의 간다르와들, 구햐까들, 선인들, 압싸라스들이 북적거리고 있었다. 이처럼 스스로 빛을 발하는 세계를 본 아르주나는 놀라서 마딸리에게 공손하게 물었다. 마딸리는 즐거워하며 대답했다.

'영웅이여, 이들 모두는 선업을 쌓은 자들로, 자기들이 머무는 곳을 밝히고 있는 것이라오. 당신이 사는 세계에서는 이것들이 모두 별처럼 보이는 것이지요.'

뒤이어 아르주나는 성문 앞에 서 있는 영예로운 흰 코끼리 아이라와따를 보았다. 코끼리는 네 개의 상아를 갖고 있었으며, 마치 까일라사 산봉우리처럼 우뚝했다. 싯다들의 길을 지나가고 있는 가장 뛰어난 꾸루의 후손, 빤두의 아들은 마치 예전의 만다뜨르 대왕처럼 빛났다. 연꽃 눈의 아르주나는 수많은 천상의 왕들이 사는 지역을 지나 마침내 인드라의 도시 아마라와띠†에 이르렀다.

아마라와띠_ '마라'는 죽음을 '아'는 부정의 의미를, '와뜨'는 소유를, '와띠'는 이중 소유를 표시하는 어미로, 이 말은 죽음없는 이들, 즉 신들을 담고 있는 곳, 다시 말해 신들이 사는 곳이라는 뜻이다.

44

이어지는 와이샴빠야나의 이야기는 이러하다.

그는 싯다와 하늘 시인들로 붐비는 아름다운 도시를 보았다. 도시는 사계절 내내 꽃이 피는 성스러운 나무들로 치장되어 있었다. 꽃향기를 싣고 오는 감미로운 바람이 그에게 부채질을 해주었다. 그는 압싸라스들이 즐겨 찾는 천상의 난다나 동산도 보았는데, 그곳 천상의 나무들이 활짝 핀 꽃으로 그에게 오라고 손짓하는 것 같았다. 그 선업의 세계는 혹독한 고행을 하지 않았거나 불에 제물을 바치지 않은 자들은 볼 수 없는 곳이었다. 전쟁에서 등을 돌린 자들, 제사를 지내지 않거나 거짓으로 행하는 자들, 베다를 배우지 않은 자들, 성지에서 몸을 씻지 않은 자들, 의식을 행하지 않거나 보시하지 않은 자들, 희생제를 파괴한 자들, 비천한 자들, 주정꾼들, 스승의 아내와 잠자리를 하는 자들, 깨끗하지 않은 고기만을 찾아 먹는 자들 그리고 사악한 자들은 이르지 못하는 곳이었다. 완력 넘치는 사내는 천상의 가무가 어우러지는 동산을 보면서 인드라가 아끼는 도성에 들어갔다.

그곳에서 아르주나는 마음먹은 대로 움직이는 신들의 마차 수천 대가 여기저기 돌아다니는 것을 보았다. 간다르와와 압싸라스들은 찬가를 부르며 빤두의 아들을 맞았고, 맑고 향기로운 바람이 부채질을 해주었다. 신, 간다르와, 싯다 그리고 대선인들이 기운 넘치는 쁘르타의 아들을 반갑게 맞았다. 그들은 축복을 내리고 천상의 악기로 찬미하며 완력 넘치는 사내를 소라고둥과 북이 울리는 길로 인도했다. 아르주나는 신들의 길이라고 알려진, 시원하게 펼쳐진 드넓은 별들의 길을 찬송을 받으며 걸었다. 인드라의 명에 따라 그곳에서 그는 사드야, 위쉬웨 데와스, 마루뜨, 아쉬윈, 아디띠야, 와수, 루드라, 흠절 없는 제석천의 선인들과 딜리빠를 선두로 한 수없이 많은 선인왕들, 뚬부루, 나라다, 하하와 후후라는 간다르와들을 만났다. 꾸루의 후예는 그들을 만나 예를 갖춘 뒤 마침내 신들의 제왕, 적을 길들이는 신, 백 번의 희생제를 지낸 인드라를 친견했다.

완력 넘치는 쁘르타의 아들은 마차에서 내려 아버지 인드라를 만났다. 인드라는 황금 대가 받쳐진 아름답고 새하얀 우산 아래 앉아 있었다. 천상의 향기를 간직한 부채가 그를 시원하게 해주고 있었다. 위쉬와와수를 비롯한 간다르와들이 그를 찬양했으며, 빼어난 브라만들은 르그베다, 야주르베다, 사마베다의 운율로 그를 찬미했다. 용맹스런 꾼띠의 아들은 그에게 다가가 고개 숙여 절했다. 인드라는 두 팔로 그를 감싸 안아주며 손을 잡고 성자들이 맑혀놓은 성스런 왕좌에 아르주나를 앉히고 자신도 옆에 앉았다. 신들의 제왕은 고개 숙이고 있는 아르주나의 머리 냄새를 맡으며 자기 품에 안았다. 인드라의 지시에 따라 그의 자리에 앉은 아르주나는 또 다른 인드라 같았다.

우르뜨라를 죽인 신 인드라는 애정이 넘치는 향기로운 손으로 아르주나의 잘생긴 얼굴을 부드럽게 어루만져주었다. 인드라는 아름답고 긴 팔로, 활시위로 단단해져 두 개의 황금 기둥 같은 아르주나의 팔을 부드럽게 만져주었다. 왈라를 처단한 이, 벼락을 휘두르는 인드라는 벼락으로 단단해진 손으로 끊임없이 아르주나의 팔을 어루만졌다. 우르뜨라를 처단한 신, 천 개의 눈을 가진 인드라는 한없이 미소 지으며 아르주나를 바라보았고, 그의 눈은 기쁨으로 가득 차 있었다. 아들을 보는 인드라의 갈증은 봐도 봐도 풀리지 않을 정도였다. 한 의자에 앉은 그들은 사방을 빛냈다. 그믐날 하늘에 해와 달이 함께 떠 있는 것 같았다. 거기에 더해 노래와 운율에 달통한 뚬부루를 비롯한 간다르와들의 더없이 감미로운 운율이 울려 퍼졌다. 그르따찌, 메나까, 람바, 뿌르와쩟띠, 스와얌쁘라바, 우르와쉬 등의 아름다운 압싸라스들의 달콤한 노랫소리도 들려왔다. 아름다운 연꽃 눈을 가진 천상의 여인들이 싯다들의 마음을 흔들리게 하며, 풍만한 엉덩이와 가는 허리와 가슴을 흔들며 춤을 추었다. 그들은 곁눈질과 애교스런 몸짓으로 사람들의 마음과 가슴을 빼앗으며 춤을 추고 있었다.

45

와이샴빠야나가 말했다.

"인드라의 뜻을 받든 신과 간다르와들은 서둘러 최고의 아르갸로 아르주나를 대접했습니다. 그들은 왕의 아들에게 발 씻을 물과 입

헹굴 물을 대접한 다음 인드라의 궁궐에 들게 했답니다. 이런 환대 속에 인드라의 아들은 아버지의 궁궐에 머물며 무기를 사용하는 법과 파괴하는 법을 배웠습니다. 인드라에게서는 그가 아끼는, 범접하기 어려운 벼락 날탄을 받았답니다. 그것은 구름과 춤추는 공작의 모습을 본떠 만들었으며 아르주나는 무서운 뇌성을 울리게 하는 법을 배웠지요. 이렇게 모든 무기 사용법을 다 익힌 꾼띠의 아들은 빤다와 형제들을 상기하곤 했습니다. 그러나 그는 인드라의 명으로 그곳에서 다섯 해를 더 안락하게 지냈답니다. 그러던 어느 날 그가 무기 사용법을 완벽하게 익히자 인드라는 쁘르타의 아들에게 말했습니다.

'꾼띠의 아들이여, 이제 찌뜨라세나에게서 여러 가지 춤과 노래하는 법을 배우도록 해라. 인간 세상에서는 볼 수 없는, 신들이 만든 천상의 악기를 완벽하게 익히도록 하거라. 꾼띠의 아들이여, 그것을 익히면 네게 잘 쓰일 일이 있을 것이니라.'"

이어지는 와이샴빠야나의 이야기는 이러하다.

적의 도시를 뒤흔드는 신인드라은 찌뜨라세나에게 벗 삼으라며 그를 맡겼다. 아르주나는 그와 함께 즐거운 시간을 보냈다.✝

찌뜨라세나는 아르주나에게 천상의 가무를 익히게 했다. 간다르

~시간을 보냈다_ 이하의 요정 우르와쉬 이야기는 보리본에는 없으나 찌뜨라샬라본을 참고하여 덧붙인 것이다. 이 이야기는 민중들 사이에 널리 알려져 있을 뿐만 아니라 4장 위라타를 구성하는 데 중요한 역할을 한다.

와들 사이에서도 따를 자가 없을 만큼 찌뜨라세나의 가무는 뛰어났다. 이렇게 찌뜨라세나와 아르주나의 돈독한 관계는 무르익어갔으나 두고 온 형제들을 생각할 때마다 아르주나는 마음이 아팠다. 어느 날 아르주나의 눈길이 아름다운 요정 우르와쉬에게 머물고 있는 것을 본 인드라는 다시 찌뜨라세나를 불렀다. 아르주나가 여인과 즐길 수 있도록 하기 위함이었다. 찌뜨라세나는 곧장 우르와쉬에게 가서 아르주나의 덕을 찬양하며 그의 동반자가 되어줄 것을 청했다. 우르와쉬가 말했다.

'나는 항상 나를 마음에 두는 사람을 사랑하지요. 아르주나를 연인으로 삼지 못할 까닭이 어디 있나요? 인드라 님의 말씀도 그러하고 당신과의 우정을 봐서도 그러하고, 아르주나의 덕을 칭송하는 말도 마음을 움직였답니다. 난 벌써 사랑의 신에게 사로잡혔어요. 아르주나를 흔쾌히 내 연인으로 받아들이지요.'

찌뜨라세나를 보낸 뒤 우르와쉬는 아르주나를 유혹하려고 몸을 씻고 매혹적인 모습으로 치장했다. 이미 사랑의 신의 화살에 맞은 터라 정염이 타오른 그녀는 넓고 안락한 천상의 침상에서 아르주나와 즐기는 상상을 했다. 황혼이 깊어지고 달이 떠오르자 우르와쉬는 아르주나가 살고 있는 집으로 향했다. 꽃으로 단장한 우르와쉬의 길게 땋아 내린 머리는 더욱 매혹적으로 보였다. 그녀의 우아한 자태와 보름달 같은 얼굴은 달을 끌어들일 만큼 아름다웠다. 금으로 치장하고 전단향으로 향기를 낸 그녀의 가슴은 떨리기 시작했다. 약간의 술을 마신 그녀는 욕정에 사로잡혀서인지 평소보다 더욱 요염해 보였다. 수없이 아름다운 것들이 있음에도 천상에 사는 싯다와 하늘 시인들은 그녀보다 더 아름다운 것은 세상에 없다는 듯 그녀에게서 눈길을 거두지 못했다. 구름 색의 고운 천으로 윗몸을 감고 있는 그녀는 구름에 감긴 창공 같았다. 그녀는 곧 아르주나의 거처에 이르렀다. 우르와쉬는 시종을 보내 자기가 왔음을 알렸다. 그녀는 곧 빛나는 아르주나의 처소로 안내되었다. 그러나 한밤중에 자기 집에서 그런 아름다운 여인을 본 아르주나는 두려움에 휩싸이고 말았다. 그는 공손히 눈을 내리깔고 그녀에게 절한 뒤 어른들에게 드리는 것과 같은 예를 올리며 말했다.

'아름다운 압싸라스여, 고개 숙여 절하옵니다. 명을 내리소서. 온 마음으로 당신의 명을 받들겠나이다.'

이와 같은 아르주나의 말에 우르와쉬는 넋을 잃을 지경이었다. 그녀는 자기와 찌뜨라세나 사이에 있었던 이야기를 들려주었다. 자신은 인드라의 명과 찌뜨라세나의 청으로 이곳에 왔으며 아르주나의 공덕에 감동해 그 전부터 사랑에 빠져 있었노라고 고백했다. 이야기를 듣고 있던 아르주나는 수치심으로 인해 두 귀를 막으며 말했다.

'성스런 여인이시여, 제가 어찌 감히 그런 말을 들을 수 있겠습니까? 저는 당신을 제가 감히 쳐다보지도 못하는 분의 아내로, 또는 제 어머니 꾼띠와도 같은 분으로 생각하고 있습니다. 당신은 인드라의 왕비이신 샤찌 여신 같은 분입니다. 제가 그날 춤추는 당신을 눈여겨본 것은 사실이지만 그것은 단지 당신 또한 우리 꾸루족의 어머니 같은 분이라는 생각이 들었기 때문입니다. 제가 다른 감정을 품는 것은 온당치 않습니다. 당신은 저보다 훨씬 훌륭하신 분이며 저의 부모와도 같기 때문입니다.'

우르와쉬가 말했다.

'인드라의 아들이여, 우리 압싸라스들은 언제나 자유로운 몸이랍니다. 누구의 제약도 받지 않지요. 그러니 내가 당신보다 뛰어나다는 생각은 하지 마세요. 공덕이 많아 여기 왔던 수많은 꾸루족의 아들과 손자들도 우리와 즐겼답니다. 그러니 날 보내려 하지 마세요. 난 욕정으로 타버릴 것 같답니다. 어서 나를 받아들이세요.'

아르주나가 대답했다.

'완벽하게 아름다운 여인이시여, 제 말을 들으소서. 사방과 하늘과 신들도 모두 함께 제 말을 들으소서. 당신은 참으로 제게 꾼띠와 마드리와 샤찌 같은 분입니다. 부모와도 같은 당신을 전 존경할 따름입니다. 당신께 고개 숙여 절하고 당신의 발아래 꿇어 엎드리옵니다. 어머니처럼 당신은 제게 절을 받아야 하는 분입니다. 아들처럼 절 보살펴주소서.'

이 같은 말을 들은 우르와쉬는 분노로 정신을 잃을 지경이었다. 그녀는 분노로 덜덜 떨며 아르주나를 저주했다.

'아버지의 명령을 받고 사랑의 신의 포로가 되어 찾아온 여인을 능멸했으니 그대는 남성을 잃고 내시가 되어야 하리라. 여인들 사이에서 춤을 추며 지내야 하리라.'

아르주나를 저주한 우르와쉬는 분노로 입술을 덜덜 떨며 더운 숨을 몰아쉰 뒤 곧장 자기 집으로 돌아가고 말았다. 아르주나는 황망히 찌뜨라세나를 찾아갔다. 그는 찌뜨라세나에게 모든 이야기를 빠짐없이 해주었다. 찌뜨라세나는 인드라에게 그 이야기를 전했다. 인드라는 웃으며 아들을 불러 말했다.

'사랑하는 아들이여, 너 같은 아들을 둔 꾼띠야말로 참으로 행복한 여인이로구나. 너의 절제와 인내는 성자들을 뛰어넘는다. 아들이여, 우르와쉬가 내린 저주는 언젠가 너를 살려줄 것이다. 그러니 흔들리지 말거라. 너희들이 숨어 지내야 하는 열세 번째 해에 우르와쉬의 저주가 효력을 나타낼 것이며 그로 인해 넌 큰 힘을 얻을 수 있을 것이다. 너는 그 한 해 동안 남성을 잃은 내시가 되어 지낸 뒤 다시 원래대로 힘을 되찾게 될 것이니라.'

인드라의 말을 들은 아르주나는 안도의 한숨을 내쉬며 저주를 잊어버렸다. 그는 다시 찌뜨라세나 등의 간다르와들과 더불어 즐거운 날들을 보냈다. [†]

이어지는 와이샴빠야나의 이야기는 이러하다.

그러던 어느 날 여행 중이던 대선인 로마샤가 인드라를 보려는 생각으로 그의 궁궐을 찾아왔다. 대수행자는 신들의 제왕을 만나 그에게 절한 뒤 인드라의 절반의 자리를 차지하고 있는 빤두의 아들을 보았다. 다른 대선인들에게 숭앙받는 빼어난 그 브라만은 인드라의 허락으로 꾸샤 풀[†]이 덮인 자리에 앉았다. 인드라의 자리에 앉아 있는 쁘르타의 아들을 본 그는 일개 인간인 크샤뜨리야가 어떻게 그런

~날들을 보냈다_ 봄베이의 찌뜨라샬라소본에 의거해 덧붙인 부분은 여기서 끝난다.
꾸샤 풀_ 끝이 뾰족하고 날카로운 성스러운 풀로 브라만과 수행자들이 제사를 올릴 때 쓰인다. 수행자들이 위에 앉기도 하며 가난함과 고행의 상징이기도 하다.

212

자리를 차지하고 있는지 의아한 생각이 들었다. 그가 무슨 공덕을 지었으며 어떤 세상을 정복했기에 신들의 부러움을 사는 그런 자리를 차지했는지 궁금해졌다. 우르뜨라를 처단한 신, 샤찌의 주인 인드라는 그의 생각을 알아차리고 웃으며 말했다.

'제석천의 선인이여, 당신의 궁금증을 풀어드리리다. 이 용사는 단순히 인간에게서 태어난 크샤뜨리야만은 아니라오. 꾼띠에게서 태어난 완력 넘치는 내 아들이오. 까닭이 있어 이곳에 날탄을 얻으러 왔지요. 그가 까마득히 오래된 빼어난 선인임을 알아보지 못하시겠소? 그가 누구이며 무엇하러 여기까지 왔는지 말해드리리다. 옛날 신들도 경외심을 품었던 나라와 나라야나라는 유명한 두 선인이 있지 않았소? 그들이 바로 끄르슈나와 아르주나라오. 위슈누와 지슈누였던 그들은 예전에 싯다와 하늘 시인들이 즐겨 찾던 강가 강이 시작되는 곳, 신과 고결한 선인들도 잘 볼 수 없었던 바다리라는 잘 알려진 성지에서 살았지요. 빛이 넘치고 위력이 넘치는 이 둘은 지상을 악마들의 손아귀에서 벗어나게 하려는 내 뜻에 따라 인간 세상에서 태어났지요.

니와따까와짜† 라는 아수라들이 있다오. 그들은 자기들이 얻은 축복을 믿고 우리를 괴롭혀오고 있소. 기고만장한 그들은 심지어 신들을 업신여기며 죽이려고 해왔소. 자기들이 얻은 그 축복 때문에 신들을 무시한 것이오. 무섭고 위력적인 그 다누의 아들들은 지금 지하세계 빠딸라에서 살고 있다오. 신의 군사들이 모두 힘을 합해 싸워도

니와따까와짜_ '바람이 들어갈 틈새도 없이 잘 만든 갑옷을 입고 다니는 자' 라는 뜻.

그들을 이길 수가 없소. 누구도 감히 범접할 수 없는 하리, 마두를 처단한 영예로운 위슈누는 까뻴라라는 이름으로 지상에 내려가 살고 있었소. 고결한 사가라의 아들들이 지하 세계를 파고 있을 때 그는 눈길 하나로 그들을 격퇴해버렸지요.

훌륭한 브라만이여, 대전투에서 그는 쁘르타의 아들과 함께 우리를 위해 반드시 그들을 처단해야 합니다. 아르주나에게는 그들 모두를 퇴치할 힘이 있다오. 그들을 모두 처단한 뒤에는 다시 인간 세상으로 돌아갈 것이오.

성자시여, 지금 지상으로 내려가주시오. 깜먀까 숲에서 영웅 유디슈티라를 보게 될 것이오. 언약에 진실하고 법다운 그에게 내 말을 전해주시오. 아르주나는 걱정하지 말라고 말이오. 날탄을 완벽하게 익힌 다음 지체 없이 돌아갈 것이라고 하시오. 순수하지 않은 힘으로는, 날탄을 불완전하게 익혀서는 비슈마, 드로나 등과 싸워 이길 수 없지요. 완력 좋은 아르주나는 날탄 사용법과 더불어 천상의 가무도 익힐 것이라 하시오. 그러니 유디슈티라도 다른 형제들과 함께 성지를 순례하라 이르시오. 성지에서 목욕재계하여 더러움을 씻어내고 걱정을 없애면 모든 악을 몰아내고 왕국을 즐기게 될 것이오.

훌륭한 브라만이여, 최상의 브라만이여, 당신의 고행의 힘으로 지상에서 그들을 보호해주시오. 험산 준령에서도, 평탄치 않은 지역에서도, 고약한 락샤사들이 그들을 괴롭힐 때도 당신이 그들을 지켜주시오.'

와이샴빠야나는 말했다.

"로마샤 대고행인은 그리하겠다고 약속한 뒤 깜마까 숲을 향해 지상으로 떠났습니다. 그곳에서 그는 형제들에게 둘러싸여 있는 꾼띠의 아들, 다르마의 왕을 만났답니다."

46

자나메자야가 말했다.

"브라만이시여, 무량한 빛을 지닌 쁘르타 아들의 놀라운 행적을 듣고 위력 넘치는 드르따라슈트라 왕은 뭐라 말했습니까?"

와이샴빠야나가 말했다.

"왕이시여, 쁘르타의 아들이 인드라의 세계에 갔다는 이야기를 훌륭하신 드와이빠야나 선인에게서 들은 암비까의 아들은 산자야를 불러 이렇게 말했답니다.

'마부여, 나는 사려 깊은 쁘르타의 아들의 행적에 대해 다 들었다. 가객†이여, 그대 또한 이 일을 알고 있었더냐? 도를 이루는 일에 안일한 내 아들이 미련하여 악한 짓을 저지르려고 작정한 듯하구나. 아둔함이 도에 지나쳐 그놈은 필시 세상을 파멸시키고 말 것이다. 농

가객_ 드르따라슈트라 왕의 마부인 산자야는 『바가와드 기따』에서 왕의 눈이 되어 빤다와들과 까우라와들의 전쟁을 들려준다. 『마하바라따』 1장을 여는 가객처럼 산자야도 가객 역할을 하며, 드르따라슈트라 왕에게 직언을 서슴지 않는다. '수따'라는 단어에는 마부와 가객이라는 뜻이 모두 있다.

담을 할 때도 늘 정직한 말만 하는 고결한 사내유디슈티라, 다난자야를
자신의 용사로 둔 그 사내가 반드시 삼계를 차지할 것이다. 숫돌에
갈아 날카로워진 아르주나의 뾰족한 쇠 화살촉에 어느 누가 대적할
수 있겠느냐? 죽음과 늙음을 건너간 사람이라 해도 그와 마주할 수
없으리라. 범접하기 어려운 빤다와들과 대적해야 하는 어리석은 내
아들들은 모두 죽음을 면치 못할 터이다. 밤낮으로 생각해봤으나 간
디와 활을 든 사내아르주나와 대적할 어떤 무사도 아직 떠오르지 않는
구나. 드로나도 까르나도 심지어 비슈마도 전투에서 그와 마주 서지
못할 것이다. 이 세상에 대파멸이 있으리라. 우리의 승리를 어디서도
찾을 수가 없구나. 까르나는 질투심에 불타 있으나 안일하고, 스승드
로나은 나이 들었다. 그러나 쁘르타의 아들은 분노에 충천해 있으며
기력이 넘치고 결심이 굳은 데다 용맹스럽다. 무기에 능숙하고 명예
높은 영웅들 간에 질 수 없는 무서운 싸움이 벌어지리라. 패해서 얻
는 것이 세상의 주인 자리였다면 그들 누구도 그런 자리를 차지하려
하지 않을 것이다. 그들이나 아르주나 중 하나가 죽어야 평화가 찾아
오리라. 그러나 이 세상에는 아르주나를 죽일 수 있는 사람도, 파멸
시킬 수 있는 사람도 없다. 어리석은 놈들을 향한 그의 분노를 어찌
잠재울 수 있겠느냐?

저 영웅은 신들의 주인과 같은 위력을 지니고 있다. 칸다와 숲에
서는 아그니를 만족시켰으며, 라자수야 희생제에서는 이 땅의 모든
왕을 제압했다. 산자야여, 산봉우리에 벼락이 쳐도 살아남을 것들이
있을 것이다. 나의 벗이여, 그러나 아르주나의 화살을 맞고 살아남을
사람은 아무도 없으리라. 움직이거나 아니 움직이는 만물에 빛을 비

추는 태양처럼 아르주나의 화살은 내 아들들을 태워버릴 것이다. 바라따의 군대는 왼손잡이 궁수의 전차 소리에 털이 곤두서 사방으로 흩어져버리리라.

화살을 뽑아 뿜어대며
아르주나, 전장에 출전하리.
조물주가 만든 모든 것 종말로 치달을 것이니
그래야만 하는 것이라면 누구도 피할 수 없으리!'"

산자야가 말했지요.
'왕이시여, 두료다나에 관한 것은 다 맞는 말씀이십니다. 이 땅의 주인이시여, 어느 것 하나 그르지 않습니다. 무량한 빛을 지닌 빤다와들은 명예로운 정비 끄르슈나아가 회당에 끌려 나온 것을 보았을 때부터 분노를 간직해왔습니다. 대왕이시여, 입에 담을 수 없는 두샤사나와 까르나의 험한 말을 들은 그들이 결코 잠자코 있지 않을 것이라고 저는 생각합니다.

대왕이시여, 저는 쁘르타의 아들이 전투에서 열한 개의 몸을 가진 쉬와 신을 만족시켰다고 들었습니다. 아르주나의 힘이 얼마나 센지 알아보기 위해 쉬와는 사냥꾼 모습으로 변장해 그에게 직접 싸움을 걸었다고 합니다. 세상의 수호신들이 무기를 얻으려고 수행 정진하는 뚝심 좋은 꾸루의 후예 아르주나에게 모습을 드러냈다고도 합니다. 이 땅에서 아르주나 말고 누가 모든 신의 모습을 직접 볼 수 있으리까? 변장한 대신 쉬와도 완전하게 빼앗지 못한 저 영웅의 위력에 어떤 인간이 감히 전투에서 맞서려 하겠습니까? 그들은 드라우빠디를 끌어내고 빤다와들의 성을 돋워 이런 무섭고 소름 끼치는 싸움을 자초했습니다. 드라우빠디에게 보여준 두료다나의 허벅지를 보며 비마는 "사악한 자여, 열세 해 동안의 시간이 다 끝나는 날 노름에서 계략을 부린 네놈의 허벅지를 벼락같은 내 철퇴로 찢어놓으리라"라고 입술을 덜덜 떨며 위협하며 말했습니다. 그들은 모두 투사 중의 투사로 그 위력은 가늠할 수 없을 정도입니다. 모든 날탄에 능통해 신들도 정복하기 어렵습니다. 용기와 울분에 가득 찬 쁘르타의 아들들은 분노의 불길에 휩싸여 전투에서 당신의 아들들을 남김없이 파멸로 이끌 것입니다.'

그러자 드르따라슈트라가 말했습니다.

'가객이여, 까르나는 어이하여 그리 거친 말을 했다더냐? 끄르슈나아를 회당에 끌고 온 것만으로도 적개심을 갖기에 차고 넘치거늘! 자기들의 스승이자 맏형이 바른길을 가지 않는데 생각 느린 내 아들들이 어찌 살아남을 수 있단 말이냐? 가객이여, 아둔한 두료다나는 내가 눈 없고 기력 없고 지혜 없다는 것을 알고 내 말은 아예 들으려고도 하지 않는구나. 아둔한 책사들, 까르나와 수발라의 아들 등은 생각 없이 두료다나를 점점 더 나락으로 빠져들게 하고 있다. 무량한 빛을 지닌 아르주나는 아무리 가벼이 화살을 쏘아도 내 아들들을 다 태우고도 남을 힘이 있을 터이거늘 그가 성나서 쏘는 화살이라면 말해 무엇하겠느냐? 힘센 팔로 겨눈 간디와 활은 천상의 날탄을 날리는 주문과 함께 화살을 뿜어낼 것이며, 신들도 주저앉힐 만한 힘이 있을 것이다. 그의 책사이자 보호자이며 벗인 이 세상의 주인 끄르슈나가 늘 곁에 있는데 그가 얻지 못할 것이 어디 있겠느냐? 일개 인간인 아르주나가 대신과 몸싸움을 했다는 것은 얼마나 놀라운 일인가? 아르주나와 끄르슈나가 굶주린 아그니를 위해 칸다와 숲에서 했던 일은 온 세상이 알고 있다. 비마와 와아수데와와 아르주나가 분노한다면 내 아들들과 책사들과 친지들은 아무도 살아남지 못하리라.'"

47

자나메자야가 말했다.

"수행자시여, 드르따라슈트라 왕이 자기 스스로 영웅 빤다와들을 숲으로 보내놓고서 그때서야 그렇게 통탄하는 것은 다 쓸데없는 짓 아니던가요? 어찌하여 왕은 생각이 짧은 자기 아들 두료다나가 대용사 빤두의 아들들을 분노하게 만들도록 가만 놔두었답니까? 어쨌건 빤다와들은 숲에서 무슨 음식을 먹으며 지냈는지 말씀해주십시오. 그들은 숲에서 자생한 것들만 먹었나요? 아니면 기른 것들을 먹었나요?"

와이샴빠야나가 말했다.

"황소 같은 그 사내들은 숲에서 자생한 것들 그리고 정화된 화살로 잡은 짐승을 먼저 브라만들에게 바친 뒤 나머지 것들을 먹었답니다. 명궁의 영웅들이 숲에서 지내는 동안 그들을 따랐던 브라만들 중에는 불을 모시는 사람들도, 아니 모시는 사람들도 있었습니다. 그

외에도 유디슈티라는 해탈의 길을 아는 고결한 스나따까 브라만 만 명을 더 부양하고 있었답니다. 빤다와들은 사슴과 검은 영양 그리고 제사에 쓰이는 다른 많은 짐승들을 화살을 쏘아 잡아 의례에 따라 브라만들에게 바쳤습니다. 그곳에는 병으로 인해 얼굴이 상하거나 마르거나 병약한 자, 두려움에 떠는 자가 없었답니다. 다르마의 왕, 최상의 꾸루인 유디슈티라는 자식처럼, 형제처럼 또는 혈육처럼 그들을 보살폈지요. 영예로운 드라우빠디는 어머니와 같아서 모든 브라만들과 남편들을 먼저 먹인 뒤 나머지를 자기가 먹었답니다.

왕은 동쪽으로, 비마는 남쪽으로
쌍둥이는 서쪽과 북쪽으로
사슴 고기 얻으려 활을 메고
날마다 사냥을 나갔다네.

그들은 그렇게 아르주나 없이
그를 그리워하며 깜먀까 숲에 살았다네.
공부하고 기도하고 제사 지내며
그렇게 훌쩍 다섯 해를 넘겼다네.”

48

와이샴빠야나가 말했다

"뚝심 좋은 바라따의 후손이시여, 암비까의 아들 드르따라슈트라는 길고 더운 한숨을 내쉬며 마부 산자야를 불러 이렇게 말했답니다.

'위력적인 신의 아들, 인드라와 같은 빛을 지닌 빤두의 두 아들 나꿀라와 사하데와는 전투에서 무적이다. 그들은 싸움터에서 위풍당당한 무기를 들고, 멀리 쏘며, 결단력 있다. 재빠른 솜씨에 노기탱천한 위력적인 그들은 흔들림 없는 용사들이다. 전쟁이 무르익었을 때 그 둘이 비마와 아르주나의 뒤를 따르면 사자의 용맹을 지닌 그들은 마치 쌍둥이 신 아쉬윈처럼 감히 범접할 수 없게 되리라. 산자야여, 그들 앞에 살아남을 자가 아무도 없을 것이다. 그 두 명의 대전사이자 대용사이며 분노 충천한 신의 아들들은 드라우빠디에게 고통을 준 이들을 용서하지 않을 것이다. 진실을 무기 삼은 끄르슈나가 비호하는 우르슈니의 대궁수들, 기개 높은 빤짤라들 그리고 빤두의 아들들은 모두 내 아들의 군사를 태우고 말리라. 가객의 아들이여, 전쟁이 일면 발라라마와 끄르슈나가 이끄는 우르슈니족의 기동력은 산도 막아내지 못할 것이다. 괴력의 대궁수 비마는 적의 영웅을 처단하는 철퇴를 손에 들고 그들 한가운데서 전장을 휘젓고 다니리라. 벼락 치는 소리처럼 창공을 뻗어 나가는 간디와 활 소리와 비마의 철퇴 소리를 왕들은 견디지 못하리라. 두료다나의 말을 받아만 주던 나는

동지들의 충언을 따랐어야 했다고 때늦은 뒤에야 기억하게 되리라.'

산자야가 말했지요.

'왕이시여, 그것은 지울 수 없는 실책이었습니다. 두료다나의 잘못을 막을 수 있었음에도 정에 눈이 가린 마마께선 그리하지 않으셨습니다. 마두를 처단한 끄르슈나는 빤다와들이 주사위 노름에 패해 숲으로 갔다는 말을 듣자마자 서둘러 깜먀까 숲으로 가 쁘르타의 아들들을 만났다고 합니다. 드르슈타듐나를 선두로 한 드루빠다의 아들들, 위라따, 드르슈타께뚜, 위력의 용사 까이께야들도 그렇게 했다고 합니다. 저는 세작들을 통해 그들이 빤다와들을 만나 무슨 이야기를 했는지 모두 들었습니다. 그 이야기를 저는 마마께도 모두 말씀드렸지요. 그들이 숲에서 만났을 때 빤다와들은 끄르슈나에게 전쟁이 시작되면 아르주나의 마부가 되어 달라고 했고, 끄르슈나는 그렇게 하기로 했다고 합니다. 쁘르타의 아들들이 검은 사슴 가죽을 두르고 있는 것을 본 끄르슈나는 분을 이기지 못하며 유디슈티라에게 이렇게 말했다고 합니다.

"유디슈티라여, 당신이 인드라쁘라스타에서 라자수야 희생제를 치를 때 나는 다른 어떤 왕도 얻기 어려운 빠르타[†]들의 풍요를 보았습니다. 거기 있던 이 땅의 모든 군주들이 당신의 무기의 위력을 두려워했습니다. 왕가, 앙가, 빠운드라, 오드라, 쫄라, 드라위다, 안드라까, 찌뜨라세나, 바다와 늪지대에 사는 왕들, 도시에 사는 왕들, 싱할라의 군주들과 정글의 야만족들, 믈레차들, 바다 끝에서 온 수백

빠르타_ 쁘르타(꾼띠)의 아들들, 즉 빤다와들.

명의 서쪽 지역 왕들, 여인 왕국의 왕들, 끼라따, 야와나, 샤까, 훈족의 도적들, 중국인들, 뚜카라와 사인다와들, 자구다, 라마타, 문다, 모든 빨하와들과 다라다들, 땅가나들 등 거기 왔던 여타의 모든 왕들이 거기서 음식을 나르던 것을 보았습니다. 당신이 얻었던 그런 풍요가 한순간에 사라지고 말았습니다. 나는 까우라와들을 처단하고 다시 그것들을 돌려놓을 것입니다. 바라따의 후예시여, 발라라마와 비마와 아르주나와 쌍둥이 그리고 아끄루라와 가다, 삼바, 쁘라듐나, 아후까, 영웅 드르슈타듐나 그리고 쉬슈빨라의 아들들과 함께 나는 두료다나와 까르나, 두샤사나와 수발라의 아들 등 우리에게 대적하는 모든 적들을 해치울 것입니다. 그러면 당신은 하스띠나뿌라에 머물며 지금 두료다나가 누리는 영광을 다시 얻어 세상을 다스리십시오."

그의 말을 들은 유디슈티라는 드르슈타듐나를 비롯한 다른 많은 왕들 앞에서 이렇게 말했답니다.

"끄르슈나여, 지당하신 당신의 말씀을 받아들이지요. 위력 넘치는 분이시여, 내 적들과 그 추종자들을 처단해주십시오. 그러나 열세 해가 다 지나야 합니다. 께샤와여, 내가 진실을 지킬 수 있도록 해주십시오. 나는 숲에서 살겠노라고 모든 왕들이 지켜보는 가운데 약속한 바 있습니다."

드르슈타듐나를 비롯해 거기 모인 사람들은 이 같은 다르마의 왕의 말을 듣고 격분하는 끄르슈나를 시의적절하고 부드러운 말로 황망히 달랬답니다. 그들은 또 와아수데와가 듣고 있는 가운데 고생 모르던 빤짤라 왕국의 공주에게도 이렇게 말했답니다.

"왕비시여, 당신의 분노는 두료다나의 목숨을 녹여버릴 것입니다. 여인 중의 여인이시여, 서러워 마십시오. 우리의 이 말은 모두 실현될 것입니다. 끄르슈나아여, 분노하는 당신을 보며 그들은 조롱했지요. 이제 짐승들과 새들이 그들의 고기를 먹으며 그들을 조롱할 것입니다. 빤짤라 왕국의 공주여, 당신을 끌어낸 놈의 피를 자칼과 독수리가 마신 뒤 당신의 머리칼을 잡아끌고 온 자들의 머리채를 회당 바닥으로 끌고 오게 될 것입니다. 끌려 나와 땅바닥에 눕혀진 그들의 몸뚱이를 당신은 보게 될 것이며, 날고기 먹는 들짐승들이 그들의 몸뚱이를 끊임없이 쪼아먹게 될 것입니다. 당신을 능멸했던 놈들, 당신을 무시했던 놈들의 머리는 잘려 바닥에 나뒹굴고, 땅이 그놈들의 피를 마실 것입니다."

이렇게 거기 있던, 전투의 흔적이 온몸에 드러나 있는 모든 영웅들이 이러저러한 말을 한 마디씩 했다고 합니다. 열세 해가 다 지나면 다르마의 왕이 선택한 이런 대용사들은 와이수데와를 앞세우고 우리에게 몰려들 것입니다.

발라라마, 끄르슈나, 아르주나
쁘라듐나, 삼바 그리고 유유다나, 비마
마드리의 두 아들과 께까야의 왕자들
다르마의 왕과 함께한 빤짤라 왕국의 왕자들

이 세상의 모든 고결한 영웅들이
친지와 군사들과 함께 온다면

갈기 무성한 성난 사자 같은 그들에게
살기를 바라는 누가 감히 맞설 수 있으리까?'

드르따라슈트라가 말했지요.

'노름이 시작될 때 위두라는 말했지.
"왕이시여, 노름으로 빤다와를 이기려 든다면
꾸루의 종말을 부르게 될 것입니다.
무서운 피바다가 있을 것입니다."

가객이여, 일이 그리되고 있구나.
오래전 집사가 내게 예언했던 그대로구나.
빤다와들이 약속했던 그날이 가면
기어이 전쟁이 일어나고 말리라!'"

49

자나메자야가 말했다.
"쁘르타의 아들 아르주나가 무기를 얻으러 인드라의 세계에 가
있는 동안 유디슈티라를 비롯한 빤다와들은 무엇을 하며 지냈답니
까?"

와이샴빠야나가 말했다.

"쁘르타의 아들 아르주나가 무기를 얻으러 인드라의 세계에 가 있는 동안 황소 같은 그 사내들은 끄르슈나아와 함께 깜먀까 숲에서 지냈지요. 그러던 어느 날 저 뛰어난 바라따들은 드라우빠디와 함께 슬픔에 잠겨 인적 없는 초지에 앉아 있었습니다. 아르주나를 생각하며 슬퍼 탄식하던 그들은 눈물에 목이 잠겼답니다. 아르주나와 헤어지고 왕국을 빼앗긴 고통이 겹쳤던 것이지요. 그때 완력 넘치는 비마가 유디슈티라에게 말했습니다.

'대왕이시여, 황소 같은 사내 아르주나는 당신의 명을 받들어 이곳을 떠났습니다. 빤다와들의 목숨은 그의 손에 달려 있습니다. 만약 아르주나가 일을 이루지 못한다면 빤짤라들과 그들의 아들들, 우리들 자신과 사띠야끼 그리고 와아수데와 또한 파멸할 수밖에 없다는 것은 불 보듯 뻔한 일입니다. 앞으로 닥칠 수많은 고난을 개의치 않고 아르주나가 당신의 명을 받아 길을 떠났던 것보다 더 걱정스러운 일이 어디 있으리까? 그 고결한 사내의 팔에 의지해 우리는 적을 물리치고 세상을 얻었다고 믿었습니다. 그 궁수의 말을 듣고 나는 회당에서 드르따라슈트라의 아들들과 수발라의 아들을 저세상으로 보내지 않았습니다. 그리고 우리는 지금 넘치는 힘을 갖고 있으면서도 끄르슈나의 보살핌을 받으며 그저 끓어오르는 분노를 삭이고 있을 뿐입니다. 그 분노의 뿌리에 당신이 있기 때문입니다. 우리가 끄르슈나와 함께 까르나가 이끄는 적을 죽였다면 우리는 우리 자신의 힘으로 온 세상을 다스리고도 남았을 것입니다. 왕이시여, 우리의 용맹스러움이 결코 부족하지 않음에도, 다른 어떤 용사들보다 더 위력적임에도 당신의 노름 때문에 우리 모두 이렇게 고생하고 있습니다.

대왕이시여, 크샤뜨리야의 율법을 잘 살펴십시오. 대왕이시여, 크샤뜨리야의 율법은 숲을 의지하며 사는 것이 아닙니다. 왕이시여, 크샤뜨리야에게 가장 중요한 율법은 오직 왕국을 다스리는 것이라고 성현들은 알고 있습니다. 당신은 크샤뜨리야의 의무가 무엇인지 너무나 잘 알고 있습니다. 정당한 그 길에서 벗어나지 마십시오. 왕이시여, 약속한 열두 해가 다 지나지 않아도 우리는 까우라와들을 처단할 수 있습니다. 지금 당장 숲을 떠나 아르주나와 끄르슈나를 불러 전투 준비에 여념이 없는 까우라와들을 저 세상으로 보내버릴 수 있습니다. 인간들의 주인이시여, 드르따라슈트라의 아들들이 제아무리 군사들에게 둘러싸여 있어도 두료다나, 수발라의 아들, 까르나, 다른 그 어떤 놈이라도 내게 대항하는 놈이 있으면 저 혼자 힘으로 다 처단해버리겠습니다. 내가 이렇게 세상을 평정하고 나면 그때 당신은 숲에서 돌아오면 될 것입니다. 인간의 주인이시여, 내가 이렇게 한다고 해도 잘못될 일은 하나도 없을 것입니다.

적을 퇴치하는 대왕이시여, 혹 그것이 죄가 된다 해도 이런저런 제사를 지내 죄를 사함받을 수 있고, 죽은 뒤에는 높은 천상 세계에 이르게 될 것입니다. 왕이시여, 다르마만을 고집하는 우리들의 왕이 우유부단하거나 어리석은 이가 아니라면 이것은 반드시 해야 할 일입니다. 속임수를 쓰는 사람은 속임수로 대하는 것이 마땅합니다. 그런 죄인은 속임수로 죽인다 해도 하나도 죄 될 것이 없습니다. 바라따의 후예시여, 다르마를 아는 이들이 다르마에 관해 말한 것이 있습니다. 대왕이시여, 하루 밤낮은 곧 한 해와도 같다고 합니다. 주인이시여, 또한 우리는 위급할 때는 한 해가 곧 하루와 같다고 베다에서도 끊임없이 말하고 있다는 것을 알고 있습니다. 무적의 왕이시여, 당신이 만약 베다에 권위를 두고 계신다면 열세 해 동안의 시간은 이미 지난 것이나 다름없습니다. 적을 길들이는 분이시여, 지금은 두료다나와 그 친지들을 처단해도 될 때입니다. 그렇지 못하면 그가 먼저 온 세상을 한 손에 쥐고 흔들 것입니다.'"

이어지는 와이샴빠야나의 이야기는 이러하다.

이와 같은 비마의 말을 들은 다르마의 왕 유디슈티라는 그의 머리 냄새를 맡고 다독거리며 말했다.

'완력 넘치는 사내여, 열세 해가 다 끝나는 날 너는 간디와 활을 든 아르주나와 함께 반드시 두료다나를 처단할 수 있으리라. 위용 넘치는 쁘르타의 아들이여, 그러나 지금이 그때라고 말하지 마라. 나는 거짓을 말할 수 없다. 그것은 내 성품에 맞지 않는 일이다. 꾼띠의 무적의 아들이여, 악이 판을 치는 속임수를 쓰지 않아도 너는 반드시 수요다나두료다나와 그의 무리를 처단할 수 있을 것이다.'

다르마의 왕 유디슈티라가 비마에게 이런 이야기를 하고 있을 때 복 많은 대선인 브르하다쉬와가 그곳에 왔다. 다르마를 따르는 고결

마두빠르까_ 브라만 등 귀한 손님이 오거나 신랑이 신부의 아버지에게 오면 집 문 앞에서 대접하는 것들로, 꿀, 기이, 커드(요구르트), 물 그리고 설탕 덩어리 등 보통 다섯 가지로 구성되어 있다. 약식으로 꿀, 기이, 커드 이 세 가지를 섞어 손님의 손 위에 놓고 대접하기도 한다.

한 유디슈티라는 그가 오는 것을 보고 의례에 따라 마두빠르까[†]를 바치며 예를 올렸다. 손님이 한숨 돌리고 휴식을 취하자 완력 좋은 다르마의 왕 유디슈티라는 그의 곁에 가서 앉아 힘없이 탄식하며 말했다.

'성자시여, 저는 속임수에 능한 노름꾼들에게 초대되어 주사위 노름을 하다 재물과 왕국을 빼앗겼습니다. 나쁜 생각을 품은 그들은 노름을 잘 알지 못하는 저를 꾀어 속이고는 목숨보다 소중한 아내를 회당으로 끌어냈답니다. 이 세상에 저보다 더 불행한 왕이 어디 있겠습니까? 성자께선 그런 왕을 보거나 들으신 적이 있으십니까? 저보다 비통한 사람은 세상에 없을 것입니다.'

브르하다쉬와가 말했다.

'빤다와 대왕이시여, 당신보다 불행한 사람이 없다고 하셨습니까? 내가 이야기를 하나 해드리지요. 이 땅의 주인, 순결한 왕이시여, 들어보시겠다면 당신보다 더 불행했던 왕에 대한 이야기를 들려드리지요.'

그러자 왕이 말했다

'성자시여, 말씀해주십시오. 저와 같은 상황에 처해 있던 왕의 이야기를 듣고 싶습니다.'

브르하다쉬와가 말했다.

'범접할 수 없는 이 땅의 주인이시여, 그러면 당신보다 더 고통스러웠던 왕에 대한 이야기를 형제들과 함께 잘 들어보십시오. 니샤다의 왕국에 위라세나라는 왕이 있었답니다. 그에게는 다르마와 아르타를 잘 아는 날라라는 아들이 있었지요. 날라는 뿌슈까라의 속임수에 당해서 아내와 함께 숲 속에서 살아야 했습니다. 그에게는 말도 마차도 형제들도 그리고 친지도 없었답니다. 그야말로 아무도 없이 홀로 숲 속에서 살았다지요. 그러나 당신은 신들에게서 태어난 영웅적인 아우들과 마치 브라흐마처럼 뛰어난 브라만들에게 둘러싸여 있으니 슬퍼할 일이 아닙니다.'

유디슈티라가 말했다.

'성자시여, 저는 고결한 날라 이야기를 더 상세히 듣고 싶습니다. 이야기꾼 중의 이야기꾼이시여, 어서 그 이야기를 들려주십시오.'

날라와 다마얀띠

50

브르하다쉬와가 말했다.

'옛날 위력적인 위라세나의 아들로 날라라는 왕자가 있었지요. 덕 많고 잘생긴 그는 말 다루는 솜씨가 달인의 경지였답니다. 빛나는 그 어떤 것보다 태양 빛이 더 빛나듯 마치 신들의 제왕 같았던 그는 세상 어느 군주보다도 더 뛰어난 왕이었지요. 최상의 진리를 알고 베다를 꿰뚫어 알았던 그는 진실을 말했고, 니샤다의 대군사를 인솔하는 위력적인 왕으로 주사위 노름을 즐겼습니다. 수없이 많은 아름다운 여인들이 성정 부드럽고 절제심 뛰어난 그와 맺어지기를 갈망했지요. 그는 부유했으며 명궁이었고 마치 마누의 화신 같은 인물이었답니다.'

이어지는 브르하다쉬와의 이야기는 이러하다.

한편 위다르바에 비마라는 괴력을 지닌 영웅이 있었다. 만복을 지닌 그에게 흠이라면 자손이 없는 것이었다. 그는 자손을 얻기 위해 온 마음으로 정성을 기울였다. 그러던 어느 날 다마나라는 브라만 선인이 그를 찾아왔다. 자식을 애타게 기다리던 비마는 왕비와 함께 정성을 다해 빛나는 선인에게 예를 올렸다. 그들의 정성에 만족한 다마나는 고맙게도 왕과 왕비에게 기상 높고 명예로운 아들 셋과 보석 같은 딸을 낳을 수 있는 축복을 내려주었다. 공주는 다마얀띠†라는 이름을, 왕자들은 다마, 단따, 다마나라는 이름을 갖게 되었다. 그들은 모두 만덕을 갖추었고 괴력을 지니고 있었다. 다마얀띠는 아름답고 총명했으며 명예롭고 빛이 넘쳤다.

복 많은 다마얀띠의 명성은 온 세상에 자자했다. 혼기에 이른 다마얀띠는 곱게 치장한 수백 명의 하녀들의 시중을 받으며 언제나 벗들에게 둘러싸여 있었다. 샤찌† 같은 모습이었다. 온갖 장신구로 단장한 티 없이 아름다운 비마의 딸은 화환을 두른 번개처럼 벗들 사이에서 빛났다. 아름다움의 화신인 듯한 긴 눈의 다마얀띠는 신들이나 약샤들 중에서도 그 같은 미모를 찾아볼 수 없을 만큼 절세미인이었다. 인간 세상에서는 물론 다른 어떤 종족들 가운데서도 그런 뛰어난 미모는 고래로 들은 적도 본 적도 없을 지경이었다. 모든 왕들의 마음이 그녀의 모습에 사로잡혔다.

다마얀띠_ '아름다움으로 모든 여인들의 자만심을 제압한다'라는 뜻.
샤찌_ 인드라의 배우자.

한편 잘생기기로 이 세상에서 따를 자가 없다는 날라는 용모가 마치 사랑의 신의 화신인 듯했다. 사람들은 다마얀띠 앞에서 날마다 날라를 칭송했으며, 날라 앞에서는 날마다 다마얀띠의 미모를 칭송했다. 이렇게 끊임없이 서로의 빼어남에 대한 이야기를 들으며 그들은 만나보지 못한 상대에 대한 사랑을 싹틔웠고 상대를 향한 열망을 키워갔다. 날라는 가슴속에 타오르는 열정을 참을 수 없을 지경이 되었다. 그는 내궁 근처의 한적한 숲에서 홀로 보내는 시간이 많아졌다. 그러던 어느 날 날라는 황금 날개를 가진 백조 떼가 숲에서 노니는 것을 보고 한 마리를 잡았다.

그러자 창공을 나는 새가 날라에게 말했다.

'왕이시여, 저를 죽이지 마십시오. 당신의 소망을 들어드리겠습니다. 니샤다의 왕이여, 다마얀띠에게 당신에 관한 이야기를 해드리지요. 그리하여 다마얀띠가 당신 아닌 다른 어떤 사내도 생각지 않도록 해드리겠습니다.'

그 말에 왕은 백조를 놓아주었다. 백조는 다른 백조들과 함께 위다르바를 향해 날아갔다. 위다르바에 간 백조들은 다마얀띠가 있는 곳으로 가 사뿐히 그녀 곁에 내려앉았다. 벗들과 함께 있던 다마얀띠는 눈부시게 아름다운 새들의 모습에 놀라며 그들을 잡으려 했다. 새들은 사방으로 흩어져 날아갔다. 젊은 처녀들은 새를 잡으려 각자 이리저리 뛰어다녔다.

한편 다마얀띠가 쫓던 백조는 그녀가 가까이 다가가자 인간의 목소리로 말했다.

'다마얀띠여, 니샤다 왕국에는 날라라는 왕이 살고 있답니다. 그는 쌍둥이 신 아쉬원처럼 잘생겨서 인간 세상에서는 그처럼 수려한 사내를 찾아볼 수가 없지요. 날씬한 허리를 가진 고운 여인이여, 당신이 만약 그의 아내가 된다면 당신의 미모와 삶은 보람을 찾을 것입니다. 우리는 신, 간다르와, 인간, 뱀, 락샤사 속에서 실로 수없이 많은 아름다운 이들을 봤지만 그 같은 용모는 본 적이 없답니다. 당신 또한 여인들 중의 보석이라 할 정도로 절세미인이시고 날라도 그처럼 빼어나시니 이 같은 선남선녀가 맺어진다면 더 이상 바랄 것이 어디 있겠습니까?'

백조의 말을 들은 다마얀띠가 백조에게 말했다.

'날라에게도 그처럼 말해주시오.'

백조는 위다르바의 공주에게 그렇게 하겠다고 약속한 뒤 니샤다로 날아가 모든 사실을 날라에게 고했다.

51

브르하다쉬와가 이어 말했다.

'백조의 말을 들은 뒤부터 날라를 향한 다마얀띠의 마음은 혼란에 빠져들었습니다. 그녀는 뭔가를 골똘히 생각했으며, 기운이 없고 얼굴색이 창백하게 변했으며 몸은 여위어갔지요. 틈만 나면 긴 한숨을 내쉬고 생각에 잠겨 하늘을 올려다보는 그녀의 모습은 마치 정신나간 여인처럼 보이기도 했답니다. 자는 것에도, 앉거나 먹는 것에도 전혀 즐거움을 느끼지 못했으며, 밤에도 낮에도 잠을 이루지 못하고 땅이 꺼지게 한숨만 내쉬었습니다. 인간의 주인이시여, 다마얀띠의 벗들은 그녀의 상태가 심각하다는 것을 왕에게 고했습니다. 벗들의 말을 전해 들은 비마의 왕은 딸을 위해 결단을 내리지 않으면 안 되겠다고 생각했답니다. 딸이 혼인 적령기에 이르렀다는 것을 상기한 왕은 낭군 고르기 장을 떠올렸습니다.

위용 넘치는 세상의 주인이시여, 그는 세상의 모든 왕들에게 '영웅들이여, 와서 낭군 고르기 장에 참가해보시오!' 라고 선포했습니다. 비마의 포고를 전해 들은 모든 왕들은 다마얀띠의 낭군 고르기 장에 몰려들기 시작했답니다. 왕들의 말과 코끼리와 수레 소리가 지축을 울렸다고 합니다. 그들은 모두 온갖 모양을 내 치장하고 꽃과 화환들로 군대를 장식하고 몰려들었습니다.

이즈음 세상을 방랑하던 고결하고 청정한 나라다와 빠르와따 두 선인이 인드라의 세계를 방문했답니다. 신들의 제왕의 대궐에 이른 그들은 후히 대접을 받았지요. 천 개의 눈을 가진 신은 그들을 극진히 예우한 뒤 안부를 물었지요. 그러자 나라다 성자가 말했습니다.

"위용 넘치는 인드라시여, 우리는 잘 있습니다. 매우 잘 지내고 있지요. 또한 지상의 왕들도 모두 행복하답니다.'"

이어지는 브르하다쉬와의 이야기는 이러하다.

나라다의 말을 듣고 우르뜨라를 죽인 인드라가 되물었다.

'다르마를 아는 땅의 주인들은 싸울 때 자기 목숨 따윈 개의치 않지요. 그들은 때가 되면, 설사 목숨을 잃을지라도 피하지 않고 당당히 맞서 싸웁니다. 그들은 소원을 일구는 내 소처럼 멸함 없는 이 세상을 얻지요. 그런데 그런 크샤뜨리야 용사들이 지금 다 어디 있습니까? 내가 가장 좋아하는 내 손님들이 요샌 통 보이질 않습니다.'

샤끄라인드라의 말에 나라다가 답했다.

'성스러운 분이시여, 당신이 왜 크샤뜨리야들의 모습을 보지 못하는지 들어보십시오. 위다르바의 왕 비마에게는 명성 자자한 다마얀띠라는 공주가 있지요. 그 공주의 미모를 따를 여인이 지상에는 아무도 없답니다. 샤끄라여, 그녀의 낭군 고르기 장이 곧 열린답니다. 왕들은 모두 그곳으로 떠났지요. 왈라와 우르뜨라를 처단한 신이시여, 지상의 모든 왕들은 지상의 그 진주를 차지해 자기 아내로 만들기를 갈망한답니다.'

나라다가 이야기하는 동안 아그니를 비롯한 세상의 수호신들, 죽음 없는 신들 또한 인드라 곁에 왔다. 그들은 나라다가 전해주는 다마얀띠에 관한 이야기를 듣고는 모두들 즐거워하며 말했다.

'우리도 갑시다!'

그래서 그들은 마차를 이끌고 추종자들과 함께 사방의 왕들이 몰려들고 있던 위다르바를 향해 길을 떠났다. 왕들이 모인다는 말을 들은 날라 왕도 다마얀띠를 얻을 수 있다는 자신을 갖고 위다르바를 향해 떠났다.

한편 신들은 지상의 어느 길에서 마음을 휘젓는 사랑의 신처럼 아름다운 날라를 보았다. 태양처럼 빛나는 그의 모습에 세상의 수호신들은 우뚝 서서 자기들이 무엇하러 온 것인지도 잊어버리고 그의 준수한 용모에 놀라 바라보았다. 하늘 마차를 허공에 세워두고 땅으로 내려온 신들이 날라에게 말했다.

'여보시오, 여보시오, 니샤다의 왕 날라여. 당신은 진실을 말한다고 들었소. 우리를 좀 도와주시오. 뛰어난 사내여, 우리의 전령이 되어주시오.'

52

이어지는 브르하다쉬와의 이야기는 이러하다.

'그러지요.'

날라는 거침없이 대답하며 두 손 모으고 물었다.

'당신들은 누구시오? 누구시기에 내가 당신들의 전령이 되기를 바라는 것이오? 내가 해야 할 일은 무엇이오? 그 까닭을 사실대로 말씀해주시오.'

이렇게 말하는 니샤다의 왕에게 인드라가 대답했다.

'우리를 죽음 없는 신들이라고 알아주시오. 우리는 다마얀띠에게 가는 길이오. 나는 인드라, 저쪽은 아그니, 이쪽은 물의 주인 와루나이며, 왕이여 그리고 저쪽에 서 있는 이는 사람들의 몸을 빼앗아가는 죽음의 신 야마라오. 당신은 다마얀띠에게 가서 "인드라와 세상의 수호신들이 당신을 얻으러 이곳에 왔소. 샤끄라, 아그니, 와루나 그리고 야마가 당신을 아내로 삼기를 갈망하고 있으니 이 신들 중 한 명을 남편으로 고르시오"라고 말해주시오.'

인드라의 말에 날라는 두 손 모으고 말했다.

'저도 같은 목적으로 여기에 왔습니다. 저를 전령으로 보내는 것은 온당치 않습니다.'

신들이 말했다.

'니샤다의 왕이여, 처음엔 하겠노라고 하고서 이제 와서 못하겠다니 무슨 말이오. 니샤다의 왕이여, 지체 없이 이곳을 떠나시오.'

이 같은 신들의 말에 날라가 답했다.

'대궐은 물샐틈없이 지켜지고 있을 것입니다. 어찌 그 틈을 뚫고 들어갈 수 있겠습니까?'

인드라가 답했다.

'들어갈 수 있을 것이오.'

'그러면 그리하지요.'

대답하는 순간 날라는 다마얀띠의 방에 들어가 있었다. 그곳에서 그는 아름다움의 여신 같은 위다르바의 공주 다마얀띠가 시녀들에게 둘러싸여 있는 것을 보았다. 호리호리한 몸매, 날씬한 허리, 아름다운 눈과 몸에서 뿜어져 나오는 빛은 달빛을 무색하게 할 지경이었다. 다소곳이 미소 짓는 그녀의 모습에 날라의 욕망은 커져갔다. 그러나 약속을 지켜야 한다는 생각으로 그는 마음속 정열을 지그시 눌렀다.

한편 니샤다의 왕을 본 아리따운 처녀들은 그의 빛에 놀란 듯 당황하며 자리에서 벌떡 일어났다. 준수한 날라의 모습에 말문이 막힐

만큼 놀라고 기분이 좋아진 그들은 마음속으로 감탄하며 외쳤다.

'아! 멋지구나! 아! 참으로 잘생겼다! 저 고결한 기상이라니! 이 분은 분명 신이거나 약샤거나 간다르와일 거야!'

그의 풍모에 압도된 아리따운 처녀들은 모두 말문이 막혀 그저 얼굴을 붉힐 뿐이었다. 다마얀띠 또한 놀라기는 마찬가지였으나 싱긋 웃고 있는 영웅 날라를 향해 놀란 듯 웃으며 말을 던졌다.

'티 없이 아름다운 분이시여, 당신은 누구신가요? 내 사랑을 일깨우려 오셨나요? 영웅이시여, 당신은 마치 죽음 없는 신처럼 이곳에 오셨군요. 순결한 분이시여, 왕이 철통같이 감시하는 이곳에 어떻게 들키지 않고 올 수 있었는지 듣고 싶습니다.'

위다르바 공주의 말에 날라가 대답했다.

'아름다운 여인이여, 나를 날라라고 알아주시오. 나는 신들의 사절로 이곳에 오게 되었지요. 어여쁜 나의 여인이여, 인드라와 아그니, 와루나와 야마가 당신을 얻고자 합니다. 그들 중에서 남편감을 고르시오. 그들의 힘으로 난 아무에게도 들키지 않고 이곳에 들어올 수 있었지요. 착한 여인이여, 나는 이 말을 하기 위해 신들의 사절이 되어 온 것이오. 복 많은 여인이여, 내 말을 들었으니 마음을 정하고 하고 싶은 대로 하시오.'

53

이어지는 브르하다쉬와의 이야기는 이러하다.

다마얀띠는 고개 숙여 신들에게 예를 올린 뒤 웃으며 날라에게 말했다.

'왕이시여, 믿음을 가지십시오. 내가 당신을 위해 할 수 있는 일이 무엇입니까? 내가 원하는 것은 당신뿐, 내가 가진 것은 무엇이든 당신 것입니다. 주인이시여, 망설이지 마십시오. 땅의 주인이시여, 백조의 말은 아직도 내 마음을 태웁니다. 영웅이시여, 나는 당신을 위해 모든 왕들을 이곳에 모은 것입니다. 명예를 주는 분이시여, 당신께 마음을 바친 저를 만약 버리신다면 저는 당신의 마음을 구하기 위해 독을 마시거나 불 속에 뛰어들거나 물에 빠져들거나 밧줄로 목을 맬 것입니다.'

위다르바의 공주의 말에 날라가 대답했다.

'세상의 수호신들을 제치고 어찌 죽음 있는 인간을 선택할 수 있단 말이오? 그분들은 세상을 수호하는 고결하신 주인들이오. 난 그분들의 발뒤꿈치에도 미치지 못한다오. 죽음 있는 자가 신을 거스른다면 죽음밖에 없을 것이오. 티 없이 아름다운 여인이여, 날 지켜주시오. 제발 뛰어난 신들을 선택하시오.'

그러자 아름답게 웃는 여인 다마얀띠는 눈물에 잠긴 목소리로 날라 왕에게 살며시 말했다.

'왕이시여, 여기서 빠져나갈 묘안이 있습니다. 당신에게 잘못이 돌아가지 않을 아주 교묘한 방법이지요. 훌륭한 분이시여, 아그니를 비롯한 모든 신들과 함께 당신도 낭군 고르기 장에 오십시오. 범 같은 사내여, 그러면 나는 세상의 수호신들이 보는 가운데 당신을 선택하겠습니다. 그러면 누구에게도 잘못이 없는 것이지요.'

위다르바의 공주의 이야기를 들은 다음 날라 왕은 신들이 모여 있는 곳으로 돌아갔다. 세상의 수호신들과 세상의 주인은 그가 오는 것을 보고 무슨 일이 있었는지를 물었다.

신들이 물었다.

'왕이여, 어여쁘게 웃는 다마얀띠는 그대를 보고 뭐라 말했소? 숨김없이 있는 대로 말해보시오.'

날라가 말했다.

'님들의 명을 받고 저는 경험 많은 시종들이 지팡이 들고 지키는 경계 삼엄한 다마얀띠의 방에 아무 걸림 없이 들어갈 수 있었습니다. 님들의 위력 덕분에 저는 공주 말고는 누구의 눈에도 띄지 않았습니다. 물론 그녀의 시녀들은 저를 볼 수 있었으며, 저 또한 시녀들을 볼 수 있었지요. 그들은 모두 놀란 눈으로 저를 바라봤지요. 신성한 신들이시여, 저는 아리따운 그 여인에게 님들에 관해 이야기했으나 그녀의 마음은 저를 향해 있었습니다. 그녀는 "훌륭한 분이시여, 당신과 함께 모든 신들도 낭군 고르기 장에 오라고 하십시오. 완력 좋은 왕이시여, 그분들이 계시는 곳에서 당신을 선택하겠습니다. 그러면 당신 잘못이 아니지요"라고 말했습니다.

이것이 저와 다마얀띠 사이에 있었던 일의 전부입니다. 세상의 주인들이시여, 숨김없이 다 말했으니 이제 결정은 님들이 알아서 하

소서.'

54

이어지는 브르하다쉬와의 이야기는 이러하다.

    한편 위다르바의 왕 비마는 길일과 길시를 잡아 다마얀띠의 낭군 고르기 장에 왕들을 모두 초대했다. 왕의 포고를 들은 이 땅의 주인들은 마음을 설레며 다마얀띠를 얻으려 허둥지둥 몰려들었다. 사자가 큰 산에 오르듯 왕들은 황금 기둥으로 단장하고 빛나는 활 모양 대문으로 치장한 경기장 안으로 들어섰다. 여러 나라의 왕들은 향기로운 화환을 걸치고 빛나는 보석 귀걸이들을 하고 각자의 왕좌에 가서 앉았다. 뱀들이 보가와띠†를 채우듯, 호랑이가 호랑이 굴을 채우듯 용맹스런 왕들이 자리를 메웠다. 잘 빠지고 매끄러운 그들의 팔은 머리 다섯 달린 독뱀이 새겨진 문설주 같았다. 반짝이는 머리카락, 우뚝한 코에 준수하고 빛나는 그들의 얼굴은 하늘에 반짝이는 별처럼 빛났다.

    뒤이어 왕들의 눈과 마음을 빛으로 빼앗으며 눈부신 얼굴로 다마얀띠가 낭군 고르기 장에 들어섰다. 다마얀띠의 몸매에 가닿은 기상

보가와띠_ 뱀들이 사는 아름다운 지하 세계.

높은 왕들의 시선은 움직일 줄 몰랐다. 왕들의 이름이 하나하나 거명되는 동안 다마얀띠는 다섯 명의 왕이 똑같은 모습을 하고 있는 것을 보았다. 그들의 겉모습에서 다른 점이라고는 찾을 수 없어 누가 날라인지 구분할 수 없게 되자 위다르바의 공주는 적잖이 혼란스러웠다. 누구를 봐도 모두 날라 왕처럼 생각되었다. 밝게 빛나는 여인은 걱정하며 속으로 생각했다.

'누가 신인 줄 어떻게 알 것이며, 누가 날라 왕임을 또 어떻게 가려낸단 말인가?'

기가 막혀 걱정하던 위다르바의 공주는 자기가 들어왔던 이야기, 신들만이 지니는 독특한 표식이 있다는 이야기를 떠올렸다. '신들의 몸에는 분명 다른 표식이 있다고 어른들께 들었는데 땅에 서 있는 누구에게도 그런 표식을 찾을 수 없구나!' 이렇게 생각에 생각을 거듭하고 계속 망설이던 다마얀띠는 결국 신들의 자비를 구하는 수밖에 없다고 결심했다. 그녀는 말과 마음으로 신들에게 예를 올린 뒤 두 손 모으고 떨리는 목소리로 말했다.

'백조의 말을 듣던 순간부터 제가 니샤다의 왕을 남편감으로 생각해온 것이 사실이라면 신들이시여, 진실을 위해 그분을 제게 보여주소서. 제가 말과 생각으로 털끝만한 거짓도 하지 않은 것이 사실이라면 신들이시여, 이 진실의 힘으로 그분을 제게 보여주소서! 니샤다의 왕이 제 남편임을 신들이 정하신 것이라면 신들이시여, 진실의 힘으로 그분을 제게 보여주소서! 제가 날라 왕을 구별할 수 있도록 세상의 주인과 세상의 수호신들께서는 본모습을 드러내주소서!'

이 같은 다마얀띠의 간절한 탄원과 쉽게 변할 수 없는 굳은 결심을 들은 신들은 날라를 향한 그녀의 사랑이 어느 정도인지 가늠하게 되었다. 그녀의 순결한 마음과 이상과 헌신과 정열을 알게 되었다. 신들은 그녀의 말에 각자 나름대로 자기들이 신임을 나타내는 표식을 보여주었다. 다마얀띠는 땀이 나지 않은 이, 눈을 깜박이지 않는 이, 시들지 않은 화환을 걸고 있는 이, 땅에 발을 딛지 않고 서 있는 이를 찾아낼 수 있었다. 니샤다의 왕에게는 그림자가 있었으며 그는 약간 시든 화환을 목에 걸고 있었다. 몸에는 먼지가 묻었고 땀이 났으며, 눈을 깜박이고 발은 땅에 딛고 있었다.

신들과 니샤다의 왕을 구별할 수 있게 된 비마의 딸 다마얀띠는 정당하게 날라를 남편으로 선택했다. 그녀는 수줍은 듯 니샤다의 왕의 옷깃을 잡으며 지극히 아름다운 화환을 그의 어깨에 걸어주었다. 빼어난 여인은 이리하여 날라를 남편으로 삼게 되었다. 사방에서 왕들의 탄식 소리가 들렸으며 신과 선인들 사이에선 '옳거니!' 하며 날라를 칭송하는 소리가 들려왔다.

비마의 딸이 니샤다의 왕을 남편으로 선택하자 세상의 수호신들은 즐거워하며 날라에게 여덟 가지 축복을 내려주었다. 샤찌의 자랑스러운 배우자 인드라는 날라가 제사를 지내는 동안 신들의 모습을 직접 볼 수 있도록 해주고 그가 걷는 길에 걸림돌이 없도록 축복을 내렸다. 공물을 나르는 아그니는 날라가 원할 때마다 자기가 나타날 것이며, 날라가 사는 곳 또한 자기가 사는 세상처럼 밝혀줄 것을 약속했다. 야마는 맛좋은 음식을 주고 다르마를 굳건히 따를 수 있게 해주었으며, 물의 주인 와루나는 날라가 원할 때마다 물이 나타나리라는 약속과 함께 그에게 가장 향기로운 화환을 걸어주었다. 그리고 신들은 모두 함께 그들이 쌍둥이 자식을 낳을 수 있도록 축복을 내렸다. 이렇게 여러 가지 축복을 내려준 뒤 신들은 하늘 세계로 돌아갔다. 여러 나라에서 온 왕들 또한 그들의 놀라운 혼례에 참가한 뒤 흔쾌히 자기들 왕국으로 떠나갔다. 보석 같은 여인 다마얀띠를 얻은 날라는 왈라와 우르뜨라를 죽인 인드라가 샤찌를 대하듯 그녀를 사랑했다. 니샤다의 왕은 지극히 평화로웠고 태양처럼 빛났으며 덕으로 백성들을 다스렸다. 나후샤의 아들 야야띠처럼 그 또한 아쉬와메다 희생제를 지냈으며, 무수한 선물을 나눠주는 여러 다른 희생제를 지냈다. 죽음 없는 신처럼 날라는 다마얀띠와 함께 숲과 아름다운 뜰을 거닐며 즐거운 시간을 보냈다. 날라는 이처럼 희생제를 지내기도 하고 다마얀띠와 더불어 즐기기도 하면서 보물이 가득한 이 땅을 지켰다.

55

이어지는 브르하다쉬와의 이야기는 이러하다.

비마의 딸이 니샤다의 왕을 남편으로 택하자 기력 넘치는 세상의 수호신들은 그곳을 떠났다. 그들은 돌아가는 길에 드와빠라†가 깔리†와 함께 오는 것을 보았다. 왈라와 우르뜨라를 처단한 인드라는 깔리가 오는 것을 보고 물었다.

'깔리여, 드와빠라와 함께 어디로 가는 길인지 말해주시겠소?'

깔리가 인드라에게 대답했다.

'다마얀띠의 낭군 고르기 장에 가는 길입니다. 난 여태껏 그녀를 마음속에 품고 있었지요. 이번 기회에 내 신부로 만들 셈입니다.'

인드라는 싱긋이 웃으며 그에게 말했다.

'낭군 고르기 장은 벌써 끝났소. 다마얀띠는 우리들을 모두 제쳐 두고 날라를 남편으로 골랐다오.'

인드라의 말에 깔리는 분개하며 모든 신들을 향해 말했다.

'인간인 주제에 감히 신들을 제치고 인간을 고르다니! 매운맛을 봐야겠군.'

깔리의 말에 천인들이 답했다.

'다마얀띠는 우리들의 묵인 아래 날라를 고른 것이오. 만덕을 구족한 데다 다르마를 꿰뚫어 알며, 서약한 대로 지키는 날라 왕을 누군들 고르지 않겠소? 그는 진실하고 심성이 올곧은 데다 보시 잘하고 고행하며 순결하고 절제하며 마음은 항상 고요하다오. 범 같은 그 사내는 세상의 수호신들과 다를 바 없다오. 그런 자질을 갖춘 날라를 저주하는 자는 자기 자신을 저주하는 것이나 다름없으며, 그것은 또 자기 자신을 죽이는 것과 같은 일이오. 그런 이에게 저주를 내린다면 끝없이 넓고 깊은, 빠져나갈 길이라고는 없는 지옥에 떨어지고 말 것이오.'

드와빠라_ 인도 신화에서 유가를 넷으로 나누었을 때의 세 번째 유가. 정의보다는 악이 들끓는 유가를 상징하며 말세인 깔리 앞에 온다. 여기에서 드와빠라는 이 유가의 현신이다.

깔리_ 말세(깔리 유가)의 현신.

신들은 이 말을 깔리에게 남기고는 하늘로 돌아가버렸다. 신들이 떠나자 깔리가 드와빠라에게 말했다.

'드와빠라여, 나는 분을 삭일 수가 없소. 아무래도 날라의 몸속에 들어가 그를 가져야겠소. 그에게서 왕국을 빼앗고 그가 비마의 딸과 더 이상 즐길 수 없게 하고 말겠소. 당신도 주사위 노름에 끼어 들어와 날 도와줌이 마땅할 것이오.'

56

이어지는 브르하다쉬와의 이야기는 이러하다.

깔리는 드와빠라에게 이렇게 다짐한 뒤 니샤다의 왕이 사는 곳으로 갔다. 깔리는 날라의 몸속에 들어갈 만한 틈을 쉼 없이 찾으며 오랜 시간을 니샤다에서 지냈다. 그렇게 열두 해째가 지난 어느 날 깔리는 마침내 날라에게서 허점을 찾아냈다. 소변을 본 뒤 날라가 오줌 묻은 발을 씻지 않고 바로 저녁 제사를 지내려고 물을 만졌던 것이다. 기회를 놓치지 않고 깔리는 그의 몸속으로 들어갔다. 날라를 소유한 깔리는 뿌슈까라†에게 가서 말했다.

'와서 날라와 노름을 하시오. 내 도움으로 당신은 주사위 노름에

뿌슈까라_ 이웃 나라의 왕이자 깔리에게 날라의 몰락을 약속했던 드와빠라 소유의 인

서 분명 날라를 이길 것이오. 왕이여, 날라를 물리치고 니샤다의 왕
국을 차지하시오.'

깔리의 말을 듣고 뿌슈까라는 날라에게 갔다. 깔리는 우르샤라는
암소†가 되어 뿌슈까라와 함께했다.

적의 영웅을 처단하는 뿌슈까라는 영웅 날라와 날라의 아우에게
가서 우르샤를 갖고 주사위 노름을 하자고 끊임없이 졸라댔다. 다마
얀띠 앞에서 이렇게 도전을 받은 고결한 왕은 더 이상 거절할 구실을
찾지 못하고 결국 주사위를 던질 때가 왔다고 생각했다. 깔리에게 소
유당한 날라는 금, 은, 수레, 옷 할 것 없이 모든 것을 줄줄이 잃었다.
거의 제정신을 잃다시피 하며 노름에 빠진 그를 어떤 벗도 막을 수
없었다. 백성들과 대신들이 노름에 빠진 심약한 왕을 막아보려 몰려
들었다. 마부가 다마얀띠에게 가서 말했다.

'모든 백성들이 성문 밖에서 기다리고 있습니다. 니샤다의 왕은
만백성이 기다리고 있다는 것을 전해 들으셔야 합니다. 그들은 다르
마와 아르타를 아는 왕이 덕과 재산을 잃어가는 것을 차마 못 본 척
할 수 없다고 합니다.'

다마얀띠는 눈물에 목이 잠기고 근심으로 허약해져 말했다.

물인 듯하다. 하지만 뒤에서는 날라와 형제 관계인 인물로 되어 있다. 이 부분에
서는 그러한 불일치에도 불구하고 원본 그대로 놔두었는데, 이러한 원전상의 불
일치는 어쩔 수 없어 보인다. 앞에서 설명이 빠졌거나 후대에 이야기가 변형되어
전해진 것일 수도 있다.
우르샤라는 암소 주사위 노름의 용어인 듯하다. 우르샤는 '주사위 말' 처럼 보이나 명
확한 뜻은 알 수 없다.

'왕이시여, 성문 밖에 백성들이 당신을 만나려고 와 있습니다. 대신들이 그들과 함께 있습니다. 그들은 충성을 맹세한 사람들입니다. 부디 그들을 만나보십시오.'

다마얀띠는 이렇게 말하고 또 말했다. 그러나 깔리에게 사로잡힌 날라는 이렇게 애원하는 날씬한 허리에 눈이 빛나는 아내에게 한 마디도 하지 않았다. 대신들과 백성들은 '예전의 그분이 아니로구나!'라고 탄식하며 쓸쓸하게 돌아갔다. 이렇게 날라와 뿌슈까라의 노름은 여러 달 동안 이어졌으며 날라의 상태는 계속 악화되어갔다.

57

이어지는 브르하다쉬와의 이야기는 이러하다.

인간들의 주인 날라 왕이 미친 듯이 노름에 넋을 빼앗기는 것을 냉정히 지켜본 다마얀띠는 두렵고 서글펐다. 비마의 딸은 왕을 위해 중대한 일을 고민하기 시작했다. 날라에게 덮쳐들고 있는 고난을 감지한 다마얀띠는 어떻게 하는 것이 그를 위한 일인지를 생각하다가 왕이 모든 것을 잃은 것을 보고는 충직한 시녀 브르하뜨세나에게 말했다.

'브르하뜨세나여, 가서 날라의 이름으로 대신들을 이리로 불러 모으거라. 또한 지금까지 잃은 것은 어느 정도이며, 남아 있는 것은

어느 정도인지도 알아보거라.'

날라의 부름을 받은 대신들은 다행이라 생각하며 왕에게 왔다.
한편 다시 백성들이 왔다는 보고를 들은 비마의 딸 다마얀띠는 날라
에게 그 사실을 전했다. 그러나 날라는 그녀를 못 본 척했다. 남편이
자기 말을 전혀 받아들이지 않자 다마얀띠는 수치스러워하며 내실
로 들어가버렸다. 노름이 날라의 뜻대로 되지 않고 더 많은 것을 잃
는다는 보고를 들은 다마얀띠는 다시 시녀를 불러 말했다.

'착한 브르하뜨세나여, 날라의 이름으로 어서 마부 와르슈네야
를 불러라. 큰일이 닥쳤구나.'

다마얀띠의 말에 브르하뜨세나는 믿을 만한 하인을 시켜 와르슈
네야를 불러왔다. 언제 무슨 일을 해야 할지 때와 시를 아는 비마의
순결한 딸은 와르슈네야에게 달래듯 부드럽게 말했다.

'그대는 왕이 얼마나 그대를 총애했는지 익히 알고 있을 것이오.
지금 왕에게 고난이 닥쳤으니 그대가 왕을 도와주시오. 왕은 지금 뿌
슈까라에게 지면 질수록 노름에 대한 집착이 커지고 있소. 주사위의
패도 모두 뿌슈까라 편이오. 날라의 뜻과는 언제나 정반대로 가고 있
지요. 왕은 벗들과 친지의 충고도 귀담아 듣지 않소. 고결한 니샤다
의 왕에게는 필시 아무것도 남지 않을 것이오. 혼란에 빠진 왕은 내
말 또한 듣지 않으니 그대의 도움을 구하는 것이오. 마부여, 내 말을
따라주시오. 내 마음도 평정을 잃었소. 내 생각엔 그가 기어이 망하
고야 말 것 같소. 바람같이 날쌘 날라의 말을 마차에 매어 내 아이들
을 태우고 꾼띠나†로 가시오. 그곳 친지들에게 왕자들과 마차를 두
고, 그대는 그곳에 머물거나 아니면 그대가 바라는 곳으로 떠나거나

하시오.'

날라의 마부는 다마얀띠의 지시를 대신들에게 낱낱이 고했다. 대
신들은 모여 그렇게 하도록 결정을 내리고 마부가 떠나도록 했다. 마
부는 아이들을 태우고 위다르바를 향해 달렸다. 말과 마차를 그곳에
맡기고, 아들 인드라세나와 딸 인드라세나아를 맡긴 뒤 와르슈네야
는 비통하고 서글픈 심정으로 비마에게 날라 왕에 대해 이야기했다.
그 뒤 그는 여기저기를 떠돌다 아요드야로 가 그곳 왕 르뚜빠르나의
마부가 되었다.

58

이어지는 브르하다쉬와의 이야기는 이러하다.

와르슈네야가 떠난 뒤에도 날라는 노름을 계속했다. 뿌슈까라는
날라에게서 왕국과 전 재산을 빼앗아버렸다. 왕국을 뺏긴 날라에게
뿌슈까라가 웃으며 말했다.

'노름을 계속합시다. 헌데 아직도 내기로 걸 만한 것이 남아 있
소? 다마얀띠 말고는 내게 다 잃은 것 같은데 다마얀띠를 걸겠다면
다시 시작해봅시다.'

꾼띠나_ 위다르바 왕국의 도성.

뿌슈까라의 말에 날라의 심장은 분노로 찢기는 것 같았으나 입을 꾹 다물고 말았다. 명예롭던 날라는 대신 그를 지긋이 노려보고는 걸치고 있던 장신구들을 모두 벗어던졌다. 옷 하나만 달랑 걸친 그는 비통해하는 벗들을 두고, 부귀영화를 버리고 그곳을 떠났다. 다마얀띠도 옷 하나만 걸치고 날라의 뒤를 따라갔다. 궁성 밖으로 나온 그들은 사흘 밤을 그곳에서 지냈다.

그러자 방방곡곡에 뿌슈까라의 포고가 내려졌다.

'날라에게 잘해주는 자는 누구를 막론하고 엄벌에 처하리라.'

뿌슈까라의 명과 날라를 향한 그의 적개심 때문에 백성들은 누구도 날라에게 우호적이지 않았다. 도심 가까이에 있어서 어디에서도 환대받아야 마땅한 그들을 제대로 대접해주는 곳이 없었다. 그들은 물만으로 사흘을 연명해야 했다. 그렇게 굶주리며 여러 날을 지낸 어느 날 날라는 황금 날개를 가진 새들을 보았다. 위력적인 니샤다의 왕은 '저들이 오늘 내 먹을 것이 되고 내 재산이 되겠구나!'라고 생각했다. 그는 자기가 걸치고 있던 옷으로 얼른 새들을 덮쳤다. 그러나 새들은 느닷없이 옷을 낚아채더니 창공으로 날아가버리고 말았다. 새들은 날아가며 고개를 처박고 벌거벗은 채 초라하게 서 있는 날라에게 말했다.

'미련한 자여, 우리도 그대의 주사위 패이다. 우린 그대가 옷 하나라도 걸치고 가는 꼴을 볼 수 없어 그대의 옷을 빼앗으러 여기까지 온 것이다.'

주사위 패들이 다 떠나고 자신이 벌거벗었다는 사실을 깨달은 왕은 다마얀띠에게 말했다.

'무고한 아내여, 날뛰는 주사위 때문에 권좌에서 쫓겨나고, 먹을 것을 찾지 못해 비참함과 배고픔밖에 남지 않았거늘, 니샤다의 백성들도 날 외면하거늘 이제 그것도 부족하여 그놈들은 새가 되어 하나 남은 내 옷마저 앗아 가버렸구려. 나는 너무나 비참하고 고통스러워 나 자신을 챙길 수가 없소. 나는 그대의 남편이오. 당신 자신을 위해 내 말을 들으시오. 여기 여러 갈래로 나 있는 길은 륵샤와뜨 산과 아완띠를 지나 남쪽으로 이어지는 길이라오. 여기 힘차게 뻗은 윈디야 산자락이 있소. 그곳의 빠요슈니 강은 바다로 흐르고 있지요. 그리고 저 너머엔 대선인들의 아쉬람이 있소. 그곳엔 나무뿌리와 열매들이 풍성하다오. 여기 이 길은 위다르바로 가는 길이고, 이 길은 꼬살라 왕국을 향해 뻗어 있지요. 이 길 너머 남쪽으로 가면 남쪽 나라들이 나온다오.'

날라의 말을 듣고 있던 다마얀띠는 걱정과 눈물에 목이 메어 애절하게 말했다.

'당신이 품고 계신 뜻을 생각하니 심장이 떨리고 온몸의 기운이 다 빠지는 것 같습니다. 왕이시여, 당신은 지금 왕국을 빼앗기고 재산을 잃었습니다. 옷 한 자락 걸치지 않고 배고픔에 지쳐 있는 당신을 이 인적 없는 숲에 두고 어찌 나 혼자 떠날 수 있으리까? 왕이시여, 무서운 숲에서 배고프고 지쳐 당신의 비참함을 곱씹을 때 내가 당신의 아픔을 덜어드리지요. 옛말에도 아내만한 약은 없다고 했습니다. 그 말은 모두 사실이랍니다.'

날라가 말했다.

'날씬한 다마얀띠여, 당신 말이 맞소. 아픈 자에게 아내만한 벗과 아내만한 약이 없지요. 당신을 버리려는 생각은 추호도 없소. 순진한 아내여, 왜 그런 엉뚱한 생각을 하시오. 나 자신을 버릴지언정 당신을 버리진 않으리다.'

다마얀띠가 말했다.

'대왕이시여, 나를 여기에 버리지 않을 생각이셨다면 어찌하여 위다르바로 가는 길을 가리키셨습니까? 이 땅의 주인이시여, 물론 당신이 나를 버리지 않으리라는 것은 알지만 당신 마음이 편치 않다는 것을 헤아려 그럴 수도 있다고 생각했습니다. 훌륭한 분이시여, 당신은 내게 그리로 가는 길을 여러 번 가리키셨습니다. 그런 것들이 나를 울적하게 한 것이랍니다. 왕이시여, 만약 위다르바로 가야 한다고 생각하신다면 우리 둘이서 함께 가야 합니다. 자긍심 주는 왕이여, 위다르바의 왕은 당신을 존중해줄 것입니다. 그곳에서라면 편하게 지낼 수 있을 것입니다.'

59

날라가 말했다.

'장인의 왕국이 또한 나의 것임은 분명하지만 이런 꼴로는 가지 않겠소. 내가 그곳에 갔을 때는 영화를 누리던 때여서 당신을 기쁘게 했었지요. 이렇게 비참한 꼴로 당신 마음을 아프게 하면서 어찌 그곳에 갈 수 있단 말이오?'

이어지는 브르하다쉬와의 이야기는 이러하다.

이렇게 날라 왕은 반쪽의 옷으로 몸을 감싸고 있는 덕스런 아내 다마얀띠를 거듭거듭 위로했다. 옷 하나로 둘을 감싼 그들은 배고픔과 목마름에 지쳐 이리저리 떠돌다가 초막에 들어섰다. 초막에 다가간 니샤다의 왕은 위다르바의 공주와 함께 나란히 땅바닥에 앉았다. 벌거벗고 먼지에 싸였으며 때에 절고 머리가 헝클어진 날라 왕은 지쳐서 다마얀띠와 함께 맨바닥에서 잠을 청했다. 느닷없는 시련을 맞은 가련하고 가녀린 다마얀띠에게도 잠이 쏟아졌다.

그러나 다마얀띠가 잠이 들자 날라 왕은 서글픔으로 마음이 온통 뒤죽박죽되어 전처럼 잠을 이룰 수가 없었다. 왕국을 빼앗기고 벗들마저 등을 돌려 숲에서 지내야 하는 자기 처지를 생각하니 비참한 생각이 밀려들었다.

'이런 짓을 해 무엇하고, 하지 않으면 또 무엇하리? 죽는 것이 나을까? 아니면 이 사람을 떠나는 것이 나을까? 내게 헌신적이었던 이 여인이 나 때문에 고생하고 있구나! 내게서 벗어난다면 언젠가 자기 친지들에게 가는 길을 찾을 것이다. 이 끝없는 고생은 분명 나로 인한 것이다. 그러나 내가 그녀를 떠난다 해도 위험은 있으리. 그러나 이 여인은 결국 어디선가 행복을 찾으리라!'

그는 수없이 생각하고 수없는 결정을 내렸다. 결국 인간들의 왕 날라는 자기가 떠나는 것이 다마얀띠에게 더 나을 것이라는 결론을 내렸다. 자기가 옷을 한 오라기도 걸치지 않았다는 것을 상기한 그는 달랑 옷 하나 걸치고 있는 다마얀띠를 보며 그녀의 옷을 둘로 자르기로 했다. '헌데 사랑하는 아내를 깨우지 않고 어떻게 옷을 자를 수 있을까?'를 생각하며 궁리하던 니샤다의 왕은 잠자리를 이리저리 둘러보다 한쪽 구석에서 칼집 없는 훌륭한 칼이 한 자루 있는 것을 보았다. 적을 태우는 왕 날라는 그것으로 옷을 반으로 잘라 한 자락으로 자신의 몸을 감싼 뒤 자고 있는 다마얀띠를 뒤로 하고 미친 듯이 달려 나갔다. 그러나 마음이 묶여 있던 이 땅의 왕은 초막으로 다시 돌아와 자고 있는 다마얀띠를 보며 한탄했다.

'태양도 바람도 내 사랑스런 여인을 감히 바라볼 수 없었거늘 이제 여기, 그런 여인이 맨바닥에 누워 남편 없는 여인처럼 자고 있구나! 여기 이렇게 찢어진 옷을 입고 자고 있는, 어여쁘게 웃는 엉덩이 풍만한 이 여인이 일어나면 어찌할 것인가? 어찌 미치지 않겠는가? 나밖에 모르던 아름다운 비마의 딸이 나 없이 온갖 들짐승들이 들끓는 무서운 숲을 어찌 헤매고 다닐 것인가?'

날라는 이런 식으로 가고 또 갔다가 거처로 다시 돌아오기를 반복했다. 깔리로 인해 나갔다가 정 때문에 다시 돌아오곤 했다. 고통으로 가슴이 두 갈래로 찢기는 것 같았다. 그는 그렇게 바람에 흔들리는 그네처럼 갔다가 오기를 반복했다. 그러나 깔리에게 혼을 뺏긴 그는 이것저것 가리지 못하고 결국 자고 있는 아내를 인적 없는 숲에 버려두고 서럽게 울며 그곳을 떠났다.

이어지는 브르하다쉬와의 이야기는 이러하다.

날라가 떠난 뒤 어지간히 피로가 풀린 엉덩이 풍만한 여인 다마
얀띠는 잠에서 깨어났으나 인적 없는 숲 속에 혼자 남겨진 것을 알고
는 무서움에 몸을 떨었다. 남편이 보이지 않자 그녀는 비통하고 서러
워 큰 소리로 울부짖었다.

'니샤다의 대왕이시여, 나를 지켜주던 대왕이시여, 주인이시여,
어찌하여 나를 버리셨나요? 나는 죽은 목숨입니다. 나는 갈 곳을 잃
었습니다. 이 적막한 숲이 나는 두렵습니다. 당신은 언제나 다르마를
알고 진실을 말하셨거늘 어찌하여 자고 있는 나를 두고 가실 수 있나
요? 적이 당신께 잘못했을 뿐 잘못 한 번 저지른 적 없는 당신이 이렇
게 복종하고 헌신하는 아내를 버리고 어디로 가신단 말씀인가요? 인
간들의 왕이시여, 예전에 세상의 수호신들 앞에서 내게 하셨던 맹세
를 지키십시오.

황소 같은 분이시여, 행여 이게 장난이라면 도가 지나치십니다.
아무도 넘볼 수 없는 주인이시여, 무섭습니다. 당신 모습을 보여주세
요. 왕이시여, 당신이 보입니다. 당신을 볼 수 있어요. 니샤다의 왕이
시여, 거기 계시지 않나요? 거기 수풀 속에 모습을 감추고 왜 내게 대
답 하지 않으시나요? 왕 중의 왕이시여, 어찌 그리 무정하신가요? 내
가 여기 이 지경에 처해 울고 있는데 어찌하여 나를 껴안고 위로해주
지 않으시나요? 내가 혼자 남겨져 그렇다거나 다른 이유가 있어 이

러는 것이 아니라 오직 당신 때문에 이리 서러운 것입니다. 당신 혼자 어찌 지내시렵니까? 왕이시여, 그것이 내 마음을 저미는 것입니다. 배고프고 목마르고 지쳐서 나무등치에 기대어 있는 저녁에 나 없이 어찌 지내시렵니까?'

서러움에 사무친 다마얀띠는 울분이 차올라 울면서 숲 속 사방을 헤매고 다녔다. 젊은 그 여인은 한순간 일어났다 다른 순간 쓰러지곤 했으며, 두려움에 떨고 서러움에 통곡했다. 남편에게 헌신적인 비마의 딸은 날카로운 슬픔으로 몸이 타는 것 같아 고통스런 한숨을 내쉬다 초막에서 나와 울며 말했다.

'니샤다의 왕이 누군가의 저주 때문에 이런 고통을 당한다면 저주 내린 그자는 날라보다 곱절은 더 큰 고통당하리. 순결한 날라에게 이런 악독한 짓을 한 잔혹한 그자는 더 큰 고통 속을 헤매고 기쁨 없는 삶을 살게 되리라.'

고결한 날라의 아내는 이렇듯 울며 남편을 찾아 들짐승이 들끓는 숲을 샅샅이 찾아 헤맸다. 비마의 딸은 '왕이시여, 아아 나의 왕이시여!'를 외치고 울부짖으며 마치 정신 나간 여인처럼 온 숲을 헤매고 다녔다. 고통에 피가 마른 그녀는 짝을 찾아 헤매는 물수리처럼 애절하게 탄식하며 하염없이 울었다. 그러는 다마얀띠에게 느닷없이 구렁이가 다가왔다. 배고픈 거대한 구렁이는 그녀를 돌돌 감아버렸다. 구렁이가 자기를 삼키는 와중에도 다마얀띠는 여전히 자기 자신이 아니라 니샤다의 왕을 걱정하며 울었다.

'주인이시여, 인적 없는 이 숲에서 내가 마치 주인 없는 여인이라도 되는 듯 이 구렁이가 나를 삼키려 합니다. 어찌하여 서둘러 달려

오지 않으시나요? 당신이 저주에서 벗어나 제정신이 들고 마음과 재산을 되찾는 날에 나를 기억하신다면 당신은 어찌하시렵니까? 니샤다의 왕이여, 자긍심을 주시는 범 같은 사내시여, 당신이 배고픔에 지치고 피로에 시달리면 누가 당신 곁에서 그 피로를 풀어주리까?'

그때 깊은 산중에서 짐승을 쫓던 사냥꾼이 그녀의 외침을 듣고 재빨리 달려왔다. 구렁이에게 칭칭 감겨 있는 긴 눈의 여인을 본 사냥꾼은 황급히 다가와 날카로운 칼로 뱀의 대가리를 잘라버렸다. 사냥꾼은 움직임이 멎을 때까지 뱀을 잘랐다. 그러고 나서 그는 뱀에게서 다마얀띠를 풀어주고 몸을 닦아주었다. 그녀를 안심시킨 뒤 사냥꾼은 먹을 것을 주며 물었다.

'사슴 눈의 여인이여, 당신은 누구시오? 누구시기에 이 깊은 산중에 와 있는 것이오? 빛나는 여인이여, 어쩌다 이렇게 험한 꼴을 당하게 되시었소?'

사냥꾼의 물음에 다마얀띠는 이런 일을 당하게 된 연유를 모두 말해주었다. 사냥꾼은 그녀가 옷을 반쪽만 걸치고 있음을 보고, 그녀의 풍만한 가슴과 둔부가 그대로 드러나 있는 것을 보고, 그녀의 팔과 다리가 매끄럽고 흠 없음을 보고, 그녀의 보름달 같은 얼굴을 보고, 곱게 굽은 그녀의 눈썹을 보고, 곱게 말하는 다마얀띠를 보고 그만 욕정에 사로잡히고 말았다. 사냥꾼은 달콤하고 다정하게 그녀를 대했고 빛나는 그 여인은 그의 흑심을 알아차렸다.

오로지 남편에게 일편단심이던 다마얀띠가 그의 음흉한 속내를 알아차리자 무서운 분노가 활활 타는 불길처럼 그녀를 휘감았다. 욕정에 사로잡혀 그녀를 손아귀에 넣으려던 천박한 사냥꾼은 타오르는 불길 같은 다마얀띠를 쉽게 사로잡을 수 없다는 것을 깨달았다. 왕국도 남편도 잃어 서러움에 사무쳐 있던 다마얀띠는 말로는 사냥꾼을 다스릴 수 없다는 것을 알고 분노로 저주했다.

'내가 날라 이외의 다른 사람을 행여 마음속에서라도 품은 적이 없는 것이 사실이라면 짐승처럼 살아가는 이 천박한 자가 당장 죽어 쓰러지게 하소서.'

다마얀띠의 저주가 끝나자마자 마치 불붙은 나무가 땅에 쓰러지듯 그는 땅바닥에 맥없이 쓰러지고 말았다.

61

이어지는 브르하다쉬와의 이야기는 이러하다.

사냥꾼이 죽자 연꽃 눈의 다마얀띠는 더 깊은 숲 속으로 발길을 옮겼다. 날짐승들이 들끓는 무섭고 인적 없는 숲이었다. 사자, 호랑이, 곰, 멧돼지, 사슴이나 코끼리들 말고도 수많은 새들과 믈레차†들, 도적 떼들이 모여 사는 숲이었다. 샬라 나무, 대나무, 향나무, 무화과나무, 띤두까 나무, 잉구디 나무, 낑슈까 나무, 아르주나 나무, 아리슈타 나무, 솜 나무들이 있었고, 장미 사과, 망고, 로다, 카디라,

---

믈레차_ 산악 지역의 원주민들로 때로는 야만인 또는 도적 떼와 같은 뜻으로 쓰인다.

샤까, 티크 나무, 까쉬마리, 아말라까, 플락샤, 까담바, 우둠바라가 숲에 빼곡했으며, 바다리와 빌바 나무 그늘이 드리워져 있었다. 니그로다 나무, 쁘리얄라 나무, 딸라 나무, 카르주라 나무, 하리따까 나무, 위비따까 나무가 군락을 이루고 있었다. 온갖 광물이 뒤덮인 수많은 언덕이 있었으며 새가 우짖는 숲, 놀라운 형상의 동굴, 강, 계곡, 호수와 우물들이 가득했다. 온갖 짐승과 새들, 무시무시한 귀신들, 뱀들, 락샤사들도 들끓었다. 크고 작은 연못들, 높다란 봉우리들과 경이롭게 흐르는 계곡들도 있었다. 위다르바의 공주는 물소 떼, 곰, 멧돼지, 원숭이, 자칼, 뱀이 떼 지어 있는 것을 보았다. 빛나고 영예로우며, 당당하고 뛰어난 미모를 두루 갖춘 비마의 딸, 위다르바의 공주는 홀로 날라를 찾아 무서운 숲을 헤매고 다니면서도 두려움을 느끼지 못했다. 남편 때문에 서러워 통곡하던 다마얀띠는 어느 널찍한 바위에 주저앉아 탄식했다.

'사자 같은 가슴, 완력 넘치는 니샤다의 왕이시여, 인적 없는 숲에 날 버리고 어디로 가시었나요? 범 같은 영웅이시여, 수많은 선물을 내리며 아쉬와메다 같은 희생제를 지내셨으면서 어이 나한테만은 이런 몹쓸 일을 하시나요? 범 같은 사내여, 황소 같은 왕이시여, 여러 왕들이 지켜보는 앞에서 내게 했던 말을 지키소서. 이 땅을 지키는 왕이시여, 백조들이 당신 앞에서 했던 말을, 그들이 또 내 앞에서 했던 말을 헤아리소서. 훌륭한 분이시여, 네 베다와 그 가지들, 그 가지의 가지들을 한쪽 저울에 올려두고 다른 한쪽 저울에 진실을 올려두면 균형이 맞는다고 했습니다. 적의 처단자시여, 인간들의 왕이시여, 영웅이시여, 그러니 당신이 예전에 내게 했던 맹세를 지키십시오.

무고한 영웅이시여, 당신은 이제 더 이상 나를 마음에 담고 계시지 않으시나요? 나를 이렇게 무서운 숲에 버려두고 왜 대답이 없으신가요? 이 무섭고 소름 끼치는 숲의 대왕은 아가리를 벌리고 날 삼키려 합니다. 왜 날 지켜주지 않으시나요? 왕이시여 당신은 "내 사랑이여, 내게 당신보다 더 귀한 사람은 없다"라고 늘 말씀하셨지요. 왕이시여, 주인이시여, 내 사랑이시여, 그 말이 진실이라면 미친 듯이 울며 어찌할 바 모르는 당신의 사랑하는 아내에게 어찌 대답조차 없으신가요? 이 땅의 왕이시여, 나는 지치고 초라해져 얼굴에도 빛을 잃었습니다. 때에 전 반쪽 옷만 입은 채 주인을 찾아 헤매며 울고 있습니다. 눈 큰 사내시여, 적의 영웅을 송두리째 뿌리 뽑던 영웅이시여, 무리에서 떨어져 길 잃은 양처럼 울고 있는 나를 어이하여 모른 척하시나요?

대왕이시여, 이 고적한 숲에서 남편을 향해 홀로 말하고 있는 내게 왜 대답이 없으신가요? 최상의 인간이시여, 사자와 호랑이가 들끓는 무서운 이 숲에서 오늘 나는 혈통 좋고 풍채 좋고 거동 바른 당신을 보지 못했습니다. 니샤다의 왕이여, 당신은 이 무서운 숲에서 잠이 드신 것입니까? 최상의 인간이시여, 내 비통함을 키우며 앉거나 서 있는 것입니까? 그도 아니면 그냥 돌아다니는 것입니까? 당신을 향한 설움에 지쳐 있는 나는 누구에게 물어보리까? "혹시 이 숲에서 날라 왕을 만난 적이 있느냐?"라고 누구에게 물어보리까? "당신이 찾아 헤매는, 연꽃 눈을 가진 준수하고 고결한 날라, 무적의 날라를 오늘 보았노라"라고 누가 오늘 내게 달콤한 말을 해주리요?

여기 위용 넘치는 숲의 대왕, 날카로운 이빨, 아가리 큰 호랑이가 내 앞을 지나가네요. 나는 두렵지 않습니다. 그에게 한 번 물어보지요. "호랑이 님이시여, 당신은 짐승들의 대왕, 이 숲의 주인이십니다. 나는 위다르바의 공주 다마얀띠랍니다. 무적의 니샤다의 왕 날라가 내 남편이지요. 나는 홀로 처량하게 주인을 찾아나선 가련한 여인입니다. 짐승들의 제왕이시여, 행여 날라를 봤거든 날 좀 안심시켜주세요. 날라가 어디 있는지 말해줄 수 없거든 슬픔이나 가시도록 차라리 나를 삼켜버리세요." 아아, 짐승의 대왕은 이 숲에서 내 통곡을 듣고서도 바다로 이어진 강을 향해 유유히 사라지시네.

아아, 저기 드높은 봉우리들이 우뚝우뚝 솟아 있는 성스런 산이 있네요. 하늘을 찌를 듯한 성산은 매혹적인 빛을 뿜으며 온갖 광물들과 크고 작은 여러 바위로 단장하고, 이 거대한 숲 속에서 손을 드높이 치켜들고 있군요. 사자, 호랑이, 코끼리, 멧돼지, 사슴, 곰 그리고 사방에서 모여든 온갖 새들이 모여 살고 있군요.

이곳엔 낑슈까 나무, 아쇼까 나무, 바꿀라 나무, 뿐나가 나무와 계곡들 그리고 새들이 붐비는 자잘한 언덕들이 들어차 있답니다. 그러니 이 산의 제왕께 나의 주인에 대해 물으려 합니다. "성스럽고 명예로운 산 중의 산이시여, 수많은 어여쁜 것들의 은신처이며 대지를 지탱하시는 님께 엎드려 절하옵니다. 이곳에 와서 님께 엎드려 절하는 저는 위다르바의 공주 다마얀띠랍니다. 왕의 며느리이며 왕의 명예로운 아내이지요. 제 아버지는 위다르바의 군주로 천하를 호령하는 용사 비마랍니다. 그분은 수많은 선물을 나누는 라자수야 희생제와 아쉬와메다 희생제를 지냈으며, 크고 아름답고 긴 눈을 가졌답니다. 그분은 순결한 이성에 거동 바르며, 진실을 말하고 남을 질시하지 않으며, 덕 높고 공정해 명예를 드날리며, 다르마를 아는 순수한 왕이랍니다. 위용 넘치는 그 군주는 적을 모두 물리치고 위다르바를 바르게 다스리지요. 성스런 산이시여, 님께 도움을 청하는 제가 그분의 딸임을 알아주소서.

위대한 산이시여, 제 시아버님은 니샤다의 군주이셨던 위라세나[†]랍니다. 그분은 존함에 아주 걸맞은 분이랍니다. 그 왕에게는 아들이 한 명 있었지요. 그 아들은 명예롭고 진실하며 용맹스런 영웅이랍니다. 그는 부친에게서 정당하게 왕국을 물려받아 니샤다를 다스리며 적을 길들이는, 날라 뿌야쉴로까로 알려져 있는 분이지요. 그분은 학문이 깊고 베다를 알며, 말 잘하고 소마 희생제를 지내며 아그니를 모시는 공덕 많은 분이랍니다. 산 중의 산이시여, 희생제를 지내며 보시하기 좋아하고, 전투에선 용감하며 통치력 뛰어난 그분의 아내가 바로 저라는 것을 알아주소서.

그러나 지금 저는 명예를 잃고 주인 잃은 고아 같은 신세가 되었습니다. 저는 최상의 사내인 남편을 찾아 헤맨답니다. 산 중의 산이시여, 하늘을 찌를 듯한 수백 개의 당신 봉우리들이 행여 이 인적 없는 무서운 숲에서 날라 왕을 보신 적이 있으신가요? 코끼리왕 같은 걸음걸이에, 지혜롭고 긴 팔을 지녔으며 분심 많고 용맹스러우며 진실을 말하는, 올곧고 명예로운 제 남편, 니샤다의 군주 날라를 보신 적이 있으신가요? 산의 제왕이시여, 당신의 친딸 같은 제가 이 외로

위라세나_ '위라'는 '영웅', '세나'는 '군대'라는 뜻으로, '군대의 영웅'이라는 의미이다.

운 숲에서 이렇듯 한스럽게 울고 있는데 왜 한 마디 말로 다독거려주시지 않나요?

용맹스런 영웅이여, 다르마를 지키는 진실한 이 땅의 군주시여, 행여 이 숲에 계시거든 모습을 드러내소서. 깊고 우렁차서 번갯불 담은 구름 같고 아므르따 같은 당신 목소리를 언제 다시 들을 수 있으리까? '위다르바의 여인'이라는 분명하고 성스럽고 감미로우며 베다의 진언 같은 고결한 왕의 목소리만 듣는다면 내 슬픔은 사라지련만!'

산의 제왕을 향해 이렇게 탄식한 왕의 딸 다마얀띠는 북쪽을 향해 계속 걸어갔다. 사흘 밤낮을 걸은 저 여인 중의 여인은 비할 데 없이 아름다운 천상의 뜰 같은 고행자들의 숲에 이르게 되었다. 와쉬슈타, 아뜨리, 브르구 같이 몸과 마음 모두 정갈한 고행자들이 그곳을 빛내고 있었다. 그들은 물만 마시거나 공기로만 연명하거나 나뭇잎만을 먹으며 감각을 절제하고 천상의 길을 모색하는 수행자들이었다. 그녀는 나무껍질 옷이나 사슴 가죽 같은 것을 걸친 도 높은 수행자들이 운집해 있는 아름다운 아쉬람을 보았다. 고운 눈썹에 부드러운 머릿결, 풍만한 가슴과 엉덩이, 고른 치아, 빛나는 얼굴, 당당한 자세, 균형 잡힌 걸음걸이, 위라세나 아들의 연인이며 보석 같은 여인, 다복하고 명예로운 다마얀띠는 사슴과 원숭이 그리고 수행자들이 모여 사는 아쉬람을 보고 조심스럽게 들어갔다.

그녀는 도 높은 고행자들에게 겸손하게 예를 올린 뒤 서 있었다. 모든 고행자들이 그녀를 반겨 맞았다. 고행이 재산인 그들은 법도에 따라 다마얀띠를 대접하고 앉으라고 권한 뒤 물었다.

'말해보시오. 우리가 무엇을 해줄 수 있겠소?'

엉덩이 풍만한 다마얀띠가 답했다.

'무구하고 다복하신 분들이여, 고행과 불을 섬기는 데, 아쉬람의 짐승과 새들에 그리고 계급에 따르는 율법을 지키는 데 걸림돌은 없으신지요?'

그들이 말했다.

'명예로운 여인이여, 그대에게 축복 있으리다. 그것들은 다 좋소. 그런데 말해보시오. 흠을 찾을 수 없이 아리따운 당신은 누구이며 무엇을 구하려는 것이오? 당신의 뛰어난 미모와 빛을 보고 우리 모두 놀랐다오. 안심하시오. 그리고 서러워 마시오. 당신은 이 산, 숲의 영령이시오? 아니면 강의 정령이시오? 무구하고 복스런 여인이여, 모든 것을 사실대로 말해보시오.'

다마얀띠가 선인들에게 말했다.

'브라만들이시여, 저는 산이나 숲의 영령이 아니랍니다. 강의 정령도 아니랍니다. 모든 고행자님들께서는 저를 그저 죽음 있는 평범한 인간일 뿐이라고 알아주십시오. 들어보시겠다면 제 사연을 모두 말씀드리지요. 위다르바 왕국에는 빛이 넘치는 대지의 수호자 비마라는 왕이 있답니다. 훌륭하신 브라만들이시여, 제가 그분의 딸이라고 알아주십시오. 니샤다족에게는 사려 깊고 명성 자자한 영웅이자 전쟁의 승리자인 날라라는 이름을 가진 백성들의 군주가 있었지요. 그 왕이 바로 제 남편이랍니다. 그는 신을 정성껏 숭배하고 브라만들을 잘 섬기는, 다복한 니샤다 왕가의 빛이 넘치는 수호자였답니다. 그는 진실을 말하고 다르마를 알았으며 지혜롭고 약속을 잘 지키는 적의 처단자였지요. 신을 숭배하고 순수하며 적의 도시를 격퇴시키는 영광스러운 이, 신들의 제왕과 같은 빛을 지닌 날라라는 뛰어난 사내랍니다. 그 눈 크고 보름달 같은 얼굴의 적의 처단자가 제 남편 이지요. 그분은 베다와 여섯 베당가를 능히 알고 큰 희생제들을 지내 며 전투에 서면 적을 처단하고, 달 같고 해 같은 빛을 뿜는 사람이랍 니다. 속임수에 능하고 덕 없는 어떤 천박한 사람이 진실과 다르마를 지키는 이 땅의 왕인 그를 노름에 청했답니다. 노름의 속임수에 능한 그는 그에게서 왕국을 빼앗고 재산을 앗아갔답니다. 황소 같은 왕의 아내, 남편 만나기만을 갈망하는 다마얀띠라고 저를 알아주십시오. 저는 고결한 남편 날라, 무기 잘 다루고 전쟁에 능한 그를 찾아 숲과 산과 호수와 강과 아름다운 초지들을, 들판과 온 땅을 모두 헤매며 고통스러워하고 있답니다. 혹시 그 인간들의 주인, 날라라는 이름을 가진 니샤다의 왕이 이 공덕 많은 고행의 숲, 성자님들이 계신 곳에 오지는 않았던가요? 브라만들이시여, 저는 오로지 그를 찾아 호랑이 와 짐승 떼가 들끓는 이 위험천만하고 무서운 숲에 왔답니다. 며칠 밤낮을 더 찾아보다가 그래도 날라 왕을 찾지 못하면 더 나은 세상을 구해 이 육신을 버리려 합니다. 황소 같은 그 사내가 없다면 무엇을 바라고 이 목숨 연명하리까? 남편을 향한 서러움이 저를 짓누를 때 면 어찌하리까?'

숲에서 홀로 통곡하는 비마의 딸 다마얀띠에게 진실을 말하는 고 행자들이 말했다.

'착한 여인이여, 빛나는 여인이여, 당신 앞날엔 좋은 일이 있을 것이오. 우리는 고행의 힘으로 다 예견할 수 있답니다. 당신은 곧 적 의 처단자인 남편을 만날 것이오. 비마의 딸이여, 당신은 다르마를 가장 잘 받드는 니샤다의 왕 날라, 모든 고통 물리치고 적을 처단할 그를 곧 만날 것이오. 불행은 사라지고 부귀가 따를 것이며 적을 다스릴 것이오. 착한 여인이여, 동지들의 고통을 모두 없애줄 덕 높은 왕을 곧 만나게 될 것이오.'

날라의 소중한 아내, 왕의 딸에게 이렇게 말한 뒤 고행자들은 사라져버렸다. 제사의 불과 아쉬람도 그들과 함께 모습을 감추었다. 위라세나의 며느리, 고운 몸매의 다마얀띠는 그 광경을 보고 놀라 넋을 잃고 서 있었다.

'내가 본 것이 꿈이었단 말인가? 대체 무슨 일이 일어났던 것일까? 고행자들은 어디 있으며 아쉬람은 어디 있는가? 성수는 어디 가고 아름다운 새들이 모여 지저귀던 숲은 어디 있으며, 강은 어디 있으며, 열매와 꽃이 가득하던 계곡은 어디로 간 것일까?'

어여쁘게 웃는 비마의 딸 다마얀띠는 오래도록 생각에 잠겨 있었다. 그러다 다시 남편을 향한 슬픔 때문에 가련한 다마얀띠는 얼굴빛을 잃었다.

그녀는 다른 곳으로 발길을 옮기며 눈물에 잠긴 목과 젖은 눈으로 그곳에 서 있는 아쇼까[†]나무를 보았다. 꽃이 피고 새싹들이 돋아나고 새들이 지저귀는 저 최고의 나무 아쇼까 가까이에 간 다마얀띠는 다시 탄식했다.

'아아, 이 깊은 산중에 수많은 새싹이 돋아난 이 나무는 마치 영

아쇼까_ '쇼까(슬픔)가 없다(a)' 또는 '슬픔을 몰아낸다' 라는 뜻. 인도의 대제 아쇼까도 같은 뜻이다.

예로운 드라미다†의 왕처럼 눈부시게 아름답구나. 아름다운 아쇼까여, 어서 내 슬픔을 없애주시오. 행여, 슬픔과 괴로움과 고통에서 자유로운 날라 왕을 본 적이 있으신가요? 적을 길들이는 날라, 다마얀띠의 사랑하는 남편, 내 사랑 니샤다의 군주를 본 적이 있으신가요? 아쇼까 나무여, 고운 몸에 여린 피부를 가진 그분을, 반쪽의 옷만 걸치고 이 숲에 온 영웅을 고통 없이 찾을 수 있게 해주시오. 아쇼까여, 내 슬픔을 없애 그대의 이름값을 해주시오.'

상처 입은 여인은 이렇게 말을 마치고 나무 둘레를 오른쪽으로 세 번 돌았다. 그런 뒤 비마의 아름다운 딸은 다시 더 어두컴컴한 곳으로 길을 잡아 걸었다. 가는 길에 그녀는 수없이 많은 크고 작은 산들, 계곡과 호수와 강, 예쁜 새들과 무서운 짐승들, 산맥들을 보았다.

그렇게 헤매고 다니던 예쁜 미소의 다마얀띠는 길게 뻗은 길에 이르렀고, 그곳에서 상인 무리를 만났다. 수많은 말과 코끼리와 수레를 대동하고 상인들은 맑고 시원스레 펼쳐진 넓은 강을 건너려 하고 있었다. 수수 나무로 둘러싸인 강에는 모래사장과 자잘한 섬들 그리고 끄라운쩌와 꾸라리, 짜끄라와까 새들, 악어와 거북이, 돌고래 등의 물짐승들이 많았다. 날라의 명예로운 아내, 엉덩이 풍만한 다마얀띠는 상인 무리를 보고는 그들 속으로 뛰어들었다. 상처투성이인 데다가 반쪽의 옷만 걸치고 여윌 대로 여윈 빛바랜 얼굴, 때에 전 몸, 먼지에 뒤덮인 머리카락을 하고 있는 그녀는 마치 정신 나간 여인 같았다. 그녀를 보고 놀라 도망치거나 안절부절못하고 고래고래 소리

드라미다_ 남 인도의 타밀나두를 말하며, 드라위다, 드라비다라고도 한다.

지르는 사람들, 비웃거나 적개심을 표현하는 사람들도 있었다. 그녀를 불쌍히 여긴 몇몇 사람들이 물었다.

'당신은 누구십니까? 누구의 딸이십니까? 이 깊은 산중에서 무엇을 찾고 계십니까? 당신 모습에 우린 너무나 놀랐습니다. 당신은 정녕 인간이십니까? 사실대로 말해보십시오. 덕 있는 여인이여, 당신이 혹시 이 지역, 이 숲, 이 산을 지키는 여신이라면 부디 우리를 굽어살펴주십시오. 몸매 고운 분이시여, 당신은 약샤의 여인이십니까 아니면 락샤사의 여인이십니까? 흠 없는 분이시여, 제발 우리를 해치지 마십시오. 우리 상인들이 모두 무사히 이곳을 떠날 수 있도록 해주십시오. 우리 모두 당신께 귀의합니다.'

상인들의 말을 듣고 남편 때문에 서러운 마음씨 고운 다마얀띠 공주는 거기 모여 있던 남녀노소를 막론한 상인들에게, 그들의 수장과 길잡이들에게 대답했다.

'내가 인간이라는 것을 알아주십시오. 나는 군주의 딸이고 왕의 며느리이며, 남편을 찾아 헤매는 왕의 아내랍니다. 위다르바의 왕이 내 아버지이며 니샤다의 왕이 내 남편이지요. 나는 무적의 왕을 찾고 있답니다. 범 같은 왕, 적의 무리를 처단하는 내 남편 날라를 혹시 아시거든 어서 말해주십시오.'

대상을 이끄는 위용 넘치는 슈찌라는 이름의 수장이 고운 몸매의 여인에게 말했다.

'덕스런 여인이여, 내가 말하는 것을 들으시오. 어여쁘게 웃는 명예로운 여인이여, 나는 이 대상을 이끄는 슈찌라는 사람이오. 나는 날라라는 사람을 본 적이 없소. 이 깊은 산중에서 코끼리, 물소, 표범,

호랑이, 곰, 사슴은 수도 없이 봤지만 인간이라고는 아무도 본 적이 없다오. 그러니, 자 이제, 약샤들의 왕 마니바드라시여, 우리를 굽어 살피소서.'

그녀는 모든 상인들과 그들의 수장에게 물었다.

'이 대상은 어디까지 가시는 건가요? 부디 제게 말씀해주십시오.'

대상의 수장이 말했다.

'공주여, 우리는 진실을 말하는 쩨디 왕 수바후의 상인들이라오. 공주여, 우리는 지체 없이 그곳으로 가서 왕을 섬기려 한답니다.'

62

이어지는 브르하다쉬와의 이야기는 이러하다.

상인들의 수장의 말을 듣고 몸매 고운 다마얀띠는 남편을 찾으려는 애타는 마음으로 그들을 따라갔다. 여러 날을 그렇게 가던 대상은 깊고 험한 산속에서 사방이 연꽃 향으로 가득한 아름답고 커다란 호수에 이르렀다. 호숫가에는 불쏘시개와 풀과 나무 열매와 나무뿌리가 가득했고, 온갖 새들이 지저귀고 있었다. 맑은 물과 마음을 잡아끄는 아름다운 호수를 보고 상인들은 몹시 지쳐 있는 가축들을 쉬게 하기 위해 그곳에 진을 치기로 했다. 수장의 허락으로 아름다운 숲에 들어간 대상들은 늦은 밤이 되어서야 그곳에 자리를 잡았다.

밤이 반쯤 지났을 무렵 상인들은 평온하게 잠에 곯아떨어졌다. 그때 이마에서 터져 나온 즙으로 땅을 적시며 계곡 물을 마시러 가던 코끼리 떼가 그곳에 왔다. 코끼리 떼는 연못으로 가는 길을 가로막으며 호숫가를 빙 둘러 깊이 잠들어 있던 상인들을 사정없이 짓밟고 지나가버렸다. 자다가 날벼락을 맞은 상인들은 긴 탄식 소리와 함께 이곳저곳을 헤매며 안전한 곳을 찾아 나무숲을 헤집고 다녔다. 코끼리의 엄니에 당한 사람도 있었고, 발이나 몸뚱이에 채인 사람도 있었다. 소와 당나귀, 낙타와 말들, 도망치려던 사람들이 함께 떼죽음을 당했으며 이리저리 뛰어다니다가 서로를 죽이기도 했다. 두려움에 떨며 울부짖다 땅바닥으로 떨어진 사람들, 부서진 사지로 나무를 부둥켜안는 사람들, 울퉁불퉁한 땅바닥에 굴러 떨어지는 사람들도 많았다. 그 풍요롭던 상인들의 거처가 완전히 망가져버린 것이다.

아침이 되자 살아남은 사람들은 수풀 속에서 기어나와 부모와 형제와 자식과 동료가 죽어 있는 살육 현장을 보고 통곡했다. 위다르바의 공주도 통곡했다.

'대체 전생에 내가 무슨 몹쓸 짓을 저질렀기에 이 인적 없는 숲에서 사람의 물결을 만나고, 그들이 다시 코끼리 떼에게 죽임을 당하는 꼴을 본단 말인가? 이것은 필시 복 없는 내 탓이리라! 앞으로 더 많은 고통이 닥쳐올 것은 의심할 것도 없으리. 이 고통 속에서 내가 코끼리 떼에게 짓밟혀 죽지 않은 것을 보면 죽을 때가 되기 전에 죽는 사람은 없다는 어른들의 말씀이 옳은가 보구나. 운명은 인간의 모든 것을 좌지우지하느니! 그러나 나는 어릴 적부터 마음으로건 행동으로건 말로건 이런 재앙을 부를 만한 나쁜 짓을 한 기억이 없다. 그런데도 이런 일이 일어나는 것은 내가 낭군 고르기 장에서 성스러우신 세상의 수호신들을 마다하고 날라를 선택한 것 때문인지도 모르겠구나. 내가 그분과 이렇게 헤어져 있는 것은 분명 신들의 위력 때문이리라.'

이렇게 재난을 탄식하던 몸매 고운 여인은 대학살 뒤에 살아남은, 베다에 능한 브라만들과 함께 서럽고 괴로운 심정으로 계속 길을 갔다. 오랜 여행 끝에 그들은 큰 도시에 이르렀고, 저녁 무렵 그녀는 반쪽의 옷만 걸친 채 완력 넘치고 바른말 하는 쩨디 왕의 도시에 들어섰다. 머리를 풀어 헤친 창백한 얼굴에 마르고 초라한 여인, 씻지 않아 때에 절고 정신 나간 것처럼 걷는 여인을 도성의 아이들이 모두 구경했다. 쩨디 왕의 도시에 들어선 그녀를 그들은 호기심에 가득 차 따라다녔다. 아이들에게 에워싸인 그녀는 대궐 앞으로 다가갔다. 그녀를 왕의 어머니가 보았다. 사람들을 내쫓은 왕의 어머니는 다마얀띠를 자신의 아름다운 마루로 올라오게 하고는 놀라워하며 물었다.

'이토록 편치 않은 상황을 맞이하고도 참으로 자태가 곱구나. 그대는 마치 구름 속의 번개와도 같다. 말해보아라. 그대는 누구이며 누구의 딸인가? 그대는 장신구 하나 걸치지 않았어도 인간의 몸이 아닌 듯 아름답구나. 또한 죽음 없는 신들의 빛을 지닌 듯 동무 하나 없는 이 군중 속에서도 흐트러짐이 없구나.'

그녀의 말에 비마의 딸이 대답했다.

'저는 인간이며 남편에게 절개 지키는 여인입니다. 저는 유서 깊은 가문에서 태어난 시녀 사이란드리† 여인입니다. 저는 제가 원하는 곳을 떠돌다가 열매와 나무뿌리를 먹고살며, 밤을 맞으면 아무 데서나 잠을 잔답니다. 제 남편은 셀 수 없는 덕을 갖춘 사람이며 저를 깊이 사랑한답니다. 저는 영웅 같은 제 남편을 그림자처럼 따라다녔지요. 그러나 불행히도 그는 헤어날 길 없이 노름에 빠졌고, 노름에 지자 저를 버리고 혼자서 숲으로 떠나버렸답니다. 정신 나간 사람처럼 옷 하나만 달랑 걸치고 떠나는 그 영웅을 위로하기 위해 저는 숲으로 따라갔지요. 그가 어느 숲에서 배고픔에 지쳐 망연해 보이던 어느 날 이러저러한 사정으로 그는 한 벌 있는 옷마저 잃어버렸답니다. 저는 제 옷을 입고 정신 나간 사람처럼 발가벗고 다니는 그를 따라다니며 여러 날을 잠들지 못했지요. 그렇게 여러 날을 지낸 어느 날 그는 결국 제 옷을 둘로 나눠 한쪽을 자기가 입고는 무고한 저를 두고 떠나버렸답니다. 저는 지금 설움에 지쳐 밤낮으로 그를 찾아 헤맨답니다. 그런데도 저는 신 같은 제 주인, 제 생명과 재산인 그를 찾을 수가 없습니다.'

그렇게 눈물을 철철 흘리며 탄식하는 위다르바의 공주에게 왕의 어머니가 안타까워하며 말했다.

'착한 여인이여, 내 곁에서 살게. 자네에게 어쩐지 애틋한 정이 느껴지네. 하인들이 자네 남편을 찾아줄 게야. 어쩌면 여기저기 떠돌다가 자네 남편이 이곳에 올지도 모르지. 착한 여인이여, 여기 살면서 남편을 찾아보도록 하게.'

사이란드리_ 대갓집의 시녀 또는 대갓집에서 기거하며 가무 등을 즐겨 하는 독립적인 여자 예술가.

다마얀띠가 왕의 어머니에게 대답했다.

'영웅의 어머니시여, 당신과 함께 머물겠습니다. 그러나 여기 사는 데는 몇 가지 조건이 있답니다. 저는 다른 사람이 남긴 음식은 먹지 않을 것이며, 다른 사람의 발을 씻기지도 않을 것입니다. 또한 다른 어떤 남자와도 말을 하지 않을 것이며, 누군가 나를 탐하는 자가 있다면 당신이 벌을 내려주셔야 할 것입니다. 그러나 제 남편을 찾는 과정에서 브라만들은 만날 것입니다. 이렇게만 해주신다면 여기 머물겠으나 그렇지 않다면 어떤 경우에도 여기 머물지 않을 것입니다.'

왕의 어머니가 흔쾌히 말했다.

'모든 것을 자네 뜻에 따라 해주겠네. 참으로 장한 결심일세.'

왕의 어머니는 수난다라고 부르는 딸에게 말했다.

'수난다야, 여신처럼 보이는 이 여인을 네 시녀로 삼거라. 이 여인과 거리낌 없이 지내도록 하여라.'

63

이어지는 브르하다쉬와의 이야기는 이러하다.

한편 다마얀띠를 떠난 날라는 깊은 산속에서 큰 산불이 난 것을 보았고 불길 속에서 뭔가가 큰 소리로 외치는 것을 들었다. '날라여, 성스런 날라여, 어서 뛰시오' 라는 울부짖음이 계속 들려왔다. 날라는 두려워 말라고 외치며 불길 속으로 뛰어들었다. 그곳에는 뱀 왕이 몸을 돌돌 말고 앉아 있었다. 뱀 왕은 합장한 손을 덜덜 떨며 날라에게 말했다.

'왕이시여, 나는 까르꼬타까 뱀이라고 합니다. 인간들의 주인이시여, 나는 수행력이 대단한 선인을 사로잡은 적이 있답니다. 그래서 화가 난 그분은 날 저주했지요. 그분의 저주 때문에 나는 이곳에서 꼼짝도 할 수 없답니다. 당신이 날 구해주시면 나는 당신께 득이 되는 일을 가르쳐드리겠습니다. 난 당신의 벗이 되어드릴 것입니다. 세상에 나와 같은 위력을 지닌 뱀은 아무도 없답니다. 내 몸을 가볍게 만들 테니 어서 날 불길 속에서 꺼내주십시오.'

이렇게 말한 뒤 뱀은 자신의 몸을 엄지만한 크기로 줄였다. 날라는 그를 들고 불길이 미치지 않는 곳으로 달렸다. 널찍한 공간, 불길이 미치지 않은 곳에 이른 날라가 그를 내려놓으려 하자 까르꼬타까 뱀이 말했다.

'니샤다의 왕이여, 여기서부터 발걸음을 세며 몇 발자국만 더 움직여보십시오. 그렇게 하시면 나는 당신께 최상의 일을 해드리겠습니다.'

날라가 걸음 수를 세며 열 발자국을 걷자 뱀이 그를 물었다. 뱀의 이빨이 몸에 닿자마자 날라의 모습이 변하기 시작했다. 자기 모습이 바뀌어 흉해지는 것을 본 날라는 깜짝 놀라 우뚝 서버렸다. 그리고 이 땅의 주인은 뱀이 자신의 옛 모습으로 변해 있는 것을 보았다. 까르꼬타까가 날라를 위로하며 말했다.

'사람들이 당신을 알아보지 못하도록 당신의 모습을 바꾼 것입니다. 날라여, 당신을 속여 이 괴로움 속으로 몰아넣은 자는 당신 속에 살면서 내 독으로 인해 극심한 고통을 맛보게 될 것입니다. 대왕이시여, 당신을 떠나지 않는 한 그자는 당신의 몸속에서 내 독 때문에 고통스러워할 것입니다. 인간의 주인이시여, 이렇게 해서 나는 성냄과 질시 때문에 무고하고 순결한 당신을 속였던 그자의 손아귀에서 당신을 구해드렸습니다. 범 같은 왕이시여, 이제 당신은 날카로운 이빨을 가진 들짐승에게도, 적에게도, 진언을 아는 자에게도 두려움을 느낄 필요가 없습니다. 왕이시여 그리고 당신 자신은 내 독으로 인한 고통을 받지 않을 것입니다. 전투에서는 승리만이 있을 것입니다. 왕이시여, 여기에서 벗어나시면 르뚜빠르나 왕에게로 가서 당신이 바후까라는 이름의 마부라고 말씀하십시오. 그 왕이 노름을 잘 알기 때문입니다. 니샤다의 제왕이시여, 오늘 당장 아름다운 도시 아요드야로 가십시오. 그 왕은 당신이 말 다루는 비법을 가르쳐주는 대가로 당신에게 노름의 진수를 가르쳐줄 것입니다. 익슈와꾸 가문에서 태어난 명예로운 왕은 당신의 동지가 될 것입니다. 주사위 노름의 비법을 익히게 되면 당신은 영광을 되찾고 아내와도 다시 맺어질 것이니 마음속 설움을 버리십시오. 또한 왕국을 되찾고 당신의 두 자식과도 재회하게 될 것입니다. 내 말은 모두 사실이랍니다. 인간의 왕이시여, 당신이 자신의 모습을 되찾고자 하는 날 나를 기억하고 이 옷을 입으십시오. 이 옷을 입으면 당신의 본모습을 되찾을 것입니다.'

이렇게 말을 마친 뱀 왕은 날라에게 옷 두 벌을 주고는 홀연히 사라졌다.

64

이어지는 브르하다쉬와의 이야기는 이러하다.

뱀이 사라진 뒤 니샤다의 왕 날라는 길 떠난 지 열흘째 되는 날 르뚜빠르나의 도성에 도착했다. 왕을 찾아간 날라가 말했다.
'저는 바후까라는 사람입니다. 이 세상에서 저보다 더 말을 잘 다루는 사람은 없답니다. 또 재산 문제로 어려움이 닥치거나 솜씨가 필요한 일에도 저를 쓰실 수 있습니다. 저는 세상 누구도 모르는 특별한 음식도 만들 수 있답니다. 세상에 있는 어떤 재주도 저는 알고 있으며, 어떤 어려운 일도 모두 해내려고 애쓸 것입니다. 그러니 르뚜빠르나여, 저를 써주십시오.'
르뚜빠르나가 말했다.
'좋소. 바후까여, 여기 머무시오. 당신이 하고자 하는 대로 다하시오. 나는 말을 어떻게 잘 모는지에 특히 관심이 많소. 내 말들이 빨리 달릴 수 있도록 당신이 살펴주시오. 당신을 말 조련사로 쓰겠소. 천 개의 금화를 급료로 주겠소. 지금부터는 와르슈네야, 지왈라 등이 당신을 도와 일할 것이오. 그들과 좋은 동지가 되어 여기 내 곁에 머물도록 하시오.'

이어지는 브르하다쉬와의 이야기는 이러하다.

278

왕의 허락으로 날라는 융숭한 대접을 받으며 와르슈네야, 지왈라와 함께 르뚜빠르나의 도시에 머물렀다. 그곳에서 지내는 동안 니샤다의 왕 날라는 위다르바의 공주를 생각하며 저녁마다 다음과 같은 말을 되뇌었다.

'배고픔과 목마름에 지쳐 잠자리를 청할 그 여인은 대체 어디 있는가? 가련한 그 여인은 아둔한 그를 기억하련가? 이제 그녀는 누구를 섬긴단 말인가?'

잠자리에 들어 이렇게 중얼거리는 왕에게 지왈라가 물었다.

'바후까여, 누구 때문에 이렇듯 날마다 서러워하는 것입니까?'

날라가 대답했다.

'생각이 더딘 어떤 사람에게 분에 넘치는 아내가 있었지. 그는 아내를 몹시 사랑했다네. 어떠어떠한 이유로 그는 아내와 헤어지게 되었지. 헤어진 뒤 그 아둔한 자는 밤이건 낮이건 설움에 사무쳐 마음을 잡지 못하고 헤맨다네. 밤이 되면 그녀를 생각하고 이런 말을 중얼거리는 것이지. 그는 온 세상을 떠돌다가 어찌어찌 머물 곳을 찾았지만 그렇게 사는 것에 익숙지 않아 끊임없이 아내를 생각하며 서러워하는 것이라네. 여인은 위험스런 숲까지 그를 따라왔었지. 박복한 그자는 아내를 숲에 혼자 버리고 말았다네. 여인이 만약 살아 있다면 죽도록 고생하겠지. 길도 잘 모르는 젊은 여인 혼자서 그런 고통을 견뎌낼 수 있을지 ……. 배고픔과 목마름에 지쳐 목숨이라도 부지하고 있을지 ……. 그런 여인을 그 박복한 남자는 어리석게도 들짐승이 항상 들끓는 숲에다 혼자 팽개치고 말았다네.'

이런 식으로 니샤다의 왕 날라는 다른 사람 눈에 띄지 않고 르뚜 빠르나의 대궐에서 다마얀띠를 그리워하며 살았다.

65

이어지는 브르하다쉬와의 이야기는 이러하다.

날라가 왕국을 빼앗기고 그의 아내는 남의 시중드는 처지에 이르 렀을 때 위다르바의 왕 비마는 브라만들을 불러 수많은 재물을 주고 하명했다.

'날라와 내 딸 다마얀띠를 찾아보시오. 이 일을 성사시켜 니샤다 의 왕을 찾아내고 그들을 내 앞에 데려오는 사람에게는 천 마리의 소 를 주겠소. 도시만한 마을도 줄 것이오. 날라와 다마얀띠를 이곳으로 데려올 수 없거든 어디 있는지만 알아도 소 천 마리를 주겠소.'

브라만들은 왕의 제안을 흔쾌히 받아들여 니샤다의 왕과 다마얀 띠를 찾아 방방곡곡을 돌았다. 이렇게 묻고 다니던 중 수데와라는 이 름의 브라만이 아름다운 쩨디 왕국에 이르렀다. 그는 왕의 아침 축원 시간에 수난다와 함께 왕실에 앉아 있는 위다르바의 공주를 보았다. 태양 빛이 안개에 가리듯 다마얀띠의 아름다운 모습은 뭔가에 살짝 가려져 있었다. 너무나 더럽고 여윈 모습이었으나 여러 가지 정황으 로 보아 그는 그 눈 큰 여인이 비마의 딸임이 틀림없다고 생각했다.

수데와가 말했다.

'이 여인이 바로 내가 예전에 봤던, 세상의 눈을 즐겁게 해주는 아름다움의 여신 같던 그 여인임이 틀림없다. 내가 일을 해냈구나. 보름달 같은 얼굴에 윤기 나는 검은 피부, 동그랗고 풍만한 가슴, 이 여인은 사방의 어둠을 자신의 빛으로 물리치는 여신의 모습과 같다. 연꽃처럼, 빨라샤 잎사귀처럼 예쁜 눈은 사랑의 신의 아내 라띠 같다. 그녀는 세상의 사랑을 한 몸에 받는 보름달 빛 같지. 억센 운명 탓에 위다르바에서 뽑혀 나온 연꽃이로구나. 그녀의 온몸은 이제 연꽃 줄기처럼 진흙과 먼지로 가득하다. 마치 라후가 먹어버린 보름달의 밤 같은 모습이구나. 남편으로 인한 설움에 초췌해진 모습은 물줄기 말라가는 강과 같구나. 또는 꽃이 시든 연못에 흠칫 놀란 새들이 도망가버린 연못, 코끼리들이 짓밟고 지나간 뒤 진흙이 파헤쳐진 연못과 같다. 그렇게도 연약하고 고운 몸매를 가진 여인, 보석으로 치장한 대궐에 그리도 어울리던 이 여인이 지금은 너무 일찍 뿌리 뽑힌 연꽃 줄기가 햇빛에 시든 것 같은 모습을 하고 있구나. 미와 덕을 다 갖춘 여인, 예쁘게 단장하는 것이 마땅한 이 여인이 장신구라고는 걸치지 않고 있으니 마치 초승달 빛이 검은 구름에 가려져 있는 것 같구나. 모든 부귀영화를 잃고 친지마저 잃은 여인이 남편을 찾으려는 마음 하나로 초라한 몸뚱이를 이어가고 있구나.

여인에게는 남편이야말로 최고의 장식이려니! 그런 장신구가 없으니 아무리 아름다워도 빛을 잃고 마는 것이지. 이 여인이 없어 날라 또한 말할 수 없이 불행하리라. 몸뚱이를 갖고는 있으되 설움으로 가라앉지는 않았을지 …… 칠흑 같은 머리에 꽃잎 무성한 연꽃 같은 눈, 행복해야 할 여인의 불행한 모습이 내 마음을 아프게 하는구나.

빛나는 이 여인은 대체 언제 로히니†가 달을 만나듯 남편과 상봉해 고통의 바다를 건널 수 있을까? 왕좌 잃은 니샤다의 왕은 이 여인을 되찾을 때 왕국을 찾고 기쁨을 누리게 되리라. 두 분 모두 덕을 갖췄고, 두 분 모두 젊으며, 두 분 모두 똑같이 귀한 가문 태생이다. 니샤다의 왕은 위다르바의 공주와 어울리고 검은 눈의 그 여인도 그와 천생배필이지. 남편을 애타게 그리는, 저 가늠할 수 없이 용맹스런 진정한 영웅의 아내를 내가 위로함이 마땅하리라. 예전에는 고생이라고는 몰랐을, 그러나 지금은 고통에 시달리고 골똘히 생각만 하고 있는 보름달 같은 이 여인을 내가 위로함이 마땅하리라.'

이어지는 브르하다쉬와의 이야기는 이러하다.

이러저러한 여러 가지 상황과 정황을 생각해본 뒤 브라만 수데와는 비마의 딸에게 다가갔다. 그리고 이렇게 말했다.

'위다르바의 공주시여, 나는 수데와입니다. 당신 오라버니의 절친한 벗이지요. 비마 왕의 명으로 당신을 찾으러 왔습니다. 당신의 부모와 오라버니들은 다 잘 있습니다. 장수를 누릴 당신의 두 아이들은 그들과 함께 건강하게 잘 지내지요. 그러나 수많은 친지들은 당신을 생각하며 죽은 목숨이나 다를 바 없이 지낸답니다.'

수데와를 알아본 다마얀띠는 친지들의 안부를 하나하나 다 물어

로히니_ 쁘라자빠띠 닥샤의 여러 딸들 중 하나로 달이 가장 총애하는 아내.

282

보았다. 오라버니의 다정한 벗인 선량한 브라만 수데와를 느닷없이 보게 된 위다르바의 공주는 설움이 북받쳐 서럽게 울었다. 한편 조용한 곳에서 수데와와 이야기하던 다마얀띠가 서럽게 우는 것을 본 수난다는 어머니에게 말을 전했다.

'브라만과 이야기하던 사이란드리가 서럽게 울고 있습니다. 괜찮으시다면 사실을 알아봐주십시오.'

쩨디 왕의 어머니는 내실에서 나와 젊은 다마얀띠와 브라만이 이야기하고 있는 곳으로 왔다. 그녀는 수데와를 불러오게 하고는 그에게 물었다.

'저 빛나는 여인은 누구의 아내이며 누구의 딸인가요? 저 예쁜 눈의 여인은 어찌하여 친지들을 잃고 남편을 잃게 되었나요? 브라만이여, 그녀가 어쩌다 이 지경이 되었는지 당신은 알고 계시는지요? 나는 당신에게서 이 이야기를 빠짐없이 듣고 싶군요. 천상의 여인 같은 저 여인의 이야기를 듣고 싶으니 사실대로 다 말씀해주십시오.'

그녀의 이 같은 물음에 뛰어난 브라만 수데와는 편안히 앉아 다마얀띠의 이야기를 사실대로 고했다.

66

수데와가 말했다.

'위다르바의 왕 비마는 괴력의 용맹을 지닌 고결하신 분이랍니다. 이 여인은 그분의 딸이며 다마얀띠라고 세상에 알려져 있지요. 니샤다의 왕은 날라라고 하며 위라세나의 아들이지요. 착한 이 여인은 사려 깊은 그분의 아내랍니다. 왕은 노름으로 형제에게 왕국을 빼앗기고 다마얀띠와 함께 왕국을 떠난 뒤 누구에게도 모습을 보이지 않았답니다. 우리는 다마얀띠를 찾으러 온 세상을 떠돌았지요. 다행히 이제 공주님을 당신 아들의 대궐에서 찾았군요. 그녀의 미모를 따를 사람은 이 세상에 아무도 없답니다. 이 검은 여인은 두 눈썹 사이에 연꽃을 닮은 빼어나게 아름다운 점 하나를 가지고 태어났지요. 나는 그것을 단번에 알아봤습니다. 그러나 마치 엷은 구름에 가린 달처럼 지금은 그녀의 이마에 묻은 먼지 때문에 그것이 약간 가려져 있군요. 조물주가 다마얀띠의 행운을 표시하기 위해 만들어놓은 듯한 그 점은 마치 초하룻날 상현달이 구름에 가린 듯 희미하게 빛나고 있었답니다. 그녀의 몸이 비록 먼지에 덮여 있고, 단장하지 않았으나 그녀의 아름다움은 사라지지 않아 마치 금처럼 또렷이 빛나는군요. 아름다운 몸매와 점 때문에 나는 공주님을 금방 알아볼 수 있었던 것입니다. 뜨거운 연기에 가려진 불꽃처럼 말이지요.'

브르하다쉬와가 이어 말했다.

'백성의 주인 유디슈티라여, 수데와의 말을 들은 수난다는 점을 가리고 있던 먼지를 씻어냈답니다. 먼지가 씻겨 나가자 구름 없는 하늘에 달이 빛나듯 다마얀띠의 점이 빛나기 시작했지요. 바라따의 후예시여, 수난다와 왕의 어머니는 점을 보고 눈물을 흘리며 다마얀띠를 껴안고 잠시 멍하게 서 있었답니다. 눈물을 흘리며 왕의 어머니가 말했습니다.

"이 점을 보니 틀림없이 내 아우의 딸이로구나. 어여쁜 아이야, 나와 네 어미는 다샤르나 왕국의 고결한 수다만 왕의 딸이란다. 내 아우는 비마와, 나는 위라바후와 혼인했지. 난 네가 태어났을 때 다샤르나의 아버지 궁궐에서 너를 본 적이 있단다. 빛나는 아이야, 네 아버지의 집처럼 내 집도 모두 너의 것이라 여기거라. 다마얀띠여, 내 풍요로움도 또한 모두 너의 것이니라."

그러자 백성들의 주인이시여, 다마얀띠는 기뻐하며 이모에게 이렇게 말했답니다.

"그런 줄 모르면서도 저는 이곳에서 편하게 지냈답니다. 제가 하고 싶은 대로 모두 하게 해주셨고 언제나 저를 지켜주셨지요. 여기 머문다면 분명 앞으로 더욱더 행복해질 수 있겠지만 어머니, 이제 제가 떠날 수 있도록 해주십시오. 너무 오래도록 집을 떠나 있었나 봅니다. 제 아들과 딸은 저와 헤어져 친정에서 살고 있답니다. 아비도, 저도 없는 터라 그 가여운 아이들이 무척 고단할 것입니다. 괜찮으시다면 제게 탈것을 준비해주십시오. 한시라도 빨리 위다르바로 가고 싶습니다."

훌륭하신 바라따여, 다마얀띠의 이모는 "그래, 그래야지"라며 기쁘게 말했지요. 그녀는 아들의 허락으로 사람이 메고 가는 위용 넘치는 연을 준비하고 충분한 음식과 마실 것 그리고 값진 옷과 많은 수행원을 딸려 다마얀띠를 보냈답니다. 이리하여 그녀는 오래지 않아 위다르바에 도착하여 친지들의 따뜻한 환대를 받았지요. 친지와 아이들과 시녀들이 모두 평안한 것을 보고, 어머니와 아버지와 모든 동무들이 다 잘 있는 것을 본 뒤 영예롭고 덕스러운 다마얀띠는 의례에 따라 신과 브라만들에게 예를 올렸답니다. 다마얀띠 공주를 다시 만나게 된 것을 기뻐한 왕은 지체 없이 수데와에게 천 마리의 소와 마을과 재물을 주었습니다. 왕이시여, 하룻밤을 아버지의 대궐에서 편히 쉰 뒤 빛나는 공주는 어머니에게 이렇게 말했답니다.'

67

다마얀띠가 말했다.
'어머니, 제가 살기를 바라신다면 제발 영웅 중의 영웅 날라를 이리 데려다주세요.'

이어지는 브르하다쉬와의 이야기는 이러하다.

다마얀띠의 말을 들은 왕비는 몹시 괴로워했다. 그녀는 눈물에 말문이 막혀 한 마디도 하지 못했다. 왕비가 이처럼 우는 것을 보고 내실은 온통 슬픔의 도가니에 빠져 모두가 서럽게 울었다. 그러고는 왕비가 비마에게 말했다.
'당신 딸 다마얀띠가 남편 때문에 울고 있습니다. 왕이시여, 그 아이는 부끄러움도 모두 접어두고 자기 속내를 내게 모두 펼쳐 보였답니다. 당신의 측근들더러 날라를 찾는 일에 최선을 다하라고 재촉

해주십시오.'

그녀의 독촉에 왕은 브라만들을 방방곡곡으로 보내며 날라를 찾는 데 심혈을 기울이라고 명했다. 위다르바 왕의 명을 받은 브라만들은 다마얀띠에게 와서 자신들이 날라를 찾으러 떠남을 알렸다. 비마의 딸이 그들에게 말했다.

'어디를 가든 사람들이 모이는 곳이면 이런 말을 외치십시오.

노름꾼이여, 내 옷 반쪽을 잘라 어디로 가시었나요?
당신을 사랑하는 헌신적인 아내를 두고
자고 있던 그녀를 홀로 두고 어디로 가시었나요?
어리석은 그 여인은 아직도 당신을 기다리고 있답니다.
이 땅의 왕이시여, 옷 반쪽만 걸친 채
설움에 북받쳐 하염없이 울고 있답니다.
영웅이여, 은혜를 베푸시어 아내에게 대답하세요.

이 말 말고도 왕이 나를 가엾이 여기도록 덧붙여야 할 말이 있습니다. 불은 바람이 도와주어야만 숲을 태울 수가 있기 때문이랍니다.

남편은 항상 아내를 보호하고 지켜야 한답니다.
다르마를 그리 잘 알고 계시는 당신이
어이하여 그 두 가지를 다 저버리시나요?
명예와 지혜와 혈통과 자비를 두루 갖추시고도
어이 그리 내게는 잔혹하신가요?

내 운이 다했을까 두렵습니다.
황소 같은 사내여, 궁수 중의 궁수시여
나를 가엾이 여기소서.
당신이 늘 말씀하셨듯 자비는 최상의 다르마랍니다.

만약 당신들이 이런 말을 했을 때 누군가 반응을 보인다면 무슨 수를 쓰더라도 그 사람이 누구이며 무엇을 하는 사람인지 알아 와야 합니다. 훌륭한 브라만들이시여, 당신들의 말에 어떤 반응을 보이든 그의 말을 가져와 지체 없이 전해주십시오. 그러나 그가 당신들의 신분을 알아서는 안 되며, 또 비마 왕의 명을 받은 당신들이 이곳으로 돌아오는 것도 몰라야 합니다. 또한 그가 부자인지 가난한지, 권력에 굶주려 있는지, 그의 계획이 무엇인지도 알아 오십시오.'

다마얀띠의 말을 들은 브라만들은 방방곡곡 노름꾼 날라를 찾아 헤맸다. 브라만들은 마을과 도시, 성과 마구간, 아쉬람 할 것 없이 날라를 찾아 온 왕국을 돌아다녔다. 그들은 어디를 가든 사람들이 모이는 곳이면 다마얀띠가 일러준 말을 잊지 않고 읊었다.

68

이어지는 브르하다쉬와의 이야기는 이러하다.

상당한 세월이 흐른 뒤 빠르나다라는 브라만이 위다르바로 돌아와 비마의 딸에게 말했다.

'다마얀띠여, 밤낮으로 니샤다의 왕을 찾아 헤매던 중 나는 아요드야에 가서 르뚜빠르나 방가스와리를 모셨답니다. 여인 중의 여인이여, 나는 복 많은 르뚜빠르나에게 당신이 일러준 말을 그대로 들려주었지요. 르뚜빠르나 왕은 그 말을 듣고 아무런 반응이 없었습니다. 또한 거듭해서 내가 그 말을 하는 동안 어느 누구도, 왕의 측근들도 반응을 보이지 않았지요. 그러나 왕의 허락을 얻어 내가 혼자 있을 때 누군가가 가만히 말을 걸어왔답니다. 그는 르뚜빠르나의 사람으로 바후까라는 이름을 가진 못생기고 팔이 매우 짧은 마부였습니다. 그는 말을 잘 다루고 음식을 잘 만드는 재주가 있었지요. 그는 긴긴 한숨을 내쉬고 한없이 울면서 내 건강이 어떠한지를 물은 뒤에 이런 말을 했습니다.

아무리 어려운 처지에 놓여도
귀한 집 가문의 여인들은
스스로 자기 자신을 잘 지켜 기필코 하늘 세계를 얻는다오.
남편과 헤어졌다 해서 화를 내지 않는 법이오.
어떤 아둔하고 박복한 사내가 부귀영화를 잃고
그 여인을 버렸어도 화를 내서는 안 될 것이오.
살아보려고 애쓰던 사람이 새들에게 옷을 빼앗기고
병으로 고생하는 사람에게
검은 피부를 가진 아름다운 여인이

화를 내는 것은 옳은 일이 아니오.
존경을 받건 존경을 받지 못하건
왕국을 잃고 영예를 앗긴 남편을 향해
아름다운 그 여인은 화를 내서는 안 된다오.

그의 말을 듣고 나는 서둘러 이곳으로 돌아왔습니다. 이 말을 들으셨으니 이제 당신이 알아서 하십시오. 그리고 왕에게도 이 말을 알려주십시오.'

빠르나다의 말을 들은 다마얀띠의 눈에는 눈물이 가득 고였다. 그녀는 어머니에게 가서 살짝 말했다.

'어머니, 이 일은 아버지께는 절대로 알리지 말아주세요. 나는 지금 어머니 앞에서 훌륭하신 수데와 브라만에게 청을 하려고 합니다. 저를 위하신다면 비마 왕께 지금 제 의중을 알려서는 안 됩니다. 수데와가 나를 친지들에게 데려왔듯이 지금 당장 그를 아요드야로 가게 해서 날라를 데려오게 해야겠습니다.'

빠르나다가 충분히 쉰 다음 위다르바의 빛나는 공주는 막대한 재물로 그에게 경의를 표한 뒤 말했다.

'브라만이시여, 날라가 이곳으로 온다면 더 많은 재물을 드리겠습니다. 훌륭하신 브라만이여, 당신은 나를 위해 많은 일을 해주셨습니다. 이제 내가 곧 남편과 재회하게 되면 당신은 다른 누구보다도 좋은 일을 하게 되는 것입니다.'

그녀의 말을 듣고 훌륭한 그 브라만은 축복으로 답례한 뒤 흐뭇해하며 집으로 돌아갔다. 얼마 뒤 다마얀띠는 수데와를 다시 불러 어머니가 보는 앞에서 수데와에게 애절하고 침통하게 말했다.

'수데와여, 아요드야의 왕 르뚜빠르나에게 가서 비마의 딸 다마 얀띠가 다른 남편을 구한다고 말해주십시오. 그래서 다시 낭군 고르 기 장을 연다고 해주십시오. 사방에서 왕과 왕자들이 몰려들고 있다 고, 오늘 날이 새면 내일 바로 열겠다고 전해주십시오. 날라가 살았 는지 죽었는지 알 수 없으니 다시 낭군을 고르는 것이라고, 그러니 뜻이 있으면 지체 없이 떠나라고 해주십시오. 내일 해가 떠오를 때 그녀가 새로운 남편을 고를 것이라고 말해주십시오.'

브라만 수데와는 가서 그녀가 이른 대로 르뚜빠르나 왕에게 말했 다.

69

이어지는 브르하다쉬와의 이야기는 이러하다.

수데와의 말을 들은 르뚜빠르나 왕은 바후까를 불러 다정하고 부 드럽게 말했다.

'바후까여, 다마얀띠의 낭군 고르기 장이 열리는 위다르바에 가야 겠소. 말 다루는 재주꾼이여, 그럴 수 있다면, 하루 만에 가려고 하오.'

왕의 말에 날라의 마음은 고통으로 찢어지는 것 같았다. 고결한 사내는 곰곰이 생각해봤다.

'다마얀띠가 그런 일을 하려고 한다면 고통으로 마음이 중심을 잃어서일 게다. 아니면, 혹 나를 오게 하기 위한 교묘한 계책이 아닐까? 아아, 모진 위다르바의 여인이 참으로 가혹한 일을 꾸미는구나. 하긴 천박하고 생각 부족하고 가혹한 내가 애초에 그녀를 속인 탓이지. 여자의 마음이 변덕스럽기 그지없다는 것은 세상이 다 아는 일이나 내 잘못은 끔찍했지! 될 대로 되라지 ……. 나로 인한 설움이 너무 크고 나에 대한 사랑이 식어 허리 날씬한 그 여인이 그렇게 함부로 하는 것일까? 그래도 내 아이들의 어미인데 이런 일을 할 리가 없을 것이다. 어찌되었건 가서 진실을 확인해봐야겠다. 그래서 르뚜빠르나의 욕망을 채우고 내가 하고 싶은 일을 해야겠다.'

마음속으로 이렇게 결심한 바후까는 속상해하며 두 손 모으고 르뚜빠르나 왕에게 말했다.

'범 같은 왕이시여, 위다르바 도성까지 하루 만에 갈 것을 약속하지요.'

르뚜빠르나의 명을 받아 마구간에 간 바후까는 말들을 찬찬히 살펴보았다. 여러 번 살펴본 뒤 그는 몸이 날렵하고 먼 곳까지 단숨에 달릴 수 있는 말들을 네 마리 골랐다. 말들은 모두 몸이 가볍고 힘이 좋았으며 성정이 온순하고 혈통이 좋았다. 콧구멍이 크고 턱이 튼튼했으며 순종에다가 열 개의 말갈기가 모두 뒤쪽으로 넘어간, 흠이라고는 찾을 수 없는 신두 왕국 태생의 바람처럼 빠른 말들이었다. 왕은 말들을 보고 은근히 화가 치밀어 말했다.

'이것들로 무엇을 하려는 게요? 나를 농락하려는 것이오? 허약하고 말라 비틀어진 이 말들로 어찌 먼 길을 달릴 수 있겠소?'

바후까가 말했다.

'이 말들은 틀림없이 내일까지 당신을 위다르바에 데려다줄 것
입니다. 왕이시여, 그래도 혹시 다른 말을 염두에 두고 계신다면 말
씀하십시오. 즉시 그놈들을 마차에 매도록 하겠습니다.'

'바후까여, 말에 대해서는 당신이 꿰뚫어 알고 있지요. 당신이 그
리 믿는다면 어서 말을 매도록 하시오.'

이어지는 브르하다쉬와의 이야기는 이러하다.

날라는 태생 좋고 길 잘든 네 마리 말을 솜씨 좋게 마차에 맸다.
왕이 서둘러 준비된 마차에 오르자 빼어난 말들은 무릎으로 땅을 짚
고 일어섰다. 그러자 사내 중의 사내, 영예로운 날라 왕은 힘 좋고 빛
나는 말들을 다독거렸다. 빼어난 말들을 채찍으로 일으켜 세운 날라
는 마부 와르슈네야를 마차에 태운 뒤 속도를 내었다. 바후까가 규율
에 따라 재촉하자 저 준마들은 하늘을 나는 듯 마차에 탄 사람을 혼
절시킬 만큼 빠르게 달렸다. 사려 깊은 아요드야의 왕은 바람처럼 나
는 말들을 보고 놀라지 않을 수 없었다. 마부 와르슈네야는 우레 같
은 마차 소리와 바후까의 말 다루는 솜씨를 보고 생각했다.

'이 사람이 혹시 신들의 제왕 인드라의 마부 마딸리가 아닐까?
마딸리의 놀라운 솜씨를 그대로 갖고 있지 않은가? 아니면 말 다루
는 비법을 알았던 샬리호뜨라가 저리도 흉하게 생긴 인간의 모습으
로 이 땅에 내려온 것인가? 아니면 적의 도시를 정복한 날라 왕일 수
도 있을까? 왕이 이리로 온 것일까? 그렇다, 이 바후까라는 인물은

날라의 말 다루는 비법을 알고 있다. 바후까와 날라의 말 다루는 솜씨가 같지 아니한가. 바후까와 날라는 나이도 같지? 아니지, 이 사람은 대용사 날라가 아니다. 같은 기술을 갖고 있을 뿐일 게다. 아니지, 고결한 사람들은 경전에서 이르는 신의 임무를 띠고 본모습을 감춘 채 세상을 돌아다니기도 하지. 그런데도 여전히 그의 다른 모습을 보면 내 마음이 둘로 나뉘고, 내 의혹을 받혀줄 근거가 부족하구나. 같은 나이에 같은 체구를 가졌지만 모습이 딴판이다. 그런데도 내 생각엔 바후까와 날라가 같은 사람인 것 같다. 그들이 가진 자질 모두가 너무나 흡사하지 않은가?'

날라의 마부였던 와르슈네야는 마음속으로 생각을 거듭했다. 마부 와르슈네야처럼 르뚜빠르나도 말을 다루는 날라의 솜씨에 감탄했다. 바후까의 힘과 위력과 기상, 말 다루는 데 들이는 공을 보며 왕은 그저 흐뭇하기만 했다.

70

이어지는 브르하다쉬와의 이야기는 이러하다.

강과 산과 숲과 호수를 달릴 때 그는 하늘을 나는 새처럼 쉬는 법이 없었다. 말이 이렇게 정신없이 달리고 있을 때 적의 도시를 이긴 르뚜빠르나 왕은 자기 웃옷이 땅에 떨어지는 것을 보았다. 달리는 와

중에 웃옷이 떨어지자 왕이 날라에게 황망히 말했다.

'고결한 이여, 내 옷을 주워 와야겠소. 와르슈네야가 내 옷을 가져올 동안 세차게 내달리는 이 말들을 잠시 멈추어주시오.'

날라가 대답했다.

'옷은 이미 오래전에 떨어졌습니다. 벌써 십 리나 지나왔지요. 되찾을 수 없습니다.'

날라가 이렇게 말하는 사이 르뚜빠르나 왕의 일행은 열매가 가득 열려 있는 위비따까 나무까지 오게 되었다. 나무를 본 르뚜빠르나 왕이 재빨리 바후까에게 말했다.

'마부여, 보시오. 나도 셈에는 아주 놀라운 능력이 있다오. 어느 누구도 모든 것을 다 알지 못한다오. 누구도 모든 지식을 다 갖출 수는 없지요. 지식이라는 것은 한 사람만을 위해 머물지는 않는다오. 바후까여, 땅에 떨어져 있는 것과 나무에 달려 있는 잎과 열매의 차이는 백 개 하고도 하나라오. 땅에 떨어져 있는 것이, 잎은 하나가, 열매는 백 개가 더 많지요. 나뭇가지에는 오백만 개의 잎이 달려 있소. 두 개의 가지와 작은 가지들을 꺾어 헤아려보면 모두 이천백아흔다섯 개의 열매가 열려 있다오.'

바후까는 마차에서 뛰어내리며 왕에게 말했다.

'적을 괴롭히는 왕이시여, 제가 볼 수 없는 일에 너무 우쭐하신 것 같군요. 대왕이시여, 당신의 셈에 미심쩍은 것은 없을 것이나 그래도 저는 당신이 보는 앞에서 위비따까의 잎과 열매를 세어봐야겠습니다. 저는 당신의 셈이 맞는지 틀리는지 알지 못합니다. 그러니 당신 눈앞에서 세어볼 것입니다. 잠시 동안 와르슈네야가 말고삐를

잡고 있게 해주십시오.'

왕이 마부에게 말했다.

'지체할 시간이 없네.'

그러나 바후까는 온 힘을 기울여 말했다.

'잠시만 기다리시든가 정 급하시다면 그냥 당신 혼자 가셔도 좋습니다. 이쪽으로 길을 잡아 와르슈네야가 말을 몰 것입니다. 길은 평평합니다.'

르뚜빠르나가 그를 달랬다.

'바후까여, 당신만한 마부는 세상에 아무도 없을 것이오. 말 잘 다루는 이여, 당신의 도움을 받아야만 나는 위다르바에 이를 수 있을 것이오. 모든 것은 다 당신 손에 달려 있소. 날 힘들게 하지 마시오. 바후까여, 당신이 오늘 안으로 위다르바에 날 데려다준다고 말하면 당신 말대로 해주겠소. 떠오르는 태양을 위다르바에서 보게 해준다면 말이오.'

바후까가 말했다.

'위비따까 나무의 잎과 열매를 다 센 다음에 틀림없이 위다르바로 모셔다 드리겠습니다. 제가 말한 대로 해주십시오.'

왕은 기껍지 않은 마음으로 말했다.

'가서 세보시오.'

마차에서 내린 바후까는 재빨리 나무를 잘랐다. 나뭇잎과 열매를 일일이 세보고 왕이 셈한 것과 똑같자 날라는 몹시 놀라며 말했다.

'왕이시여, 놀랍고도 놀라운 일입니다. 저는 당신의 위력을 보았습니다. 왕이시여, 어찌 그 수를 아셨는지 비법을 알고 싶습니다.'

서둘러 가려는 마음으로 왕이 말했다.

'셈하는 법 말고도 나는 주사위 노름의 비법도 알고 있음을 알아 주시오.'

바후까가 말했다.

'황소 같은 왕이시여, 그 비법을 제게 가르쳐주십시오. 그러면 저는 말 다루는 비법을 가르쳐 드리겠습니다.'

르뚜빠르나 왕은 말 다루는 일이 얼마나 중요한지를 알고 또 그가 가진 재주를 배우고 싶은 욕심으로 바후까에게 말했다.

'좋소! 원한다면 지금 주사위 노름의 놀라운 비법을 배우시오. 바후까여, 말 다루는 기술은 우선 당신이 갖고 있으시오.'

이렇게 말한 뒤 왕은 날라에게 주사위 노름의 비법을 전수해주었다. 날라가 배운 주사위 노름의 비법이 들어가자마자 날라의 몸속에 숨어 있던 깔리가 튀어나오며 까르꼬타까의 맹독을 하염없이 토해댔다. 왕에게 붙어 그토록 고통스럽게 하던 깔리의 저주의 불길도 빠져나왔다. 그 저주 때문에 왕의 몸이 여월 대로 여위고 긴긴 세월 자신을 통제하지 못하지 않았던가? 한편 깔리 또한 독에서 벗어나자 스스로 제 몸을 드러냈다. 니샤다의 군주 날라는 그를 저주하려고 했다. 깔리는 깜짝 놀라 덜덜 떨며 황망히 두 손 모으고 그에게 말했다.

'왕이시여, 제발 분노를 거두어주십시오. 당신께 더할 나위 없는 명예를 드리겠습니다. 당신이 당신의 아내, 인드라세나의 어머니를 버리고 떠났을 때 그녀는 분노하며 나를 저주했습니다. 그 순간부터 나는 혹독하게 고통을 당해왔습니다. 인드라 같은 불패의 왕이시여, 나는 당신의 몸속에서 살며 저 뱀 왕의 독으로 인해 밤낮으로 타는 듯한 고통을 맛보았답니다. 세상 사람 누구든 당신의 명예를 부지런히 읊으면 나로 인한 위험은 걱정하지 않아도 될 것입니다.'

이 말에 날라 왕은 화를 거두었다. 두려움에 떨던 깔리는 때를 놓치지 않고 잽싸게 위비따까 나무 안으로 숨어버렸다. 어느 누구도 나샤다의 왕이 깔리와 이야기하는 것을 보지 못했다. 깔리가 사라지자 니샤다의 왕, 적의 영웅을 처단하는 날라는 모든 병에서 치유되어 나무의 열매를 셌다. 그는 더할 나위 없이 기뻐하며 예전의 형형한 빛을 뿜었다. 빛나는 그 사내는 마차에 올라 날랜 말을 전속력으로 몰았다. 그때부터 위비따까 나무는 깔리가 들었다고 해서 불길한 나무로 여겨지게 되었다.

날라는 기쁨에 충만한 마음으로 빼어난 말들을 몰았다. 말들은 하늘을 나는 새들 같았다. 고결한 날라가 위다르바를 향해 떠나고 충분히 멀어지자 깔리도 자기 집으로 돌아갔다. 깔리에게 벗어난 날라는 이제 예전과는 겉모습만 다를 뿐이었다.

71

브르하다쉬와가 이어 말했다.

'저녁이 되어 진실의 위력을 지닌 르뚜빠르나가 위다르바에 도착하자 사람들은 그가 왔음을 비마 왕에게 알렸습니다. 비마의 허락으로 그들은 위, 아래, 사방팔방을 마차의 포효로 채우며 꾼띠나 도성에 이르렀지요.

날라의 말들은 그곳에서 포효하는 마차 소리를 들었답니다. 그 소리를 들은 말들은 날라와 함께하던 예전처럼 흥분했습니다. 다마얀띠도 우기가 시작될 때의 천둥 구름 소리처럼 깊게 우르릉거리는 날라의 마차 소리를 들었지요. 말들처럼 비마의 딸도 그 마차 소리가 예전의 날라가 몰던 소리와 같다고 생각했습니다. 지붕 위의 공작들도, 우리 안에 있던 코끼리들도, 마구간의 말들도 모두 우르릉거리는 마차 소리를 들었답니다. 천둥 구름 같은 마차 소리에 코끼리와 공작들은 마치 우기를 기다리기라도 하는 듯 소리 나는 쪽으로 목을 길게 빼며 울어댔습니다.

다마얀띠가 말했지요.

"세상을 메우는 듯한 저 마차 소리가 내 마음을 이렇게 울렁이게 하는 것은 분명 그가 날라 왕이기 때문이리라. 오늘 내가 달 같은 그 영웅을 보지 못한다면, 헤아릴 수 없는 덕을 갖춘 날라를 만나지 못한다면 나는 기어이 죽고 말리라. 오늘 내가 그 영웅의 두 팔에 뛰어들지 못한다면, 그 감미로운 감촉을 느낄 수 없다면 나는 기어이 죽고 말리라. 우기 구름의 외침 같은 니샤다의 왕의 목소리를 듣지 못한다면, 금처럼 빛나는 그가 오늘 내게 오지 않는다면 나는 기어이 죽고 말리라. 저 왕 중의 왕이, 사자처럼 용맹스런 그가, 취한 코끼리를 멈출 수 있는 날라가 내게 오지 않는다면 나는 기어이 죽고 말리라. 나는 그의 거짓을 기억하지 못한다. 그의 잘못을 기억할 수도 없다. 고결한 그가 꿈에서도 거친 말 하는 것을 본 적이 없다. 위용 넘치는 나의 니샤다의 영웅은 인내심 많고 부드러우며, 절제할 줄 알고 감각을 다스릴 줄 아는 분이다. 나의 니샤다의 왕은 보이지 않는 곳에서도 미천한 짓을 하지 않았으며 다른 여인을 향해서는 고자와도 같았다. 그가 지닌 덕을 기억하며 나는 밤낮으로 그를 그리워해왔다. 사랑하는 사람과 헤어진 내 가슴이 슬픔으로 미어지는구나.'"

이어지는 브르하다쉬와의 이야기는 이러하다.

다마얀띠는 이렇게 탄식하며 정신을 잃을 만큼 울다가 날라를 보기 위해 대궐의 계단으로 올라갔다. 그녀는 경내 한가운데서 르뚜빠르나 왕이 와르슈네야, 바후까와 함께 서 있는 것을 보았다. 와르슈네야와 바후까는 빼어난 마차에서 내려 말들을 풀어주고 쉬게 했다. 그러자 마차 안쪽에 앉아 있던 르뚜빠르나가 내려 괴력의 비마에게로 갔다.

르뚜빠르나 같은 인물이 뾰족한 이유 없이 느닷없이 들이닥친 까닭을 알 수 없었지만 비마는 그를 대단히 환대했다. 그가 여인들의 내밀한 속셈을 알 리가 없었기 때문이다. 상대방이 딸 때문에 왔다는 사실을 알 리 없는 비마는 그저 '어서 오시오. 내가 할 수 있는 일이 무엇이오?' 라고 물었다. 진실의 위력을 지닌 사려 깊은 르뚜빠르나 왕은 다른 왕이나 왕자들을 볼 수 없는 데다 낭군 고르기 장에 관한 이야기도 듣지 못했고 브라만들이 모여 있는 것도 볼 수가 없었다. 마음속으로 잠시 이에 대해 헤아려본 뒤 꼬살라 왕국의 군주는 그저 안부를 물으러 왔노라고 대답했다. 비마 왕도 웃으며 마음속으로 곰곰히 생각해봤다. '수많은 마을을 거쳐 천 리 길을 달려온 진의가 있을 것이다. 그가 사실대로 말하지 않을 뿐이다. 그가 온 이유를 그대로 받아들이기에는 뭔가 이치에 맞지 않다. 분명 그 이유는 아닐 것이다.' 왕은 그에게 호의적으로 대했고, 그를 보내며 '가서 쉬시오', '피로하시겠소' 라고 거듭해서 말했다.

르뚜빠르나 왕은 주인의 환대에 기뻐하며 왕의 시종들을 거느리고 자기에게 정해진 방으로 갔다. 르뚜빠르나가 와르슈네야와 함께 간 뒤 바후까는 마차 두는 곳으로 마차를 끌고 갔다. 의례에 따라 말들을 풀어준 날라는 그들을 다독거려주고는 마차 후미에 앉았다. 위다르바의 공주 다마얀띠는 서글퍼하며 르뚜빠르나 왕과 마부의 아들 와르슈네야 그리고 그런 모습의 바후까를 지켜보다 생각에 잠겼다. '누가 번갯불 울리는 듯한 날라의 마차 소리를 냈단 말인가? 마차 소리가 날라의 것과 똑같은 것을 보면 와르슈네야가 날라의 기술을 배웠던 것일까? 아니면 르뚜빠르나도 그와 같은 기술을 가졌단 말인가? 그렇다면 우레 같은 마차 소리를 날라의 것으로 착각할 수도 있겠지.'

다마얀띠는 곰곰이 이런저런 생각을 하며 니샤다의 왕을 찾기 위해 심부름꾼을 보냈다.

72

다마얀띠가 말했다.

'께쉬니여, 지금 곧장 가서 저기 마차 후미에 앉아 있는 못나고 팔 짧은 마부가 어떤 인물인지 알아 오너라. 흠 없는 시녀여, 그에게 가서 공손하고 사려 깊게 안부를 묻고 그의 정체가 무엇인지 정확하게 알아 오너라. 내 마음이 흡족하고 가슴이 고요하여 나는 그가 날라 왕이 아닌지 몹시 의심스럽구나. 이야기하는 도중에 브라만 빠르나다의 말을 이용하거라. 엉덩이 풍만한 흠 없는 시녀여, 그리고 그의 대답을 잘 간파하거라.'

이어지는 브르하다쉬와의 이야기는 이러하다.

이리하여 그녀가 신중한 심부름꾼이 되어 바후까에게 가서 말하는 동안 다마얀띠는 대궐 옥상에서 그들을 지켜보고 있었다.

께쉬니가 말했다.

'빼어난 사내시여, 어서 오십시오. 저는 당신이 편안하신지 여쭤보러 왔습니다. 황소 같은 사내시여, 다마얀띠의 말을 잘 들어보십시오. 위다르바의 공주님께서는 당신이 아요드야에서 언제 떠났는지, 무슨 연유로 이곳에 왔는지 알고 싶어 하십니다. 사실대로 말씀해주십시오.'

바후까가 말했다.

'어여쁜 여인이여, 명예로운 꼬살라 왕께서는 다마얀띠의 두 번째 낭군 고르기 장이 내일 열린다는 소식을 들었다오. 그 소문을 들은 즉시 하루에 천 리 길을 달리는 바람 같은 말을 골라 이곳에 온 것이오. 나는 그분의 마부라오.'

께쉬니가 말했다.

'그렇다면 세 번째 사내는 누구입니까? 그는 어디서 왔으며 누구의 아들입니까? 당신은 또 누구의 아들입니까? 어찌하여 이런 일을 맡게 되었습니까?'

바후까가 말했다.

'그는 와르슈네야라고 알려진 사람이오. 그는 날라의 마부였다오. 착한 여인이여, 날라가 사라졌을 때 그는 르뚜빠르나에게 갔다오. 나는 말을 잘 다루고 음식을 잘 만들지요. 르뚜빠르나는 내게 찬간 일과 말 부리는 일을 맡겼다오.'

께쉬니가 말했다.

'와르슈네야는 날라 왕이 어디로 간지 알고 있나요? 바후까여, 혹시 그가 당신에게 그런 말을 한 적이 있나요?'

바후까가 말했다.

'그는 날라의 일이 잘못되자 날라의 두 아이를 이곳에 두고 자기가 가고자 하는 곳으로 떠났기 때문에 니샤다의 왕의 행방을 모른다오. 착한 여인이여 그리고 세상 누구도 날라가 어디 있는지 모른다오. 그는 어딘가 숨어서 살지요. 왕은 사라졌다오. 날라 자신만이 날라임을 알고, 그와 가장 가까운 여인만이 그를 알지요. 외모에는 날라임을 알아볼 만한 표식이 하나도 없기 때문이라오.'

께쉬니가 말했다.

'예전에 아요드야에 갔던 어떤 브라만이 한 여인의 말을 끊임없이 되뇌었지요.

노름꾼이여, 내 옷 반쪽을 잘라 어디로 가시었나요?
당신을 사랑하는 헌신적인 아내를 두고
자고 있던 그녀를 홀로 두고 어디로 가시었나요?
어리석은 그 여인은 아직도 당신을 기다리고 있답니다.
이 땅의 왕이시여, 옷 반쪽만 걸친 채
설움에 북받쳐 하염없이 울고 있답니다.
영웅이여, 은혜를 베푸시어 아내에게 대답하세요.

고결하신 분이여, 그녀가 좋아하는 그 이야기를 해주십시오. 무고한 위다르바의 공주님께선 그 말씀을 다시 듣고 싶어 하십니다. 당신이 예전에 브라만에게 답했다는 그 이야기를 들으신 뒤부터 위다르바의 공주님께서는 당신에게 그 이야기를 다시 듣고 싶어 하신답니다.'

이어지는 브르하다쉬와의 이야기는 이러하다.

이 같은 께쉬니의 말을 들은 날라의 가슴은 찢기는 듯했고, 눈에는 눈물이 가득 고였다. 타는 듯한 슬픔을 지그시 누른 왕은 눈물에 목이 잠겨 말했다.

아무리 어려운 처지에 놓여도
귀한 집 가문의 여인들은
스스로 자기 자신을 잘 지켜 기필코 하늘 세계를 얻는다오.

남편과 헤어졌다 해서 화를 내지 않는 법이오.
어떤 아둔하고 박복한 사내가 부귀영화를 잃고
그 여인을 버렸어도 화를 내서는 안 될 것이오.
살아보려고 애쓰던 사람이 새들에게 옷을 빼앗기고
병으로 고생하는 사람에게
검은 피부를 가진 아름다운 여인이
화를 내는 것은 옳은 일이 아니오.
존경을 받건 존경을 받지 못하건
왕국을 잃고 영예를 앗긴 남편을 향해
아름다운 그 여인은 화를 내서는 안 된다오.

이렇게 말하던 날라는 너무나 서러워 눈물을 거두지 못하고 섧게 울었다. 께쉬니는 가서 그가 말했던 것을, 그리고 그의 변화를 다마얀띠에게 있는 그대로 전했다.

<h1 style="text-align:center">73</h1>

이어지는 브르하다쉬와의 이야기는 이러하다.

다마얀띠는 그 말을 듣고 서러움을 주체할 수 없었다. 그리고 그가 정말로 날라가 아닐까 의심하며 께쉬니에게 말했다.

'께쉬니여, 가라. 바후까를 더 가까이 살펴보도록 하거라. 그에게 말을 붙이지는 말고 그저 옆에서 거동만 살펴보거라. 빛나는 시녀여, 그가 뭔가 하는 것이 있거든 그 배후에 무슨 연유가 있는지, 어떤 일이 일어나는지 가까이서 아주 잘 지켜봐야 한다. 또한 그를 묶어두기 위해서는 그에게 불을 갖다줘서는 안 된다. 그가 물을 달라고 하거든 주지 말거나 늑장을 부려라. 어여쁜 시녀여, 그가 하는 모든 것을 다 살핀 뒤 돌아와 내게 고하거라. 다른 일상사도 잘 보고 내게 모두 알려 다오.'

다마얀띠의 명에 께쉬니는 곧장 나갔다. 그녀는 말을 다룰 줄 아는 사람의 표식을 잘 살펴본 뒤 다시 돌아와 자기가 보았던 바후까의 인간적이거나 초인간적인 모습을 모두 보고했다.

께쉬니가 말했다.

'다마얀띠여, 저는 그렇게 순결하게 사는 인간이 있다는 것을 예전엔 보지도 듣지도 못했습니다. 그는 낮은 곳을 지나가려고 할 때 몸을 구부리지 않았습니다. 낮은 문이 그가 오는 것을 보고 그에게 편한 높이만큼 높아졌답니다. 좁은 구멍은 그를 위해 크게 벌어지곤 했지요. 비마 왕은 르뚜빠르나에게 온갖 음식을 보냈고, 거기엔 상당히 많은 고기도 포함되어 있었습니다. 고기를 씻기 위한 그릇들도 함께 보냈지요. 그가 그저 쳐다보기만 해도 그릇들에는 저절로 물이 채워졌습니다. 바후까는 고기를 씻은 뒤에는 스스로 요리 준비를 했고, 풀 한 줌을 손에 들고 꺾어서 더미를 만들어두면 풀 더미에 느닷없이 불이 붙었답니다. 저는 그처럼 믿기지 않는 광경을 보고 너무 놀라 이곳으로 돌아왔습니다. 정말 놀라운 일이 또 있었지요. 빛나는 공주님이시여, 그가 만져도 불은 그를 태우지 않았답니다. 또 그가 원할 때마다 지체 없이 물이 쏟아졌습니다. 더욱 놀라운 일도 보았답니다. 그가 꽃을 한 뭉치 들고 손으로 가볍게 비비자 비벼진 꽃들은 더욱 싱싱해지고 향기로워졌습니다. 이 기적 같은 놀라운 일을 보고 저는 지체 없이 이곳으로 달려온 것입니다.'

이어지는 브르하다쉬와의 이야기는 이러하다.

다마얀띠는 날라의 이 같은 행적에 대해 듣고 그의 행동과 몸짓으로 보아 날라가 왔음이 틀림없다고 생각했다. 그녀는 남편 날라가 바후까의 모습으로 나타난 것이라고 생각해 울면서 다시 께쉬니에게 부드럽게 말했다.

'어여쁜 께쉬니여, 다시 한 번 가서 바후까가 한눈파는 사이에 찬간에서 그가 요리해둔 고기를 꺼내 이리 가져와보거라.'

그녀는 다마얀띠를 위해 바후까가 한눈파는 틈을 타서 그가 요리한 뜨거운 고기 한 조각을 지체 없이 가져와 그녀에게 건네주었다. 예전에 날라가 요리한 음식을 먹곤 했던 다마얀띠는 그것을 먹어보고는 요리를 한 사람이 날라임을 알아차렸다. 그녀는 설움에 북받쳐 서럽게 울었다. 얼굴을 닦은 다마얀띠는 두 아들을 께쉬니와 함께 보냈다.

바후까는 누이와 함께 온 인드라세나를 알아봤다. 왕은 그들에게 달려가 그들을 껴안고 품에 안았다. 신의 아이들 같은 자기 자식들을 보자 그는 서러움을 주체하지 못하고 통곡하며 울었다. 이렇게 니샤다의 왕은 감정을 여러 번 보인 뒤 느닷없이 아이들을 내려놓고 께쉬니에게 말했다.

'이 두 아이는 내 아이들과 너무나 닮았소. 느닷없이 그들을 보고 눈물을 흘린 것이오. 착한 여인이여, 그대는 여기 너무 자주 오시었소. 사람들이 쓸데없이 그대를 의심할 것이오. 가시오. 우리는 다른 나라에서 온 손님이 아니오?'

74

이어지는 브르하다쉬와의 이야기는 이러하다.

사려 깊은 날라의 모든 변화를 본 께쉬니는 서둘러 돌아와 다마얀띠에게 이 사실을 고했다. 다마얀띠는 그가 날라라는 추측이 맞기를 애타게 기대하며 께쉬니를 어머니께 보내 말을 전했다.

'어머니, 저는 바후까가 날라임을 의심하며 거듭해서 살펴보았습니다. 그의 외모만이 의심스러울 뿐입니다. 제가 직접 살펴보고 싶습니다. 어머니, 그를 이곳으로 오게 해주시거나 제가 그에게 갈 수 있도록 허락해주십시오. 아버지께 이 사실을 알리셔도 되고 모르시게 해도 될 것입니다.'

위다르바 공주의 이 같은 전갈을 들은 왕비는 비마에게 말했다. 왕은 딸의 생각을 승낙했다. 부모의 허락을 받은 다마얀띠는 날라를 자기가 머무는 방으로 오게 했다. 날라의 모습을 본 여인 중의 여인 다마얀띠는 못 견디게 서러웠다. 그녀 자신도 노란 옷을 입고 머리를 헝클어뜨렸으며, 더럽고 때에 절어 있었다. 그런 다마얀띠가 바후까에게 말했다.

'바후까여, 혹시 당신은 자고 있는 아내를 버리고 혼자 숲으로 떠나버린, 다르마를 잘 안다는 어떤 사람을 본 적이 있나요? 어찌 죄 없는 사랑스런 아내를 두고, 피로에 지친 그녀를 인적 없는 숲에 버리고 누가 떠날 수 있을까요? 날라 뿐야쉴로까 아니면 누가 그럴 수 있을까요? 내가 대체 무슨 잘못을 저질렀기에 그는 자고 있는 나를 버리고 떠났단 말입니까? 눈앞에 나타난 신들도 제쳐두고 그를 선택했거늘 어찌하여 그는 자신을 헌신적으로 사랑하는 자기 아이들의 어머니를 버렸단 말입니까? 불 앞에서 내 손을 잡고, 백조들에게 한 말을 상기하며 나를 지키겠노라고 했던 진실한 서약은 어디로 갔단 말입니까?'

이렇게 말하는 동안 다마얀띠의 눈에는 설움의 눈물이 가득 고여 뚝뚝 흘러내렸다. 그녀의 검은 눈동자, 붉은 눈자위에서 이렇게 하염없이 흘러내리는 눈물을 보고 날라는 처량하게 말했다.

'순결한 여인이여, 왕국을 빼앗긴 것도, 당신을 버린 것도 모두 내가 한 짓이 아니오. 깔리의 짓이라오. 다르마를 누구보다 잘 지키는 아내여, 당신은 전에 숲에서 지낼 때 옷을 잃은 나와 함께 서러워하고 고생하다 그에게 저주를 내린 적이 있지요. 내 몸속에서 살던 깔리는 그때부터 당신의 저주로 불타고 있었다오. 불 위에서 장작더미가 타듯 그는 당신의 저주로 불타고 있었소. 나는 굳은 결심과 고행으로 그를 이겨냈소. 어여쁜 여인이여, 이제 우리의 고난에 끝이 올 것이오. 그 못된 놈은 이제 내 몸을 떠났소. 엉덩이 풍만한 여인이여, 그래서 내가 여기 올 수 있었던 것이오. 내게는 다른 목적이 없기 때문이오. 그건 그렇고, 대체 어떤 여인이 당신처럼 자기를 사랑하는 헌신적인 남편을 버리고 다른 남편을 구한단 말이오? 어명을 받은 사절들이 세상 구석구석을 누비며, 비마의 딸이 자기에게 걸맞는 두 번째 남편을 고른다고 알리고 다녔소. 르뚜빠르나는 이 소문을 듣자마자 서둘러 이곳으로 온 것이오.'

날라의 탄식을 들은 다마얀띠는 떨리는 손을 모으고 말했다.

75

다마얀띠가 말했다.

'자비로운 니샤다의 왕이여, 내가 잘못을 저질렀다고 곡해하지 마십시오. 나는 신들도 마다하고 당신을 남편으로 골랐습니다. 브라만들은 당신을 이곳으로 오게 하기 위해 세상 구석구석, 사방팔방으로 내 말을 노래에 싣고 다닌 것이랍니다. 왕이시여, 그리하여 지혜로운 빠르나다라는 브라만이 꼬살라 왕국의 르뚜빠르나 대궐에 갔답니다. 니샤다의 왕이여, 내 말에 대한 당신의 바른 답을 갖고 그가 돌아왔을 때 나는 당신을 이곳으로 오게 할 수 있는 계책을 생각해보았습니다. 이 땅의 주인이시여, 당신 아니면 세상 누구도 말을 몰아

하루에 천 리 길을 달려올 수 없지요. 당신 발 앞에 무릎을 꿇고 맹세할 수 있습니다. 나는 마음속에서도 당신을 무시한 적이 없습니다. 내가 조금이라도 잘못한 것이 있다면 만물을 살피며 온 세상을 주유하는 쉼 없는 바람이 내 목숨을 앗아 갈 것입니다. 여기 온 세상을 비추는 태양이 내 목숨을 앗아 갈 것입니다. 내가 조금이라도 잘못한 것이 있다면 눈을 부릅뜨고 만물의 행위를 지켜보는 달이 내 목숨을 앗아 갈 것입니다. 삼계를 지키는 세 분의 신, 브라흐마, 쉬와, 위슈누가 진실을 말해주거나 이 자리에서 나를 버리게 하소서.'

이어지는 브르하다쉬와의 이야기는 이러하다.

다마얀띠의 말이 끝나자 허공에서 바람이 말했다.
'날라여, 그 말이 사실임을 내가 말해주겠소. 그녀에게는 잘못이 없다오. 왕이여, 다마얀띠는 명예의 창고를 잘 지켰소. 우리는 지난 삼 년간 다마얀띠를 지켜봤던 증인이며 보호자였소. 이것은 당신을 이곳으로 오게 하기 위한 최고의 계책이었다오. 당신 말고는 누구도 하루 만에 천 리 길을 올 수 없다는 것을 알고 한 일이오. 이 땅의 왕이여, 비마의 딸은 당신과 어울리고 당신은 그녀와 잘 어울리지요. 의혹을 떨치고 아내와 재회하시오.'

바람이 그렇게 말하자 하늘에서는 꽃비가 내리고 천상의 북이 둥둥 울렸으며 상서로운 바람이 불었다.

그처럼 놀라운 일을 지켜본, 적을 길들이는 날라 왕은 다마얀띠에 대한 모든 의혹을 버렸다. 이 땅의 주인은 뱀 왕이 준 티 없는 옷을 입으며 마음속으로 뱀 왕을 불렀다. 그러고는 자신의 모습을 되찾았다. 남편의 본모습을 본 무고한 비마의 딸은 그를 끌어안고 통곡했다. 예전처럼 빛나는 날라 또한 다마얀띠와 두 아이를 끌어안고 기뻐했다. 눈이 긴 여인 다마얀띠는 아름다운 얼굴을 그의 가슴에 묻고 차오르는 감정을 긴긴 한숨으로 토해냈다. 범 같은 사내는 때에 전 몸으로 눈물을 쏟아내는 어여쁜 아내를 오래도록 껴안고 있었다.

위다르바의 공주의 어머니는 기쁨을 감추지 못하며 그간 다마얀띠와 날라에게 있었던 일을 비마에게 남김없이 다 말했다. 비마 왕이 말했다.

'날라가 평온하게 잔 뒤 내일 목욕재계하고 기도를 마치면 다마얀띠와 함께 만나도록 하겠소.'

그날 밤 그들은 예전에 숲에서 헤매던 일들을 함께 이야기하며 행복하게 밤을 보냈다. 아내와 헤어진 지 삼 년째 되던 해였다. 모든 소망을 이룬 날라는 가슴 벅차는 최상의 기쁨을 맛보았다. 다마얀띠 또한 반쯤 자란 곡식이 비를 맞고 소생한 땅처럼 남편을 다시 얻고 기운을 되찾았다.

그와 다시 만난 그녀, 무력감 사라지고
신열 가라앉은 가슴은 기쁨으로 차올랐네.
모든 소망 이룬 다마얀띠
달 떠오른 밤처럼 맑게 빛났다네.

76

브르하다쉬와가 이어 말했다.

'그날 밤을 보낸 날라 왕은 아침이 되자 의복을 잘 갖춰 입고 위다르바의 공주와 함께 왕을 뵈러 갔답니다. 날라는 공손하게 장인께 절을 올렸습니다. 아름다운 다마얀띠도 그의 뒤를 따라 아버지께 예를 드렸답니다. 비마는 몹시 기뻐하며 날라가 마치 아들인 듯 맞아주었지요. 위용 넘치는 이 땅의 주인은 그에게 적절히 예를 갖추고 날라와 함께 헌신적인 다마얀띠를 위로해주었답니다. 날라 왕은 의례에 따라 예를 다하고 그에게 해야 할 도리를 했지요. 날라가 이렇게 돌아온 것을 본 사람들이 기뻐하는 함성으로 도성이 들끓었습니다. 온 도시는 깃발들로 아름답게 단장하고, 큰길에 물을 뿌려 깨끗이 쓸고 꽃을 뿌렸답니다. 백성들은 집집마다 문에 꽃을 걸어두었고, 사찰마다 신들을 경배하는 인파가 줄을 이었지요.

르뚜빠르나는 바후까가 모습을 바꾼 날라라는 사실 그리고 그가 다마얀띠와 재회했다는 것을 듣고 기뻐했습니다. 날라 왕은 그를 불러오게 해 용서를 구했답니다. 지혜롭고 존경받는 그는 르뚜빠르나에게 연유를 설명하며 용서를 구했지요. 그의 겸손함에 놀란 르뚜빠르나는 니샤다의 왕을 이렇게 경하했답니다.

"아내와 다시 만난 것이 얼마나 다행스런 일입니까? 니샤다의 왕이시여, 당신의 본모습을 숨기고 내 왕국에 머무셨을 때 내가 행여 당신을 가벼이 여기지 않았기를 바랍니다. 고의적으로 또는 무심히 내가 잘못한 것이 있더라도 부디 용서해주십시오."

그러자 날라가 말했지요.

"왕이시여, 당신은 나를 조금도 가벼이 여기지 않으셨습니다. 행여 그런 일이 있었다 해도 나는 개의치 않습니다. 왕이시여, 당신은 언제나 내 벗이었으며 지금은 친지와 같습니다. 이제부터는 나를 더욱 아껴주십시오. 난 원하는 모든 것을 받으며 당신의 대궐에서 편안히 지냈지요. 사실은 내 집에서보다 더 편히 지냈답니다. 왕이시여, 이제 당신께 말 다루는 비법을 전해주는 일이 남아 있습니다. 원하신다면 이제 그 비법을 전해드리지요.'"

브르하다쉬와가 이어 말했다.

'이렇게 말한 뒤 니샤다의 왕은 르뚜빠르나에게 비법을 가르쳐주었습니다. 정해진 의례에 따라 르뚜빠르나는 그것을 받아들였답니다. 말 다루는 비법을 익힌 르뚜빠르나 왕은 다른 마부를 데리고 자신의 왕국으로 떠났습니다. 백성의 군주 유디슈티라여, 르뚜빠르나 왕이 떠난 뒤 날라 왕은 위다르바의 꾼띠나에서 그리 오래지 않은 시간을 머물렀답니다.'

77

이어지는 브르하다쉬와의 이야기는 이러하다.

그곳에서 한 달을 지낸 뒤 비마의 허락으로 니샤다의 왕은 단출하게 수행원을 꾸려 니샤다로 떠났다. 빛나는 마차 한 대, 코끼리 열여섯 마리, 말 오십 마리에 육백여 명의 보병이 전부였다. 고결한 땅의 주인은 지축을 뒤흔들듯 말을 재촉하며 의기충천해 지체 없이 도성에 들어갔다. 위라세나의 아들 날라는 뿌슈까라를 찾아가 말했다.

'다시 주사위를 던져봅시다. 내게 막대한 재물이 생겼소. 다마얀띠와 내가 가진 모든 것을 다 내기로 걸겠소. 뿌슈까라여, 당신은 왕국을 거시오. 주사위를 한 번만 던져 승부를 결정짓자는 것이 내 생각이오. 어떻소? 우리 두 사람의 목숨도 걸어봅시다. 왕국이건 재물이건 다른 사람이 가졌던 것을 노름으로 취했다면 그것을 걸고 재대결을 벌이는 것이 원칙일 것이오. 노름이 싫다면 무기로 싸우든가, 당신이나 내 마음이 고요해질 때까지 일대일 전차 대결을 합시다. 조상 대대로 물려받은 왕국을 잃으면 반드시 되찾아야 한다는 것이 어른들의 말씀이오. 뿌슈까라여, 둘 중 하나를 선택하시오. 노름이오? 아니면 전쟁이오?'

니샤다의 왕의 이 같은 말을 들은 뿌슈까라는 껄껄 웃었다. 자신의 승리를 확신한 그는 이 땅의 주인에게 말했다.

'니샤다의 사람이여, 재대결에 걸 만한 재산을 얻었다니 천만다행이오. 다행히 다마얀띠의 지긋지긋한 고생도 끝난 모양이오. 적을 뒤흔드는 왕이여, 살아서 아내와 다시 만났다니 다행스런 일이오. 내가 취하게 될 이 재산으로 아름답게 꾸민 위다르바의 공주가 결국은 내 시중을 들게 되겠구려. 압싸라스들이 천상에서 인드라를 모시듯 말이오. 니샤다의 사람이여, 난 언제나 당신을 잊지 않고 기다렸소. 노름을 좋아하지만 지지자들이 없는 사람과는 하기 싫기 때문이오. 엉덩이 풍만한 절세미인 다마얀띠를 오늘 내가 얻는다면 내 모든 일이 성사된 것이나 다름없겠소이다. 그녀는 항상 내 마음을 차지하고 있었지. 하하하!'

이처럼 무례하게 떠벌이는 뿌슈까라의 말에 날라는 그의 머리를 박살 내버리고 싶을 만큼 화가 치솟았다. 그러나 그는 웃으며 붉게 충혈된 눈으로 말했다.

'내기나 할 일이지 무슨 말이 그리 많은가? 그런 말은 날 이긴 뒤에 해도 늦지 않으리.'

이리하여 날라와 뿌슈까라의 노름이 시작되었다. 날라는 단 한 번에 그를 이겼다. 재산과 보물을 되찾고 뿌슈까라의 목숨도 손아귀에 넣었다. 뿌슈까라를 이긴 왕이 웃으며 말했다.

'이 왕국이 이제 남김없이 내게 돌아왔소. 어리석은 자여, 이제 그대는 위다르바의 공주를 쳐다볼 수도 없게 되었소. 그대와 그대를 따르는 자들은 이제 모두 종으로 전락했소. 우둔한 자여, 내가 전에 졌던 까닭은 그대 때문만은 아니었소. 모든 것이 깔리의 농간이었지. 그대가 그것을 몰랐을 뿐이오. 타인의 잘못을 그대에게 씌우려는 생각은 추호도 없소. 당신의 목숨을 돌려줄 테니 가서 잘사시오. 영웅이여, 그대를 향한 내 정은 예전과 다르지 않소. 그대에게 느끼는 형제의 정은 줄어들지 않을 것이니 염려 마시오. 뿌슈까라여, 그대는 내 형제요. 천세를 누리시오.'

진실의 위력을 지닌 날라는 형제에게 확신을 주고, 그를 껴안아준 뒤 자기 왕국으로 보냈다. 니샤다의 왕이 이처럼 위로하자 뿌슈까라는 두 손 모아 날라에게 말했다.

'제 목숨을 살려주시고 제 자리를 돌려주신 왕이시여, 다함없는 명예를 누리시고 영겁의 세월을 기쁨으로 사소서!'

뿌슈까라는 왕의 손님이 되어 그곳에서 한 달을 지낸 뒤 친지들과 대병력 그리고 순종적인 시종들을 거느리고 빛나는 태양처럼 자신의 왕국으로 돌아갔다. 재물을 주고 걱정을 덜어준 뒤 뿌슈까라를 보낸 날라는 명예롭게 단장된 자기 땅으로 들어갔다. 그 땅으로 들어간 니샤다의 왕은 백성들을 위로했다.

78

브르하다쉬와가 말했다.

'환호로 들끓던 도시가 잠잠해지자 큰 잔치가 벌어졌습니다. 그런 뒤 날라는 대군을 이끌고 다마얀띠를 데려왔지요. 다마얀띠의 아버지, 영혼의 깊이를 가늠할 수 없는 왕, 적의 영웅을 죽인 용맹스런 비마는 딸을 정성 들여 보살핀 뒤 남편에게 보냈답니다. 위다르바의 공주가 아이들과 함께 돌아오자 날라 왕은 마치 인드라가 난다나 뜰에서 즐겁게 지내는 듯이 그들과 함께 행복한 날들을 보냈습니다. 영예로운 군주는 잠부디빠 최고의 왕이 되어 다시 한 번 자신의 왕국에서 명성을 누리며 살았답니다. 그는 브라만들에게 막대한 선물을 주며 의례에 따라 수많은 제사를 지냈지요.

왕 중의 왕 유디슈티라여, 당신도 머지않아 친지들과 그렇게 지낼 날이 있을 것입니다. 빼어나고 빼어난 뚝심 좋은 바라따여, 적의 도시를 뒤흔들었던 날라도 노름 때문에 아내와 함께 그토록 고생했답니다. 이 땅의 주인이시여, 날라가 혼자서 했던 고행은 이루 말할 수가 없습니다. 그러나 그는 그처럼 혹독한 고통을 이겨내고 다시 일어섰지요. 빤두의 아들이여, 그러나 당신에게는 지금 형제들도 있고 끄르슈나아도 있습니다. 당신은 이 숲에서 다르마를 따르며 즐겁게 지내도 될 것입니다. 왕이시여, 또한 베다를 알고, 베당가를 아는 다복한 브라만들이 언제나 당신과 함께 있습니다. 무엇 때문에 비통해하십니까?

백성의 주인이시여, 이것이 깔리의 파멸에 관한 전설이라고 합니다. 당신 같은 처지에 있는 분이 이 이야기를 들으셨으니 이제 마음을 가라앉히십시오. 인간이 가진 재물은 무상하다는 것을 언제나 생각하셔야 합니다. 그것이 오고 감에 괴로워 마십시오. 서러워도 마십시오.

날라의 위대한 이야기를 듣거나 들려주는 이에게는 불운이 찾아오지 않을 것이며, 풍요와 평화가 올 것입니다. 역사적인 이 옛이야기를 듣는 사람은 자손과 손자와 가축을 얻을 것이며, 인간 세상 최고의 지위를 얻어 병 없고 안락한 삶을 누릴 것입니다. 왕이시여, 또한 노름에 능한 누군가가 당신을 또 노름에 부를 것이라는 두려움을 제가 없애드리지요. 진실의 위력을 지닌 꾼띠의 아들이여, 나는 노름의 모든 비밀을 알고 있답니다. 내게 그것을 배우십시오. 나는 당신

이 좋아 당신께 그것을 알려드리려고 합니다.'

와이샴빠야나가 말했다.

"그러자 왕은 기쁜 마음으로 브르하다쉬와에게 노름의 비법을 알고 싶다고 했답니다. 브르하다쉬와는 고결한 빤두의 아들에게 노름의 비법을 가르쳐주었지요. 그렇게 한 뒤 대고행자는 몸을 정갈히 하러 아쉬와시르샤 성지로 떠났답니다.

브르하다쉬와가 떠난 뒤 유디슈티라는 사방에서 모여든 브라만들과 수행자들, 성지와 산과 숲에서 온 사람들에게서 왼손잡이 궁수 쁘르타의 아들이 공기만으로 연명하며 고행을 하고 있다는 소식을 들었답니다. 그들은 '완력 넘치는 쁘르타의 아들은 인간으로서 하기 어려운 고행을 하고 있습니다. 누구도 그 같은 혹심한 고행을 한 사람을 본 적이 없습니다'라고 말했지요. 그들은 또 쁘르타의 아들 아르주나가 수행자처럼 서약을 엄격히 지키며 영광스러운 다르마의 수행자 같은 생활을 하고 있다고 유디슈티라에게 전했답니다.

자나메자야 왕이시여, 꾼띠와 빤두의 아들 유디슈티라는 아르주나가 황막한 숲에서 혼자 고행한다는 소식을 듣고 사랑하는 아우 아르주나를 생각하며 마음이 타는 듯했답니다. 브라만들이 숲에 올 때마다 유디슈티라는 위안을 찾으려고 아르주나에 관한 여러 가지 이야기를 물었답니다."

79

자나메자야가 말했다.

"성자시여, 내 증조부님이신 쁘르타의 아들이 깜먀까 숲에서 떠난 뒤 빤다와들은 그 왼손잡이 궁수 없이 무엇을 하며 지냈답니까? 아디띠야들이 위슈누에게 의지하듯 내가 보기에 그들은 대궁수이자 적군을 처단한 그 승리자에게 의지하고 있었던 듯합니다. 인드라 같은 위력으로 전투에서 물러선 적이 없는 그 용사 없이 빤다와 영웅들은 숲에서 어떻게 지냈답니까?"

와이샴빠야나가 말했다.

"빤두의 왼손잡이 아들이 깜먀까 숲에서 떠나자 꾸루의 후손들은 슬픔을 주체할 수가 없었지요. 끈 떨어진 보석처럼, 날개 잃은 새처럼 모든 빤다와들은 마음 붙일 곳이 없었답니다. 흠결 없이 거동하는 저 용사를 잃은 숲은 마치 짜이뜨라라타 뜰에 꾸베라가 없는 듯했지요. 자나메자야여, 범 같은 저 사내가 떠난 다음 빤다와들은 깜먀까 숲에서 생기 없이 풀 죽어 지냈답니다. 바라따의 빼어난 후예시여, 그러나 그 용맹스런 대용사들은 브라만들을 위해 희생제에 쓰일 온갖 짐승을 독 없는 화살로 잡아 바치는 일은 잊지 않았습니다. 왕이시여, 아르주나가 떠난 뒤 뚝심 좋고 적을 길들이는 저 범 같은 사내들은 그를 그리워하며 맥없이 지내긴 했지만 날마다 먼 곳까지 가서 숲의 음식을 모아 브라만들에게 바치는 일을 잊은 적은 없습니다. 빤짤라 왕국의 공주는 여행 떠난 셋째 남편, 영웅 아르주나를 회상하며 빤다와들의 장자 유디슈티라에게 이렇게 말했습니다.

'수많은 팔을 가졌던 아르주나[†] 같은 남편, 빤다와 최고의 용사, 두 팔 가진 아르주나가 없는 이 숲에는 즐거움이 없고, 이 땅 사방 천지 어디를 봐도 텅 비어 있는 것 같군요. 왼손잡이 용사가 없으니 꽃이 만발한 나무 가득한 이 숲이 더 이상 아름답지가 않습니다. 연꽃 눈의 저 사내가 없으니 취한 코끼리 떼가 몰려다니는, 비구름처럼 검은 이 깜먀까 숲에 기쁨이 없습니다. 왕이시여, 우레 소리 같은 왼손잡이 궁수의 활줄 튕기는 소리를 생각하니 제 마음을 둘 곳이 없습니다.'"

이어지는 와이샴빠야나의 이야기는 이러하다.

적의 영웅을 처단하는 비마세나는 드라우빠디가 탄식하는 소리를 듣고 말했다.

'착한 여인이여, 다정한 그대의 말은 마치 아므르따를 마신 듯 내 마음을 뿌듯하게 적시는구려. 녀석의 두 팔은 길고 매끄럽고 문설주처럼 튼튼했소. 녀석의 둥근 팔엔 언제나 활줄의 흔적이 남아 있었소. 그 팔은 칼을 휘두르고 여러 다른 무기들과 철퇴를 휘두르곤 했지. 그 손은 또한 금반지에 눌려 있었고 위 팔엔 팔찌의 흔적이 남아 있어 마치 머리 다섯 달린 뱀과 같았소. 범 같은 저 용사가 없으니 숲이 마치 태양을 잃어버린 것 같구려. 빤짤라들과 꾸루들은 완력 넘치

아르주나_ 팔을 천 개 갖고 있었다는 하이하야 왕국의 용맹스런 왕 사하스라 아르주나를 말한다.

는 저 영웅에게 의지하며 지냈소. 그는 신들이 공격해 온다 해도 기죽지 않는 용사였소. 기개 높은 그의 팔에 우리 모두가 의지해 살았고, 우리는 저 용사만 있으면 적을 이기고 세상을 얻은 것이나 다름없다고 생각했었소. 그런 영웅 아르주나가 없으니 나는 이 깜먀까 숲에 마음 둘 곳이 없소. 세상 어디를 둘러봐도 공허뿐이구려.'

나꿀라가 말했다.

'영예로운 인드라의 아들은 북으로 가서 수많은 용사들을 이기고, 바람처럼 빠른 간다르와 태생의 잿빛 말과 얼룩말을 수백 마리나 획득해 왔지요. 왕이시여, 그는 사랑과 존경으로 그것들을 맏형의 라자수야 희생제를 위해 바쳤었습니다. 비마의 아우, 무시무시한 활을 지닌, 신을 닮은 저 용사가 없으니 나는 깜먀까 숲에서 더 이상 살고 싶은 마음이 없습니다.'

사하데와가 말했다.

'그는 대용사들을 전투에서 물리치고 재물과 처녀들을 데려와 맏형의 라자수야 대희생제에서 쓸 수 있도록 했습니다. 가늠할 수 없는 빛을 지닌 그분은 야다와의 영웅들을 전투에서 물리치고 끄르슈나의 승낙으로 수바드라를 혼자 힘으로 데려왔었습니다. 대왕이시여, 여기 그가 앉곤 했던 풀방석이 텅 비어 있는 것을 보니 내 마음이 평화를 잃었습니다. 적을 길들이는 대왕이시여, 우리는 이 숲을 떠나야 합니다. 저 영웅 없이는 우리 누구도 이 숲을 좋아할 수가 없습니다.'

성지 순례

성지 순례

80

와이샴빠야나가 말했다.

"이처럼 위용 넘치는 빤다와 대용사들은 드라우빠디와 함께 다난자야를 애타게 기다리며 숲에서 지내고 있었답니다. 그때 그들은 성스러운 브라만의 빛으로 충만하고 불처럼 타는 듯 빛나는 고결한 천상 선인 나라다를 보았습니다. 마치 백 번의 희생제를 지낸 신 인드라가 신들에게 에워싸여 있는 것처럼 형제들에게 에워싸여 있던 최상의 꾸루 유디슈티라는 형형한 빛을 뿜고 있었습니다. 사위뜨리† 가 베다를 떠나지 않듯, 태양 빛이 메루 산을 떠나지 않듯 정숙한 드라우빠디는 다르마에 따라 쁘르타의 아들들 곁을 떠나지 않고 있었답니다.

사위뜨리_ 지식과 지혜의 여신.

순결한 자나메자야여, 성스러운 나라다 선인은 그들의 예를 받고 때맞춰 다르마의 아들을 위로해주었답니다. 그는 고결한 다르마의 왕 유디슈티라에게 이렇게 물었답니다.

'다르마를 가장 잘 받드는 왕이여, 무엇이 필요한 것이오? 내가 줄 수 있는 것이 무엇이오? 말해보시오."

이어지는 와이샴빠야나의 이야기는 이러하다.

다르마의 아들은 형제들과 함께 절한 뒤 두 손 모아 신 같은 나라다에게 말했다.

'온 세상이 우러르는 지계 청정하고 다복한 분이시여, 님이 흡족하시다면 되었습니다. 님의 은총으로 저는 잘 지낸답니다. 순결하신 최상의 수행자시여, 그런데도 저를 어여삐 여기시고 제 형제들을 어여삐 여기신다면 제 마음에 있는 의심을 풀어주십시오. 온 세상을 떠돌며 성지들을 방문한다면 그 공덕이 무엇일지 알고 싶습니다. 브라만이시여, 그에 대한 것을 모두 말씀해주십시오.'

나라다가 말했다.

'바라따의 왕이여, 비슈마가 뿔라스띠야에게서 들었던 이야기를 모두 해드릴 터이니 잘 들어보시오. 언젠가 다르마를 누구보다 잘 받드는 비슈마는 부친을 대신해 서약을 지키며 강가 강변에서 수행자처럼 살고 있었다오. 대왕이시여, 그곳은 아름답고 성스러우며 천상 선인과 신과 간다르와들이 자주 찾는 강가드와라†에 있는 곳이었지요. 빛이 넘치는 비슈마는 의례집에서 이르는 대로 조상과 신과 선인

326

들을 온 정성으로 모시며 살았소. 얼마간의 시간이 흐른 뒤 진언을 외우고 있던 비슈마는 놀라운 모습을 하고 있는 뛰어난 선인이자 대고행자인 뿔라스띠야를 뵈었다오. 혹독한 고행으로 타는 듯 명예로운 그분을 뵙고 그는 몹시 놀라고 더할 나위 없이 기뻤다오. 바라따의 대왕이여, 다르마 받들기에 최고였던 비슈마는 일어서서 의례에 따라 그분께 예를 올렸소. 순결하고 마음가짐 절제된 그는 아르갸를 머리에 올리고 저 훌륭한 브라만 선인에게 다가가 자기 이름을 말했지요.

"서약에 충실한 분이시여, 경배드립니다. 저는 비슈마라고 합니다. 님의 종이랍니다. 님의 모습을 뵌 것만으로도 모든 고뇌가 소멸된 듯합니다."'

이어지는 나라다의 이야기는 이러하다.

이렇게 말한 뒤 다르마를 가장 잘 받드는 비슈마는 말을 삼가고 두 손 모은 채 조용히 서 있었다. 수행자는 쉼 없는 베다 공부와 암송으로 여위어 있는 최상의 꾸루 비슈마를 보고 흐뭇해하며 이렇게 말했다.

뿔라스띠야가 말했다.

'다르마를 아는 위용 넘치는 이여, 그대의 이 같은 겸손과 절제와 진실함을 보니 몹시 흐뭇하오. 순결한 왕자여, 이렇게 바른 법을 따

강가드와라_ '강가(갠지스) 강의 문(또는 입구)'이라는 뜻.

르고 부친을 잘 섬긴 탓에 나를 볼 수 있는 것이오. 기특한 일이오. 비슈마여, 내 시야는 결코 막힘이 없음을 알 터이니 내가 그대에게 무엇을 해줄 수 있을지 말해보시오. 순결한 최상의 꾸루여, 바라는 것이 무엇이든 들어주겠소.'

비슈마가 말했다.

'온 세상이 우러르는 다복한 분이시여, 님이 저를 흡족히 여기신다면 더 이상 바랄 것이 없습니다. 님을 뵌 것만으로도 족합니다. 다르마를 지탱하시는 가장 훌륭한 분이시여, 제게 은총을 베풀어주신다면 제 마음속에 품고 있는 의혹을 말씀드리려 합니다. 그 의혹을 풀어주십시오. 성자님이시여, 성지에 관련된 다르마에 대해 의심스러운 점이 적지 않습니다. 그에 관해 상세한 말씀을 듣고 싶습니다. 고행을 재산으로 삼는 지혜로운 선인이시여, 온 세상을 떠돌며 성지를 방문한다면 거기서 얻는 결실은 대체 무엇입니까? 그것을 말씀해주십시오.'

뿔라스띠야가 말했다.

'선인들 궁극의 목적이 무엇인지 말해주겠소. 성지를 돌면서 얻는 공덕이 무엇인지 말해줄 테니 잘 들으시오. 손과 발과 마음을 철저히 절제하게 되고 지식과 수행과 명예를 얻는 것이 성지에서 얻는 결실이라오. 소유욕을 없애고 만족할 줄 알며, 절제를 지키고 순수하게 이기심 없이 사는 것이 성지에서 얻는 결실이라오. 타인을 속이지 않고, 일을 도모하지 않으며, 음식과 감관을 절제하고, 모든 악에서 자유로워지는 것이 성지에서 얻는 결실이라오. 훌륭한 왕자여, 성내지 않고 진실을 지키며, 서약에 충실하고 만물에서 자기 자신의 영상을 보는 것이 성지에서 얻는 결실이라오.

선인들은 희생제와 거기서 얻는 이승과 저승의 결실과 실상을 베다 여기저기에 언급해놓았다오. 가난한 자들은 제사를 지낼 수가 없지요. 제사를 지내려면 그에 따른 막대한 양의 온갖 물품이 필요하기 때문이오. 그래서 희생제는 왕이나 부자들이 지내는 것이지 물질적으로 부족한 사람들은 절대로 혼자서 지낼 수가 없는 것이라오.

그러나 여기 가난한 사람 누구라도 할 수 있는 일이 있으니 들어보시오. 또 그것은 제사 지내는 것과 꼭 같은 결실을 얻을 수도 있는 것이오. 이것은 신들에게 가장 신비스러운 일이오. 바로 성지를 방문하는 것인데, 어쩌면 제사 지내는 것보다 더 큰 결실을 얻을 수도 있소. 가난한 사람이란 성지를 방문하지 않은 자, 사흘 밤낮을 단식하지 않은 자, 금과 소를 보시하지 않는 자라고 할 수 있소. 막대한 선물을 주고 아그니슈토마 희생제†를 지내는 것도 성지를 방문하는 것보다는 못한 것이오.

운 좋은 사람은 인간 세계에서 신의 성지로 삼계에 유명한 뿌슈까라†를 방문할 것이오. 하루의 때가 겹치는 세 때†에 수천수만 명의 성자들이 뿌슈까라에 모인다오. 위용 넘치는 왕자여, 아디띠야, 와수, 루드라, 사드야, 마루뜨, 간다르와, 압싸라스들이 언제나 그곳

아그니슈토마 희생제_ 불꽃 소리를 요란하게 내며 불을 찬양하는 희생제.
뿌슈까라_ '푸른 연꽃'이라는 뜻을 가진 성지로 지금의 라자스탄 주의 아즈메르 지역에 있는 곳이다. 인도 전국에서 유일하게 브라흐마를 모신 사찰이 있는 곳으로도 유명하다.
세 때_ 여명과 한낮 그리고 황혼.

에 머물고 있다오. 신과 다이띠야와 한없는 공덕을 쌓은 제석천의 선인들이 그곳에서 수행하며 성스러운 요가의 경지를 터득한다오. 기개 높은 사람이 마음으로라도 뿌슈까라에 가기를 소원한다면 그의 죄는 모두 소멸되고 하늘 꼭대기에서도 존중받을 것이오. 세상의 할아버지 조물주께서도 그곳에서 신과 아수라들의 시중을 받으며 항상 즐겁게 지내신다오. 공덕 많은 신들과 선인들은 뿌슈까라에 와서 신묘한 힘을 얻게 되었소. 신과 조상을 지극 정성으로 섬기는 사람이 그곳에서 목욕재계한다면 아쉬와메다 희생제를 열 번 지내는 것보다 더 값진 성과를 얻는다고 성현들은 말씀하신다오. 뿌슈까라의 아쉬람을 방문해 그곳에 있는 단 한 명의 브라만에게라도 보시한다면 그 공덕으로 인해 이승과 저승에서 행복을 누릴 것이오. 채소나 나무 뿌리, 열매 할 것 없이 자기가 먹고 사는 음식을 신념으로 그리고 순수하고 바른 마음으로 브라만에게 보시한다면 지혜로운 그 사람은 아쉬와메다 희생제를 지내는 것과 맞먹는 공덕을 쌓게 된다오. 고결한 브라만, 크샤뜨리야, 와이샤, 슈드라 할 것 없이 그곳에서 목욕재계한다면 지금보다 더 낮은 자궁 속으로 떨어지는 일은 없을 것이오. 특히 까르띠까 달†의 보름날에 뿌슈까라를 방문한다면 그 끝없는 공덕은 결코 줄지 않을 것이오. 아침과 저녁에 합장하고 뿌슈까라를 염하면 모든 성지에서 목욕재계하는 것과 같아서 끝없는 브라흐마의 세계를 얻는다오. 뿌슈까라에서 목욕재계한다면 남녀노소 할 것 없이 타고날 때부터 무슨 죄를 지었건 모두 소멸될 것이오. 위슈누가

†**까르띠까 달**_ 태양력의 10~11월에 해당하는 힌두력의 달.

모든 신들의 시작이듯이 모든 성지는 뿌슈까라에서 시작된다고 할 수 있지요. 자신을 절제하는 순수한 사람이 열두 해를 그곳에서 산다면 모든 희생제를 다 치르는 것과 같고, 브라흐마의 세계도 얻는다오. 까르띠까 달의 보름날에 그곳에 머물면 백 년 동안 아그니호뜨라를 지내는 자가 얻는 것과 같은 결실을 얻지요. 뿌슈까라에 가는 것은 어려운 일이지요. 그곳에서 수행하기도 물론 어렵지요. 그곳에서 보시하거나 머무는 것도 쉬운 일이 아니라오.

정신을 한곳에 모으고 음식을 절제하며 열이틀 밤을 그곳에서 머물고 그곳을 오른쪽으로 한 바퀴 돈 다음에는 잠부마르가로 가시오. 신과 선인과 조상들이 자주 찾는 잠부마르가에 들어가는 사람은 아쉬와메다 희생제를 지내는 것과 같은 결실을 얻고 위슈누의 세계에 이르게 된다오. 여섯 끼 만에 한 번 먹으면서 닷새 밤을 그곳에서 머무는 사람은 지옥에 떨어지는 일이 없을 것이며 최상의 목표를 이룰 것이오.

잠부마르가를 떠나면 딴둘리까의 아쉬람으로 가시오. 그러면 불행이 없어지고 하늘의 우러름을 받게 된다오. 아가스띠야 호수에 이르러 신과 조상을 모시며 사흘 밤을 단식한다면 아그니슈토마 희생제를 지내는 것과 같은 결실을 얻을 것이오.

그곳에서 다시 세상의 우러름받는 아름다운 깐와의 아쉬람에 이르러 채소와 열매만 먹는다면 스깐다[*]의 세계를 얻을 것이오. 황소 같은 바라따여, 그곳이 바로 가장 성스러운 다르마의 숲이기 때문이

스깐다_ 쉬와 신의 맏아들로 전쟁의 신.

오. 그곳에 발을 들여놓는 순간 온갖 악에서 자유로워진다오. 그곳에서 신과 조상을 모시며 음식을 절제하면 모든 소원을 이루는 희생제를 지내는 것과 같은 결실을 얻을 것이오. 그곳을 오른쪽으로 한 바퀴 돈 다음에는 야야띠의 폭포로 가야 하오. 그곳에 가면 아쉬와메다 희생제를 지내는 것과 같은 결실을 얻을 것이오.

그곳에서 다시 음식을 절제하며 마하깔라†로 가시오. 그곳 꼬티 성지에서 목욕재계하면 아쉬와메다 희생제를 지내는 것과 같은 결실을 얻을 것이오. 그곳에서 삼계에 이름 드높은 우마†의 배우자의 성지인 바드라와따로 가시오. 그곳에 가면 천 마리 소를 얻는 것과 같은 결실을 볼 것이며 쉬와 대신의 은총으로 가나빠띠†와 같은 서열에 올라설 것이오.

삼계에 유명한 니르마다 강으로 가서 조상과 신을 제물로 섬기면 아그니슈토마 희생제†를 지내는 것과 같은 결실을 얻을 것이오. 금욕하고 감각을 절제하면서 남쪽 강을 따라가면 아그니슈토마 희생제를 지내는 것과 같은 결실을 얻고 천상의 마차에 오르게 될 것이오.

마하깔라_ '마하'는 '위대한'이라는 뜻이며, '깔라'는 '시간'이라는 뜻이다. 세상을 파괴할 때 나타나는 쉬와의 이름이기도 한 이 성지는 쉬와링가를 모신 12성지 중 하나이다. 지금의 마드야쁘라데쉬 주의 웃자인에 있다.

우마_ 쉬와 신의 아내인 빠르와띠.

가나빠띠_ 쉬와의 둘째 아들(첫째는 까르띠께야)로 쉬와 무리를 이끄는 대장이다. 코끼리 얼굴의 가나빠띠는 지혜의 신으로 가네쉬라고도 한다. 전설에 따르면 『마하바라따』는 가네쉬가 기록했다고도 한다.

아그니슈토마 희생제_ 소마즙을 바치는 소마제의 일부이며 여러날 동안(주로 12일 동안) 불을 찬미한다. 풍요 기원제의 일종이다.

그런 다음에는 짜르만와띠 강으로 가시오. 그곳에서 감각과 음식을 절제하면 라띠데와의 승낙을 얻어 아그니슈토마 희생제를 지내는 것과 같은 결실을 얻을 것이오.

그런 다음에는 히말라야의 자손 아르부다로 가시오. 한때는 그곳에 땅의 틈이 있었다오. 삼계에 유명한 와시슈타의 아쉬람이 있는 그곳에서 하룻밤을 지내면 천 마리의 황소를 얻는 것과 같은 결실을 얻을 것이오.

금욕하고 감각을 절제하며 삥가 성지에서 목욕재계하면 붉은 암소 백 마리를 얻는 것과 같은 결실을 얻을 것이오.

그곳에서 다시 온 세상에 이름 드높은 쁘라바사*로 가시오. 그곳에는 항상 제사의 불, 바람을 모는 불, 바로 신의 입인 불이 현신해 있다오. 뛰어난 그 성지에서 순수하고 겸손한 마음으로 목욕재계한 사람은 아그니슈토마 희생제와 밤을 새우는 희생제를 지내는 것과 같은 결실을 얻을 것이오.

뚝심 좋은 바라따여, 사라스와띠 강이 바다와 만나는 곳으로 계속 가면 천 마리 황소를 얻는 것과 같은 결실을 얻고, 불길처럼 훨훨 타는 명성을 천상 세계에서 얻을 것이오. 그곳에서 사흘 밤을 지내며 조상과 신들에게 제물을 올리면 달처럼 또는 아쉬와메다 희생제를 치르는 것처럼 빛날 것이오.

훌륭한 바라따여, 그런 후에는 두르와사스가 위슈누에게 축복을 내렸던 와라다나로 가시오. 그곳에서 목욕재계하면 천 마리 황소를

쁘라바사_ 구자라트 주에 있는 성지. 드와라까와 가깝다.

얻는 것과 같은 결실을 얻을 것이오. 그곳을 지난 뒤에는 감각과 음식을 절제하며 드와라와띠[*]로 가시오. 뺀다라까에서 목욕재계하면 수많은 금을 얻는 것과 같은 결실을 볼 것이오. 적을 길들이는 복 많은 이여, 그 성지에서는 지금까지 다섯 개의 표식이 새겨진 도장을 볼 수 있다오. 뚝심 좋은 바라따, 꾸루의 후예여, 그것은 대리석과 삼지창이 새겨진 연꽃들이라오. 대신 쉬와가 그곳에 머물고 계시오.

뚝심 좋은 바라따여, 신두[*]와 바다가 만나는 곳에 이르면 겸손한 마음으로 물의 제왕의 바다에서 목욕재계하고 와루나의 세계를 얻기 위해 조상과 신과 선인들에게 자신이 지닌 빛을 뿜으며 제물을 바쳐야 하오. 유디슈티라여, 소라고둥 귀를 가진 성스러운 주인[*]을 경배하면 아쉬와메다 희생제를 올리는 것보다 열 배는 더 큰 공덕을 짓는다고 성현들께서 말씀하신다오. 그곳을 오른쪽으로 돈 다음에는 삼계에 이름 드높은 드르미라고 알려진 성지로 가시오. 그곳은 모든 악을 소멸시키는 브라흐마와 다른 여러 신들이 대신 쉬와를 숭배했던 곳이오. 그곳에서 목욕재계하고 천인들 중에 루드라를 숭배하면 태어날 때부터 지었던 모든 죄를 소멸시킬 수 있다오. 드르미는 모든 신들이 칭송했던 곳이오. 그곳에서 목욕재계하는 것은 아쉬와메다 희생제를 올리는 것과 같다오. 위슈누는 바로 이곳에서 신들의 적을 처단한 뒤 몸을 정갈히 했다오.

다르마를 아는 빼어난 사내여, 그곳에서 칭송 자자한 와소르다라

드와라와띠_ 끄르슈나가 살았던 왕국의 주도로 지금의 구자라트 지역에 있다.
신두_ 인더스 강(히말라야 북쪽에 있는 티베트의 까일라사 북쪽을 흐르는 강.
~성스러운 주인_ 물의 신 와루나.

로 가시오. 최상의 꾸루여, 그곳에 그저 가기만 해도 아쉬와메다 희생제를 지내는 것과 같은 결실을 얻을 것이오. 그곳에서 목욕재계하고 신과 조상들에게 제물을 바치는 부지런한 사람들은 위슈누의 세계에서 큰 명성을 누릴 것이오. 뚝심 좋은 바라따여, 그곳에는 공덕 많고 빼어난 와수들의 성지가 있다오. 그곳에서 목욕재계하고 성수를 마시면 와수들의 총애를 받는다오. 그곳에는 또 모든 악을 물리치는 신두따라는 성지도 있지요. 그곳에서 목욕재계하는 사람은 많은 금을 얻게 된다오. 그곳을 지나면 순수하고 맑은 마음으로 브라흐마 뚱가로 가시오. 그곳에서 사심 없이 선행하는 사람은 브라흐마의 세계를 얻을 것이오. 싯다들이 즐겨 찾는 '인드라의 딸' 성지에 가서 목욕재계하면 인드라의 세계를 얻는다오. 그곳과 같은 지역에 신들이 즐겨 찾는 레누까 성지가 있지요. 그곳에서 목욕재계하는 브라만은 달처럼 빛난다오.

그런 다음에는 감각과 음식을 절제하며 빤짜나다†로 가시오. 그곳에서는 다섯 개의 빼어난 희생제를 지내는 것과 같은 결실을 얻을 것이오. 다르마를 아는 이여, 그곳에서부터 다시 "빼어난 비마의 장소"로 여행을 계속하시오. 훌륭한 바라따여, 그곳의 요지에서 목욕재계하는 사내는 순금 귀걸이를 걸고 다니는 여신의 아들로 태어날 것이오. 또한 수천 마리의 황소를 얻는 것과 같은 결실을 얻을 것이오.

삼계에 이름 드높은 기리문자에 이르러 세상의 할아버지께 예를 올리면 천 마리 소를 얻는 것과 같은 결실이 있을 것이오. 다르마를

빤짜나다_ 편잡 지역에 있는 다섯 개의 강.

아는 이여, 그곳에서 다시 위말라라고 부르는 뛰어난 성지로 가야 하오. 그곳엔 오늘날까지도 금, 은 물고기가 보인다오. 그곳에서 목욕재계하면 와자빼야 희생제†를 치르는 것과 같은 결실을 얻을 것이오. 또한 모든 악을 없앤 순결한 영혼을 갖게 될 것이며 궁극의 목적을 이룰 것이오.

그곳에서 다시 삼계에 이름 드높은 말라다로 가야 하오. 그곳 서녘에서 황혼이 지면 성수로 몸을 씻어야 한다오. 그곳에서는 각자의 능력에 따라 우유로 지은 밥과 일곱 자락 가진 아그니에게 바칠 기이를 제물로 마련해야 하오. 이 제물을 바치는 공덕은 다함이 없다고 성현들께서 말씀하시지요. 불에 바치는 이 제물은 소 만 마리를 바치는 것보다, 또 백 번의 라자수야 희생제를 치르는 것보다, 천 번의 아쉬와메다 희생제를 지내는 것보다 더 낫다고 하오.

그곳을 떠나서는 와스뜨라빠다로 가시오. 그래서 대신 쉬와의 사원을 방문해 아쉬와메다 희생제를 지내는 것과 같은 결실을 얻으시오. 왕이시여, 마니만따에 이르면 금욕적이고 단정한 자세로 하룻밤을 그곳에서 지내시오. 그러면 아그니슈토마의 결실을 얻을 것이오.

왕자 중의 왕자여, 뚝심 좋은 바라따여, 그런 뒤에는 온 세상에 이름 드높은 데위까로 가시오. 그곳은 브라만들이 시작된 곳이라 하오. 데위까에 있는 삼계에 유명한 "삼지창 휘두르는 신쉬와의 장소"에서 목욕재계하고 대신 쉬와를 경배한 뒤 우유로 지은 밥을 바치면

와자빼야 희생제_ 왕이나 크샤뜨리야 계급이 지낸 희생제로 일종의 '술 마시기 대회'.

모든 소원을 들어주는 희생제를 지내는 것과 같은 결실을 얻을 것이오. 그곳에는 신과 선인들이 즐겨 찾는 까마라는 이름의 루드라 성지가 있는데, 그곳에서 목욕재계하면 즉시 원하는 바를 이룰 것이오.

그곳에서 다시 야자나, 야아자나로 그리고 브라흐마왈루까로 가서 뿐야야사에서 목욕재계하면 죽음에 대한 걱정을 하지 않아도 될 것이오. 신과 선인들이 즐겨 찾는 데위까는 길이가 오십 리에, 너비는 오 리에 이른다고 하지요.

그곳에서 다시 서서히 디르가사뜨라로 가시오. 그곳에서는 브라흐마를 비롯한 신들과 싯다들, 지계^{持戒}를 엄격히 지키는 뛰어난 선인들이 많은 선물을 바치며 긴 희생제를 지내고 있지요. 디르가사뜨라에 가면 라자수야 희생제와 아쉬와메다 희생제를 지내는 것과 같은 결실을 얻을 것이오.

그런 뒤 감각과 음식을 절제하고 위나샤나로 가야 하오. 그곳은 사막에서 끊겼던 사라스와띠[†]가 짜마쇼드베다, 쉬오드베다 그리고 나고드베다에서 다시 나타났던 곳이오. 짜마쇼드베다에서 목욕재계하면 아쉬와메다 희생제를 지내는 것과 같을 것이며, 쉬오드베다에서 목욕재계하면 천 마리 소를 선물하는 것과 같고, 나고드베다에서 목욕재계하면 뱀들의 세상에 가는 것과 같을 것이오.

그곳에서 다시 찾기 어렵다는 샤샤야나 성지로 가시오. 그곳은 연꽃들이 일 년 내내 토끼 모양으로 있는 곳이오. 까르띠까 달의 보름날 그곳 강가 강에서 목욕재계하면 소 천 마리를 선물하는 것과 같

사라스와띠_ 문헌에는 있으나 지금은 사라지고 없는 강.

은 결실을 얻을 것이오. 절제력 있는 꾸루의 후예여, 그런 다음엔 꾸마라꼬티에서 정성을 다해 신과 조상들을 섬기고 목욕재계하면 가와마야나 희생제[*]를 올리는 것과 같은 결실을 얻을 것이오. 다르마를 아는 대왕이시여, 그런 뒤에는 부지런히 루드라꼬티로 가시오. 그곳은 한때 수만 명의 선인들이 부지런히 기쁜 마음으로 신을 만나기를 기대하며 왔던 곳이오. 왕이시여, 그들은 그곳에 와서 "황소 깃발단 신쉬와을 내가 제일 먼저 만나리라", "내가 제일 먼저 만나리라"라고 말하곤 했다지요. 바라따의 후예여, 이렇게 모여드는 선인들이 성나는 것을 막기 위해 요가의 주인쉬와은 요가에 의지해 수만 명의 루드라를 만들어서 그 선인들 앞에 각각 한 명씩 현신하셨다 하오. 그래서 선인들은 모두 자기가 제일 먼저 루드라를 친견한 것으로 생각했다고 하오. 형형한 빛을 뿜는 선인들의 이 같은 대단한 헌신에 대신 쉬와는 기뻐하며 "지금부터는 그대들의 다르마가 더욱 높아질 것이다"라는 축복을 내려주었다오. 순수한 사람이 루드라꼬티에서 목욕재계하면 아쉬와메다 희생제를 지낸 것과 같은 결실을 얻고 가족을 지킬 것이오.

그곳에서 다시 온 세상에 명성 자자한, 사라스와띠 강이 바다와 만나는 곳으로 가시오. 그곳은 브라흐마가 이끄는 신들과 선인들, 싯다와 하늘 시인들이 상현달 뜨는 열 나흗날에 위슈누를 숭배하던 곳이오. 그곳에서 목욕재계하면 수많은 금을 찾을 것이며 영혼은 모든 악에서 벗어나 브라흐마의 세계로 가게 될 것이오. 그곳에서 다시 선

가와마야나 희생제_ 일 년 동안 지속되는 소 희생제.

인들의 희생제가 완성되었다는 사따라와사나로 가시오. 그러면 천 마리 소를 선물한 것과 같은 결실을 맺을 것이오.'

81

뿔라스띠야가 말했다.

'왕자 중의 왕자여, 그곳에서 다시 명성 자자한 꾸룩쉐뜨라로 가시오. 그곳에 간 사람은 모두 죄에서 자유로워진다오. 누군가가 "나는 꾸룩쉐뜨라에 갈 것이다. 나는 꾸룩쉐뜨라에서 살 것이다"라고 끊임없이 말만 해도 죄에서 벗어난다오. 유디슈티라여[*], 그곳에서 브라흐마를 비롯한 신들과 선인, 싯다, 하늘 시인, 간다르와, 압싸라스, 약샤 그리고 뱀들이 성스러운 브라흐마쉐뜨라를 방문한다오. 만약 어떤 사람이 꾸룩쉐뜨라에 가려고 마음만 먹어도 죄는 모두 소멸되고 브라흐마의 세계에 이르게 된다오. 신념을 가진 사람이 꾸룩쉐뜨라에 간다면 라자수야 희생제와 아쉬와메다 희생제를 지내는 것과 같은 결실을 얻게 되지요. 왕이시여, 그곳에서 괴력의 문지기인 약샤 마짜끄루까에게 절을 올리면 천 마리 소를 선물한 것과 같은 공덕을 쌓게 된다오.

유디슈티라여_ 현 시점에서 뿔라스띠야는 비슈마에게 이야기하고 있지만 뿔라스띠야와 비슈마 사이의 대화는 선인이 유디슈티라에게 들려주므로 유디슈티라를 호명하고 있는 것이다.

그곳에서 사따따라는 이름을 가진, 비견할 수 없는 위슈누의 거처에 가야 하오. 그곳에 위슈누가 현신하기 때문이지요. 그곳에서 목욕재계하고 삼계의 근원인 하리_{위슈누}를 숭배하면 아쉬와메다 희생제를 지내는 것과 같은 공덕을 쌓아 위슈누의 세계에 가게 된다오.

그곳에서 삼계에 명성 자자한 빠리쁠라와 성지로 가시오. 그곳에 가면 아그니슈토마와 "밤새우는 희생제"와 같은 결실을 얻을 것이오. 그러고 나서 쁘르티위 성지로 계속 가시오. 그러면 천 마리의 암소를 선물하는 것과 같은 결실을 거둘 것이오. 그런 다음 샬루끼니 성지에 가시오. 뱀들의 소중한 성지인 사르빠다르위에 가면 아그니슈토마 희생제를 지내는 것과 같은 결실을 맺고 뱀의 세계를 찾게 될 것이오. 다르마를 아는 이여, 그곳에서부터 관문인 따란뚜까로 가서 하룻밤을 묵으면 천 마리 소를 선물하는 것과 같은 결실을 얻을 것이오.

거기서 다시 감각과 음식을 절제하며 빤짜나다로 가시오. 가서 꼬티 성지에서 목욕재계하면 아쉬와메다 희생제를 지내는 것과 같은 결실을 얻고, 아쉬윈의 성지를 방문하면 내생에 외모가 출중하게 태어날 것이오. 다르마를 아는 이여, 그곳에서 다시 뛰어난 와라하 성지로 가시오. 그곳은 언젠가 위슈누가 곰의 형상으로 머물렀던 곳이오. 그곳에서 목욕재계하면 아그니슈토마 희생제를 지내는 것과 같은 결실을 맺을 것이오. 그런 뒤에는 자얀띠에 있는 소마 성지에 가시오. 그곳에서 목욕재계하는 사람은 라자수야 희생제를 지내는 것과 같은 결실을 맺을 것이며, 에까항사에서 목욕재계하면 천 마리 소를 선물하는 것과 같은 결실을 얻을 것이오.

황소 같은 꾸루의 후예여, 끄릇따샤우짜에서 자신을 정갈히 하는 사람은 뿐다리까 희생제를 올리는 것과 같은 결실을 얻을 것이오. 그런 뒤 사려 깊은 대신 쉬와의 성지인 문자와타에 가서 하룻밤을 묵으면 가나빠띠의 서열을 얻을 것이오. 성지와 같은 그 지역에 세상에 이름 드높은 약샤의 여인이 있지요. 그녀를 잘 섬기면 은혜로운 세상을 얻을 것이오. 바라따의 황소여, 그곳은 꾸룩쉐뜨라의 문이라고 알려져 있다오. 왕이시여, 그곳을 오른쪽으로 한 바퀴 돌고 뿌슈까라와도 같은 그곳에서 몸을 씻은 뒤 고결한 자마다그니의 아들 빠라슈라마가 세웠다는 그 성지에서 신과 조상들을 섬기면 일은 성사되고 아쉬와메다 희생제의 결실을 맺게 될 것이오.

인간의 주인이시여, 그곳에서 라마빠라슈라마의 못을 향해 길을 가시오. 왕이시여, 그곳은 타는 듯한 빛을 지닌 라마가 놀라운 위력으로 크샤뜨리야들을 물리친 뒤 다섯 개의 못을 만들어 피로 채우고 조상과 선조들을 흡족케 했던 곳이오. 그래서 흐뭇한 조상들은 라마에게 "라마여, 위용 넘치고 다복한 브르구의 후손 라마여, 조상을 섬기는 그대의 정성과 용맹에 우리는 아주 흡족하구나. 축복 있기를! 소원이 있으면 말하라. 빛이 넘치는 사내여, 무엇을 원하느냐?"라고 말했다오. 왕이시여, 조상들의 이 말을 듣고 무기를 가장 잘 사용하는 라마는 두 손 모으고 허공에 서 있는 조상들에게 "저를 어여삐 여기신다면 그리고 제게 은총을 베풀어주시겠다면 조상님들의 은덕으로 제가 고행을 하게 하소서. 그리하여 그 위력의 은덕으로 제 분노 때문에 크샤뜨리야를 소멸시킨 죄에서 벗어나게 하소서. 이 못들이 세상에 명성 자자할 성지가 되게 하소서"라고 말했소. 조상들은 이 같은 라마의 상서로운 이야기를 듣고 매우 기뻐하고 흡족해하며 "조상들을 섬기는 정성스런 마음이 그대의 수행력을 더욱더 크게 해줄 것이다. 지금까지 그대가 크샤뜨리야를 소멸시키며 지었던 모든 죄에서 벗어나리라. 그 죄들은 저절로 삭게 되리라. 또한 그대의 이 못들은 의심할 여지없이 성스러운 장소가 될 것이다. 누군가 이 못에서 몸을 씻고 조상들에게 제물을 올리면 조상들은 흐뭇해하며 아무리 이 세상에서 해내기 어려운 일이라 해도 가슴속에 간직했던 소원을 들어줄 것이다. 그리고 영원한 하늘 세계를 얻게 되리라"라는 축복을 내려주었다오. 왕이시여, 이렇게 축복을 내린 뒤 조상들은 브르구의 후손에게 작별을 고하고 그 자리에서 사라졌다고 하오. 이리하여 브르구의 고결한 후손 라마의 못이 생기게 된 것이라오. 서약에 충실한 사람이 금욕하는 자세로 그 못에서 몸을 씻고 라마를 숭배하면 많은 금을 얻게 될 것이오.

꾸루의 후예여, 그곳을 참배한 뒤에는 왕샤물라까 성지로 가야 하오. 그곳에서 목욕재계함으로써 순례자는 자신의 가문을 구하게 될 것이오. 까야쇼다나 성지에 가서 목욕재계하는 사람은 반드시 몸이 정화될 것이며 깨끗한 몸으로 비견할 수 없이 성스런 세계를 얻을 것이오. 그곳에서 다시 삼계에 명성 자자한 성지, 언젠가 위용 넘치는 위슈누가 세상을 구했던 로꼬다라로 가서 목욕재계하는 사람은 자신의 세계를 구할 것이오. 그런 뒤 쉬리 성지로 가면 최고의 행운을 얻을 것이오. 금욕하며 부지런히 까뻴라 성지로 계속 길을 가서 목욕재계하고 조상과 신을 숭배하는 사람은 붉은 암소 천 마리를 선물한 것과 같은 결실을 얻을 것이오.

이제 태양의 성지로 길을 잡으시오. 절제된 마음으로 그곳에서 목욕재계하고 단식하며 신과 조상을 섬기면 아그니슈토마 희생제를 지내는 것과 같은 결실을 얻을 것이며, 태양의 세계에 이를 것이오. 가왐바와나 성지에서 몸을 정갈히 하는 순례자는 바라는 것을 얻고 소 천 마리를 얻은 것과 같은 결실을 얻게 될 것이오. 꾸루의 후예여, 그곳에 있는 샹키니 성지까지 가서 여신들의 성지에서 몸을 씻는 순례자는 아름다운 외모를 얻게 될 것이오. 그곳에서 문지기 아랑꾸타가 있는 곳까지 계속 가시오. 왕 중의 왕이시여, 그곳 사라스와띠 강에 있는 저 고결한 약샤 중의 약샤가 있는 성지에서 목욕재계하면 아그니슈토마 희생제를 지내는 것과 같은 결실을 맺을 것이오.

법다운 왕이여, 그런 뒤에는 브라흐마와르따로 가야 하오. 브라흐마와르따에서 목욕재계하면 브라흐마의 세계를 얻을 것이오. 다르마를 아는 이여, 그런 다음엔 빼어난 성지 수띠르타까로 가시오. 그곳엔 조상들과 신들이 언제나 현재해 계신다오. 그곳에서 순례자는 신과 조상을 염두에 두고 몸을 정갈히 해야 한다오. 그리하면 그는 아쉬와메다 희생제를 지내는 것과 같은 결실을 맺을 것이며 조상들의 세계를 얻게 될 것이오. 다르마를 아는 이여, 그런 다음엔 암부와샤로 가시오. 그곳 풍요의 주인 꾸베라의 성지에서 목욕재계하면 온갖 질병을 물리치고 브라흐마 세상에서 영광을 얻을 것이오. 그곳엔 또 "어머니의 성지"도 있다오. 그곳에서 목욕재계한 순례자는 자손이 번창하고 끝없는 번성을 누리게 된다오.

그곳에서 다시 감각과 음식을 절제하고 쉬따와나 성지로 가시오. 대왕이시여, 그 성지에서는 어떤 곳에서도 얻을 수 없는 큰 결실을 얻게 되지요. 인간의 주인이시여, 그저 그곳을 바라만 봐도 단 한 번에

순결함을 얻는다오. 또한 그곳에서 머리에 물을 뿌리면 순수해진다
오. 그곳에는 쉬와나로마빠하라라는 곳이 있지요. 지혜로운 브라만
들이 즐겨 찾는 성지라오. 빼어난 바라따여, 빼어난 브라만들은 이 쉬
와나로마빠나야나 성지에서 호흡 수련을 하면 개의 털까지도 뽑을
수 있다오. 왕 중의 왕이시여, 그래서 맑은 영혼을 가진 그들은 궁극
의 목적을 이루게 되지요. 그곳에서 다시 세상에 명성 높은 마누샤[†]
성지로 가시오. 그곳은 언젠가 사냥꾼에 쫓기던 검은 사슴이 그곳의
못에 뛰어들었다가 인간으로 변했던 성지이지요. 금욕적이고 감각
을 잘 다스리는 사람이 그곳에서 목욕재계하면 모든 악을 소멸시키
고 천상 세계에서 영광을 얻는다오. 마누샤 성지의 동쪽에 대고 소리
지르면 닿을 만한 거리에 싯다들이 즐겨 찾는 아빠가라는 강이 있다
오. 그곳에서 신과 조상들에게 좁쌀로 지은 밥을 바치면 풍부한 결실
을 맺게 되지요. 그곳에서 브라만 한 명에게 공양을 올리는 것은 마
치 천만 명의 브라만에게 공양을 올리는 것과 같다오. 세상의 주인이
여, 그 성지에서 목욕재계하고 신과 조상들을 숭배한 뒤 하룻밤을 지
내면 아그니슈토마 희생제를 지내는 것과 같은 결실을 맺을 것이오.

대왕이시여, 그곳에서 다시 브라흐마의 우둠바라 나무[†]로 세상
에 알려진 브라흐마의 가장 빼어난 성지로 가시오. 그곳 고결한 까삐
슈탈라의 초지에 있는 "일곱 명의 성자들의 우물"에서 목욕재계한
뒤 순수하고 정성 어린 마음으로 브라흐마 가까이 가는 사람은 온갖

마누샤_ '사람'이라는 뜻.
우둠바라 나무_ 인도의 무화과나무로 불교 설화에서는 3천 년만에 꽃을 피운다는 성
　　　스러운 나무이다.

악에서 자유로운 영혼을 가질 것이며 브라흐마의 세계를 얻을 것이오. 그 찾기 어려운 까삐슈탈라의 초지에 이르면 죄는 사멸하고 모습을 감출 수 있는 능력을 부여받게 된다오.

그런 다음에는 세상에 명성 자자한 사까라로 가서 하현달 뜨는 열 나흘째 되는 날 황소 깃발의 신 쉬와에게 다가가려 애쓰시오. 왕중의 왕이시여, 그렇게 하면 순례자는 소망하는 모든 것을 얻고 하늘 세계에 이를 것이오. 사까라에는 천만 개의 성지가 있다오. 천만 명의 루드라가 우물과 못에 있지요. 그곳에는 또 일라의 거처인 성지도 있다오. 그곳에서 목욕재계하고 신과 조상을 섬기면 불행을 겪지 않고 와자뻬야 희생제를 지내는 것과 같은 결실을 맺을 것이오. 이 땅의 주인이시여, 낀다나와 낀자뻬야에서 목욕재계하는 사람은 셀 수 없는 선물과 진언을 외운 공덕을 누리게 될 것이오. 깔라쉬에서 몸을 정갈히 하고 감각을 절제하며 신념을 세운 사람은 아그니슈토마 희생제를 지내는 것과 같은 결실을 얻게 될 것이오. 최상의 꾸루여, 사라까의 동쪽에는 아나잔마라고 알려진 고결한 나라다의 성지가 있다오. 그곳에서 목욕재계한 뒤에 숨을 거두는 사람은 나라다의 승낙으로 얻기 어려운 세상에 이르게 된다오. 상현달 뜨는 열흘째 되는 날에는 뿐다리까로 가시오. 그곳에서 목욕재계하는 사람은 뿐다리까 희생제를 올리는 것과 같은 결실을 얻게 될 것이오. 그런 뒤에는 삼계에 유명한 뜨리위슈타빠로 가시오. 그곳에는 모든 죄를 소멸시키는 성스러운 와이따라니 강이 흐르고 있지요. 그곳에서 목욕재계하고 황소 깃발의 신, 삼지창 든 쉬와를 숭배하는 사람은 혼이 맑아지고 모든 죄가 소멸되어 궁극의 목적을 이루게 된다오.

왕 중의 왕이시여, 그런 뒤에는 빼어난 성지 팔라끼와나로 가시오. 왕이시여, 신들은 언제나 그곳 팔라끼와나를 찾아가 수천수만 년 수없이 많은 고행을 해왔다오. 그곳 드르샤드와뜨에서 목욕재계하고 신들을 흡족케 하면 아그니슈토마 희생제를 올리고 "밤을 새워 지내는 희생제"를 지내는 것과 같은 결실을 맺을 것이오. 사르와데와 성지에서 목욕재계하는 사람은 천 마리 암소를 얻는 결실을 맺을 것이오. 뻬니카타에서 목욕재계하고 신들께 재물을 바치면 라자수야 희생제를 할 수 있게 되고 선인들의 세계에 이를 것이오.

거기에서 계속 미쉬라까 대성지로 길을 가시오. 고결하신 위야사께서 브라만들을 위해 모든 성지들을 다 합쳐주셨다고 하는 곳이오. 그래서 미쉬라까에서 목욕재계하는 것은 모든 성지에서 목욕재계하는 것과 같다오. 감각과 음식을 절제하며 그곳에서 위야사의 숲으로 계속 가시오. 그곳 마노자와에서 목욕재계하면 천 마리 소를 선물하는 결실을 얻게 될 것이오. 여신들의 성지인 마두와띠에 가서 목욕재계하고 순수하고 헌신적인 마음으로 신과 조상을 숭배하면 여신들의 승낙으로 천 마리 소를 얻는 것과 같은 결실을 맺을 것이오. 계속 음식을 절제하며 까우쉬끼 강과 드르샤와띠 강이 합하는 곳에서 목욕재계하면 모든 죄에서 벗어날 수 있지요. 그런 뒤 지혜로운 위야사가 아들 때문에 서러워 목이 메었다던 위야사스탈리로 가시오. 그곳에서 몸을 버리려 하던 위야사를 신들이 구해줬지요. 그곳에서 목욕재계하면 천 마리 소를 얻는 것과 같은 결실을 맺을 것이오. 낀다타 우물로 가서 깨알만큼만 제물을 올려도 최상의 성공을 거두고 빚에서 벗어날 것이오. 아하스와 수니다라는 아주 찾기 어려운 성지가 있지요. 그곳에서 목욕재계하는 사람은 태양의 세계를 얻을 것이오.

그런 뒤에는 삼계에 명성 자자한 므르가두마로 가시오. 그곳 강가 못에서 목욕재계하고 삼지창 휘두르는 대신 쉬와를 숭배하면 아쉬와메다 희생제를 지내는 것과 같은 결실을 맺을 것이오. 데와띠르타에서 목욕재계하면 천 마리 소를 얻는 것과 같은 결실을 맺을 것이오. 그런 다음엔 삼계에 이름 드높은 와마나로 가시오. 그곳 위슈누의 발자국에서 목욕재계하고 와마나†를 숭배하는 사람의 혼은 모든 죄에서 벗어나고 위슈누의 세계를 얻을 것이오. 꿀람뿌나에서 목욕재계하면 가족이 순결해질 것이오. 마루뜨의 대성지 "바람의 못"에 이르러 그곳에서 목욕재계하면 바람의 세계에서 영광을 얻을 것이오. "죽음 없는 자들의 못"에서 목욕재계하면 천상 세계, 죽음 없는 자들 가운데서 죽음 없는 자들의 위력을 갖고 영광을 누릴 것이오. 샬리호뜨라의 샬리쉬루빠에서 경건하게 목욕재계하면 천 마리 소를 얻는 것과 같은 결실을 맺을 것이오. 최상의 바라따여, 사라스와띠에는 쉬리꾼자라는 성지가 있지요. 그곳에서 목욕재계하면 아그니슈토마 희생제를 지내는 것과 같은 결실을 얻을 것이오.

꾸루의 후예여, 그런 다음엔 나이미샤꾼자로 가시오. 왕 중의 왕이시여, 그곳은 언젠가 나이미샤 숲의 고행자들이 꾸룩쉐뜨라로 순례를 떠난 곳이라 전해진다오. 그곳에서 그들은 선인들을 위한 거대한 거처를 마련하기 위해 사라스와띠 강변에 초막을 마련했다고 하

와마나_ 난쟁이 또는 위슈누가 난쟁이로 변해 아수라 발리를 세 발자국으로 제압한 곳을 뜻하기도 한다.

오. 그 초막에서 목욕재계하면 천 마리 소를 얻는 것과 같은 결실을 맺을 것이오. "처녀의 성지"에서 목욕재계하면 아그니슈토마 희생제를 지내는 것과 같은 결실을 맺을 것이오.

그런 뒤 빼어난 브라흐마의 성지로 가시오. 그곳에서 목욕재계하면 천민은 브라만으로 태어나고 순결한 넋을 가진 브라만은 궁극의 목적을 이루게 된다오. 그런 다음 다시 흠 없는 소마띠르타로 가시오. 그곳에서 목욕재계하면 달의 세계에 이를 것이오. 그런 뒤에는 삽따사라스와따† 성지로 계속 가시오. 그곳은 선인들의 세계에서 명성 자자한 만까나까가 과업을 이루었던 곳이오. 만까나까 선인이 언젠가 꾸샤 풀에 손가락 끝을 베었는데 상처 난 손가락에서 야채즙이 흘러나왔다는 이야기를 나는 들은 적이 있다오. 그 브라만 수행자는 야채즙을 보고 몹시 기쁘고 놀라서 눈을 크게 뜨고 춤추기 시작했다오. 그가 춤추기 시작하자 살아 있거나 아니 살아 있는 모든 것들이 그 광채에 놀라 같이 춤추기 시작했다오. 브라흐마를 위시한 신들과 선인들 그리고 수행자들은 대신 쉬와에게 그 선인에 대해 말하며 "널리 살펴주시옵소서. 그가 춤추는 것을 그만두게 해주소서"라고 간청했지요. 늘 신들이 잘되기를 바라는 대신은 선인에게 "다르마를 아는 대선인이여, 어찌 춤을 추시오? 황소 같은 선인이여, 이렇게 기뻐하는 연유가 무엇이오?"라고 물었다오.

그러자 선인이 말했소

"신이시여, 제 손가락에서 야채즙이 흘러나오는 것이 보이지 않

삽따사라스와따_ '일곱 가지 맛을 가진 강' 또는 '일곱 줄기를 지니고 있는 강'이라는 뜻.

습니까? 그것을 보고 너무나 기뻐 춤추기 시작한 것이랍니다."'

뿔라스띠야가 이어 말했다.

'쓸데없는 곳에 마음을 빼앗긴 그 수행자에게 신은 웃으며 "브라만이여, 내 눈엔 그리 놀랍지 않아 보이오. 나를 보시오"라고 말했소. 최상의 인간이여, 그러한 말과 함께 대신이 손톱으로 엄지를 찌르자 상처 난 곳에서는 새하얀 재가 쏟아져 나왔다오. 그것을 보고 수행자는 몹시 부끄러워하며 그의 발아래 엎드려 "삼지창 휘두르는 신이시여, 신의 세계에서도 아수라의 세계에서도 루드라보다 더 뛰어난 신을 보지 못했습니다. 살아 있거나 아니 살아 있는 만 생명 가운데, 우주 삼라만상 가운데 당신은 우뚝 서 계십니다. 은혜로운 분이시여, 한 유가가 끝나면 우주 삼라만상은 당신께 돌아갑니다. 어떤 신도 당신을 뛰어넘지 못하거늘 어찌 제가 감히 넘보겠습니까? 순결하신 분이여, 당신 안에 브라흐마가 있고 당신 안에 모든 신들이 있습니다. 당신은 만물을 만드신 조물주이시며 또한 만물의 근원이십니다. 당신의 은총으로 모든 신이 기쁨을 누립니다. 어디에 두려움이 있으리까?"라고 대신을 찬미한 뒤 꿇어 엎드리며 말했다오.

"대신이시여, 님의 은총으로 제 고행이 헛되지 않게 해주소서."'

뿔라스띠야가 이어 말했다.

'그러자 신은 흡족해하며 브라만 선인에게 이렇게 말했다오. "브라만이여, 내 은총으로 그대의 수행은 수천 배 늘어날 것이오. 대수행자여, 또한 나는 그대와 함께 이 아쉬람에 머물 것이오. 삽따사라스와따에서 목욕재계하고 나를 숭배하는 사람들은 이승과 저승에서 얻지 못하는 것이 아무것도 없을 것이오. 또한 그들은 반드시 사라스와띠의 세계*에 갈 것이오."

그곳을 참배한 뒤에는 삼계에 명성 자자한 아우샤나사로 가시오. 그곳에는 브라흐마를 비롯한 신들, 선인들 그리고 고행자들이 있다오. 바라따의 후예여, 그곳은 또 성스러운 까르띠께야 성지가 하루의 때가 겹치는 세 때에 브르구들을 위해 모습을 드러내는 곳이라고도 하지요. 범 같은 사내여, 그곳에 있는 까빨라모짜나라는 성지에서 목욕재계하는 사람은 모든 죄를 소멸시킨다고 하오.

황소 같은 사내여, 그곳에서 다시 아그니의 성지로 가시오. 그곳에서 목욕재계하면 아그니의 세계를 얻을 것이며 가문이 번성할 것이오. 빼어난 바라따의 대왕이시여, 그곳 위쉬와미뜨라 성지에 가서 목욕재계하면 브라만으로 태어날 것이오. 그곳에서 다시 순수하고 한결같은 마음으로 브라흐마 요니로 가시오. 범 같은 사내여, 그곳에서 목욕재계하면 브라흐마의 세계에 이를 것이며, 또한 의심의 여지 없이 칠 대의 조상을 구하게 될 것이오.

왕자 중의 왕자여, 그런 다음엔 삼계에 명성 드높은 쁘르투다까의 까르띠께야 성지로 계속 길을 가시오. 왕자여, 그곳에선 신과 조상들을 염하며 몸을 정갈히 해야 하오. 남자건 여자건 알고서 아니면 모르고서 잘못을 저지른 적이 있다면 그곳에서 목욕재계하는 순간 모든 잘못이 사라진다오. 또한 아쉬와메다 희생제를 지내는 것과 같은 결실을 얻을 것이며 하늘 세계에 이를 것이오. 꾸룩쉐뜨라가 성스럽다고 하나 꾸룩쉐뜨라보다 성스러운 것은 사라스와띠이며, 그보

사라스와띠의 세계_ 사라스와띠는 지혜의 여신이니 지혜의 세계에 든다는 뜻.

다 더 성스러운 것은 여러 성지들이고, 그 성지들보다 더 성스러운 것은 쁘르투다까†라오. 진언을 외우다 이 최상의 성지인 쁘르투다까에서 육신을 버리는 사람은 절박한 죽음의 두려움으로 인해 고통받지 않는다오. 왕이시여, 쁘르투다까에 가야 한다는 것은 사나뜨꾸마라도, 고결한 위야사도 노래했고 베다도 그렇게 명시하고 있다오. 빼어난 인간이시여, 쁘르투다까가 다른 어떤 성지보다 훨씬 더 성스럽고, 희생제 자체이며 순수하고 순결하다는 것에는 의심의 여지가 없다오. 최상의 인간이시여, 성현들께서는 쁘르투다까에서 목욕재계하면 죄지은 사람도 천상에 이른다고 말씀하셨다오. 그곳에는 마두스라와 성지도 있지요. 훌륭한 바라따의 왕이시여, 그곳에서 목욕재계하는 사람은 천 마리 소를 얻는 결실을 맺을 것이오.

최상의 인간이시여, 그곳을 참배한 뒤에는 사라스와띠 강과 아루나 강이 합쳐지는, 세상에 명성 자자한 "여신들의 성지"로 계속 길을 가시오. 사흘 동안 단식한 뒤에 그곳에서 목욕재계하면 브라만을 죽인 죄에서도 벗어날 수 있고 아그니슈토마 희생제와 "밤을 새워 지내는 희생제"를 지내는 것과 같은 결실을 맺을 것이며, 가문은 칠 대가 순결해질 것이오. 꾸루 가문을 번성시킨 이여, 그곳에는 아와띠르나 성지도 있지요. 그 성지는 예전에 다르빈 선인이 브라만들을 가엾게 여겨 만든 곳이라오. 서약을 지키고 비밀스런 가르침을 따르며, 단식하고 제사 지내며 진언을 외우는 것이 두 번 태어난 브라만들이 하는 일임에는 의심의 여지가 없소. 뚝심 좋은 사내여, 그러나 제사

---

† 쁘르투다까_ '넓은 강'이라는 뜻.

를 지내거나 진언을 외우지 않고 그곳에서 목욕재계만 해도 지계를 잘 지키는 브라만이라고 한다고 전통적으로 이야기하고 있다오. 범 같은 사내여, 다르빈은 또한 그곳에 네 개의 바다를 합쳐놓았다고 하오. 그곳에서 목욕재계하는 사람은 어려움을 겪지 않을 것이며, 천 마리 소를 얻는 결실을 맺을 것이오.

그런 다음에는 샤따사하스라까 성지로 길을 가시오. 그곳에는 사하스라까 성지도 있는데 이 둘은 세상에 명성이 자자하지요. 그곳에서 목욕재계하는 사람은 천 마리 소를 얻는 것과 같은 결실을 맺고, 선물하고 단식하는 것의 천 배의 결실을 보게 될 것이오.

그런 다음에는 레누까 성지로 가서 몸을 정갈히 하고 조상과 신을 숭배하시오. 그러면 그 사람의 혼은 모든 죄에서 벗어나고 아그니슈토마 희생제를 지내는 것과 같은 결실을 누리게 될 것이오. 위모짜나 물을 만지면 분노를 이기고 감각을 다스리는 사람은 무엇인가를 취하다가 얻었던 모든 잘못에서 벗어날 것이오. 그런 뒤 금욕하고 감각을 다스리며 빤짜와타로 가면 큰 공덕을 쌓고 성현들의 세계에서 영광을 얻을 것이오. 그곳에는 황소 깃발의 신, 요가의 주인인 쉬와가 현신해 계신다오. 단지 그곳을 방문해 신들의 주인을 숭배하기만 해도 일을 이룰 것이오. 와루나의 성지인 아우자사는 그 자체의 빛으로 빛나는 곳이오. 그곳은 브라흐마를 비롯한 모든 신들과 선인들, 고행자들이 신들의 군사 대장 구하까르띠께야를 임명했던 곳이지요. 꾸루의 후손이여, 아우자사의 동쪽은 "꾸루들의 성지"라오. 금욕을 지키고 감각을 다스리며 그곳에서 목욕재계하는 사람은 모든 악에서 벗어나 꾸루들의 세계에 간다오.

그곳을 참배한 뒤에는 감각과 음식을 절제하며 "하늘의 문"으로 가시오. 그러면 하늘과 브라흐마의 세계에 이를 것이오. 그런 뒤 순례자는 아나라까 성지로 가야 하오. 그곳에서 목욕재계하는 사람은 어려움을 겪지 않을 것이오. 그곳은 브라흐마가 나라야나를 비롯한 다른 신들의 시중을 받으며 현신하는 곳이오. 그곳은 또 루드라의 배우자가 현신하는 곳이기도 하지요. 대왕이시여, 그 여신에게 다가가는 사람은 난관에 부딪치는 일이 없을 것이오. 꾸루의 후손이여, 같은 장소에서 온 세상의 주인이신 우마의 배우자, 대신 쉬와에게 다가간 사람은 모든 악에서 벗어날 것이오. 적을 길들이는 대왕자여, 연꽃 심방에 있는 나라야나에게 다가가는 사람은 빛나는 위슈누의 세상을 얻을 것이오. 뚝심 좋은 사내여 "모든 신들의 성지"에서 목욕재계하는 사람은 모든 괴로움을 버리고 달처럼 빛날 것이오.

인간의 주인이여, 그곳에서 순례자는 다시 스와스띠뿌라 성지로 가야 한다오. 정갈한 그곳에서 신과 조상들을 흡족케 하면 아그니슈토마 회생제를 지내는 것과 같은 결실을 얻을 것이오. 바라따의 황소여, 그곳에는 강가의 못과 우물이 있지요. 그 우물은 삼천만 개의 성스러운 장소와 맞먹는다오. 강가에서 목욕재계하고 대신을 숭배하는 사람은 가나빠띠의 서열에 오를 것이며 가문을 구할 것이오.

그런 뒤에는 삼계에 이름 드높은 스타누와따로 가시오. 그곳에서 목욕재계하고 하룻밤을 묵은 사람은 루드라의 세계를 얻는다오. 그런 뒤에는 와시슈타의 아쉬람이 있는 바다리빠짜나로 가시오. 그곳에서는 사흘 밤을 단식한 뒤 대추 열매를 먹으시오. 대추 열매를 열두 해 동안 먹는 사람과 그곳에서 사흘 동안 단식하는 사람은 같은

공덕을 짓는다오. ✝

그런 뒤 "인드라의 길"에 이른 순례자가 하룻밤과 하룻낮을 단식하면 인드라의 세계에서 영광을 얻을 것이오. 절제력 있고 진실을 말하는 사람이 에까라뜨라에 가서 하룻밤을 단식하면 브라흐마의 세계를 얻을 것이오. 다르마를 아는 이여, 그곳에서 다시 삼계에 이름 드높은 성지, 고결한 아디띠야의 아쉬람을 볼 수 있는 빛이 넘치는 성지로 가시오. 그 성지에서 목욕재계하고 태양을 숭배하는 사람은 아디띠야의 세계에 이르고 가문을 구한다오. 꾸루의 후손이여 "달의 성지"에서 목욕재계하는 순례자는 틀림없이 달의 세계에 이를 것이오.

다르마를 아는 이여, 그곳에서 다시 "고결한 다디짜의 성지"로 계속 길을 가시오. 성스럽고 순결해 세상에 명성 자자한 곳이오. 그곳에는 고행의 보고인 앙기라스 사라스와따 ✝가 있다오. 왕이시여, 그곳에서 목욕재계하는 사람은 와자뻬야 희생제를 지내는 것과 같은 결실을 맺을 것이며, 틀림없이 사라스와띠의 길을 획득할 것이오. 그곳을 참배한 뒤에는 절제하고 금욕하며 "처녀의 아쉬람"으로 가시오. 그곳에서 단식하며 사흘 밤을 묵으면 백 명의 천상 처녀를 얻고 브라흐마의 세계에 이를 것이오. 그런 뒤에는 산니히띠 성지로 가시오. 그곳은 브라흐마와 신들과 선인들, 수행자들이 매달 모여 신성

~공덕을 짓는다오_ 불교에서 보리수나무와 그 열매를 성스럽게 생각하듯이 대추나무와 그 열매를 성스럽게 생각하는 것을 말한다. 나라와 나라야나가 대추나무 아래서 고행했다고 하며 인도를 '일곱 개의 대추(모양의) 섬'이라고도 한다.
사라스와따_ '(불보다 밝은 빛을 가졌다는) 앙기라스 성자의 강'이라는 뜻.

함을 얻는 곳이라오. 라후가 태양을 삼킬 때 그곳의 물을 만지는 것은 세세생생 아쉬와메다 희생제 백 번을 지내는 것과 같은 것이 될 것이오. 지상이나 천상에 존재하는 모든 성지들, 여성 강, 남성 강, 저수지와 모든 계곡, 우물과 못, 성소들이 모두 매달 산니히띠에 모이는 것은 틀림없는 사실이라오. 여자건 남자건 무슨 잘못을 저질러도 그곳에서 목욕재계하는 순간 모든 죄가 바로 사라져버린다오. 또한 연꽃 빛 수레를 타고 브라흐마의 세계에 이를 것이오. 아랑꾸타 문지기에게 절한 뒤 꼬티루빠의 물을 만지는 사람은 수많은 금을 얻게 될 것이오. 그곳에는 "강가 못" 성지가 있지요. 그곳에서 금욕하며 한마음으로 목욕재계하는 사람은 세세생생 라자수야 희생제와 아쉬와메다 희생제를 지내는 것과 같은 결실을 얻을 것이오.

지상에서는 나이미샤가, 천상에서는 뿌슈까라가 성스럽지만 이 모든 삼계에서는 꾸룩쉐뜨라가 빼어나지요. 다르마를 아는 뛰어난 바라따여, 꾸룩쉐뜨라에서는 바람에 날려 오는 미세한 먼지 하나가 나쁜 짓을 저지른 죄인까지도 궁극의 목적에 이르게 할 정도라오. 사라스와띠 남쪽과 드르샤드와뜨 북쪽에 있는 꾸룩쉐뜨라에 사는 사람은 천상에 사는 것과 다름 없다오. "나는 꾸룩쉐뜨라에 갈 것이다. 나는 꾸룩쉐뜨라에서 살 것이다"라고만 말해도 모든 죄에서 벗어나지요. 브라만 선인들이 즐겨 찾는 브라흐마의 제단, 성스러운 꾸룩쉐뜨라에 사는 사람들은 어떤 일이 있어도 불행해지지 않는다오.

따란뚜까와 아란뚜까 사이
라마의 못과 마짜끄루까 사이에 있는 땅

이 꾸룩쉐뜨라 사만따빤짜까에 있는 땅을
사람들은 "할아버지의 뛰어난 제단"이라고 부른다오.'

82

뿔라스띠야가 이어 말했다.

'다르마를 아는 이여, 이제 오래된 "다르마의 성지"로 가시오. 왕이시여, 덕 있고 정성 있는 다르마를 아는 사람이 그곳에서 목욕재계하면 틀림없이 자기 가문 칠 대를 건질 것이오. 그런 다음 빼어난 까라빠따나로 가면 아그니슈토마 희생제의 결실을 맺고 수행자들의 세계를 얻을 것이오. 그런 다음에 아우간디까 숲으로 가시오. 그곳은 브라흐마, 신들, 선인들, 수행자들 그리고 싯다들과 하늘 시인들, 간다르와들, 낀나라들, 위대한 뱀들이 현존하는 곳이오. 그 숲에 들어가는 사람은 모든 죄악에서 벗어날 것이오. 그곳에서 조금 더 가면 최고의 강, 계곡 중의 최고의 계곡, 성스러운 여신 쁠락샤에서 흘러오는 사라스와띠가 있지요. 개미 둑에서 흘러오는 그 물에 목욕재계하고 신과 조상을 숭배하는 사람은 아쉬와메다 희생제를 지내는 것과 같은 결실을 맺을 것이오. 그곳 개미 둑에서부터 희생제의 기둥 여섯 개를 던져 이어놓은 듯한 거리에 쉽게 찾을 수 없다는 이샤나듀쉬따라는 성지도 있다고 하오. 옛날 기록에 따르면 그곳에서 목욕재계하는 사람은 천 마리의 붉은 암소를 얻고 아쉬와메다 희생제를 지내는 것과 같은 결실을 맺는다고 하오.

수간다, 샤따꿈바 그리고 빤짜야즈냐 성지에 가면 하늘 세계에서 영광을 얻을 것이오. 같은 지역에는 또한 뜨리슈라카따라는 성지도 있지요. 그곳에 가서 몸을 정갈히 하고 조상과 신을 염하는 사람은 육신을 버린 뒤에 틀림없이 가나빠띠와 같은 지위를 차지하게 될 것이오. 그곳을 참배한 뒤에는 샤깜바리┃라고 알려진 여신의 보기 드문 성지를 방문하시오. 그곳 또한 삼계에 이름 드높은 곳이라오. 그 여신은 신들의 시간으로 천 년 동안 달이 가고 또 가도 채소만 먹고 살았다고 전해지지요. 고행력 뛰어난 선인들이 헌신적인 마음으로 그곳에 오면 여신은 그들을 채소로 반겨 맞는다고 하오. 그래서 그 여신의 이름이 샤깜바리가 된 것이오. 샤깜바리에 가서는 금욕하고 절제하며 순수하고 정성스런 마음으로 채소를 먹으며 사흘 밤을 지내야 하오. 바라따의 후손이여, 그렇게 채소만 먹으며 열두 해를 지내는 순례자는 여신의 음덕으로 한없는 공덕을 얻게 될 것이오.

그곳에서 다시 삼계에 이름 드높은 수와르낙샤로 가시오. 그곳에서 위슈누┃는 언젠가 루드라를 흡족케 해서 그의 은총을 받은 적이 있지요. 그는 신들 사이에서도 찾아보기 어려운 여러 가지 은총을 얻었지요. 뜨리뿌라를 뒤흔들었던 신┃은 그에게 "끄르슈나여, 당신은 우리보다도 더 세상의 사랑을 받을 것이오 그대의 입이 곧 온

샤깜바리_ '야채를 나르는(또는 짊어진) 사람' 이라는 뜻.
위슈누_ 여기에서는 지상에 사는 끄르슈나를 말한다.
~뒤흔들었던 신_ 세 명의 아수라들이 다스렸다는 금, 은, 동으로 된 무적의 세 도시를 삼지창에 꿰어 파멸시켰다고 한다.

우주가 될 것이오"라고 말했지요. 황소 깃발 단 신의 제단 가까이 가서 제사를 올리는 사람은 아쉬와메다 희생제를 지내 가나빠띠의 서열에 오르게 될 것이오.

그곳에서 두마와띠로 계속 길을 가시오. 그곳에서 사흘 밤을 묵으면 자신이 소망했던 모든 것을 틀림없이 다 이룰 것이오. 이 성지의 남쪽에는 라타와르따가 있지요. 신념을 갖고 감각을 절제하며 그곳을 오르는 사람은 대신 쉬와의 은총으로 궁극의 목적을 이루게 될 것이오. 그곳을 오른쪽으로 한 바퀴 돈 다음 모든 악을 소멸시켜줄 다라로 가시오. 그곳에서 목욕재계하는 사람은 괴로움을 겪지 않을 것이오. 그런 뒤 큰 산에 예를 올리며 하늘의 문과 같은 강가의 문으로 계속 길을 가시오. 그곳 꼬티 성지에서 온 마음으로 목욕재계하는 사람은 뿐다리까 희생제를 올려서 얻는 결실을 맺을 것이며 가문을 구할 것이오. 삽따강가[*], 뜨리강가, 싸끄라와르따에서 정성을 다해 신과 조상들을 흡족케 하면 성스러운 세계에서 영광을 얻을 것이오.

그런 다음엔 까나칼라에 가서 목욕재계하고 사흘 밤을 묵으면 아쉬와메다 희생제를 치른 것과 같고 하늘 세계를 얻는 결실을 맺을 것이오. 인간의 주인이시여, 그런 뒤 까뻴라와타로 가서 하룻밤을 묵은 순례자는 천 마리 소를 얻는 것과 같은 결실을 맺을 것이오. 그곳에는 삼계에 명성을 떨쳤던 뱀들의 왕, 고결한 까뻴라의 성지가 있다오. 그곳에 가면 천 마리의 붉은 암소를 얻는 것과 같은 결실을 맺을

삽따강가_ 강가 강물이 일곱 줄기로 나뉘어 흐른다는 곳으로 전설에 나오는 이곳의 현재 위치는 찾을 수 없다.

것이오. 그런 뒤에는 산따누, 랄리띠까의 위대한 성지로 계속 길을 가시오. 그곳에서 목욕재계하는 사람은 고통을 당하는 일이 없을 것이오. 강가와 상가마가 만나는 곳에서 목욕재계하는 사람은 열 번의 아쉬와메다 희생제를 치른 것과 같고 가문을 구하는 결실을 맺을 것이오. 왕이시여, 그곳에서 세상에 명성 자자한 수간다로 여행을 계속하면 그의 영혼은 모든 죄에서 벗어나고 브라흐마의 세계에서 영광을 얻을 것이오. 인간의 주인이시여, 그런 뒤에는 루드라와르따로 가시오. 그곳에서 목욕재계하는 순례자는 천상 세계의 영광을 누릴 것이오. 최상의 인간이시여, 강가 강과 사라스와띠 강이 만나는 곳에서 목욕재계하는 사람은 아쉬와메다 희생제를 올리고 하늘 세계에 이르는 결실을 맺을 것이오.

바드라까네쉬와라로 가서 의례에 따라 신을 섬기면 얻기 어려운 것을 얻고 하늘 세계에 이르는 결실을 맺을 것이오. 그러고 나서 순례자는 꿉자므라까 성지로 계속 길을 가야 하지요. 그러면 그는 천 마리 소를 얻는 것과 같은 결실을 맺고 천상 세계에 이를 것이오. 인간의 주인이시여, 그런 뒤 순례자는 아룬다띠와따 성지로 가야 한다오. 사무드라까의 물을 만지고 사흘 밤을 그곳에서 지낸 사람은 천 마리 소를 얻고 조상을 구하는 결실을 맺을 것이오. 그런 다음에는 금욕하고 마음을 한곳에 모아 브라흐마와르따[＊]로 가시오. 그러면 아쉬와메다 희생제를 지내는 것과 같은 결실을 맺을 것이며 천상 세계에 이를 것이오. 야무나 강이 시작되는 곳에 가서 강물에 몸을 적

브라흐마와르따_ '브라흐마가 현신하는 곳'이라는 뜻.

시는 사람은 아쉬와메다 희생제를 지내는 것과 같은 결실을 맺을 것이며 천상 세계에 이를 것이오. 세상에 명성 자자한 다르위상끄라마나[*]에 이르는 사람은 아쉬와메다 희생제를 지내는 것과 같은 결실을 맺을 것이며 천상 세계에 이를 것이오. 싯다와 간다르와들이 즐겨 찾는 인더스 강이 시작되는 곳에 이르러 다섯 밤을 그곳에서 지내는 사람은 수많은 금을 얻을 것이오. 가장 오르기 어렵다는 "제단"[*]에 이른 사람은 아쉬와메다 희생제를 지내는 것과 같은 결실을 맺을 것이며 우샤나스[*]의 세계로 여행하게 될 것이오.

다음엔 르쉬꿀리야와 와시슈타로 계속 길을 가시오. 와시슈타를 지나면 모든 계급의 사람들이 다 브라만이 될 것이오. 르쉬꿀리야에서 목욕재계하고 그곳에서 채소만 먹으며 한 달을 지내는 사람은 선인들의 세계를 얻을 것이오. "브르구의 봉우리"에 이른 사람은 아쉬와메다 희생제를 지내는 것과 같은 결실을 맺을 것이오. 위라쁘라목샤[*]에 가는 사람은 모든 죄에서 벗어날 것이오.

끄르띠까와 마가의 성지로 순례를 계속하는 덕 있는 사람은 아그니슈토마와 밤새우는 희생제의 결실을 얻을 것이오. 순결한 "지식의

다르위상끄라마나_ '다르위'는 '국자'라는 뜻이며 '상끄라마나'는 '강과 강이 만나는 곳'이라는 뜻이다. 야무나 강과 다른 강이 합류하는 국자 모양의 합류 지점을 가리킨다.

제단_ 희생제의 '제단'은 많은 상징적 의미를 갖고 있다. 세상의 배꼽, 즉 중심이기도 하고 또 이 중심에 가장 우뚝 솟은 봉우리를 가리키기도 한다. 여기서는 명시되어 있지 않지만 인더스 강 부근에 있는 험준한 제단인 듯하다.

우샤나스_ 아수라들의 스승인 우샤나스 슈끄라는 신들의 스승 브르하스빠띠를 능가하는 아주 지혜로운 인물이다.

위라쁘라목샤_ '영웅이나 용사가 세상의 짐을 벗어놓는 곳'이라는 뜻.

성지"에 이르러 황혼녘에 그곳에서 목욕재계하는 사람은 지식의 모든 분야를 섭렵하게 될 것이오. 모든 죄에서 벗어난 대아쉬람에서 한 끼만 먹고 하룻밤을 지낸 사람은 공덕 많은 세계에 들어설 것이오. 마할라야에 한 달 동안 머물며 사흘에 한 끼씩만 먹는 사람은 모든 죄에서 벗어나고 수많은 금을 얻게 될 것이오. 그런 뒤에는 조물주의 은총을 입은 웨따시까로 가시오. 그러면 아쉬와메다 희생제를 지내는 것과 같은 결실을 맺을 것이며 우샤나스의 세계에 이를 것이오.

그런 뒤 싯다들이 즐겨 찾는 순다리까 성지에 이르면 미모를 갖추게 된다고 예부터 전해지고 있다오. 브라흐마니 성지에 이르러 금욕하고 감각을 절제하는 사람은 연꽃 빛깔 수레를 타고 브라흐마의 세계에 이를 것이오. 그런 다음에는 싯다들이 즐겨 찾는 성스러운 나이미샤로 가시오. 그곳에는 언제나 신들에게 둘러싸여 있는 브라흐마가 살고 있다오. 나쁜 짓 하는 사람이 나이미샤에 가려고 하면 이미 죄의 절반은 소멸시킨 것이오. 단지 그곳에 들어가기만 해도 모든 죄를 사함받게 될 것이오. 바라따의 후손이여, 지혜로운 순례자라면 나이미샤에서 한 달을 머무를 것이오. 그곳에서 감각과 음식을 절제하고 목욕재계하는 사람은 가와마야나 소 희생제를 올리는 것과 같은 결실을 맺고 칠 대 조상을 구할 것이오. 단식을 하며 모든 마음을 나이미샤에 쏟은 사람은 천상 세계를 얻을 것이라고 성현들은 말씀하신다오. 나이미샤는 언제나 성스럽고 순수해 희생제를 올리는 곳이라오. 강고베다에 이르러 사흘 밤을 단식하는 사람은 와자뻬야 희생제를 올리는 것과 같은 결실을 얻고 브라흐마의 세계를 얻는다오. 사라스와띠에 이르러 신과 조상들을 흡족케 하는 사람은 틀림없이 사라스와띠의 세계를 얻을 것이오. 그런 뒤 금욕하고 마음을 모아 바후다로 가시오. 그러면 데와사뜨라 희생제를 치루는 것과 같은 결실을 얻을 것이오. 그 다음에 성스러운 사람들이 모이는 성스러운 찌라와띠로 가서 신과 조상들에게 정성을 쏟으면 와자뻬야 희생제를 지내는 것과 같은 결실을 맺을 것이오. 위말라쇼까에 이르는 사람은 달처럼 빛날 것이오. 그곳에서 하룻밤을 지내는 사람은 천상 세계에서 영광을 얻을 것이오.

이제 고쁘라따라로 계속 길을 가시오. 그곳은 사라유 강 최대의 성지이며 라마가 추종자들과 군대 그리고 탈것들을 데리고 하늘로 갔던 곳이오. 그곳에서 육신을 버린 사람은 이 성지의 힘으로 그리고 라마의 은총과 결단으로 천상에 이를 것이오. 고쁘라따라 성지에서 목욕재계하는 사람은 천상 세계에서 영광을 누리고, 그의 영혼은 죄에서 벗어나 맑아질 것이오. 고마띠 강의 "라마의 성지"에서 목욕재계하는 사람은 아쉬와메다 희생제를 지내는 것과 같은 결실을 맺을 것이며 가문을 구할 것이오. 최상의 바라따여, 샤따사하스라까라는 성지가 있지요. 그곳에서 몸을 정갈히 하고 감각과 음식을 절제하는 사람은 천 마리 소를 선물하는 것과 같은 성스러운 결실을 얻을 것이오.

왕이시여, 이제 최상의 바르뜨르 성지로 가시오. 그곳 꼬티 성지에서 목욕재계하고 구하[*]를 섬기는 사람은 천 마리의 암소를 얻는 것과 같은 결실을 이루고 영광을 누리게 될 것이오. 그런 다음엔 와라나시[*]로 가서 황소 깃발 단 신을 숭배하고 까삘라흐라다에서 목

구하_ 쉬와의 아들 까르띠께야로 신들의 군사 대장.

욕재계하면 라자수야 희생제를 지내는 것과 같은 결실을 맺을 것이며, 온 세상에 이름 드높은 강가 강과 고마띠 강이 만나는 곳에 있는 보기 드문 마르깐데야 성지에 단지 가기만 해도 아쉬와메다 희생제를 지내는 것과 같은 공덕을 얻을 것이오. 그런 뒤에는 금욕하고 감각을 절제하며 가야로 길을 가시오. 그곳에 가기만 해도 아쉬와메다 희생제를 지내는 것과 같은 공덕을 얻을 것이오. 삼계에 유명한 아샤야와따에 가서 조상들에게 무엇인가를 바치면 그것은 줄어드는 법이 없을 것이오. 마하나디 강에서 목욕재계하고 조상과 신을 흡족케 하면 다함없는 세계를 얻고 가문을 구할 것이오.

그런 뒤에는 다르마의 숲으로 단장되어 있는 "브라흐마의 못"으로 가시오. 그곳에서 밤을 지내면 뿐다리까 희생제를 치르는 것과 같은 공덕을 얻을 것이오. 이 못에는 브라흐마 희생제의 기둥이 높이 솟아 있지요. 그 기둥을 오른쪽으로 한 바퀴 도는 것은 와자뻬야 희생제를 지내는 것과 같다오. 그곳에서 다시 온 세상에 명성 자자한 데누까로 가시오. 하룻밤을 지내고 깨와 젖소를 보시하시오. 그러면 분명히 달의 세계에 이르고 영혼은 모든 죄에서 벗어나 깨끗해질 것이오. 그곳에는 오늘날까지도 붉은 암소가 송아지를 데리고 산을 돌아다녔던 흔적을 똑똑히 볼 수 있지요. 바라따의 후손이여, 그녀의 발자국과 송아지의 발굽이 오늘날까지도 선명하게 보인다오. 그 흔적에 물을 뿌리면 무슨 잘못을 저질렀건 모두 사라져버린다오.

와라나시_ 강가 강이 가장 넓게 흐른다는 곳으로 지금의 웃따라쁘라데쉬 주에 있는 힌두 최고의 성지이다. 흔히 '바라나시'라고 알려져 있다.

그곳에서 다시 사려 깊은 신의 성지인 그르드라와타로 길을 가시오. 거기에서는 황소 깃발의 신에게 다가가 재로 목욕재계해야 하오. 그가 브라만이면 열두 해 동안의 서약을 이룬 것과 같은 결실을 맺을 것이며, 다른 계급이라면 모든 죄가 사라질 것이오. 바라따의 황소여, 그곳을 참배한 뒤에는 우딴따 산으로 가시오. 그곳은 노랫소리가 끊이지 않고 사위뜨르의 발자국을 볼 수 있는 곳이지요. 엄격히 서약을 지키는 브라만이 그곳에서 여명을 숭배하면 열두 해를 그렇게 해온 것과 같은 결실을 맺을 것이오. 바라따의 황소여, 그곳에는 명성 자자한 요니드와라 성지도 있지요. 그곳에 다가가는 사내는 계급이 섞일 염려가 전혀 없다오. 왕이시여, 가야*에서 상현달과 하현달을 지내는 사람은 반드시 자기 가문 칠 대를 구하게 된다오. 많은 아들을 바라는 사람이 혼자서 가야에 가게 되면 아쉬와메다 희생제를 지내거나 또는 짙푸른 색 황소를 풀어주어야 한다오.

인간의 주인이시여, 순례자는 이제 팔구*로 가야 한다오. 그러면 아쉬와메다 희생제를 지내는 것과 같은 결실을 얻게 될 것이며, 큰 성공을 거두게 되지요. 유디슈티라 대왕이시여, 그런 뒤에는 언제나 다르마가 계신다는 다르마쁘르슈타로 부지런히 길을 가시오. 그곳에 이르면 아쉬와메다 희생제를 치르는 것과 같은 결실을 얻게 될 것이오. 대왕이시여, 그곳에서 다시 뛰어난 "브라흐마의 성지"로 가시오. 끝없는 빛의 브라흐마를 숭배함으로써 라자수야와 아쉬와메다

가야_ 비하르주의 주도로 힌두교의 성지이며 가야 부근의 보드가야는 붓다가 성불했다는 곳으로 불교 최대의 성지이다.
팔구_ 가야 지방에 흐르는 강.

희생제를 올리는 것과 같은 결실을 얻을 것이오. 인간의 주인이시여, 그런 뒤 순례자는 라자그르하†로 가야 하오. 그곳 온천물을 만지면 그는 깍쉬와뜨†처럼 기쁨에 넘치게 되지요. 그곳에서 순결한 사내는 날마다 약쉬니†에게 제물을 바치는 느낌을 맛보아야 한다오. 그러면 약쉬니의 은총으로 그는 태아를 죽인 것과 같은 죄†를 범했다 하더라도 용서받는다오. 그런 뒤에 마니나가 성지로 가서 마니나가에게 날마다 제물을 바치면 천 마리 암소를 얻는 것과 같은 결실을 맺을 것이오. 만약 하룻밤을 그곳에서 묵으면 독뱀에 물려도 독이 범접하지 못할 것이며 모든 죄에서도 벗어나게 되지요.

왕이시여, 이제 순례자는 브라만 선인 가우따마의 숲으로 가야 한다오. 아할리야 못에서 목욕재계함으로써 그는 궁극의 목적을 이루게 될 것이오. 쉬리에게 다가가면 최고의 행운을 누릴 것이오. 다르마를 아는 이여, 그곳에는 삼계에 명성 자자한 샘이 하나 있지요. 그곳에서 몸을 정갈히 하는 사람은 아쉬와메다 희생제를 지내는 것과 같은 공덕을 짓게 된다오. 그곳에는 또 선인왕 자나까의 우물이 있다오. 그 우물은 서른 명의 신이 숭배했던 곳이기도 하지요. 그곳에서 목욕재계하는 사람은 위슈누의 세계에 이르게 된다오.

라자그르하_ 비하르주에 있는 힌두교, 불교, 자이나교의 성지. 붓다와 자이나교 마하위라의 주 활동 무대였으며 예전엔 상인들이 많고 학자와 논객들이 끊이지 않았던 큰 도시였다고 한다.

깍쉬와뜨_ 『르그베다』의 여러 찬가를 지었던 성자.

약쉬니_ '약샤 여인'이라는 뜻으로 꾸베라의 아내.

~같은 죄_ 브라만을 죽이는 것, 태아를 죽이는 것 그리고 스승의 아내를 범하는 것은 면죄할 길이 없는 중죄였다.

그런 다음엔 모든 죄를 없애주는 위나샤나†로 가시오. 그러면 아 쉬와메다 희생제를 지내는 것과 같은 결실을 얻게 될 것이며, 달의 세계에 이를 수 있다오. 모든 성지의 물이 솟는 간다끼 강에 가는 사 람은 아쉬와메다 희생제를 지내는 것과 같은 결실을 얻게 될 것이며, 태양의 세계에 이르게 된다오. 그런 뒤 고행자들의 숲 아디왕샤에 가 면 구햐까들 사이에서 기쁨을 누리게 될 것이오. 싯다들이 즐겨 찾는 깜빠나 강으로 계속 길을 가면 뿐다리까 희생제를 지내는 것과 같은 공덕을 지을 것이며 또한 태양의 세계에 이르게 될 것이오. 삼계에 명성 자자한 위샬라 강으로 계속 길을 가면 아그니슈토마 희생제를 지내는 것과 같고 또한 천상 세계에 이르게 된다오. 마헤쉬와리 계곡 에 이르면 아쉬와메다 희생제를 지내는 것과 같은 결실을 맺게 될 것 이오. 가문을 구하게 되지요. "천인들의 연못"에 가는 사람은 어려움 을 겪지 않고 와지메다 희생제를 치른 것과 같은 결실을 맺게 될 것 이오. 바라따의 황소여, 이제 금욕을 지키며 정성스런 마음으로 "대 신의 발자국"에 가시오. 그곳에서 목욕재계하는 사람은 아쉬와메다 희생제를 지내는 것과 같은 결실을 맺을 것이오. 천만 개의 성지가 그곳에 있다고 알려져 있지요. 그곳은 또한 언젠가 거북이 형상의 사 악한 아수라가 끌고 갔던 것을 위용 넘치는 위슈누가 찾아왔다고 전 해지지요. 이 천만 개의 성지에서 몸을 정갈히 하는 사람은 뿐다리까 희생제를 지내는 것과 같은 결실을 맺게 될 것이고 위슈누의 세계에 이르게 된다오.

위나샤나_ 전설의 사라스와띠 강이 사라졌던 곳.

유디슈티라여, 그곳에서 다시 나라야나의 성지에 가야 하오. 바라따의 대왕이시여, 그곳은 하리_{위슈누}가 늘 가까운 곳에 머무신다고 해서 놀라운 행적을 보여주는 위슈누의 샬리그라마라고 부르기도 하지요. 소원을 들어주는 삼계의 주인, 영원한 위슈누에게 가까이 감으로써 순례자는 아쉬와메다 희생제를 지내는 것과 같은 결실을 맺게 될 것이며, 위슈누의 세계에 이르게 된다오. 그곳에는 모든 죄에서 벗어난 우물이 있지요. 그 물을 만짐으로써 어려움에 처할 일이 없어진다오. 유디슈티라여, 소원을 들어주는 영원하고 위대한 신 위슈누에게 가까이 감으로써 순례자는 달처럼 빛나고 모든 빚에서 자유롭게 되지요. 자띠스마라에서 물을 만지는 순수하고 마음 곧은 사람이 몸을 정갈히 하면 틀림없이 전생을 기억하게 된다오.

웨따쉬와라파라로 계속 길을 가며 위슈누를 숭배하고 단식하면 틀림없이 소망하는 바를 이룰 것이오. 그곳에서 다시 순결무구한 와마나 성지로 가서 하리 신을 경배하는 사람은 모든 악에서 자유로울 것이오. 그곳에서 그는 무서운 죄를 소멸시켜줄 까우쉬끼 강을 방문해야 하지요. 그러면 그는 라자수야 희생제를 지내는 것과 같은 결실을 맺게 될 것이오. 다르마를 아는 이여, 그곳에서는 짬빠까 숲으로 길을 잡아 가시오. 그곳에서 하룻밤을 묵은 사람은 천 마리의 암소를 얻는 것과 같은 결실을 맺을 것이오. 이제 최고로 우러름받는 제슈틸라에 이르러 하룻밤을 묵으며 단식하면 아그니슈토마 희생제를 지내는 것과 같은 결실을 맺을 것이오. 그곳에서 빛이 넘치는 우주의 주인과 여신을 친견한다면 와루나와 미뜨라의 세계에 이르게 될 것이오. 감각과 음식을 절제하며 깐야상웨드야로 가면 마누 쁘라자빠띠의 세계에 이르게 된다오. 깐야에서 주는 음식과 마실 것에는 다함이 없다고 엄격한 서약을 하는 선인들이 말씀하셨지요. 이제 삼계에 명성 자자한 니쉬찌라 강으로 계속 길을 가시오. 그러면 아쉬와메다 희생제를 지내는 것과 같은 결실을 얻고 위슈누의 세계에 이르게 될 것이오. 니쉬찌라가 바다와 만나는 곳에서 보시하는 사람은 틀림없이 브라흐마의 세계에 이르게 된다오. 그곳에는 삼계에 이름 드높은 와시슈타의 아쉬람이 있지요. 그곳에서 몸을 정갈히 하는 사람은 와자뻬야 희생제를 지내는 것과 같은 공덕을 쌓게 된다오. 이제 브라만 선인들이 즐겨 찾는 데와꾸타로 가시오. 그러면 아쉬와메다 희생제를 지내게 될 것이며 가문을 일으킬 것이오. 왕 중의 왕이시여, 그곳에서 "까우쉬까 성자의 못"으로 계속 길을 가시오. 그곳은 까우쉬까 위쉬와미뜨라가 최고의 성공을 거두었던 곳이지요. 황소 같은 바라따의 영웅이여, 까우쉬끼 강에서 한 달을 머물면 한 달 안에 아쉬와메다 희생제를 지내는 것과 같은 공덕을 쌓을 것이오. 모든 성지 중에서도 최고의 성지인 마하흐라다에서 머무는 사람은 어려움을 겪지 않을 것이며 많은 금을 얻을 것이오. "영웅의 아쉬람"에 머물고 있다는 꾸마라†를 방문하는 사람은 틀림없이 아쉬와메다 희생제를 지내는 것과 같은 결실을 맺게 될 것이오.

삼계에 유명한 아그니다라 강에 이르는 사람은 아그니슈토마 희생제를 지내는 것과 같은 결실을 맺게 될 것이며 천상 세계에서 돌아오는 일이 없을 것이오. 히말라야에 있는 "조물주의 못"에 가서 몸을

꾸마라_ 쉬와의 아들인 까르띠께야의 다른 이름.

정갈히 하는 사람은 아그니슈토마 희생제를 지내는 것과 같은 공덕을 쌓을 것이오. 조물주의 못에서부터 세상을 맑히며 흐르는, 삼계에 이름 드높은 꾸마라다라라는 계곡이 있지요. 그곳에서 목욕재계하는 사람은 자기 자신이 이미 일을 이루었음을 알게 되지요. 그곳에서 사흘에 한 끼만 먹는 사람은 브라만을 죽인 것과 같은 죄에서도 벗어나게 된다오. 삼계에 명성 자자한 위대한 가우리 여신†의 봉우리에 오른 뒤 신념을 가진 사람이라면 "가슴의 우물"에 들어가야 하지요. 조상과 신을 염하며 그곳에서 목욕재계하는 사람은 아쉬와메다 희생제를 지내는 공덕을 쌓고 인드라의 세계에 이르게 된다오.

그곳에서 다시 금욕하고 정성스럽게 따므라루나로 가는 사람은 아쉬와메다 희생제를 지내는 것과 같은 공덕을 쌓고 인드라의 세계에 이르게 된다오. 꾸루의 후손이여, 서른 명의 신이 좋아하는 난디니에 있는 우물을 방문하는 사람은 "사람 희생제"를 지내는 것과 같은 공덕을 쌓는다오. 까우쉬끼 강과 아루나 강이 만나는 깔리까에서 사흘 밤을 단식하면 모든 죄에서 벗어나게 되지요. 우르와쉬의 성지와 달의 아쉬람을 방문하고 꿈바까르나의 아쉬람에서 목욕재계하는 지혜로운 사람은 이 땅에서 우러름받을 것이오. 서약을 지키며 금욕하는 사람이 꼬까무카에서 목욕재계하면 전생을 기억하게 된다고 예부터 전해져 내려온다오.

만다를 방문한 적이 있는 브라만은 완전한 영혼을 갖게 되고 그

---

† 가우리 여신_ 쉬와의 배우자 빠르와띠의 다른 이름. '가우리' 는 '흰' 혹은 '복스런' 의 뜻.

의 영혼은 모든 죄에서 벗어나며 인드라의 세계에 이르게 된다오. 순례자가 가볼 만한, 도요새 가득한 "황소의 섬"을 방문하고 사라스와띠 강물을 만지면 천상의 마차를 탄 것처럼 빛난다오. 수행자들이 즐겨 찾는 우달라까의 성지에 가면 그곳에서 몸을 정갈히 하고 모든 악을 놓아야 한다오. 브라만 선인들이 즐겨 찾는 다르마의 성스러운 성지로 계속 길을 가는 사람은 틀림없이 와자뻬야 희생제를 지내는 것과 같은 공덕을 누릴 것이오. 짬빠[*]에 가까이 가서 바기라티[*]의 물을 만진 사람은 그저 단다르까에 다가가기만 해도 천 마리의 암소를 선물한 것과 같은 공덕을 쌓지요. 그런 뒤에는 성스러운 사람들이 즐겨 찾는 성스러운 라웨디까로 가시오. 그러면 와자뻬야 희생제를 지내는 것과 같은 공덕을 쌓고 천상의 수레를 타며 우러름받을 것이오.'

83

뿔라스띠야가 이어 말했다.

'이제 빼어난 성지 상웨드야로 계속 길을 가시오. 황혼에 그곳의 물을 만진 사람은 틀림없이 박식해질 것이오. 왕이시여, 아주 오래전 라마의 음덕으로 생긴 못이 있는 로히띠야 강으로 가는 사람은 많은

<hr>

짬빠_ 앙가 왕국의 주도.
바기라티_ 강가 강의 다른 이름.

금을 얻을 것이오. 까라또야 강으로 계속 가서 사흘 밤을 단식하고 세상의 할아버지에게 제사를 지내면 아쉬와메다 희생제를 지내는 것과 같은 공덕을 얻을 것이오. 강가 강과 바다가 만나는 곳을 참배하는 사람은 아쉬와메다 희생제를 지내는 것보다 열 배는 더 큰 공덕을 쌓는다고 성현들은 말씀하신다오. 바라따의 후손이여, 강가의 다른 섬에 이르러 목욕재계하고 사흘 밤을 단식하는 사람은 소망하는 것을 모두 이루게 된다오.

그런 후에는 모든 죄를 사멸시키는 와이따라니 강으로 가시오. 그리고 성스러운 위라자를 방문하면 달처럼 빛나고 공덕 많은 가문에서 태어날 것이며 모든 죄를 없앨 것이오. 또한 천 마리의 암소를 얻는 것과 같은 결실을 얻고 가문을 구할 것이오.

쇼나 강과 조띠라티야 강이 만나는 곳에서 사는 순결한 사람이 신과 조상을 흡족케 하면 아그니슈토마 희생제를 지내는 것과 같은 결실을 맺을 것이오. 꾸루의 후손이여, 쇼나†와 나르마다†의 근원인 왕샤굴마에서 물을 만지면 아쉬와메다 희생제를 지내는 것과 같은 공덕을 쌓을 것이오. 인간의 주인이시여, 이제 꼬살라 강의 르샤바 성지로 가시오. 그곳에서 사흘을 단식하면 아쉬와메다 희생제를 지내는 것과 같은 공덕을 얻을 것이오. 꼬살라 왕국에 머물 때 그곳 깔라 성지에 있는 물을 만지면 틀림없이 열한 마리의 황소를 얻는 것과 같은 결실을 얻게 될 것이오. 뿌슈빠와띠에서 몸을 정갈히 하고

쇼나_ 빠탈리뿌뜨라 근처에 있는 강으로 강가 강으로 흐른다.
나르마다_ 윈디야 산에서 시작되는 강.

사흘 밤을 단식하는 사람은 암소 천 마리의 공덕을 쌓을 것이며 가문을 구할 것이오. 그런 뒤 바다리까 성지에서 한결같은 마음으로 목욕재계하면 장수를 누리고 천상 세계에 이를 것이오. 그런 다음엔 자마다그니의 아들 라마가 자주 찾았던 마헨드라 산으로 발길을 옮기시오. 그곳 라마의 성지에서 목욕재계하는 사람은 아쉬와메다 희생제를 지내는 것과 같은 공덕을 쌓을 것이오. 꾸루의 후손이여, 그곳에는 "마땅가의 초지"도 있지요. 그곳에서 목욕재계하는 사람은 암소 천 마리를 얻는 것과 같은 공덕을 쌓을 것이오.

쉬리 산으로 가서 그곳 강변에 있는 물을 만지는 사람은 아쉬와메다 희생제를 지내는 것과 같은 공덕을 쌓고 천상 세계에 이를 것이오. 쉬리 산에는 빛이 넘치는 대신 쉬와가 여신과 함께 만족스럽게 지내고 있으며 서른 신에 에워싸인 브라흐마도 그곳에서 지내고 있다오. 순수하고 한결같은 마음으로 그곳 데와흐라다에서 목욕재계하는 순례자는 아쉬와메다 희생제를 지내는 것과 같은 공덕을 쌓을 것이며 일을 크게 이룰 것이오. 그런 뒤 빤디야의 땅에 있는 르샤바 산으로 가시오. 그곳은 신들이 존중하는 땅이니 그곳의 순례자는 와자뻬야 희생제를 하는 공덕을 쌓고 천상 세계에서 기쁨을 누릴 것이오. 대왕이시여, 그런 다음에는 압싸라스들이 언제나 붐비는 까웨리 강으로 계속 길을 가시오. 그곳에서 목욕재계하는 사람은 암소 천 마리의 공덕을 쌓을 것이오. 그런 뒤 "처녀의 성지"에 있는 해변에서 목욕재계하면 모든 죄에서 벗어날 것이오.

대왕이시여, 이제 삼계에 명성 자자하고 온 세상이 우러르는, 바다 한가운데 자리하고 있는 고까르나†로 계속 길을 가시오. 브라흐마를 비롯한 신들과 선인, 고행자, 귀신, 약샤, 삐사짜, 낀나라, 큰 뱀들, 싯다, 하늘 시인, 간다르와, 사람 그리고 강과 바다가 모두 모여 우마의 배우자쉬와를 섬기는 곳이라오. 그곳에서 쉬와를 섬기며 사흘 밤을 단식하는 사람은 열 번의 아쉬와메다 희생제를 지내는 것과 같은 공덕을 쌓고 가나빠띠의 지위를 얻을 것이오. 그곳에서 열두 밤을 지낸 사람은 완전한 영혼을 갖게 된다오.

그곳에서 다시 삼계에 명성을 드날린 가야뜨리 성지로 가시오. 그곳에서 사흘 밤을 묵으면 암소 천 마리를 얻는 것과 같은 공덕을 쌓을 것이오. 인간의 주인이시여, 그곳에서는 확 눈에 들어오는 예증으로 브라만들에게 다음과 같은 일이 벌어진다오. 왕자여, 만약 계급이 섞인 자가 가야뜨리†를 암송하면 그것은 베다의 시가 아닌 듯 또는 그저 평범한 노래인 듯 들린다오. 이제 브라만 선인 상우라따의 아주 드문 성지로 가시오. 그러면 미모를 얻고 사랑에도 운이 따를 것이오. 웬나 강에 이르러서는 조상과 신들을 흡족케 하시오. 그러면 공작과 백조가 이끄는 천상의 수레를 타게 될 것이오. 그런 뒤 싯다들이 자주 찾는 고다와리 강까지 간 사람은 가와마야나 희생제를 지내는 것과 같은 공덕을 쌓고 와수끼의 세계에 이르게 될 것이오. 웬나 강과 만나는 곳에서 목욕재계하는 사람은 와자뻬야 희생제를 지내는 것과 같은 공덕을 쌓을 것이며, 와라다 강과 만나는 곳에서 목욕재계하는 사람은 암소 천 마리를 얻는 것과 같은 공덕을 쌓을 것이

고까르나_ 남쪽에 있는 쉬와 신의 성지로 '고' 는 '소' 라는 뜻이며 '까르나' 는 '귀' 라는 뜻으로, '고까르나' 는 '소의 귀처럼 생긴 곳' 이라는 뜻.
가야뜨리_『베다』의 가장 주된 운율 중의 하나.

오. 브라흐마의 성지로 계속 길을 가서 사흘 밤을 묵으면 암소 천 마리를 얻는 것과 같은 공덕을 쌓고 천상에 이를 것이오. 금욕하고 정성스런 마음으로 꾸샤쁠라와나에서 사흘 밤을 묵은 사람은 아쉬와메다 희생제를 지내는 것과 같은 공덕을 쌓을 것이오.

그런 뒤 강의 근원인 아름다운 데와흐라다, 자띠마뜨라흐라다 그리고 신들의 제왕이 백 번의 희생제를 올렸다는 "처녀의 아쉬람"에 그저 가기만 해도 백 번의 아그니슈토마 희생제를 지내는 것과 같은 공덕을 쌓을 것이오. 사르와데와흐라다에서 목욕재계만 해도 암소 천 마리를 얻는 것과 같은 공덕을 쌓을 것이며, 자띠마뜨라흐라다에서 목욕재계하는 사람은 전생을 기억하게 될 것이오.

그곳을 참배한 뒤에는 조상과 신을 염하며 가장 빼어난 강, 성스러운 빠요슈니로 길을 가시오. 암소 천 마리를 얻는 것과 같은 공덕을 쌓을 것이오. 바라따의 대왕이시여, 단다까 숲으로 가서 그곳 물을 만지고 그저 목욕재계만 해도 암소 천 마리를 얻는 것과 같은 공덕을 쌓을 것이며 가문을 구할 것이오. 사라방가와 고결한 슈끄라의 아쉬람에 이른 사람은 어려움을 겪지 않고 가문을 구할 것이오.

이제, 자마다그니의 아들이 방문했던 슈르빠르까로 가서 그곳 라마의 성지에서 목욕재계하는 사람은 수많은 금을 얻을 것이오. 감각과 음식을 절제하고 삽따고다와라에서 목욕재계하는 사람은 큰 공덕을 쌓을 것이며 신들의 세계에 이를 것이오. 감각과 음식을 절제하고 "신들의 길"에 이른 순례자는 데와사뜨라 희생제의 공덕을 쌓을 것이오. 금욕하고 감각을 절제하며 뚱가까 숲에 이르면 사라스와따 선인이 오래된 베다를, 앙기라스 수행자의 아들이 대선인들의 윗자리에 앉아 잃어버린 베다를 가르치고 있지요. 누군가가 규율대로 정확하게 "옴" 음절을 발음하면 전생부터 읊어왔던 학문이 돌아온다오. 위용 넘치는 브르구가 집전하는 그곳의 희생제에는 선인들과 천인들, 와루나, 아그니, 쁘라자빠띠, 하리, 나라야나 신, 대신, 세상의 할아버지, 신들에 에워싸인 빛이 형형한 은혜로운 주인이 참석하셨다오. 은혜로운 주인은 모든 선인들을 위해 의례집에서 명시한 대로 불을 제대로 피우는 법을 한 번 더 시행하셨다오. 그리하여 의례에 따라 자기들이 취한 기이의 몫에 만족한 신들은 삼계로 떠났고, 선인들은 가고자 하는 곳으로 떠났지요. 여자건 남자건 그 뚱가까 숲에 이른 사람은 모든 죄가 소멸된다오. 지혜로운 사람은 감각과 음식을 절제하며 그곳에서 한 달을 머무른다오. 그러면 그는 브라흐마의 세계에 이르고 자기 가문을 구하게 되지요.

메다위까에 이르러서는 조상과 신에게 제물을 올려야 하오. 그러면 아그니슈토마 희생제를 지내는 것과 같은 공덕을 쌓고 기억력과 지혜를 얻는다오. 세상에 명성 높은 깔라므자라 산에 이르러 데와흐라다에서 목욕재계하는 사람은 암소 천 마리의 공덕을 쌓을 것이오. 왕이시여, 그곳 깔라므자라에 이른 사람은 틀림없이 완전한 영혼을 갖게 될 것이며 천상 세계에서 영광을 얻을 것이오.

그런 뒤 산 중의 산 찌뜨라꾸타 산에서 흐르는, 악을 물리치는 만다끼니 강에 이르러 조상과 신을 염하며 몸을 정갈히 하면 아쉬와메다 희생제를 지내는 것과 같은 공덕을 쌓고 궁극의 목적을 이룰 것이오. 대왕이시여, 그곳에서 다시 마하세나 신이 언제나 머무는 흠 없는 바르뜨르 성지로 가시오. 그저 그곳에 간 것만으로도 일을 이룬다오. 최상의 사내시여, 꼬티 성지에서 목욕재계하는 사람은 암소 천 마리의 공덕을 쌓을 것이오. 왕이시여, 그곳을 오른쪽으로 한 바퀴 돈 뒤 제슈타스타나로 가서 대신에게 다가가면 그는 달처럼 빛날 것 이오. 뚝심 좋은 바라따의 대왕이시여, 그곳에는 네 개의 바다가 다 모여 있다는 명성 높은 우물이 하나 있지요. 유디슈티라 대왕이여, 그곳의 물을 만지고 우물을 오른쪽으로 한 바퀴 도는 순수하고 절제력 있는 사람은 궁극의 목적을 이루게 된다오.

최상의 꾸루 대왕이여, 이제 다샤라타[*]의 아들 라마가 건넜다는 쉬룽가웨라뿌라[*]로 가시오. 금욕을 지키고 정성을 다해 그곳 강가에서 목욕재계하는 사람은 모든 악을 씻고 와자뻬야 희생제를 지내는 것과 같은 공덕을 쌓을 것이오. 인간의 주인이여, 대신에게 다가가 그를 숭배하고 오른쪽으로 한 바퀴 도는 사람은 가나빠띠의 지위를 얻게 될 것이오. 대왕이여, 그곳에서 다시 선인들이 찬미하는 쁘라야가[*]로 계속 길을 가시오. 그곳엔 브라흐마를 비롯한 신들, 방향의 주인들과 함께한 방위들[*], 세상의 수호신들, 사드야, 나이르따, 조상들, 사나뜨꾸마라를 선두로 한 최상 선인들, 앙기라스를 선두로 한 최상의 브라만 선인들, 뱀과 새들, 싯다들, 짜끄라짜라, 강과 바다, 간다르와들과 압싸라스들, 쁘라자빠띠를 앞세운 성스러운 하리,

다샤라타_ 익슈와꾸 왕가의 왕. 라마의 아버지.
쉬룽가웨라뿌라_ '뿔 달린 몸 모양의 마을'이라는 뜻.
쁘라야가_ 지금의 알라하바드 부근에 있는 강으로 강가와 야무나가 만나는 곳이며 유명한 성지.
~함께한 방위들_ 세상 사방팔방 또는 천지를 합한 십방과 방위들을 다스리고 지키는 수호신들.

그 모두가 머무른다오. 그곳에는 모든 성지를 앞지르는 자흐나위[*] 한가운데에 쁘라야가[*]에서부터 흘러나오는 불구덩이 세 개가 있지요. 그곳에는 따빠나의 딸, 삼계에 명성 자자한 야무나 강이 세상을 맑히며 강가 강과 함께 흐르고 있다오. 강가와 야무나 사이에 있는 곳은 "땅의 질膣"이라고 알려져 있지요. 그리고 쁘라야가와 쁘라띠슈타나가 그 "질의 끝, 즉 음문"을 이루고 있다고 선인들은 알고 있다오. 쁘라야가와 쁘라띠슈타나, 깜발라와 아쉬와따라 그리고 보가와띠 성지를 일컬어 "쁘라자빠띠의 제단"이라고 하지요. 유디슈티라여, 그곳에서 베다와 희생제가 화현해 엄격히 서약을 지키는 선인들과 함께 몸소 쁘라자빠띠를 섬기고 있다오. 왕이시여, 그곳에는 천인들과 짜끄라짜라들이 희생제와 함께 그를 숭배하고 있지요. 위용 넘치는 바라따의 후손이여, 삼계의 성지 중에 쁘라야가보다 더 성스러운 곳은 없다오. 쁘라야가는 모든 성지 위에 우뚝 서 있지요. 이 성지에 대해 듣거나 그 이름을 암송하거나 또는 그곳에서 흙 한 줌을 가져온 사람은 모든 죄에서 벗어날 수 있다오. 서약에 엄격한 사람이 그곳 강과 강이 합하는 지점에서 몸을 정갈히 하면 라자수야 희생제와 아쉬와메다 희생제를 지내는 것과 같은 성스러운 공덕을 쌓게 된다오. 세상의 주인이여, 그곳이 신들도 우러러보는 성지 중의 성지이기 때문이지요. 바라따의 후예여, 그곳에서 베푼 것은 아무리 작아도 점점 커지게 된다오. 친애하는 이여, 베다의 말씀도, 세상의 말도 쁘라야가에서 죽음을 맞겠다는 그대의 생각을 방해하도록 해서는 안 되오. 꾸루의 후손이여, 세상에는 지금 육천만 개에다가 십만 개를 더한 것만큼이나 많은 성지가 있다고 하오. 네 베다를 공부하고 진실을 말하는 것에서 얻은 공덕은 그저 강가와 야무나가 만나는 곳에서 목욕재계하는 것만으로도 다 얻을 수 있다오.

와수끼의 대성지인 보가와띠[*]가 있지요. 그곳에서 몸을 정갈히 하는 사람은 아쉬와메다 희생제를 지내는 것과 같은 공덕을 쌓게 된다오. 강가 강에는 또 세상에 유명한 항사쁘라빠따나 성지와 다샤와메디까 성지가 있소. 강가 강이 흐르는 곳은 고행의 숲이며, 강가 강과 인접한 나라는 싯다들의 들녘이라고 알려져 있다오.

덕 있는 사람이라면 이런 사실을 브라만과 자기 아들, 동지 그리고 제자와 시종의 귀에 전해주어야 한다오. 이것은 법답고 성스러우며 희생제와 같고 순수하며 즐거운 것이오. 이것은 천상의 것과 같고 기쁨 넘치며 더없이 순결한 것이오. 이것은 대선인들의 신묘함이며 모든 악을 없애주는 것이라오. 이것을 브라만들 가운데서 들었다면 그는 흠 없는 경지를 이룰 것이고, 영원한 성지의 성스러움에 대해서 들은 사람은 영원히 순결할 것이오. 그런 사람은 여러 생을 기억하고 천상에서 기쁨을 누릴 것이오. 성지 중에는 범접할 수 있는 것도 있고 범접할 수 없는 것도 있지요. 모든 성지를 다 가고 싶다면 범접할 수 없는 곳은 마음으로 가면 된다오.

와수, 사드야, 아디띠야, 마루뜨, 아쉬윈 그리고 신 같은 선인들

보가와띠_ 뱀들이 사는 곳. 지하 세계에 있다고 한다.

378

은 공덕을 쌓기 위해 그곳들을 방문했다오. 서약에 충실한 꾸루의 후예여, 그대 또한 정해진 규율에 따라 부지런히 이 성지들을 순례하시오. 그러다 보면 그대의 공덕이 더욱 많이 쌓일 것이오. 성현들과 학덕 있는 사람들, 앞을 보는 사람들은 모두들 예전에 이미 자신들의 완벽한 명상과 재능 그리고 베다를 보는 눈으로 이 성지들을 방문했었다오. 꾸루의 후예여, 서약을 지키지 않은 사람들, 감정을 절제하지 않은 사람들, 순수하지 않은 사람들, 남의 것을 훔치는 사람들, 마음이 곧지 않은 사람들은 성지에서 목욕재계할 수 없다오. 친애하는 이여, 그대는 거동 바르고 항상 다르마와 아르타를 추구하며 조상과 선조들을 잘 섬기고 있소. 다르마를 아는 왕자여, 브라흐마를 비롯한 신들과 선인들도 모두 그대를 늘 흡족케 여기신다오. 인드라를 닮은 비슈마여, 그대는 와수들의 세계를 얻을 것이며 지상에서 명예가 다함이 없을 것이오.'

나라다가 말했다.

'이렇게 말을 마친 성스러운 뿔라스띠야 선인은 흡족해하며 그 자리에서 사라졌다오. 범 같은 꾸루여, 비슈마 또한 경전의 정수를 이해하고 뿔라스띠야의 말에 따라 그때부터 세상을 돌며 성지를 순례했다오. 정해진 규율에 따라 세상을 돌며 성지를 순례하는 사람은 백 번의 아쉬와메다 희생제를 치르는 것과 다름없다오. 쁘르타의 아들이여, 그대가 선인들을 성지로 이끌어 간다면 그대의 공덕은 여덟 배는 더 늘어날 것이오. 바라따의 후손이여, 지금 그 성지들은 모두 락샤사들이 차지하고 있어서 그대가 아니면 누구도 갈 수가 없소. 아침 일찍 일어나 성지에 관해 선인들이 암송한 것을 외우는 사람은 모든 죄를 사함받을 것이오. 가장 빼어난 선인들, 왈미끼, 까샤빠, 아뜨레야, 위쉬와미뜨라, 가우따마, 아시따 데왈라, 마르깐데야, 갈라와, 바라드와자, 와시슈타, 우달라까 수행자, 샤우나까와 그의 아들, 진언에 가장 뛰어난 위야사, 최고의 수행자 두르와사스, 대고행자 자발리 같은 분들이 모두 그대가 올 것을 기대하며 그곳에 머물고 계시오. 대왕이여, 그 수행자들과 함께 성지를 순례하시오.

가늠할 수 없는 빛을 지닌 천상 선인 로마샤가 그대와 만나 함께 길을 떠날 것이오. 다르마를 아는 왕이여, 나도 함께 그 성지들을 순례할 것이오. 그대는 마하비샤처럼 큰 명예를 얻을 것이오. 범 같은 꾸루여, 고결한 야야띠＊처럼, 뿌루라와스 왕처럼 그대도 그대의 다르마로 빛날 것이오. 바기라타 왕처럼, 명성 자자한 라마처럼 그대도 모든 왕들 가운데 태양처럼 빛날 것이오. 마누처럼, 익슈와꾸처럼, 명예로운 뿌루처럼, 영광스런 와인야처럼 그대도 이름을 드날릴 것이오. 우르뜨라를 죽인 신이 적들을 모두 태웠던 것처럼 그대도 적을 물리치고 만백성을 보살필 것이오. 연꽃 눈의 왕이시여, 세상을 얻고 그대의 다르마를 얻은 뒤에는 그대의 다르마로 아르주나 까르따위르야＊처럼 이름을 드날릴 것이오.'

와이샴빠야나가 말했다

야야띠_ 공덕이 다해 하늘 세계에서 지상으로 떨어져 내린 왕.
까르따위르야_ 빠라슈라마가 모든 크샤뜨리야를 정벌하게 하는 계기를 마련해 준 유명한 왕.

"성스러운 나라다 선인은 이렇게 왕의 용기를 북돋아준 뒤 고결한 그를 떠나 그곳에서 모습을 감추었습니다. 고결한 유디슈티라는 그의 말을 곰곰이 생각한 다음 성스러운 선인들에게 성지 순례에 관한 자기 뜻을 알렸답니다."

84

이어지는 와이샴빠야나의 이야기는 이러하다.

사려 깊은 나라다와 아우들의 마음을 살핀 뒤 유디슈티라 왕은 아버지 같은 다움미야에게 가서 말했다.

'저는 무기를 얻어 오라는 구실로 범 같은 사내, 진실의 위력을 가진 영웅, 가늠할 수 없는 영혼을 가진 완력 넘치는 아르주나를 떠나보냈습니다. 고행자시여, 그는 충성스럽고 능력 있으며 온갖 무기를 다룰 줄 아는, 와아수데와처럼 위용 넘치는 영웅이지요. 브라만이시여, 저는 적을 처단하는 이 두 용맹스런 끄르슈나†를 잘 알고 있습니다. 위용 넘치는 위야사께서도 세 유가 동안이나 연꽃 눈의 와아수데와와 아르주나를 알고 계십니다. 나라다 또한 그렇게 알고 계신다는 것을 종종 제게 말씀하시곤 했지요. 그래서 저도 그들이 오래된

---

† **끄르슈나**_ 아르주나와 끄르슈나를 말하며 종종 두 명의 끄르슈나로 불린다.

선인 나라와 나라야나라는 것을 알고 있습니다. 신의 아들 아르주나는 결코 인드라에 못지않습니다. 그래서 저는 신들의 제왕 인드라를 주시한 뒤 그에게서 무기를 가져오게 하기 위해 아르주나를 신들에게 보냈지요. 비슈마와 드로나는 아띠라타[*]이며 끄르빠와 아쉬와타만도 무적입니다. 드르따라슈트라의 아들들은 전쟁을 위해 위력 넘치는 그들을 선택했습니다. 그들은 모두 무예학을 알고 무기 사용에 달통한 영웅들입니다. 또한 마부의 아들, 천상의 무기를 아는 위력 넘치는 대전사 까르나는 언제나 쁘르타의 아들 아르주나와 싸우고 싶어 합니다. 그의 빠르기는 준마와 같고, 위력은 바람과 같으며, 화살촉은 굉음을 내며 치솟는 불과 같지요. 그는 드르따라슈트라의 아들들이라는 바람이 일으킨, 무기의 힘으로 타오른 먼지구름입니다. 그는 종말의 날, 시간의 부름으로 타오르는 불과 같습니다. 그는 기어이 우리 군사들의 거처를 태우고 말 것입니다. 오직 끄르슈나라는 바람이 일으키는 아르주나의 거대한 천상의 무기 구름만이 백조 같은 흰말과 무지개처럼 빛나는 간디와 활로 끊임없는 화살 비를 쏟아 부어 까르나의 타는 불길을 끌 수 있을 것입니다.

적의 도시를 정복한 승리자 아르주나는 틀림없이 인드라에게서 천상의 무기를 배워 혼자서도 그들 모두를 당해낼 수 있을 것입니다. 전장에선 아무도 그와 대적할 수 없을 것이며, 아무리 적군이 반격해 와도 그의 힘에 미치지 못할 것입니다. 우리는 날탄의 정수를 배우고 돌아온 빤두의 아들 아르주나를 만날 수 있을 것입니다. 아무리 짐이

아띠라타_ '일당백의 위대한 전사'라는 뜻.

무거워도 그의 어깨는 처지지 않을 것입니다. 두 발 가진 자들 중에 가장 뛰어난 분이시여, 그 영웅 없이 우리는 이 숲에서 아무 의미도 없이 살고 있습니다. 끄르슈나아 또한 이 깜먀까 숲에서 우리처럼 지냅니다. 스승이시여, 성자들이 많이 살며 풍부한 음식과 열매가 있는 깨끗하고 좋은 다른 숲을 알려주십시오. 우리는 얼마간 그 숲에서 지내며 비를 바라는 사람이 구름을 기다리듯 진실의 위력을 지닌 영웅 아르주나를 기다리고 싶습니다. 뛰어난 브라만들에게 잘 알려진 여러 아쉬람과 못과 계곡과 아름다운 산이 있는 곳을 말씀해주십시오. 브라만이시여, 아르주나가 없는 깜먀까 숲에서 지내는 것은 더 이상 즐겁지가 않습니다. 어서 다른 곳으로 갔으면 합니다.'

85

이어지는 와이샴빠야나의 이야기는 이러하다.

풀죽어 있던 빤다와들이 모두 어서 떠나고 싶어 하는 것을 보고 브르하스빠띠 같은 왕사 다움미야는 그들을 위로하며 이렇게 말했다.

'황소 같은 바라따의 왕이시여, 브라만들이 즐겨 찾는 아쉬람과 왕국들과 성지들 그리고 산들에 관해 이야기해줄 테니 잘 들어보십시오. 유디슈티라여, 먼저 선인왕들이 즐겨 찾는 아름다운 동쪽의 성지들을 생각나는 대로 말씀드리리다.

바라따의 후손이여, 동쪽으로 가다보면 신과 선인들이 머물고 있는 나이미샤라는 곳이 있지요. 그곳에는 여러 다른 신들에게 속한 수 없이 많은 성지들이 있다오. 그곳에는 신과 선인들이 즐겨 찾는 아름답고 성스러운 고마띠 강이 흐르고 있지요. 그곳에는 신들이 희생제를 지냈던 제사의 기둥과 태양신을 위해 동물을 희생했던 흔적도 남아 있답니다. 동쪽에는 또한 선인왕들이 우러르는 참으로 성스러운 가야의 산과 서른 명의 신과 선인들이 우러르는 브라흐마의 상서로운 못이 있답니다. 범 같은 사내여, 그래서 옛 사람들은 가야에 홀로 가야 하는 사람은 많은 자손을 염원하고 가라고 했지요. 순결한 왕이시여, 그곳에는 또 마하나디 강과 가야쉬라스 강이 있고, 악샤야까라나 반얀 나무는 브라만들에게 아주 유명하답니다. 주인이시여, 그곳에서 조상들에게 음식을 바치면 줄어드는 법이 없기 때문이지요.

바라따의 후손이여, 그곳에는 성스러운 물이 흐르는 팔구라는 큰 강이 있지요. 뚝심 좋은 바라따여, 그곳에는 또한 열매와 나무뿌리가 풍성한 까우쉬끼 강이 흐르고 있답니다. 그곳에서 위쉬와미뜨라 고행자는 브라만이 되었지요. 친애하는 왕이여, 그곳에는 바기라타가 막대한 선물을 주며 많은 희생제를 올렸던 성스러운 강가 강이 있습니다. 빤짤라 왕국에는 위쉬와미뜨라 까우쉬까가 인드라와 함께 제사 지내던 우뜨빨라와따가 있다고 합니다. 위쉬와미뜨라의 초인적인 위력을 보고 성스럽고 위용 넘치는 자마다그니의 아들 라마는 그곳에서 이렇게 노래했다고 합니다.

깐야꿉자에서 까우쉬까는 인드라와 함께 소마를 마셨네.

그는 "나는 브라만이다"라고 말하며 크샤뜨리야를 벗었다네.

그곳에는 세상에 명성 높은 강가 강과 야무나 강이 만나는 지점이 있다오. 그곳은 선인들이 즐겨 찾는 순결하고 공덕 많은 빼어난 성지이지요. 또한 만물의 혼이신 세상의 할아버지께서 오래도록 제사 지내던 곳이기도 합니다. 최상의 바라따여, 그래서 그곳을 쁘라야가라고 부른답니다.

왕 중의 왕이시여, 그곳에는 또 아가스띠야의 대아쉬람이 있고, 깔라므자라 산에는 히란야빈두가 있답니다. 꾸루의 후예시여, 그곳에는 어떤 산보다도 성스러운 산, 고결한 바르가와의 마헨드라 산이 있답니다. 꾼띠의 아들 유디슈티라여, 그곳은 언젠가 브라흐마가 제사 지냈던 곳이고, 또한 성스러운 바기라타가 거처를 두었던 곳이랍니다. 백성들의 주인이시여, 그곳에는 악을 씻어 내린 사람들로 붐비는, 브라흐마샬라[†]라고 알려진 성스러운 강이 있는데 그 경관이 매우 성스럽답니다. 백성들의 주인이시여, 또한 세상에 이름 드높고 맑고 상서로우며 영원한 마땅가의 초지가 있지요. 그곳은 위대하고 빼어난 아쉬람이랍니다. 아름다운 꾼도다 산은 나무뿌리와 열매와 물이 풍성해 목마른 니샤다의 왕 날라이 물과 쉼터를 찾았던 곳이지요. 이곳 동쪽에는 수행자들로 단장한 아름다운 데와와나가 있고 산봉우리에는 바후나 강과 난다 강이 있답니다.

대왕이시여, 지금까지 동쪽 나라에 있는 성지와 강과 산과 성소

브라흐마샬라_ '브라흐마의 거처'라는 뜻.

들에 대해 이야기해드렸습니다. 이제 다른 세 방향에 있는 성지와 강과 산과 성소들에 대해 말씀드리지요.'

86

다움미야가 말했다.

'바라따의 후손이시여, 남쪽에 있는 성지들에 관해 내가 알고 있는 대로 말씀드릴 터이니 잘 들으십시오.

그 지역에는 쉴 곳과 물이 풍부하고 상서로워서 고행자들이 즐겨 찾는 성스러운 고다와리 강이 있으며, 죄에 대한 두려움을 없애주는 웬나 강과 비마라타 강이 있답니다. 그곳에는 사슴과 새들이 북새통을 이루고, 아쉬람들이 가득하답니다. 황소 같은 바라따여, 그곳에는 또 선인왕 느르가의 강인 빠요슈니 강이 있지요. 브라만들이 즐겨찾는 곳으로, 물이 풍성한 아름다운 성지랍니다. 이 땅의 주인이시여, 대고행자이자 대요기인 마르깐데야는 다음과 같이 느르가 왕을 드높이 찬탄하는 노래를 지었답니다.

느르가가 제사 지낼 때 인드라는 소마에 취하고
사제들은 선물에 취했다고 들었다네.

와루나스로따사 산에는 성스러운 마타라의 숲이 있지요. 뚝심 좋은 바라따여, 그곳은 상서롭고 나무뿌리와 열매가 풍부하며 희생제의 기둥이 있는 곳이랍니다. 빠르웨니의 북쪽과 성스러운 깐와의 아쉬람에는 고행자들이 기거하는 수많은 숲이 있다는 이야기를 들었습니다.

친애하는 바라따의 왕이시여, 쉬루빠라까에는 고결한 자마다그니의 두 제단이 있답니다. 아름다운 빠샤나띠르타와 뿌라쉬짠드라가 그것이지요. 꾼띠의 아들이여, 마르띠야 왕국에는 수많은 아쉬람과 함께 아쇼까의 성지가 있답니다. 빤디야의 땅에는 아가스띠야 성지와 와루나 성지가 있지요. 뚝심 좋은 사내여, 그곳에는 또 "성스러운 처녀"도 있다고 합니다. 꾼띠의 아들이여, 이제 따므라빠르니[*]에 대해 이야기할 터이니 들어보십시오. 그곳에서는 신들이 큰 공덕을 얻으려 고행하고 있다고 합니다. 바라따여, 고까르나는 삼계에 이름 드높고, 그곳의 물은 시원하고 풍부하답니다. 그곳에는 영혼이 맑지 못한 사람들은 도저히 오를 수 없는 못이 있지요. 데와사바 산에는 아가스띠야의 제자 뜨르나소마그니의 성스러운 아쉬람이 있습니다. 열매와 나무뿌리가 풍성한 곳이지요. 그곳에는 명예롭고 상서로운, 보석으로 된 와이두르야 산이 있답니다. 또한 물과 나무뿌리와 열매가 풍성한 아가스띠야의 아쉬람도 있지요.

인간들의 왕이시여, 이제 수라슈트라에 있는 성지들과 아쉬람, 강과 산과 호수들에 대해서도 말씀드리지요.

유디슈티라여, 브라만들은 바다에는 짜마손맛자나와 서른 명의

따므라빠르니_ '구리와 나무가 풍부한 곳', 또는 '숲이 울창한 곳'이라는 뜻.

신들의 쁘라바사 성지가 있다고 말한답니다. 수행자들이 즐겨 찾는 성스러운 삔다라까 큰 산과 일을 빨리 이루게 해주는 웃자얀따 큰 산도 있지요. 최고의 천상 선인 나라다가 그 산에 대해 읊은 시가 있으니 들어보십시오.

사슴과 새들이 모여드는 수라슈트라와 웃자얀따 성산에서
고행하는 사람은 천상 세계에서 영광을 얻으리.

오래된 신 마두수다나끄르슈나가 화현해 머무르셨던 성스러운 드와라와띠드와라까 또한 그곳에 있답니다. 그분이야말로 영원한 다르마입니다. 베다를 아는 브라만들과 고결한 혼에 대해 아는 사람들은 고결한 끄르슈나야말로 영원한 다르마라고 했지요. 고원다끄르슈나는 영혼을 맑히는 가장 빼어난 분이시고, 성스럽고 성스러운 분이시며, 상서롭고 상서로운 분이시기 때문입니다. 영원한 연꽃 눈의 신 중의 신, 우주이시며 가늠할 수 없는 영혼을 지닌 하리, 마두를 처단하신 그분이 그곳에 머무르셨답니다.'

87

다움미야가 말했다.
'이제 서쪽 아완띠*에서 찾을 수 있는 맑고 성스러운 장소들을 말씀드리지요.

그곳에는 니르마다 강이 서쪽으로 흐르고 있답니다. 바라따의 후손이시여, 그 성스러운 강엔 쁘라양구 덩굴들과 망고 나무 숲이 우거져 있고 수숫대가 무성하답니다. 그곳에는 위쉬와와수 수행자의 성스러운 자리가 놓여 있고, 인간을 수레로 삼은 풍요의 주인 꾸베라가 태어난 곳이 있지요. 또 와이두르야쉬카라라는 이름의 상서롭고 성스러운 언덕도 있으며, 그곳의 초록빛 나무들은 천상의 꽃과 열매를 맺고 있답니다. 왕이시여, 그 언덕 꼭대기에는 신과 간다르와들이 즐겨 찾는 연꽃 만개한 성자의 못이 있지요. 대왕이시여, 신들이 언제나 즐겨 찾는 성스럽고 신묘하며 천상과 같은 그 언덕에는 놀라운 장소가 있답니다. 적의 도시를 점령한 왕이시여, 그곳엔 또 못이 즐비한, 선인왕 위쉬와미뜨라의 강인 성스러운 빠라 강도 있지요. 나후샤의 아들 야야띠는 그곳 강변에 있는 선자들 사이에 떨어졌었답니다.

영웅이시여, 거기에는 또 성스러운 못과 마이나까 산 그리고 열매와 나무뿌리가 풍부한 아시따 산이 있습니다. 깍샤세나의 성스러운 아쉬람도 있지요. 빤두의 아들 유디슈티라여, 또한 사방에 명성 자자한 짜와나의 아쉬람도 그곳에 있지요. 주인이시여, 그곳에서는 아주 조금만 고행해도 일을 이룰 수 있답니다. 최상의 대왕이시여, 깊은 영혼을 가진 빼어난 선인들의 아쉬람, 사슴과 새들이 붐비는 줌부마르가의 아쉬람도 있습니다. 왕이시여, 가장 성스럽고 언제나 고

아완띠_ 지금의 웃자인으로 힌두교 7대 성지 중 하나이며 거기서 죽으면 내생에 영원한 행복을 보장받는다고 한다.

행자들로 붐비는 께뚜말라, 메드야, 강가의 숲도 그곳에 있답니다. 이 땅의 주인 바라따의 후손이시여, 브라만들로 붐비는 유명하고 성스러운 신두 왕국의 숲도, 조물주의 못도, 와이카나사와 싯다와 선인들이 가장 좋아하는 성스러운 뿌슈까라도 모두 그곳에 있지요. 최상의 꾸루시여, 덕이 넘치는 분이시여, 쁘라자빠띠는 뿌슈까라를 칭송하며 이런 시를 읊으셨답니다.

　　뿌슈까라를 마음속으로 염하는 고결한 사람은
　　모든 악을 떨치고 천상 세계에서 기쁨을 누리리라.'

88

　　다움미야가 말했다

　　'범 같은 왕이시여, 이제 북쪽에 있는 성지들과 성소들에 관해 말씀드리지요. 빤두의 아들이시여, 성스런 흐름의 사라스와띠가 있지요. 그곳은 못이 가득하고 숲으로 띠를 두르고 있으며, 무섭도록 빠르게 바다로 흘러가는 야무나가 있답니다. 그곳은 어느 성지보다도 성스러운 성지로 브라만들이 베다 수업을 마치고 목욕을 하는 상서로운 터이지요. 순결한 바라따의 왕이시여, 사하데와가 희생제의 기둥을 던져 희생제 마당을 잰 뒤 희생제를 올렸던 그곳이 바로 상서롭고 공덕 많고 성스러운 아그니쉬라스 성지이지요. 유디슈티라여, 바로 그 일 때문에 인드라가 맨 처음 읊었던 이 시가 브라만들의 입을 통해 세상에 회자되었던 것이랍니다.

야무나 강 따라 사하데와가 세운 불 수천수만을 헤아리고
그가 나눈 선물 수만 수억을 헤아린다네.

바라따의 후예시여, 그곳엔 명성 자자한 짜끄라와르띠 왕이 있어 서른다섯 번의 아쉬와메다 희생제를 지냈답니다. 친애하는 이여, 나는 그 왕이 브라만들의 희망이라는 말을 예전에 들은 적이 있습니다. 이름 드높고 성스러운 사라까스따의 아쉬람도 그곳에 있답니다. 쁘르타의 아들이시여, 사라스와띠 강은 언제나 성현들의 우러름받고 있지요. 대왕이시여, 바로 그곳에서 왈라킬랴 선인들이 제물을 올렸답니다. 유디슈티라여, 그곳과 같은 장소에 성스럽고 성스러운 강, 명성 높은 드르샤드와뜨가 있지요. 인간들의 왕이시여, 그곳은 참으로 성스러운 와이와른야와 베다에 뛰어났던 와르나†가 언제나 성스러운 제를 지냈던 곳이기도 하답니다. 최상의 바라따여, 그들은 모두 여러 학문과 베다를 꿰뚫어 알고 있었지요.

아주 오래전 인드라와 와루나를 비롯한 많은 신들이 위샤카유빠에 모여 고행을 했었지요. 그리하여 그 장소는 성지가 되었답니다.

와르나_ 카스트를 대변하는 논쟁가들이었던 듯하다. 와이와른야는 '무색', 와르나는 '색'을 뜻하는데 애초에 와르나는 피부색으로 구별하던 카스트의 다른 말이었다. 색이 없는 와이와른야와 색이 있는 와르나가 카스트 무용론과 카스트 유용론을 놓고 논쟁했을 것으로 보이나 문헌에서는 흔적을 찾을 수 없다.

위대하고 다복하며 명성 자자한 선인 자마다그니는 아름답고 성스러운 빨라샤까에서 위용 넘치는 희생제를 올렸습니다. 큰 강들은 각자 자기의 강물을 들고 모두 함께 그 대단한 선인을 보러 왔답니다. 그들은 그 선인을 에워싸고 시중을 들었다고 합니다.

영웅적인 대왕이시여, 그곳은 또 위쉬와와수가 직접 저 고결한 사내의 위력을 보고 이러한 시를 지은 곳이라고 합니다.

고결한 자마다그니, 신들을 숭배할 때
강들이 모두 함께 꿀을 바쳐 그를 기쁘게 했네.

간다르와, 약샤, 락샤사, 압싸라스로 빛나고, 산사람과 긴나라들이 머무는 산, 봉우리 가진 산 중에 가장 빼어난 그 산을 강가 강이 강가의 입구에서 물살로 억지로 쪼갰답니다. 유디슈티라 왕이시여, 그곳에는 사나뜨꾸마라와 성스러운 까나깔라 그리고 뿌루라와스가 태어난 뿌루라고 부르는 산이 있답니다. 브르구가 그곳에서 고행했고 대선인들도 그곳을 찾곤 했지요. 그곳은 그의 아쉬람이고, 그 큰 산은 "브르구의 봉우리"라고 알려져 있답니다.

황소 같은 사내시여, 존재하고 존재했고 존재할 것은 모두 나라야나위슈누랍니다. 그는 위용 넘치고 영원한 최상의 인간 위슈누이지요. 너무나 영예롭고 성스럽고 신성한 그분의 아쉬람, 삼계에 명성 자자한 그곳은 드넓은 바다리라고 알려져 있지요. 따뜻한 물을 나르는 강가 강이 드넓은 바다리에 이르러서는 시원한 물과 금모래를 나른답니다. 선인들과 신들, 다복하고 기력 넘치는 사람들은 언제나 그곳에 와서 위용 넘치는 신 나라야나에게 절을 올리지요. 쁘르타의 아들이시여, 궁극의 영혼이시며 영원하신 신 나라야나가 있는 곳에 온 세상과 성지와 성소가 있습니다. 그분은 성스럽고 최상이시며 브라흐마이시고 성지이시며 고행의 숲이십니다. 그분이 계신 곳에 신과 선인과 싯다와 모든 고행자들이 있습니다. 태초의 신, 마두를 처단한 저 위대한 요기가 계신 곳이 성지 중의 성지랍니다. 당신도 틀림없이 그곳에 가게 될 것입니다.

왕이시여, 이런 곳들이 지상에 있는 성지와 성소들입니다. 훌륭한 사내여, 그곳들이 와수와 사드야, 아디띠야, 마루뜨, 아쉬윈 그리고 브라흐마 같은 고결한 선인들이 순례하는 곳이랍니다. 꾼띠의 아들이여, 황소 같은 브라만들과 당신의 아우들과 함께 그곳에 가면 당신의 갈망을 놓아버릴 수 있을 것입니다.'

89

와이샴빠야나가 말했다.

"꾸루의 후예자나메자야시여, 다움미야가 이렇게 말하고 있을 때 빛이 넘치고 넘치는 로마샤 선인이 그곳에 왔답니다. 빤두의 장자인 왕은 브라만들과 함께 마치 신들이 인드라를 맞이하듯 벌떡 일어나 다복한 그를 맞았습니다. 다르마의 왕 유디슈티라는 정성스레 그를 접대한 뒤 그의 안부와 그곳에 온 연유를 물었지요. 빤두의 아들의 깍듯한 대접에 흐뭇해진 고결한 선인은 빤두의 아들들을 기쁘게 하려는 듯 다정하게 대답해주었습니다.

'꾼띠의 아들이여, 온 세상을 마음껏 돌아다니던 어느 날 나는 인드라의 대궐에 들러 신들의 제왕 인드라를 만났다오. 그곳에서 그대의 영웅적인 아우 왼손잡이 궁수 아르주나도 보았지요. 그는 인드라의 왕좌 절반을 차지하고 있었소. 범 같은 사내여, 쁘르타의 아들이 그렇게 앉아 있는 모습은 참으로 놀라운 광경이었다오. 그곳에서 인드라는 직접 내게 "어서 빤두의 아들들에게 가시오"라고 말했소. 그래서 곧바로 여기로 그대와 그대의 아우들을 보러 온 것이오. 칭송 자자한 신과 고결한 쁘르타의 아들의 청으로 당신들에게 더없이 기쁜 소식을 전해줄 테니 끄르슈나아와 그대의 아우들과 함께 들어보시오.

뚝심 좋은 빤두의 아들이여, 그대는 무기를 얻으러 가라고 완력 넘치는 그 사내를 보냈지요. 그 쁘르타의 아들은 루드라가 고행으로 얻었던 "브라흐마의 머리"라는 위대하고 비견할 수 없는 날탄을 루드라에게서 얻었다오. 불로불사의 즙에서 나온 그 무시무시한 날탄은 이제 왼손잡이 궁수의 것이 되었소. 유디슈티라여, 그는 그것을 날리는 법, 되돌아오게 하는 법, 사하는 법 그리고 축복 내리는 진언까지 모두 익혔다오. 꾸루의 후손이여, 아르주나는 또 인드라, 야마, 꾸베라, 와루나에게서도 벼락과 지팡이 그리고 다른 여러 무기들을 얻었다오. 또 위쉬와와수에게서 춤, 노래와 운율, 목청으로 부르는 법과 악기 다루는 법을 규율에 따라 제대로 배웠지요. 이처럼 그대의 아우, 비마의 아우 아르주나는 날탄에 달통하고 간다르와들의 베다[*]

를 배워 잘 지내고 있다오. 유디슈티라여, 이제 가장 뛰어난 신의 전 갈을 전해줄 터이니 잘 들으시오. "훌륭한 브라만이여, 당신이 꼭 인 간들 세상으로 가셨으면 하오. 거기서 유디슈티라에게 내 말을 전해 주시오. 그대의 아우 아르주나는 무기 사용법을 다 배우고 신들을 위 해 신들도 하기 어려운 중대한 일을 한 다음 바로 돌아갈 터이니 그 대와 그대의 아우들은 고행을 계속하도록 하라. 고행은 가장 뛰어난 것이지. 고행보다 더 대단한 것은 세상에 없다. 뚝심 좋은 바라따여, 나는 까르나를 잘 알고 있느니라. 그러나 그는 이제 전장에서 쁘르타 의 아들의 십육 분의 일에도 미치지 못한다. 적을 길들이는 이여, 그 대가 가슴에 품고 있는 까르나에 대한 두려움은 왼손잡이 궁수가 돌 아가면 다 없어지리라. 영웅이여, 성지를 순례하려는 그대의 뜻에 의 혹이 들지 않도록 로마샤가 모두 말해줄 것이다. 바라따여, 고행과 성지 순례의 결실에 대해 그대는 대선인이 말하는 것을 여러 생각 말 고 믿도록 하라"라고 인드라는 내게 말씀하셨소.'"

90

로마샤가 말했다.

'유디슈티라여, 이제 다난자야야르주나의 말을 들어보시오. 아르

간다르와들의 베다_ 춤과 노래 등의 기예.

주나는 내게 이렇게 말했소. "고행을 재산으로 삼은 분이시여, 당신은 고행과 다르마를 아십니다. 제 형 유디슈티라에게 다르마의 영예를 주소서. 당신은 영광스럽고 영원한 다르마를 아시기 때문입니다. 인간을 맑게 하는 것에 대해, 성지의 신성함에 대해 아시는 것은 무엇이든 빤두의 아들에게 말씀해주십시오. 왕이 성지를 순례하고 소를 보시할 수 있게 마음을 다해주십시오." 또한 그는 덧붙이기를 "당신의 보호 아래 그가 성지를 순례할 수 있도록 해주십시오. 최상의 브라만이시여, 다디짜가 인드라를 지키듯, 앙기라스가 태양을 지키듯 걸림돌이 있거나 넘기 어려운 곳에서 그가 락샤사들에게 당하지 않도록 당신이 그를 지켜주십시오. 마법을 쓰는, 산처럼 거대한 락샤사들이 수없이 많지만 당신이 꾼띠의 아들들을 지켜주신다면 그들은 감히 해하려 들지 않을 것입니다"라고 했소.

꾸루의 후손이여, 나는 인드라의 말을 존중하고 아르주나의 마음을 헤아려서 그대와 함께 성지를 순례하며 그대들을 위험에서 보호할 것이오. 예전에도 나는 두 번 성지 순례를 한 적이 있지요. 이번에 그대와 함께 세 번째 순례를 떠날까 하오. 유디슈티라 대왕이시여, 마누를 비롯한 덕 있는 여러 선인왕들도 두려움을 몰아내주는 성지 순례를 했었지요. 꾸루의 후예여, 정직하지 못하거나 온전하지 못한 영혼을 가진 사람, 무지하거나 죄지은 사람 그리고 마음이 곧지 못한 사람은 성지에서 몸을 씻을 자격이 없소. 그러나 그대는 언제나 법답게 생각하고 다르마를 알며 자신의 말에 진실하오. 그러니 당신은 모든 악에서 더욱더 멀어질 것이오. 빤두와 꾼띠의 아들이여, 바기라타 왕처럼, 가야 왕처럼, 야야띠 왕처럼 그대도 그들처럼 될 것이오.'

유디슈티라가 말했다.

'너무 기뻐 무슨 말로 답을 해야 할지 모르겠군요. 신들의 제왕이 저를 기억해주시는데 그보다 더 대단한 일이 어디 있겠습니까? 당신 같은 분이 찾아주시고, 아르주나 같은 아우가 있으며, 인드라가 염려 해주시는데 이보다 더 복 많은 사람이 어디 있으리까? 당신이 말씀 하신 성지 순례는 이미 다움미야의 말을 들었을 때 떠나기로 마음을 정했답니다. 언제든 당신이 가시고 싶은 때를 말씀해주신다면 곧 채 비를 하도록 하겠습니다. 이는 제 굳은 결심입니다.'

와이샴빠야나가 말했다.

"대왕이시여, 떠날 결심을 한 유디슈티라에게 다움미야는 '그렇 다면 대왕이시여, 행장을 가볍게 차리셔야 합니다. 그래야 가기가 수 월할 것입니다' 라고 말했습니다."

유디슈티라가 말했다.

'탁발 음식을 먹고 사는 브라만이나 방랑 수행자들 그리고 단지 왕에 대한 충성심 때문에 나를 따르는 백성들을 모두 돌아가게 하시 오. 이런 사람들은 드르따라슈트라 대왕께 가게 하시오. 왕께서는 적 절한 때 그들에게 알맞은 녹을 줄 것이오. 왕이 알맞은 녹을 주지 않 으면 우리를 대신해 빤짤라 왕이 줄 것이오.'

이어지는 와이샴빠야나의 이야기는 이러하다.

대부분의 백성들은 무거운 짐을 챙겨 브라만이나 다른 여러 수행
자들과 함께 하스띠나뿌라를 향해 떠났습니다. 암비까의 아들 드르
따라슈트라 왕은 그들을 모두 받아들이고 다르마의 왕을 아끼는 마
음으로 여러 가지 선물로 그들을 대접했답니다. 꾼띠의 아들은 몇 명
남지 않은 브라만들과 로마샤와 함께 깜먀까 숲에서 기꺼이 사흘 밤
을 더 지냈습니다.

91

이어지는 와이샴빠야나의 이야기는 이러하다.

꾼띠의 아들이 떠날 채비를 갖추자 그때까지 숲에 남아 있던 브
라만들이 그에게 다가와 말했다.

'왕이시여, 고결한 천상 선인 로마샤와 형제들과 함께 벌써 성지
순례 떠날 채비를 하셨군요. 빤다와 대왕이시여, 우리도 함께 데려가
주시오. 꾸루의 후예시여, 당신과 함께가 아니라면 우리는 평생 성지
를 순례할 수 없을 것입니다. 인간의 주인이시여, 도처에 위험이 도
사리고 있고 오르기 어려운 곳도 있는 데다 들짐승들까지 들끓고 있
어 성지는 뛰어난 용사 몇 명에게만 열려 있는 곳이랍니다. 당신 형
제들은 모두 용맹스런 명궁들이어서 당신 같은 영웅들이 지켜준다
면 우리도 어렵잖게 성지를 순례할 수 있을 것입니다. 이 땅의 왕이

시여, 당신이 호의를 베풀어주신다면 우리도 성지 순례로 얻는 공덕을 얻고 싶습니다. 그래서 우리의 서약을 더욱 굳건히 하고 싶답니다. 왕이시여, 당신들의 용기에 의지해 성지를 순례함으로써 우리는 악을 소멸시키고 그곳에서 목욕재계해 순결해지고 싶습니다. 바라따의 후손이시여, 당신 또한 성지에서 목욕재계해 까르따위르야, 아슈타까, 선인왕 로마빠다, 영웅 바라따 왕이 얻었던 흔치 않은 지위를 틀림없이 얻을 것입니다. 쁘라바사 등의 성지와 마헨드라 등의 큰 산, 강가 등의 강 그리고 쁠락샤 등속의 나무들을 당신과 함께 보고 싶습니다. 왕이시여, 당신께 브라만들을 위하는 마음이 있으시거든 우리가 하는 말을 받아들여주십시오. 그러면 당신은 최고의 열매를 얻을 것입니다. 성지에는 언제나 고행을 방해하는 락샤사들이 들끓고 있지요. 그들에게서 우리를 지켜주심이 마땅할 것입니다. 다움미야와 사려 깊은 나라다 그리고 천상 선인 로마샤 대고행자가 말씀하셨던 성지 순례를 하십시오. 인간의 주인이시여, 우리와 함께 로마샤의 비호를 받으며 지체 없이 그곳들을 순례하시어 악을 물리치십시오.'

비마세나와 형제들에게 둘러싸여 있던 바라따의 황소 유디슈티라는 이렇듯 브라만들이 기쁨의 눈물을 흘리며 정중하게 요청하자 그 모든 선인들에게 말했다.

'그렇게 하겠습니다.'

로마샤와 다움미야 왕사의 승낙으로 위용 넘치는 빤두의 장자는 티 없이 아름다운 드라우빠디와 아우들과 함께 성지 순례할 채비를 갖추었다. 그 즈음 다복한 위야사와 나라다 그리고 빠르와따 성자가 빤다와들을 보기 위해 깜먀까 숲으로 왔다. 유디슈티라는 의례에 따라 그들을 융숭히 대접했다. 그가 환대를 마치자 다복한 선인들이 유디슈티라에게 말했다.

'유디슈티라여, 쌍둥이여 그리고 비마여, 마음을 굳게 다지고, 깨끗하고 순수한 마음으로 성지에 가야 할 것이오. 몸을 잘 살피는 것이 인간들이 지켜야 할 지계라고 브라만들이 말했소. 반면 마음을 맑게 하는 것은 천상의 지계라고 두 번 태어난 자들이 말했지요. 인간의 주인이여, 더러움에 물들지 않은 마음이 용사들에게 어울리는 마음이오. 그러니 동지애를 갖고 마음을 깨끗이 한 뒤 성지로 떠나시오. 육신을 다스리는 정신적인 지계로 몸을 정결히 하고 천상의 지계를 따르면 성지 순례를 하며 얻을 수 있는 결실을 얻을 것이오.'

빤다와들과 끄르슈나아는 그리하겠다고 말하며 천상과 지상의 선인들이 자기들의 순례 길에 축복을 내려주게 했다. 그들은 로마샤, 드와이빠야나 위야사, 천상 선인 나라다와 빠르와따의 발에 이마를 조아리며 경배했다. 그러고 나서 영웅들은 다움미야와 숲에서 함께 지내던 다른 수행자들과 함께 마르가쉬르샤 달*의 뿌샤 별이 뜰 때쯤 성지를 향해 길을 떠났다. 단단한 나무껍질 옷을 입고, 사슴 가죽을 두르고, 머리를 동여매고 튼튼한 갑옷을 입은 일행은 성지 순례를 떠났다. 인드라세나를 비롯한 요리사들과 다른 여러 시종들은 열네 대의 수레에 짐을 싣느라 분주했다. 무기를 챙기고, 칼을 차고 화살집에 화살을 채운 뒤 빤다와 영웅들은 동쪽을 향해 출발했다.

마르가쉬르샤 달_ 태양력의 11~12월에 해당하는 힌두력의 달.

92

유디슈티라가 말했다.

'훌륭하신 천상 선인이시여, 저는 제가 자질이 전혀 없다고는 생각하지 않습니다. 그러나 무슨 연유인지 저보다 더 고통받는 왕은 없는 것 같습니다. 제 적들은 자질도 없고 다르마도 따르지 않습니다. 그런데도 그들은 이 세상에서 풍요를 누리고 삽니다. 로마샤여, 그 연유가 무엇입니까?'

로마샤가 말했다.

'왕이여, 사악한 자들이 죄를 짓고도 복을 누리는 것에 그리 마음 상할 것 없소. 쁘르타의 아들이여, 법 없이 번성을 누리고 적을 이기는 사람이 좋아 보일 수도 있지요. 그러나 결국 그런 사람은 뿌리째 썩고 만다오. 나는 수많은 다이띠야들과 다나와들이 죄를 범하고서도 복을 누리는 것을 보았소. 그러나 결국 그들은 망하고 말았지요.

위용 넘치는 군주시여, 아주 오래전 신들의 시대 때 나는 이 모든 것을 보았다오. 신들은 다르마를 따랐지만 아수라들은 다르마를 무시했소. 바라따의 후예여, 신들은 모두 성지를 방문했으나 아수라들은 그러지 않았지요. 처음엔 다르마가 아닌 것으로부터 그들에게 거만함이 찾아들었지요. 그 거만함이 나중엔 자만심으로 변모하더니, 그 자만심이 결국은 화를 낳았고, 그 화는 부끄러움도 수치심도 모르게 만들었다오. 그렇게 그들의 성격은 점점 파괴되어갔소. 수치심을 모르고 부끄러움을 모르게 되자 그들은 나쁜 짓을 일삼게 되었고 인내와 행운과 다르마가 곧 그들을 떠나버렸소. 왕이시여, 행운은 신들에게 가버렸고 아수라들에게는 불운이 찾아왔다오. 거만함이 그들의 마음을 휘어잡았고, 다이띠야들과 다나와들에게는 깔리가 찾아들었소. 꾼띠의 아들이여, 행운을 잃은 그들에게 깔리가 찾아들자 그들은 다시 거만해졌소. 그들은 제사를 소홀히 했고 제멋대로 굴었소. 자만심이 덮쳐온 그들에게 곧 파멸이 찾아들었소. 명예를 잃은 다이띠야들은 완전한 파멸을 맞고 말았다오. 빤두의 아들이여, 그러나 신들은 다르마를 따르며 바다와 강과 호수를 순례했소. 고행을 하고 제사를 지내며 보시하고 사람들에게 축복을 내렸지요. 그리하여 모든 죄가 소멸되고 그들은 최상의 행복을 찾았다오. 이처럼 보시하고 제사 지내며 신들은 성지를 순례했소. 그리하여 최고의 번성을 누리게 된 것이오.

대왕이여, 당신도 아우들과 함께 성지에서 목욕재계한다면 다시 한 번 예전의 영화를 누릴 것이오. 그것이 오래도록 행해져온 길이라오. 인간의 주인이여, 느르가, 쉬비, 아우쉬나라, 바기라타, 와수마나, 가야, 뿌루, 뿌루라와스 같은 왕들이 늘 고행으로 자신을 맑히고, 성지를 순례하고, 성지에서 몸을 씻고, 고결한 사람들을 만남으로써 명예와 영광과 공덕과 부를 얻었던 것처럼 왕 중의 왕이여, 당신도 그들처럼 끝없는 영화를 누릴 것이오. 익슈와꾸와 그의 자손들, 동지와 추종자들이 그랬듯이 무쭈꾼다, 만다뜨리, 마루따 왕이 그랬듯이, 신들이 고행의 위력으로 그랬듯이, 선인들이 모두 그랬듯이 당신도 그들처럼 신성한 명예를 누릴 것이오. 그러나 드르따라슈트라의 아들들은 자만심과 무지의 노예가 되어 머지않아 다이띠야들처럼 망

하고 말 것이오.'

93

와이샴빠야나가 말했다.

"왕이시여, 이리하여 영웅들과 그들을 따르는 사람들은 여기저기에서 머물다 점차 나이미샤 숲까지 이르게 되었답니다. 바라따의 왕이시여, 고마띠 강에 이른 빤다와들은 몸을 정갈히 하고 소와 재물을 보시했지요. 꾸루의 후손들은 깐야띠르타, 아쉬와띠르타, 가와띠르타 등지에서 거듭거듭 신과 조상과 브라만들을 흡족케 했답니다. 왕이시여, 우르샤쁘르슈타 산의 왈라꼬티에서 밤을 지낸 뒤 빤두의 아들들은 모두 바후다 강에서 목욕재계했답니다. 왕이시여, 그들은 그런 뒤 쁘라야가 성지에서 몸을 씻고 어려운 고행을 하며 '신들이 제사 지내는 곳'에서 머물렀습니다. 고결하고 악이 소멸된, 강가와 야무나가 만나는 곳에서 그들은 서약을 지키며 목욕재계하고 브라만들에게 재물을 나눠주었답니다.

바라따의 후손이시여, 그런 뒤 빤두의 아들들은 브라만들과 함께 고행자들이 즐겨 찾는 '쁘라자빠띠의 제단'으로 갔지요. 영웅들은 힘든 고행을 하고, 숲에서 나는 것들로 브라만들을 흡족케 하며 그곳에 머물렀습니다. 그곳에서 그들은 다르마를 아는 사람들이 붐비는 산으로 계속 길을 갔답니다. 형형한 빛을 지닌 선인왕 가야에게 환대

받은 그곳에는 성스러운 마하나디가 흐르는 가야쉬라스 못이 있었습니다. 그곳에도 역시 가장 성스럽다는 '브라흐마의 못'이 있었는데, 그 못은 선인들이 즐겨 찾는 곳이었답니다. 왕이시여, 바로 그곳이 성스러운 아가스띠야가 위와쉬와뜨의 아들 야마에게 갔던 곳이며 영원하신 다르마야마가 살았던 곳이랍니다. 인간의 주인이시여, 그곳이 바로 모든 강이 솟는 우물이 있는 곳이며 삐나까를 휘두르는 대신쉬와이 언제나 계시는 곳이랍니다. 빤다와 영웅들은 이곳에 있는 커다란 '악샤야와타'라고 이름 붙여진 반얀 나무 아래서 선인들의 대집전으로 연례적으로 지내는 희생제를 지냈답니다. 수백 명의 고행자 브라만들이 그곳에 모여들었고 연례 희생제가 선인들의 의례에 따라 진행되었지요. 베다를 꿰뚫어 알고, 학문과 고행이 뛰어난 브라만들이 초대 손님들 가운데 앉아 고결한 사내들의 성스러운 행적을 이야기했답니다. 그곳에서 학문 뛰어나고 서약에 굳건한 샤마타라는 금욕 수행하는 브라만이 가야 아무르따라야스에 대해 이야기해줬답니다. 그는 이렇게 말했습니다.

'바라따의 왕이시여, 아무르따라야스의 가장 뛰어난 아들, 선인 왕 가야의 성스러운 행적에 대해 들어보십시오. 그는 풍족한 음식과 막대한 선물을 주고 이곳에서 희생제를 지냈답니다. 그곳엔 수천수만 석을 헤아리는 산더미 같은 쌀과 넘쳐흐르는 기이, 강을 이루는 커드 그리고 맛난 음식들이 물결을 이루었지요. 왕이시여, 청하는 모든 사람들에게 음식을 베풀었고 브라만들은 따로 특별히 장만한 음식을 먹었습니다. 선물을 나눠줄 때는 브라흐마를 낭송하는 소리가 하늘을 찔렀다고 합니다. 바라따시여, 그래서 브라흐마를 외치는 소리 외에는 아무 소리도 들리지 않았다고 하지요. 땅과 허공과 창공과 하늘은 웅웅거리는 그 소리로 채워졌고, 그것은 참으로 놀라운 광경이었답니다. 황소 같은 바라따시여, 맑은 음식과 마실 것에 만족한 사람들은 사방을 밝히며 노래를 불렀답니다.

어떤 생명이 아직 가야의 희생제에서 음식을 원하리?
스물다섯 개의 산더미 같은 음식이 아직도 남아 있지 않은가?
끝없는 빛의 선인왕 가야가 희생제에서 했던 것은
어떤 인간도 하지 못했고, 어떤 인간도 하지 못하리.
이 같은 가야의 제물에 만족한 신들이 어찌
다른 희생제 음식에 만족할 수 있으리.

꾸루의 후예시여, 호수와 가까운 곳에서 이런 수많은 노래가 고결한 저 왕의 희생제에서 터져 나왔답니다.'"

아가스띠야

94

와이샴빠야나가 말했다.

"그런 뒤 보시 많이 하는 꾼띠의 아들은 아가스띠야 성자의 아쉬람에 이르러 두르자야에서 묵었답니다. 그곳에서 웅변가 중의 웅변가인 왕은 로마샤에게 '아가스띠야는 무슨 연유로 이곳에서 와따삐를 죽였습니까? 인간들을 살육하곤 했던 와따삐의 위력은 어느 정도였나요? 무엇이 고결한 아가스띠야를 그토록 분노케 했습니까?' 라고 물었습니다."

이어지는 와이샴빠야나의 이야기는 이러하다.

로마샤가 말했다.

'꾸루의 후예여, 옛날 마니마띠라는 도시에 일왈라라는 다이띠야가 살고 있었다오. 그의 아우는 와따삐라고 했지요. 이 다이띠야는 수행력 높은 브라만에게 "성스런 분이시여, 제게 인드라 같은 아들을 하나 점지해주십시오"라고 청했소. 브라만은 그에게 인드라 같은 아들을 점지하기를 거절했소. 일왈라는 그 때문에 브라만에게 격분했소. 일왈라는 이미 죽어 저승에 가 있는 사람을 불러내 다시 몸을 갖고 살아나 현실에 나타나도록 할 수가 있었다오. 그래서 그는 아수라 와따삐를 잘 요리된 염소로 둔갑시켜 브라만들에게 먹인 뒤 염소를 다시 불러내곤 했지요. 백성의 주인이여, 그러면 대아수라 와따삐는 브라만의 옆구리를 가르고 튀어나오며 웃어젖히곤 했다오. 왕이시여, 마음 나쁜 다이띠야 일왈라는 이런 식으로 거듭해서 와따삐를 브라만들에게 먹인 뒤 그들에게 해를 가했다오.'

로마샤가 유디슈티라에게 들려준 이야기는 이러하다.

한편 아가스띠야 성자는 머리를 아래쪽으로 향한 채 구덩이에 매달려 있는 자기 조상들을 보았다. 그는 매달려 있는 조상들에게 물었다.

'왜 그런 모습을 하고 계십니까?'

브라흐마를 논하는 조상들이 말했다.

'후손 때문이라네.'

그들은 그에게 이야기를 시작했다.

'우리는 네 조상이다. 후손을 보지 못해 이렇게 거꾸로 매달려 구덩이에서 죽게 생겼구나. 아가스띠야여, 만약 네가 빼어난 자식을 낳

는다면 우리는 이 지옥에서 벗어날 것이고, 아들아, 너는 목적을 이루게 될 것이다.'

언제나 진실의 다르마를 따르는 빛나는 성자가 그들에게 말했다.

'조상님들이시여, 당신들의 소망대로 하겠습니다. 마음에서 고통의 불길을 거두십시오.'

그런 뒤 성스러운 선인은 후손 볼 일에 대해 궁리해봤으나 아들을 낳아줄 만한 여인을 찾지 못했다. 그래서 그는 각기 다른 생물에서 가장 빼어난 부분을 골라 모아 그것들로 빼어난 여인을 빚었다. 대단한 고행의 위력을 지닌 수행자는 그녀를 다 빚은 뒤 자식을 얻기 위해 고행하고 있던 위다르바의 왕에게 그녀를 점지해주었다. 자신을 위해 그녀를 잘 간직해두기 위해서였다. 그녀는 그곳에서 태어났고, 번개 띠처럼 아름다웠다. 그녀는 예쁘게 자랐고 얼굴은 밝고 빛났다. 그녀가 세상에 태어나자마자 위다르바의 왕은 기쁨을 감추지 못하며 브라만들에게 알렸다. 모든 브라만들이 그녀의 탄생을 반겼다. 브라만들은 그녀에게 로빠무드라*라는 이름을 지어주었다. 그녀는 놀라운 미모를 갖추고, 물속의 연꽃처럼, 눈부신 불꽃처럼 빠르게 자랐다.

공주가 혼기에 이르자 잘 단장한 백 명의 처녀들과 백 명의 시녀들이 아름다운 그녀를 시중들었다. 백 명의 처녀들 한가운데서 백 명의 시녀에게 에워싸인 그녀는 마치 하늘에 떠 있는 로히니 별처럼 빛

로빠무드라_ '로빠'는 '빼앗다'는 뜻이며, '무드라'는 '상징', '상상' 등의 뜻으로 '인간이 할 수 있는 상상을 모두 빼앗아 갈 만큼 아름다움 여인'이라는 뜻.

을 내며 앉아 있었다. 혼기에 이른 그녀는 행동거지가 바르고 덕이 있었으나 고결한 성자에 대한 두려움 때문에† 그녀에게 어떤 사내도 감히 접근하지 못했다. 그녀는 진실을 말했고 압싸라스보다 아름다웠으며 바른 거동으로 아버지와 친지들의 마음을 언제나 흐뭇하게 했다. 위다르바의 공주가 혼기에 든 것을 본 아버지는 마음속으로 고심했다.

'누구에게 내 딸을 줄 것인가?'

95

이어지는 로마샤의 이야기는 이러하다.

지금쯤이면 로빠무드라가 집안일을 돌볼 수 있겠다고 생각한 아가스띠야는 위다르바의 왕에게 가서 말했다.

'왕이시여, 난 후손을 봐야겠다고 마음을 정했습니다. 이 땅을 지키는 분이시여, 나는 당신을 선택했습니다. 로빠무드라를 내게 주십시오.'

수행자의 말을 들은 이 땅의 주인은 마음 둘 곳을 찾지 못했다.

~두려움 때문에_ 뒤의 내용으로 보아 그런 것 같지는 않지만 그러한 사실을 알고 있는 구술자가 추임새 쯤으로 덧붙인 말인 듯 하다.

그의 요구를 거절할 수 없었으나 딸을 주고 싶지가 않았다. 왕은 왕비에게 갔다. 그리고 말했다.

'그분은 위력 넘치는 대선인이시오. 화나면 분노의 불길로 나를 태워버릴 것이오.'

왕과 왕비가 고민하는 것을 본 로빠무드라는 그들에게 가서 때맞춰 말했다.

'이 땅을 지키는 분이시여, 저 때문에 괴로워하지 마십시오. 아버님, 저를 아가스띠야께 보내시고, 저를 도구 삼아 두 분을 구하십시오.'

딸의 말에 따라 왕은 적절한 의식을 올리고 로빠무드라를 고결한 아가스띠야에게 주었다. 로빠무드라를 아내로 얻은 아가스띠야가 그녀에게 말했다.

'값진 옷과 장신구를 버리시오.'

매끄러운 다리를 가진 눈이 긴 여인은 값지고 섬세하고 아름다운 것들을 다 버렸다. 눈이 긴 여인은 거친 나무껍질 옷을 입고 사슴 가죽을 둘렀다. 그녀는 서약을 하고 남편과 함께 길을 갔다.

빼어나고 성스러운 선인은 강가드와라로 갔다. 그는 고분고분한 아내와 함께 혹독하게 고행했다. 그녀는 사랑과 존경으로 남편을 섬겼다. 위용 넘치는 아가스띠야 또한 아내에게서 크나큰 기쁨을 얻었다. 이렇게 오랜 세월이 흐른 뒤 성스러운 선인은 고행으로 빛나는 아내가 몸을 정갈히 씻고 있는 것을 보았다. 그녀의 헌신과 정갈함, 절제와 아름다움과 사랑스러움에 마음이 흡족해진 선인은 그녀를 잠자리에 청했다.

아내는 두 손 공손히 모으고 서서 수줍은 듯 얼굴을 붉히며 사랑에 가득 찬 목소리로 성자에게 말했다.

'남편이 후손을 보기 위해 아내를 얻는다는 것은 분명한 사실입니다. 선인이시여, 그러나 제게서 찾으신 즐거움을 당신도 제게 주셔야 합니다. 브라만이시여, 당신은 제가 아버지의 궁궐에서 누렸던 것과 같은 좋은 침상에서 저와 잠자리를 함께하십시오. 저는 천상의 장신구로 단장하고 있겠습니다. 당신 또한 그런 화환과 장신구로 단장하고 저를 청하심이 마땅할 것입니다.'

아가스띠야가 말했다.

'날씬하고 복 많은 로빠무드라여, 내겐 당신 아버지가 가진 그런 재산이 없다오.'

로빠무드라가 말했다.

'위력 넘치는 주인이시여, 당신의 수행력이라면 세상에 못할 일이 없을 것입니다. 인간 세상에 있는 모든 재물을 한순간에 다 가져올 수도 있을 것입니다.'

아가스띠야가 말했다.

'당신 말이 맞긴 하오. 그러나 내 수행력이 크게 손상될 것이오. 내 수행력에 금이 가지 않을 만한 일을 하게 해주시오.'

로빠무드라가 말했다.

'고행이 재산인 분이시여, 제가 잉태할 수 있는 시기는 그리 길지 않답니다. 또한 제가 말씀드린 대로 되지 않으면 저는 신이라도 함께 눕지 않을 것입니다. 고행자시여, 또한 당신이 다르마를 허비하는 것도 원치 않습니다. 그러나 당신은 제가 바라는 일을 이루어주심이 마

땅할 것입니다.'

아가스띠야가 말했다

'아리따운 여인이여, 그것이 당신 소망이고 당신의 생각은 이미
결정되었구려. 어여쁜 이여, 그렇게 합시다. 가지요. 당신은 편한 대
로 여기 머물고 있으시오.'

96

로마샤가 이어 말했다.

'꾸루의 후손이시여, 그리하여 아가스띠야는 재물을 탁발하러
나섰다오. 그는 먼저 다른 어떤 왕보다도 더 부유하다고 생각되는 슈
루따르완 왕에게 갔지요. 항아리에서 태어난 선인이 왔다는 말을 들
은 왕은 대신들과 함께 성의 어귀까지 나와 그를 영접했다오. 그 땅
의 주인은 의례에 따라 아르갸를 바치고 두 손을 합장한 뒤 그가 온
까닭을 물었습니다.'

아가스띠야가 말했다.

'땅의 주인이시여, 나는 재물을 좀 얻으러 왔습니다. 타인의 몫을
상하게 하지 않고도 나눌 것이 있으면 되는 만큼 내게 주십시오.'

이어지는 로마샤의 이야기는 이러하다.

왕은 수입과 지출을 성자에게 다 보여주며 말했다.

'이걸 보면 아실 것입니다. 재산이 남는다고 여겨지시면 원하는 것을 가져가십시오.'

마음이 언제나 한결같은 브라만은 수입과 지출이 똑같은 것을 보고 만약 자기가 그중 일부를 가져가면 백성이 어려움을 겪을 것이라고 판단했다. 그래서 그는 슈루따르완과 함께 와드리야쉬와에게 갔다. 그는 왕국의 어귀까지 마중 나와 두 사람 모두에게 예를 갖추었다. 와드리야쉬와는 그들에게 아르갸와 발 씻을 물을 바쳤다. 그들의 승낙으로 왕은 성자가 온 까닭을 물었다.

아가스띠야가 말했다.

'땅의 주인이시여, 나는 재물을 바라고 여기 왔습니다. 타인의 몫을 상하게 하지 않고도 나눌 것이 있으면 되는 만큼 내게 주십시오.'

이어지는 로마샤의 이야기는 이러하다.

왕은 수입과 지출을 성자에게 다 보여주며 말했다.

'이걸 보면 아실 것입니다. 재산이 남는다고 여겨지시면 원하는 것을 가져가십시오.'

마음이 언제나 한결같은 브라만은 수입과 지출이 똑같은 것을 알고 만약 자기가 그중 일부를 가져가면 백성이 어려움을 겪을 것이라고 판단했다. 그래서 그 대신 아가스띠야, 슈루따르완, 와드리야쉬와 이 세 명이 함께 부유한 뜨라사다스유 빠우루꾸뜨사에게 갔다. 뜨라사다스유는 수레를 타고 멀리 왕국의 어귀까지 마중 나와 그들 모두에게 예를 갖추어 맞았다. 익슈와꾸 최고의 왕은 의례를 갖추어 그들을 영접했다. 그들이 편히 쉰 다음 왕은 그들이 온 까닭을 물었다.

아가스띠야가 말했다.

'땅의 주인이시여, 우리는 재물을 바라고 여기 왔습니다. 타인의 몫을 상하게 하지 않고도 나눌 것이 있으면 되는 만큼 내게 주십시오.'

이어지는 로마샤의 이야기는 이러하다.

왕은 수입과 지출을 성자에게 다 보여주며 말했다.

'이걸 보면 아실 것입니다. 재산이 남는다고 여겨지시면 원하는 것을 가져가십시오.'

마음이 언제나 한결같은 브라만은 수입과 지출이 똑같은 것을 알고 만약 자기가 그중 일부를 가져가면 백성이 어려움을 겪을 것이라고 판단했다. 그러자 왕들이 생각났다는 듯이 모두 동시에 서로를 쳐다봤다. 그들이 대선인에게 말했다.

'브라만이시여, 이 땅에는 일왈라라는 부유한 다나와가 있습니다. 우리 모두 그에게 가서 재물을 청해봅시다.'

그들은 모두 일왈라에게 재물을 구하는 것이 옳다고 여겼다. 그리하여 모두 함께 일왈라를 만나기 위해 떠났다.

97

이어지는 로마샤의 이야기는 이러하다.

  왕들이 대선인과 함께 자기 영내에 왔다는 것을 안 일왈라는 대신들과 함께 성 어귀까지 나가 그들을 맞았다. 그들을 호의적으로 맞이한 일왈라는 아우 와따삐를 요리해 그들에게 대접했다. 대아수라가 양으로 변해 요리되어 나온 것을 보고 선인왕들은 기가 막히고 말문이 막혔다. 그러자 대선인 아가스띠야가 선인왕들에게 말했다.

  '걱정들 마시오. 내가 대아수라를 먹지요.'

  대선인은 가장 좋은 자리를 잡고 앉았다. 다이띠야의 왕 일왈라는 호탕하게 웃으며 음식을 나눠주었다. 아가스띠야 혼자서 와따삐를 모두 먹어치웠다. 식사가 끝나자 아수라 일왈라는 아우를 불렀다. 하지만 고결한 선인의 배 속에서는 공기만이 새어 나올 뿐이었다. 일왈라는 대아수라가 소화되어버린 것을 알고 기가 막혔다. 그와 그의 대신들은 두 손 모으고 말했다.

  '여기는 무슨 일로 오시었습니까? 제가 할 일이 무엇입니까?'

  아가스띠야가 웃으며 대답했다.

  '아수라여, 우리는 그대가 풍요롭다는 것을 알고 있소. 여기 이 왕들은 그리 풍족하지 않소. 난 재물이 몹시 필요하오. 타인의 몫을 상하게 하지 않고도 나눌 것이 있으면 되는 만큼 내게도 좀 나눠주시오.'

  일왈라는 선인에게 절하며 말했다.

'내가 무엇을 드려야 할지 알려주시면 그것을 드리지요.'

아가스띠야가 말했다.

'대아수라여, 이 왕들에게 각각 소 만 마리를 주고 그만큼의 금도 주시오. 대아수라여, 내게는 그 두 배의 것을 주고 금 마차 한 대와 마음만큼 빠른 말도 두 필 주시오. 그리고 마차가 순금으로 되어 있는지 빨리 알아봐주시오.'

이어지는 로마샤의 이야기는 이러하다.

다이띠야는 마차가 순금으로 되어 있는 것을 확인한 뒤 몹시 분했으나 그가 원한 것 이상의 재물을 바쳤다. 그리고 위와자와 수와자라는 두 필의 말을 마차에 매었다. 말들은 눈 깜짝할 새에 재물을 싣고 성자를 아쉬람까지 데려다주었다. 아가스띠야는 선인왕들을 보냈다. 수행자는 로빠무드라가 원하는 것을 모두 해주었다.

로빠무드라가 말했다.

'성자시여, 제가 바라는 것을 모두 다하셨군요. 이제 지체 없이 영웅이 될 아이의 씨를 저에게 뿌리십시오.'

아가스띠야가 말했다.

'복 많고 빛나는 아내여, 당신의 거동에 흐뭇할 뿐이오. 자식에 관해 물을 것이 있으니 내가 말하는 것을 잘 들어보시오. 당신은 천 명의 아들을 가질 수도 있고, 각각 열 명에 필적할 백 명의 아들을 가질 수도 있소. 또는 백 명에 필적할 열 명의 아들을 가질 수도 있소. 그도 아니면 천 명을 모두 당해낼 한 명의 아들을 가질 수도 있소.'

로빠무드라가 말했다.

'고행을 재산으로 가진 분이시여, 저는 천 명에 필적할 만한 아들 하나면 족합니다. 현명한 아들 하나가 모자라는 여럿보다 훨씬 낫지요.'

로마샤가 이어 말했다

'수행자는 "그리될 것이오"라고 약속하고, 자신과 동등하게 덕을 갖추고 정절 곧은 아내에게 몸과 마음을 바치며 잠자리를 함께했지요. 씨를 심은 뒤 그는 숲으로 떠났다오. 그가 숲에서 지내는 동안 태아는 일곱 번의 가을을 배 속에서 지냈다오. 일곱 해가 다 차자 대시인이 태어났지요. 아이는 불꽃처럼 빛났으며 베다와 여섯 베당가 그리고 우빠니샤드를 암송했다오. 바라따의 후예여, 그는 드릇다유스¹라고 이름 지어졌소. 빛나는 대선인은 선인 아들을 갖게 된 것이오. 이 빛나는 아들은 어릴 때 아버지의 거처에서 지내며 불쏘시개를 한 짐씩 날아오곤 했지요. 그래서 그를 이드마와하²라고도 불렀다오. 아들의 그런 모습을 본 수행자는 몹시 기뻤다오. 왕이여, 그리고 그의 조상들은 바라는 세계를 얻었소.

여기가 바로 사계절 내내 꽃을 피우는 명성 높은 아가스띠야의 아쉬람이오. 그리고 와따삐 쁘라흐라디도 그런 식으로 아가스띠야

드릇다유스_ '드릇다'는 '단단하다', '올곧다'라는 뜻이며 '유스'는 소유격 접미사로 이 말은 '올곧은 사람'이라는 뜻.

이드마와하_ '이드마'는 '불쏘시개'라는 뜻이며 '와하'는 '나르는 사람'이라는 뜻으로 '불쏘시개를 나르는 사람'이라는 뜻.

에게 죽임을 당한 것이라오. 왕이여, 바로 여기가 공덕 가득한 아름
다운 그의 아쉬람이오. 그리고 여기가 성스러운 바기라티 강이오. 당
신이 바라는 만큼 몸을 정갈히 하시오.'

98

유디슈티라가 말했다.

'훌륭한 브라만이시여, 사려 깊은 대선인 아가스띠야의 행적에
대한 이야기를 더 듣고 싶습니다.'

로마샤가 말했다.

'대왕이시여, 그러면 영혼을 가늠할 수 없는 아가스띠야의 초인
적이고 놀라운 천상의 이야기를 들어보시오.

끄르따 유가 때 전투에서 결코 진 적이 없는 공포스러운 다누의
아들들이 있었지요. 그들은 깔레야라고 알려진 무시무시한 아수라
무리였소. 그들은 우르뜨라에 의지해 온갖 무기로 무장하고 인드라
를 비롯한 신들을 괴롭히며 사방을 휘젓고 다녔다오. 그래서 서른 명
의 신은 우르뜨라를 처단하려고 인드라를 맨 앞에 세우고 브라흐마
에게 갔지요. 합장하고 서 있는 신들에게 높은 곳에 계시는 브라흐마
가 말했소.

"신들이여, 당신들이 하고자 하는 일을 알고 있소. 당신들이 어떻
게 우르뜨라를 처단할 수 있는지 가르쳐드리리다. 다디짜라는 속 깊

은 대선인이 있지요. 모두들 가서 그의 축원을 받아내시오. 고결하고 너그러운 그 선인은 당신들의 청을 기꺼이 들어줄 것이오. 승리를 바란다면 모두 함께 그에게 가서 삼계를 위해 '당신의 뼈를 우리에게 주시오'라고 애걸해야 하오. 그러면 그는 몸을 버리고 자기 뼈를 당신들에게 줄 것이오. 그가 준 뼈로 아무도 부술 수 없는 단단하고 무서운 벼락 무기를 만드시오. 무시무시한 소리를 내는, 크고 날카로운 육면의 벼락은 적을 모두 물리칠 것이오. 인드라는 그 벼락으로 우르뜨라를 처단할 것이오. 방법을 다 일러주었으니 이제 지체 없이 시행하시오.'"

이어지는 로마샤의 이야기는 이러하다.

세상의 할아버지가 그렇게 말하자 신들은 그를 떠나 나라야나를 앞세우고 사라스와띠 강 건너편에 있는 다디짜의 아쉬람을 향해 갔다. 아쉬람은 온갖 나무와 덩굴들로 둘러쳐져 있었다. 사마베다를 외우는 듯이 윙윙거리는 벌들의 소리가 가득했다. 수뻐꾸기 지저귀는 소리, 곤충들이 쏘다니는 소리가 섞여 끊임없이 사각사각거렸다. 호랑이가 위협할 일이 없는 곳에서 사슴, 영양, 물소, 야크 등이 여기저기서 자유롭게 풀을 뜯고 있었다. 이마가 터져 즙이 흘러나오는 암수 코끼리들이 연못 깊은 곳에서 노니는 소리가 가득했다. 동굴이나 굴속에 몸을 숨기고 있는 사자와 호랑이들 그리고 다른 날짐승들의 포효가 사방에 울려 퍼졌다. 신들은 이런 형상으로 단장한, 천상의 아름다움을 지닌 다디짜의 아쉬람을 향해 갔다. 그곳에서 신들은 마치 조물주가 락슈미와 있는 듯 태양처럼 빛나는 밝고 아름다운 다디짜를 보았다. 신들은 그의 발아래 엎드려 절한 뒤 브라흐마가 시킨 대로 그에게 소원을 빌었다.

그러자 다디짜, 몹시 흐뭇해하며
훌륭한 신들에게 이렇게 답했네.
'신들이여, 오늘 나는 당신들을 위한 일을 하려 하오.
당신들을 위해 내 육신을 버리리다.'

이렇게 말한 뒤 두발짐승 중 가장 뛰어난 그 사내
자신을 다스리는 그는 지체 없이 생명을 놓았네.
그러자 신들은 목숨 떠난 그의 육신에서
자기들이 들었던 대로 뼈를 가져갔다네.

신들은 기뻐하며 승리를 위해
뜨와슈트르†에게 가서 그 뜻을 말했네.
뜨와슈트르, 그들의 말을 듣고
흔쾌히 부지런히 일을 시작했다네.

그는 무섭고 단단한 벼락을 빚었네.
빚고 나서 기뻐하며 인드라에게 말했다네.

뜨와슈트르_ 천상의 목수.

'신이시여, 뛰어나고 뛰어난 이 벼락으로
잔악한 신들의 적을 재로 만드소서.

그렇게 적을 죽여 당신의 무리와 하늘 꼭대기
저 세 번째의 온 하늘†을 편안히 다스리소서.'
뜨와슈트르의 이 말에 도시를 뒤흔드는 신 인드라
기뻐하며 공손하게 벼락을 받았네.

99

로마샤가 이어 말했다.

'벼락을 휘두르는 신은 위력적인 신들의 호위를 받으며 하늘과
땅을 가로막고 있는 우르뜨라를 향해 갔지요. 산봉우리처럼 거대한
깔라께야깔레야 아수라들이 사방에서 무기를 치켜든 채 우르뜨라를
호위하고 있었다오. 최상의 바라따여, 곧바로 신과 아수라들의 대전
투가 시작되어 삼계를 떨게 했소. 저 영웅들이 팔에 칼을 쥐고 치켜
들었을 때 그것들이 몸에 부딪치며 내는 굉음은 실로 무서운 것이었

---

† 세 번째의 온 하늘_ 천계에도 층이 있다. 세 번째 하늘인 도리천, 즉 인드라가 다스리
는 천계에는 보통의 신들이 모여 살며, 그 위는 브라흐마의 세계이다. 인드라의
천계 아래에는 하위의 신들이 살고 있다.

다오. 둥근 코코넛 열매가 줄기에서 떨어져 내리듯 하늘에서 잘린 머리가 수도 없이 땅으로 떨어져 내렸소. 산에 불길이 휩싸이듯 황금 갑옷을 입은 깔레야들은 곤봉을 손에 들고 신들을 에워쌌소. 신들은 전력을 다해 돌진해 오는 잽싸고 위협적인 아수라들을 막아낼 수 없어 당황하며 후퇴하기 시작했소. 점점 더 거세지는 우르뜨라를 두려워하며 신들이 도망치는 것을 본 천 개의 눈을 가진 인드라는 그만 기가 꺾이고 말았지요. 그러나 낙담하는 인드라를 지켜보던 영원한 신 위슈누는 자신의 기를 일부 떼내어 그에게 심어 힘을 키워주었소. 위슈누의 기에 인드라가 불어나는 것을 본 신들은 각자 자신들의 기도 모두 그에게 쏟아부었다오. 흠결 없는 브라만 선인들도 그렇게 했소. 위슈누와 신들과 다복한 선인들의 힘을 받은 인드라는 큰 힘을 휘두르게 되었지요.

천인의 무리가 제힘 갖춘 것을 알고
우르뜨라 떠나갈 듯 고함질렀네.
그의 고함 소리, 땅과 방위와 하늘과
창공과 산들을 모두 떨게 했다네.

무섭고 커다란 고함 소리 듣고
대인드라 너무나 괴로웠네.
두려움에 그를 죽이려
위력의 벼락, 허겁지겁 휘둘렀다네.

깐짜나 꽃다발 목에 걸고 그는 떨어졌네.
인드라의 벼락 맞은 대아수라 떨어졌네.
옛날 옛적 산 중의 산 만다라 산이
위슈누 손에서 떨어지는 것 같았다네.

뛰어난 다이띠야 그렇게 죽었으나
여전히 두려웠던 인드라, 못에 뛰어들었네.
두려움에 그는 자기 손으로 휘두른 벼락도
우르뜨라 죽음도 믿지 못했다네.

모든 신들은 기쁘고 즐거웠네.
대선인들 인드라를 찬미했다네.
그들은 지체 없이 다이띠야들을 전장에서 맞아
우르뜨라의 죽음 탄식하는 그들을 죽였네.

서른 명의 신 그들을 도륙했네.
당황한 그들, 바다의 물길로 뛰어들었네.
상어와 보석 출렁이는
잴 수 없이 깊고 깊은 바다에 뛰어들었네.

깔레야들은 함께 모여 웃는 얼굴로
삼계를 파멸시킬 모의했다네.
묘안을 내는 데 능한 몇몇이

여러 가지 방법을 궁리했네.

생각을 거듭하던 그들
때가 되자 무서운 이 생각 내놓았네.
"주문에 능하고 고행을 아는 자들
누구보다 먼저 파멸을 맞으리라.

고행은 온 세상을 지탱하니
서둘러 고행하는 자들을 죽여야 하리라.
지상에 있는 고행자 누구든
다르마를 알고 그 너머의 것을 아는 자들을
한시라도 빨리 죽여야 하리라.
그들이 파멸하면 세상도 파멸하리라."

이렇게 모두들 정신이 나가서
세상의 파멸에 기분이 들떠서
이르기 어려운 드높은 파도와
보석의 집, 와루나의 세상에 의지했다네.'

100

로마샤가 말했다.

'물의 창고, 와루나의 바다에 의지한 깔레야들은 삼계를 파괴할 채비를 갖추었지요. 밤이 되면 성난 아수라들은 아쉬람과 성소에서 수행자들을 집어삼켜 버렸다오. 와시슈타의 아쉬람에서도 저 사악한 자들은 백여든여덟 명의 브라만들과 아홉 명의 다른 고행자를 삼켜버렸다오. 그들은 브라만들이 붐비는 성스런 짜와나의 아쉬람에 가서 열매와 나무뿌리만 먹고 사는 수행자 백 명을 먹어치웠다오. 이런 식으로 밤에는 일을 저지르고 낮에는 바닷속으로 들어가 버렸지요. 바라드와자의 아쉬람에서는 공기와 물만 먹고 사는 스무 명의 금욕 수행자들을 해쳤다오. 이런 식으로 깔레야 다나와들은 점차 미친 듯 완력에 의지해 모든 아쉬람들을 점령하고 시간이 그들을 덮쳐올 때까지 수많은 브라만들을 죽였소. 최상의 사내여, 그러나 다이띠야들이 이렇게 숲에 은거하는 수행자들을 해치는 데도 사람들은 깔레야들이 어디에 있는지 찾아낼 수가 없었다오. 아침이면 그들은 단식으로 뼈만 앙상해진 수행자들이 죽어 땅바닥에 쓰러져 있는 것을 보았소. 땅은 살 한 점, 피 한 방울 없이, 기름 덩이나 창자 하나 없이, 사지가 떨어져 나간 채 마치 소라고둥처럼 여기저기 죽어 널브러져 있는 성자들의 시체로 가득 찼다오. 땅은 깨진 항아리와 깨진 희생제 주걱, 흩어진 아그니호뜨라 제물들로 가득했소. 깔레야 아수라들의 횡포로 인해 베다를 공부하는 소리도, 제사 지낼 때 나는 와샤트 소리도, 희생제와 축제의 소리도 사라졌다오. 세상은 이렇게 빛을 잃고

만 것이오.

인간의 주인이여, 사람들이 이렇게 하나하나 사라져가자 살아남
은 자들은 공포에 떨며 목숨을 보존하기 위해 사방으로 흩어졌소. 굴
속으로 들어가거나 폭포 속으로 숨어들어 가는 사람이 있는가 하면
죽을 것이 두려워 떨다가 결국은 스스로 목숨을 끊는 자들도 있었소.
용사들이나 영웅들 또는 지혜로운 사람들은 어디에 숨었는지 찾아
나서기도 했으나 끝내 바다에 숨어 있는 아수라들을 찾을 수가 없었
다오. 찾는 일에 지친 궁수들은 결국 파멸하곤 했지요. 제사도 축제
도 없는 세상은 쥐 죽은 듯 고요했으며 신들은 최악의 고통을 당하고
있었다오. 인드라를 비롯한 신들은 함께 모여 의논하다 와이꾼타에
살고 있는 무적의 나라야나에게 갔소. 신들은 다 같이 나라야나, 위
슈누에게 말했소.

"주인이시여, 당신은 세상을 창조하고 보살피며 지켜주십니다.
당신은 살아 있거나 아니 살아 있는 모든 것을 만들어내셨습니다. 연
꽃 눈의 신이시여, 옛날 땅이 가라앉았을 때 당신은 세상을 위해 멧
돼지로 모습을 바꾸어 바다에서 땅을 끌어 올리셨습니다. 뛰어나고
뛰어나신 분이시여, 또한 당신은 반은 인간이고 반은 사자인 나르싱
하가 되어 무서운 다이띠야 히란야까쉬뿌를 처단하셨지요. 누구에
게도 죽임을 당하지 않은 대아수라 발리를 당신은 난쟁이 모습을 하
고 삼계에서 쫓아내셨습니다. 언제나 제사 지내는 것을 방해하던, 활
잘 쏘는 잔혹한 아수라 잠바도 당신이 처벌하셨습니다.[†] 이처럼 당

아수라 잠바도 당신이 처벌하셨습니다_ 『아그니뿌라나』(3장)에 따르면 잠바는 신과

신은 헤아릴 수 없는 수많은 일을 해내셨습니다. 마두를 처단하신 분이시여, 저희는 두려움에 떨며 당신께 귀의합니다. 신이시여, 신 중의 신이시여, 저희는 지금 세상을 위해 말씀드리려 합니다. 만물과 신들과 인드라를 이 무서운 공포에서 구해주소서!'"

101

신들이 말했다.

'여기에서 내려지는 은총으로 네 계급만 생명이 자랍니다. 그렇게 번성한 그들은 제물로 신들을 번성케 합니다. 이처럼 서로 다른 세계, 서로 다른 존재들은 서로를 의지해 살지요. 그들 모두 당신의 은총으로 아무 걱정 없고, 당신의 보살핌으로 안전합니다. 허나 지금 세상에는 너무나 무서운 일이 벌어지고 있습니다. 그리고 우리는 누가 밤에 브라만들을 죽이는지 모릅니다. 브라만이 파멸하면 세상이 망하고, 세상이 망하면 하늘도 파멸하고 맙니다. 위력 넘치는 세상의 주인이시여, 당신의 보살핌으로 세상이 파멸에 이르지 않게 하소서.'

위슈누가 말했다.

아수라들이 바다를 휘저어 얻은 아므르따를 단완따리의 손에서 빼앗아 달아났던 아수라들의 우두머리라고 한다.

'신들이여, 나는 중생이 왜 파멸되어가고 있는지 이유를 알지요. 말해줄 테니 걱정을 덜고 잘 들어보시오. 깔레야라는 몹시 악독한 무리들이 있지요. 그들이 우르뜨라와 합세해 온 세상을 짓밟았소. 천 개의 눈을 가진 사려 깊은 신이 우르뜨라를 죽이는 꼴을 보고 그들은 목숨을 부지하기 위해 와루나의 집바다으로 들어갔지요. 악어와 상어 떼가 득실거리는 무서운 바다로 간 그들은 세상을 괴롭히기 위해 밤이면 육지로 나와 수행자들을 죽이고 있는 것이오. 그들이 바다에 숨어 있는 한 그들을 죽일 수 없다오. 그러니 바닷물을 말릴 수 있을 만한 방법을 생각해봐야 할 것이오. 아가스띠야 말고는 그러한 일을 할 만한 사람이 아무도 없을 것이오.'

위슈누의 말을 들은 신들은 기뻐하며 모두 아가스띠야의 아쉬람으로 갔다. 그들은 그곳에서 광채를 발산하는 고결한 와루나의 아들†을 만났다. 그는 세상의 할아버지가 신들의 시중을 받듯 선인들의 시중을 받고 있었다. 그들은 아쉬람에 있는 고결한 미뜨라-와루나의 무적의 아들, 숱한 고행으로 빛나는 그에게 다가가 그의 공덕을 찬미했다.

신들이 말했다.

'옛날 온 세상이 나후샤에게 시달릴 때 당신은 그들의 피난처가 되어주었습니다. 당신은 세상을 위해 중생들의 가시이던 그를 하늘의 왕좌에서 쫓아내셨지요. 태양을 대적해 느닷없이 커졌던 최고의 윈디야 산도 당신의 명을 거역하지 못하여 자라기를 멈추었습니다.

와루나의 아들_ 아가스띠야는 와루나와 미뜨라에게서 떨어져 내린 정액에서 태어났다.

428

세상이 어둠에 덮이자 사람들은 모두 죽음을 두려워하다 당신에게 의지해왔고, 당신은 그들을 구해주었습니다. 성자시여, 당신은 언제나 우리가 위험에 처했을 때 우리들의 피난처였습니다. 이 난관에 우리는 당신께 청합니다. 소원을 들어주는 분이시여, 우리에게 은총을 내려주십시오.'

102

유디슈티라가 말했다.

'대수행자시여, 윈디야 산은 왜 화가 났으며 왜 느닷없이 커지기 시작했습니까? 그 까닭을 상세히 듣고 싶습니다.'

로마샤가 들려주는 윈디야 산 이야기는 이러하다.

태양은 뜨고 질 때마다 최고의 봉우리를 가진 산의 왕, 황금으로 이루어진 메루 산을 공손히 오른쪽으로 한 바퀴 돌곤 했다. 그런 태양을 보고 윈디야 산이 말했다.

'빛을 만드는 이여, 메루 산을 날마다 도는 것처럼 당신이 뜨고 질 때 내 오른쪽으로도 한 바퀴 도시오.'

태양이 산의 주인에게 말했다.

'산이여, 내 뜻대로 그를 도는 것이 아니라오. 이 세상을 만든 분

이 내게 그렇게 길을 정해주신 것이오.'

태양의 말을 들은 산은 그만 화가 나서 느닷없이 커지기 시작했다. 태양과 달이 가는 길을 막기 위해서였다.

그래서 신들이 모두 모였네.
인드라와 함께 산의 왕에게 갔네.
산이 커지는 것 막으려 했으나
산은 그들의 말 듣지 않았네.

이제 신들은 수행자의 아쉬람으로 갔다네.
다르마를 가장 잘 지탱하는 고행자에게 갔다네.
놀라운 위력으로 불타는 아가스띠야에게 갔다네.
신들은 모두 함께 그에게 말했다네.

신들이 말했다.
'성자시여, 성난 윈디야 산이 지금 해와 달과 별이 가는 길을 막으려고 합니다. 훌륭한 브라만이시여, 당신 말고는 누구도 그를 막을 수가 없습니다. 그러니 그를 막아주십시오.'

로마샤가 이어 말했다.
'신들의 말을 들은 브라만은 산에게 갔다오. 아내와 함께 산에게 다가간 그는 윈디야에게 "훌륭한 산이여, 난 일이 좀 있어 남쪽에 가야겠소. 내게 길을 좀 내주시오. 그리고 내가 돌아올 때까지 기다리시오. 산의 왕이여, 내가 돌아오거든 그때 얼마든지 다시 자라시오"
라고 말했소. 이렇게 와루나의 아들은 윈디야와 약속하고는 지금까
지도 남쪽에서 돌아오지 않는다오.

　나는 당신의 청으로 왜 윈디야 산이 아가스띠야의 위력 때문에
자라기를 멈추었는지 이야기해주었소. 이제 아가스띠야의 은총을
얻은 신들이 어떻게 깔레야들을 파멸시켰는지 말해줄 터이니 들어
보시오.'

　이어지는 로마샤의 이야기는 이러하다.

　서른 명의 신이 찬미하는 것을 들은 미뜨라-와루나의 아들이 말
했다.

　'무슨 일들이시오? 왜 내 은총을 바라시오?'

　신들이 수행자에게 말했다.

　'대선인이여, 당신이 이렇게 해주셨으면 합니다.

　고결한 이여, 거대한 바닷물을 마셔주십시오.

　그러면 우리가 신들의 적 깔레야들을, 또한

　그들의 추종자들을 죽이겠습니다.'

　수행자는 신들의 청을 수락했다.

　'그렇게 합시다. 당신들이 청하는 대로 하지요. 더 큰 세상의 행
복을 위해 그리합시다.'

　이렇게 말한 뒤 서약에 충실한 수행자는 수행을 이룬 선인들과

신들과 함께 강의 주인인 바다로 갔다. 인간, 뱀, 간다르와, 약샤, 낌뿌루샤 등도 기적을 보기 위해 고결한 그의 뒤를 따랐다. 그들은 모두 함께 무시무시한 소리를 내며 바람에 따라 파도로 춤추는 바다에 이르렀다. 파도는 바위 동굴들을 치고 빠지는 포말의 얼굴로 웃고 있는 듯했다. 악어 떼가 들끓고 수많은 새들이 위를 날고 있었다. 아가스띠야와 함께 신, 간다르와, 뱀 그리고 다복한 선인들은 모두 거대한 물의 창고로 다가갔다.

103

이어지는 로마샤의 이야기는 이러하다.

그들이 바다에 이르자 와루나의 아들_{아가스띠야}이 거기 모인 신과 선인들에게 말했다.

'이제 세상을 위해 내가 와루나의 거처, 바다를 마시겠소. 그동안 당신들은 해야 할 일을 지체 없이 처리하시오.'

이렇게 말한 뒤 미뜨라-와루나의 아들은 온 세상이 지켜보는 가운데 성난 듯 바닷물을 들이마셨다. 인드라를 비롯한 신들은 성자가 바닷물을 그렇게 들이마시는 것을 보고 놀라며 그를 우러러 찬미했다.

'당신은 우리를 지켜주시는 분입니다. 세상을 유지하는 조물주 같은 분입니다. 당신의 은총으로 세상과 죽음 없는 자들이 파멸하지

않을 것입니다.'

　　서른 명의 신, 이처럼 그를 찬미하고
　　간다르와 노랫가락 사방에 울렸네.
　　천상의 꽃이 그에게 뿌려졌고
　　고결한 그는 바닷물을 말렸다네.

　　바다에 물이 마른 것을 보고
　　신들은 모두 기쁘고 기뻐했다네.
　　천상의 빼어난 무기를 들고
　　드높은 기상으로 다나와들 퇴치했네.

　　고결한 서른 신, 그들을 퇴치하려
　　넘치는 기력으로, 무서운 빠르기로 고함지르며 달려갔네.
　　전력으로 돌격하는 고결한 천인들
　　다나와들은 그들을 마주할 수 없었다네.

　　괴성을 지르며 공격하는 신들에게 다나와들이 죽임을 당하면서
곧 무서운 싸움이 벌어졌다. 그러나 아수라들은 온 힘을 다해 싸웠으
나 수행의 힘과 완벽한 절제력을 가진 선인들의 힘에 밀려 신들의 맞
수가 되지 못했다. 금 장신구들과 팔찌, 귀걸이 등을 걸치고 있는 아
수라들의 시체는 꽃이 만발한 낑슈까 나무처럼 아름다웠다. 살아남
은 깔레야들은 땅을 가르고 빠딸라 †의 세계로 몸을 숨겼다.

다나와들이 죽은 것을 본 신들은 여러 가지 찬가로 황소 같은 수행자를 찬미하며 말했다.

'다복한 분이시여, 당신의 은총으로 세상은 크나큰 행복을 얻었습니다. 당신의 빛으로 잔혹한 깔레야들의 위력을 퇴치했습니다. 위력 넘치는 분이시여, 세상을 위해 이제 다시 바다를 채워주십시오. 당신이 마신 물을 다시 바다로 보내주십시오.'

이 말을 듣고 성스럽고 뚝심 좋은 수행자가 말했다.

'물은 이미 내가 모두 소화시켜버렸소. 바다를 채울 다른 방법을 찾아 애써보시오.'

그곳에 모여 있던 신들은 고결한 대선인의 말을 듣고 놀랍고도 기가 막혔다. 신들은 서로에게 작별하고 수행자에게 절한 뒤 자기들이 왔던 길로 각자 돌아가는 수밖에 없었다. 어떻게 하면 바다를 다시 채울 수 있을 것인지 거듭거듭 상의하던 신들은 위슈누와 함께 세상의 할아버지에게 갔다. 그들은 두 손 모으고 바다를 채울 방법에 대해 브라흐마에게 물었다.

104

로마샤가 이어 말했다.

빠딸라_ 지하 세계 또는 지옥.

'유디슈티라여, 세상의 할아버지 브라흐마는 그렇게 모여 있는 신들에게 "신들이여, 걱정들 말고 돌아가시오. 오랜 세월이 흐른 뒤 바다는 제 모습을 찾게 될 것이오. 그리고 바기라타 대왕의 친지들이 원인이 될 것이오"라고 말했다오.'

유디슈티라가 말했다.

'브라만 수행자시여, 어찌하여 제 친지들이 연유가 되는 것입니까? 바기라타는 어떻게 다시 바닷물을 채웠습니까? 고행이 재산인 분이시여, 그 이야기를 상세히 듣고 싶습니다. 브라만이시여, 왕들의 뛰어난 행적에 대해 말씀해주십시오.'

와이샴빠야나가 말했다.

"고결한 다르마의 왕의 이와 같은 말에 브라만 중의 브라만 로마샤는 고결한 사가라의 위대한 업적을 이야기해주었답니다."

이어지는 로마샤의 이야기는 이러하다.

익슈와꾸 왕가에 사가라라는 왕이 있었다. 그는 수려한 외모에 진실하고 힘을 갖춘 위용 넘치는 왕이었다. 그에게는 자손이 없었다. 그는 하이하야족과 딸라장가족을 물리치고 다른 왕들을 잠재운 뒤 세상을 다스렸다. 그에게는 젊고 아리따운 두 명의 아내가 있었다. 한 명은 위다르바의 공주였으며, 또 한 명은 쉬비의 공주였다. 왕은 후손을 보기 위해 아내들과 함께 까일라사 산으로 가서 혹독한 고행을 시작했다. 혹독한 고행과 요가를 하던 그는 바와를 물리치고 세 도시를 떨어뜨린 고결한 세 개의 눈을 가진 신 쉬와를 만났다. 무서운 샹까라이자 삐나까와 삼지창을 휘두르는 세상의 주인, 여러 가지 모습과 이름을 가진 우마의 배우자, 소원을 들어주는 그 신을 보고 완력 넘치는 왕은 아내들과 함께 엎드려 절하며 아들을 점지해 달라고 애걸했다. 쉬와는 흡족해하며 훌륭한 왕과 아내들에게 말했다.

'인간의 주인이여, 때를 잘 맞추어 내게 소원을 말했구나. 그대의 아내 중 한 명에게서 육천 명의 용맹스럽고 자신감 넘치는 아들들이 태어나리라. 그러나 왕이여, 그들은 모두 한꺼번에 죽을 것이며 다른 아내에게서 낳은 한 명의 빼어난 아들이 왕가를 이어가리라.'

이렇게 말한 뒤 루드라는 그 자리에서 사라져버렸다. 아내들과 함께 사가라도 기분 좋게 처소로 돌아왔다. 그리고 연꽃 눈의 두 아내, 위다르바와 쉬비의 공주는 왕의 아이를 잉태했다. 시간이 지나자 위다르바의 공주는 호박 한 덩이를 낳았으며, 쉬비의 공주는 신처럼 아름다운 아이를 낳았다. 왕이 호박을 버리려 하자 창공에서 깊고 우렁찬 소리가 들려왔다.

'너무 성급히 굴지 마시오. 아들을 버리는 것은 도리가 아니오. 호박씨를 받아 정성껏 보살피시오. 기름기 있는 항아리에다 기이를 가득 채워 씨를 하나하나 담아두면 거기서 육천 명의 아들이 태어날 것이오. 왕이여, 이런 식으로 대신 쉬와께서 당신의 소원을 들어준 것이오. 딴 마음 품지 마시오.'

436

105

이어지는 로마샤의 이야기는 이러하다.

왕은 허공에서 들려오는 소리를 믿고 그대로 따랐다. 그리하여 쉬와의 은총을 받은 호박씨에서 비견할 수 없이 위력적인 육천 명의 아들들이 태어났다. 그들은 잔인하고 무서웠으며 하늘을 날아다녔고 수적인 우세를 믿어 세상을 업신여겼으며 신을 섬길 줄도 몰랐다. 기력이 충천한 그 용사들은 신들뿐 아니라 간다르와, 락샤사 등 만물을 괴롭혔다. 생각 부족한 사가라의 아들들이 온 세상을 괴롭히자 사람들은 신들과 함께 브라흐마에게 피신해 갔다. 권능하신 세상의 할아버지가 그들에게 말했다.

'신들이여, 중생들과 함께 왔던 곳으로 돌아들 가시오. 머지않아 사가라의 아들들이 크게 멸하는 날이 올 것이오. 그들은 자기들이 지은 업보를 받을 것이오.'

할아버지의 이 같은 말을 듣고 사람들과 신들은 왔던 곳으로 돌아갔다. 그로부터 상당한 시간이 흐른 뒤 위력적인 사가라의 왕은 아쉬와메다 희생제를 치르기로 결정하고 몸을 정갈히 했다. 육천 명의 아들들이 희생제의 말을 지키며 세상을 돌아다녔다. 그러다 그들은 무시무시해 보이는 물 없는 바다에 이르렀다. 사가라의 아들들은 눈을 부릅뜨고 지켰으나 그곳에서 그만 말이 사라져버렸다. 누군가가 준마를 훔쳐갔다고 생각한 그들은 아버지에게 가서 말이 끌려간 것 같다고 고했다. 왕이 말했다.

'세상 구석구석을 다 뒤져서라도 말을 찾아오너라.'

아버지의 명에 아들들은 말을 찾아 사방으로 떠났다. 그들은 온 세상을 샅샅이 뒤진 다음 한곳에서 만나 이야기를 했으나 어느 누구도 말을 봤거나 훔친 사람을 찾지 못했다. 다시 아버지에게 돌아온 아들들은 두 손 모으고 말했다.

'왕이시여, 명에 따라 저희는 바다와 숲과 섬과 강과 호수와 산과 동굴과 온 세상을 샅샅이 뒤졌습니다. 구릉지와 평야 지대를 모두 찾아봤으나 말도, 말을 훔친 자도 찾지 못했습니다.'

아들들의 말을 들은 왕은 정신을 잃을 만큼 진노하며 운명의 재촉을 받은 듯 그들 모두에게 말했다.

'가라. 가서 돌아오지 마라. 아들들아, 가서 다시 말을 찾아라. 희생제의 말을 찾지 못하면 다시는 내 앞에 나타나지 마라.'

사가라의 아들들은 명을 받들고, 말을 찾아 다시 한 번 세상을 헤맸다. 그러던 어느 날 영웅들은 땅이 갈라져 있는 곳을 발견했다. 그들은 그 갈라진 틈에 다가가 삽과 괭이로 바다가 누워 있었던 곳까지 파 내려갔다. 사가라의 아들들이 힘을 합쳐 파헤치자 사방이 갈라져버린 와루나의 집은 만신창이가 되었다. 아수라, 뱀, 락샤사, 온갖 생물들이 사가라의 아들들에게 죽임을 당하며 처절한 소리를 질러댔다.

머리가 깨지고 몸뚱이를 잃었으며, 무릎과 뼈가 부러진 수천수만의 생물들이 수두룩했다. 그러나 그들이 그렇게 오래도록 악어가 들끓는 바다를 파헤쳤음에도 말은 보이지 않았다. 성난 사가라의 아들들은 북동쪽의 바다를 파헤치다 그곳에서 풀을 뜯고 있는 말을 발견했다. 그들은 또 그곳에서 빛의 뭉치인 듯, 고행의 불인 듯 빛나는 고결하고 뛰어난 까삘라 성자를 보았다.

106

로마샤가 말했다.

'왕이시여, 말을 발견한 왕자들은 기뻐 전율했지요. 그들은 고결한 까삘라를 무시하고 죽음의 신의 부름을 받은 듯 노도처럼 말을 찾으러 달려갔소. 그것은 뛰어난 수행자, 와수데와라고 부르는 까삘라를 진노케 했다오. 번쩍 뜬 그의 눈에서 무서운 빛이 뿜어져 나왔소. 그 무서운 빛은 생각 둔한 사가라의 아들들을 모조리 태워버렸소. 대고행자 나라다가 재가 된 그들을 보고 사가라에게 가서 그러한 사실을 일러주었지요. 성자가 들려준 무서운 소식을 들은 왕은 망연자실하며 서 있다가 쉬와의 말을 상기했다오. 범 같은 바라따의 후예여, 그는 아사만자스의 아들, 자기 손자인 앙슈만을 불러 이렇게 말했소.'

'가늠할 수 없이 위력적이던 육천 명의 내 아들들이 까삘라의 빛에 대항하다 모두 죽어버렸구나. 순결한 아가야, 백성들의 마음을 잘 살피고 다르마를 지키기 위해 나는 이미 오래전 네 아비마저 버렸구나.'

유디슈티라가 말했다.

'범 같은 사가라 왕은 왜 영웅 같은 자기 친아들을 버리는 힘든

일을 했답니까? 수행자시여, 말씀해주십시오.'

로마샤가 말했다.

'사가라의 아들 중에 아사만자스라는 이가 쉬비의 공주에게서 태어났지요. 포악한 그는 힘없는 백성들의 아들들의 발뒤꿈치를 잡고 질질 끌어다가 강물에 빠뜨려버리곤 했다오. 백성들은 공포와 고통에 떨며 사가라 왕에게 와서 "대왕이시여, 적이 쳐들어오면 당신은 저희들을 지켜주십니다. 그러니 아사만자스에게서 오는 이 무서운 두려움을 물리쳐주심이 마땅할 것입니다"라고 말하며 두 손 모으고 간청했소. 백성들에게서 이처럼 무서운 이야기를 들은 훌륭한 왕은 잠시 망연자실하며 서 있다가 대신들에게 "지금 당장 이 나라에서 내 아들 아사만자스를 쫓아내거라. 내게 충성하려거든 지체 없이 이를 시행하라"라고 명령했다오. 대신들은 지체 없이 왕의 명을 거행했소. 이것이 백성들을 진심으로 위했던 사가라 왕이 자기 아들을 내쫓게 된 경위라오. 이제 사가라가 대궁수 앙슈만에게 했던 말을 들려줄 테니 들어보시오.'

사가라가 말했다.

'나의 손자여, 난 지금 참으로 괴로운 심정이로구나. 네 아비를 버리고 육천의 아들은 죽어버렸다. 거기다 희생제의 말을 찾을 수가 없어 희생제마저 어려움에 부딪히고 말았구나. 손자여, 네가 나를 구해다오. 네가 가서 아래 세상에 있는 말을 이곳으로 데려오거라.'

이어지는 로마샤의 이야기는 이러하다.

고결한 사가라의 말에 앙슈만은 괴로워하며 땅이 파헤쳐져 갈라진 곳으로 갔다. 앞선 육천 명과 같은 길을 따라 바다로 들어간 그는 고결한 까삘라와 말을 보았다. 앙슈만은 빛의 뭉치 같은 옛날의 대선인에게 엎드려 절하며 자기가 온 까닭을 말했다. 빛이 넘치는 고결한 까삘라는 앙슈만을 기특하게 여기며 말했다.

'소원이 있거든 말해보라.'

앙슈만은 먼저 희생제를 치를 말을 달라고 청했다. 그런 다음에는 조상들을 정화시킬 물을 달라고 했다. 황소 같은 수행자, 빛나는 까삘라가 그에게 말했다.

'무고한 왕자여, 그대가 원한 것을 다 들어주리라. 그대는 참을성 있고 도리를 알며 진실하구나. 그대로 인해 사가라는 일을 이루고, 그대의 아비는 아들들을 얻으리라. 그대의 위력으로 사가라의 아들들은 하늘을 얻고, 사가라 아들들을 정화시키기 위해 그대의 손자는 쉬와의 은총을 얻어 세 줄기 가진 하늘의 강가 강을 이곳까지 끌어들이게 되리라. 뚝심 좋은 사내여, 이 희생제의 말을 데려가거라. 고결한 사가라의 희생제를 마쳐야 하지 않겠느냐?'

고결한 까삘라가 말을 마치자 앙슈만은 말을 데리고 고귀한 사가라의 희생제가 열리는 희생제의 숲으로 갔다. 그는 고결한 사가라의 발에 엎드려 절했다. 사가라는 사랑으로 그의 머리 냄새를 맡았다. 앙슈만은 모든 것을 이야기했다. 그는 자기가 보고 들었던 사실을, 사가라의 아들들이 파멸하게 된 경위와 자기가 희생제를 위한 말을 숲으로 끌고 올 수 있었던 까닭을 있는 그대로 이야기했다. 그의 말을 들은 사가라의 왕은 아들들을 향한 아픈 마음을 쏟아냈다. 앙슈만을 잘 대접한 그는 희생제를 무사히 치르고 신들의 환대를 받았다. 그는 또 와루나의 거처, 바다를 자기 아들로 삼았다. 오래도록 왕국을 잘 다스린 연꽃 눈의 왕은 손자에게 왕국을 물려준 뒤 하늘 세계를 얻었다.

고결한 앙슈만 또한 바다로 둘러싸인 이 땅을 잘 다스렸다. 그는 도리를 아는 딜리빠라는 아들을 낳았다. 그에게 왕국을 물려준 앙슈만 또한 세상을 하직했다. 딜리빠는 자기 조상들이 만났던 무서운 운명에 관한 이야기를 듣고 슬퍼하며 그들의 영혼을 구할 생각을 하게 되었다. 그는 강가 강을 끌어오려고 온 힘을 다해 갖은 애를 썼으나 일을 이루지 못했다. 그러나 그에게는 바기라타라는 영예롭고 다르마를 잘 알며 진실하고 시기심 없는 명성 자자한 아들이 있었다. 딜리빠는 그를 왕위에 앉히고 숲으로 떠났다. 혹독한 고행을 한 딜리빠는 때가 되자 수행의 결실을 얻어 숲을 떠나 하늘 세계로 갔다.

107

이어지는 로마샤의 이야기는 이러하다.

왕바기라타은 명궁에다 대전사였으며 대군주였다. 세상의 마음과 눈에 그는 기쁨 그 자체 같은 존재였다. 완력 넘치는 그는 조상들이 고결한 까삘라에게 화를 당해 아직 하늘 세계를 얻지 못하고 구천을 떠돈다는 이야기를 들었다. 인간들의 군주는 왕국을 대신들에게 맡기고 타는 듯한 심정으로, 고행으로 죄를 태우고 강가의 마음을 얻고자 산의 제왕 히말라야를 향해 떠났다.

그는 광물이 가득하고 여러 모양의 봉우리들로 단장하고 있는 산을 바라보았다. 바람에 이리저리 흔들리는 구름이 사방에서 산을 감싸고 있었다. 계곡과 산줄기에서 흐르는 물이 산을 장식하고, 사자와 호랑이들이 사는 굴과 자잘한 석굴들이 여기저기 있었다. 온갖 모양의 날짐승들의 우짖음, 벌들의 윙윙거림, 백조와 앵무새와 물새들의 소리가 사방에서 일었다. 백 갈래의 깃을 달고 있는 공작들, 뻐꾸기, 지와지와까, 검은 새, 눈자위가 검은 짜꼬라 새들이 북적대고 있었으며, 연꽃이 가득 핀 연못 위로 사라사 새들이 달콤한 노래를 부르고 있었다. 산의 평평한 바위에는 낀나라와 압싸라스들이 한가롭게 놀고 있었으며, 나무들에는 방위를 지키는 코끼리들이 몸뚱이를 비벼댄 흔적이 여기저기 남아 있었다. 위디야다라들이 다니는 곳에는 온갖 보석들이 즐비했고, 독뱀들은 붉은 혓바닥을 날름거리고 있었다.

그는 금빛 나고 은빛 나며 가끔은 검은 안자나†처럼 보이기도 하는 히말라야를 향해 갔다. 그곳에서 왕은 나무뿌리와 열매, 물만 먹으며 천 년을 혹독하게 고행했다. 이렇게 천상의 햇수로 천 년이 지나자 강가 강이 화현해 그에게 나타났다.

강가가 말했다.

안자나_ 악마를 퇴치하기 위해 바르는 검은 가루.

'대왕이여, 내게 무엇을 바라시오? 내가 그대에게 무엇을 드리리까? 최고의 인간이여, 말해보시오. 소원을 들어드리리다.'

이와 같은 말에 왕은 히말라야의 딸에게 대답했다.

'소원을 들어주는 강이시여, 제 조상들은 말을 찾던 중 까삘라를 노엽게 해서 지옥에 떨어지고 말았습니다. 고결한 사가라의 아들 육천 명이 까삘라의 빛을 이겨내지 못하고 한순간에 파멸당하고 말았답니다. 당신이 그들의 몸을 씻어주지 않는 한 죽은 제 조상들은 하늘 세계를 얻지 못할 것입니다. 제 조상, 사가라의 아들들을 하늘로 인도해주소서. 큰 강이시여, 그들을 위해 당신께 엎드려 절하나이다.'

만물의 우러름받는 강가는 왕의 말을 듣고 매우 흡족해하며 바기라타에게 답했다.

'대왕이여, 나는 반드시 그대가 청한 것을 실현할 것이오. 그러나 하늘에서 떨어져 내리는 내 빠르기를 받아내기는 무척 힘들다오. 삼계에서 그런 빠르기를 견뎌낼 이는 검은 목의 쉬와 말고는 없소. 완력 좋은 왕이여, 그가 머리로 내 흐름을 받아내도록 고행으로 그의 마음을 사도록 하시오. 그가 조상들을 위한 당신의 소망을 들어줄 것이오.'

강의 말을 들은 바기라타 대왕은 까일라사 산으로 가서 쉬와를 흡족케 했다. 얼마간의 시간이 흐른 뒤 왕은 강가를 머리로 받아내 조상들을 하늘로 인도해주겠다는 쉬와의 은총을 얻었다.

108

이어지는 로마샤의 이야기는 이러하다.

바기라타의 말을 듣고 또 천인들의 마음을 기쁘게 하기 위해 성스러운 분쉬와이 말했다.

'그리하겠노라. 완력 넘치는 훌륭한 왕이여, 성스럽고 공덕 많은 신들의 강이 하늘에서 떨어지면 그대를 위해 내가 그녀를 받으리라.'

그렇게 말한 뒤 그는 온갖 무기로 무장한 수행원들과 함께 히말라야로 갔다. 그는 그곳에 서서 뛰어난 사내 바기라타에게 말했다.

'완력 넘치는 왕이여, 히말라야의 딸에게 하늘에서 떨어지면 저 최고의 강을 내가 머리로 받아내겠노라고 전하라.'

로마샤가 이어 말했다.

'사냥꾼 쉬와의 말을 들은 왕은 기뻐하며 엎드려 절한 뒤 강가에게 마음을 집중했지요. 아름답고 성스러운 강가는 왕이 자기를 생각하는 것을 알아채고 쉬와가 자기 앞에 서 있음을 보고는 물살도 거세게 아래로 떨어뜨렸다오. 강가가 물살을 하늘에서 휘몰아 내리는 것을 보고 신과 대선인, 간다르와, 뱀, 락샤샤들이 몰려들었지요. 히말라야의 딸 강가는 하늘에서 땅으로 물길을 떨어뜨렸다오. 거대한 소용돌이가 일었지요. 물고기들과 악어 떼들도 함께 쏟아져 내렸다오. 쉬와는 하늘의 띠 같은 강가, 진주 화환 같은 강가를 이마로 받아냈지요.

이리하여 강가는 세 줄기로 나뉘어 백조 떼 같은 포말을 일렁이며 바다를 향해 흘러갔다오. 때로는 구불거리기도 하고, 때로는 급류를 이루기도 했지요. 물거품의 옷을 입은 강가는 취한 듯 움직이며 유쾌한 소리를 내고 흘러갔다오. 여러 가지 모습을 자랑하며 하늘에서 땅으로 떨어져 내려온 강가는 바기라타에게 물었지요.

"대왕이여, 내가 어느 길로 가야 하는지 일러주시오. 이 땅의 주인이여, 나는 그대를 위해 지상으로 흘러내려 왔소."

이 말을 들은 바기라타 왕은 고결한 사가라의 아들들이 성수로 몸을 적시도록 그들의 몸이 앉아 있는 곳으로 길을 잡았지요. 만물의 우러름받는 쉬와는 강가의 흐름을 받아낸 뒤 서른 명의 신들과 함께 까일라사 큰 산으로 돌아갔다오. 바기라타 왕은 거센 강가와 함께 바다까지 내려가 바다를 강가의 물로 채웠다오. 그런 뒤 바기라타는 강가를 자신의 딸로 삼았으며, 조상들에게 성수를 바치고 소망을 이루었다오.

대왕이시여, 이제 나는 당신이 물었던 것을 다 말해주었소. 위용 넘치는 이여, 세 줄기 가진 강가가 땅으로 내려와 어떻게 바다를 채웠으며, 아가스띠야는 브라만들을 죽인 와따삐를 어떻게 파멸시켰는지 모두 이야기해주었소.'

109

와이샴빠야나가 말했다.

446

"뚝심 좋은 바라따여, 그런 뒤 그들은 서서히 모든 죄를 소멸시켜 주고 두려움을 없애주는 난다와 아빠라난다 강에 이르렀습니다. 그들이 헤마꾸타 산봉우리에 이르렀을 때 왕은 그곳에서 좀처럼 보기 어려운 신기한 광경을 숱하게 목격했답니다. 말 한 마디에도 구름이 치솟고 수천 개의 바위들이 떼 지어 떨어져 내리곤 해서 겁먹은 사람들은 감히 그곳에 오를 엄두를 내지 못했다고 합니다. 바람은 끊임없이 불어오고 인드라는 그침 없이 비를 뿌려댔는 데도 아침저녁으로 제사 불은 타오르고 있었답니다. 이렇듯 온갖 놀라운 광경을 본 유디슈티라가 다시 로마샤에게 그 까닭을 물었습니다.

　로마샤의 대답은 이러했답니다.

　'적을 괴롭히는 왕이여, 내가 예전에 들었던 대로 이야기할 터이니 잘 들어보시오. 르샤바라는 산봉우리에는 르샤바라는 이름을 가진 고행자가 살고 있었다오. 그의 나이는 수백 살을 헤아렸으며 성을 잘 내는 성자였지요. 다른 사람들이 자기에게 끊임없이 말을 하면 성이 나서 산에게 "누구든 여기서 말을 지껄이는 자가 있거든 그를 향해 돌을 뿌려버리시오"라고 말하곤 했지요. 고행자는 또 바람을 불러 "말하지 마라"라고 말하기도 했다오. 그래서 누구든 이곳에서 말을 한 마디라도 했다가는 구름이 으르렁거리며 그를 막아버렸지요. 이렇게 대선인은 화를 내 일을 성사시키고, 화를 내 누군가를 막았다오. 나는 이런 일도 들은 적이 있소. 왕이시여, 한 번은 신들이 난다 강에 나온 적이 있었는데 사람들이 느닷없이 그들을 에워싸고 따라와서는 그들을 지켜보았지요. 그러나 인드라를 비롯한 신들은 사람들에게 자기들의 모습을 보여주고 싶지 않아서 이곳에 사람들이 오를 수 없도록 산을 높이 둘러쳐버렸다오. 꾼띠의 아들이여, 그 이후로 사람들은 이 산을 볼 수가 없었다오. 그런데 어찌 감히 오를 수 있겠소? 혹독한 고행을 하지 않은 사람은 이 산을 볼 수도 없고, 오를 생각도 하지 못한다오. 그러니 꾼띠의 아들이여, 이곳에서는 말을 극도로 삼가야 하오. 바라따의 후예여, 신들도 중요한 희생제를 이곳에서 지내곤 했는데 오늘날까지도 흔적을 찾아볼 수 있다오. 꾸샤 풀처럼 생긴 이 두르와 풀이 이곳을 에워싸고 있고, 이 나무들도 희생제의 기둥 모양을 하고 있소. 바라따의 후예여, 신과 선인들은 요즘도 이곳에서 희생제를 지낸다고 하오. 그래서 그들이 아침저녁으로 지내는 희생제의 불을 볼 수 있지요. 꾼띠의 아들이여, 여기서 목욕재계하는 사람은 모든 죄가 소멸된다오. 최상의 꾸루여, 그대도 아우들과 함께 이곳에서 몸을 정갈히 하시오. 난다 강에서 몸을 씻은 뒤에는 위쉬와미뜨라가 누구도 그와 견줄 수 없을 정도로 혹독한 고행을 했던 까우쉬끼 강으로 가봅시다.'"

와이샴빠야나가 말했다.

"왕은 같이 온 사람들과 함께 난다 강에서 몸을 씻은 뒤 아름답고 성스러운 물이 흐르는 까우쉬끼 강을 향해 떠났습니다."

르샤슈릉가

110

로마샤가 말했다.

'뚝심 좋은 바라따의 후손이여, 여기가 위쉬와미뜨라의 아쉬람이 있는 성스런 천상의 강 까우쉬끼이며, 이곳은 고결한 까샤빠의 아쉬람, 뿐야라고 부르는 아쉬람이라오. 감각을 절제했던 그의 고행자 아들 르샤슈릉가는 고행의 위력으로 인드라에게 비를 내리게 했던 성자이지요. 왈라와 우르뜨라를 처단한 인드라는 그가 두려워 가뭄에 비를 내려주었다오. 이 위력적이고 빛나는 까샤빠의 아들은 암사슴의 몸에서 태어났지요. 그는 로마빠다 지역에 기적 같은 일을 해주었다오. 곡식이 다 여물었을 때 로마빠다 왕은 태양이 사위뜨리를 시집보내듯 샨따 공주를 르샤슈릉가에게 보냈지요.'

유디슈티라가 말했다.

'까샤빠의 아들은 어떻게 암사슴에게서 태어난 것입니까? 어떻게 금지된 밭에 씨를 뿌렸답니까? 또 왈라와 우르뜨라를 죽인 신은 왜 사려 깊은 소년을 두려워하며 가뭄 든 땅에 비를 뿌려준 것입니까? 서약을 잘 지키는 공주 샨따는 얼마나 아름다웠으며, 사슴처럼 살던 그의 마음을 어떻게 빼앗았습니까? 로마빠다는 다르마를 따르는 선인왕이라고 들었는데 인드라는 어찌하여 그의 땅에 비를 내려주지 않았습니까? 성자시여, 이 모든 것이 다 궁금합니다. 르샤슈룽가의 행적을 있는 그대로 상세히 들려주십시오.'

로마샤가 말했다.

'그렇다면 어른들이 우러르는 빛나는 소년, 위용 넘치는 르샤슈룽가가 어떻게 고행으로 영혼을 맑히고, 자신의 씨를 헛되이 버린 적 없는 쁘라자빠띠 같던 브라만 선인 위반다까의 아들로 큰 호숫가에서 태어났는지 들어보시오.'

이어지는 로마샤의 이야기는 이러하다.

신과 선인들의 우러름받던 까샤빠는 오래도록 고행했던 큰 호숫가로 갔다. 그는 지쳐 있었다. 물속에서 몸을 씻고 있던 그는 압싸라스 우르와쉬를 보고 정액을 떨어뜨렸다. 그곳에 왔던 암사슴이 호수 물을 마셨다. 사슴은 성자의 정액과 운명의 힘으로 아이를 잉태했다. 그 암사슴에게서 대선인의 아들 르샤슈룽가가 태어났다. 소년은 언제나 고행에 전념하며 숲에서 자랐다. 고결한 소년의 머리에는 사슴 뿔이 돋아나 있었다. 그래서 그의 이름은 명성 자자한 '르샤슈룽가' †가 되었다. 그는 아버지 외에는 어떤 사람도 본 적이 없었다. 그래서 그의 마음은 항상 독신 수행을 유지하고 있었다.

이 무렵 앙가 왕국을 다스리던 왕은 다샤라타[*]의 동지, 로마빠다라는 왕이었다. 왕은 환락을 좇다가 브라만들에게 거짓말하는 죄를 범하게 되었다고 한다. 그리하여 그는 브라만들의 마음에서 멀어지게 되었다. 왕사가 왕의 곁을 떠나자 인드라는 그에게 비를 내려주지 않았으며, 이 때문에 백성들은 기근에 허덕였다. 왕은 고행하는 수많은 브라만들, 신들의 제왕에게 비를 내리게 할 수 있는 지혜로운 브라만들에게 물었다.

'빠르잔야[*]가 어찌하면 우리에게 비를 내려주겠습니까? 방법을 찾아주십시오.'

왕의 채근을 받은 지혜로운 이들은 각자 자기 의견을 내놓았다. 그들 중 한 명의 뛰어난 브라만이 왕에게 말했다.

'왕 중의 왕이시여, 브라만들이 모두 당신께 화가 나 있으니 속죄할 방법을 찾아야 합니다. 왕이시여, 수행자의 아들 르샤슈룽가를 이곳으로 모셔오십시오. 그는 숲 속에 살아서 여자를 모르고 올곧으며 헌신적입니다. 그 대고행자를 이곳으로 모셔올 수 있다면 빠르잔야는 분명히 이곳을 다시 찾아올 것입니다.'

이 말을 들은 왕은 브라만들에게 사죄하고 멀리 떠나 있다가 브라만들이 용서한 뒤에야 돌아왔다. 왕이 돌아온 것을 본 백성들은 다

르샤슈룽가_ '르샤'는 '사슴', '슈룽가'는 '뿔'이라는 뜻으로, '사슴뿔을 가진 사람'이라는 뜻.
다샤라타_ 아요드야 왕국의 왕으로 이띠하사인 『라마야나』의 주인공 라마의 아버지.
빠르잔야_ 비의 신.

시 그를 받아들였다. 앙가 왕은 곧 말 잘하는 대신들을 불러 르샤슈 룽가를 그곳으로 데려올 수 있는 가장 좋은 방법을 찾는 데 골몰했다. 학문과 세상사에 뛰어난 안목을 가진 대신들의 도움으로 무적의 왕은 한 가지 계책을 찾아냈다. 위용 넘치는 왕은 가무에 능한 나라 안의 뛰어난 기녀들을 모두 불러 말했다.

'아리따운 여인들이여, 선인의 아들 르샤슈룽가를 유혹하고 그를 안심시킨 뒤 무슨 수를 써서라도 이곳으로 모셔오도록 하라.'

기녀들은 왕도 두려웠지만 성자의 저주는 더욱 두려웠다. 얼굴빛이 변한 그들은 자기들 힘으로는 해낼 수 없는 일이라고 하면서 혼절하고 말았다. 그들 중 나이 든 한 기녀가 왕에게 말했다.

'대왕이시여, 제가 수행자를 이곳으로 모셔오도록 힘을 쓸 터이니 제가 생각하는 일을 할 수 있도록 허락해주소서. 그러면 선인의 아들 르샤슈룽가를 뵐 수 있을 것입니다.'

왕은 여인이 요구한 것을 다 들어주고 상으로 재물과 금은보화를 듬뿍 하사했다. 그녀는 젊고 아리따운 여인들을 데리고 지체 없이 숲으로 떠났다.

111

로마샤가 말했다.

'바라따의 후손이여, 그녀는 왕이 내린 명을 수행하기 위해 떠다니는 배 같은 아쉬람을 고안했다오. 왕과 자기의 뜻이 맞아떨어졌기 때문이지요. 떠다니는 아쉬람에는 꽃과 열매를 맺은 예쁜 인조 나무들을 마련해두었지오. 또 온갖 맛을 내는 열매를 맺은 여러 가지 관목들과 덩굴들도 준비해두었지요. 배는 마치 마법으로 만든 것처럼 매혹적이고 황홀할 만큼 아름답게 만들어졌다오. 여인은 배를 까샤빠의 아쉬람에서 멀지 않은 곳에 매도록 하고, 사내들에게 아쉬람의 땅을 정찰하게 했지요. 그러다 기녀는 일을 수행할 계획을 세운 뒤 기회를 보아 아쉬람이 멀리 보이는 곳에서 재치 있는 기녀의 딸을 보냈소. 영리한 여인은 아쉬람까지 다가가 선인에게 말했지요

기녀가 말했습니다.

"수행자시여, 고행자들은 건강하신가요?
나무뿌리와 열매는 풍족한가요?
당신은 이 아쉬람에서 즐거우신가요?
전 그저 당신을 보기 위해 여기 온 것이랍니다.

고행자들의 고행에는 진전이 있는가요?
당신 부친의 빛은 줄어들지 않았겠지요?
브라만이시여, 부친께서는 당신을 흡족히 여기겠지요?
르샤슈룽가시여, 베다 공부는 잘 되고 있겠지요?"

르샤슈룽가가 대답했답니다.

"당신은 마치 빛인 듯 빛나는군요.
당신은 제가 섬겨야 될 분 같군요.
기쁜 마음으로 다르마에 따라
당신께 발 씻을 물과 열매와 나무 뿌리를 바칩니다.

꾸샤 풀로 만든 이 자리에 편히 앉으십시오.
검은 사슴 가죽으로 덮은 이 자리는 편안할 것입니다.
당신의 아쉬람은 어디입니까? 그곳의 이름은 무엇이며
브라만이여, 당신이 신처럼 지키는 계는 무엇입니까?"

기녀가 말했습니다.

"까샤빠의 아들이시여, 제 아름다운 아쉬람은
이 산줄기 삼십 리 너머에까지 뻗어 있답니다.
절하는 것은 우리의 다르마가 아니며
우리는 또 발 씻을 물도 받아들이지 않는답니다."

르샤슈룽가가 말했답니다.

"그렇다면 잘 익은 열매를 드리지요.
발라따까, 아말라까
빠루샤까, 잉구디, 단와나 그리고

쁘리얄라 열매를 마음껏 드십시오"

로마샤가 말했다.

'그러나 그가 준 모든 것을 마다하고 여인은
그에게 가장 값진 음식을 건넸다오.
먹음직스럽고 먹고 싶은 욕망이 나는 것들을,
르샤슈룽가를 한없이 기쁘게 할 것들을 건넸지요.

그녀는 그에게 몹시 향기로운 화환과
아름답고 빛나는 의복을 주고
가장 좋은 술을 주었으며
놀고 웃으며 그를 즐겁게 해주었다오.

그의 곁에서 그녀는 공을 갖고
꽃 핀 덩굴처럼 흐느적거리고 살랑거리며
요염하게 그의 몸을 만지기도 하고
여러 번 껴안기도 했다오.

샬라, 아쇼까, 띨라가 나뭇가지를 구부려
꽃을 꺾기도 해가며
여인은 술에 취해 부끄럼 없이
선인의 아들을 끊임없이 유혹했다오.

르샤슈룽가의 변화를 보고
여인은 그의 몸을 거듭거듭 비벼댔지요.
그러다 문득 불에 제물을 바친다는 핑계를 대고
그에게 눈길을 떼지 않은 채 서서히 그녀는 떠났다오.

그녀가 사라지자 텅 빈 트낌만 들어
선인의 아들 르샤슈룽가는 마음을 앗기고 말았다오.
그녀의 부재는 텅 빈 느낌뿐
그는 괴로워 한숨만 내쉬었다오.

얼마 후 사자처럼 붉은 눈
손톱 끝까지 돋아난 털
베다에 전념하고 거동 바른 지혜로운
까샤빠의 후예 위반다까가 모습을 나타냈지요.

마음이 뒤흔들려 골똘히 생각하며
홀로 앉아 있는 아들을 보고 그는 가까이 다가갔다오.
눈을 치켜뜨고 한숨을 내쉬는
가련한 아들에게 위반다까, 이렇게 말했지요.

"아들아, 불쏘시개는 아직 구해오지 않았느냐?
불의 제물은 아직 바치지 않았느냐?

희생제의 주걱은 깨끗이 씻었느냐?
젖을 위한 소와 송아지는 준비되었느냐?

아들아, 오늘 너는 너 같지 않구나.
시름 많고 넋이 나간 모습이구나.
오늘 너는 몹시 처량해 보이는구나. 왜 그러느냐?
네게 묻노라. 오늘 누가 다녀갔느냐?' ”

112

르샤슈릉가가 말했다.

'머리를 동여맨 브라흐마짜리[†]가 여기 왔었습니다.
작지도 크지도 않은, 마음 꽉 찬 이였습니다.
금빛 피부에 연꽃 같은 눈
신의 아들인 듯 그는 빛났습니다.

윤기 나는 그의 몸, 태양처럼 빛났고
검고 흰 그의 눈 짜꼬라 새 같았습니다.

브라흐마짜리_『베다』를 배우는 학생 또는 독신 금욕 수행자.

금실로 동여맨 칠흑 같은 그의 긴 머리칼은
그지없이 맑고 향기로웠습니다.

목에는 하늘에 번쩍이는 번개처럼 빛나는
잔 같은 것을 걸고 있었습니다.
그의 목 아래에는 둥근 살덩이 두 개가 있었습니다.
그 위에는 털도 없었고 몹시도 매혹적이었습니다.

허리는 가늘고 배꼽은 말끔했습니다.
엉덩이는 참으로 풍만했고
그가 입은 옷 아래에는 제가 두른 허리띠처럼
금색 띠가 반짝이고 있었습니다.

더더욱 놀라웠던 것은
발에다 찰랑이는 뭔가를 차고 있었고
손목에도 저의 염주 같은 띠가 있었는데
그의 것은 아름다운 소리를 냈답니다.

그가 움직일 때면 구슬에서
물 위의 취한 백조 같은 소리가 흘러나왔습니다.
그의 옷은 놀라운 것이었습니다.
저의 것과 같지 않고 어여뻤습니다.

그의 얼굴 놀랍도록 아름다웠으며
그가 하는 말은 마음을 흥겹게 했습니다.
암뻐꾸기 우짖는 듯한 그의 목소리 들을 때면
제 가슴 깊숙한 영혼이 흔들렸습니다.

아버지, 무르익은 봄날
바람에 실려온 향기를 숲이 내뿜듯
바람이 그를 만지고 지나갈 때마다
그는 성스럽고 아름다운 향기를 내뿜었습니다.

잘 빗어 단정하게 땋은 머리
두 갈래로 가지런히 나뉘어 있었습니다.
그의 귀는 다채롭고 고운 모양새로
둥글게 싸여 있는 듯했습니다.

그가 오른손으로 과일처럼 보이는
둥글고 다채로운 물건을 두드리면
그것은 땅을 치고 또 치며 신기하게도
뒤로 갔다 다시 하늘로 치솟곤 했습니다.

그가 그것을 쳐서 한 바퀴 빙 돌 때면
그의 몸은 바람에 흔들리는 나무처럼 살랑거렸습니다.
아버지, 제가 그 신의 아들을 보았을 때

제 마음은 기쁨으로 꽉 차 그를 연모하게 되었습니다.

여러 번 거듭해서 그는 제 몸을 껴안았습니다.
묶은 제 머리 잡아끌어 제 입을 낮추고
그의 입을 제 것에 올려 소리를 냈습니다.
그 소리는 저에게 큰 기쁨을 주었습니다.

그는 제가 바친 발 씻을 물도
그를 위해 가져온 과일도 받지 않았습니다.
그것이 자기가 지켜야 할 지계라고 했습니다.
그 대신 그는 다른 좋은 열매를 주었습니다.

그의 열매를 다 먹었습니다.
그것들은 이것들과 전혀 같지 않았습니다.
이것들과 같은 껍질을 갖고 있지도 않았습니다.
씨앗들도 없었습니다.

친절하게도 그는 제게 마실 것도 주었습니다.
형언할 수 없이 달콤한 맛이었습니다.
그것을 마시자 놀랍도록 기분이 좋아지고
온 세상이 가볍게 흔들리는 것 같았습니다.

이것들이 그가 직접 줄로 꿴

아름답고 향기로운 화환입니다.
이것들을 두고 그는 고행의 밝은 빛을 뿜으며
자신의 아쉬람으로 떠나버렸습니다.

그가 떠나자 저는 마음을 잃었고
몸은 너무나 뜨거워졌습니다.
나는 이대로 그에게 달려가고 싶습니다.
아니면 그가 날마다 이곳에 왔으면 좋겠습니다.

아버지, 그의 곁으로 가고 싶습니다.
그가 지키는 계율이 무엇인지 알아서
저도 그와 함께 그 계를 지키고 싶습니다.
그가 하는 혹독한 고행을 저도 하고 싶습니다.'

113

위반다까가 말했다.

'아들아, 그들은 마구니[*]들이란다.

마구니_ 악마의 군사를 지칭하는 불교 용어.

그들은 놀랍도록 아름다운 모습으로 돌아다니지.
비할 데 없이 아름답고 아주 위험하단다.
그들은 언제나 고행을 방해하는 일을 꾸미지.

아들아, 그처럼 아름다운 몸뚱이를 이용해
그들은 온갖 수단으로 수행자를 꾄단다.
그처럼 잔혹한 그들의 행위는 숲에 사는 수행자를
행복한 세계에서 떨어뜨린단다.

순진한 아들아, 성현들의 세계를 꿈꾸는
절제할 줄 아는 수행자는 그들과 접촉하지 않는단다.
나쁜 짓 일삼는 그러한 자들은
수행자의 수행을 망친 뒤에 즐거워한단다.

아들아, 달콤한 그것도 마셔서는 안 되는 것이란다.
그것은 바르지 못한 사람들이 마시는 것이지.
밝고 향기로운 이와 같은 화환들도
수행자에 어울리는 것들이 아니로구나.'

로마샤가 말했다.

'그들이 마구니라고 말하며 아들을 막아선 다음
위반다까는 여인을 찾아나섰다오.

사흘이 지나도록 여인들을 만나지 못한 그는
자신의 아쉬람으로 돌아왔다오.

수행자의 규율에 따라
까샤빠의 후손, 열매 주우러 나간 사이
그 기녀는 르샤슈룽가를 유혹하기 위해
다시 아쉬람으로 돌아왔지요.

여인을 본 르샤슈룽가
기쁨을 감추지 못하고 허둥지둥 그녀에게 다가가 말했다오.
"아버님이 돌아오시기 전에
어서 당신의 아쉬람으로 갑시다."

왕이시여, 그들은 정박한 배에 그를 꾀어 넣고
까샤빠의 외아들 데리고 닻을 올렸다오.
온갖 유혹으로 그를 꾀어
앙가 왕 앞으로 그를 데려왔다오.

왕은 그 아름다운 배를 정박시키고
아쉬람이 보이는 곳에 닻을 풀어
강변 가까이에 왕의 아쉬람이라는
아름다운 숲을 만들었다오.

왕은 위반다까의 외아들을
후궁으로 데려가 머물게 했지요.
그러자 신이 느닷없이 비를 내렸고
땅은 물로 가득 찼다오.

소원 이룬 로마빠다
자기 딸 산따를 르샤슈룽가에게 바쳤지요.
왕은 까샤빠의 분노를 잠재우기 위해
그가 오는 길목에 소를 준비하고 밭갈이를 하게 했다오.

위반다까 지나가는 어느 곳에도
왕은 가축과 튼튼한 소몰이꾼을 준비하라고 명했다오.
"위반다까가 아들 찾아오다가
뛰어난 저 선인이 그대들에게 묻거든

그대들은 두 손 공손히 모으고 이렇게 답하라.
'가축들은 당신의 아들 것이며 농작물도 모두 그의 것입니다.
대선인이시여, 무엇으로 당신을 기쁘게 해드리리까?
우리는 모두 당신의 종이니 당신의 말을 받들겠나이다' 라고."

열매 따고 나무뿌리 모아 아쉬람으로 돌아온
수행자는 분노로 마음이 갈갈이 찢기는 것 같았다오.
아들을 찾았으나 보이지 않았고

464

아들을 찾지 못한 그는 노기가 충천했다오.

분노로 마음이 찢기는 듯하던 그에게 문득 이것이
앙가 왕의 계략이 아닌지 의심이 생겼다오.
그리하여 그는 앙가 왕과 그의 모든 영토를 태우러
짬빠를 향해 길을 나섰다오.

배고프고 지친 까샤빠의 후손은
풍요로운 가축이 머무르는 곳에 이르렀다오.
소몰이꾼들, 그가 마치 왕인 듯 정중하게 섬겼고
그는 그곳에서 밤을 보냈지요.

극진한 대접에 그가 물었다오.
"착한 사람들이여, 누가 그대들의 주인인가?"
그들은 공손히 다가와 입을 모아 말했지요.
"이것은 모두 당신 아들의 것이랍니다."

어디를 가든 그는 칙사로 대접받고
정중하고 상냥한 말을 들었다오.
그의 화는 어느새 사그라졌고 기쁜 마음으로
앙가 왕의 도성에 이르렀지요.

황소 같은 군주는 그를 환영하고

그는 그곳에서 하늘의 인드라 같은 아들을 보았지요.
번개처럼 그에게 달려오는
며느리 샨따를 그곳에서 보았다오.

마을과 가축들과 아들을 보고
샨따를 만나자 치솟던 분노는 사그라졌다오.
인간의 주인이시여, 위빈다까 이제
그 땅의 주인에게 최고의 축복을 내렸답니다.

대선인은 아들을 그곳에 두며
태양 같고 불 같은 그에게 말했다오.
"아들을 낳거든 숲으로 돌아오너라.
왕이 청하는 모든 것을 들어주거라."

르샤슈룽가는 아버지의 명에 따라
조신한 로히니가 달을 섬기듯
정성을 다해 자기를 섬기는
샨따와 함께 아버지가 사는 곳으로 돌아갔지요.

다복한 아룬다띠가 와시슈타 섬기듯
로빠무드라가 아가스띠야에게 깍듯하듯
다마얀띠가 날라를 대하듯
샤찌가 벼락 휘두르는 신을 모시듯

나다야니의 딸 인드라세나가
한결같이 무드갈라를 모시듯, 유디슈티라 왕이여
샨따는 숲에서 르샤슈릉가를
사랑으로, 온 정성으로 섬겼다오.

여기 공덕 많은 그의 아쉬람이 빛나고 있지요.
성스러운 명예로 빛나는 여기 마하흐라다에서
몸을 씻고 정갈히 할 일을 한 뒤
왕이여, 다른 성지로 계속 길을 갑시다.'

114

와이샴빠야나가 말했다.

"자나메자야 왕이시여, 그런 뒤 빤다와들은 까우쉬끼 강을 시작
으로 다른 모든 성지를 하나하나 순례했답니다. 왕이시여, 그는 강가
강이 바다와 만나는 곳을 순례하고, 오백 개의 강이 모이는 한 중심
에 가서 몸을 담갔습니다. 바라따의 후예시여, 그런 뒤 영웅적인 이
땅의 주인은 아우들과 함께 해변을 따라 깔링가를 향해 길을 갔답니
다.

로마샤가 말했지요.

'꾼띠의 아들이여, 이곳이 깔링가의 땅이라오. 이곳을 따라 와이따라니 강이 흐르지요. 이곳은 신들과 함께 온 다르마가 희생제를 지냈던 곳이라오. 여기는 선인들이 운집한 북쪽 강변이며, 산으로 둘러싸인 희생제의 제단이 있어 브라만들이 즐겨 찾는 곳이라오. 다른 여러 선인들도 희생제를 올리고 신들의 길을 따라 천상에 이르렀던 곳이지요. 훌륭한 사내여, 또한 예전에 바로 이곳에서 루드라는 희생제에 쓰일 짐승을 잡아 자기 몫이라고 우겼다오. 바라따의 황소여, 짐승을 도난당하자 다른 신들은 그에게 "타인의 재물에 탐욕의 눈길을 보내지 마시오. 모든 다르마를 파괴하지 마시오"라고 말했지요. 그러나 그들은 곧 뛰어난 언변으로 루드라를 찬미하고 제물로 그의 마음을 사면서 그를 우러러 섬겼다오. 그러자 루드라는 짐승들을 놓아주고 천상의 길로 떠났지요. 유디슈티라여, 그런 루드라에 대한 말이 있으니 들어보시오.

"신들이 루드라를 두려워하니 아직 손대지 않은 신선한 최고의 제물은 루드라 몫이라네." 누구든 이곳에서 이 시를 읊으며 물을 만지는 사람은 신들이 가는 길을 가는 눈 밝은 이가 된다오.'"

이어지는 와이샴빠야나의 이야기는 이러하다.

위용 넘치는 모든 빤다와 용사들은 드라우빠디와 함께 와이따라니 강으로 내려가 조상들에게 제물을 바쳤다.

유디슈티라가 말했다.

'성스러운 로마샤 고행자시여, 그저 이 물을 만진 것뿐인데 저는 인간 세상의 감각을 뛰어넘은 것 같습니다. 서약을 잘 지키는 수행자시여, 당신 덕분에 지금 세상의 모든 지역이 제 앞에 있는 것 같습니다. 아! 이것은 고결한 와이카나사[*]들이 주문을 외우는 소리로군요.'

로마샤가 말했다.

'유디슈티라여, 당신이 지금 듣고 있는 소리는 삼백만 리 떨어진 곳에서 들리는 소리라오. 인간들의 왕이시여, 말을 삼가고 앉아 있으시오. 지금 우리가 와 있는 이곳은 아름답고 빛나는, 스스로 존재하시는 브라흐마의 천상의 숲이라오. 꾼띠의 아들이여, 이곳에서 위용 넘치는 위쉬와까르만은 희생제를 지냈지요. 이 제사에서 스스로 존재하시는 분은 여기 있는 산과 숲을 포함한 온 땅을 고결한 까샤빠에게 답례로 하사하셨지요. 꾼띠의 아들이여, 브라흐마가 자기를 선물로 하사하자 땅은 주저앉으며 성난 목소리로 세상의 군주에게 말했다오.

"주인이시여, 저를 죽음 있는 자에게 주는 것은 온당치 않습니다. 당신의 선물은 헛된 것입니다. 저는 물의 세계 끝으로 가버리겠습니다."

왕이시여, 땅이 이렇게 비통해하는 것을 보고 성스러운 까샤빠 선인은 땅을 달랬다오. 빤두의 아들이여, 땅은 그의 고행을 흡족히 여기며 물속에서 나와 제단 형태로 이곳에 모습을 드러냈지요. 대왕

와이카나사_ 브라흐마의 손톱과 머리카락에서 태어난 성자들.

이여, 이곳에 오르시오. 당신의 힘과 용기가 더해질 것이오.

유디슈티라여, 당신이 제단에 오르면
내가 직접 축원을 드리리다.
이 제단은 인간의 손이 닿으면
바로 바닷속으로 가라앉기 때문이라오.

빤두의 아들이여, 내가 진실한 이 말을 하는 동안
서서히 제단으로 올라가시오.
"당신은 불이며 미뜨라이여 태이며 성스런 물입니다.
위슈누의 씨이며 또한 바로 아므르따의 배꼽입니다."'

와이샴빠야나가 말했다.
"그를 위한 축원이 암송되자 고결한 유디슈티라는 바다의 제단으로 갔습니다. 성자가 이른 대로 모두 행한 뒤 그는 마헨드라 산으로 가 하룻밤을 묵었답니다."

까르따위르야[†]

115

와이샴빠야나가 말했다.

"하룻밤을 그곳에서 지낸 인간들의 왕은 아우들과 함께 그곳에 살고 있는 고행자들에게 공양을 올렸습니다. 로마샤는 그에게 브르구, 앙기라스, 와시슈타, 까샤빠 후예들의 이름을 일러주었지요. 그들을 방문한 선인 같은 왕은 두 손 모아 절을 올렸답니다. 그곳에서 유디슈티라는 라마의 제자 아끄르따우라나를 만나 물었습니다.

'브르구의 후예 라마께서는 언제 이곳에 모습을 비추시나요? 그때는 저도 그분을 뵙고 싶습니다.'"

까르따위르야_ 천 개의 팔을 가진 까르따위르야 아르주나를 말한다. 빤다와 아르주나와는 다른 사람이다.

이어지는 와이샴빠야나의 이야기는 이러하다.

아끄르따우라나가 말했다.

'빠라슈라마께서는 이미 당신이 이곳에 온다는 것을 알고 계십니다. 그분은 당신을 아주 어여삐 여기고 계시니 곧 뵐 수 있을 것입니다. 여기 있는 고행자들은 매달 열나흘 날과 여드렛날 그분을 뵙는답니다. 이 밤이 지나면 열나흘 날이군요.'

유디슈티라가 말했다.

'당신은 위력 넘치는 영웅, 자마다그니의 아들 라마의 추종자이십니다. 그러니 그분이 예전에 했던 행적을 다 알고 계실 것입니다. 성자시여, 그분이 어떻게 크샤뜨리야를 전투에서 모두 파멸로 이끌었는지, 그 이유와 목적은 무엇이었는지 말씀해주십시오.'

아끄르따우라나가 말했다.

'깐야꿉자에는 대단한 위력을 자랑하던 위대한 왕이 있었지요. 그는 세상에 가디라고 알려져 있었습니다. 왕은 숲에서 지내기 위해 왕국을 떠났답니다. 그가 숲에 사는 동안 압싸라스처럼 빼어난 딸이 태어났지요. 바라따의 후손이여, 브르구의 후예 르찌까는 그녀에게 청혼했고, 왕은 엄격하게 서약을 지키는 그 브라만에게 "뛰어난 브라만이여, 우리 가문에는 선조들께서 시작하셨던 전통이 하나 있다오. 우리 가문으로 장가들려는 사람은 반드시 한쪽 귀가 검은 천 마리의 흰 준마를 지참금으로 내놓아야 한다오. 그렇더라도 브르구의 후손이여, 당신 같은 성자에게 그런 것을 내놓으라고 해서는 안 되겠지요. 내 딸을 당신처럼 고결한 사내에게 주고 싶기 때문이오"라고 말했습니다.

그러자 르찌까는 "한쪽 귀가 검은 천 마리의 흰 준마를 드리겠습니다. 그러면 당신 딸은 제 아내가 되겠지요"라고 말했습니다.'

아끄르따우라나가 이어 말했다.

'왕이시여, 그는 이렇게 약속한 뒤 와루나에게 한쪽 귀가 검은 천 마리의 흰 준마를 달라고 청했답니다. 와루나는 즉시 말 천 마리를 그에게 내주었으며, 말이 솟아오른 자리는 아쉬와띠르타†로 알려져 있지요.

그리하여 가디 왕은 강가 강변의 깐야꿉자에서 딸 사띠야와띠를 르찌까에게 주었답니다. 그리고 신들은 신부 측 들러리가 되었지요. 이렇게 해서 뛰어난 브라만 르찌까는 말 천 마리를 얻고 신들을 친견했으며 다르마에 따라 날씬한 아내를 얻어 그녀와 마음껏 즐겼답니다. 혼례가 끝나자 최상의 브르구가 아들과 며느리를 보러 왔습니다. 그는 그들을 보고 자랑스러워했지요. 그가 자리에 앉자 남편과 아내는 두 손 모으고 신들도 우러르는 성자를 온 정성을 다해 모셨답니다. 브르구 성자는 흐뭇해하며 며느리에게 "사랑스런 아가, 소원이 있거든 말해보거라. 내가 네 소원을 들어주리라"라고 말했습니다. 사띠야와띠는 자신과 어머니에게 아들이 생기기를 소원했으며 그는 그 소원을 들어주었지요.

브르구는 그들에게 "잉태기가 되거든 너와 네 어미는 몸을 정갈히 하고 뿡사와나 의식†을 하거라. 그런 다음 네 어미는 아쉬와타 나

아쉬와띠르따_ 말의 성지.

무를, 너는 우둠바라 나무를 각각 껴안도록 하거라"라고 일렀습니다. 그러나 두 여인은 그만 아쉬와타 나무와 우둠바라 나무를 뒤바꿔 껴안고 말았지요. 그러던 어느 날 브르구 성자가 다시 찾아왔다가 그들이 나무를 뒤바꿔 껴안은 것을 알았답니다. 빛이 넘치는 브르구는 며느리 사띠야와띠에게 "네가 낳을 아들은 크샤뜨리야 같은 성정을 가진 브라만일 것이며, 네 어미가 낳을 위대한 아들은 브라만의 성정을 지닌 크샤뜨리야가 될 것이다. 그는 성현들의 길을 따르는 위력 넘치는 용사가 될 것이다"라고 말했습니다.

빤두의 아들이여, 그러나 그녀는 시아버지에게 "제발 그런 성정을 지닌 아들이 제게서 태어나지 않게 하소서. 차라리 손자가 그리되게 해주소서"라고 거듭 간청했고, 성자는 그리하겠다고 승낙하고 말았답니다.

때가 되자 그녀는 브르구의 후손인 아들, 자마다그니를 낳았습니다. 아들은 빛과 용맹을 두루 갖추었답니다. 그는 베다를 이해하는 데에서 다른 선인들을 훨씬 능가했지요. 태양과 빛에 견주어도 될 만한 그는 무예학을 완벽하게 익히고 네 가지 무기 사용법에도 달통했답니다.'

뿡사와나 의식_ 잉태한 여인이 태기를 느낄 무렵에 행하는 최초의 의식으로 아들을 낳기 위한 제사이다. 또는 아이를 갖기 이전에 아들을 낳으려는 마음으로 지내는 제사를 뜻하기도 한다.

116

이어지는 아끄르따우라나의 이야기는 이러하다.

대고행자 자마다그니는 베다 공부에 전념했으며 쉼 없이 혹독한 고행을 했다. 그는 절제력에서 신들을 압도했다. 그는 쁘라세나지뜨 왕에게 가서 레누까를 신부로 달라고 청했고, 왕은 그에게 그녀를 주었다. 레누까를 아내로 맞아들인 브르구의 후손은 얌전한 그녀와 함께 아쉬람에 살면서 한층 더 고행에 매진했다. 그들 사이에서는 네 명의 아들이 태어나고, 다섯 번째로 빠라슈라마가 태어났다. 빠라슈라마는 막내로 태어났으나 형제들 중 가장 뛰어났다.

어느 날 아들들이 모두 열매를 따러 숲으로 갔을 때 지속적으로 서약을 지키던 레누까는 몸을 씻으러 갔다 오는 길에 무심코 연꽃 화환을 두르고 아내들과 함께 물놀이를 하고 있는 풍요로운 마르띠까와따의 왕 찌뜨라라타라를 보았다. 레누까는 그만 그를 탐하게 되었다. 이 부정한 욕망 때문에 그녀는 생각 없이 물속에 체액을 흘리고 말았다. 그녀는 두려움에 떨며 아쉬람으로 돌아왔다. 남편은 사실을 알아차렸다. 그녀에게서 올곧음이 추락하고 성스러운 아름다움이 사라진 것을 보고 빛이 넘치는 영웅은 '통탄할 일이로다!' 라고 외쳤다. 그때 자마다그니의 맏아들 루만완이 돌아오고 뒤이어 수쉐나, 와수, 위쉬와와수가 차례로 돌아왔다. 그들의 성스러운 아버지는 아들 하나하나에게 어머니를 죽이라고 명했다. 아들들은 모두 당혹스러워하며 어쩔 줄 모르고 아무 말도 하지 못했다. 진노한 성자는 그들에게 저주를 내렸다. 저주받은 아들들은 정신을 잃고, 느닷없이 짐승이나 새들처럼 또는 생명 없는 것들처럼 행동하기 시작했다. 그 후 적의 영웅을 처단하는 라마가 돌아왔다. 분노에 충천한 대고행자 자마다그니가 그에게 말했다.

'아들아, 죄 많은 네 어미를 죽여라. 그리고 그것에 가책을 느끼지 마라.'

라마는 도끼를 집어들고 어머니의 머리를 잘랐다. 고결한 자마다그니의 진노는 곧 풀렸다. 그가 웃으며 말했다.

'아가야, 내 명을 지키느라 하기 어려운 일을 했구나. 다르마를 아는 아들아, 네 가슴에 품고 있는 소원을 모두 말해보거라.'

그는 어머니를 되살리고, 자기는 그 기억에 사로잡히지 않게 되기를 그리고 자기가 저지른 짓이 죄를 범하는 것이 아니기를, 형제들을 예전의 상태로 돌아오게 하기를 소망했다. 대고행자 자마다그니는 그가 전투에서 무적이 될 것과 장수할 것이라고 축복을 내려준 뒤 그가 바라는 소망을 들어주었다.

그러던 어느 날 아들들이 예전처럼 다 나가고 없을 때 해안국의 군주인 영웅 까르따위르야가 왔다. 선인의 아내는 그가 아쉬람에 오자 정성을 다해 대접했다. 그러나 전사의 자만심으로 가득 차 있던 왕은 그녀의 호의를 받아들이지 않았다. 그는 아쉬람에 있는 것들을 닥치는 대로 다 부수고, 숲에 있는 큰 나무들을 다 뽑아버린 뒤 울부짖는 희생제의 소를 데리고 떠나버렸다. 라마가 돌아오자 아버지는 그에게 모든 것을 말했다. 소가 얼마나 울부짖었는지를 알게 된 라마는 분개했다. 격분한 라마는 까르따위르야를 향해 돌진해 갔다. 적의 영웅을 처단하는 브르구의 아들은 전투에서 마음껏 용맹을 떨쳤다. 그는 빛나는 화살을 집어 들고 돌처럼 단단한 아르주나의 천 개의 팔을 날카로운 화살로 잘라버렸다. 라마에게 분개한 아르주나까르따위르야의 후예들은 라마가 없는 틈에 자마다그니의 아쉬람으로 쳐들어왔다. 그들은 싸움을 거부한 위력 넘치는 그를 죽였다. 꼼짝 없이 그들의 공격을 받던 자마다그니는 '라마'만 외쳤다.

적을 길들이는 까르따위르야의 아들들은 화살로 자마다그니를 죽인 뒤 자기들이 왔던 곳으로 돌아갔다. 모두들 떠나고 자마다그니만 시체가 되어 누워 있는 아쉬람에 라마가 불쏘시개를 갖고 돌아왔다. 영웅은 죽음의 사슬에 꿰어 있는 아버지를 보고 그런 죽음이 어울리지 않는 아버지를 보고 처절하게 통곡했다.

117

라마가 말했다.

'아버지, 까르따위르야의 천박하고 어리석은 아들들이 마치 숲속의 사슴처럼 화살로 당신을 죽인 것은 모두 제 탓입니다. 아버지, 다르마를 알고 바른길만 추구하시며 누구에게도 잘못한 적 없는 당신이 어찌 이런 죽임을 당할 수 있단 말입니까? 대항해 싸우지 않고 고행하던 나이 든 당신을 향해 수백 개의 날카로운 화살을 날리는 놈들이 무슨 짓인들 못하리까? 저항 없이 홀로 있던 다르마 아는 분을

죽인 수치심 모르는 그놈들이 대신들과 동지들 앞에서 무슨 말인들 못하겠습니까?'

아끄르따우라나가 말했다.

'유디슈티라 왕이시여, 이렇게 오래도록 처절하게 통곡한 대고 행자 라마는 아버지의 영혼을 위한 모든 의식을 다 치렀지요. 바라따의 후손이여, 적의 도시를 정복한 라마는 아버지를 화장한 뒤 모든 크샤뜨리야를 다 죽이겠다고 맹세했답니다. 분노한 대전사, 위력 넘치는 용사는 무기를 들고 죽음의 화신인 듯 혼자서 까르따위르야의 아들들을 모두 죽였습니다. 황소 같은 크샤뜨리야여, 전사 중의 전사 라마는 그들을 따르던 크샤뜨리야들도 모두 죽여버렸지요. 스물한 번씩이나 이 땅을 크샤뜨리야 없이 만들어버린 위용 넘치는 그분은 사만따빤짜까라는 곳에 다섯 개의 피의 연못을 만들었답니다. 그곳에서 그 브르구의 후예는 조상들에게 제물을 바쳤습니다.

그때 르찌까가 현신해 라마를 막았습니다. 그런 뒤 자마다그니의 위용 넘치는 위대한 아들 라마는 큰 희생제를 치러 인드라를 흡족케 하고 제사장들에게 이 땅을 선사했답니다. 백성의 주인이여, 그는 십 위야마* 에 이르는 너비와 구 위야마에 이르는 높이를 가진 황금 제단을 지어 고결한 까샤빠에게 바쳤지요. 왕이여, 까샤빠는 그것을 여러 조각으로 나누어서 브라만들에게 나눠줬습니다. 그래서 그 지역은 칸다와야나* 로 알려지게 되었답니다. 고결한 까샤빠에게 이 땅

위야마_ 양팔을 벌렸을 때 양 손가락 끝에서 끝까지의 길이.

을 바친 뒤 위력 넘치는 라마는 산의 왕 마헨드라에서 살고 있답니
다. 이리하여 그와 크샤뜨리야 사이에 적대감이 형성된 것이며, 빛이
넘치는 라마는 온 세상을 정벌한 것이랍니다.'

와이샴빠야나가 말했다.

"경전에 따르면 열나흘째 되는 날 고결한 라마는 그 브라만들과
다르마의 왕 그리고 그의 형제들에게 모습을 나타냈다고 합니다. 위
용 넘치는 빼어난 군주, 왕 중의 왕 유디슈티라는 아우들과 함께 그
빼어난 브라만에게 엎드려 절했습니다. 대왕이시여, 군주는 자마다
그니의 아들을 잘 섬기고 브라만의 답례를 받은 뒤 마헨드라 산에서
그날 밤을 보내고 남쪽을 향해 떠났답니다."

칸다와야나_ '나누어 가진 자들' 이라는 뜻.

이어지는 성지 순례

118

와이샴빠야나가 말했다.

"기상 넘치는 저 왕, 길을 가며
성스럽고 아름다운 성지를 보았습니다.
바라따여, 바다에 있는 모든 곳이
브라만들로 곱게 단장되어 있었답니다.

그런 곳에서 몸을 씻은 왕, 거동 바르고
아우들도, 왕의 자손들도, 그의 손자들도 단정했답니다.
빠릭쉬뜨의 아들_{자나메자야}이여, 빤두의 아들은 그렇게
강이 바다를 만나는 성스럽고 성스러운 곳으로 갔습니다.

기상 넘치는 왕은 그곳에서 몸을 씻고
조상과 신들에게 제를 올렸습니다.
브라만들에게 값진 재물을 푼 뒤
그는 바다로 흐르는 고다와리로 갔답니다.

왕이시여, 그런 뒤 그는 죄를 사함받은 드라위다에서
성스러운 바다로 갔답니다.
성스럽고 순결한 아가스띠야 성지에 가서
영웅은 나리띠르타†를 보았습니다.

그곳에서 그는 명궁 중의 명궁
누구도 견줄 수 없는 아르주나의 행적을 들었으며
일군의 최상 선인들이 그를 우러렀을 때
빤두의 후손은 최고의 기쁨을 누렸답니다.

그 모든 성지에서 몸을 담근 그는
어김없이 끄르슈나아와 아우들과 함께였습니다.
아르주나의 용맹을 치하한 이 땅의 주인은
이 땅에서 마음껏 기쁨을 누렸답니다.

나리띠르타_ '나리' 는 '여인' 이라는 뜻이며 '띠르타' 는 '성지' 라는 뜻으로, '여인들
의 성지' 라는 뜻.

강과 강이 만나는 최상의 성지에서
아우들과 함께 기쁜 마음으로
아르주나의 이름으로
수천 마리의 소를 보시했습니다.

왕이시여, 그렇게 그는 바다에 인접한
성스러운 다른 여러 성지를 순례해
점차 소망을 이루고
가장 성스러운 슈르빠르까를 보았습니다.

해변의 어떤 지역을 건너 그는
세상에 명성 자자한 숲에 이르렀습니다.
예전에 신들이 고행했던 곳
성스럽고 성스러운 왕들이 여전히 즐겨 찾는 곳이었습니다.

튼튼하고 긴 팔 가진 왕은 그곳에서
최고의 명궁 르찌까 아들의 제단을,
고행자들이 에워싸고 있는
우러러 마땅한 제단을 보았습니다.

그런 뒤 이 땅의 군주는
와수, 마루뜨, 아쉬윈, 위와쉬와뜨의 아들
아디띠야, 꾸베라, 인드라, 위슈누

그리고 위용 넘치는 사위뜨르의 성지를 보았답니다.

왕이시여, 고결한 왕은
바가, 달, 태양, 물의 제왕과 사드야들
조물주와 조상들 그리고
루드라와 가나[*]들의 성지를 보았습니다.

사라스와띠와 싯다들
뿌샨과 다른 모든 죽음 없는 자들의
그 모든 성지를, 그 아름다운 곳들을
왕은 모두 보았습니다.

그런 곳에서 왕은 여러 가지 방식으로 단식하며
가장 값진 보물을 보시했답니다.
그 모든 성지에서 몸을 정갈히 하고
슈르빠르까로 다시 길을 떠났습니다.

이 성지를 지나 그는 다시
형제들과 함께 바다로 갔답니다.
위대한 브라만들이 지상 최고의 성지로 일컫는

가나_ 쉬와의 군사.

쁘라바사로 갔습니다.

크고 붉은 눈의 왕은 그곳에서 몸을 씻고
끄르슈나아와 형제들과 함께
로마샤와 브라만들이 한 것처럼
신과 조상들을 흡족케 했답니다.

열이틀 동안 그는 물과 공기만 마시며
여명과 황혼에 몸을 정갈히 했습니다.
수많은 불로 사방을 밝히고
다르마를 지탱하는 그 빼어난 사내, 고행을 거듭했답니다.

그 혹독한 고행 소식을 들은
라마발라라마와 끄르슈나
그 두 우르슈니의 수장이 수행원을 데리고
유디슈티라 아자미다를 찾아왔습니다.

때에 절어 맨바닥에 누워 있는
빤다와들을 보고, 그런 처지여서는 안 되는
드라우빠디를 보고 우르슈니들은
탄식하며 신음했답니다.

그들은 라마와 끄르슈나에게 가서

끄르슈나의 아들 삼바에게 가서, 쉬니의 손자에게 가서
그리고 다른 우르슈니들에게 가서
넘치는 기상으로 다르마에 따라 예를 올렸답니다.

빤두의 아들들이 그렇게 예를 올리자
그들도 쁘르타의 아들들에게 답례했습니다.
왕이시여, 신들이 인드라를 에워싸듯
손님들은 유디슈티라를 에워싸고 앉았답니다.

자신감 넘치는 그는 그들에게 적들의 동태와
자신들의 숲 속 생활을 낱낱이 고하고
끄르슈나에게 쁘르타의 아들, 신들의 제왕의 아들이
무기 얻으러 인드라에게 간 것을 일러줬답니다.

그의 말을 듣고 그들은 안심했고
초라하게 마른 그들을 보고
기상 넘치는 다샤르하의 사내들은
두 눈에서 서러운 눈물을 흘렸답니다."

119

자나메자야가 말했다.

"수행자시여, 쁘라바사 성지에 찾아온 우르슈니들은 빤다와들과 무엇을 하고 무슨 이야기들을 했습니까? 무기에 달통한 고결한 우르슈니와 빤다와들은 서로 아껴주는 동지들이지 않습니까?"

와이샴빠야나가 말했다.

"그들이 바닷가 성지 쁘라바사에서 만났을 때 우르슈니들은 빤다와 영웅들을 에워싸고 그들에게 예를 올렸습니다. 그런 뒤 소젖처럼, 꾼다 꽃처럼, 달처럼, 은처럼, 연꽃 줄기처럼 빛나는, 쟁기 든 라마가 들꽃 화환을 목에 걸고 연꽃 눈의 끄르슈나에게 말했지요.

'끄르슈나여, 선행은 좋은 길로 인도하지 않고
악행은 패배로 이끌지 않는가 보오.
머리 헝클어진 고결한 유디슈티라가
나무껍질 옷 입고 숲에서 고생하는 걸 보면 말이오.

두료다나가 땅을 다스림에도
땅은 그를 삼키지 않는구려.
다르마를 따르지 않는 것이 따르는 것보다 낫다고
생각 얕은 사람들은 생각할 것이오.

두료다나, 하염없이 번영을 누리고

유디슈티라, 왕국 앗겨 초라해졌소.
사람들이 어찌 헛된 의심 품지 않겠소?
중생들이 무엇을 이루려 하겠소?

이분은 다르마를 힘으로 삼았던 인간들의 왕이오.
다르마를 따르고 진실하며 올곧고 보시하지요.
왕국에서 멀어지고 영화에서 멀어져도 쁘르타의 아들은
다르마에서 벗어난 적 없소. 그에게 번영은 어디에 있소?

비슈마와 브라만 끄르빠, 드로나
왕가의 나이 든 왕은 어떻소?
쁘르타의 아들들을 내쫓고 기쁨을 누리고 있소.
망할 놈의 나이 든 바라따의 어른들 아니오?

악독한 이 땅의 수장은 저승에 가서
조상들을 만나 무슨 말을 하리?
순결한 아들들을 왕좌에서 끌어내리고
'나는 아들들에게 공평했다' 라고 할 것이오?

이 땅의 왕들 가운데 태어난
꾼띠의 아들들을 왕국에서 내쫓고도
'눈 어두운 내가 무엇을 할 수 있으리?' 그렇게 말하며
그는 지혜의 눈으로 헤아리지 않소.

위찌뜨라위르야의 아들은 아들들과 함께
그렇게 잔혹한 짓 저지르고도
어찌 조상들의 땅에 활짝 핀
풍요로운 금 꽃을 본다는 말이오?

건장하고 넓은 어깨, 크고 붉은 눈의 빤다와들에게
그는 필시 듣기 위해서 묻지는 않았을 것이오.
이를 가는 아우들과 유디슈티라를
의심 없이 숲으로 쫓아 보냈을 것이오.

여기 이 긴 팔의 늑대 배는 무기 없이도
왕성한 적의 군대 파멸시킬 것이오.
전투에서 내지르는 늑대 배의 고함 소리만 들어도
적병들은 똥오줌 싸고 도망칠 것이오.

배고픔과 목마름과 고된 여행에 여위었으나
무기와 화살을 손에 쥐고 적군을 마주할 때
숲에서의 참담한 이 고난을 기억하며
그는 분명코 아무도 남기지 않을 것이오.

그의 위력과 용맹에 어느 누구도
이 땅 어떤 인간도 견줄 수 없을 것이오.

추위와 더위와 바람과 햇빛에 여위었어도
그는 전장에서 적을 남겨두지 않을 것이오.

동쪽의 왕들과 그들의 추종자들을
전투에서 단 한 대의 수레로 물리친 뒤에도
용감한 대전사 늑대 배는 상처 하나 없었소.
그가 오늘 숲에서 나무껍질 두르고 모진 고생하고 있다오.

여기 이 사내 사하데와를 보시오.
단따꾸라에서 군주들을 물리치고
남쪽 해변에서 한꺼번에 몰려온 왕들을 물리치던
그가 지금 수행자의 옷을 입고 수행자가 되었소.

전쟁에 취해 서쪽에서 홀로 마차에서
왕들을 물리쳤던 영웅 나꿀라
그가 지금 나무뿌리와 열매로 연명하며
머리를 헝클어뜨리고 때에 전 몸으로 숲에 살고 있지 않소?

왕이 펼친 화려한 희생제 제단에서 솟아난
대전사 드루빠다 왕의 딸
안락한 생활에 맞는 착한 여인이
이 참담한 숲에서 어찌 견딘단 말이오?

다르마의 아들, 바람의 아들
인드라의 아들, 아쉬윈의 아들들이
영화가 어울리는 이 신들의 아들들이 어찌
안락함 없는 이 숲에서 지낸단 말이오?

다르마의 아들이 아내와 함께 패배해
형제들과 함께, 추종자들과 함께 내쫓기고
두료다나, 번성의 길을 달리고 있음에도
어찌하여 산과 땅은 꺼지지 않는단 말이오?' "

120

사띠야끼*가 말했다.

'라마시여, 지금은 비탄할 때가 아닙니다.
그것은 나중 일입니다. 우리는 행동해야 합니다.
유디슈티라, 비록 침묵을 지켜도
지나간 일 연연 말고 지금 할 일 해야 합니다.

사띠야끼_ 우르슈니의 용사이며 샤따까의 아들로 쉬비의 후손 유유다나로 불릴 때가
많다.

일해줄 이 있는 사람들은 본시
자기들이 직접 일하지 않는 법입니다.
사이비야* 등이 야야띠를 위해 그랬던 것처럼
해야 할 일이 있으면 누군가가 그 일을 하게 되지요.

그들의 일을 맡아 하는 사람들은
자신의 견해로 그 일을 처리하며
대리인 있는 사람들은 아무도 없는 자들처럼
쓸데없이 고생하지 않는 법입니다.

삼계를 다 지킬 만한 사람들
끄르슈나, 라마, 쁘라듐나, 삼바 그리고 내가
그들의 후견인으로 버티고 있음에도
그와 그의 형제들이 어찌 숲에서 살아야 합니까?

무수한 무기 들고 다채로운 갑옷 입고
다샤르하*들 무리지어 오늘 행군합시다.
드르따라슈트라의 아들들을 저승으로 보냅시다.
그들의 친지들에게 우르슈니의 맛을 보여줍시다.

사이비야_ '쉬비의 후손들'이다. 이들과 야야띠들의 이야기는 '야야띠' 편에 나온다.
다샤르하_ 다샤르하의 후손들로 야다와들이자 끄르슈나의 일족.

당신 혼자서도 온 세상 평정할 수 있습니다.
샤르앙가 활 휘두르는 끄르슈나는 말해 무엇하리까?
신들의 제왕 인드라가 우르뜨라 처단하듯
드르따라슈트라의 아들들과 그들의 무리를 처단하십시오.

쁘르타의 아들은 내 형제이자 벗이며 스승입니다.
끄르슈나의 영혼과도 같습니다.
그러니 우리 앞에 놓인 어렵고
뛰어난 일 이루어냅시다.

뛰어난 내 무기로 듀료다나의 화살 비를 맞이하겠습니다.
그리하여 전투에서 그를 물리칠 것입니다.
독뱀 같고 불길 같은 내 화살로
라마여, 그의 머리 베어낼 것입니다.

전장에서 매서운 칼끝으로
몸통에서 그의 머리 무력으로 떼어버릴 것입니다.
듀료다나의 추종자들 모두 처단하고
모든 꾸루족 패퇴시킬 것입니다.

라마시여, 전투 태세 갖추고 무기 든 나를
사람들이 환호하며 지켜보게 하십시오.
말세 때의 불이 산더미 같은 지푸라기 태우듯

뛰어난 꾸루의 전사들을 나 혼자 처단하게 하십시오.

끄르빠도 드로나도 위까르나도 까르나도
쁘라듐나의 화살을 받아내지 못할 것입니다.
끄르슈나의 아들이 전투에서 싸웠을 때
그때 당신 아들의 그 용맹을 나는 알고 있습니다.

두 팔의 힘으로 마부와 마차를 이끌고
삼바가 두샤사나를 벌하게 하십시오.
잠바와띠 아들이 전투에 나서면
그와 맞설 용사 아무도 없을 것입니다.

어렸을 적에도 그는 힘으로
다이띠야 삼바라의 군대를 뒤흔들었습니다.
둥근 허벅지, 길고 단단한 팔을 가진
아쉬와짜끄라도 그는 전투에서 물리쳤지요.
이 세상 사람 누가 삼바의 손에 잡혀
감히 벗어날 수 있으리까?

때가 되어 죽음의 손아귀에 들어간 자는
누구도 그 손길 벗어날 수 없듯이
삼바의 손에 한 번 들어온 자가
전장에서 어찌 살아 돌아갈 수 있으리까?

드로나와 비슈마 그 두 대전사도
아들들에게 둘러싸인 소마닷따도
그들의 군대도 모두 함께 와아수데와가
화살의 불길로 태워버릴 것입니다.

무기 들고 명궁 겨눈 끄르슈나가
전장에서 무적의 수다르샤나 든 그가
신들을 포함한 온 세상에서
하지 못할 일 무엇이리까?

칼과 방패 손에 든 아니룻다는
의식 잃고 죽은 드르따라슈트라의 아들들의
잘린 머리로 풀 더미 덮인 희생제의 제단을
이 땅을 장식할 것입니다.

가다, 울무까, 바후까, 바누, 니타
전쟁의 용사 꾸마라, 니샤타
전사 사라나와 짜루데슈나가
그들의 가문에 맞는 업적을 펼치게 하십시오

우르슈니, 보자, 안다까들이 이끄는
크샤뜨리야 용사들이 한데 모여

드르따라슈트라의 아들들을 전장에서 처단하고
세상에 명예를 드날리게 하십시오.

다르마를 지탱하는 수장인 고결한 유디슈티라
최상의 그 꾸루가 주사위 노름에서
맹세했던 서약을 채우는 동안
아비만유가 세상을 다스리게 하십시오.

우리가 쏜 화살로 적을 물리친 뒤
다르마의 왕이 세상을 누리게 하십시오.
드르따라슈트라의 아들들을 없애고 까르나를 죽이는 것이
우리의 크나큰 명예요 막중한 임무랍니다.'

끄르슈나가 말했다.

'마두의 후예여, 그대 말은 그르지 않네.
기개 높은 이여, 그대의 말을 받아들임세.
그러나 여기 꾸루의 황소는 자기 손으로
얻지 않은 땅을 결코 탐하지 않을 것이네.

욕망을 위해서도, 두려움을 위해서도
탐욕을 위해서도 유디슈티라는 다르마를 저버리지 않을 것이네.
비마도 그리고 아르주나도

대전사 쌍둥이도, 드루빠다의 딸 끄르슈나아도 그러할 것이네.

늑대 배도, 다난자야도
싸움에서 세상 누구의 적수가 아니지.
마드리 아들들의 우러름받는 이가
어찌 이 땅을 다스리지 못하겠는가?

빤짤라 왕국의 고결한 왕과
쩨디 왕국의 군주와 께까야와 우리가
힘을 합해 용맹으로 적과 싸운다면
수요다나두료다나는 이 세상을 등지게 될 것일세.'

유디슈티라가 말했다.

'마두의 후예여, 그대의 말이 놀랍지는 않소.
그러나 나는 왕국보다 진실이 우선인 사람이라오.
끄르슈나만이 내가 무슨 생각하는지 알고
끄르슈나의 실체를 나도 있는 그대로 알고 있지요.

마두의 후손이여, 이 인간의 영웅이
전투에서 용맹 떨칠 때를 알 것이오
그러면 쉬니의 용사여, 그대와 끄르슈나는
전장에서 두료다나 정벌할 수 있으리.

그러니 오늘은 다샤르하의 영웅들을 돌아가게 하시오.
수호신들이 있고, 인간 세상의 수호자들이 있고
부지런히 다르마를 따르고 견줄 수 없는 사람들이 내게 있으니
참으로 든든하오. 편안할 때 다시 만납시다.'

와이샴빠야나가 말했다.
"그들은 인사를 나누고 헤어졌습니다. 어른들께 절 올리고 아랫
사람 껴안아준 뒤 야두의 영웅들은 집으로 돌아갔지요. 그리고 왕은
다시 성지 순례에 나섰답니다.

끄르슈나를 보낸 뒤 다르마의 왕은
위다르바의 왕이 잘 지어둔 성지로 갔습니다.
그리고 소마즙과 섞인 그곳의 물을 담고 있는
빠요슈니 강에서 하루를 묵었답니다."

수깐야

121

로마샤가 말했다.

'왕이여, 느르가[†]는 언젠가 이곳에서 소마 제를 올려 도시를 뒤흔드는 신 인드라가 마음껏 취할 수 있게 한 적이 있다고 했지요? 이곳은 인드라를 비롯한 많은 신들과 쁘라자빠띠들이 수많은 선물을 주며 온갖 큰 희생제를 지냈던 곳이라오. 아무르따라야스라는 왕도 이곳에서 일곱 번이나 아쉬와메다 희생제를 지내며 소마로 벼락 휘두르는 신의 마음을 샀었지요. 제사를 일곱 번 지내는 동안 그는 보통은 나무나 흙으로 하는 의식을 모두 금으로 지냈다오. 일곱 번이나 치른 그의 희생제 의식은 아주 유명하답니다. 유디슈티라여, 그의 희생제에서는 인드라를 비롯한 신들이 직접 금으로 만든 빛나는 희생

느르가_ 보시 잘하기로 소문났던 왕.

제의 기둥을 세웠는데, 희생제의 기둥마다 천상으로 올라가는 일곱 개의 고리가 만들어져 있었다오. 또 가야의 군주가 지낸 저 웅장한 희생제에서 인드라는 소마에 취하고 브라만들은 선물에 취했다고 하지요. 대왕이시여, 바닷가의 모래알처럼, 하늘에 박힌 별들처럼, 쏟아져 내리는 비처럼 가야가 초대 손님들에게 내린 제사의 재물은 이루 헤아릴 수가 없었다오. 모래알도, 별도, 빗방울도 셀 수 있을지 모르나 보시하는 자의 희생제에 쓰였던 재물은 도저히 셀 수가 없었 다오. 그는 위쉬와까르만†이 금으로 빚은 암소를 사방에서 모여든 브라만들에게 베풀었지요. 인간의 주인이시여, 사방에서 제 지내는 고결한 가야의 땅은 그가 지은 성소들로 인해 비좁을 지경이었다오. 바라따의 후예여, 이렇게 함으로써 그는 인드라의 세계를 얻었지요. 그리고 여기 빠요슈니 강에서 목욕재계하는 사람은 그가 있는 세상 을 얻을 것이오. 그러니 이 땅을 지키는 순결한 왕이여, 당신도 아우 들과 함께 이곳에서 몸을 정갈히 하고 더러움의 찌꺼기를 털어버리 시오.'

와이샴빠야나가 이어 말했다.
"저 최상의 인간, 흠 없고 빛나는 왕은 아우들과 함께 빠요슈니 강에서 목욕재계한 뒤 그들과 함께 와이두르야 산과 나르마다 큰 강 을 향해 길을 재촉했답니다. 인간의 주인이시여, 성스런 로마샤 선인 은 다시 한 번 그에게 순례해야 할 아름다운 성지에 관해 말해주었지

†위쉬와까르만_ 신들의 목수.

요. 왕은 정해진 순서에 따라 마음 흘러가는 대로 성지들을 순례했으며 수천 명을 헤아리는 많은 브라만들에게 보시했답니다."

로마샤가 말했다.

'꾼띠의 아들이여, 와이두르야 산을 보고 나르마다 강으로 내려가 몸을 씻는 사람은 천인들과 왕들의 세계를 얻게 될 것이오. 훌륭한 왕이여, 지금은 뜨레따와 깔리가 맞물리는 유가라오. 또한 사람들이 모든 죄악에서 벗어날 수 있는 유가이기도 하지요. 친애하는 이여 그리고 이곳은 사르야띠가 희생제를 지냈던 곳이라오. 이곳에서 인드라는 아쉬윈과 함께 소마를 마셨다오. 대고행자이던 브르구의 아들 짜와나가 인드라에게 격노했던 곳이기도 하지요. 이곳에서 위력의 짜와나는 인드라를 마비시키고 수깐야를 아내로 맞이했다오.'

유디슈티라가 말했다.

'위력의 성자는 어떻게 빠까를 죽인 신 인드라를 마비시켰습니까? 대고행자 브르구의 후손이 인드라에게 그처럼 화가 난 까닭은 무엇입니까? 브라만이시여, 또 어떻게 아쉬윈은 소마즙을 마시게 되었습니까? 성자시여, 이 모든 이야기를 남김없이 들려주십시오.'

122

이어지는 로마샤의 이야기는 이러하다.

브르구 성자에게 짜와나 바르가와라는 아들이 있었다. 빛이 넘치는 그는 강변 가까운 곳에서 고행했다. 그는 기둥처럼 꿈쩍도 않은 채 영웅의 자세를 유지하며 한곳에서 오래도록 서 있었다. 오랜 세월이 흘러 선인은 차츰 덩굴나무가 뒤덮이고 개미들이 우글거리는 개미 둑으로 변해갔다. 개미 둑에 둘러싸여 고행을 계속하는 동안 수행자는 영락없는 흙더미였다.

그렇게 오랜 세월이 흐른 뒤 사르야띠라는 왕이 그 빼어나게 아름다운 강변으로 놀러 왔다. 사천 명의 여인도 함께 왔다. 여인들 중에는 수깐야라는 눈부시게 아름다운 사르야띠의 딸도 있었다. 온갖 보석으로 단장한 그녀는 동무들과 즐겁게 어울려 놀다가 짜와나가 있는 개미 둑을 발견했다. 시녀들에게 둘러싸인 수깐야는 아름다운 경치를 즐기고 숲 속의 높다란 나무들을 보며 그곳을 배회했다. 그녀는 단정하고 젊고 매력적이었으며 사랑의 신 같은 모습을 가졌고 도도했다. 그녀는 꽃이 흐드러지게 피어 있는 숲의 나뭇가지들을 꺾기 시작했다. 지혜로운 브르구의 아들이 그녀를 보았다. 그때 마침 그녀는 시녀들과 멀리 떨어져 옷 하나만 달랑 걸친 채 고운 장신구들을 걸고 번개처럼 빛나는 모습으로 혼자서 그곳을 돌아다니고 있었다. 황막한 그곳에서 너무나도 빛나는 여인을 보고 고행의 위력을 지닌 목이 가는 브라만 선인에게 욕정이 일었다. 그는 말라버린 목청으로 아름다운 처녀에게 말을 걸었으나 그녀는 듣지 못했다.

한편 수깐야는 개미 둑에서 브르구의 후손의 두 눈을 보았다. '이게 뭘까?' 자기 생각을 의심쩍어 하며 궁금해진 그녀는 가시로 그것을 찔러봤다. 눈을 찔린 성자는 분노가 충천해 사르야띠의 군사들이 똥오줌을 쌀 수 없도록 만들어버렸다. 똥과 오줌을 쌀 수 없게 된 군사들의 고통은 이루 헤아릴 수가 없었다. 그들의 그런 모양을 본 왕이 물었다.

'행여 너희들 중 누가 고결하고 나이 든 바르가와에게 잘못한 적이 없느냐? 그분은 언제나 고행에만 마음을 쏟는 성미 급한 분이다. 그분을 고의로 괴롭혔건 모르고 그랬건 지금 당장 사실대로 실토하거라.'

군사들이 말했다.

'저희들 누구도 잘못을 알지 못합니다. 무슨 수를 써서라도 제발 왕께서 사실을 밝혀내주십시오.'

왕은 때로는 부드럽게 때로는 강압적으로 누구 짓인지 밝히려 동지들에게 물었으나 누구도 원인을 알지 못했다. 생리적인 일을 처리하지 못하게 된 군사들이 고통스러워하고, 아버지 또한 괴로워하는 것을 본 수깐야가 말했다.

'제가 여기저기 돌아다니다가 개미 둑에서 두 개의 물체가 반짝이는 것을 보고 반딧불인 줄 알고 가까이 가서 찔러보았습니다.'

공주의 말을 듣고 사르야띠는 지체 없이 개미 둑을 향해 뛰어갔다. 그곳에서 왕은 고행으로 보나 나이로 보나 어른인 바르가와를 보았다. 세상의 군주는 군사들을 위해 두 손 가지런히 모으고 말했다.

'제 어린 딸이 모르고 한 짓을 용서하소서.'

그러자 짜와나 바르가와가 왕에게 말했다.

'이 땅을 지키는 왕이여, 당신 딸은 아리땁고 우아하오. 그러나

탐욕과 어리석음의 희생양이 되어 있소. 그 딸을 내게 준다면 용서하리다.'

선인의 말을 들은 사르야뿌는 서슴없이 고결한 짜와나에게 딸을 주었다. 그녀를 얻은 짜와나는 기뻐했다. 왕 또한 그의 용서를 받아 군사들과 함께 그곳을 떠났다. 수행자를 남편으로 얻은 순결한 수깐야도 열심히 고행하며 기꺼운 마음으로 수행자를 잘 모셨다. 그녀는 불을 잘 섬기고 손님을 잘 모셨다. 아름다운 여인 수깐야는 곧 짜와나의 마음을 사게 되었다.

123

이어지는 로마샤의 이야기는 이러하다.

그렇게 얼마간의 세월이 지난 어느 날 천상의 쌍둥이 의사 아쉬윈이 수깐야를 보았다. 그녀는 막 목욕을 마치고 실오라기 하나 걸치지 않고 있었다. 신들의 제왕의 딸인 듯 자태 고운 공주를 본 아쉬윈이 얼른 그녀에게 다가가 말했다.

'늘씬한 다리를 가진 여인이여, 당신은 누구의 여인이오? 이 숲에서 무얼 하고 있소? 어여쁜 여인이여, 당신에 대해 알고 싶은데 말씀해주시겠소?'

수깐야는 옷을 단정히 갖춰 입고 두 뛰어난 신에게 대답했다.

'저는 사르야띠의 딸이며 짜와나의 아내랍니다.'

아쉬윈이 웃으며 다시 그녀에게 말했다.

'복스런 여인이여, 당신 아버지는 어찌하여 길이 된 사내에게 당신을 준 것이오? 숲에서 번개 띠처럼 빛나는 당신 같은 딸을 말이오? 빛나는 여인이여, 우리는 여신들 중에서도 당신처럼 아리따운 이는 보지 못했소. 당신은 이렇게 때에 전 옷이 아니라 온갖 장신구로 치장하고 값진 옷을 입어야 더 어울릴 것이오. 그리도 아름다운 몸으로 어찌하여 사랑의 기쁨과는 먼 늙어빠진 남편을 모시고 있으시오. 그는 당신을 보살펴주거나 풍족하게 해줄 수 없는 사람이오. 그런 짜와나를 버리고 우리 둘 중 하나를 남편으로 고르는 게 좋겠소. 신의 딸 같은 여인이여, 젊음을 헛되이 쓰지 마시오.'

그 말을 듣고 수깐야가 신들에게 말했다.

'저는 짜와나에게 마음을 다 바친 아내입니다. 행여 하는 마음으로 가까이 오지 마십시오.'

아쉬윈이 다시 말했다.

'우리는 뛰어난 천상의 의사요. 우리는 당신의 남편을 젊게 만들어주겠소. 그러면 우리 셋 중 하나를 남편으로 고르시오. 아리따운 여인이여, 이 조건을 그에게 알려주시오.'

그들의 명에 수깐야는 짜와나에게 가서 아쉬윈의 말을 그대로 전했다.

이 말을 들은 짜와나가 아내에게 말했다.

'그리하시오.'

남편의 승낙으로 그녀가 다시 말했다.

'그리하지요'

그리하라는 그녀의 말을 듣고 아쉬윈이 공주에게 말했다.

'당신의 남편은 물에 들어가야 하오'

아름다워지고 싶은 짜와나는 지체 없이 물속으로 들어갔다. 아쉬윈 역시 못으로 뛰어들었다. 잠시 후 모두들 못에서 나왔다. 모두들 젊고 천상의 아름다움을 갖추었으며, 빛나는 귀걸이를 하고 똑같은 외모를 지니고 있었다. 그녀의 마음을 사로잡으며 그들이 모두 함께 그녀에게 말했다.

'아름다운 여인이여, 이제 우리들 중 하나를 당신의 남편으로 고르시오 복 많은 여인이여, 누구든 당신 마음에 드는 사람을 고르시오'

수깐야는 똑같은 그들의 모습을 유심히 살펴본 뒤 그중 한 사람이 자기 남편임을 확신하고는 그를 남편으로 다시 골랐다. 아내와 젊음과 아름다움을 다 얻은 짜와나는 기뻐하며 아쉬윈에게 말했다.

'당신들 덕분에 늙은 내가 아름다워지고 젊어졌으며 이 여인을 다시 아내로 얻었소. 이런 기쁨의 대가로 신들의 제왕이 지켜보는 앞에서 당신들이 소마즙을 마시게 해주겠소' [†]

그의 말을 들은 아쉬윈은 뛸 듯이 기뻐하며 하늘로 돌아갔다. 짜와나 또한 수깐야와 함께 신들처럼 행복하게 지냈다.

~마시게 해주겠소_ 희생제에서 바치는 소마즙을 마시는 것은 신들만의 특권이다. 아쉬윈에게는 신의 특성보다는 의사나 기적을 행하는 천인으로서의 특성이 더 강해이 이전까지는 소마즙을 신들과 나누어 마실 수 없었다고 한다.

124

이어지는 로마샤의 이야기는 이러하다.

짜와나가 젊어졌다는 소식은 사르야띠의 귀에도 들려왔다. 그는 기뻐하며 수행원들과 함께 짜와나의 아쉬람을 찾아왔다. 신의 자손인 듯한 짜와나와 수깐야의 모습을 본 왕과 왕비는 온 세상을 얻은 듯 기뻐했다. 선인에게서 환대받은 왕과 왕비는 그의 곁에 앉아 덕담을 나누었다. 짜와나가 왕에게 정답게 말했다.

'왕이시여, 당신 희생제를 내가 집전하겠소. 필요한 물품들을 준비해주시오.'

사르야띠 왕은 짜와나의 제안에 몹시 기뻐했다. 희생제를 치를 길일을 잡아 빼어난 제단을 짓게 하고 그곳을 온갖 좋은 물품들로 채우게 했다. 그런 뒤 짜와나 바르가와는 왕의 제사를 집전했다.

놀라운 일이 벌어졌다. 짜와나가 천상의 아쉬윈을 위해 소마 잔을 꺼내자 인드라가 아쉬윈이 마시도록 꺼낸 잔을 가로막았다.

인드라가 말했다.

'기적을 행하는 쌍둥이 신인 아쉬윈은 소마를 마실 자격이 없소. 그들은 신들의 의원일 뿐이오. 그런 일은 소마를 마실 만한 일이 아니오.'

짜와나가 말했다.

'이 고결한 신들을 가벼이 여기지 마시오. 인드라여, 그들은 뛰어난 용모와 재산을 갖고 있소. 그들은 내가 영원히 늙지 않도록 해주었소. 마치 신들처럼 말이오. 당신과 다른 신들은 마시는 소마즙을 왜 그들은 마시면 안 된다는 것이오? 신들의 제왕이여, 아쉬윈도 신이라는 사실을 인정하시오.'

인드라가 말했다.

'이 둘은 항상 병 고치는 일만 하지요. 그러니 그저 하인일 따름이오. 그들은 또 마음대로 모습을 바꿔 가며 인간 세상을 돌아다니오. 그런 이들이 어찌 소마즙을 마실 자격이 있겠소?'

이어지는 로마샤의 이야기는 이러하다.

인드라가 같은 말을 끊임없이 되풀이하자 쨔와나 바르가와는 인드라를 무시하고 아쉬윈을 위한 잔을 들어 올렸다. 그가 아쉬윈을 위해 훌륭한 소마즙을 따르려는 것을 본 인드라가 그에게 말했다.

'만약 당신 마음대로 아쉬윈을 위해 이 소마즙을 따른다면 당신에게 벼락을 날리겠소.'

바르가와는 슬며시 웃으며 인드라를 쳐다본 채 아쉬윈을 위해 아름다운 잔에 경건하게 소마즙을 부었다. 그러자 샤찌의 배우자 인드라는 그를 향해 위협적인 벼락을 휘둘렀다. 그 순간 바르가와가 그의 팔을 마비시켰다. 그런 뒤 바르가와는 적절한 주문을 외워 불에 제물을 바쳤다. 마법을 염하며 빛나는 선인은 신을 되받아칠 채비를 갖췄다. 고행의 위력을 갖춘 선인의 마법은 마다라는 거대한 괴물을 세상에 태어나게 했다. 신들도 아수라들도 그를 제어할 수 없었다. 험상

굿게 쩍 벌어진 입, 크고 날카로운 이빨을 가진 괴물의 한쪽 입은 땅에 닿고 다른 쪽은 하늘을 찌르고 있었다. 네 개의 송곳니는 수만 리를 뻗어 갔으며, 다른 이빨들도 백 리에 이르렀다. 그것들은 마치 성의 탑과 같았으며, 삼지창 같은 형상을 취하고 있었다. 산 같은 그의 팔은 수백만 리를 뻗었다. 그의 눈은 해와 달 같았으며 얼굴은 저승사자 같았다. 그는 번개처럼 쉴 새 없이 날름거리는 혀로 입술을 핥고 있었다. 소름 끼치도록 무섭게 쩍 벌린 입은 온 세상을 강제로 집어삼키려는 것 같았다. 그는 백 번의 희생제를 지낸 신을 삼키려고 돌진해 갔다. 세상은 그가 내지르는 소름 돋는 괴성으로 꽉 채워지고 있었다.

125

이어지는 로마샤의 이야기는 이러하다.

백 번의 희생제를 지낸 신은 험상궂은 괴물 마다가 저승사자처럼 자기를 집어삼키려고 입을 쩍 벌리고 달려드는 것을 보았다. 그의 팔은 여전히 마비되어 있었다. 신들의 제왕은 두려움으로 끊임없이 양 입가를 핥으며 짜와나에게 말했다.

'브르구의 아들이여, 지금 이 순간부터 아쉬원은 소마즙을 마실 자격이 있소. 브라만이여, 나는 진실로 이 말을 하는 것이오. 당신이

하는 일에 결실이 없지 않을 것이오. 이것을 아예 의례로 정해버립시다. 브라만이여, 나는 당신이 절대로 헛된 일은 하지 않는 것을 알고 있소. 당신이 오늘 아쉬원에게 그런 권한을 주었다면 그들은 충분히 소마즙을 마실 자격이 있는 것이오. 난 사실 당신의 위력을 빛나게 해주고, 수깐야와 그녀 아버지의 명성이 널리 퍼지기를 바라는 마음에서 그랬던 것이오. 그러니 내게 관용을 베푸시오. 당신이 원하는 대로 다하시오.'

인드라의 말을 듣고 고결한 짜와나의 노기가 가라앉았다. 그는 재빨리 인드라를 놓아주었다. 그런 뒤 위력의 성자 바르가와는 마다를 여러 개로 나누어 술과 여인과 노름과 사냥에 집어넣었다. 마다* 는 이들에게서 예전에도 여러 번 태어났었다. 마다를 그런 식으로 나눈 뒤 짜와나는 소마즙으로 인드라를 기쁘게 했으며 사르야띠를 도와 다른 신들에게도 소마즙을 바치며 아쉬원과 함께 잘 섬김으로써 온 세상에 명성을 날렸다. 웅변가 중의 웅변가 짜와나는 사랑스런 아내 수깐야와 함께 숲 속에서 즐거운 나날을 보냈다.

로마샤가 말했다.

'유디슈티라 왕이여, 여기 그의 못이 새들의 지저귐으로 빛나고 있소. 아우들과 함께 신과 조상들께 바칠 제물을 가져오시오. 이 땅을 지키는 바라따의 후손이여, 이 못을 순례한 뒤에는 시까딱샤로 갑

마다_ '마다' 는 원래 '취하다', '미치다' 라는 뜻이다. 추상명사가 술과 여인 속에서 형체화되었다가 다시 개념으로 변한 것이다.

시다. 대왕이시여, 그런 다음엔 사인다와 숲으로 가서 그곳 수로를 방문하고 뿌쉬까까의 모든 물을 만져보시오. 성자들이 머무는 아르찌까 산은 열매가 풍성하고 수많은 계곡이 있는 마루뜨의 훌륭한 거처라오. 유디슈티라여, 신들을 위한 수백 개의 사찰이 있는 이곳은 와이카나사 선인들과 왈라킬랴 성자들처럼 선인들이 섬기는 달의 성지라오.

여기가 성스러운 세 봉우리와 세 폭포라오. 꾼띠의 아들이여, 이곳들을 오른쪽으로 돌고 마음껏 몸을 씻으시오. 왕이여, 샨따누와 슈나까와 나라와 나라야나가 이곳에서 영원한 경지에 이르렀다오. 이곳 아르찌까 산에는 항상 신과 조상들이 선인들과 함께 머물며 고행한다오. 유디슈티라여, 그들을 숭배하시오. 백성의 주인이여, 여기서 선인들은 우유로 지은 밥을 먹는다오. 이곳은 영원히 흐르는 야무나 강이오. 이곳에서 끄르슈나가 고행을 했었지요. 적을 처단하는 이여, 쌍둥이와 비마세나 그리고 끄르슈나여, 여기서 우리는 수승한 고행자들처럼 몸이 여윌 것이오.

인간의 주인이여, 여기는 성스러운 인드라의 계곡이오. 이곳에서 조물주와 창조주와 와루나가 하늘로 올라갔다오. 왕이시여, 그들은 여기 머물면서 용서를 배우고 다르마를 따랐다오. 이 성스러운 산이 다정하고 올곧기 때문이지요. 왕이시여, 여기가 수많은 희생제를 올리기 위해 선인왕들이 즐겨 찾는, 성스럽고 악을 물리치는 야무나요. 꾼띠의 아들이여, 여기가 바로 위력적인 궁수였던 만다뜨르 왕이 제를 올렸던 곳이며, 보시 잘하는 사하데와의 아들 소마까가 제사 지내던 곳이오.'

만다뜨르

126

유디슈티라가 말했다.

'대브라만이시여, 유와나쉬와의 아들, 삼계에 명성 자자했던 범 같은 왕, 빼어난 만다뜨르†는 어떻게 태어났나요? 무량의 빛을 지닌 그는 어떻게 궁극의 경지에 이를 수 있었나요? 그는 마치 고결한 위슈누처럼 삼계를 자기 휘하에 두었습니다. 그 선인왕의 행적을 남김 없이 듣고 싶습니다. 당신은 언변에 능하신 분이기 때문입니다. 인드라처럼 위력적인 무적의 그 왕은 어떻게 태어났으며, 어찌하여 만다 뜨르라는 이름을 갖게 되었나요?'

로마샤가 말했다.

'왕이시여, 고결한 왕 만다뜨르라는 이름이 어찌하여 세상에 널

만다뜨르 _ '내 마음에서 나온 것을 마시는 사람'이라는 뜻.

리 알려지게 되었는지 잘 들어보시오. 익슈와꾸 왕가에서 태어난 유와나쉬와라는 이 땅의 군주가 있었다오. 그 세상의 수호자는 막대한 선물을 내리며 제사를 지내곤 했지요. 다르마를 지탱하는 자들 중에 가장 뛰어났던 그는 아쉬와메다 희생제를 천 번이나 지냈으며 엄청난 선물을 주며 다른 여러 제사들도 수없이 지냈소. 그러나 안타깝게도 서약에 충실한 그 고결한 왕에겐 자식이 없었지요. 그는 왕국을 대신들에게 맡기고 하염없이 숲에서 살았다오. 그는 경전에서 이르는 엄격한 규율을 지키며 살았소. 그러던 그가 심장이 타들어가는 듯한 목마름을 느끼고 브르구의 아쉬람에 이르게 되었다오.'

이어지는 로마샤의 이야기는 이러하다.

바로 그날 밤 고결한 대선인 브르구의 아들은 유와나쉬와 사우듐나에게 아들을 얻어주기 위한 '소망의 제'를 지내고 있었다. 커다란 항아리에는 진언으로 정화된 물을 담아두었다. 항아리에는 일찌감치 물을 채워두었다. 그 물을 사우듐나의 아내가 마신 뒤 인드라에 버금가는 아들을 낳게 될 것이었다.

선인들은 온밤을 새워 피로해진 탓에 항아리를 제단에 올려 두고 잠자리에 들었다. 유와나쉬와가 그들 곁을 지나게 되었을 때는 타들어가듯 목이 마른 상태였다. 마실 것을 애타게 찾던 그는 아쉬람 안으로 들어와 목이 타들어가는 듯 물을 청했다. 그러나 지친 왕의 마른 목에서 나오는 소리는 마치 꺼져가는 새소리처럼 너무나 약해 누구도 듣지 못했다. 그러다 왕은 물이 가득 들어 있는 항아리를 발견했다. 황급히 그곳으로 달려간 그는 양껏 물을 마신 뒤 남아 있던 물을 쏟아버렸다. 시원한 물로 갈증이 가신 왕은 밝은 모습으로 나와 곤하게 잠을 잤다.

한편 선인들은 왕과 함께 깨어났다. 그러고 나서 항아리의 물이 비어 있음을 알게 되었다. 그들이 모두 함께 물었다.

'이게 누구 짓이오?'

유와나쉬와가 사실대로 답했지요.

'제가 그랬습니다.'

바르가와 성자가 말했지요.

'그래서는 아니 되오. 그 물은 고행으로 모아둔 물이오. 당신에게 아들을 점지해주기 위한 것이오. 나는 혹독한 고행 끝에 신령스런 힘을 그 안에 넣어두었소. 용맹과 위력 넘치는 선인왕이여, 당신에게 아들을 주기 위해서 말이오. 힘과 용맹이 넘치는 아들, 고행의 힘을 구비한 아들, 인드라도 죽음의 신에게 보내버릴 만큼 위력적인 아들 말이오. 왕이여, 나는 이런 생각으로 물을 항아리에 넣어두었던 것이오. 왕이여, 오늘 당신은 해서는 안 될 일을 하고 말았소. 허나, 한 번 저지른 일을 되돌릴 수는 없지요. 이것은 필시 운명이 그리 만든 모양이오. 대왕이여, 신령스런 진언과 의식으로 그리고 내 고행의 힘으로 마련해둔 물을 당신이 목말라 마셨으니 그 물의 힘으로 당신이 직접 그와 같은 용맹스런 아들을 낳으시오. 용맹스런 이여, 우리는 당신이 직접 인드라 같은 위력적인 아들의 아버지가 될 수 있도록 참으로 기적 같은 "소망의 제"를 지낼 것이오.'

이리하여 백 년이 지나자 태양 같은 아들이 고결한 왕의 왼쪽 옆구리를 찢고 나왔다. 아들은 힘찬 기상을 타고났으며 왕 또한 죽지 않았다. 신비스런 일이었다. 빛이 넘치는 인드라가 그를 보러 왔다. 인드라는 자신의 검지를 아이 입에 넣었다. 벼락 휘두르는 신이 말했다.

'이 아이가 나를 빨아 먹으리라.'

이리하여 인드라와 신들은 아이의 이름을 만다뜨르라고 지었다. 인드라의 검지에서 나오는 젖을 먹은 아이는 점점 커져 키가 무려 열세 자에 이를 때까지 자랐다. 그는 베다와 무예학에 뛰어났고 모든 천상의 날탈들을 생각만 해도 그것들이 앞에 모습을 드러냈다. 아자가와라는 이름을 가진 활, 뿔로 만든 화살들, 무엇에도 꿰뚫어지지 않는 갑옷 등이 그에게 즉각 순종했다.

인드라가 몸소 아이를 왕으로 등극시켰다. 위슈누가 세 걸음을 내딛었던 것처럼 그는 자신의 다르마로 온 세상을 휘어잡았다. 고결한 군주의 무적의 바퀴는 쉼 없이 굴러갔으며, 공물들은 스스로 그 선인왕에게 다가왔다. 보석으로 꽉 찬 세상은 그의 것이었다. 그는 온갖 종류의 희생제를 셀 수 없이 지냈으며, 그때마다 브라만들에게 가장 값진 것들을 선물로 바쳤다. 수많은 제단을 짓고 다르마를 얻은, 무량의 빛을 지닌 빛나는 왕은 인드라의 옆자리를 차지하는 영예를 누렸다. 언제나 다르마에 머무는 사려 깊은 왕은 명령 하나로 단 하루 만에 보석과 사람 사는 곳들을 포함한 온 세상을 정복했다. 이 세상 사방은 그가 풍족한 희생제를 위해 지은 불의 제단으로 뒤덮였다. 그가 덮지 못한 땅은 한 군데도 없었다. 그 고결한 왕은 수천수만 마리의 소를 브라만들에게 바쳤다고 한다. 열두 해 동안 가뭄이 들자 고결한 왕은 벼락 휘두르는 신이 지켜보는 가운데 스스로의 힘으로 곡식을 자라게 할 비를 만들어내기도 했다. 간다라 땅을 다스리던 태음족의 대군주를 마치 우기의 구름처럼 포효하는 자신의 화살로 죽이기도 했다. 네 계급 사람들이 그 고결한 왕 앞에 무릎을 꿇었다. 그는 자신의 고행과 빛으로 세상을 튼튼히 했다.

로마샤가 이어 말했다.

'이 땅의 수호자여, 태양처럼 빛나는 만다뜨르 왕이 신들에게 희생제를 올렸던 곳이라오. 여기, 가장 성스러운 꾸룩쉐뜨라 한가운데 있는 이곳을 보시오. 당신의 청에 따라 만다뜨르의 위대한 행적에 관한 이야기를 빠짐없이 했다오. 그리고 괴이쩍은 그의 탄생 이야기도 모두 들려드렸소.'

잔뚜

127

유디슈티라가 말했다.

'웅변가 중의 웅변가시여, 소마까 왕은 얼마나 위력적이었으며 그의 위용은 어떠했습니까? 그의 행적을 있는 대로 들려주십시오.'

로마샤가 말했다.

'유디슈티라여, 옛날에 소마까라는 법다운 왕이 있었지요. 그에게는 자기와 같은 계급을 가진 백 명의 아내가 있었다오. 그러나 아무리 애를 쓰고 오랜 시간이 흘러도 자손을 얻을 수가 없었소. 왕은 늙어서도 자손을 얻으려는 노력을 게을리 하지 않았고, 마침내 백 명의 아내 중 한 명에게서 잔뚜†라는 아들을 얻었다오. 어머니들은 다 함께 아들 하나를 둘러싸고 아이에게 좋은 일이라면 뭐든 가리지 않

잔뚜_ 아래의 이야기대로 어원은 '자나'(태어남)인 듯하다.

고 다 해주었소. 왕이여, 그러던 어느 날 개미 한 마리가 아이의 엉덩이를 물었소. 아이는 아픔을 참지 못해 큰 소리를 질렀다오. 그러자 모든 어머니들이 잔뚜를 에워싸고 가슴이 찢기는 듯 곡을 하며 울었지요. 제사장들과 책사들 가운데 앉아 있던 왕은 느닷없는 통곡 소리를 듣게 됐고, 즉시 사람을 보내 까닭을 알아오게 했지요. 심부름꾼은 아이에게 일어난 일을 보고했소. 책사들과 소마까는 황망히 일어나 내실로 갔지요. 그리고 적을 길들이는 왕이 아들을 달랬다오. 왕이여, 아들을 달래고 내실을 나온 왕은 제사장과 책사들과 함께 앉았다오.'

소마까가 말했다.

'참으로 고약한 일이오. 외아들을 갖느니 차라리 무자식이 낫겠소. 인간들에게 얼마나 끊임없이 질병이 찾아드는지를 생각한다면 외아들은 참으로 걱정 덩어리요. 브라만이여, 나는 많은 아들을 가지리라는 생각으로 철저히 살펴본 뒤 백 명의 아내를 맞았지만 그들은 아들을 낳지 못했소. 그들 모두에게 공들인 끝에 겨우 잔뚜 하나가 태어났소. 이보다 마음 아픈 일이 어디 있겠소? 최상의 브라만이시여, 나와 내 아내들은 이제 나이가 너무 들었고 그들은 물론이고 나 또한 어린 외아들에게 모든 것을 걸고 있소. 내게 백 명의 아들을 가지게 해줄 만한 의식은 없겠소? 일의 대소를 막론하고 아무리 어려운 일이라도 하겠소.'

제사장이 말했다.

'백 명의 아들을 얻을 방법이야 있지요. 소마까여, 그것을 하겠다면 그 의식을 알려드리겠소.'

소마까가 말했다.

'어떤 일이건 백 명의 아들을 얻을 수만 있다면 가리지 않고 하겠소. 성자시여, 기필코 할 터이니 부디 알려주시오.'

제사장이 말했다.

'왕이시여, 내가 의식을 치를 터이니 잔뚜를 희생시키시오. 그리하면 곧 영예로운 백 명의 아들을 얻을 것이오. 잔뚜의 내장의 피를 불에 제물로 바치면 어머니들은 거기서 나오는 연기를 마셔야 하오. 그리하면 그들은 영특한 아들들을 낳을 것이오. 잔뚜 또한 같은 여인을 어머니로 하여 다시 태어날 것이오. 그의 왼쪽 옆구리에 금빛 모반이 나타날 것이오.'

128

소마까가 말했다.

'브라만이시여, 해야 할 일이라면 어떤 식으로든 해주십시오. 아들을 얻기 위해서는 무조건 당신 말을 따르겠습니다.'

이어지는 로마샤의 이야기는 이러하다.

그래서 그는 잔뚜를 희생양으로 삼아 소마까를 위한 제를 지냈다. 그러나 아들을 불쌍히 여긴 어머니들은 제단에서 강제로 아들을 끌어 내리며 땅을 치고 통곡했다. 어머니들은 '이럴 수는 없소'라고 서럽게 울부짖으며 아들의 오른손을 잡아끌었고 제사장은 왼쪽에서 그를 끌어당겼다. 여인들이 물수리처럼 처절하게 울어댔으나 제사장은 그들에게서 아들을 빼앗았다. 그리고 의례에 따라 그의 내장의 피를 제물로 바쳤다.

바쳐진 내장의 피 냄새를 맡던 어머니들은 비통해하다가 느닷없이 땅에 쓰러지고 말았다. 그런 뒤 소마까의 백 명의 여인들은 모두 아이를 잉태했다. 열 달이 지나자 소마까의 아내들에게서 백 명의 아들들이 태어났다. 잔뚜는 예전의 어머니에게서 장자로 태어났다. 모든 어머니들은 자기 아들을 제쳐두고 그만을 사랑했다. 그의 왼쪽 옆구리에는 금빛 모반이 있었다. 백 명의 아들 중 그는 모든 면에서 가장 뛰어난 자질을 갖추고 있었다.

소마까의 스승은 곧 세상을 떠났으며 소마까 또한 뒤이어 육신을 버렸다. 그는 스승이 지옥에서 지글지글 끓고 있는 것을 보고 물었다.

'브라만이시여, 어찌하여 이런 지옥에서 타고 계십니까?'

불에 타는 고통을 견디며 스승이 말했다.

'왕이여, 당신의 희생제를 집전했던 탓이오. 이것이 내 일의 결실이라오.'

선인왕은 이 말을 듣고 다르마의 왕 야마에게 말했다.

'제가 불 속으로 들어가겠습니다. 제사장을 풀어주십시오. 다복한 그분은 저 때문에 지옥 불에서 끓고 있는 것입니다.'

다르마 야마가 말했다.

'왕이여, 누구도 다른 사람의 행위의 결실을 대신 받을 수는 없다오. 보시 제일의 왕이여, 당신이 보고 있는 이것들이 당신이 받을 결실이오.'

소마까가 말했다.

'이 베다의 스승 없이는 어떤 좋은 세상도 원하지 않습니다. 지옥이건 신들의 세상이건 스승과 함께 있게 해주십시오. 다르마의 왕이시여, 저는 그와 똑같은 일을 했습니다. 좋건 나쁘건 그 결실을 저희 둘이 공평하게 나누었으면 좋겠습니다.'

다르마 야마가 말했다.

'왕이여, 정 그리되기를 바란다면 당신의 스승이 겪어야 하는 기간만큼 그 행위의 결실을 같이 맛보시오. 그 후에 당신은 성현들의 세상에 이를 것이오.'

로마샤가 말했다

'스승을 존경했던 연꽃 눈의 왕은 스승과 함께 모든 일을 겪은 뒤 스승인 제사장과 함께 공덕 많은 사람들이 자신의 행위로 얻었던 길로 갔다오. 우리 앞에 빛나는 이곳이 바로 성스런 그의 아쉬람이라오. 인내심을 갖고 이곳에서 엿새를 보내는 사람은 틀림없이 좋은 세상을 얻는다오. 왕 중의 왕이시여, 우리는 이곳에서 조바심 없이, 한결 같은 마음으로 여섯 밤을 지낼 것이오. 꾸루의 후손이여, 채비를 갖추시오.'

계속되는 성지 순례

129

로마샤가 말했다.

'왕이시여, 언젠가 쁘라자빠띠께서는 이곳에서 이슈티끄르따라는 희생제를 천 년 동안이나 지냈다고 하오. 나바가의 아들 암발리샤도 야무나 강변에서 희생제를 지냈지요. 그는 희생제와 고행 덕택에 모든 일을 이룰 수 있었다오. 왕이시여, 이곳은 또한 나후샤의 아들 야야띠가 희생제를 올렸던 가장 성스러운 곳이오. 제사를 지낸 뒤 그는 초대 손님들에게 연꽃 모양 동전을 열 개씩 선물했다고 하오. 꾼띠의 아들이여, 인드라와 견주었던 무량한 빛을 지닌 야야띠 사르와바우마가 희생제를 지냈던 이 지역을 보시오 수많은 형식의 불의 제단이 가득한 이곳, 수없이 많은 야야띠의 희생제의 공적 밑에서 땅이 얼마나 가라앉았는지 보시오. 이것이 바로 잎사귀 하나인 샤미 나무이며, 이것은 빼어난 잔이요. 또 라마의 못과 나라야나의 아쉬람을 보시오. 땅의 주인이여, 여기는 요가 수행을 하며 지상을 돌아다녔던 무량한 빛을 지닌 아르찌까 아들의 아쉬람이 있는 라우빠 강변의 출구라오.

꾸루의 후예여, 삐샤짜† 여인이 절굿공이를 걸고 읊었다는 이야기를 들어보시오.

유간다라에서 발효유 마시고
아쭈따스탈라에서 밤을 지낸 뒤
부띨라야에서 목욕재계하고
아들과 함께 이곳에 머물기를 바라시오.
하룻밤을 이곳에서 지내고 다시 하루를 더 지낸다면
낮에 지은 업과 밤에 지은 업은 사뭇 달라질 것이오.

꾼띠의 아들, 최상의 바라따여, 오늘 밤은 여기서 묵읍시다. 이곳은 꾸룩쉐뜨라의 문턱이라 할 수 있다오.

여기는 나후샤의 아들 야야띠 왕이 수많은 제사를 지내던 곳이오. 그는 헤아릴 수 없을 만큼 많은 보석으로 제사를 지내 인드라를 흡족케 했다오. 야무나의 이 성지는 쁠락샤와따라나라고 불린다오. 성현들은 이 성지를 하늘의 능선이라고 하지요. 대선인들은 여기서 사라스와따 희생제를 지낸 뒤 마지막으로 희생제 기둥과 절굿공이

를 갖고 목욕재계한다오. 바로 이 장소에서 바라따 왕은 세상의 다르마를 모두 얻은 뒤 자기 희생제의 검은 얼룩말을 풀어놓았지요. 범 같은 사내여, 바로 이 장소에서 마루따는 상와라나가 지키는 대회생제 기간에 앉아 있었다오.

왕 중의 왕이시여, 여기서 목욕재계하면 당신은 모든 세상을 보게 될 것이오. 바라따의 후손이여 그리고 이곳의 물을 만지면 모든 죄가 소멸될 것이오.'

와이샴빠야나가 말했다.

"빤다와들의 장자는 대선인들이 찬미하는 가운데 아우들과 함께 그곳에서 목욕재계한 뒤 로마샤에게 이렇게 말했지요.

'진실의 위력을 지닌 고행자시여, 제 고행의 힘으로 모든 세상을 보고 있습니다. 여기 서 있는 동안 저는 흰말 타고 있는 빤두의 제일 뛰어난 아들아르주나을 본답니다.'

로마샤가 말했지요.

'완력 넘치는 뛰어난 왕이여, 그렇소. 또한 최상 선인들도 그것을 본다오. 이제 오직 자기를 의지해 오는 사람들로 붐비는 이 성스러운 사라스와띠 강을 보시오. 이곳에서 목욕재계하면 당신은 모든 악을 걷어낼 것이오. 이곳은 신들의 선인들이 사라스와따 희생제를 올렸던 곳이오. 꾼띠의 아들이여, 브라만들과 선인왕들도 또한 그러했지요. 이곳은 둘레가 오십 리에 이르는 쁘라자빠띠의 제단이오. 바로 고결한 제주祭主 꾸룩쉐뜨라이기도 하지요.'"

130

로마샤가 말했다.

'바라따여, 이곳은 죽음 있는 자들이 고행해 하늘에 이른다는 곳이오. 왕이시여, 그래서 죽기를 원하는 수천 명의 사람들이 이곳으로 온다오. 예전에 닥샤가 이곳에서 희생제를 지내며 "실로 이곳에서 죽음을 맞이하는 사람은 극락에 이르리라"라는 축복을 내렸기 때문이지요.

백성의 주인이시여, 여기가 쉼 없이 흐르는 성스러운 천상의 사라스와띠 강이며, 이곳은 사라스와띠가 사라졌던 곳이오. 이곳은 또한 니샤다들의 땅에 이르는 길목이오 니샤다들을 미워했던 사라스와띠는 그들에게 자기 모습을 드러내지 않으려고 땅속으로 들어가 버렸다오. 그러다 여기 짜마쇼드베다에서 다시 어렴풋이 모습을 드러내지요. 바다에 이르는 여러 다른 강들도 이곳에서 사라스와띠를 만난다오.

적을 길들이는 이여, 이곳은 로빠무드라가 아가스띠야를 만나 그를 남편으로 택했던 신두 강의 대성지요. 태양처럼 빛나는 왕이시여, 이곳은 인드라가 가장 좋아했던, 성스럽고 순결하며 모든 죄를 없애 주는 쁘라바사 성지로 다른 성지보다 더욱 빛난다오.

이제 우리는 빼어난 성지 "위슈누의 발자국"을 볼 수 있소. 그리고 여기는 사랑스럽고 순결하기 그지없는 위빠샤 강이라오. 바로 이곳이 다복한 와시슈타 성자가 아들 잃은 설움으로 자기 스스로를 묶어 몸을 던졌다가 사슬이 끊어져 다시 일어섰던 곳이지요. 적을 길들이는 이여, 이곳은 대선인들이 즐겨 찾는 카슈미르 지역이라오. 바라따의 후손이여, 형제들과 함께 이곳을 보시오. 북쪽의 모든 선인들과 나후샤의 아들 야야띠, 아그니와 까샤빠가 모두 이곳에서 모였었다오.

대왕이시여, 이제 마나사 호수로 가는 문이 나타났군요. 여기 비가 풍족한 이 지역은 영예로운 라마가 산의 한가운데다 만든 것이라오. 여기는 위데하의 북쪽, 진실의 위력을 지닌 명성 높은 와띠까샨다라오. 그곳의 문은 아직 갈라지지 않았지요.

이곳은 "보리 장수"라는 곳으로 웃자나까†로 불린다오. 다복한 와시슈타 선인이 아내 아룬다띠와 함께 평온하게 지냈던 곳이지요. 이곳은 꾸샤 풀이 풍성한 못이라오. 그곳엔 수많은 사제들이 꾸샤 풀 위에 누워 있지요. 그리고 루끄미니의 아쉬람이 있는 곳이기도 하다오. 이곳에서 그녀는 쉴 곳을 찾고 화를 풀었지요.

빤두의 자손이여, 당신은 이 명상의 장소에 대해 들었을 것이오. 대왕이여, 당신은 브르구뚱가 큰 산을 보고, 야무나 강줄기인 잘라와 우빠잘라를 볼 것이오. 이곳은 우쉬나라가 희생제를 지내 인드라를 능가했던 곳이오. 백성의 주인이여, 인드라는 그가 신들과 같은지 어떤지 알아보기 위해 아그니와 함께 그에게 갔었다오.

웃자나까_ '우뜨'는 '위로'라는 뜻이며, '자나까'는 '있는' 또는 '태어난'이라는 뜻으로 '웃자나까'는 '위로 솟아 있는'이라는 의미이다.

고결한 우쉬나라를 시험해보고 그의 소원을 들어주고 싶었던 인드라는 독수리로, 아그니는 비둘기로 변해 그의 희생제에 갔지요. 왕이여, 독수리를 두려워한 불쌍한 비둘기가 왕의 보호를 바라며 그의 품으로 날아들었다오.'

독수리와 비둘기

131

독수리가 말했다.

'세상의 모든 왕들은 당신이 다르마를 따르는 왕이라고들 하오. 그런 당신이 어찌 다르마를 거스르는 짓을 하려 하시오? 왕이시여, 다르마에 대한 탐심 때문에 내게 정해진 음식을 가로채 배를 곯게 하지 마시오. 그것은 다르마를 거스르는 것이오.'

왕이 말했다.

'큰 새여, 이 비둘기는 그대가 두려워 떨면서 목숨을 구하러 내게 의지해왔소. 독수리여, 의지처를 구해 목숨을 애걸하는 이 비둘기를 지켜주지 못하는 것보다 더 다르마를 거스르는 일이 내겐 없다는 것을 왜 보지 못하시오? 독수리여, 이 비둘기는 떨며 공포에 질려 있소. 그는 목숨을 부지하고자 나를 찾아왔소. 그를 저버리는 것은 도리가 아니오.'

독수리가 말했다.

'이 땅의 왕이시여, 만물은 음식에서 비롯된다고 할 수 있을 것입니다. 모든 것은 음식으로 자라고 음식으로 삶을 유지해갑니다. 아무리 소중한 것을 잃어도 사람들은 오래도록 살 수 있지요. 그러나 음식을 떠나서는 오래 버틸 수 없는 법입니다. 백성의 주인이시여, 만약 먹이를 빼앗긴다면 내 영혼은 육신을 떠나 다시는 돌아오지 않을 것입니다. 고결한 왕이시여, 내가 먼저 죽는다면 내 아내와 아이들도 죽고 말 것입니다. 그러면 당신은 한 마리의 비둘기를 구함으로써 수많은 목숨을 앗아 가게 되지요. 다른 다르마를 거스르는 다르마는 진정한 다르마라고 할 수 없습니다. 진실의 위력을 지닌 왕이시여, 그런 다르마는 따질 것도 없는 천박한 다르마랍니다. 이 땅의 수호자시여, 서로 상반되는 다르마가 있을 때는 양쪽의 경중을 잘 따져본 뒤에 다른 다르마에 크게 해가 되지 않는 다르마를 따라야 합니다. 일의 경중을 알고 난 후에 다르마와 다르마가 아닌 것을 결정하는 것입니다. 왕이시여, 더 중한 다르마를 따르도록 결정하십시오.'

왕이 말했다.

'뛰어난 새여, 참으로 좋은 말이오. 새들의 왕이여, 당신은 혹시 아름다운 깃털의 새가루다가 아닌지요? 필시 당신은 다르마의 이치를 꿰뚫어 보고 있는 것 같군요. 다르마에 관한 것을 이토록 길게 훌륭히 말하는 것을 보면 말이오. 당신이 모르는 것은 아무것도 없어 보이는군요. 그렇다면 자신을 의지해 찾아온 자를 버리는 것은 어찌 정당화할 수 있습니까? 새여, 당신은 지금 먹이를 얻으려 이 모든 말을 하고 있습니다. 그렇다면 다른 더 좋은 방법으로도 얼마든지 먹이를 구할 수 있을 것입니다. 내게는 소도 있고 멧돼지도 있습니다. 사슴이나 물소, 어느 것을 드리리까? 아니면 달리 마음에 품고 있는 것이라도 있으시오?'

독수리가 말했다.

'대왕이시여, 나는 멧돼지도 소도 사슴도 다른 어떤 짐승도 먹지 않습니다. 그런 짐승들은 내게 다 불필요한 것들입니다. 황소 같은 크샤뜨리야시여, 내게 정해진 운명대로 하게 해주시오. 내 먹이가 된 비둘기를 놔주시오. 땅의 수호자시여, 독수리가 비둘기를 먹는 것은 영원한 자연의 먹이 사슬일 뿐입니다. 왕이시여, 이것을 아신다면 쓸데없이 바나나 나무에 오를 생각†을 마십시오.'

왕이 말했다.

'수많은 새들의 우러름받는 이여, 풍요로운 이 쉬비의 땅을 당신이 다스리시오. 독수리여, 아니면 당신이 바라는 것을 무엇이건 드리겠소. 나를 의지해 온 이 새를 달라는 말만 말아주시오. 훌륭한 새여, 당신이 포기하도록 하려면 어찌해야 하는지 알려주시오. 나는 이 어린 비둘기를 버릴 수 없습니다.'

독수리가 말했다.

'인간들의 주인 우쉬나라여, 그토록 비둘기를 위하신다면 새의 무게만큼 당신 살점을 떼어주시오. 왕이시여, 당신 살점이 비둘기 무게만큼 된다면 그것으로 만족하겠습니다.'

왕이 말했다.

~오를 생각_ '미끄러워 떨어질 것이 뻔한 나무에 오를 생각'을 말한다.

'독수리여, 당신의 요구를 은덕으로 받아들이겠습니다. 지금 당장 비둘기 무게만큼 살점을 떼드리지요.'

로마샤가 말했다.

'꾼띠의 아들이여, 최상의 다르마를 아는 왕은 주저 없이 비둘기의 무게만큼 자기 살점을 떼서 저울에 올려놓았다오. 그러나 저울에서는 비둘기의 무게가 더 나갔지요. 우쉬나라 왕은 계속 자기 살점을 떼어 올렸다오. 그리하여 결국은 비둘기의 무게만큼 떼어낼 살점이 더 이상 남아 있지 않게 되었지요. 그래서 왕은 자기 몸을 통째로 저울에 올렸다오.

그러자 독수리가 이렇게 말했다오.

"다르마를 아는 왕이여, 나는 인드라요. 그리고 이 비둘기는 제물을 나르는 아그니라오. 우리는 그대의 다르마가 얼마나 깊은지 시험하기 위해 그대가 제를 올리는 이 숲에 온 것이오. 세상의 주인이여, 그대는 자신의 살점을 떼내는 놀라운 일을 했소. 백성의 주인이여, 이것은 당신의 빛나는 영광이 될 것이오. 왕이여, 세상 사람들 사이에서 그대의 이름이 회자되고 있는 한 그대의 명성은 영원히 지속될 것이오."'

로마샤가 이어 말했다.

'빤두의 아들이여, 고결한 그 왕의 자리를 보시오. 삿된 마음을 없애주는 이 성스런 집을 나와 함께 봅시다. 왕이시여, 이곳은 브라만들과 공덕 많은 고결한 사람들이 신과 수행자들을 만나 뵙는 곳이라오.'

아슈타와끄라

132

로마샤가 말했다.

'왕이여, 성스런 아쉬람을 보시오.
진언을 알고 지혜가 무궁했던
우달라까의 아들 쉬웨따께뚜가 머물던 곳이라오.
땅에서 난 나무가 언제나 열매 맺는 곳이라오.

쉬웨따께뚜는 이곳에서
인간의 모습으로 화현한 사라스와띠를 보고
자기 앞에 있는 사라스와띠에게 말했다오.
"제가 뛰어난 언변을 알게 하소서."

왕이시여, 우달라까의 아들 쉬웨따께뚜

까호다의 아들 아슈타와끄라

삼촌과 조카, 이 둘은 당시

구경究竟의 지혜를 알던 가장 뛰어난 두 사람이었다오.

조카와 삼촌이던 이 두 브라만은

이 땅의 주인, 위데하 군주에게

논쟁을 위해 그의 희생제에 갔다오.

그들은 함께 최고의 논객 반딘을 물리쳤다오.'

유디슈티라가 말했다.

'무슨 힘으로 그 브라만은

타고난 논객 반딘을 물리쳤습니까?

그는 어찌하여 아슈타와끄라†라고 불렸습니까?

로마샤여, 모든 것을 사실대로 말씀해주십시오.'

로마샤가 말했다.

'왕이여, 우달라까에게는 까호다라는

말 잘 듣고 스승에게 순종적인

아슈타와끄라 _ '몸의 여덟 군데가 굽은 사람'이라는 뜻.

538

절제력 뛰어난 제자가 있었다오.
오랜 세월을 그는 공부에만 전념했지요.

스승 주변에는 수많은 브라만 제자들이 있었으나
스승은 바로 그가 훌륭한 브라만을 만들 것임을 알고
자기의 모든 지식과 딸 수자따를
지체 없이 그에게 주었지요.

그녀는 곧 불 같은 태아를 잉태했다오.
공부하고 있던 아버지에게 태아가 말했지요.
"밤을 새워 공부하셨으나
아버지께선 여전히 바로 알지 못하십니다."

제자들이 보는 데서 모욕당한 대선인은
태 안에 있는 아이를 향해 분노의 저주를 내렸다오.
"태 안에서부터 이따위로 말을 지껄이다니
너는 몸이 여덟 군데 굽어서 태어나리라."

그는 꼭 그렇게 몸이 굽은 채로 태어났으며
대선인은 그래서 아슈타와끄라로 유명해졌지요.
쉬웨따께뚜는 그의 외숙부였다오.
그와는 나이가 똑같았지요.

한편 태아가 배 속에서 점점 자라자
수자따는 마음이 편치 않았다오.
그녀는 재물을 바랐으나 남편은 가난했지요.
그녀는 달래듯 남편에게 가만히 말했소.

"대선인이시여, 재물 없이 어찌해야 좋을지요?
잉태한 지 열 달이 되어가고 있답니다.
당신에겐 재물이 없으니
아이 낳은 뒤에 올 고난을 제가 어찌 감내하리까?"

아내의 말에 까호다는 집을 떠나
자나까 왕에게 재물을 구했다오.
그러나 논객 반딘은 그를 이기고
브라만을 물속에 빠뜨리고 말았지요.

까호다가 이야기꾼에게 패해
바다에 빠졌다는 소식을 우달라까가 들었다오.
그는 자기 딸 수자따에게 말했소.
"아슈타와끄라는 이 일을 알지 못하게 하거라."

수자따는 비밀을 잘 지켰소.
태어난 뒤에도 그 브라만은 아무것도 듣지 못했다오.
그는 우달라까를 아버지로 섬겼고

쉬웨따께뚜는 형인 줄 알았다오.

그렇게 열두 해가 흐르고 아슈타와끄라가
아버지 품에 안겨 있던 어느 날 쉬웨따께뚜는
그의 손을 쥐고 우는 아이를 억지로 끌어내며 말했다오.
"이것은 네 아버지 품이 아니야!"

그의 모진 말은 아이 심장에 박혔고
아이는 설움이 북받쳤다오.
집으로 간 아이는 어머니에게 울면서 물었지요.
"제 아버지는 어디 계시나요?"

그러자 수자따는 너무나 서럽고
아들의 저주가 두려워 모든 것을 말해주었다오.
어머니에게 모든 사실을 들은 뒤
그 브라만^{아슈타와끄라}은 쉬웨따께뚜에게 말했소.

"자나까 왕의 희생제에 갑시다.
그의 의식은 흥미진진하다 합니다.
그곳에서 브라만들의 논쟁도 들어보고
맛있는 음식도 먹어봅시다.
우리의 배움도 분명히 늘어날 것입니다.
브라흐마 암송 소리는 성스럽고 감미롭답니다."

이리하여 삼촌과 조카는
자나까의 장엄한 희생제에 갔다오.
사람들은 아슈타와끄라를 쫓아냈으나
그는 왕을 만나 말했지요.'

133

아슈타와끄라가 말했다.

'길은 장님의 것이고, 길은 귀머거리의 것이며
길은 여인들의 것이고, 길은 짐 진 자의 것입니다.
브라만을 만나지 않으면 길은 왕의 것입니다.
브라만이 있으면 브라만이 그 길을 가는 것입니다.'

왕이 말했다.

'나는 그대에게 길을 내주리.
가고 싶은 길을 거침없이 가시오.
어떤 불도 가벼이 여겨서는 안 되는 법이지요.
인드라도 브라만은 한결같이 숭배했다고 하지요.'

아슈타와끄라가 문지기에게 말했다.

'수문장이여, 우리는 희생제를 보러 왔소.
우리의 호기심은 크고도 크다오.
손님으로 온 우리를 들여보내 주기를 청하오.
문지기여, 우리는 당신의 허락을 기다린다오.

우리는 자나까 왕의 희생제를 지켜보고
자나까 왕을 만나 논쟁하러 왔소.
문지기여, 우리의 분노가 고치지 못할 병이 되어
한순간에 당신을 해치지 않도록 하시오.'

문지기가 말했다.

'우리는 반딘의 명을 따르고 있답니다.
"내가 하는 말을 잘 지키도록 하라.
어린 브라만은 들이지 말 것이며
나이 들고 박학한 최고의 브라만을 입장시켜라."'

아슈타와끄라가 말했다.

'나이 든 자가 들어갈 수 있는 곳이라면

문지기여, 나도 그럴 자격 있다오.
우리는 서약에서 나이 들었고 서약에서 앞질러 있소.
지식의 힘으로 우리는 들어갈 자격이 있소.

우리는 순종하고 감각을 절제하오.
우리는 이미 지식의 끝에 가 있다오.
나이 어린 이를 가벼이 여기지 말라 했소.
아무리 작은 불이라도 건드리면 타는 법이오.'

문지기가 말했다.

'그러면 베다의 시구를 암송해보시오.
하나의 긴 음절을 여러 모양새로 읊어보시오.
아이의 몸을 가진 자신을 보시오.
어이 함부로 나선단 말이오? 논쟁에서 이기기는 어렵고 어렵다
오.'

아슈타와끄라가 말했다.

'육신이 자랐다고 나이 든 것 아니라오.
다 자란 샬말리 나무는 열매 맺지 못한다오.
작고 왜소한 육신이어도 열매 맺는 나무는 다 자란 것이라오.
열매 맺지 못하는 나무는 다 자란 것이 아니지요.'

문지기가 말했다.

'아이는 어른들에게 지식을 습득하고
때가 되어야 어른이 되는 것이오.
어떤 지식도 단기간에 얻어지는 것이 아니라오.
그러거늘 아이여, 어찌 어른인 듯 말하는 것이오?'

아슈타와끄라가 말했다.
'백발이라 해서 어른인 것은 아니지요. 신들은 나이는 어려도
"아는 자"를 나이 든 자라고 여긴다오. 살아온 햇수로도, 하얗게 센
머리로도, 많은 재물로도, 숱한 친지들로도, 선인들은 인간의 자질
을 정하지 않았다오. "배움 있는 자가 우리에겐 위대한 자"라고 했지
요. 왕의 회당에서 반딘을 만나기 위해 나는 이곳에 왔소. 문지기여,
연꽃 화환을 걸고 있을 왕에게 내가 왔음을 알리시오.

문지기여, 당신은 오늘 학덕 높은 이들과
격론을 벌이는 내 모습을 볼 것이오.
내가 얼마나 높고 얼마나 낮은지
모두가 침묵하면 그때 볼 것이오.'

문지기가 말했다.

'당신 같은 열 살배기 아이가 어찌
박학하고 절제력 갖춘 분들께만 허락된
제사장에 들어간단 말이오? 그래도 나는
당신을 들이려 애쓸 터이니 당신도 여러모로 궁리해보시오.'

아슈타와끄라가 왕에게 말했다.

'왕이시여, 훌륭하신 자나까 왕이시여
당신은 풍요롭고 모든 재물이 넘쳐납니다.
당신은 희생제를 받드는 제주
당신을 앞선 왕, 오직 야야띠뿐이었지요.

왕이시여, 박학한 반딘이
베다의 학자들을 논쟁으로 물리치면
당신이 보낸 충복들이 패배한 자들을
모두 바다에 빠뜨린다 들었습니다.

나는 그 모든 것을 브라만에게서 듣고
베다의 논쟁에 참여하러 왔습니다.
반딘은 어디 있습니까? 그를 만나러 왔습니다.
태양이 별을 무색케 하듯 나는 그를 물리칠 것입니다.'

왕이 말했다.

'상대의 언변의 위력을 알지도 못하면서
어찌 반딧불을 물리칠 꿈을 꾸는가?
그의 위력을 아는 자들이 그리 말할 수 있겠는가?
입심 좋은 브라만들 이미 그를 만났지 않았던가?'

아슈타와끄라가 말했다.

'그와 격론했던 자들은 저와 같지 않습니다.
그들은 그를 포효하는 사자처럼 만들어놓았지요.
마치 축대 무너진 수레가 길바닥에 나뒹굴듯
오늘 나를 마주한 뒤 그는 이곳에서 사라질 것입니다.

왕이 말했다.
'여섯 개의 배꼽†과 열두 개의 축대†, 스물네 개의 이음매†, 삼백 육십 개의 바퀴살을 아는 자만이 최고의 시인이라고 할 수 있으리.'
아슈타와끄라가 말했다.
'쉼 없이 돌아가는 스물네 개의 이음매, 여섯 개의 배꼽, 열두 개

여섯 개의 배꼽_ 인도의 여섯 계절인, 봄, 여름, 우기, 가을, 초겨울, 겨울.
열두 개의 축대_ 일 년 열두 달.
스물네 개의 이음매_ 한 달은 다시 보름을 중심으로 상현과 하현이 둘로 나뉘기 때문에 스물네 개의 이음매가 일 년을 이루는 것이다.

의 축대가 당신을 지켜주시기를!'

왕이 말했다.

'수레를 끄는 두 마리 암말처럼, 두 마리 매처럼 창공을 가로지르는 것은 무엇인가? 신들 중 누가 그들을 낳고, 또 그들은 무엇을 품고 있는가?'

아슈타와끄라가 말했다.

'왕이시여, 그들이 당신의 대궐에서 멀어지고, 당신 적의 집에서도 멀어지게 하소서. 바람을 모는 이가 그들을 낳고, 그들이 그를 품고 있습니다.' ✝

왕이 말했다.

'눈을 감지 않고 자는 것은 무엇인가? 또 태어났으나 아니 움직이는 것은 무엇인가? 심장이 없는 것은 무엇이며, 무엇이 빠르기 때문에 자라는가?'

아슈타와끄라가 말했다.

'물고기는 잘 때 눈을 감지 않으며, 알은 태어난 뒤에도 움직이지 않습니다. 돌은 심장이 없고 강은 빠르기 때문에 불어납니다.'

왕이 말했다.

'그대는 인간 아닌 신의 기개 지니고 있구려.
그대는 아이 아닌 나이 지긋한 어른이구려.

~품고 있습니다_ 번갯불과 번개.

548

그대처럼 언변이 능한 자 아무도 없으리!
그래서 문을 열으리. 저기 반딘이 있소'

134

아슈타와끄라가 말했다.

'왕이시여, 뛰어난 군대와 함께하는 이 왕들 중에
여기 모여 있는 무적의 왕들 중에
이 논객들 중에서 그를 가려낼 수 없습니다.
큰물에서 내지르는 백조의 소리처럼.

반딘이여, 대논객이라 자처하는 당신은 오늘
밀려오는 강처럼 내기를 거둬 가지 못할 것이오.
당신은 오늘 활활 타오르는 불 같은 내 앞에서
정신 바짝 차리는 게 좋을 것이오.'

반딘이 말했다.

'잠자는 호랑이를 깨우지 마라.
입 꼬리 핥는 독뱀을 건드리지 마라.

그 머리를 발로 찬다면
물리지 않고는 도망갈 수 없으리.

허약한 자가 몸집만 믿고
자만하여 산을 걷어찬다면
손과 손톱만 상하게 되리.
산에는 어떤 흠도 나지 않으리.

마이나까 산과 견주면 모든 산이 그저 언덕배기에 불과하듯 미틸
라의 왕에게 이 모든 왕들은 그저 황소 앞에 있는 송아지일 뿐이다.'

로마샤가 말했다.

'왕이여, 분노한 아슈타와끄라 그 자리에서
벽력처럼 반딘에게 이렇게 소리질렀다오.
"내 말에 답이나 하시오.
나도 그대의 말에 답할 터이니!"'

반딘이 말했다.

'아그니는 홀로 여러 모양으로 타오르고
태양은 홀로 온 세상을 비춘다.
신들의 제왕은 홀로 악마를 죽인 영웅이며

야마는 홀로 조상들의 주인이다.'

아슈타와끄라가 말했다.

'인드라와 아그니†, 동지로서 함께 다니고
나라와 나라야나는 두 분의 천상 선인이시네.
아쉬윈†은 둘이며 수레의 바퀴도 둘이라네.
조물주는 아내와 남편을 둘로 만들었지.'

반딘이 말했다.

'업으로 세 가지 생명† 태어나고
세 베다†는 와자뻬야 희생제 이끌어 간다네.
아드와르유†는 하루 세 번 소마즙 짜고
세상에는 삼계가, 빛은 세 개†가 있다 하네.

인드라와 아그니_ 『베다』에서 인드라와 아그니는 종종 한 쌍으로 찬미된다.
아쉬윈_ 쌍둥이 신.
세 가지 생명_ 태에서 태어난 것, 물에서 태어난 것, 알에서 태어난 것을 뜻한다. 원문
　의 까르마를 의식이나 의례로 해석한다면 의식으로 세 번 태어나는 것, 즉 가르바
　다나(잉태), 뿡사와나(아들 낳기를 바라는 의식) 그리고 자따까르만(태어남의 의
　식)으로 볼 수도 있다.
세 베다_ 『아타르와베다』를 뺀 나머지 셋, 즉 『르그베다』, 『야주르베다』 그리고 『사마
　베다』.
아드와르유_ 희생제를 실질적으로 집전하는 사제.
빛은 세 개_ 해, 달, 별.

아슈타와끄라가 말했다.

'브라만들의 삶에는 네 단계†가 있고
네 명의 사제†가 희생제를 이끌어 간다네.
방위는 네 개, 계급도 네 가지†가 있지.
그리고 소는 네 발 달린 짐승이라 한다네.'

반딘이 말했다.

'불은 다섯†이요, 빵크띠†는 다섯 행의 운율이며
의식†은 다섯 가지, 감각도 다섯 가지라네.
베다에는 두건 맨 다섯 명의 수행자가
세상에는 다섯 개의 명성 높고 성스런 강†이 있다네.'

아슈타와끄라가 말했다.

~네 단계_ 브라흐마짜르야(독신 또는 학생 시기), 가르하스티야(가정생활), 와나쁘
　라스타(숲 속 생활) 그리고 산야시(출가 수행).
네 명의 사제_ 호뜨르, 아드와르유, 우드가뜨르, 브라흐만.
계급도 네 가지_ 브라만, 크샤뜨리야, 와이샤, 슈드라.
불은 다섯_ 가르하빠띠야, 닥쉬나그니, 아하와니야, 사비야, 아와사디야.
빵크띠_ 여덟 음절로 이루어진 다섯 행을 가진 운율.
의식_ 아그니호뜨라, 다르샤뿌르나마사, 짜뚜르마사야, 빠슈반다, 아그니슈토마.
~성스런 강_ 오늘날의 편잡 주를 흐르는 다섯 개의 강을 가리킨다.

'성화를 모시는 데는 여섯 가지 선물†이 필요하고
시간의 바퀴는 여섯 계절이라네.
감각은 여섯 가지†, 끄르띠까에는 여섯 개의 별이
모든 베다에는 여섯 개의 사드야스까†가 있다네.'

반딘이 말했다.

'일곱 가지 가축과 일곱 가지 들짐승이 있고
희생제에 쓰이는 음률은 일곱 개†이며
일곱 명의 성자†가 있고, 경의를 표하는 법도 일곱 가지라네.
위나†의 줄은 일곱 개라 한다네.'

아슈타와끄라가 말했다.

'여덟 샤나†는 백을 헤아리고
사자 죽이는 샤라바†는 다리가 여덟 개라네.

여섯 가지 선물_ 또는 소 여섯 마리.
감각은 여섯 가지_ 반딘이 제시한 오감, 즉, 눈, 귀, 코, 혀, 몸에 마음을 더한 육감.
사드야스까_ 소마를 가지고 하루에 지내는 여섯 가지 의식.
음률은 일곱 개_ 가야뜨리, 우슈나끄, 아누슈뚭, 브르하띠, 빵크띠, 뜨리슈뚭, 자가띠.
일곱 명의 성자_ 마리찌, 아뜨리, 앙기라스, 뿔라스띠야, 뿔라하, 끄라뚜, 와시슈타.
위나_ 악기 이름.
여덟 샤나_ 시금석 또는 향 가는 돌 또는 무게의 단위. 샤나 백 개는 팔라 한 개에 해당
    된다.
샤라바_ 전설 속의 짐승.

신들 중에 여덟 명의 와수가 있다 하며
모든 희생제의 말뚝에는 여덟 개의 모서리가 있다네.'

반딘이 말했다.

'아홉 개의 불 피우는 운율†은 조상들을 위함이며
피조물에는 아홉 가지 단계†가 있다 하네.
브르하띠 운율에는 아홉 음절이 있으며
셈은 아홉 개의 숫자를 기본으로 한다네.†'

아슈타와끄라가 말했다.

'열은 인간 세계 기본 되는 숫자라 하며
열에 백을 곱하면 천이 된다네.
잉태한 여인은 아이를 열 달 동안 담고 있으며
다쉐라까, 다샤, 다샤르나 종족†도 열이라네.'

반딘이 말했다.

~불 피우는 운율_ 초승달 희생제에 읊는 사미데나 운율.
아홉 가지 단계_ 샹키야 철학에서 말하는 뿌루샤, 쁘라끄르띠, 붓디, 아항까라 그리고
　　위에 언급된 다섯 가지 요소.
~기본으로 한다네_ 1부터 9까지의 숫자를 가리킨다.
~다샤르나 종족_ 까샤바 쁘라자빠띠의 아내 '이라'에게서 나온 자손들로 상세한 이
　　름은 언급되어 있지 않다.

554

'열하루 의식에는 열한 마리 짐승이 필요하고
그에 따른 희생제의 말뚝도 열한 개라네.
생명 있는 자들은 열한 가지 변화를 겪으며
신들 중에 루드라는 열한 명이라네.'

아슈타와끄라가 말했다.

'열두 달은 한 해를 이루고
자가띠의 운율에는 열두 음절이 있지.
보통의 희생제는 열이틀 동안 계속되고
브라만들은 아디띠가 열두 명이라 한다네.'

반딘이 말했다.

'열사흘째 되는 날은 가장 불길한 날이라 하며
이 땅에는 열세 개의 섬이 있다네. ……'

로마샤가 말했다.

'여기까지 말한 반딘은 더 이상 말을 잇지 못했고
아슈타와끄라가 나머지를 이어 말했지요.
"께쉰†은 열사흘을 싸웠으며

아띠찬다† 운율은 열세 음절로 시작한다네.'"

'아슈타와끄라 이렇게 말을 잇고
가객의 아들 반딘, 말문 막혀 침묵하며
고개 숙여 생각에 잠기자
군중들 사이에선 환호가 일었지요.

그런 대혼돈 속에서
자나까 왕의 희생제는 끝이 났지요.
모든 브라만 사제들 두 손 모으고 와서
아슈타와끄라를 경하했다오.'

아슈타와끄라가 말했다.

'학덕 높은 브라만들 논쟁에서 진 뒤에
이 사람은 그들을 익사시켰다고 했습니다.
오늘 반딘도 같은 규칙을 따라야 합니다.
그를 잡아 물속에 빠뜨리시오.'

반딘이 말했다.

께쎤_ 위슈누에게 죽은 아수라.
아띠찬다_ 말 그대로 열 세음절로 시작하는 운율 이름.

'자나까여, 나는 와루나의 아들입니다.
당신의 제사와 똑같은 시기에
그분도 열두 해 동안 지속되는 희생제를 지낸답니다.
나는 뛰어난 브라만들을 그의 제사에 보냈던 것이랍니다.

와루나의 희생제에 참석하러 갔던 그들 모두는
다시 한 번 이곳으로 돌아올 것입니다
고마운 아슈타와끄라를 나는 우러릅니다.
그 덕분에 아버지와 만나게 되었습니다.'

아슈타와끄라가 말했다.

'반딘에게 말에서 지고 지혜에서 진 뒤
학덕 높은 브라만들 물속에 내던져졌습니다.
나는 오늘 지혜로써 언어를 건졌습니다.
그러니 여러 현인들께서는 그 말을 검증하십시오.

모든 것을 아는 아그니는
타오르는 불길로 선자들의 집을 태우지 않으며
어린아이 처량하게 말할 때에는
성현들이 그 말을 살핀답니다

자나까여, 쉴레슈마따끼†를 드셨습니까?
아첨꾼의 말에 취해 계시는 것입니까?
코끼리 다루는 쇠꼬챙이에 꿰어 있는 듯
당신은 내 말에 귀 기울이지 않습니다.'

자나까가 말했다.

'그대의 천상의 언변을 듣고 있다오.
그것은 인간의 것이 아니며 그대 또한 천상의 모습이오.
그대는 오늘 논쟁으로 반딘을 물리쳤소.
이제 반딘은 그대의 것이오. 하고자 하는 대로 하시오.'

아슈따와끄라가 말했다.
'왕이시여, 나는 반딘을 살려둘 이유가 없습니다. 그의 아버지가
진정 와루나라면 물속에 그를 집어넣으십시오.'

반딘이 말했다.

'왕이시여, 나는 와루나의 아들입니다.
물속에 빠지는 것은 두렵지 않습니다.
아슈따와끄라는 이제 곧 오래전 잃었던

쉴레슈마따끼_ 정신을 혼미하게 하는 열매.

아버지 까호다를 만날 것입니다.'

로마샤가 말했다.
'그러자 자나까 왕 앞에 모든 브라만 사제들이 와루나의 극진한
대접을 받으며 나타났지요.'

이어지는 로마샤의 이야기는 이러하다.

까호다가 말했다.
'자나까여, 이런 연유로 사람들이 선행을 하며 아들 얻기를 바라
는 모양입니다. 내가 하지 못했던 일을 내 아들이 했습니다. 약한 자
도 강한 아들 낳을 수 있고, 어리석은 아버지에게도 지혜로운 아들이
생길 수 있으며, 못 배운 아버지도 학식이 깊은 아들을 가질 수 있나
봅니다.'
반딘이 말했다.
'날카로운 도끼로 죽음의 신이 직접 그대 적의 머리를 내리칠 것
이오. 그대에게 복이 넘치기를!'

'자나까의 이 희생제에 욱따† 운율 낭송되고
사마베다 여러 운율 낭송되었네.
소마즙 가득하니 신들은 즐거이

욱따_『사마베다』의 운율.

성스러운 자기 몫 챙겨 마셨다네.'

로마샤가 말했다.

'왕이여, 모든 브라만들
전에 없던 빛으로 물에서 나오자
반딘은 자나까 왕 승낙 얻어
바닷속으로 들어갔다오.

아슈타와끄라는 아버지께 절 올리고
브라만들의 우러름받았다오.
반딘을 이긴 그는 외숙부와 함께
아름다운 이 아쉬람으로 돌아왔다오.

꾼띠의 아들이여, 그대 또한 형제들과 브라만들과 함께
강으로 내려가 즐겁고 유쾌하게 보내시오.
그런 뒤 순결하고 헌신적인 마음으로
나와 함께 다른 성지들도 순례하지요.'

야와끄리따

135

로마샤가 말했다.

'왕이여, 여기서 보면 마두윌라 사망가 강이 보이지요. 그리고 저
너머로 보이는 곳은 까르다밀라라는 곳이오. 바라따들의 목욕 터였
지요. 샤찌의 배우자 인드라가 우르뜨라를 죽인 뒤[※] 불길한 일이 많
았다고 하오. 그래서 그는 사망가 강에서 몸을 씻어 모든 죄를 소멸
시켰다고 하지요. 뚝심 좋은 사내여, 이곳은 마이나까 산이 대지의
태 안으로 사라져버렸던 곳이며, 아들을 얻고 싶었던 아디띠가 언젠

~죽인 뒤_ 인드라는 신들을 괴롭히는 아수라 우르뜨라를 죽여야 했으나 그는 브라만
계급이었다. 더구나 그는 브라흐마의 축복을 받아 생명을 가진 어느 누구에게서
도 죽임을 당하지 않게 되어 있었다. 인드라는 우르뜨라를 죽이기 어려워지자 그
가 황혼녘 바닷가에 있는 틈을 타서 포말의 형태로 변해 그를 죽였다. 브라만 죽
인 죄가 합쳐져 인드라의 몸은 원자처럼 작아졌다고 한다.

가 음식을 마련했던 곳이기도 하다오. 뚝심 좋은 사내여, 당신은 이 산의 제왕에 오름으로써 모든 불명예스러운 일과 말할 수 없이 불길한 일을 겪지 않을 것이오.

왕이여, 이곳은 대선인들이 즐겨 찾는 까나칼라 산이오. 유디슈티라여, 여기 거대한 강가 강이 빛나고 있군요. 성스러운 사나뜨꾸마라는 이곳에서 최상의 일을 이루었다오. 유디슈티라여, 이곳에서 목욕재계하면 모든 악을 소멸시킬 것이오. 꾼띠의 아들이여, 뿐야라고 부르는 이 못의 물, 브르구의 봉우리라는 산 그리고 강가 강에 와서는 말을 삼가고 목욕재계하시오. 이제 아름다운 스툴라쉬라스의 아쉬람이 보이는군요. 꾼띠의 아들이여, 이곳에서는 자만과 분노를 버리시오. 여기에 명예로운 라이위야의 아쉬람이 빛나고 있군요. 이곳에서 바라드와자의 아들 야와끄리따[†]가 목숨을 다했다오.'

유디슈티라가 말했다.

'위용 넘치는 바라드와자는 어떤 힘을 가졌습니까? 또 선인의 아들은 왜 죽었습니까? 로마샤여, 나는 이런 이야기들을 있는 그대로 모두 듣고 싶습니다. 신 같은 그분들의 이야기를 듣는 것은 즐거운 일이랍니다.'

로마샤가 말했다.

'바라드와자와 라이위야는 절친한 벗이었지요. 둘은 이 깊은 산중에 살며 서로 깊은 우정을 나누었다오. 라이위야에게는 아르와수, 빠라와수라는 두 아들이 있었으며, 바라드와자는 한 명의 아들

야와끄리따_ 또는 야와끄리.

야와끄리따를 두었소. 라이위야와 두 아들은 베다에 정통한 학자인 반면 바라드와자는 수행자[*]였지만 둘의 우정은 어릴 적부터 몹시 깊었다오.

수행자인 아버지는 사람들에게서 제대로 대접받지 못하는 반면 라이위야는 두 아들과 함께 매우 존경받는 것을 보고 야와끄리따는 분하고 때로는 화가 나기도 했소. 빤두의 아들이여, 그래서 그는 베다를 완벽하게 알기 위해 혹독하게 고행했다오. 대고행자는 훨훨 타는 불길에 자기 몸뚱이를 태우는 무서운 고행으로 결국 인드라의 걱정을 샀지요. 유디슈티라여, 인드라가 그에게 와서 물었소.

"무슨 연유로 그리 혹독한 고행을 하고 있는 것이오?"

야와끄리따가 말했다.

"신들의 우러름받는 분이시여, 가장 학덕 높은 브라만들이 얻는 베다가 제게 모습을 나타내도록 이렇게 모진 고행을 하고 있습니다. 빠까를 처단하신 분이시여, 베다의 지식을 갖추기 위해 이렇게 고행한답니다. 주인이시여, 스승의 입으로 베다를 배우려면 너무나 오랜 시간이 걸리기에 저는 고행으로 모든 지식을 알고자 한답니다. 그래서 이리 모진 애를 쓰고 있답니다."

인드라가 말했다.

수행자_ 여기서 학자와 수행자 사이의 차이는 불교의 선승과 학승 사이의 차이와 비슷하다. 선승은 참선을 위해 경전과는 크게 상관없이 수행을 주로 하는 승려들이고 학승은 경전 학습을 통해 불교를 완성해가는 승려들이다. 불교계에서는 일반적으로 아직도 학승보다는 선승을 우위에 둔다. 하지만 사회적으로는 일반적으로 학승이 더 알려져 있어 대중적으로는 더 우대를 받고 있다고 볼 수 있다.

"브라만 선인이여, 이것은 당신이 가야 하는 길이 아니오. 왜 스스로를 파멸시키려 하시오? 가서 스승의 입을 통해 베다를 배우시오.'"

이어지는 로마샤의 이야기는 이러하다.

이렇게 말하고 인드라는 그곳을 떠나버렸다. 무량의 위력을 지닌 야와끄리따도 그리했다. 그러나 대고행자는 다시 한 번 혹독한 고행을 시도했다. 그의 모진 고행이 달궈져 급기야는 신들의 제왕을 괴롭히기 시작했다. 그가 너무나 뜨겁게 달궈지자 왈라를 죽인 신 인드라는 다시 한 번 대고행자에게 와서 그를 막았다.

'그리해서 될 일이 아니오. 베다가 당신과 당신의 아버지에게 어떻게 나타날 수 있는지 당신은 올바르게 생각하지 못했소.'

야와끄리따가 말했다.

'신들의 제왕이여, 이렇게 해서 제 소망을 이루지 못한다면 더 모진 고행으로 저를 괴롭히겠습니다.

인드라여, 님이 저를 거절하신다면
신들의 제왕이시여, 저는 타는 불길에
이 몸뚱이 하나하나를 모두 바치렵니다.
이것이 제가 바라는 모든 것이랍니다.'

이어지는 로마샤의 이야기는 이러하다.

고결한 수행자의 단호한 결심을 안 영리한 인드라는 그의 마음을 바꿔보기 위해 꾀를 궁리해냈다. 인드라는 수백 살 먹은, 쇠약하고 천식에 시달리며 늙고 초라한 브라만 수행자 모습으로 변장하고는 야와끄리따가 아침에 몸을 정갈히 하는 강가 강에 와서 모래로 다리를 놓기 시작했다. 충분히 설득했음에도 대브라만이 자기 말에 귀를 기울이지 않자 인드라는 급기야 강가 강을 모래로 채우려 한 것이다. 그는 야와끄리따에게 교훈을 주기 위해 모래를 한 줌 한 줌 집어다 강가 강물에 넣으며 강을 채우려 했다. 그렇게 애쓰는 인드라를 보고 뚝심 좋은 수행자 야와끄리따가 웃으며 말했다.

'브라만이여, 대체 무얼 하시는 거요? 무엇을 바라고 이런 일을 하시오? 왜 그런 쓸데없는 일에 그리 애를 쓰시는 거요?'

인드라가 말했다.

'내가 강가 강을 다 막으면 건너기가 훨씬 수월할 것이오. 친구여, 사람들이 이곳을 건너려고 고생에 고생을 하고 있지 않소?'

야와끄리따가 말했다.

'당신이 이 거센 물살에 맞서 할 수 있는 일은 없다오. 헛수고 그만하시오. 달리 할 만한 방법을 찾아보시오.'

인드라가 말했다.

'고행으로 베다를 얻으려는 자네나 이런 불가능한 일로 자신을 짐 지우는 나나 다 같은 거 아니겠소?'

야와끄리따가 말했다.

'빠까를 처단한 서른 명의 신의 왕이시여, 제가 하는 일이 지금

님께서 하시는 것처럼 헛수고하는 것이라면 제가 할 수 있을 만한 일을 일러주십시오. 신들의 주인이시여, 제가 다른 수행자들을 능가할 수 있도록 축복을 내려주십시오.'

인드라는 결국 대고행자의 소원을 들어주고 말았다.

'야와끄리따여, 소원대로 베다가 그대와 그대의 아버지 앞에 모습을 드러낼 것이오. 다른 여러 소원도 풀리게 될 것이니 이제 집으로 돌아가시오.'

소원을 이룬 야와끄리따는 집으로 가서 아버지께 말했다.

136

야와끄리따가 말했다.

'아버님, 저와 아버님께 베다가 모습을 드러낼 것입니다. 그래서 우리는 다른 학자들을 제압할 것입니다. 이것이 제가 받은 은총이랍니다.'

바라드와자가 말했다.

'아들아, 그토록 바라던 소원을 이루었으나 그로 인해 이제 너는 거만해지겠지. 거만해진 너는 곧 파멸의 구렁텅이에 빠질 것이다. 아들아, 신들은 그래서 예전에 있었던 이런 일화를 인용하곤 한다.

옛날 발라다라는 위력적인 선인이 있었단다. 아들이 죽은 것을 서러워한 나머지 성자는 죽지 않는 아들을 얻기 위해 하기 어려운 고행을 시작했다. 그는 소원을 이루었으나 신들의 총애에도 불구하고 아들은 신들과 똑같을 수는 없었다. 그들은 "죽음 있는 자는 죽음 없는 신이 될 수 없으니 한계를 분명히 해야 한다"라고 했다.

그래서 발라디가 말했지.

"최상의 신들이시여, 여기 이 산이 영원히 이 자리를 지키고 파괴되지 않듯이 제 아들도 그런 수명을 갖게 해주소서."'

바라드와자가 이어 말했다.

'그 후 그에게는 메다윈이라는 아들이 태어났지. 아들은 성정이 매우 포악했단다. 자기 운명이 그러하다는 것을 알고 그는 자만심에 가득 차서 다른 많은 선인들을 업신여기기 시작했다. 그는 수행자들을 괴롭히며 온 세상을 헤집고 돌아다녔다. 그러던 어느 날 메다윈은 지혜롭고 위력 넘치는 다누샤샤라는 대선인을 만나 그를 모욕했다. 위력적인 선인은 "재가 되어버리라"라고 그를 저주했지. 그러나 그는 선인의 저주에도 재로 변하지 않았단다. 메다윈이 파멸되지 않는 것을 본 위력 넘치는 대선인 다누샤샤는 메다윈의 영생의 근거가 되는 산을 없애버렸지. 근거가 파괴되자 선인의 아들도 그 자리에서 죽고 말았단다. 아버지는 죽은 아들을 붙들고 통곡했지. 서럽게 통곡하는 그를 보고 옛날의 수행자들은 베다에서 이르는 이런 시구를 읊었더란다. 들어보거라.

죽음 있는 어떤 사람도 운명을 마음대로 바꿀 수 없다네.
다누샤샤는 물소로 산을 산산이 부셔놓았다네.

이처럼 아직 나이 어린 사람들은 축복을 받으면 자만심이 커지고 행동을 함부로 하다가 결국은 망하게 되는 것이다. 너는 그러지 않도록 해야 한다. 여기 라이위야는 위력 넘치는 사람이다. 그의 두 아들도 그와 다르지 않지. 아들아, 그들을 거스르는 일 없도록 잘 알아서 처신하거라. 아들아, 만약 성나면 그의 분노는 너를 쓰러뜨리고도 남을 것이다. 그는 베다를 알고 고행을 알며 분노가 넘치는 대선인이란다.'

야와끄리따가 말했다.

'알아서 하겠습니다. 아버님, 저를 너무 나무라지 마십시오. 저는 라이위야 성자를 아버님만큼 존경하고 있습니다.'

로마샤가 말했다.

'거칠 것 없는 야와끄리따는 아버지에게 이처럼 공손히 대답했으나 여전히 다른 선인들을 모욕하고 다니며 몹시 통쾌해했다오.'

137

이어지는 로마샤의 이야기는 이러하다.

두려울 것 없이 그렇게 돌아다니던 야와끄리따는 마다와 달†의 어느 날 라이위야의 아쉬람을 향해 갔다. 그는 꽃이 만발한 성스런 아쉬람에서 낀나라 여인처럼 아름다운 라이위야의 며느리를 보았다. 욕정에 마음을 뺏긴 야와끄리따는 부끄러워하는 여인에게 수치심도 모르고 자기와 함께 눕자고 했다. 그의 성정을 파악하고 그의 저주를 두려워한 며느리는 또한 라이위야의 위력을 믿었다. 그래서 그리하겠다고 대답했다. 은밀한 곳으로 그녀를 데려간 그는 그녀를 범했다. 얼마 후 라이위야가 아쉬람으로 돌아왔다. 빠라와수의 아내가 울고 있는 것을 본 라이위야는 부드럽게 위로한 뒤 까닭을 물었다. 착한 여인은 야와끄리따가 했던 말과 자기가 얼마나 앞일을 잘 내다보았는지를 들려주었다.

야와끄리따의 악행을 들은 라이위야는 가슴 속이 불이 난 듯 끓어올랐다. 분노로 충천한 화 많은 고행자는 머리카락을 한 줌 뽑아 잘 타고 있는 불에 바쳤다. 그러자 불에서 며느리와 미모를 견줄 만한 아름다운 여인이 태어났다. 그는 다시 한 번 머리카락을 한 줌 뽑아 불에 바쳤다. 이번에는 눈과 용모가 섬뜩한 락샤사가 나타났다. 그들이 라이위야에게 물었다.

'저희들이 해야 할 일이 무엇입니까?'

성난 선인이 말했다.

'야와끄리따를 죽여라.'

그들은 그러겠다고 약속하고 야와끄리따를 죽이러 갔다.

고결한 선인이 만들어낸 마법의 여인은 야와끄리따에게 접근해서 그를 유혹하고는 그의 물 항아리를 훔쳤다. 성수가 들어 있는 항

마다와 달_ 태양력의 3~4월에 해당하는 힌두력의 달.

아리를 빼앗긴 그는 불결해졌고, 락샤사는 그런 그를 향해 창을 들고 돌진했다. 손에 창을 들고 자기를 죽이려 다가오는 락샤사를 본 야와 끄리따는 벌떡 일어서서 못으로 도망쳤다. 그러나 연못에는 물이 말라 있었다. 그는 다시 강으로 도망갔으나 강들 또한 모두 말라 있었다. 소름 끼치는 락샤사가 창을 들고 쫓아오자 야와끄리따는 무서워하며 아버지의 아그니호뜨라 방으로 도망쳤다. 그러나 거기에는 눈먼 슈드라가 있어 그를 붙잡고 놓아주지 않은 채 문 앞에 세워두었다. 슈드라에게 잡혀 서 있는 야와끄리따를 락샤사는 죽을 때까지 창으로 찔러댔다. 그의 심장은 산산이 부서지고 말았다. 야와끄리따를 죽인 락샤사는 라이위야에게 돌아왔다. 라이위야는 그가 떠나도록 허락했다. 락샤사는 라이위야가 만든 여인과 함께 떠났다.

138

이어지는 로마샤의 이야기는 이러하다.

일상의 의례를 마친 바라드와자는 희생제에 쓰일 불쏘시개를 들고 아쉬람으로 돌아왔다. 평소 같으면 그를 보고 모두들 일어서서 반겼을 제사의 불들이 그날은 아들 잃은 그를 반기지 않았다. 희생제 불들의 이러한 변화를 본 대고행자는 그곳에 앉아 있는 눈먼 슈드라 문지기에게 물었다.

'슈드라여, 어찌하여 오늘은 불들이 나를 보고도 반기지 않는가? 그대 또한 전과 같지 않구나. 아쉬람엔 별 일이 없는가? 생각 짧은 내 아들이 라이위야에게 가지는 않았다더냐? 어서 솔직히 말해보거라. 내 마음이 몹시 편치 않구나.'

슈드라가 말했다.

'생각 둔한 주인님의 아들은 라이위야에게 갔었답니다. 그래서 무서운 락샤사에게 죽임을 당한 것이랍니다. 락샤사의 창에 호되게 당하며 불의 방으로 뛰어드는 그를 제가 문 앞에서 두 팔로 막았습니다. 불결한 손으로 성수를 얻으려 갈팡질팡 서두르는 그를 락샤사가 잽싸게 창으로 찔러 죽여버린 것입니다.'

이어지는 로마샤의 이야기는 이러하다.

슈드라의 가혹한 말을 들은 바라드와자는 아들의 시체를 부여잡고 절통하게 곡했다.

'아가야, 네가 브라만들을 공부시키기 위해 고행을 한 것이로구나. 베다가 가르침을 주려고 공부하지 않는 브라만들에게 모습을 드러낸 것이로구나. 너는 고결한 브라만들에게 늘 나무랄 데가 없었다. 뭇 중생을 향해서도 나쁜 짓 저지른 적 없었거늘 그만 오만불손해지고 말았구나. 내가 라이위야의 집에는 눈길도 주지 말라고 당부하지 않았더냐? 그러나 끝내 넌 세상을 종말 짓는 야마처럼 분노 충천한 그 성자에게 갔었구나. 기력 넘치는 그는 네가 나이 든 내게 하나뿐인 아들이라는 것을 알면서도 분노를 이기지 못하고 널 잔인하게 죽이고 말았다. 아들아, 라이위야의 잔인한 짓이 날 설움에 시달리게 하는구나. 아들아, 너 없는 이 목숨, 세상에서 가장 소중했던 이 목숨은 이제 버려야겠다. 그러나 아들 잃은 설움으로 괴로워하다 몸뚱이를 버리는 나처럼 라이위야도 맏아들 손에 무참한 죽음을 맞이하리라. 참으로 무자식이 상팔자로구나. 아들 없는 이들은 아들로 인해 서러워하지 않고 마음껏 돌아다닐 수 있지 않던가? 그러나 아들 가진 자는 그로 인해 마음의 중심을 잃고 절친한 벗에게 저주를 내리게 되니 이보다 더한 죄가 어디 있으리? 아들의 목숨이 떠난 것을 보았고, 절친한 벗에게는 저주를 내렸구나! 이런 재앙으로 고통받는 자 또 누가 있으리?'

이렇게 통곡을 거듭하던 바라드와자는 아들을 불타는 장작더미에 올려놓았다. 그리고 타오르는 불길에 자신도 뛰어들었다.

139

로마샤가 말했다.

'바로 이 무렵 위력 있는 라이위야를 제사장으로 모시는 위용 넘치는 왕 브르하드듐나는 희생제를 지내던 중이었다오. 사려 깊은 브르하드듐나는 라이위야의 두 아들 빠라와수와 아르와와수를 그 기간 동안 사제로 삼았지요. 꾼띠의 아들이여, 두 아들은 아버지의 승낙을 얻어 그곳으로 가고, 라이위야는 빠라와수의 아내와 함께 아쉬람에 남아 있었다오. 한편 빠라와수는 혼자서 아쉬람으로 돌아오는 길에 숲에서 검은 사슴 가죽을 쓰고 있는 아버지를 보았소. 밤이 이슥해져 잠이 엄습해오던 그는 깊은 숲 속에서 걷고 있는 아버지가 사슴이라고 생각했지요. 아버지를 사슴인 줄로 착각한 그는 자신을 방어하기 위해 무심결에 그만 그를 죽이고 말았다오. 아버지의 장례를 치른 뒤 그는 다시 제사장으로 돌아와 아우에게 말했소.

"이 제사는 너 혼자서 감당하기 힘들 것이다. 그러나 나는 사슴인 줄 착각하고 아버지를 쏘아 죽이고 말았다. 아우여, 그러니 브라만 죽인 자들이 지켜야 하는 청정한 지계를 네가 내 대신 지켜라. 그러면 나는 혼자서 이 제사를 지낼 수 있을 것이다."

아르와와수가 말했다.

"그러면 형이 사려 깊은 브르하드듐나의 제사를 맡아서 지내시오. 난 감각을 절제하며 형을 위해 브라만 죽인 죄를 사하는 계를 지키겠소.'"

이어지는 로마샤의 이야기는 이러하다.

그리하여 수행자 아르와와수는 브라만을 죽인 죄를 대신 사함받고 다시 제사장으로 돌아왔다. 아우가 돌아온 것을 본 빠라와수는 군중 속에 앉아 있던 브르하드듐나에게 말했다.

'브라만을 죽인 자가 당신의 희생제를 보도록 들어오게 해서는 안 됩니다. 브라만 죽인 자가 눈길만 줘도 틀림없이 당신은 다치고 말 것입니다.'

아르와와수는 즉각 시종들에게 쫓겨났다. 시종들이 계속 자신을 브라만 살인자라고 부르자 그는 '나는 브라만을 죽이지 않았다'라고 끊임없이 항변했다. 그는 자신이 브라만을 죽였다는 것을 인정하지 않았다. 그는 '내 형이 그 일을 저질렀으며 나는 그 죄를 사함받은 것이오'라고 말했다.

신들은 아르와와수의 거동을 흡족히 여겼다. 그들은 그를 사제로 뽑고 빠라와수를 내쫓았다. 아그니를 비롯한 신들이 와서 소원을 말하라고 했다. 그는 아버지를 살려 달라고 했다. 또한 형이 죄에서 벗어날 수 있게 해주고, 아버지 죽인 일을 잊어버릴 수 있게 해 달라고 했다. 그는 또한 바라드와자와 그의 아들 야와끄리따도 되살아날 수 있도록 해 달라고 소원을 말했다. 그들은 모두 되살아났다. 야와끄리따따가 아그니를 비롯한 신들에게 말했다.

'나는 브라흐만†를 익혔고 서약 또한 청정히 지켰습니다. 훌륭한 신들이시여, 그런데도 어찌 라이위야가 희생제를 이용해 학덕 있고 수행력 있는 나를 죽일 수 있었습니까?'

신들이 말했다.

'야와끄리따 수행자여, 그대가 말했던 그런 식으로 행동하지 마라. 그대는 스승의 도움 없이 베다를 쉽게 습득했다. 그러나 라이위야는 온갖 고생을 감내하며 스승을 모신 뒤에야 어렵사리 궁극의 브라흐만을 오랜 시간에 걸쳐 얻었던 것이다.'

브라흐만_ 『베다』 또는 초월적인 것에 관한 지식.

로마샤가 말했다.

'아그니를 비롯한 신들은 야와끄리따에게 이렇게 말하고 모두를 되살려놓은 뒤 하늘을 향해 떠났다오. 범 같은 왕이여, 여기가 바로 그늘 꽃과 열매를 맺는 나무가 즐비한 성스런 아쉬람이오. 여기서 하룻밤 머물면 당신의 모든 죄가 없어질 것이오.'

계속되는 성지 순례

140

로마샤가 말했다.

'바라따의 왕이여, 당신은 이제 우쉬라비자, 마이나까, 쉬웨따 그리고 깔라 산을 건넜소. 꾼띠의 후손이여, 이제 여기 일곱 줄기로 흐르는 강가 강이 빛나고 있군요. 뚝심 좋은 바라따여, 이곳은 희생제의 불이 끊임없이 타오르는, 더러움이라고는 없는 아름다운 곳이라오. 이곳은 인간들에게는 쉽사리 제 모습을 드러내지 않는다오. 그러나 당신이 마음을 한곳으로 모아 명상한다면 이 성지를 볼 수 있을 것이오. 우리는 이제 쉬웨따 능선과 만다라 산을 오를 것이오. 그곳엔 약샤 마니짜라와 약샤들의 왕 꾸베라가 살고 있다오. 여기엔 팔만팔천 명의 발 빠른 간다르와들과 그 네 곱절이나 되는 낌뿌루샤들과 약샤들이 돌아다니고 있지요. 최상의 인간이여, 그들은 온갖 모습을 하고 여러 가지 무기를 들고 약샤들의 왕 꾸베라를 섬기고 있다오.

그들의 풍요로움은 한정이 없고 그들의 움직임은 바람과 같지요. 신들의 제왕도 왕좌에서 쫓아낼 수 있을 것이오. 쁘르타의 아들이여, 여기 이 산은 위력적인 존재들이 지키고 주술로 보호되고 있소. 또한 꾸베라의 다른 재상들과 그의 무서운 락샤사 동지들이 지키고 있어 넘기가 어려운 곳이니 정신을 바짝 차리시오. 그들과 마주치게 될 것이니 마음을 다잡아야 하오. 왕이여, 까일라사 산은 육천 리에 걸쳐 뻗어 있다오. 꾼띠의 아들이여, 그곳은 신들이 모이는 곳이기도 하지요. 헤아릴 수 없이 많은 약샤, 락샤사, 낀나라, 뱀들과 가루다, 간다르와들이 꾸베라의 대궐에 있다오. 쁘르타의 아들이여, 나의 권위와 절제력 그리고 비마의 위력이 그대들을 보호할 것이니 이제 그곳으로 들어갑시다. 와루나 왕이 그대에게 축복을 내리고, 강가와 야무나와 야마 그리고 이 산들이 그대들을 지켜주실 것이오.

강가 여신이시여, 인드라의 성산에서
저는 당신의 소리를 듣습니다.
행운의 여신이시여, 이 산으로부터
아다미자족이 우러르는 이 왕을 지켜주소서.
히말라야의 딸이시여, 왕이 이제 산에 오르려 하니
당신이 그의 피난처 되어주소서!'

유디슈티라가 말했다.

'로마샤의 염려는 전에 없던 것이구나.

모두들 끄르슈나아를 보호하고 정신 바짝 차리거라.
그는 이곳이 가장 오르기 어렵다고 여기시는구나.
절대로 순수한 마음을 잃지 말거라.'

와이샴빠야나가 말했다.

"그 뒤 그는 고결한 용맹으로 빛나는 비마에게 말했습니다.
'비마여, 끄르슈나아를 잘 지켜야 한다.
아우여, 아르주나가 멀리 떠나고 없으니
이 난관 속에서 끄르슈나아를 섬길 이 너뿐이로구나.'

고결한 사내는 이제 쌍둥이에게 가서
머리 냄새를 맡고 몸을 쓰다듬어주었습니다.
눈물을 삼키며 왕은 그들에게 말했답니다.
'두려워 말고 성성한 정신으로 가거라.'"

141

유디슈티라가 말했다.
'늑대 배여, 이곳엔 눈에 보이지 않는 존재들과 위력적인 락샤사
들이 있다. 우리는 고행과 불을 섬김으로써 이곳을 통과할 수 있을

것이다. 꾼띠의 아들이여, 기력을 다 모아서 네 힘과 번쩍이는 지혜에 의지해 배고픔과 목마름을 쫓아내야 한다. 꾼띠의 아들이여, 너도 까일라사 산에 대해 선인께서 하시는 이야기를 들었으리라. 꾼띠의 아들이여, 드라우빠디가 어떻게 이 산을 넘을 것인지 잘 살펴 생각해야 한다. 아니면, 긴 눈의 비마여, 여기서 너는 다움미야와 사하데와, 요리사들, 찬간 돌보는 사람들, 시종들, 마차, 말, 마부, 걷기에 지친 브라만들을 데리고 돌아가거라. 나와 나꿀라, 대고행자 로마샤, 이렇게 셋은 음식을 가볍게 먹고 서약을 엄히 지키며 행군을 계속하리라. 내가 돌아올 때까지 드라우빠디를 잘 보살피면서 강가 강의 시원^{始原}에서 기다리고 있거라.'

비마가 말했다.

'바라따의 후예시여, 복스런 공주는 아무리 심신이 고단하고 지쳤더라도 백마 탄 사내_{아르주나}를 다시 만나기 위해 틀림없이 계속 길을 갈 것입니다. 그를 보지 못해 당신 또한 안절부절못하십니다. 그러하거늘 저와 사하데와 그리고 끄르슈나아마저 보지 못한다면 얼마나 더 나빠지겠습니까? 정 그러시다면 시종들과 마차, 요리사들과 찬간 일 거드는 사람들은 모두 보내도록 하십시오. 그러나 나는 죽어도 당신을 버리고 여기서 돌아갈 수 없습니다. 여기는 락샤사들이 들끓는 험산 준령입니다. 자신의 서약에 철저한 다복한 공주 또한 당신을 두고 돌아가지 않으려 할 것입니다. 당신께 언제나 헌신적인 사하데와도 절대로 돌아가지 않으리라는 것을 나는 잘 알고 있습니다. 대왕이시여, 더구나 우리 모두는 지금 그 왼손잡이 궁수를 보고 싶어 안달이 났습니다. 그러니 함께 갑시다. 왕이시여, 패인 곳이 수없이 많은 이 산을 마차로 오르기는 어렵겠지만 걸어서 가면 됩니다. 상심하지 마십시오. 빤짤라 왕국의 공주가 더 이상 움직일 수 없게 되면 내가 업고 가겠습니다. 왕이시여, 내 생각이 이러하니 더 이상 걱정하지 마십시오. 유순한 마드리의 대장부다운 두 아들도 넘기 어려운 곳에서는 내가 도와서 넘게 할 것입니다.'

유디슈티라가 말했다.

'비마여, 장하구나. 정히 그러하다면 이 오랜 여행에 드라우빠디와 쌍둥이들을 업고 갈 수 있도록 네 힘이 더욱 굳세져야 하겠구나. 누구도 그런 일을 할 수 없을 것이다. 끄르슈나아와 쌍둥이들을 끝까지 데려갈 수 있다면 너의 힘과 명망과 다르마는 더욱 커지리라. 완력 넘치는 사내여, 부디 지치지 말고, 지지 말거라.'

그러자 사랑스런 드라우빠디가 웃으며 말했다.

'바라따의 후손이시여, 저도 갈 수 있답니다. 제 걱정은 마십시오.'

로마샤가 말했다.

'간다마다나 산은 고행을 해야만 오를 수 있다오. 그러니 꾼띠의 아들이여, 우리 모두 정진합시다. 왕이여, 나꿀라, 사하데와, 비마, 우리 모두 백마 탄 사내를 만나게 될 것이오.'

와이샴빠야나가 말했다.

"왕이시여, 그들은 이런 이야기들을 주고받으며 말과 코끼리들이 수없이 많은 광활한 수바후의 땅을 보았답니다. 그곳은 히말라야 산자락에 자리 잡고 있어서 사냥꾼과 땅가나족 그리고 수많은 꾸닌

다족들이 모여 살고 있고, 죽음 없는 신들이 즐겨 찾는 경이로움 가득한 땅이었답니다. 꾸닌다의 왕 수바후는 성의 어귀까지 나와 빤다와들을 반겨 맞았지요. 이렇듯 왕의 환대를 받은 그들은 왕에게 답례하고 며칠 동안 편히 쉰 뒤 햇볕이 잘 나는 어느 날 히말라야를 향해 길을 재촉했답니다. 왕이시여, 위력적인 꾸루의 대전사들은 인드라세나를 비롯한 마부들, 시종들, 요리사, 찬간 일 거드는 사람들, 드라우빠디의 몸종들을 모두 꾸닌다의 군주에게 맡겨두고 떠났지요. 빤다와들과 끄르슈나아는 그곳에서부터 천천히 걸어서 길을 갔답니다. 그러나 그들의 마음은 아르주나를 보려는 일념으로 한없이 기뻤습니다."

142

이어지는 와이샴빠야나의 이야기는 이러하다.

유디슈티라가 말했다.

'비마세나여, 쌍둥이와 빤짤라 왕국의 공주여, 들어보라. 우리 전생의 업이 다하지 않은 것 같구나. 숲 속을 방랑하는 우리들을 보거라. 지치고 기력이 쇠하긴 했지만 아르주나를 보려는 일념으로 아무리 걷기 어려운 길이라도 서로를 위하며 가자꾸나. 영웅 아르주나를 곁에 두고 볼 수 없으니 불이 솜뭉치를 태우듯 안타까움이 내 사지를 태우는구나. 영웅들이여, 그를 보고 싶은 갈망과 끄르슈나아가 당했던 그 모진 능멸은 우리가 숲에 있는 동안 내 아우들의 마음을 태운 만큼 내 마음을 태워왔다. 늑대 배여, 대체 얼마나 오래도록 나꿀라의 형, 무적의 뛰어난 궁수 쁘르타의 아들을 보지 못했더냐? 가슴이 찢어지는구나. 나는 오직 그를 그리워하며 아름다운 성지들과 숲과 강들을 순례해왔다. 늑대 배여, 다섯 해 동안이나 자신의 말에 진실한 영웅, 풍요를 쟁취하는 아르주나를 보지 못했구나. 그것이 내 마음을 저미는구나. 검은 피부, 사자 같은 위용으로 걷는 긴 팔의 완력 좋은 아르주나를 만나지 못하는 내 마음이 탄다. 늑대 배여, 온갖 무기를 능숙하게 다루고, 싸움에서 진 적 없는 뛰어난 사내, 어떤 궁수와도 대적하는 그가 이리도 애타게 그립구나. 적의 무리들 사이에서 성난 죽음처럼, 시간처럼 돌아다니던, 이마 터진 코끼리 같고 사자 같은 가슴을 가진 사내, 용맹에서도 풍요로움에서도 인드라와 견줄 만한 사내, 무량한 기력을 지닌 백마 탄 쌍둥이의 형, 내가 저지른 일로 인해 고생이 막심한 무적의 명궁 아르주나를 보지 못하는 내 고통이 참으로 크구나.

그는 하찮은 자가 모욕해도 한결같이 참고, 바른길을 가는 자에게는 의지처가 되어주고, 두려움을 없애주었지. 그러나 바른길을 따라가지 않고 속임수로 남을 해치는 자에게는 비록 벼락 휘두르는 신이라 해도 그는 마치 맹독처럼 굴었다. 무량한 빛을 지니고 위용 넘치는 아르주나는 자기에게 귀항하는 자에게는 적군이라 해도 자비로웠고, 그들의 모든 두려움을 없애주곤 했었지. 우리 모두에게는 의지처였고 전장에서는 적군을 짓밟았었지. 또한 수많은 보물을 가져

와서 우리에게 안락함을 주었다. 지금은 두료다나가 갖게 되었지만 나는 한때 온갖 천상의 보석을 그의 힘으로 얻었지. 영웅이여, 나는 한때 그의 완력에 기대어 온갖 보석으로 가득 차고 삼계에서 이름을 떨쳤던 회당을 갖기도 했었다. 힘에서는 끄르슈나와 같고 전장에선 까르따위르야를 능가하는, 가늠할 수 없는 무적의 아르주나를 보지 못한 지 너무나 오래구나. 무적의 비마여, 네 아우는 위력 넘치는 발라라마와 와아수데와의 뒤를 이어 태어났지. 힘과 완력과 기상에서 그는 인드라와 같고, 빠르기로는 바람이고 얼굴은 달덩이이며 화를 내면 죽음의 신과 같지.

완력 넘치는 영웅이여, 그 범 같은 사내를 보려는 열망으로 이제 우리 모두 간다마다나 산에 오를 것이다. 그곳엔 나라와 나라야나의 아쉬람이 있는 드넓은 바다리가 있지. 약샤들이 붐비고 락샤사들이 지키는 꾸베라의 아름다운 연못이 있는 산봉우리를 볼 수 있으리라. 열심히 수행하며 걸어서 그곳엘 가자꾸나. 그곳은 고행 없이는 아무도 갈 수 없지. 늑대 배여, 마음이 어질지 못하거나 탐욕스럽거나 조바심 많은 사람도 갈 수 없는 곳이다. 바라따의 후손 비마여, 계행 청정한 브라만들과 함께 우리 모두 무기 들고 칼 차고 아르주나의 발자취를 찾아가자꾸나. 마음이 맑지 못한 자는 파리, 모기와 온갖 종류의 무는 벌레들, 호랑이, 사자, 뱀들과 마주쳐야 하지만 준비된 자는 그들을 피해 갈 수 있단다. 그러니 우리 모두 절제력으로 무장하고 가볍게 먹으며 아르주나를 만나려는 일념으로 간다마다나 산에 오르자꾸나.'

143

와이샴빠야나가 말했다.

"왕이시여, 무량한 빛을 지닌 명궁 용사들은 모두 화살집에 화살을 준비하고 칼을 차고, 가죽으로 만들어진 손목 보호대와 손가락 보호대를 차고 최상의 브라만들과 빤짤라 왕국의 공주와 함께 간다마다나 산에 오르기 시작했답니다. 그들은 산꼭대기에 있는 봉우리들, 크고 작은 못들, 강과 숲, 짙은 그늘을 드리우는 나무들, 꽃이 만발하고 열매가 흐드러진 나무들이 가득해서 신과 선인들이 즐겨 찾는 곳들을 보았답니다. 높고 낮은 산을 오르내리고 울퉁불퉁한 길을 지나던 빤다와들은 나무뿌리와 열매만 먹으며 여러 종류의 짐승들을 보았지요. 고결한 영웅들은 선인과 낀나라, 싯다, 신, 간다르와, 압싸라스들이 붐비는 산을 통과해 갔습니다.

백성의 주인이시여, 그들이 간다마다나 산에 이르자 거센 폭풍이 일고 세찬 비가 내렸답니다. 거대한 먼지가 일고 나뭇잎이 무더기로 떨어져 내렸으며, 하늘과 땅이 어둠에 휩싸였습니다. 온 하늘이 먼지로 뒤덮이자 아무것도 구별할 수가 없었으며 서로에게 이야기할 수도 없었고, 바람이 몰고 온 자갈에 눈이 가려 서로 볼 수도 없었답니다. 나무들은 바람에 뿌리 뽑히고 가지가 부러지며 굉음을 내고 땅으로 쓰러졌습니다. 그들은 일진광풍에 마음이 움츠러들며 하늘이 무너졌거나 땅이나 산이 꺼졌다고 생각했답니다. 광풍에 놀란 그들은 손으로 더듬거려 곁에 있는 나무들이나 작은 개미 둑 또는 구멍들을 붙잡았지요. 힘이 넘치는 비마세나는 활을 들고 나무에 몸을 의지한 채 끄르슈나라를 붙잡을 수 있었습니다. 다르마의 왕과 다움미야는 숲 속 어딘가에 몸을 숨겼으며, 아그니호뜨라에 쓰이는 물품을 들고 있던 사하데와는 언덕에 숨었답니다. 나꿀라와 다른 브라만들 그리고 대고행자 로마샤는 떨며 각자 흩어져 나무에 몸을 의지했지요.

폭풍이 잠잠해지고 먼지가 가라앉자 이내 굵고 세찬 비가 내리기 시작했습니다. 거센 비에 돌이 부서져 사방으로 흩날렸답니다. 거센 바람을 동반한 비는 밤낮으로 내렸습니다. 백성들의 주인이시여, 사방에서 물이 흘러 강을 이루고, 거센 물살은 사방 천지를 흙탕물 범벅을 만들며 거품을 내고 흐르면서 우레처럼 거세게 나무들을 쓰러뜨렸답니다. 비가 그치고 바람이 멈추자 물은 다시 아래로 잦아들었고, 태양이 드러났지요. 그러자 숨어 있던 곳에서 나온 영웅들은 다시 간다마다나 산을 올랐답니다."

144

이어지는 와이샴빠야나의 이야기는 이러하다.

고결한 빤다와들이 발걸음을 옮긴 지 얼마 지나지 않아 걷는 것에 익숙하지 않은 드라우빠디가 주저앉고 말았다. 폭풍과 폭우에 지친 나머지 명예롭고 연약한 빤짤라 왕국의 공주는 정신이 혼미해졌다. 검은 눈의 여인은 둥글고 참한 팔로 가는 코끼리 몸통 같은 허벅지를 받치며 쓰러지려는 몸뚱이를 지탱했으나 결국 떨리는 야자 열매처럼 쓰러지고 말았다. 덩굴나무처럼 쓰러지는 엉덩이 풍만한 여인을 위력 넘치는 나꿀라가 보고 달려가 붙잡았다.

나꿀라가 말했다.

'왕이시여, 검은 눈의 빤짤라 왕국의 공주가 지쳐 땅에 쓰러지고 말았습니다. 바라따의 후예시여, 그녀를 살펴주십시오. 고생이라곤 해본 적 없는 연약한 여인이 이런 모진 고생을 하고 있습니다. 대왕이시여, 지쳐 여윈 그녀에게 위안을 주십시오.'

그의 말에 왕은 몹시 비통해하며 비마, 사하데와와 함께 황급히 달려왔다. 고결한 꾼띠의 아들은 창백하고 여윈 아내를 품에 안고 서럽게 울었다.

'철저히 가려진 집에서 호강을 누려야 마땅할 여인이 어인 일이던가? 값진 침상에서 안락하게 앉아 있어야 할 빛나는 여인이 어찌 이런 땅바닥에 쓰러져 있단 말인가? 보드라운 발, 연꽃 같은 얼굴을 가진 여인, 축복을 받아야 할 여인이 오늘 나로 인해 검게 변했구나. 노름에 미쳐 들짐승 들끓는 이 숲에 끄르슈나아를 데리고 방랑하는 나는 대체 무슨 넋 나간 짓을 하고 있단 말인가? 그녀의 아비 드루빠다 왕은 검은 눈의 신부를 주며 "빤다와들을 남편으로 삼았으니 빤짤라 왕국의 공주는 반드시 행복해지리라"라고 말했었지. 그의 소망은 하나도 이루어지지 않은 채 지금은 내 못난 짓으로 인해 그녀가 설움에 지쳐 맨땅에 누워 있구나!'

다르마의 왕 유디슈티라가 이렇게 탄식하고 있을 때 다움미야를 비롯한 훌륭한 브라만들이 다가와 축복을 내리고 그를 달랬다. 그들은 락샤사를 처치하는 진언을 외우고 제를 올렸다. 최상의 선인들이 마음을 안정시키는 진언을 외우는 동안 빤다와들은 물에 담근 차가운 손으로 드라우빠디를 끊임없이 만져주었다. 물을 뿌리며 부채질을 하자 빤짤라 왕국의 공주는 다소 안정되어 서서히 정신을 되찾았다. 그들은 쇠잔해진 드라우빠디를 사슴 가죽에 눕히고 정신이 들 때까지 안정할 수 있도록 했다. 쌍둥이는 붉은 발가락을 가진 그녀의 고운 두 발을 활 자국 난 손으로 어루만져주고, 다르마의 왕 유디슈티라는 그녀를 위로했다. 꾸루의 수장이 비마세나에게 말했다.

'완력 넘치는 비마여, 앞으로 계속 험난한 첩첩산중인데 끄르슈나아가 눈 덮인 이 산을 어찌 넘을 수 있겠느냐?'

비마세나가 말했다.

'왕이시여, 낙담하지 마십시오. 당신과 공주와 뚝심 좋은 쌍둥이 모두 내가 데려가겠습니다. 아니면 왕 중의 왕이시여, 순결한 왕이시여, 하늘을 날 수 있고, 내 힘과 맞먹는 가토뜨까짜[*]가 우리 모두를 날라다줄 것입니다.'

다르마의 왕의 허락을 받은 비마는 락샤사 아들을 생각했다. 아버지가 염하자마자 고결한 가토뜨까짜가 나타났다. 완력 넘치는 락샤사는 두 손 모아 빤다와들과 브라만들에게 예를 갖춘 뒤 그들의 환대를 받았다. 진실의 위력을 지닌 그가 아버지 비마세나에게 말했다.

가토뜨까짜_ 락샤사 여인 히딤바아에게서 낳은 비마의 아들.

'아버지가 저를 생각하자마자 서둘러 이곳에 왔습니다. 완력 넘치는 영웅이시여, 명을 내리십시오. 어떤 것이라도 즉시 행하겠습니다.'

그의 말을 듣고 비마세나는 아들을 껴안았다.

145

유디슈티라가 말했다.

'비마여, 다르마를 아는 위력적인 용사여, 황소 같은 락샤사, 네 몸에서 나온 이 헌신적인 아들이 어서 어머니를 모시고 가게 하거라. 가늠할 수 없는 위력을 지닌 비마여, 네 완력에 의지해 빤짤라 왕국의 공주와 함께 몸 성히 간다마다나 산에 갈 것이다.'

형의 말을 듣고 범 같은 사내 비마는 적을 괴롭히는 아들 가토뜨까짜에게 말했다.

'히딤바아의 아들이여, 물러선 적 없던 네 어머니가 몹시 지쳐 있구나. 아들아, 너는 힘이 세고 아무 곳이나 갈 수 있으니 어머니를 모시고 창공으로 날아가거라. 어머니를 어깨에 메고 어머니가 불안해하지 않도록 하늘에서 우리와 너무 떨어지지 않도록 낮게 날거라.'

가토뜨까짜가 말했다.

'저 혼자서도 다르마의 왕과 다움미야와 왕비 님과 쌍둥이를 모두 모시고 갈 수 있습니다. 더구나 다른 동지들이 함께 있는데 무엇

이 어렵겠습니까?'

와이샴빠야나가 말했다.

"이렇게 말한 뒤 영웅 가토뜨까짜는 끄르슈나아를 빤다와들 가운데에 싣고 하늘을 날았답니다. 빛이 넘치는 로마샤는 싯다들이 가는 길을 택해 빛을 뿜으며 자기 힘으로 날았습니다. 그의 모습은 마치 태양과 같았답니다. 다른 브라만들은 락샤사들의 우두머리 가토뜨까짜의 명에 따라 락샤사들이 데려갔지요. 이렇게 그들은 아름다운 숲과 뜰을 지나 드넓은 바다리를 향해 날아갔습니다. 빠르고 힘센 락샤사들에 의지해 영웅들은 머나 먼 길을 삽시간에 날아갔답니다. 가는 길에 그들은 수많은 변방 부족들과 금광과 평원과 여러 가지 광물을 보았답니다. 지나는 곳마다 위디야다라†, 원숭이, 낀나라, 낌뿌루샤, 간다르와 그리고 온갖 짐승들이 운집해 있는 것을 보았지요. 그들은 북 꾸루를 지나 거대하고 경이로운 까일라사 산을 보았답니다."

이어지는 와이샴빠야나의 이야기는 이러하다.

그 기슭에서 그들은 천상의 나무들이 꽃과 열매를 흐드러지게 맺고 있는 나라와 나라야나의 아쉬람을 보았다. 둥글고 거대한 몸통을 가진 아름다운 대추나무가 짙은 그늘을 드리워주고 있었다. 두툼하

위디야다라_ 반신족.

고 윤기 나는 부드러운 잎사귀가 짙게 돋은 나무는 넓은 가지를 우아하게 펼치며 빛나고 있었다. 꿀이 뚝뚝 떨어지는 달콤한 열매들이 수없이 달려 있고, 온갖 새들이 기쁨의 노래를 불러대는 나무에는 천상의 선인들이 늘 찾아오곤 했다. 파리와 모기가 없고 숱한 나무뿌리와 열매들과 맑은 물이 있는 곳, 초원으로 덮여 있어 언제나 신과 간다르와들이 찾아오는 곳, 자연스럽고 완만하게 평지를 이루는 곳, 눈에 살짝 덮여 있는 그곳에 가시 없는 대추나무가 뿌리를 내리고 있었다.

대추나무 가까이에 이른 고결한 사내들과 황소 같은 브라만들은 모두 락샤사들의 어깨에서 내려왔다. 그리고 빤다와들은 뛰어난 브라만들과 함께 성스러운 나라와 나라야나의 아쉬람을 보았다. 태양빛이 직접 비추지는 않았지만 그곳엔 어둠이 없었다. 배고픔과 목마름과 추위와 더위가 없었으며 근심을 없애주는 곳이었다. 그곳은 대선인들이 모이고 베다의 빛이 충만한 곳이어서 덕 없는 자는 감히 들어갈 수 없었다. 성스런 아쉬람에는 공물과 제물, 전단향이 잘 준비되어 있었으며, 사방엔 천상의 꽃이 피어 있었다. 널따란 불의 방에는 제사에 쓰이는 주걱과 숟가락이 갖추어져 있었으며 성수를 담는 튼튼하고 커다란 항아리가 놓여 있었다. 그곳은 만물의 의지처이자 베다의 찬송이 끊이지 않는 곳이었다. 모든 피로함을 가시게 하는 성소였다. 다복한 브라흐만 학자들, 해탈을 구해 열매와 나무뿌리만 먹으며 연명하고, 나무껍질 옷을 입고 검은 사슴 가죽을 두르고 지내며, 고행의 위력으로 태양과 불처럼 빛나는 선인들, 영혼을 맑히며 감각을 절제하고 브라흐마를 시중드는 고행자들이 그곳에 살고 있었다.

순결하고 사려 깊은 다르마의 아들, 빛이 넘치는 유디슈티라는 아우들과 함께 선인들에게 다가갔다. 천상의 지혜를 가진 대선인들은 유디슈티라가 오는 것을 알고 기꺼운 마음으로 일어나 그를 맞았다. 뛰어난 베다 학자들은 유디슈티라에게 축복을 내려주었다. 불처럼 빛나는 그들은 의례에 따라 그를 환대하며 깨끗한 물, 꽃, 열매와 과일을 대접했다. 다르마의 아들 유디슈티라는 대선인들의 이런 환대를 기쁜 마음으로 공손히 받아들였다. 무적의 빤다와 유디슈티라는 끄르슈나아와 아우들 그리고 베다와 여섯 베당가에 뛰어난 브라만들과 함께 천상의 향기가 배어나는 아름답고 성스러운 아쉬람, 인드라의 대궐인 듯한 그 아쉬람으로 들어갔다.

　　그런 뒤 고결한 왕은 신과 천상 선인들의 우러름받았던, 강가 강으로 단장된 나라와 나라야나의 초막을 보았다. 고결한 용사들은 꿀이 흐르는 대추가 가득 열린 천상의 대추나무, 천상의 선인들이 즐겨 찾던 그곳에 가서 브라만들과 함께 머물렀다. 그곳에서 그들은 온갖 새들이 사는 마이나까 산과 황금 봉우리, 성스런 빈두사라를 보았다. 시원하고 맑은 물이 흐르는 성스런 강가 강에는 보석과 산호 더미가 쌓여 있었으며 나무들이 빼곡하게 들어차 있었다. 고결한 빤다와들은 천상의 꽃이 여기저기 피어 있어 마음을 기쁨으로 채워주는 강가 강의 강물을 따라 느긋하게 돌아다녔다. 뚝심 좋은 영웅들은 이리하여 거듭거듭 조상들에게 제물을 바치며 브라만들과 함께 그곳에서 지냈다. 범 같은 사내들, 죽음 없는 신들을 닮은 빤다와들은 즐거워하는 끄르슈나아를 보며 몹시 기뻐했다.

자타수라를 처단하다

146

이어지는 와이샴빠야나의 이야기는 이러하다.

　범 같은 영웅들은 최상의 순결을 지키며 아르주나를 만나려는 일
념으로 그곳에서 엿새 밤을 보내면서 만물의 마음을 휘어잡는 아름
다운 숲을 만끽했다. 사방에 꽃이 만발하고 열매가 흐드러져 가지들
이 다 휘어진 나무들, 뻐꾸기들 우짖는 소리, 줄지어 서 있는 보드라
운 잎을 가진 나무들, 서늘한 그늘을 드리우는 상쾌한 나무들, 맑은
물이 넘치는 호수, 푸르고 흰 연꽃이 사방에 피어 있는 못들, 이 모든
아름다운 광경에 빤다와들은 마음이 상쾌해졌다. 부드럽게 간질이
는 향기로운 바람이 끄르슈나아와 황소 같은 브라만들 그리고 빤다
와들의 마음을 여유롭게 만들어주었다.

　그때 느닷없이 북동쪽에서 인 바람이 천 개의 꽃잎이 달린 태양

처럼 빛나는 연꽃 하나를 몰고 왔다. 바람에 실려와 천상의 향기를 뿜으며 땅에 떨어져 펄럭이는 빛나고 아름답고 깨끗한 연꽃을 빤짤라 왕국의 공주가 보았다. 더할 수 없이 향기롭고 아름다운 꽃을 본 아름다운 여인은 몹시 기뻐하며 비마에게 말했다.

'비마여, 이 연꽃을 보세요. 극락의 꽃인 듯 비할 수 없이 아름답군요. 이렇게 향기로운 꽃을 보고 있자니 마음이 즐겁습니다. 적을 길들이는 이여, 이것을 다르마의 왕께 바치고 싶군요. 쁘르타의 아들이여, 나를 위해 이것을 깜먀까 숲의 아쉬람에 갖고 가주시면 좋겠습니다. 나를 위하신다면 여러 개를 더 가져와주세요. 이 꽃들을 깜먀까 숲으로 가져가고 싶습니다.'

비마세나에게 이렇게 말한 뒤 흠 없는 빤짤라 왕국의 공주는 꽃을 들고 다르마의 왕에게 갔다. 왕비의 마음을 이해한 위력 넘치는 비마는 그녀를 기쁘게 해주고 싶어 꽃을 실어왔던 바람의 방향을 향해 떠났다. 그는 금으로 감싼 활과 독뱀 같은 화살을 등에 메고 더 많은 꽃을 꺾기 위해 서둘러 길을 떠났다. 성난 사자처럼, 이마 터진 코끼리처럼 위력적인 그 영웅은 길을 갔다. 드라우빠디를 기쁘게 해주려는 마음뿐이었다. 그는 자기 뚝심을 믿었다. 두려움이나 주저함 없이 그는 산으로 뛰어들어 갔다. 적을 길들이는 용사는 나무덩굴과 관목들이 빼곡하고 검은 바위들이 가득한 산을 돌아다녔다. 낀나라들이 즐겨 다니는 성스러운 산엔 광물과 새와 짐승들이 가득해서 온갖 장식을 한 대지가 하늘을 향해 두 팔을 번쩍 치켜든 것처럼 수려했다.

사계절 내내 아름다운 간다마다나 산봉우리에 비마의 눈길이 가서 멎었다. 그가 늘 마음속에 두었던 곳이었다. 가늠할 수 없는 위력을 지닌 그는 수뻐꾸기와 벌들이 윙윙거리는 그 산봉우리에 귀와 마음과 눈을 묶어두고 계속 길을 걸었다. 빛이 넘치는 사내는 사계절 내내 피는 꽃들의 강한 향내를 맡으며 취한 코끼리처럼 산을 올랐다. 피로는 간다마다나 산에서 부는 서늘한 바람, 그의 아버지 와유가 다 가져간 것 같았다. 그는 꽃을 찾아 약샤와 간다르와, 신과 브라만 선인들이 즐겨 찾는 산을 헤맸다.

누군가 손으로 만지작거린 듯 산기슭은 여러 모습을 하고 있었다. 금색, 은색, 검은색 등 훤히 드러난 광물로 덮인 산은 비할 수 없는 형상을 하고 있었다. 산기슭에 걸려 있는 구름은 깃털을 달고 춤추는 듯했다. 개천에서 흐르는 물은 마치 산이 진주 목걸이를 걸고 있는 것 같은 형상을 만들어냈다. 산은 멋들어진 계곡과 나무 그늘과 폭포 그리고 압싸라스들의 찰랑거리는 발찌 소리에 맞춰 춤을 추는 듯한 공작들이 가득한 동굴들로 단장되어 있었다. 팔방을 지키는 코끼리들*은 엄니를 바위에 긁어대고 있었으며, 계곡을 따라 흐르는 물은 비단옷에 미끄러지듯 도도히 흘러갔다.

사슴들은 입 안 가득 풀을 넣고 행복한 표정을 지으며 호기심에 가득한 눈으로 비마를 바라봤다. 그들은 도망치지도 두려워하지도 않았다. 명예로운 꾼띠의 아들, 바람의 아들은 얽히고설킨 덩굴들을 허벅지 힘으로 가르며 정신없이 내달렸다. 사자의 체구를 지닌 반짝

코끼리들_ 방위들을 지키는 수호신들과 함께 사방 또는 팔방 끝에는 세상을 지키는 코끼리들이 있다고 한다.

이는 눈의 젊은이는 황금 딸라 나무처럼 우람했다. 아내의 소망을 들어주고 싶은 일념으로 그는 발정 난 코끼리의 힘으로, 발정 난 코끼리의 열정으로, 발정 난 코끼리의 붉은 눈으로 정말로 발정 난 코끼리들을 내몰았다. 그런 그의 모습을 약샤와 간다르와 여인들은 연인의 곁에 붙어 꿈쩍도 않은 채 몰래 지켜보고 있었다. 빤두의 아들은 마치 새로운 아름다움을 숲 속에 펼쳐보이려는 듯이 아름다운 간다마다나 산자락을 따라 걸었다. 숲에서 지내야 하는 드라우빠디의 바람을 들어주려는 일념으로 걸으며 그는 두료다나가 저지른 온갖 악행들과 그 때문에 받아야 했던 고통을 기억하며 이런 생각을 했다. '아르주나가 천상으로 떠난 데다 나마저 꽃을 따기 위해 떠나왔으니 유디슈티라가 어떻게 하고 있을까? 분명히 나꿀라와 사하데와를 향한 그의 애정은 지극하지만 산을 믿지 못하니 혹시 나를 찾으러 쌍둥이를 보내지는 않을까? 어떻게 하면 꽃을 금방 구할 수 있으려나?'

이렇게 걱정하며 범 같은 빤두의 아들, 바람처럼 빠른 늑대 배는 새들의 왕 가루다처럼 재빠르게 움직였다. 빠르와† 날의 지진처럼 바람 같은 비마의 걸음은 지축을 흔들었고, 코끼리 떼를 위협했다. 사자와 호랑이의 자만심을 짓밟듯 그는 거대한 나무들을 쓰러뜨리고 가슴으로 짓누르며, 덩굴들을 끌고 다녔다. 산봉우리를 향해 올라가는 코끼리처럼 그는 점점 산꼭대기를 향해 내달렸다. 달리면서 그는 비를 담은 구름의 우레 같은 소리를 질러댔다. 그가 지르는 고함과 활 줄 당기는 소리에 사슴 떼가 사방으로 도망쳤다.

빠르와_ 보름과 초하루 또는 때가 겹치는 시간.

완력 넘치는 비마는 곧 간다마다나 산자락에서 몹시 아름다운 바나나 나무 뜰이 수백 리에 걸쳐 있는 것을 보았다. 위력의 비마는 그 것들을 흔들기 위해 취한 코끼리처럼 수많은 나무들을 짓밟으며 달려갔다. 그는 딸라 나무처럼 거대한 바나나 나무들을 쓰러뜨려 사방에 흩뿌렸다. 거대한 금수 떼가 몰려들었다. 헤아릴 수 없이 많은 사슴과 코끼리, 물소, 네발 달린 짐승들, 성난 사자와 호랑이가 입을 쩍 벌리고 무서운 형상으로 고함지르며 비마를 향해 돌진해 왔다. 자신의 완력을 믿은 성난 바람의 아들은 코끼리 하나를 번쩍 집어 들어 다른 코끼리를 향해 던졌다. 사자는 사자에게 내던졌다. 다른 짐승들은 손바닥으로 쳐서 쫓아버렸다. 비마에게 얻어맞은 사자와 호랑이, 치타 등은 두려움에 한 발자국 뒤로 물러서며 똥오줌을 싸고 말았다.

명예로운 빤두의 아들은 짐승들을 물리친 뒤 숲 속의 사방을 고함 소리로 메웠다. 그의 고함 소리에 사슴과 새들은 모두 두려워 벌벌 떨었다. 느닷없는 그의 고함 소리와 짐승과 새들의 울부짖음 소리에 수천 마리의 물새들이 젖은 날개로 하늘을 날았다.

물새 떼를 본 뚝심 좋은 바라따는 그들 뒤를 따라갔다. 아름답고 커다란 연못이 나타났다. 고요한 호숫가에서 금빛의 바나나 나무들이 부채질을 하듯 가지를 흔들고 있었다. 무량 빛을 지닌 위력적인 사내는 붉고 푸른 연꽃들이 가득 피어 있는 못으로 내려가서 거대한 코끼리처럼 오래도록 물놀이를 한 뒤 뭍으로 올라왔다. 그는 온 힘을 다해 고등 소리를 내며 다시 나무들이 줄지어 서 있는 숲 속 이곳저곳을 전속력으로 내달리기 시작했다. 고등 소리와 비마세나의 고함 소리, 그가 팔을 휘두르는 소리로 산의 동굴들에서 메아리가 울려 퍼졌다. 벼락을 내리치는 듯한 우렁찬 소리에 산의 동굴에서 자고 있던 사자들이 긴 맞울음 소리를 냈다. 사자의 포효에 놀란 코끼리들이 울부짖었고, 그 소리들이 모두 합세해 온 산을 채웠다.

그 소리를 듣고 원숭이 중의 원숭이, 하누만이라는 거대한 원숭이가 긴 하품을 시작했다. 바나나 나무 사이에서 졸고 있다 잠을 깬 인드라의 말뚝만큼 거대한 원숭이는 긴 하품을 하고 인드라의 벼락 같은 소리를 내며 땅바닥을 꼬리로 내리쳤다. 그가 꼬리를 내리치는 소리는 황소 우는 소리처럼 산의 동굴에서부터 사방으로 메아리쳤다. 취한 코끼리의 나팔 소리 같은 그 소리는 울긋불긋 다채로운 산의 꼭대기까지 미쳤다.

비마세나는 그 소리를 듣고 머리끝이 곤두서는 듯한 전율을 느꼈다. 그는 소리의 근원을 찾아 바나나 나무숲을 헤맸다. 완력 넘치는 사내는 곧 바나나 나무숲 깊은 곳 널찍한 바위 위에 거대한 원숭이 대왕이 누워 있는 것을 보았다. 번갯불처럼 보이는 원숭이가 번갯불 치듯 눈을 어둡게 하고 있었다. 그는 번갯불처럼 샛노랗고, 번갯불처럼 민첩해 보였다. 그는 만(卍)자로 팔짱을 끼고 있었으며 튼튼하고 짧은 목이 그 위에 붙어 있었다. 떡 벌어진 어깨에 허리는 가늘었다. 그는 긴 털이 잔뜩 나 있는 끝이 약간 굽은 꼬리를 깃발처럼 치켜들었다. 그의 얼굴은 내리쬐는 달빛 같았고, 붉은 입술과 구릿빛 혀, 붉은 귀에 꿈틀거리는 눈썹, 끝이 둥근 송곳니를 갖고 있었다. 입안에서는 새하얀 이빨들이 반짝이고 있었고, 그것을 덮고 있는 갈기는 아쇼까 꽃더미와 같았다.

그런 모습으로 하누만은 황금 바나나 나무 사이에서 치솟는 불길처럼 빛을 뿜으며 앉아 있었다. 그는 두려움 없이 샛노란 눈으로 비마를 지켜보았다. 위력 넘치는 비마는 재빨리 용감무쌍한 거대한 원숭이를 향해 갔다. 그는 사자의 포효로 그를 위협했다. 비마의 포효는 날짐승과 들짐승들을 떨게 만들었다. 그러나 기상 넘치는 하누만은 눈을 살짝 뜨고 멸시하듯 샛노란 눈으로 비마를 지긋이 내려다보았다. 원숭이는 가볍게 웃으며 꾼띠의 아들에게 말했다.

'몸이 좋지 않아 곤히 자고 있는 나를 왜 깨우느냐? 그대는 만물에게 자비를 베풀어야 하는 것 아니더냐? 짐승의 배에서 태어난 우리는 다르마를 모르지. 이성 있는 인간이라면 만물에게 자비심을 가져야 하는 것 아니더냐? 그대 같은 영리한 인간이 이런 무자비한 짓을 저지른다면 몸과 마음과 언동을 다 망치고 다르마를 파괴하는 것이 아니더냐? 어리석게도 숲 속 짐승들을 함부로 짓밟는 것을 보니 그대는 다르마가 무엇인지도, 어른을 어찌 대접하는지도 모르는 모양이로구나. 그대는 누구인가? 이 숲에는 왜 오게 되었는가? 말해보거라. 이곳은 인간들이 오지 않는 곳이다. 인간의 심장으로는 올 수 없는 곳이지. 여기서부터 산은 더욱 오르기 어려울 것이다. 싯다들처럼 움직이지 않는다면 더 이상 갈 수 없으리라. 영웅이여, 여기서부터 그대가 갈 수 있는 길은 없다. 힘 있는 자여, 나는 그대를 측은히 여기는 따뜻한 마음에서 그대를 멈추게 하는 것이다. 그대는 여기 너머로는 갈 수 없다. 마음을 고쳐먹어라. 여기 아므르따처럼 달콤한 나무뿌리와 열매가 있으니 이것을 먹고 내 말을 명심해 여기를 어서 떠나도록 하여라.'

이어지는 와이샴빠야나의 이야기는 이러하다.

사려 깊은 원숭이 왕의 이 같은 말을 듣고 적을 괴롭히는 영웅 비
마세나가 말했다.

'당신은 누구시오? 왜 원숭이 몸뚱이를 하고 있는 것이오? 브라
만 다음가는 크샤뜨리야로서 내가 당신께 묻는 것이오. 난 태음 왕가
의 꾸루족, 꾼띠의 배에서 태어난 빤두와 와유[†]의 아들 비마세나
요.'

와유의 아들 하누만은 또 다른 바람의 아들 비마세나의 말을 듣
고 빙그레 웃으며 말했다.

'난 원숭이지. 그리고 나는 그대가 가려는 길을 내주려고 하지 않
는 것이다. 망하지 않으려거든 돌아가는 것이 좋으리라.'

비마가 말했다.

'원숭이여, 나는 당신에게 파멸 따위를 묻지 않았소. 일어서시오.
그리고 당신이 망하지 않으려거든 내게 어서 길을 내주시오.'

하누만이 말했다.

'난 병이 들어 일어설 만한 힘이 없구나. 그대가 꼭 가야겠다면

와유_ 바람의 신.

내 몸을 넘어서 가거라.'

비마가 말했다.

'말의 범주를 넘어선 지고하신 분이 당신의 몸을 감싸고 있는 것 같군요. 통찰로써 알아채야 하는 그분을 소홀히 대하지는 못하겠소. 그분의 몸을 뛰어넘을 수도 없겠지요. 만물을 존재하게 하신 분을 당신에게서 느끼지 못했더라면 하누만이 바다를 뛰어넘듯 당신과 이 산을 뛰어넘었을 것이오.'

하누만이 말했다.

'바다를 뛰어넘었다는 그 하누만이라는 자가 대체 누군가? 최상의 꾸루여, 할 수 있거든 그 이야기나 좀 해보게.'

비마가 말했다.

'그분은 내 형님이라오. 덕이 높아 칭송 자자하고 지혜와 기상과 힘을 타고나신 분으로 라마야나 이야기에 등장하는 최고의 원숭이 용사이지요. 그 원숭이들의 왕은 라마의 아내 시따를 찾기 위해 천리나 되는 바다를 단 한 걸음에 뛰어넘었다오. 그런 대영웅이 내 형님이며 용감무쌍하기로는 나도 그분과 견줄 수 있소. 전투에서 나는 힘과 용맹으로 당신을 누를 수 있다오. 그러니 어서 일어서 내게 길을 내주시오. 아니면 당신은 오늘 내 사내다움을 보게 될 것이오. 그래도 내 말을 듣지 않겠다면 당신을 황천길로 보내주겠소.'

이어지는 와이샴빠야나의 이야기는 이러하다.

비마가 자기의 완력과 기운에 한껏 취해 있다는 것을 안 하누만은 호탕하게 웃어젖히며 말했다.

'날 좀 봐주시게. 무고한 왕자여, 난 이제 늙어서 일어설 힘이 없다네. 나를 가엾이 여겨 내 꼬리를 치우고 가시게.'

그를 가볍게 여긴 비마는 경멸의 미소를 지으며 왼손으로 꼬리를 들어 올리려고 했다. 그러나 움직일 수가 없었다. 인드라의 무지개처럼 높다랗게 뻗어 있는 꼬리를 그는 다시 두 손으로 잡아당겼다. 그러나 힘이 넘치는 비마의 양손으로도 꼬리를 들어 올릴 수 없었다. 그는 눈썹을 치켜세우고 눈알을 부라리며 미간에 힘을 모았다. 온몸이 땀에 절 정도로 안간힘을 썼으나 비마는 꼬리를 들어 올릴 수가 없었다. 꼬리를 들려고 아무리 애를 써도 되지 않자 비마는 수치심으로 고개를 떨구고 원숭이 곁에 섰다. 꾼띠의 아들은 원숭이에게 넙죽 절한 뒤 두 손 모으고 말했다.

'범 같은 원숭이시여, 저의 거친 말을 용서하십시오. 말씀해주십시오. 원숭이 모습을 한 당신은 대체 누구십니까? 싯다입니까, 아니면 신이나 간다르와나 구햐까입니까? 사실을 말씀해주십시오.'

하누만이 말했다.

'적을 길들이는 빤다와들의 기쁨이여, 내가 누구인지 그리도 궁금하다면 모든 것을 다 말해줄 터이니 들어보거라. 연꽃잎 같은 눈을 가진 비마여, 나는 세상에 생명을 불어넣은 바람이 께사리의 밭에 씨를 뿌려 태어난 하누만이라는 이름을 가진 원숭이다. 모든 원숭이들은 그들의 왕으로 태양의 아들 수그리와와 인드라의 아들을 떠받들었지. 적을 괴롭히는 용사여, 바람이 불의 벗이듯 나는 수그리와의 절친한 벗이었다. 수그리와는 이러저러한 연유로 형제인 왈리에게 속임을 당한 뒤 오랜 세월 동안 르샤무까 산에서 나와 함께 살았지. 당시 다샤라타의 아들 라마라는 뛰어난 영웅이 있었다. 그는 인간의 모습을 취하고 세상을 주유하던 위슈누였지. 그 명궁은 아버지에게 효도하기 위해 아내와 아우와 함께 단다까 숲으로 유배를 떠났었다.†
자나스타나 지역에서 라와나는 사슴 모습으로 둔갑해서 사려 깊은 라마를 속이고 그의 아내를 납치했다. 아내가 납치되자 라구의 후손 라마는 아우와 함께 아내 시따를 찾아 나섰고, 그러던 중 어느 산꼭대기에서 뚝심 좋은 원숭이 수그리와를 만났다. 고결한 라구의 후손은 수그리와와 우정을 맺은 뒤 왈리를 죽이고 그를 왕위에 앉혔다.

그런 뒤 그는 원숭이들을 보내 시따를 찾게 했지. 우리 수천만 마리의 원숭이들은 계속 전진하다가 독수리에게서 시따에 관한 소식을 들었다. 나는 라마의 일을 돕기 위해 천 리에 이르는 바다를 뛰어넘었다. 라와나의 대궐에서 왕비를 찾은 나는 왕비에게 내 이름을 댔다. 영웅 라마는 모든 락샤사들을 죽이고 잃어버렸던 베다의 음성을 되찾듯 아내를 되찾아 왔다. 라마가 다시 왕국을 일으켰을 때 나는 그 영웅에게 "적을 처단하는 영웅이시여, 라마의 이야기가 세상에 회자되는 동안에는 제가 생명을 이어가도 되겠습니까?"라고 물었지. 라마는 그리하라고 승낙했지.

만천 년을 그렇게 왕국을 다스리다가 라마는 하늘 세계로 떠났지. 무고한 이여, 여기 있는 압싸라스와 간다르와들은 아직도 그 영

---

†~유배를 떠났었다_『라마야나』에 나오는 이야기로, 아버지가 셋째 부인에게 한 약속을 지킬 수 있도록 라마 스스로 유배를 떠난 것을 말한다.

웅의 행적을 찬미하며 내 마음을 흐뭇하게 하는구나. 꾸루의 후손이여, 이 길은 인간으로서는 건너기 어려운 길이다. 바라따의 후손이여, 나는 누구도 너를 공격하거나 저주하지 못하도록 신들이 가는 이길을 막고 있는 것이다. 이것은 천상의 길이지 인간의 길이 아니다. 그대가 여기 온 목적을 이룰 수 있는 연못은 가까운 곳에 있지.'

148

이어지는 와이샴빠야나의 이야기는 이러하다.

이 말을 듣고 완력 넘치는 위용의 용사 비마세나는 기쁜 마음으로 엎드려 절하며 형제인 원숭이 대왕 하누만에게 정답게 말했다.

'당신을 친견했으니 저처럼 복 많은 사람은 없을 것입니다. 큰 축복을 얻었습니다. 당신을 뵈었으니 더할 나위 없이 행복할 뿐입니다. 하오나, 저를 어여삐 여기시어 청 하나만 들어주십시오. 영웅이시여, 저는 비견할 데 없는 당신의 모습, 당신이 악어 떼 들끓는 바다를 뛰어넘을 때 취했던 그 멋진 모습을 보고 싶습니다. 보여주시면 기쁘기 한량없을 것이며 당신의 말도 온전히 믿을 수 있을 것입니다.'

빛나는 원숭이는 웃으며 말했다.

'그대는 그런 모습을 볼 수 없을 것이네. 다른 누구도 다시는 볼수 없는 모습이지. 그때는 지금은 가고 없는 그런 시대였지. 시간은 끄르따 유가와 뜨레따 유가 그리고 드와빠라 유가에 각기 다른 법이라네. 지금은 종말의 시기이니 더 이상 그런 모습을 취할 수가 없군. 땅도 강산도 내와 나무와 싯다와 신들과 성지들도 유가마다 모습을 달리하지. 무릇 중생도 그러하다네. 유가마다 힘과 신체와 기력은 모두 줄었다 커졌다 하는 법이지. 꾸루의 후손이여, 그러니 그대는 예전의 내 모습을 다시는 볼 수 없으리. 나 또한 유가에 따라 모습을 달리하는 것이라네. 유가는 거역할 수 없는 것이지.'

비마가 말했다.

'유가의 수를 알려주십시오. 유가는 각기 어떤 모양을 취하는 것입니까? 각 유가마다 다르마와 아르타, 까마는 어떻게 다르며 생명과 육신과 기력과 죽음과 삶은 어떻게 다른지 말씀해주십시오.'

하누만이 말했다.

'형제여, 어디든 다르마가 함께하는 유가를 끄르따 유가라고 한다네. 최상의 유가인 그때는 할 일이 모두 마무리되어 있어서 해야 할 일이 남아 있지 않지. 그때는 다르마가 쇠하지도, 살아 있는 것들이 죽지도 않는다네. 그렇게 덕이 충만한 유가를 일러 끄르따라고 하지. 형제여, 끄르따 유가에는 신, 아수라, 간다르와, 약샤, 락샤사, 뱀의 구별이 없고, 사고파는 일도 없다네. 사마베다, 야주르베다, 르그베다의 소리도 존재하지 않는다네. 인간들은 일하지 않고도 생각만으로 열매를 얻으며 다르마가 유일한 안식이지. 끄르따 유가에는 병이 드는 일도, 몸이 쇠해지는 일도 없으며, 불만족이나 눈물, 자만심, 야비함이 없다네. 싸움 또한 없지. 어찌 게으름이나 미움, 변화나 두려움, 슬픔, 시샘이나 질시 따위가 있으리? 최상의 브라흐만이 요가 하는 사람들의 궁극의 목적이며 흰빛 나라야나가 중생들의 영혼이라네. *끄르따* 유가에는 또 브라만과 크샤뜨리야, 와이샤, 슈드라의 뚜렷한 특징들이 있으며 모든 계급은 자기 본분에 충실하지. 인생의 단계, 행동 규범, 지식, 지혜 그리고 힘도 모두 그들에게 공평하게 나눠진다네. 모든 계급 사람들은 자기 일을 하며 다르마를 얻지. 그들은 하나의 베다를 따르고 하나의 진언을 따르고 모두 같은 의례를 따른다네. 일은 서로 다르지만 그들이 따르는 베다는 같은 것이며 그래서 따르는 다르마도 하나지. 시간의 흐름에 따라 모두가 인생을 네 단계로 나눠 그에 맞게 살아가며 결실을 얻으려고 매달리지 않고서도 궁극의 해탈을 얻는 유가라네. 네 계급 사람들이 변함없이 자신을 조절하는 것이 *끄르따* 유가의 다르마의 표식이지. *끄르따* 유가의 다르마는 네 다리를 완벽하게 갖추고 있으며, 세 가지 요소†의 구별을 뛰어넘는다네.

이제 의례가 모습을 드러내는 뜨레따 유가에 대해 들어보게. 이 유가에 다르마는 한쪽 다리를 잃게 된다네. 또 나라야나는 붉게 변하지. 그래도 사람들은 진리를 따르고 제사를 지냄으로써 다르마를 따른다네. 온갖 의례가 성행하고 희생제가 바로 다르마인 것으로 생각되지. 뜨레따 유가에는 목적을 이루기 위해 여러 가지 방책을 쓰는데, 행위와 보시가 주요 수단이 된다네. 그러나 다르마에서 멀어지지는 않지. 또 고행에 전념하고 보시하는 것에 중점을 둔다네. 네 계급 사

---

† **세 가지 요소**_ 사뜨와(맑고 진실된 기운), 라자스(활동적이고 역동적인 기운), 따마스 (탁하고 어두운 기운).

람들은 본분을 중히 여기며 희생제를 지낸다네.

드와빠라 유가에 다르마는 두 다리를 잃게 되지. 나라야나는 노란 빛을 띠고 베다는 넷으로 나뉘게 된다네. 네 베다를 다 아는 자도 있고 세 개나 두 개 또는 하나만 아는 자도 있으며 어떤 이는 아예 찬가를 모르기도 하지. 이처럼 경전이 나눠지고 의례 또한 여러 갈래가 되는 것이라네. 사람들은 고행과 보시에 치중하게 되고 더 열정적으로 되지. 하나의 베다를 다 파악할 만한 지혜가 부족해 여럿으로 나뉜 것이며 진리는 길을 잃어 오직 몇 명만이 이를 따르게 된다네. 진리에서 멀어지면서 사람들은 여러 질병에 시달리지. 사람들은 욕망과 신들이 만들어낸 재앙에 시달려 고행을 하게 된다네. 욕망에 자신을 내맡기고 하늘을 얻으려 갈구하다가 제사를 지내는 이도 있지. 이처럼 드와빠라 유가에 오면 사람들은 다르마를 따르지 않게 되고 다르마가 차츰 멸해가는 것이라네.

꾼띠의 아들이여, 깔리 유가에 이르면 결국 다르마는 한쪽 다리만으로 지탱하게 되며, 어둠에 휩쓸리는 이 유가에 위슈누는 검은색을 띤다네. 베다의 규범, 다르마, 제사, 여타의 모든 의례 행위들이 뜸해지지. 홍수와 가뭄 따위의 자연재해가 성하고 병이 만연해 게으름이 지배하게 된다네. 성냄과 욕망 등 모든 정신적, 육체적 질병이 판을 치지. 이처럼 유가가 거듭할 때마다 다르마도 줄어들고 사람들도 허약해진다네. 사람들이 쇠약해지면 세상을 번성하게 하는 힘도 쇠잔해지지. 세상이 시들 무렵의 다르마는 기도로 변질된다네.

이것이 머지않아 닥치게 될 깔리 유가의 모습일세. 영생하는 자들의 모습은 유가에 따라 모습을 달리하지. 적을 길들이는 용사여, 그러니 나에 대한 그대의 호기심은 아무 의미가 없는 것이라네. 제대로 지식을 갖춘 자에게 그런 겉모습이 뭐가 대수이겠는가? 완력 넘치는 이여, 유가의 수에 대해 그대가 묻는 대로 다 답했으니 이제 그만 가시게.'

149

비마가 말했다.

'당신의 옛 모습을 어여삐 여기신다면 당신의 참모습을 보여주십시오.'

이어지는 와이샴빠야나의 이야기는 이러하다.

비마의 말에 원숭이는 웃으며 옛날 바다를 건넜을 때의 모습을 보여주었다. 아우의 청을 들어주기 위해 하누만은 크기와 넓이를 최대한으로 키워 거대한 몸을 만들었다. 무량한 빛의 하누만은 그런 모습으로 온 바나나 나무숲을 채우고 산꼭대기까지 자랐다. 그렇게 커진 몸뚱이는 마치 산과 같았다. 눈은 붉었고 이빨은 날카로웠으며 눈썹은 눈을 가릴 정도로 짙었다. 그는 긴 꼬리를 펴서 사방을 뒤덮었다. 그의 거대한 몸집을 본 꾸루들의 기쁨 비마는 몹시 놀라며 기뻐어쩔 줄 몰랐다. 황금으로 된 산 같은 하누만의 몸에서는 태양 같은 빛이 쏟아지고 있었으며, 그의 모습은 훨훨 타오르는 창공 같았다. 비마는 눈을 감았다. 하누만이 웃으며 비마세나에게 말했다.

'순결한 왕자여, 그대가 내 몸을 마주볼 수 있는 것은 이 정도일세. 나는 내가 원하는 만큼 한없이 더 자랄 수 있다네. 비마여, 적을 마주하면 내 몸뚱이는 내 자체의 기운만으로 하염없이 자란다네.'

하누만의 경이롭고 무서운 형상, 윈디야와 만다라 산 같은 모습을 본 바람의 아들 비마는 머리끝이 곤두설 만큼 놀랐으나 매우 기뻐하며 여전히 그 모습으로 있는 하누만에게 두 손 공손히 모으고 말했다.

'영웅이시여, 당신의 거대한 몸을 충분히 보았습니다. 이제 작게 만들어주십시오. 태양처럼 솟아오른 당신의 몸을 제대로 바라볼 수가 없습니다. 당신은 쉽게 오를 수도, 잴 수도 없는 마이나까 산과 같습니다. 영웅이시여, 풀리지 않는 의문이 하나 있습니다. 당신이 곁에 있는데 라마는 왜 라와나를 직접 공격했습니까? 당신 혼자 힘으로도 충분히 랑까의 모든 군대와 마차를 물리칠 수 있었을 텐데요. 바람의 아들이시여, 당신이 얻지 못할 것은 이 세상에 아무것도 없을 것입니다. 라와나가 자기의 모든 군대와 함께 공격해 와도 당신과 견줄 수 없었을 것입니다.'

비마의 이 말에 황소 같은 원숭이 하누만이 정이 가득 담긴 우렁찬 목소리로 대답했다.

'그대가 말한 대로이지. 완력 넘치는 바라따의 후손 비마여, 사악한 라와나는 나와 대적할 수 없었지. 그러나 세상의 가시 같던 그가 내 손에 죽는다면 라마의 명성은 줄어들고 말았을 것이네. 그래서 난 힘을 쓰지 않았던 것이지. 영웅은 락샤사 왕과 그의 무리들을 죽이고 시따를 자기 왕국으로 데려갔다네. 그래서 세상에 명성을 드날렸지. 내가 잘되기를 바라는 사려 깊은 아우여, 이제 돌아가게. 아무리 어려운 길을 가더라도 바람이 그대를 안전하게 지켜줄 것이네. 최상의 꾸루여, 이쪽으로 가면 향기로운 연못으로 이어지는 길이 나온다네. 그곳에 가면 락샤사와 약샤들이 지키는 꾸베라의 뜰을 보게 될 것이네. 그러나 너무 성급하게 꽃을 꺾으려 하지는 말게. 인간은 신을 존중해야 한다네.

뚝심 좋은 바라따여, 제물과 제사, 절과 진언, 또 헌신으로 신을 섬기면 신이 은총을 내려줄 것이네. 아우여, 모험심을 앞세워 너무 성급한 짓을 말고 본분을 지키도록 하게. 그대가 자기 본분을 지킨다면 최상의 다르마가 무엇인지 알 수 있으리. 다르마를 알지 못하고 어른을 제대로 섬기지 못한다면 제아무리 브르하스빠띠라 할지라도 다르마를 이해할 수가 없는 법이라네. 아다르마가 다르마라는 이름으로 판을 치고 다르마가 아다르마로 둔갑하게 되는 것을 잘 살펴야 한다네. 우둔한 자들은 대개 이것을 혼동하지. 규범을 잘 지킴으로써 다르마에 이르게 되고, 다르마는 곧 베다를 바로 세우게 된다네. 또 베다에서 제사가 생겨나고, 제사로 인해 신들이 제 위치를 찾게 되는 것이지. 신들은 베다와 의례에서 정해준 규범에 따라 제사를 지내며 신성을 유지하고 사람들은 브르하스빠띠와 우샤나스가 제시한 바른 길을 따르는 것이지. 또 물건을 사고파는 거래를 하기도 하고, 농사를 짓거나 가축을 기르고 친지들을 부양하며 세상을 유지해가지. 온 세상은 장사나 다르마에 따라 또는 브라만에 의해 유지되는 것이라네. 세 베다를 공부하고 농사를 지으며 통치학을 배우는 것이 두 번 태어난 자들, 즉 브라만, 크샤뜨리야, 와이샤들이 해야 하는 일이라고 성현들은 말씀했다네. 이 세 가지를 제대로 해야만 세상이 무리 없이 유지되는 것이지. 만약 세 베다가 없고 죄를 벌하는 법이 없다면 세상은 무법천지가 되고 말 것이네. 이러한 본업을 바르게 따라가지 않으면 멸할 것이요, 세 가지 본업을 제대로 지키고 이행한다면 만백성이 풍요로울 것이네. 브라만들의 궁극의 목표는 다르마에 이르는 길뿐이며 이는 이 계급의 유일한 특성이기도 하지. 반면 제사를 지내고 베다를 공부하는 것, 보시하는 것, 이 세 가지는 다른 모든 계급에 공통되는 것이지. 제사를 집전하고 베다를 가르치며 보시를 받아들이는 것은 브라만의 일이요, 크샤뜨리야에게는 보호하는 임무가, 와이샤에게는 부양하는 임무가 있지. 또 슈드라의 의무는 두 번 태어난 자들을 잘 섬기는 것이네. 그들은 탁발을 하거나 제사를 지내거나 계율을 지킨다거나 해서는 안 되며, 언제나 주인들의 발치에서 그들을 섬겨야 한다네.

꾼띠의 아들이여, 그대의 다르마는 크샤뜨리야가 지켜야 할 다르마일세. 백성을 지키는 것이 그대의 업이지. 겸손하고 감각을 절제하며 그대의 본업을 잘 지키도록 하게. 덕 높고 현명하며 학덕 높은 어른들과 언제나 상의하는 크샤뜨리야는 지위를 굳게 다질 수 있으며, 권위로서 백성을 다스릴 수 있지. 그러나 그리하지 않는다면 파멸이 있을 뿐이네. 왕이 상벌을 적절히 사용할 줄 안다면 백성들 또한 경계를 잘 세울 것이네. 그리하여 언제나 첩자를 통해 적국과 적국의 성 그리고 적국의 동맹국과 그들의 적대국이 어떤 상황에 놓여 있는

지를 살피고, 그들의 번성과 패망을 잘 살펴야 한다네. 왕은 자고로 네 가지 수단 즉, 지혜로운 책사, 용맹스런 군사, 상과 벌을 적절히 사용함으로써 모든 일을 성사시켜야 하지. 또 유화책을 쓰거나, 뇌물로 매수하거나, 이간시키거나, 압박하거나 또는 못 본 척함으로써 일을 성사시켜야 한다네. 즉, 조화와 분열을 잘 이용하라는 것이지. 통치의 근본이 되는 것은 세작과의 논의이지. 뚝심 좋은 바라따여, 논의를 잘하면 일은 성사된 거나 다름없다네. 그래서 논의에 능한 자와 상의해야 하는 것이지. 여자나 어리석은 자, 탐욕스러운 자, 나이 어린 자, 경망스러운 자와는 상의하지 말아야 한다네. 그들은 비밀을 지키지 못하지. 물론 정신이 바로 서 있지 못한 자들과도 해서는 안 되는 것이라네. 사려 깊은 사람과 논의하고, 힘을 가진 자와 일을 해야 하며, 통치는 충성스러운 자와 해야 한다네. 어떤 일이 있어도 어리석은 자는 배제해야 하는 것이지. 다르마에 관한 일에는 고결한 사람을, 재물과 관계되는 일에는 학식 있는 사람을, 여인을 지키는 일에는 내시를, 잔인한 일을 해야 할 경우에는 잔인한 사람을 써야 한다네. 해야 할 일과 하지 말아야 할 일에서 그리고 적의 위세와 관계되는 일에서는 자기 쪽 사람들뿐만 아니라 자기에게 적대감을 갖고 있는 사람들을 통해서도 잘 알아봐야 하지. 자신의 마음을 신중하게 살펴 귀향해오는 자는 따뜻하게 받아줄 것이나 한계를 모르고 함부로 날뛰는 자는 벌해야 한다네. 왕이 상벌을 분명히 하면 백성은 분수에 맞게 잘 행동하는 법이지. 쁘르타의 아들이여, 내가 지금껏 말한 것은 헤아리기 어려울 정도로 힘겨운 왕의 임무들일세. 그대는 그대가 지켜야 할 다르마를 잘 알아 신중하게 따르도록 하게. 브라만들이 고행과 바른 행위, 절제와 제물로 하늘을 얻는다면 와이샤들은 보시와 친절, 의례로 하늘의 문을 두드리지. 반면 크샤뜨리야들은 백성을 벌하고 지켜주는 것으로 하늘에 이르게 된다네. 욕망과 사적인 미운 감정, 탐욕과 성냄에서 벗어나 벌을 제대로 내리면 선자들이 이르는 땅에 반드시 이르게 되리.'

150

이어지는 와이샴빠야나의 이야기는 이러하다.

하누만은 한껏 부풀렸던 몸을 다시 줄여 두 팔로 비마를 껴안았다. 비마는 형과 껴안고 나자 모든 피로가 한순간에 사라지고 힘이 되살아났다. 하누만은 눈물 고인 눈으로 다시 한 번 비마에게 말했다. 그의 목소리에는 정다움이 가득 담겨 있었다.

'영웅이여, 이제 그대가 살던 곳으로 돌아가게. 그대가 말할 때마다 나는 그 대화 속에서 늘 기억될 것이네. 꾸루의 후예여, 그러나 내가 여기에 살고 있다는 말은 누구에게도 말아야 하네. 위력 넘치는 사내여, 이제 신과 간다르와의 여인들이 꾸베라의 거처에서 나와 이곳에 올 시간이 되었군. 그대를 만나 보았으니 이제 내 눈도 결실을 얻은 것 같네. 또한 인간의 몸을 접하고 보니 라마도 상기하게 되었네. 꾼띠의 아들이여, 우리의 만남을 헛되이 하지 않고 우애를 지킬 수 있도록 소원을 하나 들어주고 싶네. 영웅이여, 하스띠나뿌라에 가서 미천한 드르따라슈트라의 아들들을 처단해 달라고 한다면 그리 해주겠네. 위력 넘치는 사내여, 하스띠나뿌라에 돌을 던져 패망시켜 달라는 것이 소망이라면 그리해주지.'

고결한 하누만에게서 이 말을 듣고 비마는 기쁨으로 충만해 대답했다.

'황소 같은 원숭이시여, 당신은 이미 저를 위해 모든 것을 다해주셨습니다. 완력 넘치는 분이시여, 늘 행복하시기를 빕니다. 그리고 저를 어여삐 여기시어 제 무례를 용서해주십시오. 모든 빤다와들이 이제 당신 같은 영웅을 얻었으니 이보다 더 든든할 수가 없을 것입니다. 당신의 빛으로 우리는 분명코 적을 물리칠 수 있을 것입니다.'

이 말을 듣고 하누만이 비마세나에게 말했다.

'그대를 향한 우애와 우정으로 난 이런 것들을 해주겠네. 위력 넘치는 영웅이여, 화살과 투창으로 무장한 적군에게 뛰어들어 그대가 적군을 향해 사자처럼 포효할 때면 나도 같이 포효해 그대의 소리가 더욱 크게 울리도록 해주리. 내가 아르주나의 깃발에 앉아 무서운 고함을 질러 적의 모든 목숨을 앗아 가리.'

이 말을 남기고 하누만은 사라졌다. 하누만이 사라지자 장사 중의 장사 비마는 장엄한 간다마다나 산으로 이어지는 길을 따라 걸었다. 그는 하누만의 몸과 명예와 형형하던 빛 그리고 다샤라타의 아들 라마의 행적을 기억하며 걸었다. 향기로운 연꽃을 찾아 바람을 일으키며 아름다운 숲을 걸어갔다. 걸어가면서 그는 형형색색의 연꽃들이 화려하게 피어 있는 아름다운 숲과 진흙탕에서 뒹군 듯한, 구름 떼를 닮은 취한 코끼리 떼들을 보았다. 이리저리 눈을 굴리며 입에 가득 풀을 물고 암사슴과 함께 길가에 서 있는 수사슴들을 보며 길을 재촉했다. 숲엔 물소와 곰, 호랑이들이 들끓었으나 용사 비마는 두려움 없이 호기롭게 산을 누볐다. 흐드러진 꽃들로 가지가 처져 있는 나무들, 보드라운 붉은 새싹을 틔운 나무들이 비마에게 뭔가를 속삭이는 듯 바람에 나부끼고 있었다. 가는 길에는 꽃즙에 취한 벌들의 윙윙거리는 소리가 가득한 연못이 많았으며, 연꽃 봉우리들은 마치 비마에게 두 손 모아 절하는 것 같았다. 마음과 눈길을 산기슭에 활짝 핀 나무에 두고 드라우빠디의 말을 상기하며 그는 길을 달렸다. 날이 저물 무렵 그는 사슴이 여기저기 뛰노는 숲의 드넓은 호수에 싱그러운 황금 연꽃이 가득 피어 있는 것을 보았다. 강에는 취한 두루미들과 짜끄라와까 새들이 모여 있었다. 호수는 마치 산이 씌워준 연꽃 화환을 두르고 있는 듯했다. 호수에서 비마는 드라우빠디가 본 향기로운 연꽃이 무더기로 피어 있는 것을 보았다. 연꽃은 마치 떠오르는 태양처럼 빛났다. 그것을 본 빤두의 아들은 바라는 것을 얻었다고 생각하며 숲 속 생활에 지쳐 있는 사랑하는 사람에게 마음으로 달려가고 있었다.

151

와이샴빠야나가 말했다.

"그곳에 이른 비마는 까일라사 산꼭대기의 멋진 숲 속에 아름다운 연꽃 호수가 있는 것을 보았습니다. 호수는 락샤사들이 지키고 있었지요. 그것은 꾸베라의 궁전으로 이어지는 작은 계곡에서 흘러나오고 있었고 서늘한 그늘을 드리워주는 수많은 나무와 덩굴, 들에 핀 초록의 연꽃들로 뒤덮여 아름다웠지요. 천상의 연못에는 황금 연꽃이 가득 피어 있었으며 세상의 눈에 놀라움과 성스러움을 주고 있었습니다. 꾼띠의 아들은 불로주처럼 시원하고 정갈하며 맑은 물을 보았답니다. 못마다 진한 향기를 풍기는 황금 연꽃들이 흐드러지게 피어 있었지요. 줄기는 청금색이었으며 두루미와 백조들이 화려하고 매혹적인 연잎을 건드리고 있었습니다. 약샤들의 고결한 왕 꾸베라가 즐기는 그 뜰은 신과 간다르와, 압싸라스들이 매우 우러르는 곳이었답니다. 그 천상의 못에는 꾸베라의 보호 아래 선인들, 약샤, 낌뿌루샤, 락샤사, 긴나라들이 즐겨 찾아오고 있었지요.

위력 넘치는 꾼띠의 아들은 천상의 호수를 보고 주체할 수 없을 만큼 기뻤습니다. 그곳은 꾸베라의 명에 따라 끄로다와샤*라는 락샤사가 십만 명의 락샤사 군사들과 함께 온갖 무기로 무장하고 지키고 있었습니다. 그들은 금빛 손목 보호대를 차고 사슴 가죽을 두른 꾼띠의 아들, 영웅 비마가 무장하고 칼을 치켜든 채 거침없이 꽃을 꺾으려고 다가오는 것을 보고 서로를 향해 소리치기 시작했습니다.

'범 같은 이 사내는 무장하고* 사슴 가죽*을 두르고 있다. 무엇

끄로다와샤_ '끄로다' 는 '분노' 라는 뜻이며, '와샤' 는 '지배하는' 이라는 뜻으로 '분노가 지배하는' 이라는 의미이다.

618

때문에 이곳에 온 것인지 그에게 직접 물어보자.'

그들 모두 영예롭고 완력 넘치는 늑대 배에게 다가와 물었다.

'당신은 대체 누구시오? 빛으로 충만한 이여, 당신은 고행자 차림새이고 나무껍질 옷을 입은 것 같소. 그런 차림으로 왜 이곳에 왔는지 말해주시오.'"

152

이어지는 와이샴빠야나의 이야기는 이러하다.

비마가 말했다.

'난 빤두의 후손, 비마세나라 하오. 다르마의 왕의 아우 되는 사람이오. 락샤사들이여, 나는 위샬라 바다리가 있는 곳에 형제들과 함께 왔소. 그곳에서 빤짤라 왕국의 공주는 바람에 실려 온 아름답고 향기로운 연꽃을 보고 더 많이 갖고 싶어 했소. 밤의 방랑자들이여, 나는 티 없이 아름다운 사랑하는 아내가 원하는 꽃을 따러 이곳에 온 것이오.'

락샤사들이 말했다.

~사내는 무장하고_ 크샤뜨리야의 상징.
사슴 가죽_ 브라만의 상징.

'뚝심 좋은 인간이여, 여긴 꾸베라가 즐기는 뜰이오. 죽음 있는 인간이 올 수 있는 곳이 아니오. 빤두의 아들이여, 천상 선인들과 약샤들, 신들도 모두 꾸베라의 승낙을 얻어 이 물을 마시며 즐긴다오. 빤두의 아들 늑대 배여, 간다르와들과 압싸라스들도 이곳에서 즐기지요. 어느 누구라도 풍요의 신을 무시하고 함부로 이곳을 돌아다니려 한다면 필시 파멸하고 말 것이오. 꾸베라를 무시하고 연꽃을 강제로 꺾어 가려 한다면 어찌 그대가 다르마의 왕의 아우라 칭할 수 있겠소?'

비마가 말했다.

'락샤사들이여, 난 이 근처에서 꾸베라를 보지 못했소. 보았다 해도 그 대왕에게 꽃을 구걸하지는 않을 것이오. 구걸하는 것은 크샤뜨리야의 율법에 어긋나는 일이오. 난 크샤뜨리야의 율법을 어기기는 싫소. 또한 이 연꽃은 산에 난 물길을 따라 자연스럽게 생겨난 것들이지 고결한 꾸베라의 궁궐에서 흘러온 것들은 아니지 않소? 그러니 이 꽃들은 꾸베라에게나 다른 중생들에게나 다 똑같은 것이오. 일이 이러할진대 누가 누구에게 구걸한단 말이오?'

이어지는 와이샴빠야나의 이야기는 이러하다.

모든 락샤사들에게 이 말을 마치자마자 위용 넘치는 비마는 못을 향해 뚜벅뚜벅 걸어 내려갔다. 락샤사들이 즉시 그를 막았다. 성난 락샤사들은 사방에서 그를 에워싸며 그래서는 아니 된다고 외쳐댔다. 영예로운 비마는 락샤사들을 무시하고 그곳으로 내려갔으며, 그들은 비마를 막으려고 안간힘을 쓰며 소리쳤다.

"잡아라! 묶어라! 쓰러뜨려라!
비마를 요리해서 먹어버리자!"
그들은 성나 버럭버럭 소리치며 황망히 그를 쫓았다네.
눈을 부릅뜨고 무기를 치켜들었네.

그러자 사나운 그 사내
죽음의 신의 지팡이 같은 무겁고 거대한
황금 철퇴 들고 그들을 향해 돌진하며
소리소리 질렀네. "게 섰거라!"

사납고 사나운 끄로다와샤들
모든 무기 동원해 사납게 그를 공격했네.
투창 던지고 도끼, 화살 날렸네.
그를 죽이려 사방에서 무섭게 에워쌌다네.

바람의 씨로 꾼띠가 낳은 아들
진실과 다르마로 무장된
위력 넘치는 날쌘 용사
비마의 용맹을 따를 적 아무도 없었다네.

고결한 사내, 여러 가지 방법으로 그들을 물리쳤네.

적의 무기 격퇴시켰네.
수장도 수하들도 저 영웅이 죽였네.
호숫가에서 백 명 넘는 락샤사들을 죽였다네.

그의 위력과 힘을 보고
지식의 힘도 팔의 힘도 그러함을 보고
모두 모여도 그와 싸울 수 없음을 알고
자기네 영웅들도 죽었음을 알고 그들은 후퇴했다네.

비마에게 짓밟힌 끄로다와샤들
혼비백산 허둥지둥
허공으로 뛰어올라
까일라사 봉우리로 도망쳐 갔네.

인드라가 다이띠야, 다나와를 물리치듯
수많은 그들 무리 격퇴시키고
승리자는 연못으로 뛰어들어
마음껏 꽃을 꺾기 시작했다네.

감로주 같은 연못의 물 마신 그는
활기를 되찾고 힘이 되살아났다네.
물에서 자란 비할 수 없이 향기로운
연꽃들 꺾어 모았네.

비마의 힘에 밀린 끄로다와샤들
풍요의 신을 찾아뵈었네.
그들은 몹시 풀 죽어 그에게 진실을 털어놓았네.
전투에 나선 비마의 위력과 힘을 열거했다네.

락샤사들의 말을 들은 풍요의 신
웃으며 그들에게 말했다네.
"비마가 마음대로 꽃을 꺾게 하거라.
끄르슈나아의 생각, 나도 알고 있었느니라."

풍요의 신, 그들을 내보내자
분을 삭인 그들은 최고의 꾸루에게 왔다네.
그들은 연못에서 비마를 보았다네.
그는 홀로 즐거이 놀고 있었다네.'

153

와이샴빠야나가 말했다.

"뚝심 좋은 바라따는 아름답고 값진, 다채롭고 티 없는 천상의 연
꽃을 많이 모았습니다. 그때 세찬 바람이 아래쪽에서 불어왔지요. 만

지기도 껄끄러운 모래바람이었답니다. 무서운 전투의 전조 같기도 했지요. 회오리바람에 무섭게 불타는 거대한 운석들이 떨어져 내렸습니다. 태양은 광채를 잃고 흐릿해졌으며 어둠이 곧 태양을 덮어버렸답니다. 비마가 호기로움을 잃지 않는 가운데 회오리바람이 한데 모이고 땅이 흔들리더니 흙먼지 비가 쏟아져 내렸습니다. 하늘은 붉어지고 짐승들과 새들은 소름 끼치게 울부짖었답니다. 모든 것이 어둠에 휩싸여 아무것도 분간할 수가 없었지요."

이어지는 와이샴빠야나의 이야기는 이러하다.

이런 심상찮은 조짐에 다르마의 왕, 능변가 중의 능변가 유디슈티라가 말했다.

'대체 누가 우리를 공격하려 한단 말인가? 용맹을 잃지 않는 빤다와들이여, 침착하게 채비를 갖추어라. 가만 보니 우리의 용맹을 펼칠 때가 온 것 같구나.'

말을 마친 왕은 사방을 살폈으나 비마의 모습을 볼 수가 없었다. 적을 길들이는 왕은 가까이 있던 쌍둥이와 끄르슈나아에게 전쟁에 나서면 무서운 행적을 자랑하는 아우 비마에 관해 물었다.

'빤짤라의 공주여, 혹시 비마가 무슨 일을 꾸미는 것은 아니오? 아니면 모험을 즐기는 그 영웅이 이미 무슨 짓을 저지른 것 아니오? 지금 대격전이 예상되는 기묘한 전조들이 사방에서 느닷없이 나타나고 있소.'

기개 높은 끄르슈나아, 사랑스럽고 아름답게 웃는 왕비가 그의

624

말에 대답했다.

'왕이시여, 나는 오늘 행복한 기분에 사로잡혀 있었습니다. 향기로운 연꽃이 바람에 실려와 나는 비마에게 더 많은 연꽃을 갖고 싶다고, 될 수 있는 대로 많이 이리로 가져왔으면 좋겠다고 말했답니다. 고결한 빤두의 아들은 나를 기쁘게 해주기 위해 즉시 바람을 따라 북동쪽으로 달려간 게 틀림없습니다.'

그녀의 말을 들은 왕은 쌍둥이에게 말했다.

'그렇다면 우리 모두 늑대 배가 갔던 곳으로 서둘러 떠나자꾸나. 그리고 신을 닮은 가토뜨까짜여, 너는 지치고 약한 브라만들과 드라우빠디를 락샤사들이 데려갈 수 있게 하거라. 비마는 이미 멀리 떠난 듯하구나. 빠르기가 바람과 같은 녀석이 보이지 않은 지가 꽤 되지 않았느냐? 비마는 땅 위를 뛰고 달리는 데는 가루다와 같으며 마음대로 하늘로 뛰어올랐다가 다시 내려앉곤 한다. 밤의 방랑자락샤사들이여, 베다에 능한 싯다들을 비마가 거스르기 전에 힘을 다해 그를 찾아 나서도록 하자.'

꾸베라의 연못이 있는 방향을 아는 히딤바아의 아들과 락샤사들은 흔쾌히 대답하고 빤다와들과 드라우빠디, 많은 브라만들을 실은 다음 로마샤와 함께 그곳을 향해 떠났다. 그곳까지 간 그들은 연꽃들이 수없이 피어 있는 연못을 보았다. 연못가에는 고결한 비마가 앉아 있었으며 눈이 부리부리한 약샤들이 수도 없이 죽어 있었다. 비마는 연못가에서 세기말의 죽음의 신 같은 모습으로 양손에 철퇴를 치켜들고 앉아 있었다. 그를 발견한 다르마의 왕은 거듭 껴안으며 다정하게 말했다.

'꾼띠의 아들이여, 무슨 짓을 저지른 것이냐? 다행이다마는 나를 조금이라도 생각한다면 다시는 이런 짓 말거라. 신들을 거스르지 말 거라.'

꾼띠의 아들 비마에게 이렇게 충고한 뒤 그들은 연꽃을 모으고 죽음 없는 자들처럼 연못에서 즐겼다. 바로 그때 바위 덩이를 무기 삼은 거대한 몸집의 연못 수비대들이 왔다. 그들은 다르마의 왕과 로 마샤 천상 선인, 나꿀라, 사하데와와 다른 많은 황소 같은 브라만들 을 보고 공손히 엎드려 절했다. 유디슈티라가 밤의 방랑자들을 다독 거리자 그들은 잠잠해졌다. 그런 뒤 뚝심 좋은 사내들은 꾸베라의 승 인 아래 그곳에서 아르주나를 기다리며 잠시 머무르게 되었다.

154

와이샴빠야나가 말했다.

"빤다와들이 그곳에서 지내는 동안 비마세나의 아들과 락샤사들 은 모두 떠났답니다. 그러던 어느 날 비마가 자리를 비운 사이에 어 떤 락샤사가 와서 다르마의 왕과 쌍둥이 그리고 끄르슈나아를 납치 해 가버렸습니다. 그는 진언에 능하고 모든 무기 다루는 법을 꿰뚫어 아는 브라만으로 가장하고 언제나 빤다와들과 함께 지내던 자였다 지요. 그는 자타수라라는 이름을 가진 자로서 늘 빤다와들이 지니고 있는 무기와 활을 잘 살피며 기회를 엿보고 있었답니다. 그는 비마세나가 사냥 나간 틈을 타서 거대하고 흉측한 무서운 괴물의 모습으로 나타나 모든 무기와 드라우빠디, 빤다와들을 데리고 떠나버린 것이랍니다. 그러나 빤두의 아들 사하데와는 그의 손아귀에서 벗어나 비마가 간 곳을 향해 목청껏 그를 부를 수 있었습니다. 한편 다르마의 왕 유디슈티라는 끌려가며 락샤사에게 말했답니다.

'아둔한 자여, 그대의 다르마가 사라져가는 데도 그것을 제대로 보지 못하는구나. 인간에 속한 것은 무엇이건, 짐승이나 간다르와, 약샤와 락샤사들 그리고 심지어 새와 가축들도 모두 인간에 의존해 살지 않던가? 그대 또한 인간 덕분에 살고 있다. 인간 세상이 풍요로워야만 그대의 세상도 풍요로운 법이며 이 세상이 곤경에 처하면 신들마저 곤경에 빠지게 된다. 신들은 공물과 제물로 번성하기 때문이지. 락샤사여, 우리는 나라를 지키는 왕들이다. 나라가 제대로 지켜지지 않는다면 번성과 풍요가 어찌 있을 수 있겠는가? 행복은 말할 필요도 없으리. 무고한 왕을 이런 식으로 대접해서는 안 되느니라. 락샤사는 죄 없는 왕을 멸시해서는 안 된다. 살인귀여, 나는 티끌만한 잘못도 저지른 적이 없거늘 나를 이리 대하는 이유가 무엇인고? 동지, 신뢰를 주는 자, 자기가 얻어먹고 사는 사람 그리고 자기에게 의지처를 주는 사람을 해쳐서는 안 된다. 우리가 사는 곳에서 잘 대접받으며 우리가 주는 음식을 먹었으면서도 우리를 끌고 가는 이유가 무엇인가? 이런 식으로 복 없는 짓을 하고, 헛되이 나이 들어 부질 없는 생각을 한다면 필시 무가치한 죽음이 그대를 덮치리라. 오늘 그대에겐 죽음밖에 달리 길이 없으리. 그대가 정말로 잔악한 놈이어서 덕이라고는 갖추지 못했다면 우리에게 무기를 돌려주고 우리와 싸운 뒤 드라우빠디를 데려가라. 진실을 직시하지 못하고 이런 짓을 계속한다면 그대에겐 분명코 아다르마와 불명예만 찾아들 것이리라. 그대는 오늘 인간의 여인을 건드림으로써 그대 스스로 물 항아리에 독을 섞어 마신 격이 되리.' "

이어지는 와이샴빠야나의 이야기는 이러하다.

이렇게 말하며 유디슈티라는 락샤사가 자신을 버겁게 여기도록 만들었다. 괴물은 유디슈티라의 무게에 눌려 걸음을 빨리 뗄 수가 없었다. 유디슈티라는 다시 나꿀라와 드라우빠디에게 말했다.

'미련한 락샤사를 두려워 마라. 내가 그의 걸음을 둔하게 만들어 놓았다. 완력 넘치는 바람의 아들이 여기서 멀리 떨어져 있지 않을 것이다. 그가 오면 락샤사는 한순간에 파멸을 맞으리.'

락샤사가 혼미해진 것을 본 사하데와는 꾼띠의 아들 유디슈티라에게 말했다.

'크샤뜨리야에게 적과 맞상대해 싸우는 것보다 더 좋은 방법이 어디 있겠습니까? 크샤뜨리야에게는 죽음이나 승리가 있을 뿐입니다. 적을 불태우는 완력 넘치는 왕이시여, 싸우다 저놈이 우리를 끝장낼 수도, 우리가 저놈을 죽일 수도 있을 것입니다. 왕이시여, 지금이 바로 시기적절한 때입니다. 진실의 위력을 아는 왕이시여, 크샤뜨리야의 본분을 다 해야 할 때가 왔습니다. 승리하든 지든 우리는 우리 궁극의 목적을 이루게 되는 것이 아니겠습니까? 바라따의 후예시여, 해가 질 때까지 이놈을 살아 있게 한다면 저는 더 이상 제 자신을 크샤뜨리야로 부르지 않겠습니다. 이놈, 락샤사여, 멈추거라. 난 빤두의 아들 사하데와이니라. 나를 죽인 뒤에 그들을 데려가거라. 아니면 여기 그냥 죽어 넘어져라.'

그가 말하는 사이 완력 넘치는 비마가 벼락을 휘두르는 인드라처럼 철퇴를 들고 왔다. 그는 두 형제와 명예로운 드라우빠디를 보았다. 사하데와는 땅에 버티고 서서 락샤사에게 덤벼들고 있었다. 운명에 넋을 빼앗겨 제 갈 길을 잃은 어리석은 락샤사는 사방으로 날뛰고 있었다. 형제들과 드라우빠디가 끌려다니는 것을 본 위력의 비마는 분노가 충천해 락샤사에게 외쳤다.

'네놈이 누구인지 알아보겠구나! 네놈이 무기를 살피고 다닐 때부터 수상쩍게 생각했지만 개의치 않았다. 그래서 그때 너를 죽이지 않았던 것이다. 네놈은 브라만으로 변장하고 우리에게 늘 듣기 좋은 말만 지껄였지. 너는 우리들 사이에서 지내며 우리를 기쁘게 했고 또 잘못도 저지르지 않았지. 순진한 브라만으로 변장하고 우리 손님으로 있지 않았더냐? 그런 사람을 어찌 내가 죽일 수 있었으리? 비록 락샤사라 해도 그런 사람을 죽인다면 지옥에 떨어질 것은 뻔한 일, 그때는 네놈이 죽을 때가 아니었겠지만 오늘 네 마음 씀씀이가 이러한 것을 보니 이제 때가 무르익은 듯하구나. 어찌 드라우빠디를 데려갈 흑심을 품었더냐? 아가리를 낚싯바늘에 꿰인 물속의 물고기처럼 죽음의 실에 꿴 낚싯바늘을 네가 물었구나. 그 같은 형상으로 네놈이 오늘 어디로 도망칠 수 있겠느냐? 네놈이 가고자 하는 길이나 이미 마음속으로 가 있는 길로는 가지 못하리. 그 대신 바까와 히딤바가 갔던 길을 가게 되리라.'

비마의 말을 들은 락샤사는 무섭게 그들을 내던지고 죽음의 재촉을 받은 듯 싸움에 임했다. 그는 분노로 아랫입술을 덜덜 떨며 비마에게 말했다.

'이 우둔한 놈아, 누구도 내가 가는 길을 막지 못했거늘 네놈이 오늘 막으려 드는구나. 네놈에게 당한 락샤사들은 익히 들어 알고 있느니라. 네놈의 피로 그들에게 제물을 올려야겠다.'

비마는 혀로 양 입가를 핥으며 빙긋 웃었다. 그는 락샤사와 결전을 벌이기 위해 마치 시간과 죽음의 화신처럼 무서운 기세로 그를 향해 돌진해 갔다. 락샤사 또한 싸울 준비를 마친 비마에게 달려들었다. 그의 모습 또한 벼락 휘두르는 신을 향해 돌진하는 아수라 발리의 흥분된 모습 같았다. 둘의 무시무시한 격투가 진행되고 있을 때 마드리의 두 아들도 격노하며 락샤사에게 덤벼들었다. 꾼띠의 아들 늑대 배는 웃으며 그들을 막았다.

'나 혼자서도 충분히 해치울 수 있으니 그냥 보고만 있거라. 왕이시여, 나와 내 형제의 이름으로, 또 내 공덕과 선행과 제사의 이름으로 이 락샤사를 죽일 것을 맹세하겠습니다.'

그러고는 두 용사는 서로에게 덤벼들었다. 늑대 배와 락샤사는 신과 아수라가 싸우는 것처럼 서로를 사정없이 밀어붙였다. 그들은 나무를 뿌리 뽑아 상대를 향해 휘두르며 여름날의 뇌성벽력처럼 소리를 질러댔다. 무서운 힘을 가진 그들은 자신들의 허벅지로 나무등치를 부러뜨리며 상대를 꺾기 위해 숨 막히는 접전을 벌였다. 거대한 나무들을 뽑아 격전을 벌이는 그들의 싸움은 사자 같은 원숭이 형제 왈리와 수그리와의 싸움 같았다. 그들은 끊임없이 나무들을 쓰러뜨리며 서로에게 주먹을 날리고 괴성을 질러댔다. 그곳에 있던 거의 모든 나무들이 쓰러졌다. 상대를 죽이려는 열망으로 그들은 수백 그루의 쓰러진 나무들을 모아 휘둘렀다. 나무들이 다 뽑혀 나가자 두 용사는 바위를 집어 들어 싸웠다. 거대한 산과 구름의 싸움 같았다. 보기 흉하고 무섭고 거대한 바위들을 공중으로 날리는 그들은 전속력으로 날아가는 우레처럼 무서운 모습으로 서로를 공격했다. 그들은 이제 서로에게 쏴대던 돌을 멈추고 자만심에 충천해 서로를 팔로 끌고 당기며 마치 코끼리들처럼 싸우기 시작했다. 기상 충천한 두 전사가 무서운 주먹으로 서로를 내리치자 때리는 소리가 요란했다. 비마는 다섯 개의 대가리를 가진 코브라 같은 주먹을 꽉 쥐고 락샤사의 목을 내리쳤다. 지쳐 있던 락샤사는 비마의 주먹을 맞고 주춤했다. 완력 넘치는 신 같은 비마는 다시 두 팔로 락샤사를 높이 들어 올려 땅바닥에 내동댕이쳤다. 빤두의 아들은 그의 사지를 부셔놓았다. 그가 팔꿈치로 내리치자 락샤사의 머리가 몸통에서 잘려 나갔다. 나무에서 떨어진 열매처럼 비마의 힘에 눌려 몸통에서 떨어진 자타수라의 머리는 입술을 꽉 깨물고 눈을 부릅뜨고 있었으며 땅을 피로 물들였다. 그를 죽인 뒤 명궁 비마는 유디슈티라에게 갔다. 대브라만들은 마루뜨가 인드라를 칭송하듯 그를 칭송했다.

*　*　*